쓸모 있는 국문학을 지향하며

문학교육, 문학치료, 생활문학을 화두로

저자 박경주(朴京珠)

원광대학교 국어국문학과 교수

1966년생
인천여자고등학교 졸업
서울대학교 사범대학 국어교육과 졸업
서울대학교 인문대학 국어국문학과 석사, 박사
한국고전문학회 편집위원
한국문학치료학회 편집위원 및 정보이사
한국고전문학교육학회 연구윤리위원 및 연구이사

저서 『한국 시가문학의 흐름』(월인, 2009)
『규방가사의 양성성』(월인, 2007)
『한문가요 연구』(태학사, 1998)
『경기체가 연구』(이회문화사, 1996)
그 외 논문 다수

쓸모 있는 국문학을 지향하며
문학교육, 문학치료, 생활문학을 화두로

초판 1쇄 인쇄 2019년 10월 24일
초판 1쇄 발행 2019년 10월 31일

저 자 박경주
펴낸이 이대현
편 집 권분옥
디자인 안혜진

펴낸곳 도서출판 역락
주소 서울시 서초구 동광로 46길 6-6 문창빌딩 2층
전화 02-3409-2058, 2060
팩스 02-3409-2059
등록 1999년 4월 19일 제303-2002-000014호
이메일 youkrack@hanmail.net
역락홈페이지 http://www.youkrackbooks.com

ISBN 979-11-6244-432-0 93810

* 책값은 표지에 있습니다.
* 파본은 구입처에서 교환해 드립니다.

이 도서의 국립중앙도서관 출판예정도서목록(CIP)은 서지정보유통지원시스템 홈페이지(http://seoji.nl.go.kr)와 국가자료종합목록 구축시스템(http://kolis-net.nl.go.kr)에서 이용하실 수 있습니다.(CIP제어번호 : CIP2019042671)

쓸모 있는 국문학을 지향하며

문학교육, 문학치료, 생활문학을 화두로

박 경 주

역락

서문

저서는 한 사람의 연구자가 일정한 목표를 가지고 세상에 내놓는 연구의 궤적인 동시에 그가 걸어온 길의 중간 정차 역 같은 상징성을 지닌다고 생각한다. 얼마 되지는 않지만 그간 내 이름으로 출간된 책들 역시 나에게는 그러하다.

이 책의 제목을 <쓸모 있는 국문학을 지향하며>라고 정했다. '쓸모 있다'라니? 사실 내가 공부를 시작하던 1980-90년대에는 전혀 생각해보지 않았던 화두이다. 학문 연구는 그 자체로 정당성과 당위성을 가지며 특히 국문학에서도 고전문학 연구는 우리 민족의 정통성과 연결되는 중요한 영역임을 믿어 의심치 않았고, 그 자체로 의미 있다고 생각했다. 그런데 최근 대학 간의 경쟁이 강조되는 시대적 변화와 맞물리면서 인문학은 당연히 위기를 맞았고, 국문학까지도 존폐를 걱정하면서 학문 간의 합종연횡을 모색해야 하는 시점에 이르렀다. 이러한 상황을 겪으며 '위기는 또 다른 기회'일 수 있다는 생각을 하게 되었고, 내 연구의 방향도 '쓸모 있는 것'에 대한 관심을 가지는 쪽으로 자연스럽게 흘러갔다. 인문학에서 '학문의 실용성'을 찾고자 하는 노력이 쉽지만은 않지만 그렇다고 불가능한 것은 아니며, 최근에는 '인문학의 대중화'가 꽤나 큰 파급력을 지닌 영역이 되었다고 여겨진다.

대학원에서 국문학을 전공했지만 학부는 사범대학 국어교육과를 졸업한 나의 이력이 '쓸모 있는 국문학'을 향해 나가고자 하는 데 있어서는 큰 도움이 되었다. 학부 동문들 가운데 국어교육이나 문학교육을 전공한 분들이 많은 덕분에 교육 관련 학회에도 회원이 되어 간혹 참석하기는 했지만, 본격적인 연구 활동을 하기에는 모르는 게 많다는 핑계를 대면서 순수 학문을 고집하곤 했다. 그런데 연구의 지향점에 변화를 주기 시작하면서부터는 국문학과 교육 현장이 관련된 문제는 물론이고, 나아가 문학을 활용해 인간의 심리 치료에 도움을 주고자 하는 문학치료 분야까지도 관심을 가지고 공부를 하게 되었다. 이런 과정에 연구자이면서 동시에 대학에서 학생들을 가르치는 교수라는 나의 직책이 큰 역할을 했음은 물론이다. 대학교육도 중요한 교육의 한 분야이기에 내가 대학에서 만들어내는 수업 상황이 곧 내 연구 대상이 될 수 있었던 것이다. 또한 두 아이의 엄마로서 아이들의 교육과 심리에 관심이 많을 수밖에 없는 내 가정적 여건 역시 '쓸모 있는 국문학'을 지향하고자 하는 데 있어 나의 수고를 조금은 덜어주었다. 그만큼 실제 삶 속에서 활용될 때 쓸모가 있는 국문학 연구에 대한 필요성은 이미 그 이전부터 내 생활 중심에 자리 잡고 있었다고 볼 수 있겠다.

제1부 '국문학의 실용화에 대한 지향'에는 문학교육과 문학치료 분야에서 내가 관심을 가졌던 주제이거나 실제 수행했던 수업 사례 등을 대상으로 쓴 논문을 모았는데, 그야말로 국문학 작품이나 장르를 실제 인간의 삶의 현장에 쓸모 있게 활용할 수 있는 방법을 모색하고자 한 시도를 보여준다. 제2부 '생활이 반영된 국문학'에는 내가 주력해서 공부했던 대상 장르가 당시 그 문학을 향유했던 집단의 생활문학으로서 어떠한 특징을 갖추고 있고, 또 그 집단의 생활에 어떠한 방식으로 기여했는가 하는 공통의 문제의식 아래 집필한 논문을 수록했다. 문학이 삶의 반영이면서 또한 삶을 이끌어가는 원동력을 제공한다는 것은 당연한 대전

제이지만, 1부에 수록된 논문들의 연구 방법론을 의식하면서 2부의 논문들을 읽으면 창작시기와 향유 집단의 성향에 따라 그들의 생활상이 문학에 어떻게 드러나는지 파악하는 재미를 느낄 수 있을 것이다.

1, 2부 모두 두 개의 장으로 구성했는데, 각 장의 도입부에는 해당 장에 실린 논문들이 함께 묶인 이유를 '연구 배경'이라 하여 간단히 서술해두었다. 이 '연구 배경'은 거창하게는 하나의 문학연구 방법론을 기술한 것이라 할 수도 있고, 소소하게는 해당 장에 실린 논문들이 지니는 특징과 함께 내가 이러한 논문들을 어떠한 이유로 집필하게 되었으며 이를 통해 무엇을 이루어내고자 하는지에 대한 내용을 쓴 것이라고 할 수 있다. 이 '연구 배경'을 읽은 후 해당 장에 실린 논문들을 보면 글의 맥락이 훨씬 더 잘 이해되고 책 전체의 흐름과 논문 한 편 한 편의 관계를 잘 파악할 수 있을 것이다. 이렇듯 논문들을 체제와 구성을 고려하여 한 권의 저서로 갈무리하는 과정에서, 학회지에 발표했던 본래 논문 제목이나 소제목이 달라지고 내용에 있어서도 어느 정도 수정 보강이 이루어졌다. 참고가 되도록 각 논문의 끝 부분에 원래 발표되었던 학회지 이름과 호수, 발표연도를 적어두었다.

학회지에 발표된 논문들을 토대로 한 권의 저서를 출간하는 것이 그간의 문제의식을 모아 정리한다는 의미에서 연구자에게는 상당히 의미 있는 일이라 생각한다. 그런데 요즈음은 논문 중심의 연구 풍토가 자리 잡게 되면서 이러한 작업의 가치가 축소되는 분위기이다. 논문 쓰기도 바쁜 형편에 이 책을 내놓기까지는 괜한 일을 하는 게 아닌가 하는 의문 때문에 사실 큰 용기가 필요했다. 어쩌면 자기만족이 될지도 모르는 일을 성사시키는 데는 대학원 때부터의 추억이 있는 이대현 사장님을 포함한 역락 출판사 여러분의 큰 도움과 지지가 있었다. 이태곤 편집이사님, 권분옥 편집장님께도 감사의 말씀을 전한다.

또한 제 자리에서 성실하게 그러면서도 끊임없이 충실한 자아상을 추구하며 부지런히 살고 있는 나의 가족들이 있기에 나 역시 힘을 잃지 않고 연구와 강의에 정진할 수 있음을 알기에, 지면을 빌려 감사와 더불어 격려를 보낸다.

　이 책에 실린 논문들에는 국문학의 역할에 대한 최근 10년간 나의 진지한 고민이 묻어 있다. 또한 나는 지금도 매 순간 삶의 의미와 인간의 구원을 추구하며 이를 위해 국문학이 무엇을 할 수 있을지에 대해 생각하며 살고 있기에, 내게 있어 이 책은 더욱 가치 있을 수밖에 없을 듯하다.

2019년 8월 무더운 여름 날

박 경 주

차례

제1부 국문학의 실용화에 대한 지향

제2부 생활이 반영된 국문학

제1부
국문학의 실용화에 대한 지향

1. 문학교육적 관점

솔직히 고백하지만 난 문학교육에 대해 잘 안다고 생각하지는 않는다. 하지만 사범대학을 졸업한 덕분에 많은 관심을 가지고 있고, 한국고전문학교육학회(구 청관고전문학회) 창립 회원으로 현재 연구이사직을 맡을 때까지 꾸준히 활동하면서 문학교육의 연구 흐름과 기본적인 동향 파악을 해왔다. 또한 예전이기는 하지만 중학교에서 국어 교사로 재직한 적이 있고, 대학의 국문과에서 20년이 넘는 기간 동안 문학을 가르쳐온 만큼 교육 현장에 대한 경험 역시 풍부하다고 자부한다. 그러하기에 현대문학까지 포괄해 문학교육을 논하는 데까지는 미치지 못한다 해도 고전문학교육에서 만큼은 나름의 안목을 지니고 있다고 생각한다. 특히 내 주된 전공이 고전시가 분야인 까닭에 고전시가교육에 있어서는 전문가적 수준에 이르고자 늘 애쓰는 편이다.

이 장에 실린 세 편의 글 가운데 앞의 두 논문은 한국고전문학교육학회에서 개최한 학술대회의 기획주제에 맞춰 낸 것들이다. 첫 번째 논문은 '고전문학의 재미, 흥미, 의미'라는 기획주제 때, 두 번째 논문은 '고전문학의 향유 방식과 교육'이라는 기획주제 때 집필되었다. 첫 번째 논문의 경우는 내가 재직 중인 원광대학교 국어국문학과에서 진행했던

'국어국문학 입문'이라고 하는 수업의 사례를 들어 학습자가 고전문학 교육의 재미를 느낄 수 있게끔 유도해보고자 쓴 글이고, 두 번째 논문의 경우는 문학 교과서 분석을 통해 고전문학 작품의 향유 방식과 교육의 관계에 대한 문제 제기를 하고자 했다.

의도하지는 않았지만 세 편의 논문의 위계 관계가 뒤로 갈수록 넓은 영역에서 점점 세부 영역으로 들어가는 것도 흥미롭게 살펴볼 필요가 있다. 처음 논문은 고전문학교육 전반을 다루는 글이고, 두 번째는 그 가운데 고전시가교육 분야에 한정된 논의를 펼치며, 마지막은 고전시가 중 한 장르인 경기체가를 택해 문학교육적 활용에 대한 설계를 하는 내용으로 되어 있기 때문이다. 구체적인 작품 한 편을 들어 문학교육적 관점에서 논하는 글이 있었다면 마지막에 넣었으면 좋았을 것이라는 생각도 들지만, 다행히 세 편의 논문 모두에서 각 편의 작품들이 수업 사례나 예시를 통해 자세히 다루어지기 때문에 아쉬움은 덜하다.

문학교육 연구자는 기본적으로 순수문학과 교육학적 기반을 아울러 지니고 있는 상태에서 문학교육이라는 이름하에 진행되어 온 연구방법론과 연구사까지 꿰뚫고 있어야 한다는 면에서 상당한 부담을 지닌다고 생각한다. 더구나 국어교육 내에서 문학교육의 위상이 굳건하다고 보기는 어려운 상황이기에 문학교육 연구에의 노력은 더욱 배가되어야 할 필요가 있기도 하다. 문학교육 연구가 더욱 활성화 되려면 순수문학 연구자들이 좀 더 문학교육에 관심을 가질 수 있게 하는 노력이 문학교육 쪽에서도 확대되어야 하리라는 생각을 하면서, 나와 같이 경계선에 위치한 사람이 문학교육에 대해 논하는 데 대한 의미를 스스로 부여해 본다.

학습자 주도적인 '비교' 활동을 통한
고전문학교육의 새로운 길 찾기

1. '재미' 찾기와 '비교'

이 글에서는 현재를 살아가는 우리가 예전의 자료를 가르치고 공부한다는 고전문학교육의 기본적 속성에 의거하여, 고전문학 교육의 새로운 교수 학습 방법으로서 '학습자 주도하의 비교 활동'을 제안하고자 한다. 구체적으로는 대학교 국어국문학과에 갓 입학한 1학년 학생들의 첫 학기 수업에서 고전문학에 대한 재미를 찾게 하기 위해 '비교' 활동을 진행한 사례 보고 형식을 갖추고 있다.[1] 그간 한국고전문학교육학회 기획

---

[1] 김성룡은 '교육'은 사회적으로 재생산할 이념이나 가치, 지식 등을 보전할 필요가 있을 때 더욱 공고화되고 굳건한 제도로 자리하게 되는 대단히 공적인 활동임에 비해, '학습'은 학습자의 개인적 필요에 의해 이루어지는 사적이고 이기적인 행위로 탈제도적인 속성을 지닌다고 보고, 고전문학을 교육하는 활동과 고전문학을 학습하는 활동을 나눠 접근할 필요가 있다고 하였다. 현재 대학에서의 고전문학교육은 교육부로부터의 제도적, 공적 권위가 부여되지 않은 상태에서 대학 자율적인 성격으로 구성되며, 그 결과 대학의 경쟁이 강조되는 현 시점에서 학습자의 개인적 필요에 의해 이루어지는 활동의 개념으로서의 '학습'에 점차로 가까워지고 있다. 이 글은 이러한 문제의식에 기반해 학습자가 주도함으로써 고전문학에 재미를 느낄 수 있는 주요 방법으로 '비교' 활동을 제안하고자 하는 것이다. 김성룡, 「고전 문학 교육과 고전 문학 교육학」, 『국어교과교육연구』 8, 국어교과교육학회, 2004, 1-23면.

주제를 통해 고전문학교육, 혹은 고전문학과 재미를 연결시키는 다양한 논의들이 진행되었는데, 본고에서는 그 결과를 점검, 정리한 후 이를 대학 수업에 적용하는 사례 연구를 시도하고자 하는 것이다.

고전문학 교과목이 교육과정이나 실제 수업에서 소외되어 가는 상황에 대해서는 우리 연구자 모두 구체적으로 실감하고 이에 대한 문제의식을 지니고 있다. 수요자 즉 학생 중심으로 흘러가는 교육계의 흐름 속에 이러한 현상이 가속화되는 가운데, 특히 초·중·고교 교육과정이나 수업에서는 아직은 유효한 고전문학에 대한 당위나 명분이 대학에서는 보장되지 못해 대학의 교육과정이나 수업에서 고전문학의 위치는 계속 약화되는 추세라고 할 수 있다.

초·중·고교의 교육과정이 교육부의 감독 하에 이루어져 공동의 규약 아래 편성되는데 반해, 대학에서 교육과정의 문제는 상당 부분 대학에 자율성이 부여되는 까닭에 그 대학의 교육목표나 해당 학과 교수들의 가치관에 따라 좌우되는 경향성을 띤다. 그런데 대학이 학문의 전당으로서의 위치를 보장받을 수 있었던 과거와는 달리, 취업률에 중심을 둔 교육부의 평가에 따라 서열이 정해지고 그 결과가 대학의 존폐를 결정할 만큼 중요해진 요즈음의 상황에서, 대학이 지닌 교육과정 편성에 대한 자율성은 오히려 학문의 자유를 옥죄는 족쇄가 되어간다. 그 과정에서 인문학 전반이 위축되는 부작용이 일어나며, 국어국문학 내에서 고전문학은 현재의 텍스트를 대상으로 하지 않고 텍스트 독해가 상대적으로 어렵다는 점 때문에 국어학이나 현대문학보다 학생들의 선호도가 낮아지는 결과를 초래하고 있다.2)

---

2) 연구 중심으로 대학원을 운영할 수 있는 서울 소재 주요 상위권 대학의 국어국문학과나 중등교원 양성을 목적으로 하는 사범대 국어교육과의 경우는 여건상 교육과정이나 수업 내용에 있어 전통적인 학문 중심의 방식을 유지할 수 있는 여지가 있는 반면, 지방 소재 국어국문학과의 경우는 고전문학 과목의 축소가 당면한 위기로 대두되는 가운데, 수업 내

이 글은 이러한 대학 국어국문학과의 현재 입지를 고려하여 고등학교를 이제 막 졸업하고 대학의 국문과에 입학한 새내기 학생들로 하여금 고전문학에 대한 재미를 느끼게 할 수 있는 방법을 모색하고자 기획되었다. 앞서 대학보다는 초·중·고교에서 고전문학의 존재감이 상대적으로 더 확보되는 이유를 교육부 주도하에 이루어지는 교육과정 편성에서 찾았는데, 문학이 지닌 재미를 찾고자 하는 데 있어서는 오히려 이러한 특성이 역효과를 일으킨다. 오로지 대입을 위해 문학을 공부해온 학생들에게 그 목표를 넘어선 이후에 이루어지는 문학 수업은 학생의 자발적 동기가 발현되지 않으면 성립될 수 없기 때문이다. 이러한 이유로 고전문학이 지닌 '의미'만을 강조하지 못하고 '재미'를 통한 '의미'찾기로 나아가야 하는 현실이 대학의 국문과에서는 더욱 가혹하게 다가온다.3)

여기서 국문과 1학년 1학기에 편성된 고전문학 관련 전공과목은 그 중요성이 더욱 배가된다. '대입'이라는 방패막이가 사라지고 처음 듣는 고전문학 수업에서 재미를 발견할 수 있어야 이후 지속적으로 고전문학 수업에 관심을 가질 수 있기 때문이다. 필자가 재직 중인 원광대학교 국어국문학과에서는 이러한 현실에 대응하고자 2000년대 초반부터 '국어국문학입문'이라는 명칭의 과목을 신설하여 진행해왔었는데, 고전문학, 현대문학, 국어학 세 영역의 전공 교수가 협력강의(팀티칭) 방식으로 진행하는 이 수업에서 고전문학 영역의 강의를 필자가 맡았었다.4) 이 글

용의 변화를 통해 이러한 위기를 타개해야 하는 필요성이 긴박하게 요구된다고 생각한다.

3) 대학의 국어국문학과에 입학한 학생들은 척박한 취업 현실에도 불구하고 국어국문학과를 택한 만큼 나름대로는 국문학에 일정 정도 관심을 가지고 있다. 그런데 이러한 관심은 대개 현대문학 쪽을 향하고 있으며 자발적으로 고전문학에까지 이르지는 못하는 듯하다.

4) 본래 이 과목은 학부제의 시작과 더불어 같은 학부로 묶인 타 학과와 국어국문학과의 차이점을 부각시키고자 국어국문학 내의 세 영역(국어학, 현대문학, 고전문학)의 연계성을 보여주자는 취지에서 개설되었다. 그런데 이러한 취지는 최근 인문학의 위기 상황과 맞물

에서는 구체적으로 이 수업 고전문학 영역의 내용이 설계된 의도를 고전문학 수업의 재미 찾기와 연결지어 논하고자 하는데, 그에 앞서 '고전문학의 재미'라는 주제5)에 대해 그간 한국고전문학교육학회에서 진행된 논의들을 필자 나름의 방식으로 정리, 분석하고 이를 필자의 논의와 연결짓는 과정이 필요하리라 생각한다.6)

2. 연구사 정리를 통해 고전문학 교육의 '재미' 찾기로 나아가기

'고전문학의 재미'에 대해 한국고전문학교육학회에서 발표된 그간의 연구 성과를 정리해보면 크게 1) 고전문학의 재미에 대한 개념적, 원론적 연구와 2) 작품 자체에 대한 탐구를 통해 그 재미를 발견하고자 하는

려 세 영역에 있어 모두 그 학문적 타당성과 존재감을 확보해야 한다는 목표 의식과 연결되었고, 특히 고전문학 영역에서 그 필요성은 더욱 강조된 까닭에, 필자는 이 과목에서 필자에게 배정된 수업 시간을 고전문학을 학습자에게 최대한 가깝게 다가갈 수 있게 하는데 목표를 두고 진행했다. 사실 이 과목은 학부제에서 학과제로 다시 편제가 바뀌면서 '인문학과 국어국문학'이란 이름으로 과목명이 바뀌었다. 그럼에도 불구하고 본고에서 '국어국문학입문'이란 명칭을 쓰는 이유는 과목 개설 취지에 따른 수업 내용에 비추어 볼 때, '인문학과 국어국문학'보다는 '국어국문학입문'이란 명칭이 더 이 강의와 어울리기 때문이다. 그런데 아쉽게도 이 과목은 대학평가에 대비한 교육과정 개편으로 인해 전공학점이 축소되면서 이 책이 출간되는 2019년 현재 우리 학과 교육과정에서 빠진 상태임을 밝힌다.

5) 한국고전문학교육학회의 본래 기획주제는 '고전문학의 재미, 흥미, 의미'이다. 여기서 '재미, 흥미, 의미'의 관계에 대해서는 본고 이전의 발표들에서 이미 정리된 것으로 생각한다. 결과적으로 '재미'와 '흥미'를 통해 '의미'로 나아가야 하며, '재미'는 좀 더 작품 쪽에 비중을 둔 개념이라면, '흥미'는 학습자 쪽에 비중을 둔 개념으로 볼 수 있을 듯하다. 본고에서 다루는 '학습 방법'의 경우 작품과 학습자 모두를 균형 있게 고려해야 하는데, 이러한 경우를 포함해 일반적으로 '흥미'보다는 '재미'가 기존의 연구사에서 좀 더 많이 쓰이고 있어, '재미'라는 용어를 택하기로 한다.

6) 학회에서는 이 기획주제로 발표된 논문들을 한 권의 책으로 모아 출간했으며, 여기에는 필자가 학회지에 발표한 논문도 함께 수록되었다. 이 글은 그 논문의 내용을 수정, 보강한 것이다. 한국고전문학교육학회 편, 『고전문학의 재미와 흥미』, 월인, 2016.

연구 3) 교수 학습 방법의 개발을 통해 고전문학의 재미를 찾고자 하는 연구의 세 가지로 나눌 수 있다. 발표에 따라 1)의 원론적 연구를 수행한 후 2)나 3)의 방식 중 하나를 표방하는 방향으로 진행된 경우도 있으며, 다양한 논의 방식을 택함으로써 위 세 가지 가운데 어느 쪽 연구인지 확연하게 파악하기 어려운 발표도 있었다. 그러나 개별 발표의 성격이 위 세 가지 중 특정의 하나를 표방하지는 않았다 하더라도, 각 발표 내에서 진행된 연구 방향이 위 세 가지의 경우로 분류되는 것은 분명하다고 생각한다. 이에 따라 2장에서 이 세 가지 방식에 대한 내용을 간단히 정리하고 필자의 논의가 기존 연구사에서 어느 지점에 위치해 있는가를 선명하게 드러낸 후, 3, 4장에서 구체적으로 필자의 논의를 전개하고자 한다.

'1) 고전문학의 재미에 대한 개념적, 원론적 연구'에는 그간의 발표 가운데 신재홍, 김성룡, 염은열의 연구가 해당된다. 여기서는 '재미'에 대한 기존의 사전적, 미학적 개념 정리를 통해 2)와 3)의 연구들이 후속적으로 진행될 수 있는 기반을 마련했다. 이 가운데 김성룡에 따르면 '재미있다'는 것은 '인간이 느낄 수 있는 하나의 정서적 상태로, 낯선 어떤 것이 나의 요구에 대응할 때에 발생하는 것'으로 정리된다.7) 또한 김성룡은 특별히 대학 교육에 대해 논하면서 "한국의 대학 교육이 산업체가 요구하는 직무 능력을 잘 배양하는 곳으로 바뀌면서 대학이 지향하는 이념적 가치도 고독과 자유로부터 소통과 효율로 전환해야 하며, 중

---

7) 낯설고 새로운 것을 체험해야 한다면 그것은 어색한 것이지 재미있는 것은 아니기 때문에, 재미있다는 조건이 충족되려면 '낯선 것'이라는 대상뿐만 아니라 나에게 낯선 것에 대한 '요구'가 있어야 하고, 그것이 낯선 것과 '대응'되어야 한다는 점이 중요하다. 자발적으로 이러한 과정이 일어나면 좋겠지만, 그렇지 않은 경우 낯선 것을 나의 요구에 대응시킬 수 있는 방법이 필요하게 되는데, 그 방법은 당연히 내가 기존에 익숙해 있는 '낯익은 것(또는 옛 것)'을 통해 마련될 수밖에 없다. 재미 찾기의 방법을 논하면서 '낯선 것(새로운 것)과 낯익은 것(옛 것)'의 관계에 관심을 기울여야 하는 이유가 여기에 있다.

등교육에서 완결되었다고 보았던 자기 결정 능력의 여러 하위 요소들이
직무 능력이라는 이름으로 고등교육기관인 대학 교육에서 재연되고 있
다는 점에 문제가 있음을 지적하면서, 결과적으로 중등교육과 고등교육,
즉 중, 고등학교와 대학교의 교과 내용을 일관하는 교육 설계가 필요하
다고 언급했다.8) 신재홍은 재미의 개념을 간단히 논한 후 고전소설을
대상으로 재미의 영역을 찾고 이를 고려하여 재미를 찾는 방법의 예시
를 들어 소개했는데, 이는 1)의 단계를 거쳐 2)와 3)의 연구로 나아가는
과정을 고전소설의 예를 통해 보여준 초기적 연구였다고 볼 수 있다.9)
염은열은 김성룡이 교육과 학습을 구분해 논한 바에 의거해,10) 현재 고
전문학의 문제는 제도적, 공적 권위 부여와 지지가 사라진 시대에 생겨
난 고전문학 '학습'의 문제라고 할 수 있다고 보면서, 학습을 적극적으
로 조력하는 방법으로 단편적인 정보나 지식을 제공하기보다는 구조화
된 지식을 제공해주는 방식을 제안했다.11)

　다음으로 '2) 작품 자체에 대한 탐구를 통해 그 재미를 발견하고자 하
는 연구'에 대해 살펴보겠는데, 여기에는 서인석, 조광국, 최홍원, 황혜
진 등의 논문을 들 수 있다. 이들은 각각 <배비장전>, <홍계월전>, <만
언사>, 박지원의 <큰누님 박씨 묘지명>을 대상으로 작품의 재미를 이끌

---

8) 이러한 문제 제기는 대학 교육의 현 실상을 진단하고 그에 따라 고교를 갓 졸업하고 대학
　에 진학한 국문과 1학년생을 대상으로 진행하는 고전문학 수업을 사례로 택한 본 발표의
　취지와 공감대를 형성한다고 하겠다. 김성룡, 「고전 문학의 재미와 고전 문학 교육의 의미」,
　『고전문학과 교육』 28, 한국고전문학교육학회, 2014, 5-35면.
9) 신재홍, 「고전 소설의 재미 찾기」, 『고전문학과 교육』 26, 한국고전문학교육학회, 2013,
　31-59면.
10) 김성룡, 앞 논문, 2004, 1-23면.
11) 염은열이 제안한 '구조화된 지식'의 개념은 학습의 자발성을 유도하는 수업 내용과 방식
　을 창출하고자 제시되었다는 점에서 다른 연구자들의 제안과 더불어 본 발표의 수업 구
　성에 참고가 되었다. 단 구체적 교수학습 방식보다는 학습내용에 대한 원론적 제언이 중
　심이었기에, 분류상 3)이 아닌 1)에 넣었다. 염은열, 「고전문학 '학습'의 경험과 '재미'의
　문제에 대한 논의」, 『고전문학과 교육』 28, 한국고전문학교육학회, 2014, 37-63면.

어 내거나 학습자의 흥미를 유발할 수 있는 작품의 흥미성을 찾아내고
자 했다.12) 이러한 연구 역시 '고전문학의 재미'를 논하는 주제에서 중
요한 영역을 차지하는 분야이기는 하다. 그러나 특정의 한 작품을 대상
으로 논의가 집중된 까닭에 본고에서처럼 고전문학 학습에 대한 재미
찾기의 일반적 방법을 모색하고자 하는 논의와의 연결성이 그리 크지는
않다. 다시 말해 본 발표는 2)와 3) 가운데 3)의 연구 방법에 속하는 것
이라고 할 수 있겠다.

마지막으로 '3) 교수 학습 방법의 개발을 통해 고전문학의 재미를 찾
고자 하는 연구'의 경우에는 조희정, 류수열, 김현정, 심우장, 서유경 등
의 논문을 들 수 있는데, 이 가운데 특히 심우장과 서유경의 경우는 교
수 방법으로서 '고전 작품의 현대적 변용 사례에 대한 탐구'를 제시함으
로써 시사점을 주었다. 조희정은 시조 <백설이 ㅈ자진 골에>를 대상으
로 '감정이입'과 '공감체험'이라는 개념을 통해 고전문학을 재미있게 가
르칠 수 있는 학습 방법을 찾고자 했다.13) 류수열은 고전시가를 대상으
로 문학 독서를 놀이의 본질에 근거하여 키트형 독서와 레고형 독서로
구별하여 그 재미의 원천을 탐색해보았다.14) 김현정은 <도산십이곡>을
대상으로 '재미'보다는 '흥미'에 집중하여 논했는데, 학습자들이 고전시
가 작품 읽기에 내재적으로 동기화되도록 흥미를 중재할 수 있는 외재

---

12) 서인석, 「연극적 놀이 텍스트로 읽는 <배비장전>」, 『고전문학과 교육』 27, 한국고전문
   학교육학회, 2014, 39-68면; 조광국, 「고전소설교육에서 새롭게 읽는 재미 : 홍계월의 양
   성성 형성의 양상과 의미-<홍계월전> '한중연 45장본'을 중심으로」, 『고전문학과 교육』
   28, 한국고전문학교육학회, 2014, 65-93면; 최홍원, 「<만언사>의 재미, 흥미와 소통의
   의미」, 『고전문학과 교육』 30, 한국고전문학교육학회, 2015, 5-43면; 황혜진, 「재미의 관
   점에서 본 <큰누님 박씨 묘지명(伯姊孺人朴氏墓誌銘)>」, 『고전문학과 교육』 29, 한국고
   전문학교육학회, 2015, 45-76면.
13) 조희정, 「고전시가 감상 국면의 재미 흥미 의미-<백설이 ㅈ자진 골에>의 감정이입과
   공감 체험을 중심으로」, 『고전문학과 교육』 29, 한국고전문학교육학회, 2015, 5-43면.
14) 류수열, 「고전시가 독서의 재미 요소 탐구-시조를 중심으로」, 『고전문학과 교육』 26, 한
   국고전문학교육학회, 2013, 5-29면.

적 동기화의 방법을 활용할 수 있으며, 그 구체적인 예로 고전시가 작품 세계와 학습자의 자기 경험을 통합함으로써 동기화 되는 방식인 '동일 시된 조절'이나 '통합된 조절' 등의 동기화 방법이 유용함을 주장했다.15) 심우장은 구비서사에 대한 재미를 찾는 방법으로 그 놀이적 특성에 주목하여 구비서사가 지닌 서사놀이로서의 특성을 '패턴'의 발견과 적용, 체험의 단계를 통해 설명하고자 했다. 이를 통해 구술문화가 지닌 항상성이 현실 문화와의 관련성을 통해 구체화하면서 구비전승물을 끊임없이 재창조하는 힘을 지니고 있음을 강조했다.16) 마지막으로 서유경은 "어떤 문학 작품이 고전(古典)일 수 있는 것은 시대의 흐름과 변화 속에서도 새로운 의미 찾기가 시도되고 그렇게 생성된 새로운 의미가 변화된 사회와 문화에서 소통될 수 있기 때문"이라는 전제 아래 <심청전>의 근대적 변용 양상을 살펴보고자 했다.17)

3)에 속하는 선행 연구들은 필자들이 고전문학을 재미있게 가르치는 방법적 차원에서 특정의 개념이나 이론을 모색하고자 한 노력의 결과물이기에, 같은 목표를 지니고 있는 본 논문의 논지에 큰 시사점을 주었다. 각 연구에서 제시한 여러 개념이나 이론들을 검토할 때 연구자들은 각각 표현 방식이나 명칭은 달랐지만, 고전문학을 가르치는 데 있어 가장 중요한 점으로 '학습할 내용(고전문학 작품)과 학습자(현대의 학습자)가 연결될 수 있는 고리의 발견'을 꼽았다고 생각한다. 또한 '고전시대의 작품이 현재의 시점에서 변용될 가능성'에 대해 지극한 관심을 두고 천착했음을 확인하게 된다. 이 두 가지 시사점은 본 논문의 3장에서 다룰 핵

---

15) 김현정, 「흥미 변인을 고려한 <도산십이곡(陶山十二曲)> 교육의 방향」, 『고전문학과 교육』 27, 한국고전문학교육학회, 2014, 5-37면.
16) 심우장, 「구비서사의 놀이적 특성과 문화적 창조력」, 『고전문학과 교육』 26, 한국고전문학교육학회, 2013, 61-92면.
17) 서유경, 「<심청전>의 근대적 변용 연구」, 『고전문학과 교육』 30, 한국고전문학교육학회, 2015, 45-72면.

심적 내용과 연결된다.

3. 교수학습 방법으로서 '비교'에 대한 이론 모색과 유형화

본 논문에서는 '고전문학 학습의 재미 찾기를 위한 구체적 수업 방법'으로 '비교'의 방식을 제안하고자 한다. 이 말을 다르게 표현하면 '고전문학 작품을 재미있게 가르치기 위한 구체적 방법'을 제안한다고 할 수도 있다. 즉 고전문학 작품 자체가 가지고 있는 재미를 포착하고자 하기보다는 고전문학 작품을 가르치거나 배우는 현장에서의 교수 학습 방법으로서 '비교'의 방식을 제시하고자 하는 것이다. 이를 활용한 구체적 수업의 실례는 서론에서 말했듯이 필자가 가르치는 대학 국문과 1학년 전공수업의 사례를 활용해 4장에서 서술될 것이며, 여기 3장에서는 '비교'라는 개념이 고전문학 재미 찾기의 방법으로서 활용될 수 있는 이론적 근거에 대한 논의를 진행하고자 한다.

'비교'가 이루어지기 위해서는 먼저 적어도 2개 이상의 비교 대상이 존재해야 하며, 이 대상들은 상당 부분 공통적 기반을 지니면서도 동시에 특정 요인에 의거한 차이점을 각각 지녀야 한다. 즉 '비교'라는 하는 것은 '상당 부분의 공통점을 지닌 몇 개의 대상들을 놓고 그 각각이 개별적으로 지닌 차이점을 찾아내는 활동'이라고 성의내릴 수 있겠다.[18]

---

18) '비교'는 '둘 이상의 대상에서 공통점이나 유사점을 찾아 보이는 것'이라는 의미로 대부분의 학습용어사전에는 소개되어 있다. '비교'를 문학비평 용어로서 언급한 사례는 찾아보기 어려운 듯하며, 일반적으로 작문이나 논술 영역에서 기술방식(서사, 묘사, 설명, 논증)의 하나인 '설명'의 하위항목으로 '정의, 예시, 분류, 분석' 등과 같은 위상에서 다루어진다. 본고에서는 이러한 사전적 의미에 기초하면서 학습의 한 방법으로 그 의미를 확장해 사용하는 것이다. 하정일·박경주·최경봉·조현일 외, 『글쓰기 이론과 실제』, 원광대 교재편찬위원회, 도서출판 경진, 2012, 152-153면.

이제 앞서 2장에서 '3) 교수 학습 방법의 개발을 통해 고전문학의 재미를 찾고자 하는 연구'로 분류했던 5명의 연구자의 개념을 가져와 비교와 재미의 관련성에 대해 논리화 하는 작업을 진행해보자.[19]

2장의 마지막 부분에서 3)으로 분류된 5명의 연구가 '고전 시대의 작품이 현재의 시점에서 변용될 가능성' 및 '학습할 내용(고전문학 작품)과 학습자(현대의 학습자)가 연결될 수 있는 고리의 발견'에 대해 주목했음을 강조한 바 있는데, '비교'와 연결시키는 과정에서는 논의의 편리상 상대적으로 전자의 경향성이 강한 류수열, 심우장, 서유경의 연구를 먼저 대상으로 하고 후자의 경향성이 강한 조희정, 김현정의 연구를 이어서 살펴보고자 한다.[20]

먼저 류수열의 연구에서 '시조의 레고형 독서'로 제시한 '낯선 데서

---

19) '낯선 것(새로운 것)과 낯익은 것(옛 것)' 사이의 소통을 통해 재미 찾기의 경험이 가능하다는 명제에 의거할 때, 반대 개념인 이 두 항목 사이에는 기본적으로 차이점이 존재할 수밖에 없으며, 이 둘의 같은 점을 찾아내 연결시키는 과정이 재미 찾기의 과정이라고 할 수 있다. 이 부분이 재미 찾기의 방법과 '비교'의 방식이 맞물리는 지점이다. '익숙하고 쉬운 대상을 통해 낯설고 어려운 대상으로 나아가게 하는 과정'은 곧 학습자의 '자발적 경험을(동기 부여를) 유도하는 외부적 자극'을 준다는 것과 같은 말이다. 사실 '재미 찾기와 비교'의 관계에 대한 이와 같은 어려운 설명은 연구자들의 몫이며, 학습자들에게는 고전 작품을 중심으로 한 비교의 체험을 해보는 것으로 간단하게 제시함으로써 재미 찾기의 과정 자체를 쉽게 인식하게 하는 효과를 거둘 수 있다. '

20) 본고에서는 '비교'의 개념을 기술방식에서 기초한 원론적 형식에서 가져와 '고전문학교육학회'에서 '고전문학의 재미, 흥미, 의미'라는 기획 주제로 발표된 그간의 논문들을 대상으로 이론화하는 과정을 통해 교수학습 방법론을 도출했지만, 사실 이는 텍스트간의 관련성 및 그에서 나아가 학습자까지 고려하는 확장된 차원에서 제기된 '상호텍스트성'이란 개념을 통해 문학교육에서 일찌감치 주목받았다. 이러한 논의는 주로 현대문학교육을 전공하는 쪽에서 더 활발했지만, 고전문학교육 쪽에서도 류수열, 조희정 등에 의해 논의된 바 있다. 특히 조희정은 '핵심어'라는 개념을 이용하여 고전시가 작품을 다른 텍스트와 비교해 분석함으로써 비평교육을 전개하는 흥미로운 방식을 제안했다. 본고는 이 논문에 시사받은 바 크지만, 비교 대상의 폭을 기존의 텍스트에 한정시키기보다 폭넓게 해석해 이론을 전개했다는 점에서 차이를 가진다. 조희정·류수열 외에 상호텍스트성에 대해 논한 여타의 논문들의 서지사항은 조희정의 논문에 실린 참고문헌 목록을 살펴보기를 권한다. 류수열, 「<사미인곡>의 콘텍스트와 상호텍스트적 읽기」, 『독서연구』 21, 한국독서학회, 2013, 81-109면. 조희정, 「고전시가비평교육연구-탈연대기적 관점의 상호텍스트성을 활용하여」, 『국어교육』 143, 한국어교육학회, 2013, 121-156면.

낯익은 것을 확인하는 재미'와 '낯익은 데서 낯선 것을 발견하는 재미'
는 모두 기본적으로 대상들이 지닌 공통점과 차이점의 구별을 통해 드
러난다는 점에서, 넓게 볼 때 '비교'의 범주에 넣어볼 수 있다.21) '낯선
데서 낯익은 것을 확인하는 재미'의 경우 '낯익은 것'은 '원형(공통점)'을
말하며 '낯선 것'은 '원형이 시대에 따라 활용(차이점)되어 구체화 된 작
품'을 가리킨다고 볼 수 있다. 즉 같은(낯익은) 원형이 시대나 공간과 같
은 특정 조건에 따라 차이를 보이며 변용된(낯선) 작품들을 비교하면서
재미를 느끼게 되는 것이다. 반면 '낯익은 데서 낯선 것을 발견하는 재
미'는 재미를 느끼는 양상이 다르게 전개된다. 여기서 '낯익은 것'은 '하
나의 작품(공통점)'을 말하며 '낯선 것'은 '이 작품을 자신의 경험이나 처
지, 혹은 시대 등의 변화된 조건에 따라 재해석(차이점)하는 경우'를 가리
킨다. 즉 같은(낯익은) 작품이 시대나 공간과 같은 특정 조건에 따라 차이
를 보이며 다르게 해석된(낯선) 사례를 비교하면서 재미를 느끼게 되는
것이다. 한편 심우장의 연구에서는 '패턴(또는 규칙)'이 '공통점(낯익은 것)'
에 해당하며, 현실 문화와의 관련성을 통해 이를 적용하여 구체적 작품
으로 재창조할 때, 현실 문화와의 관련성에 기인하여 구체적 작품 간에
'차이점(낯선 것)'이 발생하게 된다. 끝으로 서유경의 연구는 '패턴'이 아
닌 구체적 작품인 <심청전>의 근대적 변용 양상을 다루었다는 점에서
'고전 작품' 자체가 '공통점'이 되며, 이를 근대적으로 변용시키는 과정
에서 '차이점'이 발생하게 된다.

다음으로 조희정과 김현정의 연구를 보도록 하자. 조희정은 '감정이

---

21) 참고적으로 류수열의 연구에서 '시조의 키트형 독서'의 예로 제시한 '언어의 기표적 자
질을 읽는 재미'와 '시적 전달의 구조를 읽는 재미'의 경우는 '고전문학 학습의 재미 찾
기'라기보다는 '고전문학 작품이 지닌 재미 찾기'라는 점에서 '레고형 독서'와는 층위를
달리 한다고 여겨진다. 류수열, 앞 논문, 『고전문학과 교육』 26, 한국고전문학교육학회,
2013, 12-20면.

입'과 '공감체험'을, 김현정은 '동일시된 조절'이나 '통합된 조절' 등의 동기화 방법을 강조함으로써 고전 작품과 현대의 학습자를 연결시키려 했다. 현재의 시점에서 자신의 경험을 고전 작품과 연결지어 그 재미를 찾고자 한다는 점에서[22] 이들 연구는 앞서 류수열의 연구에서 언급되었던 '시조의 레고형 독서'의 두 가지 방식 중에서 '낯익은 데서 낯선 것을 발견하는 재미'와 통할 가능성이 크다고 여겨진다. 앞서 말했듯이 이는 같은(낯익은, 공통점) 작품이 시대나 공간과 같은 특정 조건에 따라 차이를 보이며 다르게 해석된(낯선, 차이점) 사례를 비교하면서 재미를 느끼게 되는 경우인데, 시조 <백설이 즈자진 골에>와 <도산십이곡>을 현재의 학습자들이 본인의 현재 경험과 상황과 연결지어 재해석하면서 공감하고 이해하는 방법을 도모한다는 점에서 같은 범주로 논할 수 있을 듯하다.[23]

이상에서 5명의 연구자가 기존에 제시한 개념을 활용하여 '비교와 재미의 관련성'에 대해 논한 내용을 정리해 범주화 하면 다음과 같이 세 가지의 비교 방식을 통한 재미 찾기가 가능하리라 생각된다.

---

22) 조희정의 논문을 자세히 살펴보면 "'감정이입'은 '학습자가 자신이 시적 화자와 같은 상황에 처할 경우 자신의 정서를 상상하는 (현재 시점에서) 것'이고, '공감' 체험은 '학습자가 시적 화자의 위치에서(즉 작품이 창작된 시대의 시점에서) 시적 화자의 정서를 상상하는 것'"이라 하여 고전텍스트와 현대 학습자가 정서적으로 교감하는 방식이라는 점에서는 두 가지가 유사하지만, 그 방식은 반대 방향으로 설정하고 있는 것으로 파악된다. 이 가운데 '공감' 체험은 지금까지의 고전문학 학습에서 일반적으로 사용되는 이해의 방식이라면, '감정이입'은 고전 작품이 지니는 현대적 의미를 찾고자 하는 새로운 방향이므로 필자의 관심은 '감정이입' 쪽에 더 맞춰져 있다고 볼 수 있다. 조희정, 앞 논문, 2015, 19-20면.
23) 심우장의 논문에서도 고광수와 배수찬 등의 기존 연구를 인용하면서 이렇듯 경험교육의 측면에서 이루어지는 고전의 재해석에 대해서 간단히 언급을 한 바 있다. 심우장, 앞 논문, 86면.

	A		B
①	**원형(패턴)**의	→	**구체적 작품**으로의 활용
②	**고전 작품**의	→	**현대적 작품**으로의 변용
③	**고전 작품**의	→	구체적 경험에 입각한 **현대적 재해석**

위의 표에서 A의 항목들은 시대와 공간을 초월해 존재하는 원형적 상징(①)이거나, 아니면 일반적으로 우리가 고전문학과 현대문학이 나뉘는 분기점이라고 일컫는 19세기 이전의 고정된 시기와 공간에 창작된 특정한 하나의 문학 작품(②, ③)이다. 이에 반해 B의 항목들은 시대와 공간의 변화라는 변수를 A의 항목에 적용해 새롭게 창작되거나 제시된 작품(①, ②)이나 해석(③)이다.[24] A와 B 사이에 표시한 화살표(→)는 A에서 B를 이끌어내는 활용이나 변용, 또는 재해석의 과정을 의미한다고 볼 수 있다.[25]

①의 경우 원형을 적용해 창작된 구체적 작품 가운데 가장 원형에 가까운 모습은 당연히 한국이든 외국이든 고전 작품, 특히 신화에 많이 존재하는데, 이를 뒷 시기 한국의 작품과 비교하여 그 공통점과 차이점을 논하는 방식이 가능하다.[26] 원형을 활용한 작품이 고전 작품에서 잘 찾

---

24) 부가적 설명이나 조사와 같은 언어적 장치와 A,B의 대상이 되는 항목을 엄격하게 분리하기 위해, 그 대상을 분명하게 지칭하는 단어만 굵게 표기하고 밑줄을 그어 나타냈다.

25) 고전문학교육에 대한 기존의 연구 방법을 위의 표와 관련지어 볼 때 패턴이나 원형, 혹은 작품 자체가 지닌 특정성, 고정성과 같은 A항목의 대상에 대해 집중한 연구와 작품의 시내, 역사적 싱황이나 공간적 상황 등 B항목으로 변화된 상황을 강조하는 연구로 나눠 볼 수 있다. 약간 무리한 연결일 수도 있지만, 전자의 경향은 영미 신비평이나 형식주의가 지닌 초역사적 시각을 대변한다면 후자의 경향은 전기적(傳記的) 역사주의나 고증적 지식주의 시각을 대변한다고 할 수 있을 듯하다. 김흥규는 이 두 가지 연구 방법을 고전문학교육에 대한 두 가지 양 극단의 경향성의 연구 방법으로 제시하면서, 이 두 가지가 극단적 형태가 아닌 조화로운 형태로 조율되는 방식이 고전문학교육이 나아가야 할 바람직한 방향이라고 말한 바 있는데, 본고에서 제시하는 '공통점과 차이점 찾기를 통한 비교'의 방법을 통해 이 두 가지 연구 방법의 조화를 이루어낼 수 있지 않을까 생각해본다. 김흥규, 「고전문학 교육과 역사적 이해의 원근법」, 『한국 고전문학과 비평의 성찰』, 고려대학교 출판부, 2002, 306-322면.

아지는 이유는 기본적으로 고전문학이 현대문학보다 구비적 속성을 많이 가진 탓에 텍스트의 고정성이 상대적으로 약해 변용의 가능성이 크다는 점 때문이다.27)

②의 방식에서 고전문학 작품을 원재료로 한 새로운 창작물은 현대문학 작품뿐만 아니라 현대의 제반 문화 텍스트까지 확대할 수 있다. 현대

---

26) 여기서 이론상으로는 원형 그 자체와 그 원형을 적용해 시대에 맞게 창작된 작품 사이의 비교는 충분히 가능하다. 이 과정은 다시 말해 하나의 작품이 지닌 원형성을 탐구하는 과정과 유사할 수도 있다. 텍스트 간 비교만이 비교는 아니며, 원형 그 자체와 구체적 텍스트 사이의 비교도 충분히 가능하다. 그러나 실제 학생들에게 비교 작업을 수행하게 할 때는 논의의 편의와 다양성 확보를 위해 원형 그 자체가 잘 발현된 한국고전 작품과 한국현대 작품, 혹은 한국고전작품과 외국의 고전이나 현대작품을 선택해 비교하도록 하는 방법이 적절하다고 생각한다.

또한 같은 원형을 활용했다면 '고전 작품 : 고전 작품', '현대 작품 : 현대 작품', '외국 작품 : 외국 작품'으로 비교의 대상을 설정해 그 공통점과 차이점을 찾는 연구도 가능하다. 하지만 본 발표의 목표가 현대의 학습자들에게 고전문학의 재미를 찾게 하는데 있고, 이러한 재미가 낯익은 것과 낯선 것의 관계 속에서 발생한다는 점을 감안하면, 비교의 대상이 되는 두 항목 가운데 하나를 원형이 잘 발현된 고전작품으로 하고, 상대 항목으로 현대작품이나 외국작품을 설정하는 것이 더 바람직하다고 하겠다.

이 관계 항은 언뜻 생각하기에 낯익은 것이 고전 작품이고 낯선 것이 현대(혹은 외국) 작품이 되면서, 익숙한 고전 작품을 통해 새로운 현대 작품이나 외국 작품의 재미를 찾는 것으로 여겨진다. 그러나 실상은 달라서 고전 작품은 옛 것이 되어 현대 학습자들에게 낯선 것이 되어 버렸고, 오히려 최근에 새롭게 창작된 현대 작품이나 외국 작품이 현재 시점을 살고 있는 학습자들에게는 낯익은 것이 되어버렸다. 현대(또는 외국) 작품이라는 연결 고리를 통해 고전 작품의 재미를 찾아내는 경우가 더 일반적인 형태일 수 있다는 말이다. 어쨌든 이 두 가지 경우 모두 고전 작품을 비교의 한 축으로 설정해 현대나 외국 작품과의 공통점과 차이점을 찾아내는 과정을 통해 고전 작품의 재미를 찾아가는 방식이라고 할 수 있겠다.

27) 고전시가의 경우 특히 구비성이 강해 '수작(주고 받기)'의 향유 방식이나 율격이 지닌 공식성을 활용해 변용 가능성이 높다. '민요의 궁중음악화'라는 변형 과정을 통해 많은 고려가요 작품들이 만들어진 사실은 잘 알려져 있다, 향가 <원가>와 향가 계열 고려가요라고 볼 수 있는 <정과정곡>, 본격적인 고려가요인 <동백목>, 이 세 작품은 왕이 자신을 다시 불러주지 않는 데 대한 원망을 신하의 입장에서 특정의 나무를 매개로 노래한 시가라는 점에서 같은 원형이 시대의 흐름에 맞게 변형되어 연속적으로 나타난 작품들로 볼 수 있다. 경기체가 장르의 역사는 현전하는 가장 오래된 작품 <한림별곡>의 정격 형식을 시대에 따라 계속 변형시키면서 변격과 파격의 작품들을 만들어 간 과정으로 이해할 수도 있을 것이다. 또한 소설의 경우를 본다면 고전문학의 시대에는 저작권의 개념이 없었고 특히 우리나라의 경우 독자 중심으로 소설이 유통되었다는 특성상 작가가 중시되지 않아 개작의 가능성이 열려 있었다고 판단된다.

의 학습자의 구체적 경험이 재미와 연결된다는 기본적 사실에 기초할 때 대상의 영역을 전반적인 문화 텍스트로 확대하여 드라마나 영화, 연극은 물론이요 뮤지컬, 오페라, 노래, 무용극 등 다양한 장르의 텍스트를 대상으로 하여 고전 작품과 비교할 수 있도록 해야 한다. 중요한 것은 ②의 경우 원형이 같은 수준이 아니라 같은 작품으로 인정되는 텍스트 사이의 비교여야 한다는 점이다. 같은 제목의 작품이라 할지라도 시대에 따라 완전히 다르게 해석되는 새로운 작품으로 재탄생할 가능성도 있다. 또한 제목은 다른 이름을 표방하더라도 같은 작품으로 인정될만한 서사 맥락을 지니고 있다면 비교 대상에 넣어도 좋겠다.

③의 재해석의 경우는 작품이 창작된 고전 시기의 상황을 이해한 후 자신의 현재 경험을 바탕에 두고 작품을 나름대로 재해석 하는 과정이라고 할 수 있다. 고전 작품이 창작된 당시의 해석을 자신의 현대적 재해석과 비교하는 일종의 '창의적 독서'를 통해 고전 작품의 재미를 찾는 것이다. 이 경우 ①의 방식에서 제시한 '원형'에서 더 나아가 재해석까지 비교 대상으로 볼 수 있는가 하는 문제가 제기될 수 있다. 실제로 학생들은 이 ③의 방식을 쉽게 택하지 못하고 대개는 텍스트간 비교가 가능한 ①과 ②의 방식을 택한다. 그러나 분명 고전 텍스트와 현대적 재해석 사이에도 비교가 가능하다고 생각한다. 이는 엄밀히 말하면 '고전 텍스트에 대해 이미 이루어진 전형적 해석과 현대적 재해석 사이의 비교'라고 다시 풀어 말할 수도 있을 것이다. 현대적 재해석에 의한 새로운 텍스트가 아직 창작되지 않은 상태에서 이러한 창의적인 재해석은 새로운 작품 창작의 토대가 될 수 있으며, 고전을 공부하는 중요한 의미가 될 수 있기 때문에, 텍스트간 비교만으로 비교의 항목을 설정해 스스로 고전 재해석의 범위를 좁힐 필요는 없다고 생각한다.

4. 대학 신입생을 대상으로 한 고전문학 수업의 사례 보고

(1) '국어국문학 입문' 강좌의 수업 구성

여기서는 지금까지 논의한 내용을 토대로 하여 국문과 1학년을 대상으로 한 고전문학 수업에서 '비교를 통한 재미 찾기'의 방식을 활용한 사례를 보고하고자 한다. 대학의 수업은 담당 교수의 재량권이 큰 까닭에 구성의 자율성이 확보된다는 점이 초등학교나 중학교에 비해 장점일수 있다. 앞서 서론에서 언급했던 것처럼 '국어국문학입문' 과목은 고등학교까지의 국어, 혹은 문학 수업에서 본격적인 대학 국어국문학과의 전공과목 수업으로 단계를 높이는 과정에서 징검다리 역할을 할 수 있도록 개설되었다. 고전문학 쪽에서 본다면 '국문학개론'이나 '국문학강독' 같은 정도의 1, 2학년 단계의 과목을 수강하기 전에 고등학교까지해오던 시험 준비를 위한 수업에서 벗어나 작품과 연구에 대한 관심을 불러일으키려는 목표를 지니고 있다. 앞에서 말했듯이 국어학, 고전문학, 현대문학 영역 담당교수가 돌아가면서 한 학기 수업을 하는데, 전체16주 가운데 마지막 주 시험기간을 제외하고 15주의 시간을 3분하여 각전공 영역을 5주 정도씩 강의한다.

지금부터 필자에게 할당된 5주 분량의 고전문학 수업 시간의 구성에대해 알아보겠는데, 먼저 각 주별로 설정한 수업목표와 구체적인 강의내용을 소개하고자 한다. 먼저 첫 주에는 고전문학이 지닌 현대문학 및국어학과의 연계성을 알게 하고, 고전문학(나아가서는 국문학)이 학문적으로 당면한 문제를 인식시키며, 고전문학을 친근한 대상으로 생각할 수있는데 도움을 줄 수 있는 내용으로 수업 내용을 설계한다. 이때는 선학들의 기존 논문 가운데 훌륭한 것이 많으므로 이를 선택적으로 활용할 수 있다.[28) 2주째에는 본 발표의 앞 장에서 서술했던 바와 같이 '비교'의 세 가지 방식을 통해 고전문학의 재미를 찾을 수 있는 필자의 고유한 이론 체계에 대해 강의한다. 다음으로 3주에서 마지막 5주까지는 2주째에 소개한 '비교의 세 가지 방식'에 대해 매 주 한 가지씩을 택해 작품의 예시를 들어가며 설명한다.

3주에는 '원형이 활용된 작품 간의 비교'를 주제로 하여 고전문학과 현대문학 작품 및 고전문학과 외국문학 작품 간의 비교 체험을 하게 한다. 대상이 되는 작품으로는 고전작품과 현대작품의 비교에서는 여성서사민요인 <첩집 방문>과 <후실 장가>[29) 등의 작품과 몇 년 전에 방영된 드라마 <마마>[30)와 <착하지 않은 여자들>[31)을 예로 들 수 있다. 이들 작품은 각각 창작된 시대나 환경이 다른 까닭에 그 정도와 양상에는 차이를 보이지만 공통적으로 남자와 두 여자 사이의 애정이 얽힌 삼각관계를 작품의 주요 갈등 요소로 다루고 있으면서도, 갈등 관계에 놓일 가능성이 큰 여성과 여성 사이의 관계를 갈등을 통해 종국에는 연대까지 이루어내는 관계로 승화시키면서 한 수준 높은 문제의식을 보여준다.[32)

---

28) 필자는 주로 김흥규, 『한국문학의 이해』, 고려대학교 출판부, 2002, 1-242면의 2장 '한국문학의 영역'과 7장 '한국문학의 위상' 부분과 김대행, 「문학은 즐거운 놀이다」, 『문학이란 무엇인가』, 문학사상사, 1992, 1-312면 등과 같은 논문을 활용한다. 김흥규의 책 2장 부분은 구비문학, 한문학, 국문문학의 3가지 세부 영역을 기준으로 국문학에 대한 전반적 조명이 가능하도록 했고, 7장 부분은 국문학이 당면한 주요 문제를 '고전문학과 현대문학의 연계성 확보'와 '민족문학과 세계문학 사이에서 중심 찾기'에 두고 논했는데, 이두 가지 당면 과제와 관련한 수업 내용을 통해 고전문학 작품을 중심에 두고 현대문학, 혹은 외국문학 작품과 비교하는 부분에 대한 학문적 배경 지식을 쌓을 수 있다. 또한 김대행의 논문은 국문학(특히 고전문학)이 지니는 일상문화로서의 속성을 드러내는 방법을 통해 고전문학이 지닌 친근함을 부각시키고자 했다.

29) 강진옥, 「여성 서사민요에 나타난 관계양상과 향유층 의식」, 『한국고전여성작가연구』, 태학사, 1999.

30) 2014년 8월-10월 MBC를 통해 방영된 송윤아, 문정희 주연의 주말 드라마.

31) 2015년 2월-5월 KBS2를 통해 방영된 김혜자, 장미희, 채시라, 도지원 등 주연의 수목 드라마.

32) <첩집 방문>에서는 본처가 칼을 품고 옆 마을 첩의 집으로 쳐들어갔다가, 첩의 아름다

또한 고전작품과 외국작품의 비교에서는 <주몽신화>와 <오이디푸스 신화>의 예를 들 수 있다. <주몽신화>를 대상으로 우리 서사문학의 주요한 원형들 가운데 하나인 '영웅의 일대기' 구조에 대해 알아보는 내용은 여러 문학 교과서에 실려 있을 만큼 고등학생을 대상으로 하는 문학교육에서 중요한 학습내용으로 인정받는다. <주몽신화>를 그리스 신화인 <오이디푸스 왕> 이야기와 비교하는 학습은 고등학교에서 진행한 <주몽신화>만을 대상으로 한 수업을 심화시키는 과정의 의미를 지닐 수 있다. 이 두 작품의 비교를 통해 동, 서양 신화에 공통적으로 나타나는 영웅의 일대기 구조에 대해 확인하고, 더불어 두 작품의 결말이 각각 숭고와 비장미를 드러내면서 미의식의 차이를 보이는 부분을 통해 세계관의 차이까지 살펴보는 학습을 진행할 수 있다.33)

4주째에는 '고전작품과 그것이 현대적으로 변용된 작품 간의 비교'를 주제로 <장화홍련전>이나 <춘향전> 같은 고전소설들이 영화 <장화, 홍련>이나 <방자전> 등으로 장르를 바꾸어 현대적으로 재창조 혹은 변용된 사례를 검토한다.

마지막으로 5주째에는 '고전작품에 대한 당대의 창작 배경과 현대적

운 외모와 친절한 대접에 그저 물러난다. <후실장가>에서는 만류에도 불구하고 남편이 후실 장가를 가던 날, 갖은 저주를 퍼부어 남편을 죽게 만든 본처가 상여를 따라 나오는 후실을 보고서는 자기가 또 다른 과부 한 명을 만들었다는 사실에 눈을 뜨면서 첩을 불쌍히 여기는 마음을 갖게 된다. <마마>는 미혼모로 아들을 낳아 키우던 미술가가 암 투병을 하다가 아들의 미래를 걱정해 아빠와 그 아내에게 아들을 부탁하는 가운데 여성 간의 갈등을 극복해내는 과정이 보이는 작품이다. <착하지 않은 여자들>에서는 결혼 초기에 남편이 따로 짝사랑하던 여자와 그 남편 없이 혼자 딸들을 키워낸 아내가 서로 의자매가 되는 과정이 중요한 서사 흐름의 하나로 등장한다. 이 주제로 필자는 「삼각관계에 놓인 아내에 대한 문학치료적 조건 탐구」라는 제목의 후속 논문을 '한국문학치료학회'에서 발간하는 『문학치료연구』에 발표했고, 이 논문은 이 책의 1부 2장 '문학치료적 관점'에도 수록되었다.

33) 이러한 수업은 조동일, 「한국문학의 숭고와 서양문학의 비장」, 『한국문학과 세계문학』, 지식산업사, 1995를 주된 참고문헌으로 하여 진행할 수 있다.

재해석 비교'를 주제로 하여 <양반전>의 군수와 양반을 요즈음의 정치
인과 비교해 분석해보거나 <화전가> 창작을 현대의 '노래와 시를 통한
문학치료'로 바라보는 해석 등에 대해 살펴본다.34)

이상 5주간에 걸친 고전문학 수업 구성에 대해 살펴보았는데, 이 과
정을 마치면서 필자는 학생들에게 3주에서 5주 사이에 강의한 비교 방
식 세 가지 중에 한 가지를 활용해 학습자가 스스로 비교 대상을 골라
분석하는 과제물을 내준다. 추후 학생들이 제출한 과제물을 살펴보면
학기마다 강의를 듣는 학습자들의 성향이나 수준의 차이에 따라 조금씩
다르기는 하지만 '고전문학 학습의 재미 찾기'라는 이 수업의 목표가 어
느 정도 달성되었는지에 대한 대략적인 판단을 내려 볼 수는 있다.

(2) '비교'를 활용한 고전문학 수업의 실례

이제 2014년 1학기와 2015년 1학기 두 번에 걸쳐 '국어국문학입문' 수
업에서 제출된 과제물 가운데 완성도가 높다고 판단되는 것들을 대상으
로 하여, 과제물에서 활용된 비교의 구체적 방식을 살펴보고, 나아가 고
전문학 학습의 재미를 높이고자 하는 수업 목표의 달성 정도에 대해 살
펴보려 한다. 먼저 앞서 제시한 비교 방식에 따라 학생들이 제출한 과제
물을 분류해보았다.

① 유형 : 원형의 구체적 작품으로의 활용

①-1 : 원형(고전 작품)-현대 작품
남장여자라는 주제 하나만을 가지고 전혀 볼 수 없었던 새로운 내용의

---

34) 화전가의 현대적 해석에 대해서는 박경주, 「화전가의 의사소통 방식에 나타난 문학치료
적 의미」, 『규방가사의 양성성』, 월인, 2007, 209-230면을 참고할 수 있다.

이야기를 창작해내기도 하는 반면, 과거에 있던 고전문학을 인용해 재해석하고 그를 바탕으로 현대에 와서 많이 변화한 대중들의 사고방식에는 지루할 수도 있었던 고전적인 내용을 현대인들의 인식에 맞게 탈바꿈시키는 경우도 자주 접해볼 수 있다.

　　　　　　　　　　　—〈홍계월전〉 : 〈성균관스캔들〉, 〈바람의 화원〉, 〈커피프린스 1호점〉

①-2 : 원형(고전 작품)-외국 작품

고전문학 작품을 포함한 네 작품은 모두 다른 나라에서 창작된 작품이지만 공통점이 많이 있었다. 그러다보니 어떻게 다른 나라에서 비슷한 스토리의 작품이 나올 수 있었을까 하는 **의문을 갖게 되었다.** 아마 작품이 창작될 때 그 당시의 사회 발전이 비슷했거나 인간이 살아가는 모습이 대부분 비슷하기 때문인 듯하다. 앞으로는 여러 작품을 접할 때 다른 나라에서 창작된 작품들이라고 서로 전혀 다른 내용을 담고 있다고 판단하지 않고 다양한 작품들과 비교해보는 습관을 키워 고정관념처럼 박힌 생각을 바꿔나갈 것이다.

　　　　　—〈콩쥐팥쥐〉 : 〈신데렐라〉, 〈예쉰이야기(중국설화)〉, 〈오러와 오도(마오족 설화)〉

초능력에 대한 생각은 우리나라나 외국이나 별반 차이가 없다는 것을 알았고, 외국에는 우리나라의 권선징악의 정서와는 다르게 능력주의적인 정서가 있다는 차이점도 알았다. 우리나라의 사상과 외국의 사상을 알게 되고, 우리나라 사람의 심리와 외국인의 심리 역시 알게 되면서 문학은 하나의 학문에만 국한된 것이 아니고 철학이나 심리학 등 다른 학문들과 통섭하는 학문이라는 것을 다시 한 번 깨닫게 되었다.

　　　　　　　　　　　　　　—〈도깨비 감투〉 : 〈기게스의 반지(전설)〉, 〈반지의 제왕〉

<홍계월전>에서 평국과 보국이 결혼해서 처음에는 위기를 맞지만 결국 마지막 부분에서 영원히 행복하게 사는 모습은 우아함 속에서 느껴지는 아름다운 숭고미로 볼 수 있다. 이와 반대로 <아탈란테>에서 아탈란테와 히포메네스는 결혼해서 행복하게 살았지만 감사함을 표하지 않은 탓에 각각 암사자와 숫사자로 변하는 저주를 당한다. 이것은 슬픈 감정과 함께

일어나는 아름다운 비장미로 볼 수 있다. 왜냐하면 비록 저주를 당해서 암사자와 숫사자로 변하긴 하지만 그것은 그들의 지나친 사랑 탓에 생긴 일이기 때문에 안타깝지만 아름다운 슬픔으로 승화해서 생각할 수 있다.

— 〈홍계월전〉 : 〈아탈란테 신화〉

이렇게 두 작품은 작품이 창작된 시대부터 지금까지 독자들이 개인의 꿈에서 우리 모두의 꿈으로, 한 개인의 판타지에서 모두의 판타지로 확장을 시키는 중요한 일을 끊임없이 하고 있고, 그로 인해 지금까지 우리 곁에서 특별한 힘을 발휘하며 계속 숨쉬고 있는지도 모르겠다는 생각을 하게 되었다.

— 〈구운몽〉 : 〈이상한 나라의 앨리스〉

많은 유사성을 띠는 〈홍길동전〉과 〈로빈훗의 모험〉은 당시로서는 분명 보기 힘든 작품들인 것은 분명하다. 사회의 부조리와 모순을 보여주어 시대를 앞서 나간 훌륭한 소설들이며 서양과 동양이 서로 같은 의식을 공유할 수 있다는 것을 보여준 사례라고 생각한다.

— 〈홍길동전〉 : 〈로빈훗〉

② 유형 : 고전 작품의 현대적 작품으로의 변용

구미호로 나타나는 여성의 로맨스물은 비극적이다. 이루어지기 어려운 사랑으로 나타난다. 서양의 로맨스물은 남성이 기다리거나 믿어줘서 결국은 해피엔딩이라는 결말이 많다. 물론 배드엔딩도 적지 않아 있지만 항상 여성만이 반성하고 이뤄지지 않는 이런 식의 결말은 동양에서 더 많이 찾아볼 수 있는 것이다. 이것은 여성과 남성이 평등한 시각으로 쓰여지지 않았다고 볼 수 있다.

— 구미호 전설 : 〈미호 이야기(웹툰)〉, 〈구미호전(드라마)〉

〈마담 뺑덕〉은 약간 성인 영화라는 이유로 영화가 비록 흥행은 하지 못했으나 나는 나름대로 심청전의 어두운 면을 부각시켜 만든 이 영화가

재미있었고 기발한 상상력이 돋보였기에 현실적이고 작품성이 뛰어나다고 본다. 방민호의 장편소설 <연인 심청>은 고전소설에 기반을 두고 현실적인 모습을 가미해 매우 **즐겁게** 읽을 수 있었고, 평소 내가 알고 있던 심청전의 내용이 바탕에 깔려 있어 **수월하게** 읽을 수 있었다. 또한 고전소설과 현대판 드라마의 요소가 적절히 가미되어 지루하게 느낄 수 있는 심청전의 내용을 잘 풀어내고 있었다.

— 〈심청전〉 : 〈마당 뺑덕(영화)〉, 〈연인 심청(소설)〉

내가 좋아하는 시를 비교하는 과정이 **즐거웠다**. 시를 찾는 과정이 순탄치 않았지만 고려가요, 고대가요, 향가를 알아가는 과정에서 늘 몸을 낮추고 배웠던 것 같다. 내가 비교한 고전문학과 현대문학들이 누군가에게 **쉽고**, **흥미**롭게 다가갔으면 좋겠다.

— 고려가요 〈사모곡〉 : 〈사모곡-김정해, 현대시〉

앞서 제시한 비교 방식에 따라 학생들의 과제물 사례를 인용했는데, 먼저 눈에 띄는 것은 강의 시간에 분명히 언급한 ③의 방식으로 작성된 과제물이 없었다는 점이다. ③은 작품 대 작품 간의 비교가 아니라 공통점과 차이점을 찾아내는 원래 비교의 과정이 확대된 방식이라고 할 수 있겠는데, 아무래도 작품 간 비교가 아니다보니 학생들의 입장에서는 작품 간의 공통점과 차이점을 바로 찾는 ①의 방식이 쉽게 느껴졌을 것이다. 또한 ③의 방식의 경우 '새롭고 현대적인 해석'을 해야 한다는 부담 역시 작용했을 것이다. ②의 방식의 경우 원 작품이 변용된 작품으로 선택된 것들이 대개는 문학 작품보다 드라마나 영화, 만화, 웹툰 같이 학생들이 문학 작품에 비해 쉽고 재미있게 읽고 보는 텍스트임을 알 수 있다.[35]

---

35) 이는 ①의 비교 방식에서도 같은 양상으로 나타났다. 즉 학생들은 비교의 방식을 불문하고 현대의 작품으로는 문학 작품보다 미디어 매체를 활용한 텍스트를 더 쉽고 재미있게 느낀다는 사실을 새삼 확인할 수 있다.

①과 ②의 방식 중에서 학생들의 선호도가 더 높았던 것은 ①의 같은 원형을 사용해 시대나 상황에 맞게 활용한 작품군이다. 이 경우 원형의 모습을 담은 고전문학 작품을 현대문학 작품과 외국문학 작품 중 어느 한 쪽과 비교할 수 있는데, 위에서 보이듯이 외국문학 작품과 비교한 경우가 단연코 앞섰다. ①의 방식에서 현대문학보다 외국문학 작품이 비교의 대상으로 많이 선택된 것은 학생들이 한국문학 작품을 많이 알지 못한다는 데 이유가 있는 듯하다. 고전작품은 과제 수행의 기본이 되므로 일단 고르긴 했지만, 그 작품과 유사성을 가진 현대문학 작품을 골라내기가 쉽지 않은 것이다. 또한 이에는 학생들이 극히 최근에 창작, 출간된 작품을 제외하면 대상이 되는 문학 작품의 정확한 창작 시기를 잘 모르는 경우가 많다는 점도 영향을 끼쳤다고 생각된다.[36) 그러다보니 자연적으로 고전문학 작품과 외국문학 작품을 비교하는 과제물이 가장 많은 비중을 차지하게 되었다고 여겨진다. 비교 대상이 되는 외국문학 작품의 경우 대부분 서양의 고전으로 알려진 유명한 작품이거나 신화 작품들이었다. 학생들은 본인이 잘 알고 있어 별로 어렵지 않게 느끼는 외국 작품을 비교 대상으로 선택해, 상대적으로 어렵다고 느껴지는 고전 작품과 비교하고자 한 것으로 판단된다. 이는 쉬운 대상을 통로로 하여 어려운 대상으로 나아가는 과정이 재미 찾기의 핵심인 것을 다시금

---

36) '국어국문학입문'을 수강하는 1학년 학생들은 대개 고전문학과 현대문학의 구분이 지어지는 시기조차 확실히 알지 못했다. 즉 현진건이나 김동인의 소설, 김소월과 이육사의 시 작품 등을 두고 현대가 아닌 고전 문학 작품으로 생각하는 경우를 흔히 보았다. 현대문학은 본인이 살고 있는 현재 시점에 창작, 출간된 작품을 가리키는 용어로 잘못 알고 있는 학생들이 많았던 것이다. 이 때문에 이 강의의 첫 주 수업에서 고전문학과 현대문학의 분기점에 대해서 자세히 설명했지만, 소수의 학생들은 과제물 작성 시 대상 작품 선택에서 여전히 착오를 일으켰다. 이러한 문제를 보면서 앞으로는 ①의 방식에서 고전문학과 현대문학, 고전문학과 외국문학을 비교하는 데 국한하지 않고 고전문학 작품 간에 익숙한 작품을 통해 새로운 작품을 이해하는 형태로 비교항을 설정하는 것까지도 포괄해야겠다는 생각이 들었다. 하지만 이 경우에도 고전문학과 현대문학의 개념을 확실히 인지시켜야 한다는 숙제는 여전히 남게 된다.

깨닫게 해주는 지점이라고 생각한다.37)

　그러나 여기서 잊지 말아야 할 점은 학습자의 지적 욕구의 수준 차이에 따라 쉽다든가 어렵다든가 하는 정도는 충분히 달라질 수 있기 때문에, 본고의 사례에서 나온 결과가 모든 대학 국문과 1학년생들에게 적용되는 것은 아닐 수 있다는 사실이다. 지극히 당연한 말이지만 학습자군의 수준이나 취향에 따라 ②나 ③의 방식이 더 많이 나올 수도 있고, ①에서도 외국문학이 아닌 현대문학 작품과의 비교가 더 많은 비중을 차지할 수도 있다. 특정의 집단을 대상으로 한 교수-학습의 정교화를 위해 필자가 제시한 세 가지 비교의 방식이 활용될 가능성은 충분하며, 비교의 세부적 방식에 따라 추후 세세한 논의가 이어져야 하리라고 본다. 그러나 어떠한 방식이나 어떠한 작품을 가지고 비교가 이루어지느냐 하는 것 못지않게 더 중요한 점은, 그 비교의 과정을 통해 학습자가 재미를 느끼고 추후 계속 고전문학 작품에 대한 학습 욕구를 느낄 수 있는가 하는 부분일 것이다.38) 이 논문은 처음부터 이러한 소박한 목표 달성을 위해 시작되었다고 해도 과언이 아닌데, 이제 그 결과를 검증하기 위해 비교 방식을 막론하고 학생들이 과제물을 작성하면서 느낀 점에 대해 적은 내용을 다음에 인용해본다.

---

37) 이는 앞에서 살펴본 것처럼 ①의 방식에서 비교 대상으로 현대 작품을 택한 경우나 ②의 방식에서 고전 작품을 현대적으로 변용한 경우에서 모두 현대 작품으로 문학 작품보다는 매체를 활용한 텍스트를 선호했다는 점에서도 검증되는 사실이다.

38) 이 지점에서 '고전 학습의 재미 찾기'의 목표 지점을 높게 설정한 연구자의 경우 필자의 생각에 불만을 제기할 수도 있을 것이다. 그렇지만 이 논문이 구체적 사례 보고라서가 아니라, 고교의 국어수업 현장이 대학 입시에 좌지우지되고, 서울의 유수한 대학의 국문과 대학원에 같은 학부 출신 대학원생 진학률이 0%가 되어버린 현 상황에서 고전문학 작품에 대한 재미를 끌어내기 위한 다급한 과제를 고민하면서 작성되었다는 점을 기억해주었으면 한다. 필자 역시 이런 상황일수록 더욱 교수-학습의 정교화를 위해 세부적 내용을 가다듬을 필요가 있다는 당위적 과제에는 동의하며, 추후 이러한 작업에 더욱 정진할 생각이다.

이렇게 두 작품을 비교해가며 하는 독서는 처음이다. 처음에는 서로 다른 작품을 비교하는 것이 가능할지 의문이 들기도 했지만, 막상 해보니 너무 **재미**있었고 이렇게 하는 독서 방법도 **신선하다**는 생각을 했다. 앞으로도 종종 이와 같은 독서법으로 책을 읽어야겠다.

— 〈만복사저포기〉 : 〈단테의 신곡〉

이번 리포트의 주제는 **흥미**로웠다. 초등학교, 중학교, 고등학교 시절을 걸쳐서 수행했던 과제들은 모두 교육과정이라는 틀에 갇히고 입시에 초점을 둔 비창의적인 과제였다. 하지만 대학에 올라와서 받게 된 과제는 내가 원하는 작품과 특징을 선별해서 처음부터 끝마무리까지 내 마음대로 쓸 수 있었기에 부담감이나 중압감이 적었고, 조사하고 구성하고 작성하는 내내 **즐거웠다**. 중, 고등학교 때 배웠던 지식을 한 번 더 생각해보고 대학에 들어와서 배웠던 지식을 복습해보며 사고를 확장해 나가는 좋은 계기였던 것 같다. '에우리디케'는 기존에 알고 있었던 작품이었지만, '용소와 며느리 바위'라는 작품은 몰랐던 작품인데 이번 기회에 알게 되어서 **흥미**로웠다.

— 〈용소와 며느리 바위〉 : 〈에우리디케 신화〉

이렇게 비슷한 작품들을 찾아 비교하며 읽으니 독서를 하는데 있어서 더 많은 집중과 **흥미**를 가지고 작품에 접근할 수 있었다. 앞으로도 다른 문학작품에 접근할 때 무작정 내용에만 접근하는 것이 아닌 내가 알고 있는 다른 작품들과 비교하거나 비슷한 내용의 작품을 선정하여 공통점과 차이점을 찾아가며 읽어가야겠다는 생각이 든다.

— 〈이생규장선〉 : 〈피라모스와 티스베 신화〉

여성영웅소설은 여성들이 억눌러 오던 그들의 생각과 잃어버리고 살아왔던 그들의 존엄성을 외치는 데 도움을 주었다는 것에 큰 **의미**가 있지 않을까 하는 생각이 들었다. <홍계월전>에 비해 <잔다르크> 이야기는 매우 비극적이기 때문에 우리나라 고전 여성영웅소설의 특징을 잘 보여줄 수 있을 것 같았다. 이번 과제를 통해 짧게나마 과거부터 오늘까지의 여

성과 남성에 대한 인식 차이와 남존여비, 페미니즘에 대해 생각해보게 되
었다. 과제를 하면서 어려움도 물론 있었지만, 고전문학과 현대문학의 차
이를 조금 더 배우게 된 것 같고, 남성우월주의 사상에 대해 비판적인 시
각을 조금 더 갖게 된 것 같다.

— 〈홍계월전〉 : 〈잔다르크〉

　과제물 작성 후 느낀 점을 과제물에 넣으라고 말하지도 않았는데 학
생들은 스스로 결론 부분에 위와 같은 감상을 적어낸 경우가 많았다. 감
상 내용 안에 직접적으로 '재미'나 '흥미'라는 용어를 넣어 표현한 학생
들도 있지만, 설령 그렇지는 않다 하더라도 '신선했다'든가 '즐거웠다'
든가 하는 간접적 표현을 통해 재미를 찾았음을 드러낸 학생들도 있었
다. 여전히 '알게 되었다' '깨달았다' 등의 인지적 변화를 표현한 용어를
사용한 학생들도 많았지만, '느꼈다'와 같이 정서적 변화를 표현한 용어
를 통해 재미 찾기의 가능성을 보여준 경우도 있었다. 또한 '재미'나 '흥
미'와 관련된 용어를 쓰지 않은 경우에 있어서도 감상을 통해 짐작할 때
작품에 관심을 갖고 비교 과정에 의미를 부여하게 되었음을 확인할 수
있다. 물론 학생들이 교수에게 제출하기 위해 작성한 과제물에 적어낸
이러한 표현들이 온전히 다 솔직한 것이라고 생각하지는 않을 수도 있
다. 그러나 학생들의 이러한 표현과 그 안에 담긴 용어 선택을 보면 공
통점과 차이점을 찾아내는 과정을 통해 개개인이 다소 차이는 있더라
도 고전 작품에 대해 학습해가는 재미를 맛보았음을 부인할 필요는 없
으리라 믿는다. 학생들이 감상에서 언급했듯이 이러한 학습 방법은 고
전문학 작품만이 아니라 문학 작품 전반을 학습하는 과정에 적용시킬
수 있는 창의적 독서법으로 개발할 필요가 있지 않을까 조심스럽게 제
안해본다.

5. '비교'를 활용한 학습 사례 연구의 가능성

본고에서는 대학에 갓 입학한 학생들이 고전문학 작품에 대한 학습을 재미있게 할 수 있는 방법에 대해 고심한 결과, '비교'의 방식을 통해 고교 학습과 연계되면서도 입시 위주 교육에서 벗어나 자발적으로 고전문학에 흥미를 가질 수 있는 방법을 도모하고자 했다. 이를 위해 한국고전문학교육학회에서 '고전문학의 재미, 흥미, 의미'라는 기획주제 하에 발표된 논문들을 분석하면서 '비교'가 지닌 '재미'와의 관련성을 밝혀내고, '비교'의 방식을 세 가지 유형으로 정리하였으며, 이를 실제 수업에 적용한 사례를 소개했다. '비교'의 세 가지 유형 중에 ① 원형(패턴)을 활용해 구체적 작품을 창작하는 방식에 있어서는 그 원형의 활용 기준이 되는 단위에 따라 고전문학 수업을 재미있게 이끄는 구체적 방법이 본고에서 제시한 수준 이상으로 더 다양하게 전개될 수 있다. 또한 ② 고전 작품의 현대적 작품으로의 변용이나 ③ 고전 작품의 구체적 경험에 입각한 현대적 재해석의 경우 역시 새로운 비교항들을 통해 창의적인 고전문학 학습 방법을 개발할 가능성은 충분하다.

그런 차원에서 볼 때 본고에서 제시한 수업 사례는 그야말로 필자가 재직 중인 대학과 학과의 특성을 고려하여 설계한 하나의 예시에 불과하며, 비교의 방식에 기초를 두면서도 수업 내용은 학습자나 학습 상황의 변화에 따라 무궁무진하게 다르게 설계될 수 있다. 학습자들이 느끼는 재미의 양상에 따라 고전문학이 가지는 시대적 의미 또한 달라질 수 있을 것이다. 그 재미의 수준이 하향화되지 않으면서 갈수록 수업의 질을 높여가는 동력이 될 수 있기를 희망한다.

_____『고전문학과 교육』 31집, 한국고전문학교육학회, 2016년 2월.

고전시가 교육에 있어
향유 방식의 중요성과 그 방법론적 탐색

1. 고전문학의 향유방식과 교육

연구 영역에서 '향유 방식'이란 용어는 흔하게 자주 쓰이면서도 그 실체를 정확하게 꼭 집어 표현하기에는 어려운 대상인 듯하다. 사실 그것은 다분히 '향유'라는 단어가 가진 폭넓은 함의 때문이기도 하다. '창작 방식'이나 '수용 방식' '연행 방식'이라 할 때는 쉽게 연상되던 내용들이 '향유 방식'이라 할 때는, 앞서의 세 가지를 모두 종합해도 언뜻 잡히지 않는 것처럼 흩어져버리기 때문이다.

'향유 방식'의 개념을 잡기가 쉽지 않은 것은 또한 '방식'이라는 단어 때문이기도 하다. '향유층' '향유 공간' '향유 의식' 등과 같은 용어의 경우는 작품을 향유한 주체(사람)나 공간(장소), 정신적 가치 등 그 의미를 짐작할 수 있는 단서가 쉽게 떠오르는 반면에, '향유 방식'이라 하면 어떠한 과정인지 형태인지 혹은 대상을 가리키는 것인지 정확하지 않아 개념 파악이 쉽지 않다.

그럼에도 불구하고 '향유 방식'이라는 용어가 문학 연구 주제에서 자주 사용되는 것은 그 실체가 정확하지 않고 다른 개념과의 경계가 불분명한 만큼 다양한 것들을 담아내기에 편리해서라는 생각이 든다. 이번 한국고전문학교육학회의 기획주제가 '고전문학의 향유 방식과 교육'으로 결정된 것 역시 이러한 편의성과 무관하지는 않을 듯하다.

그런데 이렇듯 뜬구름 잡기와 같은 느낌을 주는 '향유 방식'이란 개념이지만, 한 가지 분명한 것은 확인할 수 있다. '향유 방식'은 대상이 되는 문학 작품을 정지된 대상으로 보고, 그 내부적인 것에 관심을 두는 개념은 분명 아니다. 즉 작품이 창작되고 수용되는 시간과 공간 및 그 주체와 객체, 또한 그러한 양상과 움직임의 형태에 대해 관심을 갖는 다분히 문학 작품 밖에 존재하는 실제 세계의 개념이란 뜻이다. 이는 어쩌면 'text'와 'context'의 개념과도 비슷한 것일 수 있다. '향유 방식'은 작품(텍스트)가 향유되는 상황(컨텍스트)와 관련되는 다양한 문제들을 말하는 개념으로 볼 수 있다는 것이다.

바로 이러한 사실 때문에 다분히 '향유 방식'의 문제는 문학의 본질적 영역에서는 다루지 않아도 되는 경계선 밖의 주제로 여겨지기도 하는 듯하다. 문학 그 자체보다는 문학 작품이 향유된 상황에 관심이 있기 때문에 문학과 역사의 접점에 놓이는 영역과 같이 생각되기도 한다. 조동일의 『한국문학통사』에서 문학사의 시대를 구분하는 기준으로 문학의 범위, 문학 갈래, 문학 담당층의 세 가지를 들었는데,[1] 이 가운데 앞의 두 가지가 순수한 문학 내적 기준이라면 마지막의 '문학 담당층'은 문학이 아닌 실제 인간의 역사와의 연관성이 가장 큰 영역이라고 할 수 있다. '향유 방식'이란 주제는 마치 이 '문학 담당층'과 같이 문학 내적인 문제가 아닌 그 바깥의 사실에 관심을 두는 것으로 생각된다는 것이다.

---

1) 조동일, 『한국문학통사』 1, 제4판, 지식산업사, 2005, 19-43면.

그러나 오히려 향유 방식에 대한 고민을 하다보면 이에 대한 문제가 문학 담당층을 넘어서 문학의 범위나 문학 갈래와 같은 문학내적 기준과 얼마나 깊게 연결되어 있는지 확인하게 된다.

다시 말해 분명한 것은 문학은 작품이란 개체만이 홀로 허공에 둥둥 떠 있는 존재는 절대 아니며, 역사적 시간 속에서 누군가에 의해 어딘가에서 특정의 방식으로 창작되고 수용된다는 사실이다. 이 때문에 연구자들은 컨텍스트에 관심을 갖고 '향유 방식'에 대해 논하게 된다. 이 논문에서 다루고자 하는 고전시가 영역의 경우 이러한 '향유 방식'의 문제는 더욱 중요성을 갖는다고 생각된다. 그 이유는 고전시가 작품들이 율격이 있는 운문이라는 점에서는 현대시나 한시, 민요와 같다고 볼 수 있지만, '각 시대마다 장르를 달리해 가면서 불려온 노래'라는 점에서는 앞에서 나열한 그 어느 운문과도 다른 고유한 특징을 갖기 때문이다.[2]

이러한 이유에서 볼 때 고전시가의 교육 현장에서 '향유 방식'의 문제가 작품이나 장르와 긴밀하게 연결되면서 수업이 이루어져야 하는 것은 지극히 당연하다. 그러나 현실적으로는 별반 그렇지 못하며, 고전시가 작품은 다분히 작품 내적 구조 안에서 주제와 의미를 파악하고 율격과 형식을 살펴보는 방식으로 학습되고 있다. 또한 고등학교 문학 교과서에서 고전시가 작품들은 대부분 작품 자체의 특성에 주목하는 단원이 아니라 국문학의 역사를 설명하는 단원 속에 예시 자료로 언급되는 경우가 많은데, 이러다보니 수업 역시 고전시가 작품이나 장르의 향유 방식에 대해서 제대로 된 설명을 통해 학생들이 이해하는 방향으로 나아

---

[2] 한국고전문학교육학회 기획주제의 총론 격에 해당한다고 보이는 손태도의 연구에서도 이러한 특성에 주목하여 향유방식에 있어 고전시가 영역에 대한 중요성이 고전소설이나 구비문학, 한문학 등 다른 영역에 비해 중점을 차지하는 점에 주목한 바 있다. 손태도, 「고전문학의 향유방식과 교육 : 과거, 현재, 미래」, 『고전문학과 교육』 37, 한국고전문학교육학회, 2018, 10면.

가지 못한 채 작품만 해독하고 마는 실상을 보여준다.3)

교육의 분야는 연구의 분야와는 다른 것이므로 연구의 과정에서 제기
되는 각종의 학설이나 문제 제기를 다 받아들일 수도 없고, 또 그럴 필
요도 없으며, 그래서도 안 된다. 그러나 고전시가 교육에 있어 향유 방
식의 문제는 이와는 성격이 좀 다르다. 이는 연구 성과의 진행이 덜 되
었다거나 학설 간에 논란이 있는 사항이 아니라, 고전시가 작품과 장르
를 이해하는데 필수적인 것이기에 작품을 학습하는데 있어 반드시 함께
논의되어야 할 사항이다.

이 논문은 이러한 전제 아래 일단 고전시가를 학습하는 데 있어 향유
방식의 문제가 왜 긴밀하게 연결되어야 하는지에 대해 논의하고자 한
다. 이는 고전시가에 대한 일반론적인 성격을 띠는 글처럼 보여 평범한
느낌을 줄 수도 있지만, 고전시가에서 향유 방식의 문제가 지닌 중요성
이 연구자들 사이에서도 간과되는 경우가 많아 꼭 강조되어야 할 내용
이다. 이러한 논의 후 '향유 방식'에 포함될 수 있는 주제 중에서 고전시
가 교육에서 필수적으로 언급되어야 할 사항들은 어떤 것이 있는지를
살펴 실제 학습 상황에 도움을 주고자 한다. 또한 그간의 문학 교육에서
고전시가의 향유 방식 문제가 다루어진 현황과 문제점에 대해서 주로
고등학교 문학 교과서와 수업 내용 중 일부를 선별하여 고찰해보고자
한다. 이러한 과정을 통해 결과적으로 이 논문은 고전시가의 향유 방식
의 문제에 대한 학습이 고전시가 작품에 대한 이해와 더불어 고전문학
교육에 의미 있는 일이 될 수 있음을 강조하는데 목표를 두고 있다.

---

3) 물론 이는 전반적인 현황을 말하는 것으로 출판사에 따라 고전시가의 향유 방식에 대한
관심을 어느 정도 반영한 교과서도 존재한다. 이에 대해서는 이 논문의 4장에서 종합적으
로 서술하고자 한다.

2. 고전시가와 향유 방식의 긴밀성

고전시가 영역에 대해 말할 때 연구자들이 본질적으로 알고 있으면서도 흔히 잊고 넘어가는 사실이 있다. 그것은 바로 고전시가 작품들 대부분이 '시가 아닌 노래로 불린 작품들'이며 또한 그 때문에 '우리말'로만 표기되는 것이 원칙이라는 사실이다. 이 두 가지 사실은 고전시가에서 향유 방식이 중요할 수밖에 없는 가장 기본적인 조건을 형성하는 사항이다.[4]

현대시와 한시, 민요 등 다른 운문들과 비교해보면 위의 조건들이 고전시가만이 지니는 고유한 특징임을 잘 알 수 있다. 현대시는 일단 노래가 아니며, 때로 율격에 의지해 낭송되기도 하지만 기본적으로는 상징과 비유, 이미지 등의 언어적 기법에 의지해 의미를 창출해내는 운문 영역이다. 현대의 시인은 시집이 출판되었을 시점을 기준으로 작품을 읽어갈 독자를 의식하기는 하지만, 시인과 독자가 작품을 통해 현장에서 소통하는 방식이 아니라 오로지 시 작품만을 통해 독자에게 자신의 뜻을 알려야 하므로 작품으로 모든 것을 표현해내야 한다.

반면 고전시가는 대부분의 작품의 창작과 향유가 노래의 방식으로 이루어지므로, 처음에 작가가 작품을 창작한 상황뿐만 아니라 연이어 그

---

4) 필자는 고전시가 연구자로 항상 이 문제에 대해 고심해온 편이다. 「경기체가의 연행방식 연구」, 서울대 국문과 석사논문, 1990에서부터 시작된 이러한 관심은 「고려시대 한문가요 연구」, 서울대 국문과 박사논문, 1994에까지 줄곧 이어졌는데, 이 박사논문은 문인층과 승려층의 시가를 막론하고 고려시대에 향유된 향가, 고려가요, 경기체가, 어부가 등 모든 고전시가 장르의 향유 방식을, 고려 초부터 수입되어 우리 시가에 영향을 준 중국 시가 장르의 악곡과 표기 형태와 비교해 그 영향 관계를 고찰한 논문이다. 그 이후로도 「전승 방식과 음악성을 통해 본 고려시대 시가장르의 흐름」, 『한국 시가문학의 흐름』, 월인출판 사, 2009, 189-217면에서 구비와 기록의 양상, 한문체와 향찰 및 이두의 결합 방식, 향악 과 당악의 차이에 따른 음악성의 문제 등의 세부적 주제에 따라 고려시대 시가 장르의 흐름을 파악해 박사논문에서 제기했던 문제의식을 심화시킨 바 있다.

작품이 후대인들에 의해 노래불리는 상황에서 모두 작가와 수용자가 현장성을 지니며 노래를 부르고 듣는 것을 기본으로 한다. 현장에서 소통하기에 작품에 모든 것을 담지 않아도 현장의 상황을 통해 미루어 짐작되는 공감대가 형성될 수 있다는 것이다. 이는 한 편의 작품에도 적용될 수 있지만, 더 넓게는 향가, 고려가요, 경기체가, 시조 등과 같은 시가 장르 각각의 경우에도 적용될 수 있는 사항들이다. 이로 인해 작품에는 드러나지 않아도 특정의 시가 장르가 지니는 향유 방식이 형성될 수 있는 것이다.

한시는 우리나라에서 노래가 아닌 시로서 향유되었으며, 중국에서 노래로 불린 사(詞)나 악부시 같은 장르 역시 우리나라 사람들이 노래로 부르기에는 어려워 우리의 경우에는 시의 기능을 할 수 밖에는 없었다. 궁중의 악장으로 창작된 한문악장의 경우는 노래의 기능을 하기도 했지만, 우리가 일반적으로 한시라고 부르는 작품들에 이들 한문악장을 넣어서 보지는 않는다. 한문악장의 경우는 오히려 고전시가 영역에서 국문악장과의 관련 속에 그 향유 방식을 고찰하는 연구가 주되게 진행되었다. 시조의 경우처럼 한시도 여러 명의 작가들이 함께 둘러 앉아 수작하며 짓는 경우도 있었으나, 이러한 작품 역시 노래로 향유되지는 않았으며 단지 한시의 향유 방식에서 이에 대한 관심을 가질 필요는 있다고 생각된다.

한시의 향유 방식에 대해 길게 설명하기는 했지만, 한시와 고전시가 사이에 놓여 있는 가장 큰 차이는 당연히 언어의 문제이다. 한시로 우리나라 사람들이 노래하고자 하는 욕구를 충분히 채울 수 있었다면 우리말로 된 고전시가 작품들이 그렇게 장르를 교체해가면서 이어져오지는 않았을 것이다. 『모시(毛詩)』의 서문에 등장하는 문구로 '시와 노래, 춤이 모두가 인간의 내면에 있는 사상과 감정을 표현한다는 점에서는 동일하다'는 의미로 해석되어 문학의 본질을 논할 때 자주 인용되는 구절이 있다.5) 이 구절은 예술의 본질이 사람의 뜻과 감정을 표출하는데 있음을 밝히는데 주목적이 있기는 하지만, 그 표현의 방식이 '시(말) > 감탄 > 노래 > 춤'의 단계로 확장된다고 보고 있어 예술의 영역 간의 관계까지 논의의 대상이 되게 한다.6)

그런데 여기서 분명히 짚고 넘어가야 할 것은 이것은 중국인의 입장일 뿐 우리나라 사람에게 있어서는 언어의 차이로 인해 중국 문자인 시를 노래로 바로 연결시킬 수는 없다는 사실이다. 이 때문에 향찰이나 이두와 같이 한자를 빌려 우리말을 적고자 하는 절충적 표기 형태가 만들어지고, 드디어는 훈민정음이 창제되기까지 했다 해도 과언은 아닐 것이다. 우리말로 지어 부른 노래가 지닌 가치를 분명히 인식하고 있기 때문에, 이것을 기록할 수단이 필요했던 것이다. 이 때문에 고전 시가 작품이 어떠한 표기 형태로 기록되었는가 하는 문제는 고전 시가 향유 방식에서 중요한 한 가지 주제라고 볼 수 있다. 이 문제에 대해서는 문학사 전 시기에 걸쳐 모든 사람들이 의식했다고 보아도 과언이 아니기에, 이에 대한 옛 문인들의 글 역시 김만중의 『서포만필』, 이황의 <도산십

---

5) "시란 뜻이 가는 바이다. 마음 속에 있으면 뜻이 되고, 말로 표현하면 시가 된다. 감정이 안에서 움직여 말로 나타나게 되는데, 말로써도 부족하기 때문에 감탄하고, 감탄으로도 부족하기 때문에 길게 노래하며, 길게 노래하는 것으로도 부족하면 저절로 손발을 흔들며 춤추게 된다." (詩者 志之所之也. 在心爲志 發言爲詩 情動於中 而形於言 言之不足 故嗟歎之 嗟歎之不足 故永歌之 永歌之不足 不知手之舞之 足之蹈之也) 『시경(詩經)』「대서(大序)」
6) 사실 예술의 발생론적으로 파고들어 인간이 말을 하게 되면서 노래와 시, 춤 가운데 어떤 것이 먼저 시작되었는지를 문제 삼는다면, 이 구절에 대해서 더욱 세심하게 논의해야 할 사항도 있을 것이다. 그런데 일단 그런 본질적인 문제는 이 논문의 주된 관심은 아니므로 차치하도록 하자. 또한 중국에서 역시 시경 당시에는 시를 노래로 불렀지만, 후대로 가면서 시로서 향유되는 형식과 노래가 분리되는 현상이 나타났다는 점을 상기할 때, 훈민정음 창제 이전 우리나라 중세시대와 같이 문자 체계를 달리하는 경우가 아니더라도 시와 노래의 향유 방식이 다른 것은 문학사 발전에서 일반적으로 나타나는 현상이라고 볼 수는 있을 것이다.

이곡> '발문', 마악노초(磨嶽老樵) 이정섭의 『청구영언』 '발문' 등에서 쉽게 찾아볼 수 있다.[7]

민요와 고전시가를 비교해본다면 앞의 현대시와 한시와의 비교와는 달리 노래로 불렸다는 점에서는 동일하기 때문에 다른 논점이 필요하다. 민요는 구비시가, 즉 기록되지 않은 채 전승된 시가를 말한다. 이는 다시 말해 민요 작품 가운데도 창작 당시의 우리말로 표기된 기록이 발견된다면 고전시가 영역에서 논할 수 있다는 뜻이 된다. 물론 우리가 보통 말하는 고전시가 영역 안에는 향가에서 잡가에 이르기까지 일반적으로 정리된 장르들이 존재하기는 한다. 하지만 고전시가로 논의되는 작품 가운데도 민요처럼 작가가 밝혀져 있지 않은 작품도 많고, 어느 장르에 넣어야 할지 확실하지 않은 작품도 존재한다. 이런 작품 가운데에 민요와 같이 기층 민중의 정서를 반영한 작품이 다수 존재한다는 점에서 민요와 고전시가의 경계 지역이 확실하지 않은 것은 사실이다. 향가나 고려가요와 같이 오래 전에 향유된 시가 가운데 작품명과 배경설화만 남아 있으면서 알려지지 않은 기층 민중의 시가 작품인 경우, 이를 민요라 해야 할지, 향가나 고려가요와 같은 고전시가라 해야 할지 혼란스러운 경우가 발생하는 것도 이러한 이유 때문이다.

그런데 여기서 구비와 기록의 차이에 대해 생각해보면, 민요와 고전시가가 갖는 중요한 차이점을 발견하게 된다. 구비시가는 기록할 문자가 없을 때나, 혹은 문자가 있어도 그 문자를 알지 못하는 기층 민중에 의해 향유되는 반면, 기록된 시가는 다분히 상층 지식층의 작품이 중심

---

7) 그 원문들은 너무나 잘 알려져 있으므로 여기서는 일단 생략한다. 그런데 이전의 교육과정에 따라 상·하 두 권으로 출판된 고등학교 문학 교과서 가운데서 이러한 선인의 글을 고전시가의 가치와 관련해 제시한 사례가 있어 의미가 깊다고 여겨진다. 여기서는 『고등학교 문학(하)』 1단원 '한국문학의 양상과 특질'이란 단원에 김만중의 『서포만필』과 마악노초의 『청구영언』 '발문'을 소개하면서 우리말 노래의 가치에 대해 설명했다. 김대행·김중신·김동환, 『고등학교 문학(하)』, 교학사, 2009, 15-17면.

이 되며, 조선후기 이후로 나타난다고 볼 수 있는 대중적 시가 장르 작품들까지를 포괄한다는 사실이다. 즉 민요에 비해 고전시가는 문학사의 흐름에서 주도적인 역할을 맡았다고 평가되는 문학의 주요 담당층8)이 향유했던 시가라는 점에서 차별성을 갖는다고 볼 수 있다. 여기서 한시가 교육의 폐쇄성과 학습의 난해성으로 인해 줄곧 상층 지식층에 의해서만 향유된 영역이라는 점까지 고려한다면, 고전시가 영역이 향유층(문학 담당층)에 있어서 상층 지식인과 기층 민중을 아우르는 장르를 포괄하면서 계층 간 소통에 기여했다는 사실을 확인할 수 있다.

이상에서 현대시와 한시, 민요와 같은 다른 운문들과의 비교를 통해 고전시가가 가진 향유 방식 상의 특성을 살펴보았다. 여기서 위의 세 영역들이 모두 공통으로 가지고 있으면서 고전시가 영역과 구별되는 또 하나의 중요한 특성을 기억해낼 필요가 있다. 이는 바로 고전시가 안에 포함되는 다양한 시가 장르들이 각 시대의 노래 형식을 대표하면서 교체되는 방식을 통해 지속적으로 향유되었다는 사실이다. 현대시의 경우는 고전시가의 시대가 끝나면서 시작되어 지금까지 향유되는 상대적으로 그 향유 시기가 짧은 영역이며, 한시와 민요의 경우는 현대시에 비해 장구한 기간 동안 문학사에서 향유된 영역이다. 그러한 차이가 있기는 하지만 이들 모두는 그 영역 내에서 향유된 시대를 쪼개어 각 시기를 대

---

8) 여기서의 '문학 담당층'은 서론에서 논의한 바 있듯이, 『한국문학통사』에서 문학사 시대 구분의 기준으로 내세운 '문학 담당층'과 같은 개념으로 사용한 것이다. 『한국문학통사』에서는 "문학갈래의 체계가 지금까지 살핀 바와 같이 변한 것은 문학 담당층이 교체되었기 때문이다. 문학을 창조하고 수용하는 집단이 문학 담당층이다. 문학 담당층은 여럿이 공존하면서 서로 경쟁한다. 사회의 지배층, 그 비판 세력, 피지배 민중이 모두 문학 담당층으로서 각기 그 나름대로의 구실을 하면서 서로 경쟁했다. 문학사를 문학 담당층끼리 주도권 경합을 벌여온 역사로 이해하는 작업을 언어와 문학 갈래에 기준을 둔 지금까지의 고찰에다 보태야 이차원을 넘어서서 삼차원에 이를 수 있다. 작가를 들어 논할 때 문학 담당층의 특성을 어떻게 나타냈는지 살피는 것이 긴요한 과제이다."라고 해 '문학 담당층'을 경쟁 구도 하에 움직이는 문학사의 중요한 개념으로 보았다. 조동일, 앞 책, 2005, 37~38면.

표하는 세부 장르를 파악한다는 것이 어려우며, 실제로 불가능하다는 점에서는 동일하다고 볼 수 있다. 이에 반해, 고전시가는 고대시가에서 잡가까지 각 시대를 대표하는 시가 장르로 구분되어 장르나 작품에 따라 그 향유된 시대의 시가 특성에 대해 논할 수 있다는 점에서 차이를 보인다.

일반적으로 통용되는 고전시가 장르를 시대 순으로 들어본다면 고대시가(상대시가), 향가, 고려가요(속요), 경기체가, 악장, 시조, 사설시조, 가사, 잡가 등을 꼽을 수 있다. 고전산문의 영역에서도 이러한 장르의 구분은 가능하지만 고전시가의 경우처럼 다양하지는 않으며, 또한 문학사의 시기와 장르가 맞물리면서 옛 장르의 소멸과 새로운 장르의 형성이 교체되는 방식으로 지속적인 흐름이 이어지지는 않는다. 고전시가 영역에서 나타나는 이러한 특성으로 인해 각 장르별, 혹은 작품별 연구는 그것이 향유된 시기의 시대성과 긴밀한 관계를 가지지 않을 수 없게 된다. 이러한 특성은 우리나라 고전시가 영역에서 고유하게 잘 나타나는 것으로, 이웃나라인 일본의 경우 와카나 하이쿠와 같은 고대 시 장르가 지금까지 애호되고 있는 사실과 비교할 때 독특하다고 할 수 있는 것이다.9) 이러한 특성에 의거해서 볼 때도 고전시가 영역에서 작품이 창작되고 불리는 향유 상황(컨텍스트)은 매우 중요하며, 이 때문에 향유 방식의 문제가 작품이나 장르 연구와 긴밀하게 연결되어야만 한다고 볼 수 있다.

---

9) 일본 시가와 우리 시가가 지닌 차이점에 대해서는 박경주, 「한문문명권 문학으로서 한국 시가문학의 특질-한·중·일 시가문학의 비교를 통해」, 앞 책, 40-83면을 참고할 수 있다.

3. 고전시가의 향유 방식과 관련해 고려해야 할 주제

(1) 노래의 기능

노래에서 음악적 요소를 배제하고 노랫말만 적으면 곧 시가 된다고 할 수도 있지만, 처음부터 노래 가사로 창작된 작품은 시가 아닌 노래로서 창작된 이유를 지닌다. 노래는 개인에 의해 창작되더라도 향유 상황에서 다수의 창자(唱者)에 의해 불리는 경우가 많으며, 처음부터 개인작이 아닌 공동작으로 창작되는 작품도 상당수 존재한다. 이러한 이유 때문에 시와 같은 개인적 정서 표현보다는 집단적 감흥을 나타낼 때 노래를 부르게 된다. 노래가 지닌 기능을 자세히 살펴보기 위해 편의상 서정성과 교술성으로 나누어 논의해보도록 하자.10)

교술성을 드러내는 작품의 경우는 처음부터 노래의 향유자를 의식하여 경물을 소개하거나 교훈적 이념을 전달하려는 의도 아래 노래를 짓는 경우가 많다. 경물을 소개하는 경우는 노래를 지어 향유자들이 함께 이를 반복해 외우고 부르면서 경물에서 느낀 작자의 감흥을 공유하도록 하려는 의도가 있다면11), 교훈적 이념 전달의 경우는 향유자들이 노래를 향유하면서 작자가 요구하는 의식 체계나 규범을 체득하게 하려는 보다 적극적인 의도를 가진다.12)

서정성을 드러내는 작품의 경우는 처음에는 개인적 서정을 노래했다

---

10) 여기서 '편의상'이란 말을 쓴 것은 시가의 갈래적 특성을 오로지 '서정성'으로만 규정짓는 관점을 택하는 연구자들은 '교술성'이란 개념보다는 이와 유사한 특성을 지칭할 때 '서정성' 안에 포함되는 세부적 특성 가운데 하나로 보아, 예를 들어 '교훈적 서정성'이라든가 하는 개념을 사용하고자 하는 입장을 견지하기도 하기 때문이다.

11) 경기체가 가운데 다수의 작품이 여기에 속하며, 기행가사나 유배가사, 강호가사 중에서도 이러한 목적을 지니고 창작, 향유되는 작품을 쉽게 찾을 수 있다.

12) 종교가사나 유교적 이념을 노래한 도학가사, 교훈가사는 대부분 이에 속하며, <도산십이곡>이나 <훈민가> 계열 시조 작품도 이러한 의도성을 지녔다고 볼 수 있다.

하더라도 노래로 불리면서 처음 창작한 작자의 존재는 희미해지고 향유자 전반이 각각 자신의 것으로 이를 치환하여 부르게 되는 과정을 거친다고 여겨진다.13) 이와 달리 창작 상황 자체가 여러 명이 어울리는 자리에서 개인이 느끼는 서정을 노래한 것이라면, 이는 놀이 상황에서의 흥취가 발현된 것이기에 개인적 서정이라기보다는 집단적 서정성이 발현된 것으로 볼 수 있을 것이다.14)

사실 '시'의 원형으로서 '노래'를 바라보는 관점은 일반적 문학개론에서도 흔히 볼 수 있다. 고대문학 시대 원시종합예술 형태의 제천의식에서 집단적 성격을 띤 노래가 먼저 발생했고, 그 후 개인적 서정이 발전하면서 본격적인 시가 형성되었다는 이론이다. 박현수는 신흠의 유명한 시조 작품15)을 예로 들면서 심리적 균형을 얻기 위한 인간의 생존 욕구와 관련하여 노래가 긴장을 해소하는 기능을 한다고 주장한다. 또한 신

---

13) 필자는 전에 향가 <원왕생가>를 다루면서 시적 자아와 작자의 관계를 통해 이러한 부분에 대해 논한 적이 있다. 즉 한 개인적 작가에 의해 창작되었고 작품 속의 시적 자아도 역시 개인의 서정적 경향을 높이 드러내고는 있지만, 작품의 시적 자아가 작가가 아닌 타인에게도 충분히 대치 가능하다는 사실 때문에 다른 여러 사람이 시적 자아가 되어 노래를 향유하는 집단적 성향을 갖게 되면서, 작자에 대한 관심은 줄어들게 된다는 점이다. 무량수불에 의지해 왕생극락하고자 하는 것은 특정인인 광덕에게만 나타날 수 있는 특수한 상황은 아니며 당시의 모든 사람이 갖고 있는 보편적 희망이었다. 이들이 가진 공통적인 바람이 <원왕생가>를 한 작가의 개인적 향유물의 성격보다는 집단적 향유물의 성격을 갖도록 만든 것이다. 이러한 특성은 <처용가>에서도 확인할 수 있으며, 사실 향가 작품 대부분의 경우가 기원가나 찬미가, 주술가, 제의가 등 집단적 서정으로 확산될 수 있는 성격을 지녔기 때문에, 현전하는 향가 작품 전반에서 노래의 주된 특성인 집단적 서정이 발현된다고 생각한다. 박경주, 「<원왕생가>의 작자와 문학적 해석」, 앞 책, 132-154면.

14) 시조나 사설시조가 기본적으로는 사대부나 중인 이하 시민층의 놀이 상황에서 향유된 장르이며, 이는 궁중의 연회악으로 활용된 고려속요나 경기체가의 경우도 비슷하다. 가사의 경우는 워낙 다양한 작품군이 포함되는 장르이기는 하지만, 오히려 그러하기에 놀이적 상황에서 집단적 서정이 발현된 작품을 찾기란 어렵지 않으며(일례로 화전가의 경우를 들 수 있다.) 잡가의 경우 역시 놀이에서 발현되는 집단적 서정성을 구현하고 있음은 당연하다 할 수 있다.

15) "노래 삼긴 사람 시름도 하도 할샤/ 일러 다 못 일러 불러나 푸돗던가/ 진실로 풀릴 것이면은 나도 불러보리라."

흠이 시와 산문의 구분을 '가락'에서 찾고 있으며, 구체적인 청자를 의식하면서 부른다는 점에서 노래는 자기감정의 표현만이 아니라 신과 함께 소통하며 타인과 더불어 인간의 문제를 푸는 공유 행위라고 보았다.16) 꼭 신흠의 시조를 예로 들지 않는다 하더라도 노래가 시와 달리 이러한 특성을 지니고 있다는 사실은 충분히 공감되는 바이다.17)

박현수는 또한 한용운이나 김억, 주요한 같은 근대 시인들이 1930년대까지도 '시'보다는 '시가'라는 개념을 통해 현대시를 지칭하기를 즐겨했다고 하면서 근대시의 기원을 노래와 연결시키려는 의도를 드러낸다.18) 이는 근대 시인들 역시 그만큼 노래가 가진 개인적 서정성과 집단

---

16) 박현수, 『시론』, 예옥, 2011, 26-29면.

17) 최재남 역시 노래의 기능이 시름을 풀고 흥을 발현하는데 있다고 하면서, 위 시조와 더불어 『청구영언(진본)』「방옹시여서(放翁詩餘序)」,『해동가요(주씨본)』에 실린 김수장의 "노러 갓치 됴코 됴흔 거슬 벗님네야 아돗던가~"와 같은 시조 작품을 예로 들었다. 최재남,「노래와 시의 만남」,『노래와 시의 울림과 그 내면』, 보고사, 2015, 15-27면.

18) 박현수, 앞 책, 29-34면. 그 내용에서 제시한 근대 시인들의 시 작품이나 시론을 아래 재인용한다.
"나의 노랫가락의 고저장단은 대중이 없습니다. 그래서 세속의 노래 곡조와는 조금도 맞지 않습니다. 그러나 나는 나의 노래가 세속 곡조에 맞지 않는 것을 조금도 애달파하지 않습니다. 나의 노래는 세속의 노래와 다르지 아니하면 아니 되는 까닭입니다.--- 참된 노래에 곡조를 붙이는 것은 노래의 자연에 치욕입니다. 나의 얼굴에 단장을 하는 것이 도리어 흠이 되는 것과 같이 나의 노래에 곡조를 붙이면 도리어 결점이 됩니다."(한용운, <나의 노래> 부분)
"이 글의 제목을 '노래를 지으시려는 이에게' 하였지만은 지금 우리에게는 그 '노래'라는 말부터 뜻이 분명치 못합니다. 과거 우리 사회에 노래하는 형식으로 된 문학이 있었다 하면 대개 세 가지가 있었다 하겠습니다. 첫째는 중국을 순전히 모방한 한시요, 둘째는 형식은 다르나 내용으로는 역시 중국을 모방한 시조요, 셋째는 그래도 국민적 정조를 여간 나타낸 민요와 동요입니다. 그 세 가지 중에 필자의 의견으로는 셋째 것이 가장 예술적 가치가 있다고 봅니다"(주요한,「노래를 지으시려는 이에게」,『조선문단』, 1924.10.)
"그것(시를 정의하기가 어려움-인용자 주석)은 시(詩)가 순정한 예술품 중에도 가장 깊은 순정성을 가진 것만치 이렇게도 해석되고 저렇게도 해석되기 때문이외다. 그리하여 한 편의 좋은 시가(詩歌)의 감동은 --- 현실세계의 모든 고뇌에 부대낀 사람에게 다시없을 자모(慈母) 같은 위자(慰藉)를 주어 고단한 맘을 미화시켜 줍니다."(김억,「시론」,『대조』2, 1930.4.)
박현수는 이 세 명의 시인의 언술에서 근대시를 '시가'나 '노래'로 지칭하는 측면에만 주목했는데, 이 논문의 주제와 관련해서 추가로 생각해볼만한 사항이 있다. 김억의 경우

적 교술성의 가치를 이해하고 이러한 노래의 기능을 시를 통해서도 유지하고자 했었기 때문이 아닐까 생각한다. 1930년대 이후 모더니즘 시와 이론들이 문단을 장악함으로써 현대시는 음독도 아닌 묵독, 즉 그야말로 생각하는 시로서의 위치를 갖게 된다고 생각하는데, 이는 결국 문학사의 시대적 흐름에서 논한다면 고전시가의 흐름에서 벗어나 한시와 같은 영역으로 들어간 것이라고 할 수 있을 것이다.[19]

이와 같이 노래는 집단에 의해 오랜 시간 향유되면서 노래만이 지니는 집단적 서정성을 갖게 되기도 하며 의도적으로 집단에 의해 불리기를 희망하면서 교술성을 지닌 작품으로 창작되기도 한다. 현대사에서도 특정 정권이 들어서면 정권의 이념을 대변하는 노래가 만들어지고, 개인적 서정을 표현해낸 <아침이슬> 같은 대중가요가 대학가에서 불리며

'시가'라는 용어에 대한 애착이 있어 '시'와 '시가'를 같은 개념으로 병용하고 있다면, 한용운의 경우는 자신의 시를 '노래'로 지칭하면서도, 노래와 시의 차이점이나 노래에서 시로 나아가는 시대적 변화에 대한 고심이 작품에 배어 있다고 생각된다. 주요한의 언술은 우리 노래 안에 한시와 국문시가(시조로 대표되기는 했지만), 민요의 세 층위가 있다는 사실을 언급하고 있다는 점에서 고전문학의 운문 양식 전반에 대해 논하고 있으며, 이 글이 신시(신체시), 즉 자유시가 나아갈 방향을 중심으로 다루는 글에 포함되었다는 점에서 고전운문에서 근대운문으로 나아가는 단계에 대한 관심이 드러난다고 볼 수 있겠다. 그러나 주요한의 언술에서 국문시가와 민요의 향유 방식을 한시와 같은 것으로 보아 이 모두를 노래로 지칭했다는 점에서 살펴보면, 우리 노래에 대한 그의 인식이 고전운문의 세부적인 향유 방식이나 표기 체계에 대한 부분까지 나아가지는 못했다고 생각한다.

19) 김대행은 『시경(詩經)』을 예로 들어 노래에서 시가 갈라져 나온 것을 일컬어 '시와 노래의 불행한 별거'라고 하면서, "입으로 노래하던 민요를 글로 옮겨 놓고 그것을 본받으라고 하는 데서부터 이미 시는 문자 행위의 길을 가기 시작하였던 것이고, 그러기에 응어리진 소리의 분출이었던 노래가 지닌 자질들 가운데서 대부분을 잃고 그저 미이라와 같은 노래의 형해(形骸)만을 거머쥐게 된 것을 가리켜 시라 부르게 되었다."라고 하여 노래의 중요성을 강조했다. 또한 이에 이어 "시가 노래와 결별을 한 것은 1920년대의 일이며, 이를 일러 자유시의 등장이라고 문학사는 기록하고 있다"고 하면서 "시와 노래가 창작되는 환경과 관련해서 본다면 시는 개인의 것이고 노래는 공동의 것이라는 규정이 가능하며, 따라서 상층문화의 주역으로서의 시, 우월감의 표현으로서의 시, 개인 정서에의 함몰로서의 시— 이런 성격을 극대화했을 때 시의 자리는 어디일 것인가가 역시 의문으로 남을 수밖에 없다"는 언급 아래 노래와 시의 만남(해후)가 필요함을 강조했다. 김대행, 「노래와 시 그리고 민주주의」, 『노래와 시의 세계』, 역락, 1999, 3-24면.

집단적 서정을 담아내는 노래로 전화된 사실들을 기억해볼 필요가 있다. 노래는 작품을 지은 작가보다는 그 노래를 향유하는 향유자나 향유 공간과 같은 향유 방식에 의해 그 성격이 더 규정된다고도 생각할 수 있는 것이다. 이는 분명 현대시나 한시와 같은 시의 영역과는 다른 노래만이 지니는 고유한 특성이며, 고전시가가 노래로 불렸다는 사실을 아는 것은 이러한 노래의 특성에 대한 이해까지 나아갈 때 의미 있게 학습되었다고 볼 수 있다.

(2) 노래의 표기

향찰표기는 향가 작품을 기록하기 위해 고안된 특별한 문자 체계이다. 대체적으로 연구자들은 차자표기법이 자국의 인명이나 지명 등 고유명사를 표기하기 위해 만들어졌다고 보는데, 이와 더불어 산문과 달리 운문이 갖는 형식의 중요성을 생각할 때 형식을 좌우하는 결정적인 조건인 문자 체계의 성립은 필수적인 것이므로, 노래 가사를 표기하기 위한 목적 역시 컸다고 볼 수 있다. 이러한 차자표기를 한국에서는 향찰, 일본에서는 가명(假名, kana), 베트남에서는 자남(字南, chanom)이라 했고, 이런 표기법으로 쓴 시가를 각각 향가, 和歌(waka), 國語詩(quocnguthi)라 한 데서 알 수 있듯이, 표기 수단의 문제와 향가의 발생은 직결되어 있다고 볼 수 있다.

그 이전까지 노래들은 구비 전승되다가 한문이 들어온 이후 한역시로 기록되었기에 그 내용을 파악할 수는 있지만 제대로 된 형식이나 노랫말은 확인할 길이 없다. 이를 비유적으로 말한다면, 최근의 인기 있는 대중가요를 그 의미만 살려 영시로 번역해 놓은 것과 다를 바 없다. 언어 그 자체의 미감을 살려 표현할 수 있는 문자 체계는 노래의 형식미를 살리기 위해서는 필수불가결한 것이다. 고려시대 들어와 한문학이 융성해지고 중국 음악의 유입에 따라 궁중 악제가 정비되면서 향찰의 쇠퇴와 더불어 향가의 전승도 약해지는 가운데, 다시 우리 노래는 표기 수단을 잃고 한역되거나 구비 전승되어 가는데, 그 빈틈을 아쉽게라도 메꾼 것이 이두나 현토 같은 표기 체계였다. 이 시기 고전시가의 모습을 고려시대 경기체가 작품과 고려속요를 통해 찾아볼 수 있는데, 한자어 중심에 간단한 우리말 이두 표현을 덧붙이든지, 아니면 구비 전승되다가 조선시대 한글 창제 이후 기록된 것은 모두 알고 있는 사실이다.[20] 이렇듯 제한된 표기 체계의 영향을 받아 고려시대 당대 기록으로 기록된 시가 작품은 극히 적으며, 한문 악장의 융성에 따라 우리 시가가 위축되는 현상이 나타나게 된다.[21]

한글이 창제되면서 유학 서적이나 불경 등을 언해하며 숙련 과정을 거치는 중에도 우선적으로 고려시대부터 전해온 악장 및 신제 악장들을 국문으로 표기하는 악서들을 편찬했으며, 이황이나 주세붕 등의 사대부들도 한글을 활용해 시조를 지어 기층 민중과 소통하고자 했다. 한글소설이 나오기 훨씬 전에 이미 시가 작품은 한글로 기록되고 창작되었을 만큼 우리말 노래를 적을 수 있는 표현 수단에 대한 갈망이 전 계층에 존재했었다는 말이다.

---

20) 향가 소멸기에 고전시가 영역에서 나타난 표기 방식의 변화와 다양성에 대해서는 박경주, 「고려시대 향가의 전승과 소멸 양상」, 앞 책, 155~185면과 「전승방식과 음악성을 통해 본 고려시대 시가장르의 흐름」, 같은 책, 189~217면을 참고할 수 있다.
21) 요즘의 대중가요에 영어 가사가 빈번히 나타나고, 때로는 노래 가사의 대부분이 영어로 채워지는 경우도 있는데, 고려시대 한문 가사의 융성을 이와 비슷한 현상으로 보고 논할 수 있을 것으로 생각한다.

(3) 향유자의 계층성

고전시가의 향유 방식에서 중요하게 고려되어야 할 또 하나의 주된 주제는 바로 향유자의 계층성에 관한 문제라고 생각한다. 근대문학기 이후로 신분제도가 공식적으로 사라지고, 상층 지식층이 아닌 전 국민이 문학의 담당층이 된 지금 이 시대에는 현대시나 대중가요 작품들을 특정 계층과 연결지어 논할 필요가 그다지 많아 보이지는 않는다.22) 그러나 고전시가가 향유된 시대에는 우리말로 노래되는 고전시가 장르나 작품들이 한시(상층시가)와 민요(기층시가)의 중간에서 상하층을 아우르는 역할을 하면서, 상층이 자신들의 이념이나 의식을 하층에 전달하거나 하층이 상층을 비판하는 통로로 활용되었다.

이는 고전시가가 발생한 문학사 초창기부터 우리의 시가 문화가 왕실 중심의 가악계 노래와 민간 중심의 비가악계 노래로 대비되는 두 가닥의 향유 전통으로 시작되어 후대로 이어져 내려온 사실과도 관련이 깊다고 하겠는데, 이때 비가악계 노래는 궁중 음악이 아닌 민간의 노래 문화를 말한다고 볼 수 있겠다. 고려초기부터 정비된 궁중악은 아악, 당악, 향악의 악제로 정비되어 조선시대로 내려오면서는 당악이 향악화되는 흐름을 보였고, 조선중기 이후로는 민속악에 속하는 다양한 악곡들이 나타나면서 가악 및 고전시가의 대중화에 기여했다.23) 이러한 까닭에 고전시가를 학습할 때 해당 장르가 어떠한 계층에 의해 주로 향유되면서 그들의 의식 세계를 드러냈는가 하는 점은 주요 주제 중의 하나가 된다 할 것이다.

---

22) 물론 계층성의 문제와는 별개로 연령대별로 대중가요 장르 가운데 선호도가 갈리고, 클래식으로서 가곡이 대중가요에 비해서는 고급의 노래로 평가되는 것과 같은 정도의 분류는 지금도 존재한다.

23) 시조가 가곡창에서 시조창으로 창법이 전환된다거나 사설시조나 잡가와 같은 장르의 유행이 이러한 민속악 발전의 실상을 잘 드러낸다고 할 수 있겠다.

4. 고전시가 향유 방식의 교육 방법에 관한 현황 파악 및 제언

앞서 고전시가의 향유 방식에서 가장 본질적인 사항이 노래로 불렸다는 점과 우리말로 표기된다는 사실이라고 했다. 이 두 가지 사항은 고전시가 이해에 필수적인데도 불구하고 그 중요성이 간과되기 쉬우며, 실제 교육 현장에서도 중요하게 여겨지지 않는 경우가 많다. 대학 국문과에 입학한 학생들에게도 고전시가는 작품에 들어있는 어려운 단어의 뜻을 풀이해 독해를 하고, 시어의 상징과 비유를 이해해 그 주제를 파악하는 대상으로 인식되는데, 그런 방식으로 고전시가 작품을 바라본다면 현대시 작품과 다를 바 없는 시 형식으로만 이해할 수밖에 없게 된다. 이는 고전시가 작품이 노래로 불린 실제 기록이나 노래로서의 작품 분석, 노래로서의 기능 등에 대해 학습하지 못했기 때문에 나타나는 현상이라고 볼 수 있다.

사실 본질적으로 질문을 던져본다면 현재의 중등교육과정에서 고전시가 작품을 당시의 노래 가사로서 가르칠 의사가 있는지부터 물어야 할 것으로 생각된다. 현재의 중등과정 『국어』나 『문학』 검정 교과서에 실린 작품수를 보면 기본적으로 고전문학보다 현대문학 작품 수가 다수를 차지하며, 고전문학 작품에서도 운문보다는 산문(소설)이 더 많은 비중으로 수록된다.24) 그 얼마 되지 않는 고전운문 작품을 두고 고전시가

---

24) 이에 대해서는 기존 중등 교과서를 대상으로 고전시가 작품 수를 조사한 모든 논문에서 지적하고 있는데, 비교적 최근 자료를 조사한 논문들을 소개한다. 조희정, 「2009 개정 교육과정 시기 국어, 문학 교과서 고전문학 제재 수록 양상 연구」, 『고전문학과 교육』 32, 한국고전문학교육학회, 2016, 63-118면; 김명준, 「고등학교 문학교실에서 고려속요의 교육 내용과 교육 방향 모색」, 『한국시가연구』 38, 한국시가학회, 2015, 167-192면; 김용기, 「2009개정 문학 교과서의 시조 수록 실태와 문학교육」, 『시조학논총』 37, 한국시조학회, 2012, 71-105면; 하윤섭, 「국어교육, 어떤 텍스트로 가르칠 것인가 : 고전문학교육과 텍스트 해석의 문제-2009 개정 문학 교과서 소재 사설시조 작품들을 대상으로」, 『한국어문교육』 19, 고려대 한국어문교육연구소, 2016, 23-44면.

(즉 국문시가) 작품만을 또 골라내어 한시와 민요와의 차이를 논하면서 그 향유 방식에 대해 학습한다는 것이 쉽지는 않은 일일 것이다. 그러나 이러한 분류는 고전시가의 향유 방식에 대한 문제만이 아니라 다른 영역의 향유 방식까지를 포괄하면서 한국문학의 운문 전체의 향유 방식에 대한 문제와 관련되어 있다는 점에서, 이를 중등교육과정에서 간과해서는 곤란하다고 생각한다.

2014년부터 현재까지 채택되어 사용되는 고등학교『문학』교과서 중 '미래엔' 출판사의 것을 먼저 살펴보면, 일단 운문과 산문의 차이, 운문 내에서 현대시와 고전시가의 차이, 고전운문 내에서 한시와 민요, 고전시가의 차이에 대해 전혀 언급되지 않는다. 향유 방식의 문제가 아니라 본질적인 개념의 설명조차 이루어지지 않고 있다. 즉 한국문학의 위계에 대한 설명이 없이 고전운문은 가사, 시조, 한시, 민요 등의 장르 명칭으로만, 현대시는 단순히 '시'라는 명칭으로만 언급되면서 바로 작품명을 소개하는 형식을 취하고 있다. 이러하다 보니 이황의 <도산십이곡>이나 서정주의 <국화 옆에서>나 학생들은 똑같은 형태의 시 작품으로 인식할 가능성이 클 수밖에 없게 된다.25)

---

25) 이 교과서의 3장 '한국 문학의 특질'의 1절 '한국 문학의 개념과 범위'에서는 정지상의 <송인>과 <봉산탈춤>, 조선족작가 박옥남의 <마이허> 세 작품을 소개하면서 한국문학의 범위 내에 한문문학과 구비문학 및 재외동포가 한글로 쓴 작품이 포함된다는 내용을 강조하고 있다. 그런데 '대단원 마무리'에 있는 이에 대한 '핵심내용 정리'를 보면 '한국문학' 내에 '구비문학'과 '기록문학'이 포함되고, '기록문학' 내에 '한문문학'과 '국문문학'이 포함된다는 데까지만 제시하고, '국문문학' 내에 '현대문학'과 '고전문학'의 실질적 구분이 있다든가 한문학, 구비문학, 국문문학 내에서 시가나 산문의 구별이 있다는 부분까지는 설명이 되지 않고 있다. 추가로 이 부분을 도표화하면서 '기록문학'의 경우 표기문자에 대한 관심을 드러내 '기록문학(한글, 향찰, 한문)'이라고 기재하고 있는데, 이 역시 도표 자체에 시가와 산문의 구분이 드러나지 않고 별도의 설명이 없다보니, 고전운문의 표기 체계와 표에 제시된 세 가지 표기 방식을 연결시켜 생각하기는 어렵게 되어 있다. 윤여탁 외 8인,『고등학교 문학』, 미래엔, 2014, 200면. 또한 이 책의 4장 '한국문학의 흐름'을 보면 한국문학사의 전개를 네 개의 절로 나누어 '1. 원시·고대 및 고려 시대의 문학 2. 조선 시대의 문학 3. 개화기 이후의 근대문학 4. 해방기 이후의 현대문학'

현재 사용되는 고등학교 『문학』 교과서 중 천재교육에서 발간된 교과서에는 고전시가를 노래로서 보고 다룬 예시들이 상대적으로 많이 찾아진다. 여기서는 고전시가 작품을 가리킬 때 '작품' 혹은 '노래'로 지칭하거나 '향가, 시조'와 같은 장르 명칭을 사용했고 시(詩)라는 명칭은 전혀 쓰지 않고 있어, 일단 집필진이 고전시가 작품들이 현대시와 달리 노래로 불렸음을 명확히 의식했음을 보여준다. 이 교과서에서는 <찬기파랑가>를 소개하면서 '서정 갈래의 특징은 화자의 주관적인 정서를 노래한다는 것'이라고 정의내리고, 이와 비슷하게 '어떤 대상을 찬양하거나 기념하는 노래의 사례를 찾아보는' 활동을 제시했다.26) 또한 <덴동어미화전가>를 소개하면서 '이 노래는 매년 열리는 화전놀이와 관련되어 있다'고 서술하고, 학교에서 소풍을 갔던 경험을 화전가의 형식을 빌려 모둠별로 표현해 보는 활동을 제시했다.27) 두 경우에서 모두 이들 작품이 노래로 불렸다는 사실을 분명히 밝히면서, 이러한 형식을 활용해 지금의 학생들의 경험과 연관지어 이와 비슷한 노래 형식을 찾거나 지어보게끔 하는 활동을 제시함으로써 고전시가의 향유 방식에 대한 지식 교육에서 나아가 경험 교육에까지 이르는 효과를 거두었다고 생각된다.

이 교과서에서는 향유 방식에 있어서도 고전시가가 현대시나 민요, 한시 등의 영역과 어떤 차이가 있는지에 대해서 선명하지는 않지만 설명하고자 의식한 흔적이 엿보인다. 이 책의 '한국문학의 개념과 범위'라는 단원을 보면 <정선 아리랑>과 <청산별곡>을 비교하여 공통점을 찾고, 이러한 형식이 작품의 향유와 전승 면에서 어떤 효과를 갖는지 설명

으로 기술하고 있는데, 상대적으로 근, 현대문학의 비중이 많기도 하지만, 각 시대별로 운문과 산문을 고루 배치하면서 시대별 흐름을 요약하는데 집중하다보니, 고전시가로 제시된 <찬기파랑가>와 <상춘곡>의 향유 방식과 현대시로 제시된 <해에게서 소년에게>와 <농무>의 향유 방식의 차이에 대해서 논의할 여지는 전혀 없다.

26) 김윤식 외 4인, 『고등학교 문학』, 천재교육, 2014, 128-129면.
27) 같은 책, 240-241면.

해보는 활동이 있는데, 이러한 과정을 통해 학생들은 민요와 고전시가 (구체적 장르 명칭으로는 고려속요)의 향유 방식, 즉 둘 다 노래로서 전승되면서 연관성을 맺고 있는 측면에 대해 파악할 수 있으리라 여겨진다.28)

반면 천재교과서 이름으로 발간된 교과서에서는 현대시와의 구별을 별반 의식하지 않고 고전시가 작품을 '작품'이나 해당 장르 명칭과 더불어 '시'라는 용어로 통칭하고 있어 노래로서 고전시가가 지니는 특징이 전달되지 못한다. 이 교과서에는 특히 고전시가 작품을 민요나 한시 혹은 현대시 작품과 비교하면서 시적화자나 주제, 시상 전개 등을 살펴보는 활동이 많은데, 정작 각 영역의 향유 방식의 차이에 대한 설명은 제대로 이루어지지 않은 상태에서 이러한 활동이 다수 전개되면서 학생들은 이 모두가 현대시와 같은 향유 방식을 지닌 것으로 간주할 수 있다는 염려가 발생한다.29)

이처럼 대부분의 교과서에서 노래와 시의 관계에 대해 서술되지 못하는 상황이기에 고전시가의 문자 표기방식에 대한 언급을 현재의 중등교육과정에서 기대한다는 것은 더욱 어려운 일이다. 운문 표기체계에 대한 대학 국문과 입학생들의 이해도에서 특히 주목되는 사항은 학생들이 한역시와 고전시가의 관계를 잘 이해하지 못한다는 사실이다. 그러다보니 한시와 언해, 나아가서는 어처구니 없게도 이백이나 두보와 같은 중

---

28) 같은 책, 125면.
29) 이러한 대표적 예로 이 교과서의 '한국문학의 보편성과 특수성'이란 단원을 보면 '동양 삼국의 옛 시들'이란 제목 아래 황진이의 시조와 일본시인인 마쓰오 바쇼의 하이쿠, 이백의 한시 각 한 편씩을 소개하면서 시적화자나 심상을 비교해보고, 후속 활동으로 칠레의 시인인 파블로 네루다의 시 작품과 황진이 시조의 주제를 비교하는 내용을 추가한 부분을 들 수 있다. 이러한 수록 방식은 제시한 단원목표를 달성하는 데는 알맞을지 모르나, 시조를 하이쿠와 한시, 외국의 현대시와 동일한 조건에서 향유되는 형식으로 파악함으로써 이 논문에서 핵심적으로 논의한 고전시가의 향유 방식에 대해서는 별로 고려하지 않았음을 드러내는 것이다. 정재찬 외 5인, 『고등학교 문학』, 천재교과서, 2014, 150-151면.

국시인의 작품을 고전시가 작품으로 착각하는 경우까지도 의외로 많이 나타난다. 고전시가 작품 가운데서 고대시가에 속하는 <구지가>나 <황조가>뿐 아니라 향가 시대 작품 가운데에도 <해가> 같은 경우는 한역시로 기록되어 전하므로, 한역시 원문과 우리말 해석을 함께 소개하는 경우가 많은데, 이러한 편집 방식이 학생들에게는 한시 작품의 원문과 해석을 함께 소개하는 형태와 크게 구별되지 않는 듯 보인다. 언해의 경우 <두시언해> 등에서 언해된 작품이 한시 원문과 함께 수록되므로 한시와 큰 차이를 느끼지 못할 수 있으며, 더구나 『문학』 교과서에 도연명이나 이백, 소식 등 중국 한시 작가들의 작품이 함께 수록되며, 요즘은 일본이나 베트남 작가의 한시까지 수록되고 있어, 학생들이 고전시가의 개념과 경계를 파악하는데 어려움을 느낄 수밖에 없다는 생각이 든다.

앞서 미래앤 출판사의 『문학』 교과서를 대상으로 한국문학의 개념과 범위에 대해 학습하는 단원의 예를 든 바 있는데,[30] 한국문학에서 고전시가의 역사는 그 표기 방식에 따라서 시대 구분을 할 수 있을 정도로 중요성이 크므로, 이왕 구비문학, 한문학, 국문문학의 개념과 기록문학 내에 한글, 향찰, 한문의 표기 체계가 있었음을 제시한 바에야 고전시가 작품들이 이 세 영역과 표기 체계의 엇갈림 속에 구비문학만 있던 시대와, 한문이 들어와 한역시가 기록된 시대, 향찰이 활용되던 시대, 한문학의 융성으로 향찰이 사라져 다시 구비 전승된 시대, 훈민정음의 창제로 한글로 표기된 시대 순으로 주된 표기 체계가 전환되어간 사실에 대해서도 별도의 언급이 있었으면 한다. 문학어(영역)과 문학갈래 중심으로만 한국문학의 범위를 설명하고 운문과 산문의 차이에 대해서는 명확한 설명 없이 분류하지 않으니, 구비문학, 한문학, 국문문학의 세 영역에 각

---

30) 윤여탁 외 8인, 앞 책.

각 존재하는 운문의 향유 방식에 대해서는 개념도 잘 이해하지 못하고 그 차이에 대해서는 더욱 모르게 된다. 이로 인해 표기 문자와 고전 시가 관계의 중요성에 대한 인식이 어렵게 되는 것이다. 또한 국문문학 영역 내에서 고전문학과 현대문학의 관계에 대해서는 별로 언급되지 않는데, 이 때문에 고전시가와 현대시의 향유 방식의 차이 역시 파악하지 못하게 된다.

학생들이 고전시가의 향유 방식에 대해 제대로 인식하지 못하는 것은 위와 같이 교과서 편집 방식에 이에 대한 고려가 없기 때문이기도 하지만, 그밖에 대학수학능력시험 공부를 하면서 고3 학생들이 주로 보는 참고서와 같은 부교재의 편집 방식에서도 큰 영향을 받는다고 생각한다. 이들 부교재를 보면 문학 영역을 운문과 산문으로 나눈 후 운문의 경우 고전시가와 현대시로 나누거나, 아니면 문학 영역을 고전문학과 현대문학으로 나눈 후 고전문학 내에서 고전운문과 고전산문을 나누어 수록하는 방식을 택한다. 그런데 이때 고전시가 혹은 고전운문의 영역 내에서 순수한 고전시가 작품 외에 민요는 물론, 한시 작품까지도 함께 다루고 있기 때문에, 이러한 교재로 학습하고 문제풀이를 한 학생들에게 고전시가의 정확한 개념이나 향유방식에 대한 이해를 기대한다는 것은 무리일 수밖에 없다.[31]

'향유 방식'이 고전시가 영역에서 중요한 사항임에도 불구하고 학생

---

31) 학생들이 많이 보는 수능 부교재 중 윤정한·고은정·이민희, 『단권화-국어영역 고전문학 작품단권화』, 디딤돌, 2015와 같은 경우는 '고전운문'이라는 이름 아래 고전시가와 민요, 한시 작품만을 수록해 그래도 이해할 수 있는 수준이지만, 출판사 '꿈을 담는 틀'에서 2007년부터 출간되어 현재까지도 판매되는 『고전시가의 모든 것』이라는 이름의 부교재는 '고전시가'라는 책 제목 내에 향가나 고려가요와 같은 고전시가 장르와 동일한 소제목을 붙여 민요나 한시는 물론 언해나 중국 작가의 한시까지 다루고 있어, '고전시가'에 대한 체계상의 혼란을 가중시킨다. 권오성 외 3인, 『고전시가의 모든 것』, 꿈을 담는 틀, 2007.

들이 이에 대한 이해를 제대로 하지 못하는 데는 위에서 서술한 바와 같이 교과서나 부교재 등에서 고전문학 내 운문 체계에 대해 혼란을 줄 수 있는 편집 방식을 택하고 있다는 사실 외에도, 기존『문학』교과서 내에서 고전시가 작품들이 문학의 본질과 관련된 특정한 소주제를 내세운 단원에 포함되어 수록되지 않고 천편일률적으로 우리 문학의 역사를 줄줄이 시대 순으로 서술하는 단원에서 문학사 이해를 위한 예시와 같은 형태로 수록되고 있는 것도 이유가 되고 있다.32) 고전시가 작품들이 중학교『국어』교과서에 실리는 경우는 현대문학 작품은 물론 고전산문에 비해서도 많지 않은데, 이는 고전시가와 관련한 독해나 문학사적 이해가 중학교 수준의 학생들에게는 어렵게 느껴질 수 있다는 판단 때문으로 생각된다. 그러나 고등학교『문학』교과서에서도 주제별로 된 단원 목표 없이 국문학사적 지식을 나열하는 단원에서 끼워 넣기 식으로 제시되는 고전시가 작품들은 여전히 학생들에게 그 향유 방식에 대한 제대로 된 이해는 기대하기 어렵고 난이도 높은 대상으로 여겨지고 있을 뿐이다.

　고전시가의 향유 방식과 관련해 중등 교과서에서 관심을 갖게 되는 또 다른 부분이 '문학과 인접 분야'에 대한 서술 내용이다. 고전시가가 노래로 불렸고 현대시가 노래가 아닌 묵독 혹은 뜻을 음미하는 방식으로 향유된다는 사실은, 시로서 향유되던 작품에 훗날 악곡을 붙여 노래로 만드는 것과는 분명 다른 차원의 이야기이다. 앞에서 예로 들었던

---

32) 대부분의 고교『문학』교과서에서 고전시가 작품들은 '한국문학의 전통'이나 '한국문학의 범위와 역사'를 이해하는 등의 성취 기준을 달성하는 차원에서 문학사를 훑어가는 단원에 시대 순대로 수록되어 있다. 또한 중학『국어』에는 국문학사 서술 단원이 없으므로 '비유, 운율, 상징'에 대한 이해를 추구하는 성취 기준을 내세우는 단원에서 현대시와 동일하게 작품 내 시어의 의미를 파악하는 제재 차원에서 수록되는 경우가 많으며, 시조의 경우는 '창작 의도 소통 맥락'을 성취 기준으로 하여 당시의 역사적 상황을 파악하는데 비중을 두는 단원에 수록되는 경우가 많다. 조희정, 앞 논문, 73~93면.

'미래엔' 출판사의『문학』교과서 2장은 '문학과 문화'라는 제목 아래 1
절 '문학과 인접 분야' 2절 '문학과 매체'라는 내용으로 문학 작품이 다
른 형태의 예술로 전환되거나 접목되는 양상에 대해 다루고 있다. 1절의
'문학과 인접 분야'에서는 김광섭의 시 <저녁에>와 김환기의 그림 <어
디서 무엇이 되어 다시 만나랴>, 박수근의 그림을 제재로 쓴 김혜순의
시 <납작납작-박수근 화법을 위하여> 등을 소개하고, 다음으로는 박두
진의 시 <해>와 이 시를 변용하여 부른 YB의 노래 <해야>, 조성모가 노
래로 부른 하덕규의 시 <가시나무>를 제시하고, 마지막으로 조지 오웰
의 <동물 농장>을 소개하면서 총괄적으로 문학이 예술, 인문, 사회 등
인접 분야와 맺는 관계에 대해 학습하도록 하고 있다.33)

그런데 여기서 노래와 시의 연관 관계를 그림이나 넓게는 인문, 사회
전 영역과 동일한 차원의 인접 분야로 제시하다보니, 학생들은 노래와
시(詩)가 구분되지 않고 하나의 통일된 형태로 향유된 고전시가 작품에
대한 이해에서 혼란을 경험할 수 있을 것으로 여겨진다.34) 예를 들어 고
전시가 작품 <가시리>가 최근의 악곡에 맞춰 대중가요로 다시 불릴 때,
<가시리>가 고려시대에 그 자체 악곡에 의해 노래로 불린 가사라는 사
실은 잊혀지고 김소월의 <진달래꽃>이 가수 마야의 대중가요로 전환되
는 것처럼, <가시리>를 시로서 인식하게 되는 현상이 벌어질 수 있다는
것이다. 이러한 오해를 불러일으키지 않으려면 이러한 노래와 시의 연
관 관계에 대한 학습 이전에 고전시가와 현대시의 향유 방식의 차이에
대한 학습이 필수적으로 진행되어야 한다고 생각한다.35)

---

33) 윤여탁 외 8인, 앞 책, 90-107면.
34) 2009 개정 교육과정에 의거해 전라남도 교육청에서 펴낸 고등학교『문학개론』의 3장
 '문학의 갈래와 확장'에서도 박인환의 시 <세월이 가면>과 이를 대중가요로 만든 박인
 희의 노래를 비교 감상하도록 하는 활동을 통해 이와 비슷한 내용을 수록하고 있으며,
 대부분의 다른 고등학교『문학』교과서에서도 이러한 단원은 수록되어 있다. 임환모,
 『고등학교 문학개론』, 전남교육청, 2017, 67-69면.

앞에서 논의한 문제들을 해결하고 대안을 제시하기 위해서는 이 글 3장에서 제시한 것과 같은 향유 방식과 관련한 세부 주제를 단원의 학습 목표나 성취 기준으로 제시해 고전시가 중 같은 장르 내의 작품을 비교하거나, 다른 장르 간의 작품을 비교해보는 방법을 시도해볼 수 있다. 또는 역시 비슷한 학습 목표와 성취 기준 아래 고전시가와 현대시, 민요, 한시 등을 비교함으로써 작품을 이해시키는 방법을 생각해 볼 수 있을 것이다. 중, 고교의 교육과정이 교육부의 관리 아래 철저하게 유지되는 방식을 택하는 까닭에 위와 같은 시도들을 쉽게 하기 어렵다면, 일단 대학의 국문과에 입학한 1학년을 대상으로 하여 '문학개론'이나 '국문학개론' 등의 수업에서 시험적으로 실시해보는 방법을 고려해볼 수 있을 듯하다.36)

구체적으로 살펴보면 향유층이 다른 작품이나 교술성과 서정성을 대

---

35) 고전시가가 노래로 불렸다는 사실에 의거해 시로서 향유된 현대시로의 계승보다는 잡가 이후 대중가요 면으로 그 역사적 흐름이 이어지는 것으로 보고자 하는 연구가 이루어지기도 하고, 이와는 다른 측면이지만 대중가요를 문학교육의 현장에서 활용하는 방법에 대한 연구 역시 진행되기도 했다. 이러한 부분에 대한 주제 역시 고전시가의 향유 방식과 관련한 논제에서 무시할 수는 없는 분야라는 생각을 하지만, 이 발표에서 본격적으로 논의하기에는 너무 큰 주제라 다음을 기약하기로 한다. 이러한 대표적 논의로 고정희, 「고전문학의 시공간적 거리감과 문학사적 교육-고전시가와 대중가요의 연계성 문제를 중심으로」, 『고전문학과 교육』 14, 2007, 89-119면; 박애경, 『가요, 어떻게 읽을 것인가』, 책세상, 2000, 1-154면; 김수경, 『노랫말의 힘: 추억과 상투성의 변주』, 책세상, 2005, 1-150면; 김창원, 「국어교육과 대중가요-대중가요 국어교육론의 필요성과 가능성」, 『국어교육』 104, 한국어교육학회, 2001, 1-22면; 김수연, 「대중가요의 문학교육 활용 방안 연구」, 전남대 석사논문, 2013, 1-57면 등을 들 수 있다.

36) 이 논문의 발표와 토론 과정에서 고전시가의 향유 방식과 관련된 학습이 지식교육이나 이해의 측면보다는 경험교육의 측면에서 더 중요하며, 이를 위한 구체적 수업의 예시까지 논의가 진행되었으면 하는 바람이 있었다. 필자 역시 경험교육의 중요성은 동감하지만, 일단 지식교육이나 이해가 선행되어야 고전시가의 향유 방식을 응용한 현대시나 대중가요 등을 통로로 한 경험교육도 성과를 거둘 수 있을 것이라 생각한다. 시조나 가곡창 등 현재까지 전승되면서 노래로 불리는 고전시가 작품들을 그대로 수업 상황에 재현하는 것은 학생들의 흥미를 끌 수 있는 썩 좋은 방법은 아니며, 고전시가의 향유 방식에 대한 지식을 알고 이해한 후, 현재 상황에서 어떠한 방식으로 고전시가의 향유 방식이 응용되고 있는지를 경험하게 하는 것이 더 효과적일 것이라고 판단한다. 수업에서 활용될 수 있는 이러한 예시에 대해서는 필자 역시 추후 작업으로 진행하고자 하지만, 이는 고전시가를 전공하는 모든 연구자들이 함께 감당해야 할 과제가 아닌가 여겨진다.

별해 보여줄 수 있는 작품, 주술가나 기원가, 제의가, 찬미가 등 향가시대 작품의 특징을 드러내 비교할 수 있는 작품 들을 각각 한 단원에 제시하여 학습목표로 제시해보는 방법을 구안해볼 수 있겠다.[37] 또한 표기 체계가 다른 작품이나 장르를 택해 이를 학습목표로 제시할 수도 있고, 궁중악과 민간악의 차이가 드러나는 작품들을 장르 내에서 택하든지(예를 들어 경기체가 내에서) 장르 간에 고르든지(예를 들어 시조와 잡가) 하여 이에 대한 이해를 성취 기준으로 잡아볼 수도 있을 것이다. 여기서 제시한 어떠한 학습목표나 성취기준을 제시하더라도 현대시 작품 위주로 편성된 단원의 학습목표나 성취기준과는 다른 고전시가만의 독특한 단원이 구성될 것이라 여겨진다.

5. 노래로서의 고전시가

이상에서 필자는 '고전문학의 향유 방식과 교육'이란 이번 학회의 기획 주제를 고전시가 분야를 대상으로 접근하되, 구체적인 장르나 작품

---

37) 이와 관련해 앞서 언급한 바 있는 이전 교육과정에 의한 고등학교 『문학』 교과서에 이와 비슷한 학습활동이 있어 참고할 수 있을 듯하다. 예를 들어 향가 <찬기파랑가>를 학습한 후, 3단 형식에 감탄사가 들어가는 10구체 형식을 모방하여 자신이 찬양하고픈 대상을 정해 찬양의 노래를 지어보는 활동을 한다거나, 속요 <동동>을 학습한 후, 모둠별로 작품 전체 주제와 각 달 별로 활용할 소재를 설정하고 만들어 월령체 노래를 창작하는 활동을 하는 등의 것들이다. 김대행·김중신·김동환, 앞 책, 79면, 109면. 이러한 교육 내용은 2013년 검정 교과서에서도 비슷한 형태로 이어진다. 앞서 살핀 천재교육에서 발간된 교과서에서도 <찬기파랑가>와 <덴동어미화전가>를 대상으로 이러한 활동이 제시된 것을 확인했는데, 이 외에도 비상교육에서 나온 『문학』 교과서에서는 '월별 학교 행사와 그에 따른 나의 학교생활'을 담은 노래 가사를 <동동>의 형식을 모방하여 지어보는 활동이나, <찬기파랑가>의 형식과 표현 방식을 활용하여 자신이 존경하는 인물을 예찬하는 노래를 지어보는 활동 등을 제시하고 있다. 한철우 외 7인, 『고등학교 문학』, 비상교육, 2013, 152면; 우한용 외 7인, 『고등학교 문학』, 비상교과서, 2013, 173면.

의 향유 방식을 논하는 개별적인 방식이 아니라 본질적인 차원에서 논하는 방식을 택하여 논의를 전개했다. 고전시가라는 영역과 향유 방식이 갖는 함수 관계에 대해서는 자칫 일반론적 논의가 될지 모른다는 부담을 가지면서도 최대한 그 중요성을 부각시키고자 노력했다. 또한 현재의 중등교육과정에 고전시가의 향유 방식에 대한 교육적 관심이 소극적으로 반영된데 대한 실상을 파악해보고자 했다. 마지막으로는 현재의 상황을 개선하기 위해 고전시가의 향유 방식과 관련한 내용을 교과서나 수업 현장에 적용할 때 논제로 삼을 만한 사항에 대해 정리하고 이를 단원목표나 성취기준으로 설정하여 작품을 구성하고 학습활동을 구안하는 방안에 대해서도 간략하게 제시해보았다.

최근 미국의 팝 가수 밥 딜런이 노벨문학상을 수상하면서 그 타당성에 대한 논란이 있기도 했다. 문학의 발생 시기에 노래가 불리기 시작해 문학사의 흐름 속에 노래에서 멀어져 시의 형태로만 향유된 작품들이 근대시라는 이름으로 불리기 시작했다. 그러나 노래가 가진 집단성과 대중성에 의거해 볼 때 시의 향유 방식이나 문학 작품으로서의 평가 수준과는 별도로 노래의 필요성은 앞으로 더욱 강조될 수밖에 없다. 이런 관점에서 볼 때 문학이 생명력을 잃어가고 매체 교육이 강조되는 최근의 디지털 시대 교육 현장에서 고전시가의 향유 방식이 다시금 중요하게 부각되어야 할 이유는 충분하다고 생각한다. 들리는 바에 따르면 새로운 중등교육과정에서 새롭게 강조되는 화두는 '창의와 인성'이라고 한다. 바라건대 창의와 인성을 추구해 나가는 문학교육 방법론에 있어 이 논문에서 논한 고전시가의 향유 방식에 대한 논제들이 충분히 검토되었으면 한다.

――『고전문학과 교육』 38집, 한국고전문학교육학회, 2018년 6월.

경기체가의 형식미와 창작 원리에 대한
문학교육적 활용

1. 문학교육과 경기체가의 가치

현전하는 작품을 기준으로 볼 때 경기체가는 고려후기에서 조선전기까지 향유된 시가 장르로 파악된다. 이 글에서는 이 가운데 고려시대에 창작된 작품들을 주 대상으로 하여 경기체가가 지닌 형식미와 창작 원리의 요체를 파악하고 이를 문학교육적 관점에서 해석해보고자 한다. 고려시대 경기체가로 <한림별곡> <관동별곡> <죽계별곡>의 세 편이 전하는 것은 주지의 사실인데, 이들 작품을 주 대상으로 하는 까닭은 그 형식미와 창작 원리를 파악하기 위해 굳이 경기체가 전 작품을 다룰 필요까지는 없으며 이들 세 편이 조선시대 작품의 전범 역할을 한다고 생각되기 때문이다.[1]

---

1) <한림별곡>은 악장으로 불리면서 <화산별곡> <상대별곡> 등 조선시대 악장으로 향유된 경기체가에 영향을 주었고, <관동별곡>은 자연과의 친화가 나타나는 최초의 경기체가로 <불우헌곡> <독락팔곡> 등 조선시대 사림파의 경기체가에 이어지는 면모를 보여준다. <죽계별곡>은 소집단을 과시, 찬양하는 성격의 노래로 <구월산별곡> <금성별곡> 등 조선시대로 이어지면서 역시 계승적 작품을 남긴다. 이렇듯 세 작품이 각각의 고유하면서도 서로 다른 특성을 지니며 후대 작품에 영향을 준 까닭에 이들 세 작품을 대상으로

경기체가는 향가나 고려속요, 시조, 가사 등 고전시가의 여타 장르와 비교할 때 상대적으로 연구의 저변이 넓지 않은 장르이다. 그 이유를 분석해보면 전하는 작품 수가 시조와 가사에 비해서는 많이 부족한 점, 향가와 고려속요를 비롯한 다른 시가 장르가 특정의 왕조와 향유 시기를 같이하는데 반해 경기체가는 고려와 조선에 향유 시기가 걸쳐 있다는 점, 한문구가 많이 섞인 작품 형식과 과시와 찬양 일변도의 내용이 장르의 편폭을 지나치게 규제한다는 점 등을 들 수 있으리라 생각한다. 이러한 특징들로 인해 문학교육 영역에서도 경기체가는 조금은 소외되었다는 인상을 받게 된다. 특히 한문구가 많이 섞여 있다는 점은 현대의 학습자들에게 경기체가를 멀게만 느껴지게 하는 주된 요인이 되고 있다. 이로 인해 학교 현장에서 경기체가의 교육은 한문구를 풀이해 뜻을 파악하고 주요한 문학사적 지식을 암기하는 정도에 머물고 있다고 여겨진다.

문학교육 연구 쪽에서 경기체가를 대상으로 한 논문은 손에 꼽을 정도이다. 염은열은 <한림별곡>을 주 대상으로 하여 경기체가의 본질이 '자랑의 문학'이었으며 후대 경기체가의 사적 변화를 이해하는 인문교육의 방향에서 경기체가를 교육할 수 있다고 논한 바 있으며2), 고영화는 오륜가형 경기체가와 시조를 대상으로 교술 장르에 나타나는 장르의 매체적 성격과 선택 원리에 대해 살펴본 바 있다.3) 고영화의 논의는 오륜가형 작품만을 대상으로 시조와 비교하는 차원에서 논의를 전개해 주 관심사가 이 글과는 약간 다르다고 할 수 있는 반면, 염은열의 논의는

한 논의가 경기체가 전반을 대표한다고 보아도 큰 무리는 없을 듯하다.
2) 염은열, 「국어활동으로 <한림별곡> 읽기」, 『고전문학의 교육적 발견』, 도서출판 역락, 2007.
3) 고영화, 「장르의 매체적 성격과 장르 선택 원리에 대하여-오륜가 계열 경기체가와 시조를 중심으로」, 『문학교육학』 5, 한국문학교육학회, 2000.

<한림별곡>을 내세우기는 했지만 경기체가 장르 자체의 본질을 문제 삼
고 있어 이 글과의 관련성이 더 크다. 그러나 이들 논문들은 모두 경기
체가가 지닌 장르적 특성을 주로 내용과 주제적 측면에서 논하면서 이
를 문학교육적 입장과 연결시키는 방법을 택하고 있어 경기체가의 형식
미와 창작원리를 통해 문학교육적 의미를 찾고자 하는 이 글의 시각과
방향성을 달리하는 면이 있다.4) 특히 경기체가의 형식미 쪽은 한문구가
많다는 특성으로 인해 문학교육 쪽 연구들의 큰 관심을 받지 못한 것이
사실이다. 물론 형식과 내용은 작품 내에서 긴밀하게 관련을 맺고 있기
에 엄밀하게 말해 이 둘을 온전히 분리해 어느 한 쪽만을 연구 대상으로
설정한다는 것은 무리가 있다. 이러한 점을 잘 알면서도 이 글에서 형식
미를 강조한 것은 경기체가의 장르적 특성이나 본질을 파악한 기존의
연구들이 순수문학적 차원의 것이든 문학교육적 차원의 것이든 거의 내
용과 관련한 지점에 관심을 두었기 때문이다. 앞서 염은열의 논의에서

---

4) 이 부분에서 특히 유의할 점은 고영화의 논문에서 경기체가 작품을 한글로 번역한 상태
　　로 본문에 인용하고 원문은 주석을 통해 제시한 측면이다. 더불어 이 논문에서는 경기체
　　가가 시조 등과 다름없는 우리말로 된 시가라는 전제를 앞세우고 논의를 전개했는데, 이
　　러한 언급이 단순히 경기체가가 국문시가에 포함된다는 사실을 언급하는 것이라면 문제
　　가 없지만, 번역된 우리말 가사를 원문처럼 인식하고 한문구가 섞인 원가사에 대한 별다
　　른 의식 없이 도출된 입장이라면 재고의 여지가 있다. 내용을 위주로 전개된 경기체가
　　관련 논의에서 이렇듯 번역된 가사를 중심 자료로 하여 연구하는 태도는 다른 논문에서
　　도 확인된다. 때로 <한림별곡>과 같이 알려진 작품은 원문 중심으로 인용하지만 <관동
　　별곡> 등과 같은 여타 작품의 경우는 번역된 자료를 중심으로 인용하는 등 같은 논문
　　내에서 인용 방법을 달리하는 경우도 보인다.(한창훈, 「경기체가의 형성과 변모를 파악하
　　는 하나의 시각」, 『백록어문』, 제주대, 1998) 그러나 분명한 것은 경기체가 원문이 한문
　　구에 우리말 가사가 섞인 형태이며, 특히 시가의 경우 이 원문이 그대로 노래 불렸기 때
　　문에 이를 번역해 본문 자료로 인용하는 경우 번역된 가사 형태로 노래불린 것처럼 오해
　　될 수 있다는 사실이다. 한문산문의 경우는 시가에 비해 상대적으로 형식보다는 내용 위
　　주의 읽기 중심으로 연구되기 때문에 편의상 번역 자료를 본문에 인용하고 원 자료를 주
　　석으로 돌리는 방식이 허용될 수도 있다지만, 시가의 경우는 노래 가사라는 특성 때문에
　　분명 원 자료를 본문에 인용하는 방식이 적절하다고 생각한다. 또한 번역된 가사 중심으
　　로 논의를 전개할 때 문체와 관련된 형식미에 대한 논의가 적절하게 전개되기 어렵다는
　　사실도 기억해야 할 것이다.

경기체가의 본질을 '자랑의 문학'이라고 본 것과 유사하게 '상승하는 관료 집단의 과시와 찬양의 문학'5) '환로와 공락의 문학'6) 등으로 경기체가를 지칭하는 것은 극히 일반화된 학계의 평가이다.

이 글은 이러한 연구사적 검토에 의거하여 기존에 내용 중심으로 규정된 경기체가의 장르적 특성과 문학교육적 가치를 그 형식미와 창작 원리에 대한 검증을 통해 보강하고자 하는 목표를 지닌다. 특히 경기체가는 우리말 가사 중심으로 이루어진 여타 시가 장르와는 다른 특유의 형식 미학을 보여주는 까닭에 이에 대한 탐구가 문학교육적으로도 더욱 중요하다. 형식미와 창작 원리에 대한 이해를 확충함으로써 한문구가 다수를 차지하는 경기체가 작품이 현대의 학습자에게 생명력을 가진 실체로 다가갈 수 있으리라 기대해본다.

2. 언어문자, 율격, 악곡에 일관되게 나타나는 '융합'의 형식미

경기체가의 형식미를 파악하는 데 있어 가장 중요하다고 판단되는 핵심 코드는 바로 '융합'이다. 요즘 유행하는 용어로 말해보면 퓨전(fusion)이라고도 할 수 있을 듯하다. 상이한 것들의 융합을 통해 새로운 형식을 만들어내는 방식이다. 경기체가 가운데 형식상 가장 정제된 작품의 하나인 <한림별곡> 1장을 통해 이 융합 코드에 대한 단서를 찾아보도록 하자.

---

5) 박경주, 『경기체가 연구』, 이회문화사, 1996을 비롯한 대부분의 경기체가 연구자들이 이러한 관점을 표명했다.
6) 이는 최재남이 독특하게 쓴 표현이기에 별도로 인용해보았다.
   최재남, 「경기체가 장르론의 현실적 과제」, 김학성·권두환 편, 『신편 고전시가론』, 새문사, 2002.

元淳文 仁老詩 公老四六

李正言 陳翰林 雙韻走筆

沖基對策 光鈞經義 良鏡詩賦

위 試場ㅅ景 긔 엇더ᄒ니잇고

琴學士의 玉笋門生 琴學士의 玉笋門生

위 날조차 몃부니잇고

― 〈한림별곡〉 제 1장

(1) 언어문자적 측면7)

작품을 보면 먼저 눈에 들어오는 것은 많은 한문구들이다.8) 우리말
가사라고는 4행의 '위', '긔 엇더ᄒ니잇고'와 6행의 '위 날조차 몃부니잇
고' 뿐이다. 하지만 이 몇 자 되지 않는 우리말 가사의 중요성은 대단하
다. 우리말 가사가 들어가는 4행과 6행은 우리 시가에서 중요한 기능을
담당하는 후렴구의 역할을 한다. 특히 이 후렴구의 맨 처음에 등장하는
'위'는 향가에서 고려속요, 나아가서는 시조에까지 이어지면서 우리말
시가의 중요한 형식적 표지로서 기능하는 '감탄사'의 존재를 경기체가
도 가지고 있다는 점을 여실히 드러내 보여준다. 이 때문에 그 많은 한
문구에도 불구하고 경기체가는 우리시가 장르로서 인정받을 수 있는 것

---

7) 여기서는 주로 경기체가의 노래 가사가 한문체와 국문체의 결합으로 이루어진 측면에 대
해서 논한다. 이에 대해 '언어적 측면'이나 '문자적 측면'과 같은 간단한 용어를 사용할
수도 있겠지만, '문자적 측면'이라 할 때는 한문이나 국문 같은 의미가 아닌 다른 측면의
'문자'를 뜻하는 것으로 오해될 소지가 있으며, '언어적 측면'이라고만 할 경우에는 중국
어(말)이 아닌 한문(글)의 차원을 다룬다는 점이 문제가 될 수 있다. 이러한 까닭에 좀 번
거롭기는 하지만 이 둘을 합친 '언어문자적 측면'이라는 용어를 사용한다.

8) 더 정확하게 말하자면 여기서는 한문구라고 하기 보다는 한자어라고 하는 것이 옳은 듯하
다. 그러나 〈한림별곡〉의 경우에는 한자어의 나열 쪽에 가까운 장이 많이 보이지만, 〈관
동별곡〉과 〈죽계별곡〉을 포함하여 조선시대 경기체가로 내려가면 한자어가 아닌 문장
을 글자 수로 잘라놓은 한문구의 형태가 더 많이 보인다. 이 때문에 한자어를 포함시킨
상태에서 통틀어 한문구로 지칭하는 것이 적절할 듯하다.

이다. 한문구의 연결을 기본틀로 하면서도 후렴구인 '위 * * 경(景) 긔 엇더ᄒᆞ니잇고'의 반복에서 우리말의 음률을 느끼게 해주고, 때로는 후렴구 자리에 문장 형태로 된 우리말 가사를 배치함으로써9) 한문의 문체와 국문의 문체를 함께 맛보는 즐거움을 누리게 했다.

여기서 한문구와 국문가사가 이어지는 연결 부분에 간혹 나타나는 현상 한 가지를 주목할 필요가 있다. 바로 한문구가 계속되다가 국문가사로 이어지는 끝 부분인 3행의 마지막 음보에 우리말 가사를 배치하거나 혹은 한자어에 우리말 조사가 붙은 구절로 연결짓는 현상이다. 3행의 마지막 음보에 우리말 가사가 배치된 것은 <한림별곡>에서 자주 확인된다.

> 眞卿書 飛白書 行書草書
> 篆籀書 蝌蚪書 虞書南書
> 羊鬚筆 鼠鬚筆 빗기 드러
> 위 딕논景 긔 엇더ᄒᆞ니잇고
> 吳生劉生 兩先生의 吳生劉生 兩先生의
> 위 走筆ㅅ景 긔 엇더ᄒᆞ니잇고
>
> —〈한림별곡〉 제 3장

---

9) 고려시대 경기체가 세 작품에서 후렴구가 들어갈 위치에 대신 들어간 문장 형태의 우리말 가사의 예를 찾아보면 다음과 같다.
'위 날조차 몃부니잇고(1장)' '위 듣고아 줌드러지라(6장)' '위 嗺黃鸎 반갑두셰라(7장)' '위 내 가논더 눔갈셰라(8장)'(이상 <한림별곡>)/ '爲 四海天下 無豆舍旀多(업두삿다)(3장)' '爲 又來悉 何奴日是古(쏘오다 ᄒᆞ노니잇고)(3장)' '爲 古溫貌 我隱伊西爲乎伊多(고운양진 난이슷ᄒᆞ요이다)(4장)' '爲 羊酪 豈勿參爲里古(어찌 말슴하릿고)(5장)' '爲 四節 遊伊沙伊多(노니사이다)(6장)' '爲 鷗伊鳥 藩甲豆斜羅(굴며기새 반갑두새라)(8장)'(이상 <관동별곡>)/ '爲 千里相思 又奈何(쏘 엇디ᄒᆞ리잇고)(4장)' '爲 四節 遊是沙伊多(노니사이다)(5장)'(이상 <죽계별곡>)
이러한 우리말 가사 부분들이 표기된 양상을 비교해보면 <한림별곡>의 경우 <악장가사>에는 한글로 표기되었고 『고려사』 '악지'에는 '云云俚語'라 하여 우리말 부분을 생략했다. <관동별곡>과 <죽계별곡>의 경우는 『謹齋集』에 이두로 표기되었다. 고려시대 경기체가의 우리말 가사가 이두로 표기된 형태를 취하는 것을 통해 고려속요(속악가사) 작품들이 구전 전승만이 아니라 이두로 기록되었을 가능성도 생각해볼 수 있는 일이다.

黃金酒 柏子酒 松酒醴酒

竹葉酒 梨花酒 玉加皮酒

鸚鵡盞 琥珀盃예 **ᄀ득 부어**

위 勸上ㅅ景 긔 엇더ᄒ니잇고

劉伶陶潛 兩仙翁의 劉伶陶潛 兩仙翁**의**

위 醉흥景 긔 엇더ᄒ니잇고

— 〈한림별곡〉 제 4장

　이러한 배치를 통해 한문어구가 자연스럽게 국문어구와 연결되면서 국문가사인 후렴구로 이어지는 효과를 거두게 하였다. 또한 3행의 마지막 음보에 한자어에 우리말 조사가 붙은 구절을 활용한 예는 특히 <죽계별곡>에서 자주 보인다.10) 이러한 현상은 3-4행 사이만이 아니라 5행에 다시 한문구가 등장하다가 6행에 우리말 가사가 제시되는 사이 부분, 즉 5행 끝 음보에서도 간혹 드러나는데, 위에 인용한 <한림별곡> 3,4장의 경우를 보면 5행의 끝 부분을 각각 '吳生劉生 兩先生의' '劉伶陶潛 兩仙翁의'와 같이 비슷한 구조를 취하면서 한자어에 우리말 조사를 덧붙여 끝냈다. <죽계별곡> 3장의 5행도 '年年三月 長程路良(긴 노정에)'로 되어 있어 역시 한자어에 조사 '良(에)'가 덧붙은 형태를 보여준다. 이러한 세밀한 배려 속에 한문의 문체와 국문의 문체가 어색함 없이 연결되면서 서로 조화를 이루어내는 속에 한시와도 다르고 국문만으로 이루어진 시가와도 다른 경기체가만의 독특한 문체미학이 자리잡을 수 있었다고 생각된다.

---

10) <죽계별곡> 2장의 3행 '半醉半醒 紅白花開 山雨裏良'와 5장의 3행 '黃菊丹楓 錦繡春山 鴻飛後良' 등을 찾을 수 있다. 여기서 각 행의 마지막 음보에 위치한 구절의 끝자인 '良'은 이두식 표현으로 우리말 조사 '에'로 발음된 것으로 볼 수 있다.

(2) 율격적 측면

앞에서 살펴본 한문체와 국문체의 융합 양상은 작품의 언어문자적 측면을 살펴본 것이지만, 경기체가가 노래 가사라는 점을 감안할 때 언어문자적 측면이 지닌 이러한 융합적 특성이 그 율격이나 악곡적 측면에도 밀접하게 반영되리라는 것을 쉽게 예상할 수 있다. 먼저 율격적 측면을 살펴보면 경기체가는 음보율과 자수율이 독특한 형태로 융합되었다는 특성을 지닌다. 시조나 가사와 같은 다른 국문시가 장르들의 경우 한 음보 내의 글자 수가 3,4언을 기본으로 하여 때로는 2언에서 5언 정도까지 넘나드는 양상을 보이는 까닭에 자수율이 무시된다고 하기는 어렵지만 일단 음보율이 율격적 자질로서는 우세하다고 볼 수 있다. 이에 비할 때 경기체가의 경우는 음보율과 자수율의 특성이 비등한 양상으로 함께 나타난다.

일단 3언이나 4언을 한 개의 음보로 한 3음보 형식과 4,4언의 반복구에서 나타나는 4음보 형식이 한 장에 함께 존재하고 있어 짝수 음보와 홀수 음보의 어느 한 쪽을 일반적으로 택하는 다른 시가 장르와는 달리 개성적인 율격 감각을 보여준다. 이렇듯 음보율의 적용을 받으면서도 각 행, 각 음보의 글자수가 엄격하게 정해져 있고 이를 그대로 따르는 정격 형식의 작품이 다수 존재해 자수율의 강한 규제를 느끼게 한다. <한림별곡>은 '3,3,4 / 3,3,4 / 4(3),4(3),4 / 위 * * 景 긔 엇더하니잇고 / 4,4,4,4 / 위 * * 景 긔 엇더하니잇고'의 형태를 기준형으로 한 매우 규범적인 작품이며, 후대의 경기체가들에서 몇몇 파격적인 작품을 제외하고 이러한 자수율은 그대로 이어진다.11) 이렇듯 구수와 자수를 엄격히 규

---

11) 5행의 4,4언의 반복은 <관동별곡>과 <죽계별곡>에서는 4,4언으로만 나타난다. 이는 이 두 작품이 노래 가사로서 악보나 가사집에 전하는 것이 아니라, 안축의 문집에 실려 있기 때문에 의미가 중복되는 반복구 부분이 생략된 것으로 볼 수 있다.

정하는 것은 바로 한시나 한시체 계열의 시가들에서 공동으로 나타나는 특징으로, 사실 이는 다분히 한문과 국문의 차이에서 기인한다고 볼 수 있다. 한문의 경우 글자 한 자마다 각자의 뜻을 지닌 표의문자이기 때문에 자수율에 맞추어 노래 가사나 시를 짓기 좋은 반면, 국문의 경우는 음절이 아닌 어절 단위로 의미를 표출하는 표음문자이기 때문에 정확한 자수율에 맞추기가 쉽지 않은 것이다. 일본의 와카나 하이쿠의 예에서 보듯이 표음문자를 가지고도 글자수를 정확히 지키는 시가를 창작해내는 것은 물론 가능하다. 한글로 창작된 노래 가사나 시 가운데에도 자수율까지 엄격히 지켜 창작된 작품을 찾아볼 수는 있다. 여기서 강조하고자 하는 것은 한문에 비해 한글이 상대적으로 자수율보다는 음보율에 어울리는 자질을 가졌다는 사실이다. <한림별곡>을 비롯한 고려시대 경기체가 작품들을 살펴보면 4행과 6행에 '위 * * 景 긔 엇더하니잇고'가 들어가지 않고 우리말 가사가 들어가는 경우에 상대적으로 엄격한 자수율이 흔들리는 측면이 나타나는데, 이를 통해서도 이러한 언어문자와 율격의 상관 관계를 파악할 수 있다. 즉 한문과 국문이 융합된 언어문자적 특성이 율격에도 영향을 끼쳐 경기체가는 음보율과 자수율이 융합되어 나타나는 율격적 특성을 보인다고 할 수 있겠다.

(3) 악곡적 측면

언어문자와 율격에서 연계되어 나타난 융합적 특성은 경기체가의 악곡적 측면에도 영향을 끼쳤다. 경기체가 가운데 악보가 남아 있는 유일한 작품인 <한림별곡>을 통해 경기체가의 악곡적 특성에 대해 살펴볼 수 있다.12) <한림별곡>은 『고려사』 '악지'의 속악조에 편입된 만큼 대

---

12) <한림별곡>의 가사와 악곡이 후대 경기체가 작품의 전범이 된 것은 익히 아는 사실이

부분의 경우에서 향악적 특성을 보이나, 단 여음(간주곡, 후주곡)을 갖지 않는다는 점에서는 당악적 특성을 나타낸다. 이와 더불어 노래 가사와 악보에 제시된 행의 관계를 살펴보면 1행 정형음 배치의 특성을 보이고 문학적 분단과 음악적 분단이 엄격한 일치를 보이는 특성이 나타나는데, 이 역시 향악과는 다른 측면으로 고려의 대상이 된다.13)

음과 글자수가 어떻게 배치되었는가 하는 사실은 노래 가사의 언어적 자질과 악곡 사이의 밀접한 관련을 보여주는 지표가 된다. 본래 당악은 16정간 악보 한 행에 글자 하나씩이 배열되어 음과 글자수의 연결이 규칙적이다. 그에 비해 향악은 한 행에 배치되는 글자가 일정하지 않은 것이 특징이다. 당악과 향악의 가사 배열의 이러한 차이 역시 한문과 우리말의 차이에서 오는 듯하다. 앞서 율격적 측면에 대한 논의에서도 언급했지만 한문은 음절 하나 하나가 의미를 가진 독립된 요소인데 비해 우리말은 몇 개의 음절이 모여 하나의 어절이 되어야 의미를 갖게 되기 때문이다. 그런데 <한림별곡>의 경우를 보면 한 행에 오는 글자수가 6자또는 4자가 대부분이며, 우리말로 된 '날조차 몃부니잇가'에서 파격적으로 2자가 등장하고 있어 1행 정형음의 경향이 농후함을 알 수 있다.14)

며, 이는 다시 말해 <한림별곡>의 악곡에 다른 작품의 가사를 대치해 불렀을 가능성이 매우 높다는 점을 말해준다. 이런 까닭에 <한림별곡>의 악곡적 특성을 작품 한 편의 의미가 아닌 경기체가 작품 전체를 대표하는 것으로 보아도 무리가 없을 것으로 생각한다.

13) 당악과 향악의 기본적 특징에 대한 기술 및 『고려사』 '악지' 속악조에 실린 한문체 시가들의 악곡적 특성을 비교론적 관점에서 살펴본 논의는 박경주, 「전승방식과 음악성을 통해 본 고려시대 시가장르의 흐름」, 『한국시가문학의 흐름』, 월인, 2009를 참고할 수 있으며, 본 논문에서는 언어문자적 측면과 악곡적 특성이 긴밀한 관계를 맺으며 <한림별곡>에 나타나는 사실에만 주목하고자 한다.

14) 『대악후보』에 실린 <한림별곡>의 악곡을 통해 행과 글자수의 배치를 제시한다.

1행	元	淳	文	仁老		詩
2행	公	老	四	六		
3행	李正		言	陳翰	林	
4행	雙韻		走	筆		
5행	冲基	對	策	光鈞	經	義

또한 <한림별곡>에서 음악적 분단과 문학적 분단을 비교하면 문학적 분단에서의 한 행은 음악적 분단에서 두 개의 행에 해당하며, 문학적 분단의 각 행은 세 개의 음보인 경우는 두 개의 음보가 위의 행에 나머지 음보가 다음 행에 배치되고, 2개의 음보인 경우에는 한 개씩 2개의 행에 나누어 배치됨을 알 수 있다. 1행 1음 배치를 보이는 당악가사는 한 글자의 뜻을 악곡상 한 행에 드러내므로 당연히 문학적 분단과 음악적 분단이 일치할 수밖에 없다. 그런데 우리말 가사로 된 고려속요를 보면 비교적 균제된 형식을 보이는 <가시리>와 같은 작품은 문학적 분단과 음악적 분단이 일치하지만 대부분의 작품에서는 둘 사이에 상이점이 나타난다. 이에 비추어 볼 때 <한림별곡>이 보여주는 문학적 분단과 음악적 분단의 일치 현상은 1행 정형음의 배치와 마찬가지로 당악곡과 향악곡의 융합적 특성을 나타내는 것으로 볼 수 있다.

이상에서 경기체가 작품에 나타난 언어문자, 율격, 악곡적 특성을 두루 살펴본 결과 이들은 서로 긴밀한 관계를 맺고 있으며 그 가운데에서도 특히 언어문자적 특성이 다른 측면의 특성을 움직이는 기본 자질임을 알 수 있었다. 즉 한문체와 국문체의 융합이라는 기제가 율격과 악곡까지 망라하여 경기체가 작품의 형식미를 주관하는 중심 코드라는 사실을 확인할 수 있었다.[15) 물론 여기서 말하는 '융합'에 있어 비율의 문제

6행	良鏡		詩	賦	(위)	
7행	試場ㅅ		景	긔	엇	더
8행	ㅎ	나	잇	고		
9행	琴	學	士	의		
10행	玉순		門	生		
11행	琴	學	士	의		
12행	玉笋		門	生	(위)	
13행	날	조	차	몃	부	니
14행	잇			가	(1행은 16정간)	

15) 경기체가가 고려후기에 이렇듯 한문체와 국문체의 융합이라는 새로운 코드를 가지고 신생 장르로 탄생하게 된 데는 고려초기부터 진행된 음악사 혹은 시가사적 배경이 자리잡

는 또 다른 중요한 논의 과제이다. 한문체와 국문체의 융합으로 이루어진 시가이면서도 경기체가는 분명 국문시가에 속하며, 향가에서 시조, 가사로 이어지는 우리 시가 장르의 주된 특징을 보여준다. 분명한 것은 본 논문에서 논하고자 하는 바가 경기체가의 발생에 한문체 시가와 국문 시가 중 어느 쪽이 더 주된 영향을 끼쳤는가 하는 점이 아니라, 그 둘의 조화로운 융합을 통해 한문체를 활용한 국문시가를 만들어냄으로써 당시 지식층의 현학적 욕구를 만족시키면서도 노래로 지어 부르는데 아무 지장을 받지 않는 신종 노래 장르가 탄생되었다는 사실에 있다는 점이다.

3. '장면서술화'와 '배경 묘사 / 주체 등장'의 창작 원리

경기체가의 창작 원리에 대해서는 연구자들마다 나름대로의 논의가 있어왔지만, 지금까지 압도적 지지를 받는 것은 역시 조동일의 견해라고 생각된다. 그는 <한림별곡>에 1행부터 3행까지에 걸쳐 제시한 개별화된 사물들이 4행의 '＊＊경(景)'에 이르러 하나의 주제로 포괄화되는 현상이 나타나는 점에 주목하여 경기체가 창작 원리의 핵심을 '개별화와 포괄화'로 논한 바 있다.16) 이 주장은 <한림별곡>에 한해서만 살펴본다면 대부분의 장의 1행에서 3행까지가 사물 혹은 개별 대상들의 나

고 있으며, 이에 대한 고찰 역시 경기체가의 융합 코드를 이해하는데 필수적이기는 하다. 그러나 본 논문의 목표는 그 역사적 배경이 아닌 문학교육적 의미를 추출해내는데 있으며, 역사적 배경에 대한 자세한 논의는 기존 연구(박경주, 『한문가요 연구』, 태학사, 1998의 2장 3절과 4절 부분 참고)에 의지할 수 있으므로 본 논문에서는 별도로 언급하지 않기로 한다.
16) 조동일, 「경기체가의 장르적 성격」, 『학술원논문집 인문사회과학편』 15, 1976.

열이라는 점이 분명하기에 타당성을 가진다고 판단된다. 그런데 본 논문에서 <한림별곡>과 함께 살펴보고 있는 안축의 <관동별곡>이나 <죽계별곡>의 경우를 대상으로 할 경우 이 주장의 설득력이 떨어지는 면이 발견된다. 즉 <한림별곡>에서는 1행에서 3행까지 제시된 한문구들이 소재적 차원에서 나열되는 경우가 대부분이지만, <관동별곡>과 <죽계별곡>을 살펴보면 같은 부분이 서술 형식으로 전환될 수 있는 문장 구조를 취하는 경우가 자주 보이기 때문이다.

> 唐漢書 莊老子 韓柳文集
> 李杜集 蘭臺集 白樂天集
> 毛詩尙書 周易春秋 周戴禮記
> 위 註조쳐 내외옴 景 긔 엇더ᄒ니잇고
> 太平廣記 四百餘卷 太平廣記 四百餘卷
> 위 歷覽ㅅ景 긔 엇더ᄒ니잇고

— 〈한림별곡〉 제 2장17)

이 작품을 보면 1행에서 3행까지는 역대 중국 문인들의 서책이 나열되다가 4행에 이르러 지금까지 개별적으로 존재했던 사물들을 묶어주는 '註조쳐 내외옴 경(景)'이라고 하는 포괄화 작업이 진행된다. 그 뒤에 붙는 5행과 6행의 경우에는 특별히 새로운 기능을 가진다기보다는 1-3행에서 제시한 개별적 사물을 추가하고(5행), 4행의 포괄화 작업을 비슷하

---

17) 창작 원리를 자세히 파악하기 위해서는 우리말 번역을 제시할 필요가 있을 듯하다. 번역은 임기중 외, 『경기체가 연구』, 태학사, 1997을 참고했다.
   당서 한서, 장자 노자, 한유와 유종원의 문집
   이백과 두보의 시집, 난대집, 백거이의 문집
   시경 서경, 주역 춘추, 주대례기
   아, 주(註)마저 줄곧 외운 일의 정경 그 어떠합니까!
   태평광기 사백여권 태평광기 사백여권
   아, 두루두루 읽는 모습 그 어떠합니까!

지만 다른 표현으로 바꿔주는 정도의 역할(6행)만을 하는 것으로 보인다. 이러한 양상은 7장의 일부분과 후대에 덧붙여졌을 가능성이 높게 여겨지는 8장을 제외하고는 <한림별곡> 전체에서 같은 모습으로 드러난다.18)

仙游潭 永郎湖 神淸洞裏
綠荷洲 靑瑤嶂 風烟十里
香冉冉 翠霏霏 琉璃水面
爲 泛舟 景幾何如
蒪羹鱸膾 銀絲雪縷
爲 羊酪 豈勿參爲里古

— <관동별곡> 제 5장19)

그러나 <관동별곡>을 보면 각 행의 겉모습은 비슷하지만 그 역할에 있어서는 <한림별곡>과 사뭇 달라진 점을 확인하게 된다. 1행에서 3행까지의 언술은 개별적으로 존재하거나 비슷한 특징을 지닌 사물들을 나열하는 것이 아니라 하나의 장면을 서술하기 위한 배경을 마치 그림을 그리는 화가의 시선을 담아낸 듯 그려낸다. 정해진 글자 수를 맞추려다 보니 더 이상의 자세한 묘사를 하기는 어렵지만 번역된 자료를 통해서도 확인되듯이 3자, 4자의 짧은 조어 속에서도 주술 관계와 수식관계 등의 문장 구조를 활용해 최대한의 문장화된 정보를 제공한다. 이렇듯 1행

---

18) 7장의 후반부와 8장의 경우는 개별화와 포괄화의 원리에서 벗어나 뒤에 살펴볼 <관동별곡> <죽계별곡>과 비슷한 방식의 장면서술 양상으로 나아간 모습을 보인다.
19) 선유담, 영랑호, 신청동 안으로
  푸른 연 잎 자라는 모래톱, 푸르게 빛나는 묏부리, 십 리에 서린 안개.
  바람 향내는 향긋, 눈부시게 파란 유리 물결에
  아, 배 띄우는 모습 그 어떠합니까!
  순채국과 농어회, 은실처럼 가늘고 눈같이 희게 써네.
  아, 양락(羊酪)이 맛지단들 이보다 더하리오!

에서 3행까지 장면의 배경이 서술되다가 4행에 이르러서는 '泛舟景(배 띄우는 모습)'이라고 하는 표현을 제시함으로써 앞서 서술된 배경 속에 행동하는 주체(인간)의 모습이 드러난다. 1행에서 4행까지의 이와 같은 구조를 두고 배경 묘사 이후에 주체의 행동이 제시된다는 점에서 '배경 묘사 / 주체 등장'의 원리가 적용되었다고 할 수 있을 듯하다. 5행과 6행을 보면 4행에서 등장한 주체의 감흥이 상승하는 쪽으로 서술이 이어지면서 배경묘사나 주체의 정서적 표현이 이어지는 것을 볼 수 있다.

<한림별곡>의 경우와 비교한다면 하나의 장면을 포착하여 서술한다는 점에서는 거의 유사하나, <한림별곡>이 사물의 개별적 나열과 핵심어로 이를 포괄하는 방식으로 장면서술을 한다면 <관동별곡>은 자세히 묘사한 배경 속에 주체를 등장시켜 그 감흥을 고조시키는 쪽으로 장면서술을 한다고 볼 수 있다. 그런데 다시 생각해보면 <한림별곡>에서 보여주는 개별화와 포괄화의 양상 역시 '배경 묘사 / 주체 등장'의 원리로 설명할 수 있는 것으로 판단된다. <한림별곡>에서 개별화된 사물의 나열은 문장으로 제시된 <관동별곡>의 배경 묘사와는 다른 방식으로 장면의 배경을 서술하는 것으로 볼 수 있기 때문이다. 4행에서 포괄화의 원리가 제시된다고는 하지만 이 역시 앞서 나열된 사물의 특성을 뽑아내 포괄화시키는 것이 아니라 나열된 사물을 배경으로 하여 등장한 주체의 행동을 통해 포괄화시키는 것이기 때문에 '배경 묘사 / 주체 등장'의 원리라는 더 큰 범주 속에 '개별화와 포괄화'의 원리가 포함된다고 말할 수 있겠다.

彩鳳飛 玉龍盤 碧山松麓
低筆峯 硯墨池 齊隱鄕校
心趣六經 志窮千古 夫子門徒

爲 春誦夏絃 景幾何如

年年三月 長程路良

爲 呵喝迎新 景幾何如

— 〈죽계별곡〉 제 3장[20]

 〈죽계별곡〉에서 보여주는 양상 역시 〈관동별곡〉의 경우와 크게 다르지 않다. 위 〈죽계별곡〉 3장을 보면 고향 순흥의 향교에 대한 배경 묘사가 앞부분에 기술되다가 뒷부분에 이르러 이곳에서 공부하는 유생들의 학업에 열중하면서도 시흥을 즐기는 행동이 제시된다. 주체의 등장이 3행 끝 부분으로 좀 앞당겨지는 정도의 차이가 있기는 하지만 4행에서 주체의 행동이 구체적으로 기술되고 5행과 6행에서 이러한 장면에 대한 부가적 내용이 언급되는 것 역시 동일하게 나타난다.

 이상의 세 작품을 통해 파악한 경기체가의 창작원리를 정리한다면 한 장에 하나의 장면을 서술하는 '장면서술화'의 원리를 기본으로 하면서, 주로 1-3행까지에서 장면의 배경이 묘사되고 4행에서 배경을 주도하는 주체가 등장하여 행동을 드러내며, 5행과 6행에서는 배경 묘사와 주체의 감흥을 더 고조시키는 방향으로 추가적인 기술이 이어진다고 볼 수 있겠다. 배경 묘사 후에 주체의 정서 표현이 이어지는 면만을 두고 생각한다면 이는 사실 경기체가만의 새로운 창작 방식은 아니라고 볼 수 있다. 시조나 한시의 경우에도 이와 유사한 방식의 서술을 쉽게 찾아볼 수 있기 때문이다. 그렇지만 배경 묘사와 주체 등장의 원리가 하나의 장면

---

20) 눈부신 봉황이 나는 듯, 옥룡이 서리어 있는 듯, 푸른 산 소나무 숲
   지필봉, 연묵지를 모두 갖춘 향교
   육경에 마음 담고, 천고를 궁구하는 공자의 제자들이여.
   아, 봄에 시 읊고 여름에 거문고 타는 모습 그 어떠합니까!
   매년 3월 긴 공부 시작할 때
   아, 떠들썩하게 새 벗 맞는 모습 그 어떠합니까!

을 서술하는 '장면서술화'의 원리의 지배하에 움직이면서 나타나고, 한
자어의 나열이나 한문구의 독특한 조어법을 활용하면서 배경 묘사가 이
루어지며, 1-4행까지 한 차례 이루어진 장면 서술이 5,6행에서 추가적으
로 이루어지면서 감흥이 더욱 상승하는 구조를 보인다는 점 등은 경기
체가만이 갖는 독특한 창작 원리라고 판단된다.21)

4. 형식미와 창작 원리에 대한 문학교육적 활용 방안

이제 2장과 3장에서 경기체가의 형식미와 창작원리에 대해 살펴본 결
과에 기반을 두고 문학교육적 관점에서 그 활용 방안을 모색할 차례이
다. 논의의 편의를 위해 이를 '작품 창작교육'의 측면과 '언어 활용능
력'22)의 측면으로 나누어 기술하고자 한다. 그간의 경기체가를 대상으

---

21) 1-4행까지 일차 완성된 장면서술이 5,6행에서 추가적으로 이어지는 것은 경기체가의 형
식적 측면과도 연결되는 중요한 연구 주제로 볼 수 있다. 장르를 막론하고 국문시가에
줄곧 나타나는 형식적 특성 가운데 전대절과 후소절의 구조로 시가 형식이 이루어지는
점을 들 수 있는데, 경기체가는 이러한 전대절과 후소절의 구조가 개성적 방식으로 변형
된 모습을 보여준다고 할 수 있다. 경기체가 한 개의 장을 살펴보면 먼저 3언과 4언 중
심의 3음보로 된 1행부터 3행까지의 행이 전대절의 역할을 하고 4행의 '＊＊景 긔 엇더
ᄒ니잇고'라는 후렴구가 후소절의 역할을 하면서 일차로 전대절·후소절 구조가 형성되
었는데, 여기에 다시 4, 4언의 반복구가 들어가고 '＊＊景 긔 엇더ᄒ니고' 혹은 '위'로
시작하는 우리말 후렴구가 추가되면서 이미 형성되었던 4행까지의 1차 구조가 모두 전
대절화되고 뒤에 추가된 5, 6행이 새로운 후소절의 자리를 차지하는 구조로 분석된다.
이러한 모습은 다른 시가 장르에서 보여주는 1차적인 전대절·후소절 구조를 더욱 복잡
화시킨 새로운 전대절·후소절 구조로 파악되는데, 이러한 변형적 전대절·후소절 구조
가 장면서술화의 원리와 긴밀하게 연결되면서 본문에서 논한 바와 같은 장면서술의 복
합적 양상이 나타나게 된다고 볼 수 있다.
22) '언어 활용능력'이라 함은 국어 활용능력을 중심에 둔 말이기는 하지만, 본 논문에서 다
룬 경기체가 장르가 한문구를 많이 사용했으며 현재 우리말에도 한문구나 한자어를 활
용한 조어나 문장이 상당 부분 발견된다는 사실에 기인해 한자어나 한문구까지 포함한
측면에서 국어 활용능력을 말하고자 하는 뜻으로 사용한 개념이다. 또한 언어적 융합에
관심을 둘 때 현대적 관점에서 관심 대상은 한자어나 한문구뿐만 아니라 영어와 한글의

로 한 문학교육의 내용이 한문구를 해석하여 작품의 본질이 '과시와 찬양'으로 귀결됨을 밝히는 주제 전달적 측면과 그 '과시와 찬양'의 양상이 경기체가 발생에서 소멸에 이르기까지 시대에 따라 어떻게 작품 속에서 변화되어 나타나는지 살피는 문학사적 지식 교육의 측면에 치중되어 왔음을 감안할 때, 그 형식미와 창작 원리를 통해 새롭게 추가되어야 할 교육의 영역은 경기체가의 형식미와 창작의 원리에 대한 이해를 현대의 시점에서 활용한 창작교육 영역이라고 생각되며, 이러한 창작교육 영역에 대한 훈련을 통해 언어 활용능력의 신장 또한 기대할 수 있으리라 예측된다.[23)]

그런데 본격적으로 경기체가를 활용한 창작 교육의 장으로 이야기를 옮기기 전에 경기체가가 보여주는 융합적 형식미를 현대의 장르와 연결시켜 학습자의 이해를 도모할 수 있는 방법에 대해 먼저 살펴볼 필요가 있을 듯하다. 경기체가에서 한문체와 국문체 가사가 무리 없이 조화를 이루는 모습을 학습자들에게 쉽게 이해시키려면 최근의 대중가요에 흔

융합 쪽에까지 확대될 수 있다. 이렇듯 우리말(한글)을 중심에 두면서도 그와 융합된 적이 있거나 융합 가능성이 있는 언어와의 관계 속에서 그 활용 능력을 논하고자 하는 뜻도 이 용어에는 담겨 있다. 그런데 경기체가를 통해 습득된 언어 활용능력을 일상 생활 속에서 발현할 수도 있겠지만, 작품 창작을 통해 이를 습득하는 과정을 고찰한다는 측면에서 이를 국어교육적 의미가 아닌 문학교육적 의미로 범주화해서 논하고자 하며, 이에 큰 무리가 있을 것으로 생각되지는 않는다.

23) 고전시가 가운데 창작교육과 관련하여 유일하게 연구 성과가 나오고 있는 장르가 일반 대중에게 가장 친숙하다고 생각되는 시조이다. 그 이외 시가 장르를 대상으로 도출된 창작교육 연구는 별반 찾아보지 못했다. 본 논문에서는 경기체가의 독특한 형식미와 창작 원리에 의거하여 창작교육 방법을 구안했기에 기존의 시조 창작연구들에 영향받은 바가 크지 않지만, 여타 시가 장르를 대상으로 차후에 이루어질 창작교육 연구에는 시조를 대상으로 이루어진 그간의 창작교육 연구가 훌륭한 참고 자료가 될 수 있다고 생각한다. 이러한 의미에서 그 가운데 몇 개의 논문을 들어보면 다음과 같다. 강명혜, 「시조교육의 현황과 학습자 활동 중심의 교수・학습모형」,『시조학논총』20, 한국시조학회, 2004; 김선희, 「초등학교 시조교육 활성화 방안」,『청람어문학』27, 청람어문교육학회, 2003; 김창혜, 「중학생의 시조창작 교육방안」,『국어교육연구』34, 국어교육학회, 2002; 염창권, 「시조텍스트의 수용과 창작지도 방법」,『문학교육학』14, 한국문학교육학회, 2004.

히 보이는 영어 가사와 우리말 가사의 조합을 비교의 예로 제시해보면 좋을 것이다. 경기체가가 노래 가사였다는 사실을 현대의 학습자들은 쉽게 인식하지 못하며, 알고 있다고 해도 개념적으로 알고 있을 뿐이다. 현대시가 아닌 대중가요와 경기체가가 연결되면서 의미를 가지게 되면 학습자들은 신선한 느낌을 가지고 경기체가를 노래로서 받아들이게 되리라 기대할 수 있다.24)

최근의 대중가요에서 영어 가사의 비중은 갈수록 높아지는 추세로 보이는데, 재미있는 것은 영어 구절이 주로 노래 가사 중 강조하고 싶은 어구에 활용되며 이 구절이 반복적으로 제시됨으로써 노래 가사에서 키포인트(key point)의 구실을 한다는 사실이다. 키포인트는 대중들이 그 노래를 떠올릴 때 가장 먼저 외워 부르게 되는 핵심 구절을 말하며, 경기체가의 경우 4행과 6행에서 제시된 감탄사나 후렴구가 바로 이러한 키포인트의 역할을 했다고 볼 수 있다. 즉 경기체가에서는 다수의 한문구의 바탕 아래 우리말 가사 부분이 키포인트의 기능을 수행한데 반해 최근의 대중가요에서는 우리말 가사의 바탕 아래 영문 가사 부분이 키포인트의 기능을 수행한다고 파악된다. 학습자들로 하여금 영문가사가 포함된 대중가요를 한 편씩 선택해 영문 부분이 그 노래 가사에서 차지하는 기능을 파악해 경기체가와 비교하게 한다면 학생들은 경기체가가 지닌 융합의 형식미를 쉽게 이해하게 될 것이다. 이에서 나아가 영문 가사의 존재와 대중가요의 장르를 연결시켜 분석하게 해보는 것도 재미있는 작업이 될 수 있을 것이다. 트로트나 리듬앤 블루스, 레게, 락, 발라드 등

---

24) 여기서는 경기체가의 융합 코드를 이해하기 위한 방법적 차원에서 대중가요를 연구의 영역에 넣어보았는데, 장기적으로는 대중가요를 시가문학의 한 장르로 인정하여 본격적인 문학연구의 장으로 끌어들여야 한다고 생각한다. 이러한 주장은 이영미, 「문학교육과 시가문학으로서의 대중가요」, 『국어교육학연구』 17, 국어교육학회, 2003에서 제기된 바 있다.

등 다양한 최근 대중가요의 장르들을 노래가사 속에 등장하는 영문가사의 비중이나 위치, 기능과 연결지어 분석하는 작업은 경기체가에서 한문체와 국문체의 융합이 그 율격과 악곡적 특징까지 연결되었던 사실을 기억할 때 충분히 학문적 가치가 있는 주제이며, 더불어 그 결과가 어떻게 나오든 현대의 학습자들에게 매우 흥미로운 과제일 수 있다.

다음으로 본격적인 작품 창작교육과 관련하여 주목하게 되는 지점은 당연히 경기체가의 주된 창작 원리로 파악된 '장면서술화'와 '배경 묘사 / 주체 등장'의 원리이다. 경기체가의 경우 장르 형식 그대로를 활용해 창작 교육이 진행되기도 하는 시조와는 달리 시형식 그대로를 재현해 현대의 학습자에게 창작하게끔 시도하는 것은 다소 무리일 가능성이 있다. 물론 중학교 이상 학습자 가운데 한문이나 국어 과목에서 특히 학습 능력이 높은 경우를 대상으로 하여 온전한 경기체가 형식을 현대적 주제를 가지고 재창작하는 작업을 시도해볼 수는 있다. 하지만 무리하게 전 학습자에게 이를 유도할 필요까지는 없다고 생각하며, 학생들의 눈높이에 맞춰 몇 가지로 재현의 단계를 설정한 후 학생들로 하여금 자유롭게 형식을 선택할 수 있게 하도록 하면 좋을 듯하다.[25] 이제 경기체가를 활용한 시창작교육 수업의 학습활동을 단계별로 정리해보도록 하자.

> (1) 작품으로 표현하고 싶은 하나의 장면을 충분한 시간을 두고 연상한다.[26]

---

25) 참고로 필자가 생각하는 경기체가 형식의 재현 방식을 단계별로 제시하면 다음과 같다. ① 행 배열과 그 기능 및 자수율, 그리고 최종적으로 한문구까지 온전하게 재현하는 방식 ② 행 배열과 기능을 지키면서 다른 부분은 국문가사로 하되 4행과 6행의 경우는 원가사의 형식을 따르고, 국문가사 부분도 자수율은 지키는 방식 ③ 모든 가사를 국문으로 하되 자수율 및 행 배열과 기능은 재현하는 방식 ④ 모두 국문가사로 하면서 행 배열과 기능은 재현하되 자수율은 지키지 않아도 되는 방식 ⑤ 경기체가의 창작 원리에 따르기만 하면 별도의 형식적 규제 없이 자유시와 같은 형식으로 재현하게 하는 방식

26) 경기체가의 장르적 본질이 '과시와 찬양'에 있다는 연구 결과를 감안하면 표현하고 싶은

(2) 작품 창작에 들어가 먼저 배경이 되는 광경을 3행 정도에 걸쳐 묘사 해낸다. 이때 묘사 방법은 그 장면에 등장하는 사물들을 나열할 수도 있고, 그림을 그리듯이 자유롭게 배경을 서술할 수도 있다.

(3) 앞서 제시된 배경 속에 주체가 등장해 펼치는 핵심 활동을 1개의 행에 서술한다. 되도록이면 경기체가의 4행 구조와 유사한 언술을 활용하면 좋다.

(4) 배경 묘사나 주체의 감흥을 고조시키는 언술을 추가적으로 2행 정도에 걸쳐 서술한다. 6행 첫 단어는 경기체가와 같이 되도록 감탄사로 처리하면 좋다.[27]

이제 이러한 창작교육의 과정을 통해 부가적으로 습득될 수 있는 언어 활용능력의 측면에 대해 살펴보도록 하자. 먼저 전제가 되어야 할 것은 창작교육의 과정에서는 학습자가 시형식의 재현 방식을 자유롭게 선택하도록 권장했지만 이는 한문구나 정형률에 익숙하지 않은 현대의 학습자들을 배려한 차원에서의 사항이었고, 언어 활용능력을 신장시키고자 하는 데까지 목표를 둔다면 학습자로 하여금 경기체가의 형식을 온전하게 재현하게끔 하거나 국문가사로 창작하는 경우에는 적어도 자수율과 행 배열만큼은 원가사의 형식을 따르게끔 해야 한다는 점이다.[28] 필자의 견해로는 학습자를 중학교 상급학년 단계 정도로 설정할 때 한문구까지 온전한 형식을 재현하는 것은 학습능력이 뛰어난 학생의 경우

장면을 본인의 자랑거리나 즐거웠던 장면 가운데서 고르는 것도 좋을 것이다. 그러나 형식미와 창작원리에 중심을 둔 본 논문의 흐름상 주제를 '과시와 찬양' 쪽으로 한정짓지는 않는다. 그려내고 싶은 일련의 장면이나 광경을 작품화하는 정도로도 경기체가 재창작의 의미는 충분하다고 생각한다.

27) 이 단계별 학습활동은 앞서 시형식의 재현과 관련하여 제시한 ①에서 ⑤까지의 방식을 모두 포괄할 수 있도록 폭넓게 서술하고자 했다.

28) 이는 앞서 제시한 시형식의 재현 단계 가운데 ①에서 ③까지에 해당된다. 물론 ④와 ⑤의 단계를 통해서도 언어 활용능력을 신장시킬 수는 있지만, 이는 경기체가가 아닌 일반적인 시창작교육을 통해서도 가능한 수준이기 때문에 되도록 ③단계 이상의 재현 방식을 택하는 것이 바람직하다.

에만 해당될 수 있지만, 국문가사를 쓰면서 자수율과 행 배열만을 지키게 하는 정도는 다수의 학생들에게도 가능한 방식이라고 생각된다.

경기체가를 통해 습득되는 언어 활용능력의 대부분은 자신이 표현하고자 하는 바를 정해진 형식에 맞추어 조탁하는 방식에 의해 얻어진다. 그 언어 재료가 한문이든 우리글이든 간에 소재의 나열을 통한 주제화 방식의 경우는 물론이요 이미 구상한 문장 형태의 언술을 정해진 글자 수에 맞춰 세련되게 조어하는 경우에 이르러서는 더욱 더 그 언어의 활용 능력의 신장에 기여하는 바 크다고 볼 수 있다. 3언과 4언을 주된 글자 수로 하여 한 행에 3음보나 4음보를 넣어야 하고 4행과 6행에는 '＊＊경'에 해당하는 핵심어를 만들어 제시해야 한다. 만약 6행에 '＊＊경' 대신에 우리말 가사를 넣으려 한다면 주체의 정서적 감흥을 고조시키는 표현을 정해진 글자 수에 맞춰 적절히 제시해주어야 한다.

국문가사가 아닌 한문구의 방식으로 창작하는 경우라면 보다 쉬운 방식은 당연히 문장 형태의 언술보다는 소재의 나열 방식일 것이다. 한문의 조어법에 익숙하지 않은 학습자들이 자수율에 맞춰 한문구를 지어내는 것은 쉽지 않은 일이다. 따라서 한문구의 방식으로 창작하고자 하는 학습자에게는 일단 <한림별곡>과 같은 방식을 권유하는 것이 좋다. 이 경우 한문구 부분이 대부분 한자어의 나열로 되어 있어 한문 조어법에 익숙하지 않은 사람도 상대적으로 어렵지 않게 어구를 채울 수 있기 때문이다. 좀 더 고난이도의 한문구를 훈련해보고 싶은 학습자라면 <관동별곡>과 <죽계별곡>에서와 같이 문장 형태의 언술을 글자 수에 따라 조어하는 방식을 택할 수도 있다. 이 방식의 경우 <한림별곡>의 경우보다 어렵기는 하지만 글자 수가 3자, 4자로 비교적 간단하며 이를 만드는 조어의 방법도 수식어와 피수식어의 연결이나 주어와 서술어의 연결 정도의 단순한 조어법에 의존하고 있어 본격적인 한문 문장이나 한시에 비한다면 상대적으로 쉬운 조어법을 택하고 있다고 볼 수 있다. 다시 말해 한문구로 경기체가를 창작하는 방식의 훈련을 통해 어려운 한문구의 조어법을 쉽게 익힐 수도 있다는 점이다. 때로 한문구만으로 조합이 어렵다면 3자나 4자의 맨 끝자를 '의'나 '에'와 같은 우리말 조사로 채워볼 수도 있다. 이 정도의 한문구 조어법을 통해 작품을 창작할 수 있다면 학습자로서는 경기체가 재창작을 통해 달성할 수 있는 가장 높은 수준의 언어 활용능력을 습득했다고 볼 수 있을 것이다.29)

5. 경기체가의 형식미와 창작 교육

지금까지 고려시대 경기체가 세 편을 주요 대상으로 하여 경기체가의 형식미와 창작 원리를 새롭게 살펴보고, 이에 의거하여 문학교육적으로 의미 있는 활용 방안을 구안하고자 시도해보았다. 경기체가에 대한 문학교육 쪽의 연구가 주로 내용과 주제 중심으로 편향되어 있었기에 형식미와 창작 원리에 대한 측면을 보강하여 문학교육적 측면에서도 구체성을 확보하고자 노력했다. 경기체가의 형식미를 살펴본 결과 언어문자적 측면에 기인한 융합적 특성이 율격과 악곡적 측면까지를 규정하며

---

29) 국어교육 내에서 한자교육, 혹은 한문교육의 적절한 위상을 어떻게 설정해야 하는가의 문제는 자칫 한글전용론과 국한문혼용론의 논란으로 번질 수 있는 복잡한 사안이다. 그러나 어느 누구도 현재 우리말 내에 존재하는 한자어의 비중을 무시할 수는 없으며, 국어 활용능력을 높이는데 한자어나 간단한 한문구에 대한 학습이 중요한 역할을 한다는 사실에는 동의할 수밖에 없을 것이다. 국어교육 내에서 한자어나 한문 교육의 중요성에 대해 강조한 연구는 수없이 많지만, 그 가운데 대표적으로 황위주, 「국어교육과 한문교육-국·한문의 전통과 현실적 교육 상황」, 『한문교육연구』 22, 한국한문교육학회, 2004; 임용기, 「21세기의 문자 정책」, 『21세기의 국어 정책』 1, 국립국어연구원, 2000 등을 들 수 있다.

경기체가 형식의 주된 코드로 자리잡고 있음을 밝혔고, 창작 원리로는 '장면서술화'의 원리가 장르 전체를 주도하는 가운데 <관동별곡>이나 <죽계별곡>에 나타나는 '배경 묘사 / 주체 등장'의 원리가 <한림별곡>에 나타나는 개별화와 포괄화의 원리를 포함하면서 '장면서술화'의 원리를 구체화하는 세부원리로 자리잡고 있음을 알 수 있었다.

　형식미와 창작 원리에 대한 고찰을 통해 파악된 결과를 문학교육적으로 논의하기 위해 '작품 창작교육'과 '언어 활용능력'의 두 가지 측면에서 그 활용 방안을 강구해보고자 했다. 먼저 학습자들이 경기체가 형식미의 기본 코드로 파악된 융합적 특성에 대한 이해를 쉽게 할 수 있도록 하기 위해 영문 가사와 국문 가사가 융합된 최근의 대중가요를 비교 대상으로 설정해 분석하는 방법을 제안했다. 본격적으로 작품 창작교육에 대한 논의에 들어가서는 경기체가를 활용한 시창작교육의 학습활동을 순차적으로 정리했고, 이 활동 가운데 경기체가의 재현을 어느 정도까지 학습자에게 요구할 것인지에 대해서도 다섯 단계의 분화된 방식을 소개하고 그 가운데 선택할 수 있도록 하는 방안을 제시했다. 언어 활용능력은 작품 창작교육을 통해 부가적으로 신장될 수 있는데 이 부분까지 목표를 둔다면 작품 재현 방식을 약간은 난이도가 높은 쪽으로 제한할 필요가 있으며, 국문가사만으로 작품을 쓰는가 아니면 한문가사까지 수용하는가 하는 데에 따라 언어 활용능력 신장의 목표가 다르게 설정될 수 있다는 사실을 설명했다.

　본 논문에서 제안한 방안들이 실제 교육 현장에서 얼마나 실효성 있게 활용될 수 있을지는 아직 알 수 없다. 이 방안들은 이론적으로 모색된 것들이며 실제 현장에서 본격적으로 시도된 바가 없기 때문이다. 그러한 까닭에 필자는 앞으로 이 글에서 제시한 이론틀을 대학의 현장에서 실제 활용해보면서 검증해 나가고자 한다. 이러한 시도들을 통해 한문구가 섞여 있어 어렵게만 느껴졌던 경기체가 작품들이 조금이라도 현대의 학습자들에게 가까이 다가갈 수 있기를 희망한다.

＿＿『고전문학과 교육』 18집, 한국고전문학교육학회, 2009년 8월.

2. 문학치료적 관점

문학치료 쪽에서는 이 책에 실린 논문들 이전에 규방가사를 대상으로 하여 몇 편의 논문을 발표한 적이 있다. 국문학 연구의 새로운 개척지로 문학치료에 대한 제안이 나오던 즈음, 그러니까 거의 20여 년 전쯤인 듯하다. 그때만 해도 난 문학치료라는 영역에 대해 생소했고 과연 문학을 통해 심리적인 상처가 어느 정도나 치유가 될지 확신이 서지 않았다. 관심은 있지만 적극적인 참여는 뒤로 미룬 채 그렇게 시간이 흘러가던 중, 문학치료에 가깝게 다가서게 된 동기는 사실 무척이나 실질적인 이유에서였다. 대학의 변화 속에 국문학과 내에서도 교육과정 내에 응용전공이란 이름 아래 전통적인 국문학 과목에서 나아가 학생들의 취업에도 도움이 되고 사회 현장에서 국문학을 활용할 수 있는 새로운 과목들을 개발할 필요성이 생겼고, 그렇게 해서 난 문학치료 쪽에 본격적으로 눈을 돌리게 되었다.

그렇다고 해서 아무런 신뢰 없이 영역 확장에만 목적을 두고 문학치료 연구에 뛰어든 것은 아니다. 문학 연구자이면서 동시에 딸과 아들 남매를 키우는 엄마였기에, 나는 아이들이 아주 어릴 때부터 책을 자주 읽어주었고 아이들 역시 그 시간을 매우 좋아했다. 아이들이 좀 더 커서

학교를 다니게 되면서는 스스로 책을 읽었지만, 읽은 책 내용에 대해 나와 같이 이야기하는 시간을 많이 갖고자 노력했다. 하지만 나도 일하는 사람이라 그런 활동의 중요성을 알면서도 계속적인 시간을 내기가 생각만큼 쉽지 않았고, 또 전문가의 도움을 받는 것도 좋을 듯해 아이들에게 독서 프로그램을 꾸준히 하도록 유도했다. 이른바 독서, 논술 프로그램이 그것인데, 이사를 여러 번 다니다보니 여러 업체의 다양한 독서 프로그램들을 섭렵하게 되었다.

이 과정에서 아이들을 담당하신 선생님께는 책의 내용을 이해하고 지식을 쌓는 것도 중요하지만, 책 선정에서부터 아이들의 정서 발달 단계에 맞는 책을 고려해주시고 그 내용을 아이들의 실생활의 문제들과 연결지어 많은 이야기를 나눌 수 있도록 지도해달라고 특별히 부탁드렸다. 대학교수라고는 하지만 아무리 노력해도 내 일이 바빠 아이들과 함께 할 수 있는 시간이 많지 않은데, 아이들은 때로 가족 문제로 친구 문제로 학업 문제로 고민할 수 있다는 생각이 들었고, 이러한 부분을 책을 통해 선생님과 소통하면서 풀어가기를 바란 것이다. 이러한 내 바람은 다분히 성공적이었고 남매 모두 독서 논술 수업을 아주 좋아하면서 중학교 과정까지 꾸준히 쉬지 않고 지속해갔다. 때로는 그룹으로 한 적도 있지만 대부분은 아이들이 원해서 선생님과 1 : 1로 수업을 진행한 적이 더 많았다. 이렇듯 문학치료라는 이름을 내세우지 않았을 뿐 내 아이들이 오랜 시간 해 온 수업은 독서 논술이라기보다는 독서치료에 가까운 수업이었다고 생각된다.

생활 속 체험을 통해 얻은 이런 소중한 깨달음을 통해 더욱 문학치료의 가능성과 중요성에 가깝게 다가간 나는 문학치료 연구의 대부분이 서사적 줄거리가 있는 소설이나 설화 중심으로 진행되고 있는 점을 안타깝게 생각하면서, 더불어 내가 그간 연구해온 규방가사가 규방이라는 공간 안에서 가사라는 문학을 통해 소통을 추구함으로써 18-19세기 향촌 사족층 내에 핵심적인 심리 치료 기능을 가졌다는 생각 하에 논문 작업을 진행하고 이를 현대적 프로그램과 접목시키는 방법에 대해서도 모색하게 되었다. 이러한 논문은 이미 발표된 것들로『규방가사의 양성성』이나『한국 시가문학의 흐름』같은 나의 기존 저서에 수록되었다.

이 장에는 문학치료와 관련해 세 편의 논문을 실었는데, 첫 번째 논문은 앞서 언급했던 필요성에 따라 원광대학교 국어국문학과에 응용과목으로 오래 전에 개설한 <서사와 문학치료>라는 제목의 강의를 대상으로 한 수업 사례와 학생들이 제출한 레포트에 대한 분석 내용을 담고 있다. 두 번째 논문은 '애정의 삼각관계에 놓인 아내'라는 구체적 상황을 설정해 그 심리적 상처를 치유하는데 도움이 될 수 있는 작품으로 애정갈등을 다룬 고전 서사민요 두 유형과 현대 중편드라마 두 편을 선정해, 이를 비교 분석하면서 여성 연대를 통한 치료적 가능성을 모색해본 것이다. 세 번째 논문은 시각을 돌려 우리나라에서 자주 볼 수 있는 중국동포(조선족) 여성들이 중국의 고향을 떠나오면서 벌어지는 연변 지역의 사회 현상을 다룬 조선족 작가들의 소설 속에서, 조선족의 가족 해체 현상과 더불어 자녀 교육에 문제가 발생하는 사회 현상에 주목하고 그 해결과 치료를 고민하는 내용을 담고 있다.

국문학 연구의 위기를 극복하기 위한 노력으로 대중화를 추구해가는 학계의 동향 속에 나 역시 여러 편의 현대문학 작품이나 영화, 드라마 등 고전, 현대를 막론하고 이른바 문화콘텐츠라고 하는 텍스트들에 관심을 기울여 오기는 했지만, 조선족 소설을 연구대상으로 삼게 된 것은 내 연구 이력에 비추어보면 독특한 지점이라 할 수 있다. 2010년 뉴질랜드의 오클랜드 대학교에 방문교수로 가서 그곳의 정치학 교수님과 공동 연구를 하게 되면서 조선족 소설에 관심을 갖게 되었다. 이민에 의해 형성된 국가인 까닭에 뉴질랜드에서 이민자에 대한 연구, 소위 디아스포라에 대한 연구는 매우 중요했고, 정치학과 국문학의 접점을 '이민'이라는 화두에 맞춰 찾다보니 조선족 소설을 연구하게 된 것이다. 그 덕분에 나는 현대문학 연구자들에게도 경계 영역이라는 점 때문에 소외될 수 있는 조선족의 소설 문학에 대해 문학치료적 관점을 가지고 접근할 기회를 갖게 되었다.

이러한 연구 경력에도 불구하고 나는 아직 문학치료 연구의 본령에 서 있다고 생각하지는 않는다. 건국대학교 국어국문학과를 중심으로 운영되는 한국문학치료학회가 현재 문학치료 연구의 중심에 있고 난 그 학회의 편집위원과 운영진으로 활동하고 있지만, 기본적으로 문학치료를 화두로 삼아 학위논문을 취득한 후속세대가 그 연구의 주역이라고 생각하며 나는 꾸준히 학회 월례발표회를 참석하면서 문학치료 연구의 흐름에 뒤지지 않고 따라가려는 노력을 다하고자 할 뿐이다. 언젠가 사회적으로도 문학치료로 학위를 받은 연구자들이 전문적인 치료사로 인정받고 문학치료라는 학문이 일반 대중에게 자연스러운 일상용어로 정착될 수 있기를 바라는 마음을 여기 실린 이 세 편의 논문에 담았다.

문학치료 수업 모델 연구를 위한 사례 분석

1. 문학치료 수업 개설 배경

대학이나 사설 교육기관 등에 '문학치료' 혹은 '독서치료'라는 이름의 강좌가 개설된 것이 그리 오래 전은 아닌 것 같다. 강좌 이전에 이러한 이름을 가진 학문이 우리나라에서 연구된 역사 자체가 짧기 때문에, 이는 당연한 일이다. 이 글에서는 '독서치료'를 포괄하는 의미에서 '문학치료'의 개념을 사용하면서, 이제 바야흐로 대학 강좌의 하나로서 자리를 잡아가고 있는 '문학치료' 수업의 한 사례 보고를 통해 그 나아갈 길을 모색해보는 동시에, 실제 강의에 도움을 얻고자 한다.

원광대학교 인문대학 국어국문학과에 '서사와 문학치료' 과목이 개설된 지는 대략 10년이 넘는 듯하다. 이 과목은 당시 국어국문학과 졸업생의 진로에 대한 고민과 더불어 그에 따라 국어국문학과 교육과정이 전반적으로 시대 변화에 따라 조정되어가는 대학가의 흐름과 맞물려 개설이 결정되었다. 국문과 학생들이 흥미를 가지고 접근할 수 있으면서 진로 모색에도 도움이 될 수 있는 새로운 과목을 개발하고자 고민한 끝에, '서사'라는 주제 하에 현대문학, 고전문학, 국어학 전공 쪽에서 하나씩의 강의를 개설하게 되었다. 당시 개설된 과목은 '서사와 문학치료(3학년 1학기)' '서사와 문체(3학년 2학기)' '서사와 현대문화(4학년 1학기)'의 세 강좌였는데, 이를 연계 강의로 설정해 그 활용도를 높이고자 했다.1) 2019년 1학기 현재까지 '서사와 문학치료' 과목에는 매 번 30-40명 정도의 학생들이 꾸준히 수강하면서 열의를 가지고 수업에 임하고 있다.

'서사와 문학치료' 과목은 국어국문학과 전공과목으로 개설되었는데, 수강생들의 전공을 살펴보면 국문과 학생 외에도 문예창작학과나 사범대 중등특수교육과 학생들이 다수 수강하는 편이다. 강좌를 개설할 때는 졸업생들의 진로와 관련해 조금이나마 실제적인 도움을 주고자 하는 마음이 앞섰는데, 지금에 와서 보면 이 과목이 취업에 직결되는 형태로 학생들에게 크게 도움을 주지는 못했다는 생각이 든다.2) 그러나 이 수업을 통해 학생들이 문학 작품을 바라보는 시야가 넓어졌고, 문학 작품이 지니는 치유적 기능에 대해 깊은 관심을 기울이게 되었다는 사실은 분명하다. 치료와 관련된 문학의 역할과 방법을 모색하는 영역 역시 '서사와 문학치료' 과목의 주요 목표 가운데 하나인 것이다. 졸업 후 교단에 서든, 학원 강단에 서든, 지역 단위 논술수업을 이끌어가든 국문과 졸업생들이 문학이라는 매개를 통해 그들의 제자들을 키워내는 위치에 서는 경우는 허다하다. 이러한 상황에 직면했을 때 '서사와 문학치료'

---

1) '서사와 문체'는 국어학 전공자에 의해 강의되며, 서사로 규정될 수 있는 텍스트를 대상으로 하여 문체 분석이나 문체 미학 등을 공부하는 강좌이다. 또한 '서사와 현대문화'는 현대문학 전공자에 의해 강의되었는데, 흔히 '문화콘텐츠'라는 이름으로 통용되는 연구 영역과 유사한 것으로, '서사' 텍스트를 활용해 게임이나 영화, 노래 등 각종 문화 상품과 연결시키는 과정을 공부하는 강좌이다.

2) 이러한 문제를 해결하고자 최근 '한국문학치료학회'에서 '문학심리분석상담사'를 자격화하여 인증하는 제도를 마련한 것이 아닌가 생각한다. 또한 이에 앞서 독서치료학회나 사설단체에서는 이러한 자격증을 예전부터 제도화하여 운영해왔다고 알고 있다. 현재 성균관대학교를 비롯한 많은 대학의 사회교육원에서 독서치료전문가 과정이 개설되어 있으며, '한국독서치료학회' 내에서도 양성과정과 민간자격증을 주는 시험을 보고 있다. 정영자, 「문학치료학의 현황과 그 전망」, 『문예운동』 93, 문예운동사, 2007년 봄호, 388-409면.

과목을 통해 익힌 내용들이 실제 수업에서뿐만 아니라 제자들과 소통을 하는 데 있어서도 큰 도움이 될 것이라 믿는다.

이 글에서는 '문학치료'를 표방한 대학의 강좌들이 앞으로 계속 늘어날 것이라는 예측을 하면서,3) 그 내실을 다지는 차원에서 한 사례로서 원광대학교 '서사와 문학치료' 과목의 현황을 소개하고자 한다. 다른 대학이나 사설 기관에서 운영되는 '문학치료' 관련 수업 모델을 검토하지 않고 원광대 사례만을 보고한다는 측면에서 필자는 사실 우려되는 바가 많다. 하지만 이 논문을 통해 앞으로 원광대 '서사와 문학치료' 과목을 이끌어나가는데 큰 도움을 받을 수 있으리라 믿으면서 용기를 내보기로 했다. 문학치료로 학위를 받는 전공자가 상당 수 배출된 이 시점에 문학 연구자일 뿐 문학치료 전공자라고 할 수는 없는 필자 입장에서 지금까지 해온 강의에 대한 점검 및 차후 방향성에 대한 모색이 필요하다고 생각해서이다. 더불어 지금 여러 곳에서 진행되고 있는 다른 '문학치료' 강좌 운영이나 개발에 조금이나마 기여를 할 수 있었으면 하는 바람도 가지면서 이 논문을 썼다.

2장에서는 지금까지 진행되어온 원광대 '서사와 문학치료' 과목에 대한 전반적인 사항을 소개하고자 한다. 3장에 가서는 지난 2012학년도 1학기에 진행된 '서사와 문학치료' 과목에서 학생들이 제출했던 레포트의 유형을 분석하고 그 가운데 몇 편을 중점적으로 검토하고자 한다. 학생들의 레포트에 특별히 관심을 갖는 것은 이를 통해 학생들이 '서사와

---

3) 건국대학교와 인제대학교 등에서 교양 과목으로 문학 치료 관련 과목이 개설되어 있는 것은 필자가 학회를 통해 들어 알고 있으며, 이 밖에도 교양 과목으로는 여러 대학에 관련 과목이 개설되었을 가능성이 높다. 그런데 원광대학교의 경우처럼 국문학과의 전공 과목으로 개설된 것은 드문 사례로 보여진다. '서사와 문학치료'라는 과목이 이 글에서 논하는 것처럼 학생들의 호응을 얻으며 지속될 수 있는 것은 다분히 전공 과목으로 개설되어 문학 작품 분석과 창작에 관심이 많은 학생들이 대다수 수강을 하기 때문에 나타나는 결과라고도 생각된다.

문학치료' 강의를 통해 인상 깊게 받아들인 부분이 무엇이고, 또 발전된 부분이 무엇인가를 찾을 수 있기 때문이다.4) 마지막으로 4장에서는 '서사와 문학치료' 과목을 진행해오면서 필자 스스로 느낀 아쉬운 점이나 학생들로부터 제기된 문제들을 정리하고 그 해결을 함께 고민해보면서 전반적인 '문학치료' 강좌의 미래를 모색하고자 한다.

2. '서사와 문학치료' 과목 소개

'서사와 문학치료' 과목에서 강의되는 내용을 검토하기에 앞서 16주 강의의 구성에 대해 먼저 소개하고자 한다. 16주 강의 중 첫 주에 한 학기 강의계획을 설명하고 8주, 16주에 중간시험과 기말시험을 보는 것은 다른 강좌와 똑같다. 나머지 13주 가운데 중간시험 이전 6, 7주와 기말시험 이전 14, 15주에 레포트 발표 시간을 가지므로 총 16주 중에서 1/4인 4주를 레포트 발표에 할당한다.5) 결국 교수가 강의하는 주는 총 9주

---

4) 사실 필자의 개인적 소견이기는 하지만, 원광대 국문과 학생들이 '서사와 문학치료' 강의 레포트를 제출하기 위해서 들이는 노력은 상당하다고 평가한다. 필자가 강의를 진행하고 이끌어가기는 하지만, 학생들의 레포트 발표가 4주 정도의 강의 분량을 차지하기에 레포트가 이 과목에서 차지하는 비중은 적지 않다. 레포트 준비와 발표의 과정 속에서 필자가 강의한 내용 이상의 수준으로 레포트를 제출하는 학생들에 대해 감탄할 때가 여러 번이었다. 참고로 '국문학사'나 '고전시가론' 같은 필자의 원래 전공과 직결된 과목에서 우수한 성취도를 보이는 학생들과 '서사와 문학치료' 과목에서 우수한 성취도를 보이는 학생들이 약간은 다른 분포를 보이는 사실을 기억할 필요가 있다. 이는 '서사와 문학치료' 과목이 일반적인 다른 고전문학 과목과 달리 현대문학까지 포괄된 문학 전반을 대상으로 하며, 새로운 내용의 암기보다는 작품의 분석과 활용에 중점을 두어 작품에 대한 창의적 해석을 가능하게 한다는 점과 관련이 있어 보인다. 학생들이 제출하는 레포트는 이러한 창의적 해석을 보여주는 주된 통로가 된다.

5) 이 논문을 학회지에 발표한 이후로 레포트 발표 방식에 약간의 변화를 주었다. 학생들의 개인 발표는 모두 학기말로 모아 12-15주 3주간 진행하고, 중간고사 이전 6,7주에는 학생들을 몇 개의 조로 나누어 조별 발표를 하게 한 것이다. 매 학기 수업 인원에 따라 약간씩

가 된다. 그런데 교수가 주로 주도하는 이 9주간의 수업에서도 실제로 교수가 수업 내용을 강의하는 시간은 2/3만을 차지한다. 한 주 3시간의 수업 가운데 2시간 연강 수업에만 교수가 강의를 진행하고, 1시간 단일 수업에서는 지난 2시간 수업에서 진행된 교수의 강의 내용에 대한 '요약과 토론'을 진행하기 때문이다.

'요약과 토론'을 하는 1시간 수업의 경우 필자가 다른 전공 강좌에서는 '요약과 질의'라는 이름으로 비슷하게 진행하고 있는데, '서사와 문학치료' 과목에서는 지난 강의에 대한 요약은 비슷하게 진행하지만 질의가 아닌 토론으로 운영하는 것이 다른 점이다.6) 9주 강의에 대해 요

은 다르지만 보통 6-7명의 학생이 한 개의 조가 되어 5-6개 정도의 조가 편성되는데, 그 과정은 조별로 일정한 주제를 선택해 강의 자료에서 소개되지 않은 논문들을 읽고 정리한 후 감상평을 발표하는 형식을 취한다. 이렇게 조별 발표를 넣은 이유는 문학치료에 대한 논문이 쏟아져 나오면서 강의만으로는 커버하기 어려운 다양한 주제들을 본인들 스스로 정하고 관련 논문을 찾아 읽게 함으로써 강의를 보완하고, 나아가 개인 발표를 미리 준비하게 하고자 한 것이다. 이미 학회지에 게재된 논문을 많이 수정할 수는 없었기에 주석을 다는 형태로 보완을 해서 이 책에 수록했음을 밝힌다.

6) 다른 고전문학 과목에서 '요약과 질의' 시간을 갖는 이유는 교수가 강의한 내용에 대해 학생들 스스로 요약하는 시간을 갖고 이해되지 않는 개념이나 내용을 질문(2-3개 이상)을 통해 해결하게 하고자 한 것이다. 학생들이 예습, 복습을 통해 스스로 이러한 공부를 하면 좋을 것이나 실제적으로 학생들에게 이러한 부분까지 기대하기가 힘든 상황에서 한 학기에 한 번이라도 이러한 요약 질의를 통해 담당 학생들은 자기가 맡았던 부분만큼은 꼼히 읽고 요약 정리하며, 이해되지 않는 부분은 질문을 통해 해결하는 기회를 갖게 된다. 담당이 아닌 대다수의 학생들의 경우도 직접 요약하지는 않지만, 담당 학생들의 요약지를 공유하면서 비슷한 경험을 하게 되며, 자신이 하고 싶었던 질문을 담당 학생들이 대신 해줌으로써 이해되지 않는 내용을 어렵지 않게 해결할 수 있게 된다. 담당 학생들의 요약 질의 발표가 끝나면 교수가 일일이 질문 모두에 대답을 해주고 남는 시간에 담당 학생이 아닌 다른 학생들의 자유 질문을 받게 된다. '서사와 문학치료' 과목에서 '요약 질의'를 '요약 토론'으로 바꾼 이유는 이 과목의 경우 다른 고전문학 과목에 비해 학생들이 교수의 강의 내용에 대한 이해 수준이 높아, 더 높은 수준의 수업인 토론 방식으로 진행하는 것이 가능했기 때문이다. 사실 '요약 질의' 형식이 '요약 토론'으로 갈 수 있다면 다른 고전문학 수업의 수준도 더 높아지겠지만, 정통의 고전문학 과목에서는 학생들이 어려워하는 개념들이 많아 '요약 질의' 방식이 더 효율적이었다. 이 '요약 질의'나 '요약 토론' 시간은 필자가 오래 전부터 원광대 국문과 전공 수업에서 활용하고 있는데, 필자의 생각은 물론 학생들의 강의 평가를 통해서도 이러한 방식이 학생들로 하여금 상당히 효과적으로 수업에 대한 이해와 열의를 높이게 하는데 기여했다고 판단한다. '요약 질의'나 '요약 토론'

약 토론을 진행하므로 수강생 전체 인원을 9로 나누어 한 학생이 한 학기에 1회의 요약 토론을 하도록 하는데, 예를 들어 수강생이 36명이면 매 주 4명씩 요약 토론을 맡게 되는 것이다. 이 담당 학생들은 자기가 요약 토론을 맡은 주 강의에 대해 A4지 한 장 정도로 내용을 요약한 후, 강의 내용 가운데 학생들과 함께 얘기해보고 싶은 주제 한 두 가지를 정하여 발제를 해오면 된다. 발제는 개인의 의견만으로 해도 무방하지만, 인터넷이나 참고문헌을 통해 관련 자료를 준비해서 가져오면 더 좋다. 요약의 경우는 학생들로 하여금 강의 내용을 되새기게끔 하기 위한 절차이므로 담당 학생 중에 적당한 수준과 분량으로 준비한 한 명만을 골라 발표하도록 한다. 대신 토론 주제 발제의 경우는 담당 학생들 모두가 단상에 나와 발표하게 한다. 토론 주제 발제가 끝나면 교수가 사회자 역할을 하면서 제안된 토론 주제 가운데 남은 강의 시간에 맞게 몇 가지를 골라 토론을 진행한다. 이 요약 토론 시간을 통해 학생들은 해당 주 교수의 강의 내용에 대해 이해하지 못한 부분을 해결하고 자신의 생각과 의견을 정리하며 다른 학생의 의견과 비교하는 경험을 하게 된다.

다음으로 교수가 강의하는 9주 분량의 강의 내용에 대해 검토하고자 한다. 먼저 **Ⓐ문학치료 수업을 위해 기초적으로 알아야 할 기본 개념을 설명하고 문학치료학이 연구, 강의되고 있는 현황에 대해 소개**하는 주제로 시작한다. 이때 설명되는 기본 개념으로 서사, 자기서사, 작품서사, 자가치료와 같은 것들을 들 수 있다. 문학치료학 연구, 강의 현황에 대해서는 크게 네 가지 정도의 개별 흐름에 대해 정리한다. '한국문학치료학회'에서 고전문학 중심으로 시작되어 문학 전반을 거쳐 이제는 인문

───────────

시간을 갖게 되면, 교수가 강의할 수 있는 분량이 상대적으로 적어져 전체적으로 학생들에게 내용 설명은 적게 할 수밖에 없게 된다. 그러나 이러한 방식을 통해 학생들의 자발성을 끌어내면 그 몇 배의 강의를 교수가 하는 것보다 효율적으로 학생들의 공부량을 늘이는 효과를 거두게 된다.

학 전반과 정신의학에 걸친 연구 영역으로 넓혀 운영되는 건국대학교 중심의 문학치료, 독문학/영문학과 정신의학, 심리학의 융합학으로 운영되는 경북대학교 중심의 문학치료, 유아교육 쪽을 중심으로 시작되어 독서지도론 등 독서 이론에 힘입어 주창된 독서치료, 강원대학교를 중심으로 인문학 전반의 융합을 통해 진행되는 인문치료 등에 대해 각각 소개하고,7) 연구의 초기 단계를 넘어선 지금은 이렇듯 학계 각각에서 별도로 시작되어 발전한 문학치료 연구가 점차로 서로 관계를 맺으면서 연계되어 나가는 과정이라는 점에 대해 강조해 설명한다.

다음으로는 여러 가지 방식으로 문학치료를 시도하는 논문들을 자료로 하여 문학치료 사례들에 대해 강의를 진행하는데, 그 가운데 가장 쉽게 시도할 수 있는 ⑧'자가치료'의 경우부터 강의를 진행한다. 다음으로 ⓒ특정 텍스트를 대상으로 문학치료학적 독해를 시도한 논문들을 공부하는데, 이는 텍스트의 내용, 즉 작품 서사가 문학치료학적으로 어떤 의미가 있는지를 파악하는 방식과 그 텍스트의 창작이나 연행에 참여함으로써 얻는 치료적 효과에 대해 논하는 방식을 포괄한다. 이러한 텍스트 활용의 경우는 그 텍스트의 종류에 따라 문학 작품을 대상으로 한 경우 외에도 영화나 드라마, TV다큐 프로그램, 뮤지컬 등 다양한 장르를 대상으로 진행될 수 있다.8) 단 어떤 장르라 하더라도 '서사성'을 띠고 있어야 한다는 점, 즉 작품서사가 있어야 한다는 점은 기본으로 전제되어야 한다.

---

7) 문학치료학의 현황을 이렇게 네 개의 흐름으로 정리한 것은 온전히 필자 개인의 안목으로 정리한 견해이다. 혹시라도 중요한 흐름을 짚어내지 못한 것이 있다면 이에 대해서는 조언을 부탁한다.

8) 이때 텍스트가 문학 작품인 경우는 전체 학생에게 미리 읽어오라고 한 후 담당 학생들에게 줄거리 요약을 미리 준비시켜 발표를 듣고 강의를 진행하는 방식으로 한다, 영화나 드라마, 다큐 등 여타 장르인 경우는 말로만 진행되는 강의와 토론 수업에 변화를 줄 겸 해서 텍스트의 중요 부분들을 영상으로 같이 본 후 강의를 진행하는 방식으로 한다.

이어서 ⓓ치료의 대상을 보편적 다수가 아닌 특정층에 맞추어 서술한 **논문**들을 강의한다. 이러한 예로는 노년층을 대상으로 진행된 소설 읽기 방법에 대한 연구나 최근 사랑하는 가족을 저세상으로 떠나보낸 유족들을 대상으로 한 문학치료 방법에 대한 연구 등을 들 수 있다. 마지막으로는 ⓔ**실제적으로 내담자를 대상으로 상담사에 의해 현장에서 진행된 문학치료 사례를 담은 논문**들을 공부한다. 학교나 방과후 학교, 복지관 등에서 이루어진 내담자에 대한 진단과 치료 사례들을 다루는 것이다. 강의 주제에 따른 강의 분량은 ⓒ와 ⓔ에 해당하는 주가 적어도 2-3주씩은 배당되어 길게 진행된다. 아무래도 일반적인 텍스트 분석과 치료 사례 연구가 문학치료학 논문 전체 영역에서도 비중을 많이 차지하기 때문이다. 기본 개념과 현황을 공부하는 ⓐ와 자가치료 부분인 ⓑ는 각각 한 주에 끝낸다. 마지막으로 특정층을 대상으로 한 치료연구를 소개하는 ⓓ의 경우는 1-2주 정도를 배당한다.

이상의 내용을 통해 소개한 9주 동안의 강의 내용 구성은 사실 특별한 문학치료학적 체계를 가지고 짜인 것은 아니다. 필자가 문학치료에 대해 알고 있는 한에서 학생들에게 문학치료의 이론과 실제를 가능한 다양한 방식으로 알리고자 나름대로 구성한 과정일 뿐이다. 또한 이 강의 내용은 문학치료학 연구 초창기에 구성되었고, 되도록 학생들이 이해하기 쉽게 하기 위해 기본적인 단계에서 논문 주제들을 구성했기 때문에 최근 문학치료학의 흐름이나 좀 더 깊은 단계에서 심화된 문학치료학의 동향을 담아내지는 못했을 것이다. 예를 들어 네 가지 기초서사 영역에 관한 이론9)이나 읽기와 쓰기 치료에 대해 정리된 서구 이론에

---

9) 정운채 교수가 '기초서사'라는 이름하에 인간 관계의 발달 과정에 따라 삶의 영역을 '자녀서사, 남녀서사, 부부서사, 부모서사'의 네 가지로 나누고, 각 영역에서의 핵심적 요소를 '순응, 선택, 지속, 양육'으로 파악한 논의는 문학치료학의 근간을 세운 중요한 이론이다. 그런데 이 '기초서사' 이론 역시 9주간의 강의 내용에서는 기본적인 내용만 소개하고 넘어

대한 소개 등은 강의 내용에 깊게 담지 못했다.

　그런데 놀라운 것은 강의하지 않아도 학생들이 이러한 이론에 대해 관심을 갖고 스스로 자료를 찾아 공부한다는 사실이다. 9주간의 강의 가운데 첫 주제로 진행되는 '문학치료학에서 알아야 할 기본 개념과 문학치료학의 연구와 강의 현황'에 대한 내용을 2시간에 걸쳐 설명하고 이어서 그 요약과 토론을 다른 날 1시간 수업에서 진행하기 위해, 필자는 담당 학생들에게 문학치료학은 신흥융합학문이기 때문에 고전문학 전공자인 필자가 진행하는 이 2시간의 강의로는 다 포괄하지 못하는 다양한 이론들이 기존의 학문 체계를 통해 이루어졌으며, 이에 대해 학생들 스스로가 관심을 갖고 추가 자료를 준비해 와서 토론에 임하라고 말한다. 그러면 담당학생들은 인터넷과 참고 서적을 뒤져서 필자도 잘 알지 못하는 문학치료에 대한 다양한 기존 학계의 연구 성과와 기본 개념, 동향들을 정리해온다. 물론 이러한 내용을 온전히 다 이해, 섭렵하고 학생들의 발표와 토론이 이루어지는 것은 아니지만, 필자의 강의만으로는 불충분한 요소들을 학생들의 토론으로 채워 나가는 부분이 '서사와 문학치료' 과목에서는 두드러진다. 여기서 필자의 역할은 이러한 발표 내용과 필자의 2시간 강의 내용과의 연결 고리를 말해주고, 이를 실제 문학치료에 어떻게 활용할지에 대해 학생들과 함께 고민하는 것이다.

　개념과 현황을 설명하는 첫 주제가 끝난 뒤 자가치료부터 시작하여 실제 치료 사례까지 텍스트와 연관지어 진행되는 강의에서 필자는 텍스트를 분석할 때 일반적 수준에서 벗어나 전문적으로 그 치료적 가치를

간다. 이는 이 기초서사 이론에 대해 예시 설화까지 포함해 깊이 들어가기에는 이론이 포괄하는 범위가 너무 넓어 수업 주수에 문제가 생긴다는 점이 일차적인 이유가 되었다. 이와 더불어 학생들이 작품을 분석할 때 자칫 이 이론 체계에 너무 의지해 창의적인 자신만의 생각을 전개하지 못할까 하는 우려도 있었기 때문이다. 정운채, 「인간관계의 발달 과정에 따른 기초서사의 네 영역과 <구운몽> 분석 시론」, 『문학치료의 이론적 기초』, 문학과치료, 2006, 399~423면.

부각시켜야 한다는 점을 강조한다. 문학 작품을 창작하는 행위는 기본적으로 세상과의 소통을 전제로 한 것이고, 작가가 세상에 하고 싶은 말을 던진다는 의미에서 본질적으로 치유적 속성을 지닌다. 또한 작품을 읽고 감동을 받는 과정 역시 인간 정신의 고양이라는 측면에서 치료적 가치를 지닌다. 이 때문에 문학치료는 문학이 지닌 기본적 효용성의 울타리 내에 있는 한, 문학이 지닌 여러 가지 기능 중에 하나를 다루는 부수적 차원에서 논의될 염려가 있게 된다. 이에서 벗어나 본격적 학문으로서 문학치료학의 위상을 정립하기 위해서는 텍스트가 지닌 치료적 효용성을 좀 더 실질적으로 즉 정신의학적으로 규명해줄 필요가 있다는 것이다. 이는 쉽지 않은 작업이며 어찌 보면 문학치료학의 위상 정립이라는 당면 과제에 얽매여 불필요한 일을 소모적으로 하는 것처럼 생각되기도 한다. 그러나 이 부분이 바로 설 때 진정한 문학치료학의 미래적 가치가 보장된다고 필자는 생각하기에 학생들에게도 이 부분을 특별히 강조하는 것이다.

자가치료에 대한 강의에서도 이러한 부분은 특히 강조된다. 자칫하면 독후감 혹은 체험수기 수준으로 전락할 수 있는 것이 자가치료에 대한 기술이기 때문에, 작품을 읽거나 창작하기 전과 뒤의 자신의 상태 변화를 객관적으로 나아가서는 의학적으로 기술할 수 있도록 강조해 지도한다. 자가치료는 자기 자신에 대한 서술이라는 점 때문에 철저히 자신의 상태를 드러내서 객관적으로 서술하기가 쉽지 않다는 난점을 기본적으로 갖는다. 자신이 처했던 어려운 상황을 낱낱이 서술해야 하고 자신의 방황과 부족했던 점을 솔직히 고백해야 한다는 점에서, 어찌 보면 문학치료학 연구에서 가장 어려운 연구 영역이라고 볼 수도 있다. 그럼에도 불구하고 상담사나 의사의 도움 없이 본인이 직접 문제를 진단하고 해결을 모색할 수 있다는 장점 때문에 실제로 치료적 상황에서는 그 효용

가치가 상당히 큰 영역이다. 학생들의 레포트 주제에서 자가치료 방식이 빠지지 않고 몇 편씩 꼭 들어가 있는 것도 이러한 효용성 때문일 것이다.

9주간의 강의에서 강조되는 또 하나의 사항은 어려운 이론 중심이 아닌 실제적 내용을 위주로 작품에 대한 열린 사고를 할 수 있는 계기를 마련하고자 노력한다는 사실이다. 앞서 첫 주제 부분에서도 언급했지만 문학치료를 처음 접하는 입장에서 학생들에게 기본 틀을 강조하는 이론 위주의 내용은 적합하지 않다고 생각했다. 이론이 요구된다면 교수의 강의에 의해서가 아니라 학생들 스스로가 찾아서 이해하고 작품에 적용해보는 방식을 택하도록 했다. 본인이 생각해서 좋은 이론이라고 판단되는 것을 스스로 선택해주기를 바란 것이다. 작품에 대해 분석할 때 좀 빈틈이 있고 아귀가 맞지 않더라도 새롭고 창의적인 분석을 시도해주기를 원했다. 기존 연구자나 평론가들의 분석 내용에 의지하지 말고 뒤집어보기나 비틀어보기 등의 방식을 통해 작품에서 가려진 이면을 찾아내보고, 또한 필요하다면 비슷하거나 상반된 작품 사례들을 찾아 비교해보는 방법을 권해보았다. 장르도 문학작품에 구애되지 말고 학생들이 좋아하는 서사 텍스트라면 어떤 것이든지 관심을 갖고 보도록 권유했다.

필자가 강의를 통해 강조했던 위와 같은 사항들이 학생들에게 어느 정도 공감대를 주었는지는 정확히 알 수 없다. 단지 학생들이 레포트를 준비하고 발표하는 과정에서 다른 고전문학 전공 과목에 비해 상대적으로 열의가 더 있었고 또 그 준비 과정을 즐긴다는 느낌을 필자가 받았던 것은 분명하다. 다음 3장에서는 한 학기에 두 차례로 나누어 진행된 레포트 발표 수업 과정에 대해 소개한 후,[10] 지난 2012년 1학기 '서사와 문학치료' 시간에 제출되었던 학생들의 레포트 유형을 분류하고 그 내용을 분석하는 과정을 기술하도록 한다.

3. 학생 레포트 유형 분류와 분석

학생들의 레포트 발표는 중간시험 직전 두 주간과 기말시험 직전 두 주간에 걸쳐 진행된다. 학생들은 이 중에 한 번만 발표를 하면 된다. 발표를 이렇게 두 차례에 걸쳐 나누어 진행하는 것은 나름대로 이유가 있다. 앞의 학생들은 강의 전체 주수에 따르면 6-7주에 발표하는 것이라 발표 준비를 많이 하기 어렵다. 따라서 레포트 주제를 정해 중간 발표 형태로 A4지 2장 정도를 준비해 발표시킨다. 발표문 형식은 제목을 말하고 어떠한 방식으로 연구를 진행할 것인지 정리한 후 필요한 참고문헌이나 자료를 소개하게끔 한다. 학생들은 발표 분량이 적고 연구 초기 단계에서 준비 과정을 말하는 것이라 크게 부담을 느끼지 않고 발표할 수 있다. 필자는 발표를 듣고 레포트 주제의 적합성을 고려하여 그 진행 방향에 대한 조언을 한다. 연구 진행 계획과 살펴보고자 하는 자료에 있어서도 그 타당성을 판단해 학생의 본래 의도가 더 잘 살아날 수 있는 방식으로 안내를 해주는 역할을 한다.

이 초기 발표에서 본래 계획했던 주제의 실현 타당성이 문제가 되어 주제를 교체하는 사례도 간혹 발생한다. 이러한 경우 학생은 새로운 주

---

10) 레포트 발표 수업 진행 방식에 대한 내용은 사실 문학치료와 직결되는 것은 아니다. 이 보다는 일반적인 대학 강의 전반에서 이루어지는 레포트 발표에서 고려할 수 있는 한 가지 방식의 사례를 소개한다고 볼 수 있다. 이는 사실 앞서 논의한 매주 1시간 분량의 '요약, 토론' 수업에 대한 내용 역시 마찬가지이다. 이러한 내용이 '문학치료'와 직결되지는 않아도 일반적인 대학 강의 수업 모델 사례에서 참고할 수는 있겠다고 생각해 이 발표에서 제외하지 않고 함께 서술했다.

제를 다시 기획해야 하는 부담을 갖게 되지만, 레포트가 상당량 진행된 이후에 문제를 파악하게 되는 것보다 미리 주제를 바꾸는 것이 학생 입장에서도 바람직하기 때문에 긍정적으로 받아들인다. 그러나 이러한 예는 드문 편이고 대부분의 경우 두 주간에 걸친 발표를 통해 전반부 학생들은 자신들의 레포트 주제에 확신을 갖고 연구 계획과 살펴볼 자료를 확정지어 편안한 마음으로 추후 연구를 진행할 수 있게 된다. 전반부 발표에서 논의된 사항들을 통해 후반부에 발표할 학생들은 자신들이 생각했던 레포트 주제의 적합성에 대해 간접적으로 담당교수의 의견을 유추해내는 효과를 거두게 된다. 더불어 연구 계획이나 참고 자료의 타당성에 대한 안목도 더 넓어지게 되는 것이다.

기말시험을 앞두고 진행되는 14-15주 동안의 후반부 레포트 발표에서는 좀 더 본격적으로 완성도 높은 발표 수준을 요구한다. 최종 레포트 제출이 기말시험 기간까지이기 때문에 후반부 학생들은 발표 이후 수정과 마무리할 시간을 많이 갖지 못한다. 반면에 전반부 학생들 발표를 미리 듣고 주제를 정하고 연구 계획을 세우며 참고 자료를 고르는 방법을 터득함으로써 발표 전 충분한 준비 과정을 가졌기 때문에, 레포트 발표 순서에 있어서 오는 장단점 면에 있어서 전반부와 후반부 학생들 모두 공평한 기회를 갖는다고 생각한다. 후반부 학생들은 A4지 4장 정도의 분량으로 자신의 주제에 대한 연구 과정과 참고 자료를 소개하게 된다. 단 결론이나 마무리 과정은 아직 정리되지 않아도 상관없다. 여기서 교수의 역할은 적절한 결론을 내고 연구를 마무리할 수 있도록 남은 과정에 대해 조언을 하는 것이다. 만약 연구가 잘 진행되지 않은 상태에서 발표가 이루어진 경우가 있다면, 그 이유를 함께 고민하고 빠른 시간 내에 연구가 제 궤도에 다시 오를 수 있도록 길을 안내해주어야 한다.

이제 본격적으로 학생들이 제출한 레포트 유형을 분류해보도록 하자.

2012학년도 1학기 '서사와 문학치료' 과목에서 제출된 레포트는 총 30
여 편 정도 된다. 그런데 여기서는 이 가운데 평점 A와 B를 받은 13편의
글만을 대상으로 분석을 하려 한다. 13편 외의 레포트의 경우는 창의적
이기보다는 기존 연구에 의지한 바가 커서 분석하는 의미가 크지 않거
나 아니면 분석의 수준이 필자가 원하는 정도에 미달되었기 때문이다.
단지 총 30여 편의 레포트 가운데 다수의 비중을 차지한 것은 작품을 문
학치료학적 독법으로 읽어내고자 한 글들이라는 점을 밝혀두고자 한다.
다음은 분석 대상인 13편의 레포트를 유형별로 정리한 것이다. 유형별
로 전반적 특징을 설명한 후 각 유형에 해당하는 레포트 각각에 대해 간
단하게 그 핵심을 짚어보고자 한다.

① 자가치료 (1편)
　　권○○(남) '무라카미하루키의 <상실의 시대>를 통한 자가치료'

② 작품에 대한 문학치료학적 입장에서의 분석 (4편)
　　②-1　박○○(여) '모녀 관계 속 숨겨진 문학치료'
　　　　　　　　　　-고전소설 <최랑전>과 드라마 <신데렐라 언니(2010)>
　　　　　　　　　　를 통한 낮은 존중감 치료
　　②-2　김○○(남) '웹툰 <3단합체 김창남>의 서사를 통한 문학치료 효과'
　　②-3　김○○(여) '맞벌이 부부 사이의 성역할 문제에 대한 문학치료학
　　　　　　　　　　적 해석'
　　　　　　　　　　-다큐소설 <돈 잘 버는 여자, 밥 잘 하는 남자>
　　　　　　　　　　영화 <하이힐을 신고 달리는 여자>
　　　　　　　　　　드라마 <사랑이 뭐길래(1991)> <애정만만세(2012)>를
　　　　　　　　　　대상으로
　　②-4　오노○○(여, 일본유학생) '노랫말의 힘-트로트와 엔카'

③ 작품을 활용한 치료 사례 보고/ 읽기, 쓰기, 종합적 방식을 활용 (8편)

　③-1 쓰기 : 배○○(남) '소셜네트워크에서의 글쓰기를 활용한 우울증 치료'

　③-2 읽기 : 김○○(여) '<바리공주>를 통한 딸부잣집 막내들 대상의 문
　　　　　　　　　학치료'

　　　　　　→ 준자가치료

　　　　　　허○○(여) '만화 <슬램덩크>의 서사를 통한 문학치료학적 접
　　　　　　　　　　근'-농구선수의 부상과 관련한 트라우마 치료와
　　　　　　　　　　관련하여

　　　　　　→ 준자가치료

　　　　　　양○○(여) '<보은기우록>에 드러난 부자갈등 고찰'
　　　　　　　　　　-아버지의 서사와 아들의 서사

　　　　　　박○○(여) '영화 <댄싱퀸> <줄리 앤 줄리아>를 통한 문학치
　　　　　　　　　　료'-여성들의 제2의 인생 찾기

　　　　　　임○○(여) '고부 갈등을 해소하기 위한 문학치료 사례'-박
　　　　　　　　　　완서의 <황혼>, TV드라마 <사랑과 전쟁-돌아와
　　　　　　　　　　요 어머니> 편을 대상으로

　　　　　　윤○○(남) '조울증과 우울증에 대한 문학적 치료 접근'
　　　　　　　　　　-다니엘 스틸의 <빛나던 나날>, <콩쥐팥쥐>를
　　　　　　　　　　통해서

　　　　　　→ <콩쥐팥쥐>의 경우 실패사례로 인정함.

　③-3 종합 : 김○○(여) '다양한 문학 텍스트의 활용과 글쓰기를 통한 문
　　　　　　　　　학치료적 효과- 사례 연구를 통한 표현 중심의
　　　　　　　　　문학치료에 대해

　　13편을 대상으로 한 위 유형 분류를 보면 세 가지로 나누어진 레포트 유형 가운데 ③작품을 활용한 치료 사례를 보고한 글들이 다수를 차지하는 것을 볼 수 있다. 앞서 말했듯이 전체 레포트 30여 편을 놓고 보면 작품에 대한 문학치료학적 입장에서의 분석을 시도한 ②유형의 레포트

가 다수를 차지했었다. 그런데 작품을 문학치료학적 입장에서 해석하는데 있어 필자가 강조한 점은 2장에서 언급했듯이 문학작품을 분석하는 하나의 틀로 치료적 독법을 가져오는 형태가 아니라 문학 작품이 지닌 치료적 가치를 정신의학적으로 분명하게 규명해내는 것이었다. 30여 편 가운데 다수를 차지했던 작품 분석 글 들 중에 이러한 필자의 의도를 적정 수준에서나마 달성한 레포트는 많지 않았다. 위 분류에서 ②에 해당하는 것으로 소개된 4편의 레포트가 바로 이를 달성한 글들이다. 그 경계가 모호하기는 하지만 학생이 작품 속에서 치료적 활용도를 얼마나 객관적으로 찾아내려고 노력했는가는 레포트를 통해 드러나기 마련이다.

②-1은 고전소설 <최랑전>과 몇 년 전 TV로 방영된 드라마 <신데렐라 언니>를 대상으로 자아존중감을 토대로 한 모녀관계의 양상을 파악했는데, <최랑전>에서 최랑과 최랑모(母)는 낮은 존중감을 가진 것으로 <신데렐라 언니>에서 중심인물 '송은조'와 그녀의 엄마 '송강숙'은 높은 성취감과 존중감을 보이는 것으로 해석하고, 이를 통해 모녀 관계에서 나타나는 낮은 존중감을 치료하는 방법에 대해 논했다. ②-2는 네이버에 연재되었던 웹툰 중 하나인 하일권 작가의 <3단합체 김창남>을 대상으로 현대인이 지닌 무관심과 외로움에 대한 치유에 대해 논했다. 이 작품에는 무미건조한 기계음으로 말을 하는 로봇과 그것에 위로받는 인간의 모습이 그려지고, 대화를 잃어버린 가족과 인간이 아닌 기계에서 온기를 느끼는 사람들이 등장하는데, 이를 통해 역설적으로 무관심과 외로움에 지친 사람들이 치료를 받게 된다고 설명했다. 더불어 웹툰에 달린 댓글을 통해서도 문학치료적 효과를 거둘 수 있다고 보았다. ②-3은 가정에서 남녀간의 성역할 문제를 중심에 두고 논했는데, 부부간에 어느 쪽이 주된 경제적 수입원이며 그에 따른 가사 분담 문제는 어떻게 하는

가 하는 점에 대해 대상 작품들이 실제 상황에 놓인 사람들을 치유해주는 역할을 할 수 있다고 보았다. 작품은 실제 맞벌이 부부의 사례를 다룬 보고서와 워킹맘의 이야기를 다룬 영화와 드라마를 대상으로 했다. 마지막으로 ②-4는 한국에 유학 온 일본 유학생(정확하게 말하자면 아버지는 일본인, 어머니는 한국인인 일본 국적 여학생)이 한국의 트로트와 일본의 엔카의 노랫말과 음률을 대상으로 그 정서적 의미와 감동의 양상을 살펴보면서 어떤 부분이 사람들의 심리를 치료해주는 역할을 하는지 비교한 글이다.

자가치료의 경우는 ①의 글 단 한 편만이 제출되었다. 단 ③의 사례 조사 보고 쪽에서 자신의 경우를 사례 대상에 포함시켜 설문조사를 함으로써 자가치료의 경험까지 포괄해 레포트를 작성한 학생들이 두 명 있었다(③-2, 김○○와 허○○). 이들은 자기 자신의 고민과 방황을 솔직히 드러냈고, 작품을 읽으면서 그 고민의 정도가 약해지는 것을 느꼈다. ①은 군생활을 하는 기간 동안 느꼈던 심한 스트레스와 성격 콤플렉스, 막연한 우울감 등을 <상실의 시대>를 읽으면서 떨쳐버릴 수 있었다는 고백과 함께, 무료하고 의욕 없는 10대 후반부터 청년기의 대상에게 이 책을 추천하고 싶다는 내용이다.

③-2 김○○와 허○○의 레포트는 자신을 포함한 대상을 설정해 작품 읽기를 통해서 치료를 시도했다는 점에서 공통적이다. 김○○는 자신을 포함한 총 3명의 '딸 부잣집 막내'를 대상으로 하여 <바리공주>를 읽기 전과 후의 심리 변화를 고찰함으로써 그 치료 효과를 검증했다. 허○○는 본인 스스로가 중학교에서 고등학교 때까지 농구선수로 활약한 경력이 있으며, 본인을 포함해 전, 현직 농구선수 3명을 대상으로 농구를 소재로 한 만화 <슬램덩크>를 통해 문학치료 과정을 수행했다. 이 작품을 통해 대상자들이 농구 선수들이 겪는 부상의 고통과 패전의 아픔, 불확

실한 미래로 인한 불안 등에 대해 공감을 얻으며 치료를 경험하는 과정을 서술했다. 이 두 사람이 시행한 자가치료 방식은 다른 학생들의 경우를 함께 조사함으로써 자신을 주관적으로 보지 않고 객관화하여 자가치료를 하는 경험을 잘 드러냈다는 면에서 독특한 치료 방식이었다고 판단된다.

13편 가운데 ③의 유형이 다수를 차지한 것은 실제 사례 조사를 시행한 만큼 이 경우가 다른 유형에 비해 많은 노력을 기울여야 하는 점이 관건이 되었고, 또한 작품 선정을 하고 사례를 조사하는 과정을 차근차근 밟아가며 긍정적인 결론을 얻어낸 경험을 논리적으로 풀어놓았기 때문이다. 읽기를 통한 치료를 보면 무가, 고전소설, 현대소설, 외국소설, 영화(읽기라기보다는 감상이긴 하지만), 만화, 드라마(이 역시 감상) 등 다양한 장르의 작품이 대상이 되었다. 자가치료에서 함께 소개했던 김○○와 허○○의 레포트 외에 ③-2에 속한 네 편의 레포트는 이러한 읽기 자료를 실제 대상에게 적용해 치료 효과를 거둔 사례들이다.

양○○(여)의 글은 <보은기우록>에 드러난 아버지와 아들의 서사를 통해 그 갈등 관계를 포착하고, 진로 문제로 실제 아버지와 갈등을 겪고 있는 아들(레포트 작성자의 친구)에게 이 작품을 읽게 한 후 변화된 모습을 기술했다. 박○○(여)의 글은 중년 여성의 제 2의 인생 찾기를 그린 영화 <댄싱 퀸>과 <줄리 앤 줄리아>를 실제 4-50대 여성 2명에게 감상하게 하는 과정을 통해 그 전후의 변화를 서술했다. 임○○(여)의 글은 고부 갈등을 해소하기 위한 문학치료 과정을 설계한 것으로, 평소 자주 만나던 독서회 회원 가운데 설문 조사를 통해 피상담자를 정하고, 소설 <황혼>과 드라마 <사랑과 전쟁-돌아와요 어머니>를 보기 전과 후의 심리 변화를 고찰했다. 또한 ③-2에서 마지막 사례의 학생(윤○○)은 <빛나던 나날>과 <콩쥐 팥쥐>를 통해 조울증과 우울증 치료를 하고자 시도했다가 <콩쥐 팥쥐>의 경우 본인의 의도대로 내담자가 변화되지 않아 실패한 경험에 대해 솔직하게 털어놓으며 무엇이 문제인가를 논리적으로 찾고자 노력하는 모습을 보여준 점이 신선했다.[11]

작품을 활용한 치료 사례 연구 중 쓰기를 활용한 방법에서도 소셜네트워크를 이용한 고백글 작성과 같은 새로운 방식의 쓰기(③-1 배○○)를 비롯하여 전통적인 시 창작 등의 방식(③-3 김○○)이 함께 시도되었다. 배○○의 글에서는 우울 증상이 있는 대학생과 간호사를 대상으로 SNS에 게시글을 쓰게 한 후 댓글들을 통해 치료를 모색하는 방식을 시도했다. 김○○의 글에서는 학과 생활과 진로에 불만이 많은 대학생을 대상으로 작품을 읽게 하고 시 창작을 하도록 권유하는 등 읽기와 쓰기를 종합한 통합적인 방식의 문학치료를 한 달간 네 단계에 걸쳐 진행한 성과가 담겨져 있다. 학생들에게 이렇듯 다양한 치료 방법을 시도할 정도의 열정이 있었다는 사실이 필자로서는 고맙고 대견한 일이었다.

학생들이 실제 사례 조사를 하는 경우 내담자를 선정하는 방법이나 치료를 위한 작품 목록을 택하는 문제, 그리고 내담자가 작품을 읽고 나서 상담을 통해 내담자의 변화를 파악해내는 과정 등에 있어 전문가와 같은 완숙한 수준에서 이를 수행해내기란 쉽지 않다. 때론 간략하게 과정이 축소 진행되거나 적절한 작품이 제시되지 못하는 경우도 발생한다. 상담 과정의 미숙으로 내담자에게 의도하지 않은 상처를 줄 가능성

---

11) <콩쥐 팥쥐>의 경우 레포트 작성자는 '콩쥐'가 계모와 팥쥐에게 학대를 받던 시절에 우울감을 경험했으리라 생각했고, 내담자가 이 부분을 읽으면서 본인이 느끼는 우울감을 콩쥐의 경우와 견주어 공감대를 형성해주기를 기대했다고 한다. 그런데 내담자는 콩쥐의 불행했던 시절에는 관심을 두지 않고 뒤에 찾아온 행복에만 집중하여 콩쥐에게서 전혀 우울감을 찾아내지 못함으로써 치료는 실패에 이르게 된 것이다. 레포트 작성자가 콩쥐의 역경 과정에서 우울감을 발견해내고자 한 의도는 어찌보면 <콩쥐 팥쥐>라는 작품의 맥락을 전체적으로 볼 때 무리였다는 생각이 들기도 한다. 그러나 자신의 그러한 실수를 실패 사례로 인정하면서 그 이유를 적절히 찾아내고 있어 치료 결과의 성공 여부를 막론하고 레포트 준비 과정을 통해 한 단계 발전하는 모습을 보여준 점이 돋보였다.

도 배제할 수 없다. 그런데 이러한 위험 부담에도 불구하고 지금까지 오랜 기간 강의를 진행해오면서 사례 조사로 인해 문제가 발생한 경우는 별로 없었다. 학생들의 레포트에서 치료의 결과로 제시된 내담자의 심리 변화를 어느 정도 객관적 수준에서 받아들여야 할 지 약간 망설여지는 부분은 있지만, 분명 이러한 치료 과정을 통해 내담자들 가운데 다수는 치료까지는 아니더라도 마음의 위로를 받았음은 분명한 것으로 보인다. 일단 본인에게 관심을 가지고 이야기를 들어주며 작품을 통해 생각을 공유하고 소통한다는 과정 자체가 약간의 생각의 어긋남은 있을지모르지만, 상담자나 내담자 모두에게 긍정적인 쪽으로 작용하고 있음은 분명하다.

　실제 사례 조사를 레포트로 준비하는 학생들은 짧게는 1개월, 길게는 3개월까지도 레포트 작업을 위해 시간을 할애한다. 그러면서도 이러한 과정을 의욕적으로 즐기면서 진행하는 경우를 흔히 보게 된다. 하나의 상담, 혹은 치료 과정을 자신이 처음부터 끝까지 주도적으로 설계하고 진행하여 결과를 낸다는 사실에 학생들은 다른 과목에서 일반적으로 제출하는 지식 위주의 레포트와는 달리 신선함을 얻으면서 이에 비례해 창의성을 발휘하는 것으로 생각된다. 레포트 준비 과정에 교수가 어느 정도 관여해서 조언을 주는지에 대해 말하자면 전반부 레포트 발표자들의 경우 계획을 먼저 발표하기 때문에 교수 입장에서 계획을 북돋아주고 더불어 조심스럽게 처신해야 할 부분을 짚어주게 되지만, 전반부 발표를 참고하여 준비하는 후반부 발표자들의 경우는 거의 교수와 사전 논의 없이 작업의 80-90%를 진행한 상태에서 발표를 진행하기 때문에 상당한 독자성을 띤다. 결과물로 제시된 레포트에 약간의 미흡한 부분이 있다 하더라도 학생들이 이렇게 발로 뛰는 노력을 통해 얻어낸 성과는 그들에게 큰 자신감을 주는 것으로 생각되었다.

4. 문학치료의 미래를 기대하며

부족하나마 이제 이 글을 맺을 단계이다. '서사와 문학치료' 과목을 진행하면서 학생들이 문학치료와 관련해 자주 제기하는 문제와 강의를 해오면서 필자가 보강해야 한다고 느낀 점들을 몇 가지 정리하면서 이 글을 마무리하고자 한다.

먼저 작품에 대한 개성적 해석의 가능성을 열어둘 때 생길 수 있는 연구사와의 충돌을 어떻게 처리할 수 있는가 하는 문제이다. 즉 치료와 연구의 차이에서 발생하는 문제라고 볼 수 있겠다. 작품에 대한 해석을 열어둘 때 개성적이고 창의적이지만 때로는 연구사와는 거리가 먼 해석이 나올 수 있다. 필자는 이러한 경우 학생들의 레포트라는 점을 감안해 되도록 연구사의 잣대로 작품에 대한 창의적 해석을 가로막지는 않으려고 하는 입장에 선다. 그런데 학생들의 레포트가 아닌 연구자의 본격 논문에서 이러한 충돌이 발생한다면 그건 다른 문제라고 생각한다. 문학치료학 역시 기존 학문의 토대 위에서 정립된 학문인만큼 독창적인 해석이라 할지라도 연구사의 바탕 위에서 인정받아야 한다고 생각한다. 하지만 이것은 어디까지나 필자의 견해이며, 이에 대해서는 문학치료학의 효용가치를 고민하는 여러 학자들이 함께 고민해봐야 하리라 여겨진다.

다음으로 진단과 처방을 매뉴얼화 하는데 있어서의 제반 문제이다. 의학에서도 치료는 다수의 실험 집단을 통한 검증을 통해 치료적 가치를 입증해낸다. 이러한 관점에서 볼 때 정신의학에서 사용하는 약물처럼 문학치료학에서 활용하는 작품의 매뉴얼 역시 철저한 검증을 통해 입증되어야 하는 것은 당연하다. 내담자의 경험과 유사한 사례를 담은 작품을 읽혔을 때 내담자는 공감을 느낄 수도 있지만 상처를 입을 수도 있다. 과연 어느 정도의 실험 집단을 통한 검증을 거쳐야 온전한 매뉴얼로 확정지을 수 있는가가 일단 문제가 될 수 있다. 여기서 나아가 실제 상황에서 발생할 수 있는 예외 사례에는 어떻게 대응해야 하는가도 고민해봐야 한다. 의학에서도 예외적 상황은 늘 발생한다. 아무리 철저한 검증을 거쳤다 해도 인간의 육체와 정신에 대한 모든 것을 알지 못하는 이상 변수는 늘 존재할 수밖에 없다. 이것까지 감안해서 문학치료학에서는 어떠한 대안을 준비해야 할지에 대해 끊임없이 논의해야만 한다.

강의를 진행하면서 필자는 실제 치료 사례를 경험하지 않았다는 사실 때문에 늘 학생들에게 미안한 마음을 지니고 있었다. 논문을 통한 간접 사례만을 통해 학생들에게 치료적 접근 방법을 터득하게 한다는 것은 무리가 아닐 수 없다. 앞으로 문학치료학으로 박사학위를 받는 전문가가 많이 배출된다면 이러한 문제는 서서히 해결되리라 믿는다.12) 그때까지는 필자와 같이 실제 임상 경험이 없는 교수의 강의를 학생들은 어쩔 수 없이 들어야 한다. 이로 인한 빈틈을 필자는 전문가 특강과 같은 방법을 통해 채워가고 있다.13) 문학치료 전문가 분들의 많은 협조를 기다린다.

---

12) 그런데 여기서 일말의 불안함을 한 가지 고백하지 않을 수 없다. 필자가 현재 전북대에 계신 장미영 교수와 통화한 적이 있는데, 장 교수는 전주대 객원교수로 있을 때부터 문학치료에 관심을 가지고 연구해오면서 실제 임상치료에까지 영역을 넓혀 수강하는 학생들에게 실제 치료 방법을 지도하고, 복지관과 같은 시설에 방문하여 몇 차에 걸친 치료 경험을 쌓을 수 있도록 지도했다고 한다. 그런데 의외로 관련 논문에서 제시한 것과 같은 긍정적 결과는 나오지 않았고, 실패 사례들이 많았다고 한다. 그에 대한 원인 분석은 여러 가지 측면에서 제시될 수 있겠지만, 무엇보다도 고민스러운 것은 장 교수 스스로가 치료의 실패를 실수가 아닌 문학치료 방법 자체가 지닌 한계로 보고 있는 듯한 느낌이 들었다는 사실이다. 내담자의 특성에 따라 치료 결과가 달라질 수 있는 것처럼, 이러한 문제는 문학치료학이 발전하기 위해서는 극복해야만 하는 과제라고 생각한다.

13) 실제로 이 논문을 집필한 이후 최근까지 필자는 건국대 조은상 교수님을 원광대 국문과에 초청해 실제 임상 사례 중심의 특강을 몇 차례 진행했고, 이밖에도 학생들 다수와 함께 한국문학치료학회에 참여해 학부생들이 직접 학회 현장에서 논문 발표를 듣는 기회를 가져보게도 했다.

필자가 원광대 <서사와 문학치료> 강의를 통해 구축한 모델은 사실 전면적인 문학치료 수업이라고 보기는 어렵다. 현재로서는 국문과 교육과정 내에 한 과목으로서 국문학과 문학치료를 연계시켜 국문학 연구방법과 작품 분석의 가능성을 폭 넓게 열어놓는 쪽의 방향성을 모색한 정도로 볼 수 있다. 사실 '문학치료학과'와 같은 전공이 대학의 학부 과정에 만들어진다는 것은 쉽지 않은 일이다. 문학치료학의 형성 과정에서도 그렇고 현재 연구되는 현황도 그렇고 문학치료학은 국문학에 많은 부분을 기대고 있다. 문학치료학이 올곧게 하나의 학문체계로 서는 것을 돕기 위해서라도 당분간은 국문학과의 연계성을 살리는 '서사와 문학치료'와 같은 강의가 바람직한 수업 형태가 아닐까 하는 생각을 할 수 있다.

더불어 문학치료 수업의 바람직한 모델을 만들기 위해서는 강의 사례가 더 많이 보고되고 그에 대한 연구가 진행되어야 한다는 점을 강조하고 싶다. 필자는 이번 발표를 준비하면서 원광대 국문과 '서사와 문학치료' 과목의 사례만을 소개했지만, 사실 원광대학교에는 '동서의학보완대학원'이라는 특수대학원에 '예술치료' 전공이 개설되어 있고, 그 안에 세부적으로 '문학치료' 수업이 진행되어 왔다. 필자가 이번에 그쪽의 교육과정에 대해 언급하지 않은 것은 논지가 너무 넓어지는 것을 방지하고자 함도 있지만, 더 큰 이유는 그쪽의 과정이 독문학이나 영문학에서 주창하는 문학치료 이론이 중심이 되어 진행되고 있기 때문이다.[14) 문

---

14) 최근 알아본 바에 따르면 원광대 동서의학보완대학원의 예술치료 전공에서 문학치료 과정이 몇 년 전에 사라졌다고 하는데, 그 이유는 신청 학생의 부족이었던 것으로 생각된다. '언어치료'나 '미술치료' 같은 과정이 무난하게 유지되는 상태에서 문학치료 과정에만 수강생이 부족했던 것은, 아무래도 이론적 연구가 현실적 취업으로 연계되지 못하는 문제가 큰 이유가 되었으리라고 보인다. 이러한 현상을 보면서 문학치료 과정이 독립적으로 운영되기 어려울 때는 본고에서 제시했듯이 국문학과 같은 정통 학문과 연계하여 그 나아갈 지점을 모색해보는 것이 좋지 않을까 하는 생각을 강하게 하게 되었다.

학치료의 한 축을 굳건히 차지하고 연구가 진행되고 있는 외국문학 중심의 문학치료 영역에 대해서도 이제는 관심을 갖고 나아갈 필요가 있을 듯하다.

앞으로 건국대학교 학부 과정이나 대학원 과정에서 문학치료 수업이 진행되는 현황에 대해서도 알아볼 필요가 있다.15) '한국문학치료학회'에서는 이번에 본격적으로 문학심리분석상담사 자격증 과정을 개설하고 앞으로 교육을 진행할 예정인 것으로 아는데, 이 과정에서 진행할 교육과정에 대해서도 앞으로 검토해봐야 할 것이다. 또한 사설단체이기는 하지만 '한우리'에서 진행하는 독서치료사 양성 과정 프로그램에 대해서도 고찰할 필요가 있다고 생각한다.

각 학교나 단체에서 시발점이 되었던 학문에 기대어 각자의 방식으로 문학치료 수업을 진행하고 있는 것이 한국 문학치료학의 현재의 모습인 듯하다. 문학치료학에 관여하는 혹은 문학치료학을 표방하는 모든 주체들이 함께 모여 통합적인 문학치료학의 미래에 대해 논의할 날을 기대해 보고자 한다.

_____ 『문학치료연구』 28집, 한국문학치료학회, 2013년 7월.

---

15) 이 논문이 발표된 이후 건국대학교 일반대학원에 문학,예술치료 협동과정이 신설되었다. 또한 원광대학교 인문대학에도 문화인문콘텐츠 전공이라는 이름으로 학부연계전공이 신설되었는데, 철학과의 상담심리와 국문과의 문학치료, 문예창작학과의 문화콘텐츠 관련 과목을 연계해 운영되는 전공이라고 할 수 있다. 교육부 지원에 따른 프라임 사업의 일환으로 이러한 변화가 이루어진 것이라고 여겨진다.

삼각관계에 놓인 아내에 대한
문학치료적 조건 탐구

1. 인간관계에서 배신과 상처 치유

삼각관계 중 남성을 사이에 두고 여성들 사이에서 일어나는 갈등을 소재로 한 서사 텍스트는 동서고금을 막론하고 넘쳐흐르며, 그 양상을 분석한 논문 또한 수도 없이 많다. 그 중에서도 기혼부부 사이에 다른 여성이 끼어들어 만들어지는 삼각관계의 경우 아내가 받는 배신감과 상처는 상당하다. 이 글은 이런 상황에서 아내가 받게 되는 상처를 치유할 수 있는 방법을 모색하는 차원에서, 유사한 상황을 그렸으면서도 각 텍스트별 차이를 통해 상처 치유의 조건과 절차를 구성하는데 각각의 방식으로 도움을 줄 수 있는 작품들을 살펴보고자 한다.

어떻게 보면 식상한 이 주제를 다시 꺼내는 것은 가장 보편적인 문제 속에서 진리를 발견할 수 있다는 생각 때문이다. 즉 애정 갈등 양상을 정리해 그 상처를 치유하기 위한 조건들을 모색하는 과정을 통해 기본적인 인간관계 속에서의 문젯거리와 그 해답의 실마리를 얻을 수 있다는 것이다. 그 사람이 누구든 믿었던 상대의 배신은 인간에게 가장 큰 충격이며, 상처로 남는다. 그 배신의 이유는 돈이나 권력, 명예, 사랑 등 다양하게 존재할 수 있는데, 한 번 이런 배신을 겪은 사람은 그 아픔에서 빠져 나오기 쉽지 않기에 정확한 원인을 진단하고 상처를 치유해야만 한다. 이러한 배신 가운데 사랑하는 남녀 사이에 다른 이성이 끼어들면서 겪게 되는 문제가 애정 갈등이다. 하지만 이러한 갈등은 친구나 동료, 사제 간, 심지어 가족 사이에도 발생할 수 있다. 삼각관계로 인한 애정 갈등은 이러한 모든 배신으로 인한 갈등 중에서도 가장 이야기 거리가 풍부하고 사람들이 관심을 많이 갖는 주제인 것은 분명하다.[1]

이런 차원에서 이 글의 주제는 여성에 관한 문제이자 남성에 관한 문제를 다루며, 나아가서는 인간에 관한 문제를 다룬다고 볼 수 있다. 즉 정성을 쏟았던 인간관계에서 상대에 대한 배신을 겪은 후 그 상처를 치유하는 과정을 살펴보는 것이다. 본질적으로는 그러하나 구체적 상황에도 집중해야 논의의 치밀함을 확보할 수 있다. 이 글에서 다루는 구체적 치료 대상은 삼각관계에 놓인 아내지만, 상처를 받은 상황을 놓고 보면 한 남성을 두고 여성들 간에 벌어지는 삼각관계에 근거한 애정 갈등 상황이 연구 대상이 되며, 특히 결혼을 한 기혼부부 사이에 다른 여성이 끼어들면서 벌어지는 애정 갈등을 주 대상으로 한다. 이러한 갈등은 기본적으로 결혼이라는 제도에 따라 확보되는 신뢰 관계에 문제가 발생한다는 측면에서 고전시대에는 처첩갈등이라는 이름하에 많이 연구되었으며, 후대로 내려오면서 어느 시대에나 흥미로운 주제였다. 많은 작품에서 이러한 갈등을 다루고 있는데, 이 글에서는 단순히 이러한 갈등을 다룬 작품에 관심을 두는 것이 아니라, 이 갈등이 해결되는 실마리가 보

---

[1] 이 경우 치료 대상을 설정하면서 '삼각관계에 놓인 아내'라는 표현 대신 '남편의 외도 혹은 배신, 혼인에 의해 상처받은 아내'라는 표현을 쓸 수도 있을 것이다. 그러나 이 논문에서는 치료 대상의 고통에 주목하기보다는 갈등이 일어나는 상황이 지닌 보편적 원리에 주목하고자 '삼각관계'라는 표현을 쓰고자 했다.

이는 작품군에 주목한다. 이는 치료적 입장에서 본다면 갈등으로 인한 상처의 치유 방법에 대해 관심을 갖는 것이 되기 때문에 문학치료적 입장에서 충분한 가치를 지니는 연구 과제라고 생각한다.2)

구체적인 연구 대상 작품으로는 서사민요 두 편과 최근 방송된 드라마 두 편을 택했다. 고전문학에서 처첩갈등은 한글소설에서 가장 많이 다뤄졌지만, 소설의 작가층이나 장르적 특징에 의거하여 여기서 드러난 처첩의 문제는 당시의 실상을 그대로 보여주었다기보다는 다분히 상층적, 남성적 시각이 반영된 형태로 권선징악의 주제를 실현하는데 기여하는 모습을 보여준다. 남성은 무력한 모습으로 그려지며 그의 의지가 드러나지 않고, 간악한 첩에 의해 현숙한 처가 고통당하다가 뒷날 그 진상이 밝혀지며 제 자리로 돌아오게 되는 구도가 일반적으로 처첩갈등을 다룬 고전소설의 전형적인 형태이다.3)

---

2) 처첩갈등에 대해 문학치료학에서 접근을 시도한 최근의 연구로 박재인, 「한중일 조왕서사를 통해 본 가정 내 책임과 욕망의 조정 원리와 그 문학치료학적 의미」, 건국대 박사학위논문, 2015가 있어 본고를 작성하면서 참고할 수 있었다. 그런데 이 논문에서는 '가정에서의 책임과 욕망'이라는 화두 아래 무속신화인 조왕서사를 다루면서 처첩갈등이나 외도문제를 포괄해 나간 반면에, 본고는 같은 상황을 두고서도 서사민요와 드라마를 자료로 하여 '욕망과 책임'이 아닌 '상대의 배신에 따른 상처의 치유'에 관심을 가졌기에, 치료의 구체적 대상이나 초점이 다르고 그에 따라 당연히 치료 방법도 다르게 설계된 것으로 판단된다.

3) 첩이 악인형으로 설정되는 것은 <사씨남정기> 이후 그 영향을 받은 소설류에 유사하게 나타나는데, 이는 고전소설의 주된 독자층이었던 양반층 여성을 겨냥한 것이라고 생각된다. 일부다처제가 보장되었던 당시에 드러내놓고 투기하지는 못하지만 소설 속에서나마 현숙한 처가 교활한 첩을 응징함으로써 현실에서 못다 한 보상을 받고자 하는 양반층 여성의 심리를 소설 작가층이 적절히 활용했다고 생각된다. 그러나 이러한 설정은 실제 현실 상황과는 거리가 있어 남녀의 무책임을 조장하고 여성간의 대결 구도를 심화시키는 부작용을 낳았다고 볼 수 있다. 이런 비현실적인 설정으로는 아내들의 상처가 근본적으로 치유되지 않으며, 배설에 가까운 일시적 만족만을 거둘 수밖에 없다고 판단된다. 현대 드라마에서도 고전소설의 처첩갈등 형태로 삼각관계를 다루는 막장류의 작품을 흔히 찾아볼 수 있는데, 이 역시 같은 선상에서 논의가 가능하다고 여겨진다. 고전소설을 대상으로 처첩갈등을 다룬 논문으로 박순임, 「고전소설에 나타난 처첩갈등의 네 양상」, 『정신문화연구』 9, 겨울호, 1986, 137-150면을 들 수 있고, 직접적으로 처첩갈등을 다루지는 않았지만 고전소설에 당시 여성 향유층의 욕망이 자리잡고 있다는 논의로, 김재웅, 「영남지역

이에 반해 서사민요는 여성들이 길쌈노동을 하면서 주체적으로 부른 여성노동요란 점에서 상층도 하층도 아닌 혹은 상, 하층을 포괄하는 평민층 여성의 시각을 직접적으로 반영하고 있으며 그 해결 방식 역시 실상에 가까운 모습을 반영하고 있다고 판단된다. 즉 현대적 상황에 가장 가까운 모습을 보여주는 고전 텍스트이며, 그러하기에 치료적 입장에서 훌륭한 연구 대상이 될 수 있다. 처첩갈등을 다룬 서사민요 가운데에서 <첩집 방문>과 <후실 장가>를 고른 이유는 다른 서사민요 대부분이 남편의 외도를 알게 된 뒤 아내가 무력하게 자살하거나 중이 되는 등의 결말을 보여주는 데 반해, 이 두 편의 경우는 아내가 적극적으로 이에 대응해 행동을 보여주는 내용을 담고 있기 때문이다.4) 고전문학이기에 지니는 시대적 한계를 조금 갖기는 하지만 이들의 행동을 통해 애정 갈등으로 인한 아내의 상처 치유나 그 해결의 실마리를 찾을 수 있을 것이다.

서사민요 두 편과 함께 현대 드라마로는 2015년을 전후로 하여 방송된 <마마>와 <착하지 않은 여자들>이란 두 작품을 택했다. 두 작품 모두 두 달 정도의 기간을 두고 방영된 중편 정도 길이의 드라마이다. 영화에 비해 드라마는 긴 호흡을 가지고 지켜보아야 하는 텍스트이며, 보다 상세한 인물 묘사와 줄거리 전개가 가능하다는 장점을 지닌다. 이 두 편의 작품은 기혼 부부 사이에 다른 여성이 개입되며 나타나는 애정갈등 양상을 주된 갈등축의 하나로 제시하면서도 중편 드라마의 장점을 충분히 활용해 다른 주제나 부차적 갈등 축들을 살려냈고, 인물의 심리를 자세히 그려내 작품의 완성도를 높였다.

필사본 고소설에 나타난 여성향유층의 욕망」, 『한국고전여성문학연구』 16, 한국고전여성문학회, 2008, 5-37면을 들 수 있다.
4) 여성서사민요의 전반적 성격에 대해서는 이혜숙 외, 『한국고전여성작가연구』, 태학사, 1999의 6장 '여성 민요 창자군의 문학세계'를 참고할 수 있다.

서사민요 두 편과 드라마 두 편, 모두 네 편의 텍스트는 비슷한 갈등 상황과 그 해결의 실마리를 보여주면서도, 상황이 그려지는 조건과 인물의 성격 차이에 따라 서로 다른 사건 전개와 결말을 보여준다. 이 작품들에서 설정된 조건을 하나하나 살펴보는 것은 어떠한 경우에 갈등 해결이 쉽게 되는지 파악하는데 도움을 줄 수 있다. 또한 어떠한 문제들을 짚고 넘어가야 이 갈등으로 인한 상처 치유가 가능한지 단서를 제공한다. 이 네 작품은 삼각관계로 인한 애정갈등과 아내 입장에서 그 해결의 실마리를 보여준다는 점에서 비슷해, 이러한 상황에서 갈등 해결 혹은 상처 치유의 핵심축이 무엇인지 알 수 있게 한다. 그러면서도 갈등 상황이 벌어지는 데 있어 서로 다른 조건과 해결의 단서들을 제공하고 있고, 상처를 받은 주체인 아내의 대응에 따른 해결 방식의 차이 또한 보여주기에 효과적인 대처, 즉 치료 방식도 찾아볼 수 있으리라 기대된다.

2. 치료를 위한 텍스트의 내용적 조건 검토

(1) 서사민요 : 〈첩집 방문〉〈후실 장가〉
-현재 상황에 대한 아내의 적극적 해결 의지 표출

여성서사민요에서 다수의 작품군을 보유한 유형으로는 시집살이 노래, 애정갈등 노래, 혼사장애 노래 등을 들 수 있다.[5] 당시 여성의 삶에서 가장 중요한 변수가 되는 결혼을 시작으로 전개되는 시댁 식구와의 갈등, 남편의 외도로 인한 고통을 담은 애정갈등, 결혼을 앞두고 벌어지

---

5) 이혜순 외, 『한국고전여성작가연구』, 태학사, 1999, 464-506면.

는 고난을 담은 혼사장애의 역경, 이 세 가지는 지금의 여성들에게도 여전히 상존하는 현재형의 문제들이다. 이 가운데 애정갈등 노래에서 다수를 차지하는 작품들은 진주낭군 계열 노래에서와 같이 남편의 외도를 목격한 아내가 절망하고 자살을 선택하는 작품군이다. 이 글에서 다룰 <첩집 방문> <후실 장가> 두 작품은 이와는 달리 아내의 분노가 남편과 관계한 여성이나 남편에게 향하는 작품들이기에 당시로서는 새로운 양상을 보여준다.[6)]

　시집살이 노래에서 나타나듯 터무니없는 시집살이의 고통 속에서도 여성들이 버틸 수 있었던 것은 남편만은 내 편이고 자기를 사랑하고 있다는 믿음 때문이었다.[7)] 애정갈등 노래는 남편에 대한 이러한 믿음이 사라졌을 때 그 분노가 자기 자신이나 상대방을 파괴시키는 형태로 나타남으로써 이야기의 결말이 대부분 극단적 파국으로 치닫는다. 분노가 자신을 상하는 쪽으로 나타날 때 자살로 이어지며, 상대방을 향할 때 <첩집 방문>처럼 첩의 집에 칼을 품고 찾아가거나 <후실 장가>처럼 저주를 퍼부어 남편을 죽게 만드는 결과를 낳는다. 두 작품 중에 먼저 <첩집 방문>의 내용을 알아보기 위해 그 서사단락을 인용한다.[8)]

---

6) <첩집 방문>과 <후실 장가>라는 제목은 모두 이혜순 외, 앞 책, 1999에서 붙인 명칭을 그대로 가져온 것이다. 두 작품 모두 『한국구비문학대계』 전 85책(한국정신문화연구원, 1980~1992)에 실려 있다. <첩집 방문> : 서기선, 「모 노래」(7-4, 364-365면), <후실 장가> : 박삼선, 「큰어마이 노래」(7-4, 514-517면), 그 밖에 이 두 작품의 다른 하위 유형이나 각편의 경우는 서영숙, 『한국서사민요의 날실과 씨실 : 우리 어머니들의 노래』, 역락, 2009, 자료편에서 본처-첩의 관계 유형에 잘 정리되어 참고할 수 있다.

7) 시집살이노래를 보면 며느리를 구박하는 대상은 시아버지, 시어머니, 시누이 등으로 나타나고, 그 상황에서 항상 남편은 등장하지 않는다. 남편이 시집 식구들과는 달리 자신을 사랑하고 있으리라는 여성 화자들의 믿음이 이런 형태로 나타났다고 생각된다. 시집살이노래 중에 '중 되어간 며느리' 유형을 보면, 시집의 구박에 못 견디어 중이 된 며느리가 다시 시댁 마을에 들어왔을 때 시댁 식구들이 모두 죽어 무덤 속에 묻혀 있는 삽화가 등장한다. 이는 며느리의 원망이 반영되어 나타난 비현실적 설정이지만, 며느리가 그 가운데 남편의 무덤 속에 들어가 화합하는 것으로 노래가 끝나는 것을 보면, 아내가 남편에게 갖는 믿음의 깊이를 짐작할 수 있다.

❶ 남편이 건너 마을에 첩을 두고 밤낮 그곳에 간다.

❷ 본처가 칼을 품고 첩의 집을 찾아간다.

❸ 첩이 본처를 극진하게 대접한다.

❹ 첩의 고운 모습과 초라한 자신의 모습을 돌아보게 된다.

❺ 첩을 인정하고 그냥 돌아온다.

　*자살하거나 첩의 부고를 받기도 한다.

　이 작품에서 중요한 점은 칼을 품고 첩의 집을 찾아간 아내가 칼을 꺼내보지도 못하고 돌아온 사실이다. 그 이유는 전혀 예상하지 못했던 상황, 즉 첩의 아리따운 외모와 정성스럽게 자신을 대하는 태도에 당황하면서 자신의 모습을 돌아보게 되었기 때문이다. 결말이 세 가지 정도로 나뉘는 데는 그만한 이유가 있다. 첩을 인정하고 그냥 돌아오는 결말이 현실적 상황이라면 자살하는 것은 첩과 비교해 이길 수 없는 자신의 처지를 비관한 선택이고, 첩의 갑작스런 부고를 받는 것은 현실에서 타개하기 어려운 상황을 비현실적으로 벗어나고 싶은 욕망이 발현된 것으로 여성서사민요에 자주 나타나는 결말구조이다.9)

　이 작품이 전형적인 처첩갈등의 양상이 드러난 고전소설류의 작품군

---

8) 이혜순 외, 앞 책, 1999, 478면에서 재인용. <첩집 방문>의 각편 가운데는 이 논문에서 다룬 작품보다 본처의 반응이 자세하게 나오는 작품들도 존재하지만, 이 논문의 목적이 민요의 각편에 대한 분석이 아니라 아내의 태도 분석에 있기 때문에 각편의 차이를 살피는 절차는 생략하고, 결말에서 아내의 태도에 중요한 차이가 나타나는 특징에 주목한다.

9) <첩집 방문>의 다른 유형에는 첩의 경제적 여건과 본처의 경제적 여건을 극명하게 대조하면서 본서가 첩에게 욕을 하며 첩의 것은 하나도 받아들일 수 없다는 식의 표현을 하는 작품도 존재한다.(이금순, 「모 심기노래」, 『한국구비문학대계』 7-11, 군위군 산성면 11) 이 유형에 대해 서영숙은 현실적으로는 남편을 첩에게 빼앗겼지만, 본처로서의 정신적 지위와 자존심만은 꺾을 수 없다는 의식과 현실의 딜레마를 보여주는 것이라 해석했다.(서영숙, 앞 책, 377면) 물론 여기서 본처는 첩의 환대에 자신을 돌아보고 첩을 인정하는 것은 아니다. 그러나 그렇다고 하여 본처로서의 자존감을 잃지 않고 당당한 태도를 보였다고 판단하기는 어렵다. 칼을 품고 찾아갈 정도였던 처음의 분노가 사라진 데는 같은 여성으로서 첩을 바라보는 시각에 대한 상당한 변화가 생겼다고 봐야 한다는 것이 필자의 생각이다.

과 특별하게 차이를 보이는 것은 바로 처와 첩의 인물형상이다. 두 명의 여성은 선악구도와 상관없이 사실적으로 그려졌으며, 특히 첩은 일부러 그랬는지 실제 성격이 그러했는지 모르지만 깍듯하게 본처를 대접함으로써 역설적으로 본처의 자존감을 무너뜨리고 말았다.10) 평소 평범한 농가의 여성이었던 데다가 복수에 휩싸여 칼을 품고 첩의 집을 찾아간 본처의 당시 몰골이 어떠했으리란 것은 능히 짐작이 가고도 남는다. 첩이 악인형으로 그려지면서 본처에게 대들었다면 실제로 칼부림이 났을지도 모를 일이지만, 예상치도 못했던 첩의 환대에 본처는 자존감이 나락으로 떨어지는 경험을 하면서 처절한 자기 부정을 경험하게 된다. 경쟁 상대여야 하는 처와 첩 간에 기묘하게도 서로를 인정하는 기류가 형성되는 이 지점에 필자는 주목하고자 한다.

기혼여성의 갈등을 다룬 대부분의 여성서사민요에서 남편의 역할은 의도적으로 배제되는데,11) 이 점은 이 작품에서도 마찬가지이다. 첩을

---

10) 작품 가운데 첩과 본처가 주고받는 대화를 통해 첩을 바라보는 본처의 관점이 잘 드러나는 부분을 인용한다.

첩의 년의 거동보소 큰어마님 여안지소 삼베처마 벗어놓고 비단처마 입어보소
삼베처마가 내해로지 비단처마가 내해던가 큰어마님 이말듣고
삼베적삼 벗어놓고 모시적삼 입어보소 삼비적삼 이내로지 모시적삼 내해던가
꺼죽자리 빗기놓고 시맹톡자리 앉아보소 꺼죽자리가 내자리지 시맹독자리가 내자린가
와라지짚신 벗어놓고 꽃닥이 신어보소 꽃닥이가 내해던가
낫비널랑 빼던지고 금봉채를 해여보소 낫비녀가 내해로지 금봉채가 내해던가
내눈에 이만하니 서방님눈에는 오죽할까

11) 앞서 시집살이민요에서 남편을 제외한 시집식구만을 적대적 대상으로 설정하고 남편은 등장하지 않는다는 사실을 언급했는데, 애정갈등민요에서 역시 첩이나 후실만을 적대적 대상으로 삼고 역시 남편은 등장하지 않는다. 시집살이 민요나 애정갈등 민요 모두에서 남편은 아내의 자살로 마무리되는 유형에만 나타나는데, 아내가 자살한 후 뒤늦게 나타나 후회하거나 며느리를 구박한 자기 식구들을 원망하는 정도의 역할을 하며, 그 뒤로도 아내의 장례를 직접 처리주거나 하지는 않고 곧 어디론가 떠나버리는 경우가 많다. 민요에 나타난 처첩갈등에 대한 논의로는 임철호, 「민요에 설정된 처첩간의 갈등과 반응」, 『국어문학』 39, 2004, 298-329면을 들 수 있다. 또한 이러한 '갈등 상황에서 남편의 부재'는 여성서사민요뿐만 아니라 고부, 처첩간의 갈등을 다룬 사설시조에서 역시 동일하게 나타나는 것으로 파악된다. 김용찬, 「사설시조 속의 가족과 그 주변인들-고부, 처첩

둔 당사자가 남편이라는 사실을 알면서도 의도적으로 무시하고 그 책임을 첩에게 두고자 한 점은 일반적 여성서사민요 작품들의 여성화자와 비슷하게 <첩집 방문>의 화자가 갖는 한계의 부분이다. 그러다보니 자신과 첩의 대결 구도 속에서 문제를 해결하려 했지만, 자신에게는 사라진 매력을 첩에게서 발견하면서 스스로 패배를 인정하고 돌아오게 되는 것이다. 이 작품은 여성 간의 애정 갈등 양상을 보여주기는 했지만 그 대결 구도가 쌍방적이지 않았고 본처가 비록 자존감의 상실을 경험하기는 했지만 첩이 지닌 장점을 인정했다는 점에서, 아주 미미하지만 삼각의 애정갈등 상황 해결의 실마리를 제공한다고 생각한다. 본처의 자존감 상실은 전혀 합리적이지 않은 판단12)으로 인한 잘못된 결과이므로 본처의 이러한 가치관은 분명 교정되어야 할 부분이며, 남편의 책임을 전혀 묻지 않는 서사 줄거리 역시 여성 화자가 지닌 가치관에서 교정되어야 할 부분이다. 그러나 적대적일 수밖에 없는 처첩의 관계 속에서 상대가 지닌 가치를 인정했다는 면은 갈등 해결에 대한 분명한 실마리를 제공해주며, 본인의 상처를 치유할 수 있는 단서가 되는 부분이라고 생각한다.

<후실 장가>는 <첩집 방문>에 비해 여성 화자의 카리스마가 두드러지는 작품이다. 이 작품의 제목과 내용에서 알 수 있듯이 여기서의 남편

관계를 중심으로」, 『한국고전여성문학연구』 11, 한국고전여성문학회, 2005, 109-135면.
12) 자신이 지닌 장점을 보지 못하고, 외모와 상대에 대한 친절함(부드러운 성격)만으로 여성의 가치를 판단한 것을 말한다. 진화심리학적 연구에 입각하면 남성이 짝을 찾을 때 젊고 자신에게 잘 웃어주는 여성을 택한다는 것은 본능에 가까운 것이기도 한 것 같다.(앨런 S 밀러, 『처음 읽는 진화심리학』, 박완신 옮김, 웅진지식하우스, 2009.) 그러나 이러한 판단에 사회적 제도나 관습이 영향을 끼치는 것 또한 분명하다. 이 때문에 지금의 여성들에게도 이러한 판단 기준이 유효한 것으로 보인다는 사실은 무척 애석한 일이다. 인간이 '**이성적** 동물'이라는 사실에 의거할 때, 여성이 아내, 엄마, 며느리로서의 사회적 역할을 충실히 이행했다면 이 부분의 가치를 보지 못하는 것은 분명한 판단 착오라고 생각한다.

은 본처에다가 이미 첩까지 두고 있는 상태인데, 새롭게 다시 혼례를 올리면서까지 후실을 두고자 한다.[13] 본처는 이를 더 이상 용인하지 못하고 혼례를 치르러 후실의 집으로 가는 남편에게 저주의 말을 퍼부어 첫날밤도 치르지 못한 채 그를 죽게 만든다.[14] 작품을 보면 노부모님과 자녀, 본처인 자신과 첩 등 식솔을 나열하고, 논밭과 마소 등 재산 내역을 언급하면서 남편의 후실 장가를 만류하는데, 식솔과 재산의 나열은 단순히 자기 집안의 형편을 말하고자 한 것은 아니라고 생각된다. 아내 입장에서 자신이 중심이 되어 부모님을 모시고 자식을 교육하고 첩을 거느리며, 집안 재산 형성과 관리에도 큰 역할을 하고 있음을 강조하기 위해 이와 같은 내용을 길게 서술했다고 여겨지는 것이다.[15] 이로 볼 때 이 아내는 자기주도성이 높은 인물형임을 알 수 있다.

이렇듯 강력하게 남편의 후실 장가를 저지했는데도 불구하고 남편이 이를 강행하자, 자존감이 높은 아내는 더 이상 이를 용납하지 못하고 남편을 강력하게 응징하게 되는 것이다. 본처의 저주의 말이 그대로 실현되면서 남편이 죽는 설정은 물론 현실적 반영이라기보다는 본처의 내면

---

13) 이 남편은 상당한 재산에 처첩을 비롯한 가족 구성원을 모두 거느린 부러울 것 없는 가장인 것으로 작품 속에 그려진다. 이러한 내용을 짐작하게 하는 구절을 인용한다.
    말아시오 말아시오 요번장개 말아시오   묏이기리버 갈라하요 하늘겉은 부모두고
    온달겉은 댁을두고 반달겉은 첩을두고   앵두겉은 딸을두고 구실겉은 아들두고
    바대겉은 밭을두고 한강겉은 논을두고   다락겉은 말을두고 고래겉은 소를두고
    가매겉은 밭을두고 묏이기리버 갈라카요   요분 장개 말아시오
14) 장개질이나 나가거던 장때미나 빨리주소   한모랭이 돌거들랑 요시짐승 진동하소
    두모랭이 돌거들랑 간지짐승 진동하소   시모랭이 돌거들랑 말다리나 부러지소
    네모랭이 돌거들랑 방애채나 부러지소   행리청에 들거덜랑 사모관대 뿌사지소
    점승상을 받거들랑 수저분이 뿌러지소   지역상을 받거들랑 겉머리야 속머리야
    서이깨는 앉고접고 앉어깨는 눕고접고   눕거들랑 아무가고 영가시오
15) <후실장가>에서 아내가 가지는 가정 내에서의 역할을 살펴보면, 18세기 규방가사인 <복선화음가>의 여성화자의 경우와 유사한 느낌을 준다. 규방가사와 서사민요라는 차이에도 불구하고 당시 여성들 사이에 가정을 꾸려가는 주도자로서의 자부심이 자리잡아가고 있다는 것을 알 수 있다.

적 욕망이 작품에 반영되어 나타난 비현실적 설정이다. 하지만 이 설정이 현실적인가 비현실적인가 하는 문제는 여기서 별로 중요하지 않다고 보인다. 중요한 점은 이 사건을 일으킨 원인이 남편에게 있음을 본처가 정확히 인지하고 있다는 사실이다.

<후실 장가>에서 가장 중요한 대목은 남편의 죽음 뒤에 벌어지는 상황이다. 첫날밤도 치르지 못하고 신랑이 죽었지만, 어쨌든 사람이 죽었으니 장례는 치러야 하고 상여는 나가야 한다. 또한 초례를 치른 신부는 이제 과부가 되었으니 흰 소복을 입고 흰 나귀를 탄 채 죽은 신랑의 상여를 뒤따라간다. 본처는 남편의 상여가 나가는 것을 바라보면서 코웃음을 치다가 전혀 생각지 못한 상황, 즉 후실이 남편의 상여를 뒤따르는 모습을 보게 된다. 본처는 자신이 저지른 일이 또 다른 한 여성에게는 얼마나 큰 불행을 안겨준 것인지를 깨달으며 황망함을 감추지 못한 채 눈물까지 보인다.16)

이 작품에서 아내는 애정 갈등을 일으킨 당사자가 남편임을 인지하고 그를 응징하는 데서 나아가, 남편의 마음을 빼앗아갔던 후실의 불행에 대해 객관적인 자세를 견지하면서 가슴아파하는 경지를 보여준다. 그 여성이 가해자가 아니라 오히려 자신과 동일한 피해자라는 인식에 도달하며 본처는 후실을 기꺼이 맞아들여 함께 같은 집에서 생활하게 된다.17) <첩집 방문>에서와 달리 사건의 책임 소재를 정확히 파악함으로

---

16) 동네방네 어르신네 과부이름 짓지말고   아해이름 지어주소
　　새댁이는 흰등타고 행상으로 떠나가이   큰어마이 썩나서서 행상보니 윗슴나고
　　흰등보니 눈물난다 내말이 정말이네

17) <후실장가>에는 본처와 후실이 함께 살게 되는 경우 외에도 본처가 죽자 남편이 후회하며 집으로 돌아오는 식의, 여성서사민요에 자주 보이는 전형적인 유형도 존재한다. 서사민요 유형 분석이 목표라면 당연히 이러한 작품까지 다루어야 하겠지만, 이 논문에서는 갈등 상황에 대한 아내의 적극적 의지가 드러난 점에 주목하여 본문에서 다룬 유형에 집중한 것이다. 서영숙은 이 작품에서 후실장가를 가는 남편에게 원망은 하면서도, 영문도 모르고 신랑을 잃은 새신부에 대해서는 동정과 연민을 나타내고 있어 같은 여성으로

써 본처는 자존감을 잃지 않고 오히려 힘을 가졌으며, 후실에게 동정심을 발휘하게 되고 서열 관계를 분명히 하면서 애정 갈등 상황을 마무리하게 된다. 본처가 후실에게 느끼는 동정심은 남편에게 저주를 퍼부어 그를 죽게 한데서 오는 죄책감에 따른 것은 전혀 아니다. 상여가 나가는 것을 보면서 본처가 웃었다는 사실에서 이를 잘 알 수 있다. 이는 한 남자에 의해 비슷한 피해를 입었다는 인식에서 오는 동질감에서 비롯된 감정이라고 볼 수 있다.[18] 원망의 대상이었던 남편의 부재로 인해 아내 자신은 오히려 자유를 얻었다면, 그로 인해 예기치 않게 후실은 첫날 밤 남편을 잃고 처녀과부가 되어버린 것에 대한 같은 여인으로서의 회한 같은 감정이었으리라 추측된다.

(2) 드라마 : 〈마마〉 〈착하지 않은 여자들〉
-과거 상황에 대한 아내의 포용과 여성 연대

〈마마〉와 〈착하지 않은 여자들(이하 착않녀)〉는 각각 2014년 하반기와 2015년 상반기에 MBC와 KBS2에서 방송된 중편드라마로, 한 남자를 사

서의 동질 의식은 살아 있으나, 그 이상의 단계로까지 진전되지는 못한다고 보았다. 이와 비슷한 차원에서 앞서 살핀 〈첩집 방문〉에서도 본처가 첩을 죽이러 갔다가 첩의 미모와 후한 대접에 마음을 돌이켜 돌아오는 것도 여성간의 동질 의식이 느껴지기는 하나 그것이 여성간의 연대 의식으로까지 나아가지는 않는다고 보았다. 서영숙, 앞 책, 284면. 그러나 필자는 이 정도의 동질성 확보만으로도 그 시대의 처첩 간에 형성되는 연대감의 초기적 모습으로 볼 수 있으며, 이를 긍정적으로 부각시키고자 하는 입장에 서 있다.

18) 이 작품에서 후실은 인물형상이 별로 부각되지 않지만 남편과 혼인 이전에 관계가 있었던 것 같지는 않다. 남편이 재산을 이용해 처녀장가를 다시 들고 싶어 벌인 일로, 후실은 〈첩집 방문〉에서의 '첩'과도 다른 순진한 인물이었을 가능성이 크다. 이러한 까닭에 본처의 동정심이 더 유발되었고 후실을 포용하는 데까지 이를 수 있었다고 생각된다. 또한 "동네방네 어르신네 과부이름 짓지말고/ 아해이름 지어주소"라는 구절에 비추어 볼 때, 후실은 청춘과부가 된 자신의 신세를 그다지 수용하지 않았을 듯하다. 사회적 제도 탓에 일단 소복을 입고 나서기는 했지만, 과부로서의 삶을 진정으로 받아들이지는 않았음을 알 수 있다. 정실과 후실 모두 자신의 삶을 주체적으로 바라보는 성향이 있었기에, 그 둘이 이후의 삶도 함께 할 수 있었을 것이라 생각된다.

이에 둔 두 여자의 갈등이 독특한 방식으로 전개된다.[19)]

　큰 주제를 중심으로 살펴볼 때 <마마>는 시한부 선고를 받은 싱글맘 여주인공(한승희/ 송윤아)이 세상에 홀로 남겨질 아들(한그루/ 윤찬영)에게 가족을 만들어주기 위해 옛 남자(문태주/ 정준호)의 아내(서지은/ 문정희)와 역설적인 우정을 나누는 이야기이다. 문태주와 한승희는 젊은 시절 연인 관계였으나 문태주 어머니의 반대로 결혼하지 못했다. 조실부모하고 외로웠던 한승희는 문태주 모르게 임신한 아이를 낳고는 외국에 가서 힘든 생활 속에서도 그 아들을 키우면서 디자이너로도 성공한다. 문태주는 한승희와의 이별 이후 어머니가 권하는 상대인 서지은과 결혼해 딸 하나를 두었다. 한승희가 불치암에 걸리면서 아들에게 아빠와 더불어 가족을 만들어주려는 의도 아래 다시 한국을 찾아 문태주의 이웃이 되면서, 의도하지 않은 만남으로 한승희와 서지은은 둘도 없는 친구가 된다.[20)] 한승희의 정체를 알게 된 이후에는 이미 둘은 마음 깊이까지 같이하는 친구가 된 상태였고, 서지은은 한동안의 갈등을 겪기는 하지만 결국 한승희의 최후를 함께 하며 그녀의 마지막 소원에 따라 그 아들을 받아들인다.

　<착않녀>의 전체 구도 역시 애정 갈등에 초점을 맞추지는 않는다. 이 드라마는 공부는 못했으나 다른 재능이 많았던 여학생(김현숙/ 채시라)과

---

19) <마마(연출 : 김상협, 극본 : 유윤경)>은 MBC에서 2014년 8월 2일부터 10월 19일까지 방송되었고, <착않녀(연출 : 유현기·한상우, 극본 : 김인영)>은 KBS2에서 2015년 2월 25일부터 5월 14일까지 방송되었다.

20) 서지은의 친정은 본래 부유했으나 문태주가 장인의 사업을 물려받은 후 쇠퇴일로를 걸었다. 현재 문태주는 회사원으로, 빚에 쪼들린 서지은이 사채업자에게 당하는 것을 한승희가 구해주면서 두 여자의 만남이 시작되었다. 이후 서지은의 딸과 같은 반인 자신의 아들을 방과 후 돌봐주는 대가라는 명목하에 한승희는 서지은 가족이 떠안고 있는 거액의 사채업자의 빚을 해결해주기까지 한다. 관계가 지속되면서 수동적인 자신과 달리 매사에 적극적이고 주체적인 한승희의 성격의 영향을 받아 서지은도 차츰 능동적으로 변해가고, 아들에게 정성을 다하는 서지은의 모습을 보면서 한승희는 아들에게 가족을 만들어줄 수 있으리라는 꿈을 키워간다.

그녀의 엄마(강순옥/ 김혜자)와 딸(정마리/ 이하나), 뜨거운 피를 가진 3대 여자들의 좌충우돌 성장기로 그들이 미워하고 사랑하는 사람들의 이야기다.[21] 이 작품에서 애정 갈등의 관점 아래 주목하는 인물은, 1대 여성인 강순옥과 그 남편 김철희(이순재 분), 그리고 그녀의 연적으로 김철희가 결혼 이후에 가출을 감행하면서까지 사랑했던 여인인 장모란(장미희 분)이다.

두 딸이 고등학교 재학 시절, 집을 나간 김철희는 장모란과의 만남 직후 행방불명이 되는데,[22] 이 사실을 모른 채 강순옥은 남편이 죽었다고 생각하고 평생을 요리 선생을 하면서 딸 둘을 키우고 산다. 둘째딸 김현숙이 고단한 삶에 지쳐 생을 포기하고자 찾아갔던 아버지의 가묘(假墓) 근처에서 장모란을 만난 사건을 계기로 장모란은 강순옥의 가족과 인연을 맺게 되고, 남편이 사랑했던 여자인 것을 알면서도 강순옥은 장모란을 포용하며, 장모란은 강순옥에게서 가족과 같은 느낌을 받는다.

두 작품에서 모두 한 남자를 사이에 둔 여성 간의 갈등이 소재로 등장하기는 하지만, 그려지는 모습에는 공통적인 면도 있고 차이점도 존재한다. 일단 공통점을 찾아보면 남편과 다른 여성의 관계가 현재형이 아닌 과거형으로 그려진다는 사실이다. 이는 앞서 살펴본 서사민요 <첩집 방문>과 <후실 장가>에서 남편의 외도가 현재 상황에서 묘사되는 것과는 사뭇 다르다. 과거형으로 그려지다 보니 현재 상황에서 애정 갈등은

---

21) 전체 줄거리를 간단히 소개한다면 진정한 멘토가 없는 이 시대에 허술하나마 좋은 선생으로 성장해 가는 3대 정마리와, 열등감 가득한 사고뭉치에서 이제야 자신을 사랑하게 된 2대 김현숙, 불행한 여자라 생각했지만 인생이 축복이었음을 알게 된 1대 강순옥. 그리고 가족 아닌 사람들에게서 가족의 사랑을 느껴버린 순옥의 평생 연적 장모란 등 여러 여성의 삶의 모습을 다루면서, 인생이 휘청할 때 기적이 오기도 하고, 결국 인생은 서로를 품어주는 일임을 각자 깨달아 가는 과정을 보여준다고 할 수 있다.
22) 김철희는 기차 사고로 기억상실에 걸려 내내 요양병원에서 살다가, 늘그막에 아내 및 가족과 우연히 해후하면서 기억을 서서히 되찾는 것으로 그려진다.

희석화되고 과거의 갈등이 드러나도 해결될 가능성이 높을 수밖에 없다. 상처 치유에 있어서도 객관적으로 볼 수 있는 적당한 시간 간격이 필요한 것이다. 이렇게 볼 때 이 드라마 두 편은 이미 갈등 해결을 위한, 해결 가능한 상황 설정을 하고 있다는 말이 된다.

남편과 다른 여성과의 관계를 과거형으로 그리는 것 말고도 이 두 개의 드라마에는 갈등 해결을 쉽게 하는 다른 설정들이 더 존재한다. 한승희와 장모란은 똑같이 현재 부모, 형제 하나 없는 외로운 상태며 큰 병에 걸려 있다. 한승희는 암에 걸린 후 자기가 죽고 나면 혼자 남을 6학년짜리 아들의 미래가 걱정된 나머지 친아빠와 가족을 만들어주기 위해서 서지은 가족 옆으로 왔고, 장모란 역시 정확하게 병명이 제시되지는 않았지만 병마와 씨름하는 모습으로 그려진다. 이러한 설정은 서지은과 강순옥이 한승희와 장모란을 포용하는데 결정적 기여를 한다. 또한 한승희와 장모란에게는 문태주와 김철희가 아닌 다른 남성과 연인 관계 설정이 전개된다. 한승희에게는 한국에 돌아온 뒤 그녀를 사랑하게 되는 젊은 재벌2세 연인이 등장하며, 장모란은 본래 김철희가 아닌 다른 남자를 사랑해 약혼까지 했었지만, 남자 집안의 반대로 결혼하지 못한 것으로 그려진다. 즉 김철희에게 있어 장모란은 연인이었지만, 장모란에게 김철희는 편안한 고향 오빠였던 것이다. 이에 더해 <마마>에서는 문태주의 직장 상사인 악인형의 제3의 여성까지 등장한다. 승진을 미끼로 문태주에게 강압적인 연인 행각을 요구하는 이 여성을, 서지은은 한승희의 절대적 도움을 받아 물리쳐낸다.

이렇듯 갈등 해결을 쉽게 하는 설정 덕분에 <마마>와 <착않녀>를 통해서 우리는 역설적으로 애정 갈등이 해결될 수 있는 단서들을 찾아낼 수 있다. 이 글에서 현재 상황에서 삼각관계의 애정 갈등이 진행되어 진흙탕 같은 싸움이 벌어지는 <사랑과 전쟁> 류의 드라마들을 배제하고

이 두 작품을 선택한 이유 역시 여기에 있다. 일시적으로 배설 효과를 거두는 작품군과 상처 치유를 위한 작품군은 분명 다르다고 생각한다. 전자의 경우 극렬하게 전개되는 실제의 삼각관계를 아내 입장에서 재현하여 시청자로 하여금 잠깐의 대리만족을 느끼게 할 수는 있으나, 근본적이고 장기적인 해결책을 제시하는 데는 역부족인 까닭에 상처 치유에 적절한 서사텍스트라고 볼 수 없다.

<마마>나 <착않녀>의 경우 위에서 언급한 바와 같이 실재하는 삼각관계의 실상에서 한 걸음 벗어나서 자신의 상황을 볼 수 있는 장치들을 마련해 놓음으로써 오히려 현 상황을 객관적으로 바라볼 수 있게 한다는 점에서, 리얼리티는 떨어진다 해도 아내의 상처를 치유하는 데는 더 효과적인 텍스트라고 판단할 수 있다. 또 다른 측면에서 볼 때 이러한 객관적 장치들은 실재 상황을 그대로 재현하면서는 서지은이나 강순옥 같은 선택을 할 수 있는 여성이 극히 제한된 까닭에, 현재의 시청자들이 받아들일 수 있는 수준을 고려하여 설정된 것으로 완충 역할을 한다고 판단된다.[23]

객관적 장치 혹은 완충 장치라고 부를 수 있는 설정들이 존재하는 것은 분명하지만 <착않녀>와 <마마>에는 삼각관계에 놓인 아내의 상처 치유를 위한 중요한 단서들이 제시된다. 먼저 문제를 해결하는 데 있어 나타나는 가정 내에서 아내의 주도적 측면이다. 이러한 면모는 아내가 삼각관계를 인지하기 이전부터 본래 가지고 있던 성향일 수도 있고, 삼각관계 이후 새롭게 변화된 모습으로 부각되는 성향일 수도 있다. 아내

---

23) <착않녀>의 경우 강순옥은 남편의 배신에 대한 완충장치만이 필요하지만, <마마>의 서지은은 남편만이 아니라 믿었던 친구로부터의 배신까지 감당해야 하는 상황이기 때문에 더욱 강한 완충장치가 설정될 필요가 있다. 문태주를 괴롭히던 여성직장상사를 서지은과 한승희가 함께 물리치는 설정도 그러하고, <착않녀>에서 장모란은 지병을 이겨내고 살아나지만, <마마>에서 한승희는 시한부를 선고받고 결국 죽게 되는 결말 등에서 이러한 차이를 느낄 수 있다.

는 가정에서 재산 형성과 확대에 기여하며 며느리와 엄마로서의 역할을 주도적이면서도 충실히 하는 존재로서 작품에서 부각된다. 강순옥은 남편의 실종 이후에 실제 가장으로서 집안을 이끌어 갔으며, 서지은은 한승희의 지원하에 주도적 성격으로 탈바꿈해간다.24) 이러한 가장으로서의 아내의 형상은 앞서 <후실 장가>에서도 확인한 바 있다.

상처 치유의 단서로 <마마>와 <착앓녀>에서 나타나는 또 다른 공통점은 갈등의 원인이 다른 여성이 아닌 남편에게 있음을 확인하고 남편에게 분노를 드러내는 과정이 존재하며, 나아가 남편이 반성하고 갈등 해결을 위해 소극적이나마 노력하는 모습을 보인다는 사실이다. <마마>에서 문태주는 한승희와 아들의 존재를 알게 된 뒤 서지은에게 눈물로 참회하며 이혼까지도 감수하겠다고 말한다. 아들에 대해 미안함을 느끼면서도 서지은을 생각해 아버지임을 밝히지 않고 현재의 삶을 지키고자 하는 태도를 견지하기도 한다. 그럼에도 불구하고 서지은은 우정을 택해 이혼을 결심하고 카페 일을 하며 경제적으로 독립한다. <착앓녀>에서 강순옥은 실종 이후 다시 만난 노년의 김철희를 향해 물바가지를 뒤집어씌우고 방을 따로 쓰는 등 나름의 방식으로 분노를 표출한다. 반면 김철희는 다시 만난 아내와 가족들에게 미안함을 감추지 못하고 가족들 몰래 택배 일을 하고 이제는 별 감정도 없어져버린 장모란을 일부러 멀리하는 등 가족과의 화해를 위해 노력을 다한다.

마지막으로 가장 중요한 단서로 두 여성 간에 서로 포용하는 동지애가 형성되는 과정이 그려지는 점에 주목한다. 이 과정에서 의미 있게 작

---

24) 강순옥이나 서지은의 변화된 모습에서 느껴지는 남편의 잘못을 비판하며 가정을 이끌어 가는 여성의 형상은, 규방가사 가운데 화전가 계열 작품에서 여성 화자들이 자신들의 학문적 역량이 뛰어남을 자부하면서 공부하지 않는 가문의 자제들을 꾸짖는 형상을 연상시킨다. 화전가에 나타난 이러한 여성 형상에 대해서는 박경주, 『규방가사의 양성성』, 월인, 2007에 실린 논문들을 참고할 수 있다.

동하는 것이 아내가 아닌 다른 여성이 살아온 삶의 궤적과 현재의 모습, 그리고 그 여성이 아내를 대하는 태도이다. <마마>에서는 한승희가 문태주에게 배반당하고 미혼모로 아들을 낳아 키웠다는 사실이 두 사람이 한때 연인이었다는 사실보다 서지은에게 큰 영향을 주며, <착않녀>에서 역시 강순옥은 장모란이 한때 남편이 사랑하던 여자라는 사실에 초반에는 미워도 하지만, 결국에는 돈은 많지만 가족 하나 없이 외롭게 지내며 지병까지 있는 지금의 장모란을 동생처럼 받아들이게 된다. 또한 한승희와 장모란은 한결 같이 서지은과 강순옥에게 적대적이지 않고 진정성을 가지고 대하며 용서를 구하고 함께 하고 싶어 한다.

자기주도성 확립과 상대에 대한 포용적 자세는 적대 관계를 친화 관계로 바꿀 수 있는 주요한 요건으로, 삼각의 애정 관계를 넘어서 일반적 갈등 관계에도 적용되는 보편적인 소통 회복의 과정이자 상처 치유의 방법으로 볼 수 있다. 더불어 갈등의 원인을 정확히 파악해 그 책임 소재를 규명하는 일 역시 갈등으로 인해 입은 상처를 회복하는데 꼭 거쳐야 할 절차임은 분명하다.

3. 실제 치료 단계에서의 텍스트 감상 절차와 효과

(1) 치료 단계에 따른 텍스트 감상

이 장에서는 앞서 작품들을 통해 살펴본 결과에 의거하여 삼각관계에 놓인 아내를 대상으로 문학치료를 진행하는 단계별 절차를 구성하고, 단계별로 읽어야 할 작품과 작품의 감상 포인트를 짚어보고자 한다. 치료 단계는 3단계로 구성할 수 있는데, 자기 주도성 확립 단계 → 원인에 대한 책임 규명 단계 → 동질감 확보를 통한 포용적 자세 유지 단계로 나아간다. 네 작품이 단계별로 차례로 선정되지 않고 치료 단계별로 네 편 가운데 선정되는 작품이 변동되므로, 본격적인 치료에 앞서 네 편의 작품을 모두 감상하게 하고 간단하게 소감을 듣는 사전 단계를 진행하는 것이 좋으리라 생각된다.

❶ 자기 주도성 확립 단계

1단계인 자기 주도성 확립 단계에서는 <첩집 방문>을 비롯하여 <착 않녀> <마마> <후실장가> 등 네 편의 모든 작품이 대상이 될 수 있다. <첩집 방문>을 제외한 나머지 세 작품에서 아내들은 남편의 외도나 가출로 인한 고통 속에 자기주도성을 확립시켜 나간 여성들이기에 같은 처지에 놓인 내담자에게 용기를 줄 수 있을 것이라 기대된다.[25]

다른 작품들이 자기 주도성 확립에 긍정적 형상을 통해 기여한다면 <첩집 방문>은 그 반대로 부정적 형상을 통해 역으로 기여하는 반사 텍스트로서의 역할을 한다. 첩의 형상을 통해 자존감이 떨어지는 방향이 아니라 자신을 변화시키는 쪽으로 문제를 해결한다면 긍정적으로 기여할 가능성이 크다는 것이다. 남편의 외도가 전적으로 남편 탓이 아니라 본인에게 어느 정도의 책임이 있을 수 있다는 생각을 하게 된다면 큰 정신적 성장을 하는 것이다. 남편이 외도를 하게 된 무의식적 심리에 대해 깊이 생각해보고 자신이 혹시 일상에서 나태하거나 권태감을 느끼지는 않았는지 고려해볼 필요가 있다. 친절함이나 외모의 가치에 대한 인식, 포용심 등이 부족하지는 않았는지 돌아보고, 그러한 부분이 있었다면

---

25) <후실장가>의 아내는 후실을 들이는 과정 이전에 이미 자기주도성이 확립된 형상으로 나오지만, 이 작품에서 남편은 이미 첩을 두고 있는 상황이기 때문에 아내 입장에서는 고통의 과정을 겪은 후에 자기주도성이 확립된 것으로 볼 수 있다.

개선을 위해 노력하는 방향으로 나아갈 필요가 있다. 이는 결코 자존감의 하락과는 다르며, 상황의 개선을 위한 합리적인 자기반성임을 명심해야 한다. 이러한 과정을 통해 진정한 자기 주도성이 확립될 수 있을 것이다.26)

그런데 여기서 한 가지 유의할 점은 이러한 자기반성에 과하게 몰두할 경우 자존감의 상실로 이어지면서 남편만을 바라보는 파행적 결과를 낳을 수 있으므로 유의해야 한다. 외도한 남편에 대한 미움과 서운함을 속으로 담아두면서 겉으로는 남편의 마음에 들기 위해 매사 눈치를 보는 이중적 심리를 계속 유지하다보면 더 큰 정신적 장애를 초래할 수도 있으니 주의해야 한다.27)

❷ 원인에 대한 책임 규명 단계

2단계인 원인에 대한 책임 규명 단계에서는 <첩집 방문>을 제외한 나머지 세 편의 작품이 해당된다. 남편으로서 더 나아가 가장으로서 제 역할을 하지 못한 남편을 당당히 꾸짖을 수 있는 용기를 가지는데 이 작품들이 도움을 줄 수 있을 것이다.28) <마마>와 <착않녀>의 경우 갈등이 쉽게 해결될 수 있는 상황으로 설정하기는 했지만 상처의 치유 방식은 제대로 구성되었기에 서지은과 강순옥이 남편에게 책임을 묻고 문태주와 김철희가 사죄하고 가정의 화합을 위해 노력하는 모습을 통해 내담자는 위로와 용기를 받을 수 있다. <후실장가>에서는 남편에 대한 분노

---

26) 최근에는 아내의 외도로 인해 가정이 파탄 나는 경우도 자주 발생하므로, 같은 상황이라면 이는 아내만이 아니라 남편에게도 요구되는 과정이다.

27) 뒤에서 논하겠지만 이러한 경우의 여성을 '남편바라기형'이라 부르고자 한다.

28) 화전가 중에 <반조화전가>의 작자에게서 이렇듯 주도적 입장에 서서, 제 역할을 하지 못하는 남성들을 당당히 꾸짖는 여성 형상을 찾아볼 수 있다. 한문단편 중 <검녀>와 같은 작품에서도 이러한 여성 형상이 등장하는데, 시대를 막론하고 이렇듯 자기주도성을 가진 여성이 자신의 삶을 개척해나갈 때, 매력적인 인물형으로 다가오는 것은 분명하다.

의 표출이 가장 강한 방식으로 나오는데, 이를 통해서 내담자는 가정에 대한 자신의 기여도와 남편에 대한 애정의 강도에 따라 영향을 받는 정도가 다르리라 예상된다. 대부분 통쾌하다는 반응이 나오리라 예상되는데, 이를 통해 대리 보상을 느낄 수 있으며 나아가서는 이혼까지 고려할 수 있는 여성도 있으리라 생각해본다.

❸ 동질감 확보를 통한 포용적 자세 유지 단계

3단계인 동질감 확보를 통한 포용적 자세 유지 단계에도 네 편의 모든 작품이 활용될 수 있다. <마마>와 <착앓녀>에서는 갈등 대상인 여성과 적대적인 상황이 전개되지만 결국에는 화해하는 과정이 그려지며, <첩집 방문>에서는 첩과 아내 사이에 서로를 인정하는 상황이, <후실장가>에서는 후실을 가엾게 여겨 자신의 집으로 들이는 내용이 그려진다. 이 단계에서 아내에게 필요한 것은 가정 내에서 자신이 지닌 권위를 확인하고 현 상황에 대한 통찰을 통해 상대방을 이해하고 포용하는 자세를 갖는 것이다. 이 과정을 통해 아내는 남편의 외도 상대였던 여성을 향한 미움의 감정을 자제하게 되는 효과를 거둘 수 있다. 나아가 좀 더 이성적인 내담자라면 이 과정을 통해 상대 여성을 객관적 입장에서 자신과 다름없는 여성으로서 인식하면서 이해하는 경지까지 이를 수도 있다.29)

---

29) 이 3단계 과정은 상대 여성이 아니라 남편에게도 적용될 수 있다. <마마>와 <착앓녀>에서는 결국 남편을 이해하고 포용하는 아내의 형상이 그려지므로, 2단계 과정을 만족스럽게 진행한 내담자라면 3단계 과정에서 남편을 포용하는 것은 어렵지 않으리라 여겨진다. 또한 이 글의 주제를 떠나 인간관계 속에서 벌어지는 제반 갈등을 고려할 때 이 3단계 과정은 갈등을 극복하고 새로운 관계를 형성하기 위한 탐색 과정이 될 수 있다. 여성 간의 갈등을 극복하고 언니와 동생, 혹은 친구 관계 등으로 관계를 재정립하는 단계인 것이다. 규방가사 가운데 <화양동 규방가사>를 보면 시누이와 올케 집단 간에 서로 조롱하는 가사가 오가다가 결국에는 화해하고 논쟁을 끝내는데, 표면적으로 논쟁을 끝내게 한 것은 한 세대 위 시어머니가 되는 어른이었지만, 그 이전에 주고받은 가사를 통해 서

(2) 삼각관계에서 아내의 선택과 텍스트 감상 효과

앞 절에서 치료의 3단계 과정을 통해 작품을 선별하여 그 감상 포인트를 짚어보았다면, 이 절에서는 삼각관계에 놓인 아내가 흔히 걷게 되는 행동 유형을 살펴보고, 네 편의 텍스트가 이 유형들과 맺는 관계 양상을 살펴봄으로써 네 작품이 지닌 치료 효과를 정리하고자 한다. 삼각관계에 놓인 아내는 일반적으로 다음 세 가지 유형 가운데 하나의 방식으로 행동하게 된다.30)

> a. 남편을 단속하느라 외모에 신경 쓰고 자식과 부모를 놓쳐버리는 형-
>   남편 바라기형
> b. 가정을 건사하고 자식 교육에 힘쓰는 형- 가정 건사형
> c. 이혼을 결행한 후 자식을 건사하고 독립적으로 사는 형- 독립적 해결형

<첩집 방문>의 아내의 경우 현재로서는 남편 바라기형이 될 가능성이 높다. 그러나 남편이 외도하는 심리를 이해하고 자기주도성을 확립해 상황을 해결하고자 한다면 상황이 달라질 수도 있다. <첩집 방문>을 감상한 내담자가 아내의 모습을 통해 아쉬움을 느끼고 본인의 자존감회복에 노력하며 상대 여성을 이해하려는 노력을 하게 되면 치료 효과

로가 알고 있는 여자의 삶, 즉 친정을 떠나 시집살이를 해야 하는 삶의 동질성을 깨달으면서 이미 논쟁이 무의미해진 상태에 도달했음을 알 수 있다. 결국 동질감 확보는 어떤 관계이든 갈등 해소에 있어 기초가 된다고 생각한다. <화양동 규방가사>에 대한 자세한 내용은 박경주, 「합천화양동 규방가사의 토론문학적 성격」, 앞 책, 1999, 187-208면을 참고할 수 있다.

30) 이 세 가지의 유형은 삼각관계를 경험한 기혼 여성이 택할 수 있는 행동 유형의 세 축을 필자 나름대로 정리해본 것이다. 현실 상황에서는 세 가지 유형 가운데 어느 하나로 귀일되지 않고 두 가지 이상 유형의 성향이 시차를 두고 나타나는 경우도 있을 것이고, 어느 한 유형의 행동 방식을 보이다가 다른 유형으로 전환하는 경우도 있을 것이다. 특히 최근 들어서는 b유형의 경우 자식들이 성년이 되거나 결혼을 한 이후 c유형으로 바뀔 가능성이 커져 황혼이혼이 늘어나는 추세에 있다고 생각한다.

가 클 수 있다.

<착않녀>는 전형적인 가정 건사형 아내의 모습을 보여주며 현재 가장 많은 여성들이 이 방식으로 삼각관계에 놓인 자신의 상황을 해결한다고 볼 수 있다. 여기서는 남편에 대한 적절한 분노가 표출되어야 한다는 사실이 중요하며, 자존감 회복을 거쳐 자기주도성을 갖도록 노력해야 한다. 그 과정이 생략되었을 경우 가정만 건사하다가 남편의 사랑을 잃어버리고 부부 관계는 회복할 수 없는 지경에 이르게 되어, 아내로서의 삶은 없이 엄마로서의 삶만 사는 불행한 상황이 초래된다. <착않녀>에서는 사건이 발생한 후로 시간이 흐르면서 갈등이 완화되는 전개를 통해 시간의 흐름의 중요성을 인식할 수 있다는 점도 중요하다. 시간의 흐름을 견디며 자기 주도성을 찾는 과정이 적절히 지속되면 가정 건사형을 택한 아내들은 화목한 가정을 다시 형성할 가능성이 크다.

<후실 장가> 역시 가정 건사형 아내의 모습을 보여주기는 하나, <착않녀>에 비해 자기주도성이 상대적으로 강한 여성 형상이 그려지며, 특히 남편을 대하는 자세에서 응징과 포용이라는 서로 다른 방식을 취했다는 점에서 차이가 크다. 작품의 향유 시기가 전근대인 것을 감안하지 않더라도 삼각관계가 발생한 시점이 현재 시점이라는 점과 남편에 대한 응징이 현실 상황이라기보다는 설화적 발상이라는 점에 비추어 볼 때, <후실 장가>의 본처가 가정 건사형에서 독립적 해결형으로 나아갈 가능성은 크지는 않은 듯하다. 그러나 현재 시점에서 이 작품을 감상하는 내담자 입장에서는 이 작품을 통해 용기를 얻어 이혼을 선택할 가능성도 없지는 않을 듯하다.

<마마>는 한승희의 간병을 위해 초등학생 딸을 두고서도 이혼을 선택한 서지은의 결단을 볼 때 독립적 해결형의 방식을 보여주는 것은 분명하다. 일시적이나마 모성이 아닌 친구를 택했다는 사실은 파격이기는

하지만, 이 과정이 서지은에게 있어 그간의 소극적이었던 자아를 벗어
던지고 자기주도성을 확립해가는 시간임을 감안한다면 꼭 필요한 선택
이었다고 보인다. 한승희가 죽고 난 후 남편과 재결합해 한승희와 남편
의 아들을 자신의 딸과 함께 정성스럽게 키우는 결말은 그러한 의미에
서 진정한 독립이라고 생각된다. 내담자들은 이 작품을 통해 이혼을 하
건 안하건 그것이 문제가 아니라 진정한 자기주도성을 찾아 독립적 위
치에 서는 것이 중요하다는 사실을 분명히 인식할 수 있을 것이다.

4. 자기주도성 확립의 중요성

본고에서는 삼각관계에 놓인 기혼여성에 대한 문학치료를 시행하는
데 있어 유용하리라 판단되는 두 편의 애정갈등 서사민요와 두 편의 드
라마를 대상으로 하여 텍스트의 어떤 지점이 치료에 도움을 줄 수 있는
지 짚어보고, 실제 치료 단계를 설계하여 텍스트 감상을 통한 효과를 예
측해보았다. 치료의 세 단계를 거치면서 내담자의 상처가 아물고 스스
로 재기할 수 있는 용기와 평화를 얻을 수 있기를 바란다.

간통죄가 사라지고 황혼이혼이 증가하는 최근의 추세에 비추어 볼 때
여성의 자기주도성 확립의 중요성은 나날이 커져간다. 또한 본고에서
논한 내용이 앞으로는 기혼 남성에게 더 유용하게 되는 시기가 올 수 있
으리라 생각되기도 한다. 서론에서 언급했듯이 본고는 직접적으로는 애
정의 삼각관계를 대상으로 배신의 상처에서 벗어나는 과정에 대해 다루
었지만, 필자가 궁극적으로 목표하는 바는 모든 인간관계에서 일어날
수 있는 배신으로 인한 상처를 치유하고자 하는 데 있다. 이 글은 그에

대한 기초를 닦는 과정으로 생각할 수 있다.

_____『문학치료연구』 41집, 한국문학치료학회, 2016년 10월.

조선족 소설에 나타난 가족 해체로 인한
자녀 교육 문제의 서술 양상과 그 해결의 모색

1. 한중수교 이후 조선족 공동체의 변화

　중국이 1978년 개혁개방 정책을 쓰고 1992년 중국과 한국의 수교가 시작되면서 중국 내 교포 사회는 큰 변화를 겪게 되었다. 초기에 가족 상봉을 목적으로 했던 중국교포들의 한국행이 곧 이어 경제적 이윤 추구를 위한 것으로 본격화하면서 다수의 조선족 동포들이 중국 내에 가족을 남겨둔 채 한국행을 택했다. 개혁 개방 이후 한국으로 향한 동포들이 다수를 차지하기는 하지만 이 외에 연해지역의 대도시로 진출하는 조선족 동포들의 수도 증가하였다. 사회주의 체제의 큰 틀을 지키면서도 자본주의적인 생활방식이 도입되자 사람들이 자본 형성이 쉬운 도시로 대거 이동하면서 조선족 역시 연변자치주 내와 동북지역 안에서도 도시로 몰리고, 나아가서는 동북지역을 벗어나 연해지역 등으로 진출함으로써 조선족의 거주 지역 및 생활 양식에 큰 변화가 일어난 것이다.
　이러한 사회적 변화는 크게는 연변을 중심으로 한 조선족 민족공동체를 약화시키는 동시에 작게는 조선족의 가족 공동체가 해체되면서 가족

내의 크고 작은 문제들을 양산하는 결과를 낳게 된다. 가족 내 문제로
대표적인 것이 부부의 별거와 외도로 인한 이혼율의 증가인데, 이로 인
해 아버지나 어머니 중 한쪽과 자녀만으로 구성된 가정이나 조손(祖孫)
가정의 수가 늘어나고 나아가서는 자녀들만 남아 하숙 형태로 생활하는
경우도 쉽게 찾아볼 수 있게 되었다. 민족공동체의 기초인 가족공동체
에 문제가 발생하면서 자연스럽게 연변자치주를 중심으로 한 동북지역
의 조선족 민족공동체가 약화되고 있으며, 조선족이 떠난 빈자리를 한
족이 채워가는 새로운 변화의 조짐이 나타나고 있기도 하다.[1]

본고에서는 이렇듯 중국의 개혁개방과 한중수교 이후 나타난 조선족
공동체 내의 가족 해체 양상에 관심을 가지면서, 그 가운데서도 특히 부
모의 부재로 인한 자녀 교육 문제에 대해 1990년대 이후 조선족 작가의
소설 작품을 대상으로 그 서술 양상을 살펴보고자 한다. 90년대 이후 작
품에서 조선족의 대도시 진출이나 한국행은 매우 빈번하게 다뤄지는 소
재이며, 이러한 작품을 통해 조선족이 지닌 민족적 이중정체성에 대한
탐구나 한국을 바라보는 조선족의 시각 변화를 고찰하는 논문들은 상당
량 축적되었다.[2] 그런데 본고와 같이 조선족 가족 내로 관점을 예각화

---

1) 정치사회학 쪽에서 이러한 조선족 사회의 변화와 관련된 논문들은 쉽게 찾아볼 수 있는
데, 대표적으로 권태환 편저, 『중국 조선족 사회의 변화-1990년 이후를 중심으로』, 서울
대학교 출판부, 2005를 들 수 있다.
2) 문학 작품을 통해 이런 측면에 주목한 연구로는 정지인, 「조선족문학, 그 변두리 문학으로
서의 특성과 정체성 찾기」, 『중국학연구』 34, 2005; 오상순, 「이중정체성의 갈등과 문학적
형상화-조선족 문학의 어제와 오늘과 내일」, 『현대문학의 연구』 29, 2006; 최병우, 「조선
족 소설에 나타난 민족의 문제」, 『현대소설연구』 42, 2009.12월 등을 대표적으로 들 수 있
다. 정치사회학 쪽에서 조선족의 민족정체성에 관심을 가진 연구로는 정상화, 「중국 조선
족의 정체성 형성 및 구조」, 『중국 조선족의 중간 집단적 성격과 한중관계』, 백산자료원,
2007 등을 참고할 수 있다. 필자 역시 조선족 소설을 대상으로 이러한 주제와 관련된 두
편의 논문을 발표한 바 있다.(박경주·송창주, 「1990년대 이후 조선족 소설에 반영된 민
족정체성 연구-조선족 이주에 의한 민족공동체 변화와 한족 및 한국인과의 관계에 주목
하여」, 『한중인문학연구』 31, 한중인문학회, 2010; 박경주, 「1990년대 이후 조선족 문학에
나타난 이중정체성의 갈등 탐구-한국사회와의 교류를 주제로 한 작품에 주목하여」, 『문

하여 가족 해체로 인한 자녀 교육 문제에 집중적으로 관심을 두고 기술된 글은 아직까지 찾아보지 못했다. 작품을 통해 살펴보면 90년대 이후 조선족 소설에서 나타나는 이러한 가족해체의 양상과 그로 인한 자녀 교육의 문제는 참으로 심각한 지경에까지 이른 것으로 판단된다. 본고에서는 소설 작품을 통해 이에 대한 서술 양상을 살펴보고 이를 통해 조선족 작가들이 이러한 상황에 대해 어떠한 문제의식을 지니고 있는지 알아보려 한다. 이에 대한 결과를 토대로 하여 다음 작업으로는 이러한 문제적 상황을 해결할 수 있는 실마리를 조선족의 소설 작품이나 평론, 논설 및 한국 작가의 작품 등을 통해 찾아보고자 한다.

2. 1990년대 이후 조선족 소설에 나타난 가족 해체와 자녀 교육 문제

(1) 정서 불안으로 인한 문제 행동

어머니나 아버지 혹은 두 사람 모두의 부재로 인해 자녀들에게 나타나는 가장 큰 문제는 정서 불안 증상이라고 볼 수 있다. 정서 불안 증상이 가중되는 경우에는 폭력성으로 발전하기도 하고, 현실 상황에 무감각해지면서 미래에 대한 희망을 잃고 지내며 이로 인해 자연적으로 학력은 저하되게 마련이다.

김혁의 <장백산 사라지다>(2004)에서는 두 살 때 엄마가 한국으로 간 이후 어느덧 여섯 살이 된 정아라는 아이가 등장한다. 어려서 엄마 사랑

학치료연구』 18, 한국문학치료학회, '2011), 위에 소개한 논문들 이외에 중국의 개혁개방과 한중수교 이후 조선족 소설에 나타난 전반적인 조선족 공동체의 변화와 민족정체성의 문제에 대한 기존 연구 성과는 필자의 이 두 편의 글에 소개한 참고문헌으로 대신하고자 한다.

을 받지 못하고 보모 손에 자라난 아이는 보모의 얼굴을 할퀴거나 하는 등의 괴팍스런 성격을 지닌 것으로 묘사된다. 그런데 더욱 심각한 것은 정아와 같은 아이가 성장하면서 드러내는 문제들이다.

최홍철의 <동년이 없는 아이>(1999)는 부모의 한국행 이후 친척집을 전전하는 소년의 폭력성과 고독을 매우 사실적으로 그려냈다. 이 작품의 주인공인 열세 살 석이는 어머니와 아버지가 차례로 한국으로 간 이후 삼촌 집과 고모 집을 오가면서 지내게 된다. 석이의 어머니가 먼저 한국에 간 이후 아버지마저 어머니를 찾아 한국으로 갔는데, 이후 어머니가 한국에서 다른 남자와 재혼했다는 소식을 듣는다. 친척들은 아이의 처지를 가엾게 여겨 친절하게 대하지만 갈수록 석이는 난폭해지고 동물을 학대하며 거짓말을 자주 하고 도벽 행각까지 벌인다. 작품의 화자인 석이의 고종사촌동생 영호는 이러한 석이를 두려워하며 괘씸해하기도 하지만, 그의 모든 문제 행동이 부모, 특히 어머니에 대한 그리움에서 비롯된 것이라는 사실을 깨달으면서 오히려 석이를 불쌍히 여기게 된다. 이 작품에서는 석이를 초점에 두었기에 부모의 상황은 자세히 서술되지 않았지만, 짐작하건대 석이의 부모는 아내가 한국에 장기 체류할 목적으로 위장 이혼을 했는데, 그것이 어머니의 변심으로 위장이 아닌 실제적 사실이 되어버린 것으로 생각된다. 이러한 위장 이혼이나 그 이후 이어지는 한국인과의 위장 결혼과 관련한 문제는 90년대 이후 조선족 소설에 매우 자주 등장하는 소재인데,3) 결국 경제적 이득을 위해

---

3) 정형섭, <가마우지 와이프>, http://www.zoglo.net, 2008.12.4에서는 위장결혼으로 한국에 들어온 조선족 여성이 법적 남편인 한국인 남성에게 당하는 경제적, 성적 폭력의 실상을 자세하게 그려냈고, 박성군, <빵구난 그물>, http://www.zoglo.net, 2009.8.28에서는 위장결혼의 브로커 역할을 한 한국인을 주인공으로 내세워 풍자적 방식으로 위장결혼의 실상을 비판했다. 반면 허련순, <하수구에 돌을 던져라>, 『개혁개방 30년 중국조선족 우수단편소설선집』, 연변인민출판사, 2009에서는 경제적 이윤 추구를 위해 아내를 위장결혼의 방식을 통해 한국으로 내몬 비정한 남편과 시댁의 형상을 통해 조선족 내부의 문제를 지적

택한 한국행이 한 가족을 해체시키고 석이와 같이 과잉문제행동을 일삼
는 아이를 만들어낸 것이다.

이 작품에서 석이와 영호의 대화 가운데 다음의 내용은 조선족 사회
에서 이혼 가정의 비율을 짐작하게 하는 중요한 대목이다.

> "우리 학급만 해도 부모네가 리혼한 아이가 다섯이야"
> 나는 우리 학급에도 그런 아이가 여섯이라고 말하려다가 목구멍까지
> 올라온 말을 도로 삼켜버렸다. 이런 식으로 말하다간 그 애의 입에서 또
> 무슨 소리가 튀여나올지 몰랐다. 또 어머니소리가 나오면 어쩌랴싶었다.
>
> ─ 〈동년이 없는 아이〉(1999)

이혼 가정의 통계에 대해서는 리휘의 〈울부짖는 성〉(2007)에서도 언급
하고 있는데, 〈울부짖는 성〉이 〈동년이 없는 아이〉보다 8년 뒤에 발표
된 작품이라는 점을 감안한다 하더라도 이혼 가정의 비율이 상대적으로
높아졌음을 다음 대목을 통해 알 수 있게 한다.

> 지금 우리 반 학생수는 56명입니다. 헌데 부모중 한쪽이 출국한 학생이
> 46명입니다. 82.3%를 차지합니다. 리혼한 가정은 16집입니다. 28.5%를 차
> 지합니다. 아이들의 정서파동이 심합니다. 학습에 집중 못합니다. 제때에
> 틀어쥐지 않아 학습성적이 떨어지고 따라가지 못하면 아이는 영 공부에
> 자신없게 됩니다. 그러면 공부 못하는 애들끼리 모여 먹고 놀고 싸우고
> 뺏고 집에 들지 않고 PC방에서 밤을 새게 되면 문제아이로 전락될 수 있
> 습니다. 그래서 여러 학부모들과 아이들의 친척되는 분들은 속히 제때에
> 학교와 협력하여 아이들을 바로 잡아야 하겠습니다.
>
> ─ 〈울부짖는 성〉(2007)

했다. 이밖에도 다수의 작품에서 위장결혼은 한국행을 소재로 한 90년대 이후 조선족 소
설의 주요 소재가 되고 있다.

주인공의 아들인 민호의 담임선생님이 학부모 회의 때 한 이 말을 통해 공식적 이혼뿐만 아니라 사실적 이혼 상태에 놓인 가정이 80%를 넘는다는 충격적 사실을 확인하게 되며, 그러한 가정의 아이들이 정서와 학업 면에서 문제를 일으키다가 학교와 사회에서 낙오되는 현실을 목도하게 된다. 사실 <울부짖는 성>에서 주목하는 것은 자녀 문제보다는 부부 문제라고 볼 수 있다. 이러한 사회적 악조건 속에서도 민호의 아버지는 6년 전에 한국으로 간 아내의 빈자리까지 채워가며 아들 민호를 반에서 1등하는 모범생으로 키워내 주위의 부러움을 산다. 그러나 작품 마지막에 지병인 심혈관계 질환으로 급사(急死)하는 민호 아버지의 모습은 이러한 노력을 한갓 물거품으로 만들어버린다. 앞으로 민호의 앞날 역시 급전직하할 가능성이 큰 것이다.

<울부짖는 성>에는 민호 외에도 어머니가 한국에 간 지 1년 된 영호, 아버지가 러시아로 간 상덕이 등 사실적 이혼 상태에 놓인 가정의 아이들이 더불어 등장한다. 중국에 남겨진 이들의 아버지나 어머니는 오랜 기간의 별거로 인한 외로움과 외도에의 유혹에 괴로워하면서 동시에 자녀 교육에 소홀하다는 부담감을 동시에 지니며 힘들게 생활하는 것이다. 자녀 교육 문제의 원인이 부모의 부재에 따른 정상적인 가족의 해체에 있음을 다시 한 번 느끼게 해주는 작품이다.

리혜선의 <터지는 꽃보라>(2008)는 한국에서의 장기 체류 이후 중국의 가족 품으로 돌아온 여성(윤정)을 주인공으로 한다는 점에서 위의 두 작품보다 더욱 심각한 문제를 제기한다고 볼 수 있다. 한국에서 엄마가 오랜 기간 머무는 동안에 엄마와 아빠는 각각 다른 이성(異性)을 만나게 되는데, 자녀 문제에서 우리가 주목할 부분은 이러한 사실보다도 아빠와 중국에 남겨졌던 딸의 태도이다. 딸은 엄마와의 재회 이후에도 엄마를 차갑게 대하고 오히려 아빠의 애인을 현실적으로 더 인정하는 태도를

보여 엄마를 당황하게 만든다. 딸은 "엄마도 한국에서 혼자 지내지는 않 았을 것 아니야"는 말을 엄마 앞에서 당당하게 하면서 오히려 엄마를 인정하지 않으려 하고, 딸의 말에 정곡을 찔린 듯 이미 한국에서 만난 남자와의 관계를 청산하고 온 엄마 역시 딸에게 변명 한 마디 못한다. <터지는 꽃보라>에서 딸은 어린 나이에 너무 많은 것을 잃었고, 또 알아 버린 어른아이 같은 모습을 보여준다. 이 역시 누적된 정서불안의 결과 물임을 부정할 수는 없다. 가족의 해체를 막고 부부 관계나 모녀 관계를 회복하기에는 한국에 체류했던 시간이 너무 길었던 탓이었는지도 모른 다. 이 작품을 통해 현재의 가족 해체 상황이 빠른 시일 내에 해결되어 상처 받은 가족 구성원의 마음이 치료되어야 할 필요성을 더욱 실감하 게 된다.

(2) 정신적 무력화와 소비지향성의 강화

앞에서 부모의 부재로 인해 자녀에게 나타나는 정서 불안의 양상을 살펴보았는데, 위의 예는 그래도 부모 중에 한쪽만이 한국을 비롯한 외 국으로 갔거나 설령 부모 둘 다 떠났다 해도 자녀가 친척의 보호 아래 교육되고 있는 경우들이었다. 이러한 상황에서 보여주는 불안의 양상도 심각한 수준이지만 부모가 모두 떠나고 친척의 보호를 받지도 못하며 단지 한국에서 부모가 보내오는 생활비에 의존해 하숙 혹은 자취 생활 을 하며 학교를 다니는 아이들도 다수 존재한다. 이러한 경우의 아이들 에게 나타나는 문제 성향 역시 주목해야할 부분이다. 박옥남의 <아파 트>(2009)는 소규모의 아파트에 모여 사는 여러 사람들의 행태를 통해 변해가는 조선족 공동체의 실상을 객관적 시각에서 묘파해내고 있는데, 이 가운데 이렇듯 부모로부터 경제적 지원만을 받으며 사는 아이들의 생활상도 묘사의 대상이 되고 있다.

> 점심시간이 되자 학생들이 학교대문이 미여터지게 밀려나온다. 그 주류에서 흘린 물갈래처럼 몇몇 학생들이 우리아파트 골목으로 흘러들어오는데 대부분이 우리 3단원 5층에 하숙을 하는 애들이다. 부모가 모두 한국으로 간 고아 아닌 ≪고아≫들이다.
>
> (…중략…)
>
> 그 웃층인 6층에 사는 졸업반 학생도 오전 공부가 끝난 모양, 계단입구로 들어가다말고 되돌아서서 ≪필씨네 소매점≫에 들어가더니 건빵이며 쏘세지며 라면따위를 한아름 사안고 나왔다. 세련된 복장에 기름을 바른 헤어스타일을 봐선 어느 모에서도 학생다운 티가 나질 않는다. 량부모 다 한국에 가고 혼자 자취를 하고 있다는 학생은 3년째 재수를 하고있는 ≪빵대가리≫라고 담임을 맡은 선생이 나에게 말했다. 그러고 보면 나이도 꽤 들었을 법한데 빨래는 전부 앞집 ≪왕씨 세탁소≫에 맡기고 때시걱은 분식집 밥을 주문해 먹지 않으면 저렇게 늘 인스턴트 식품을 사안고 다닌다. 부모가 보내주는 돈이 매달 기한전에 거덜이 나서 담임선생님한테서 가불해 쓴적도 한두번이 아니라는데 내가 보건대는 음식값에만 돈이 드는것같질 않았다. 쩍하면 CD장이나 빌려들고 다니고 주말이면 어중이떠중이 친구들을 불러다 술추렴이나 하는것 같더라고 했더니 담임선생님은 그러면 그렇지 3년 재수를 한다는 애가 매일 책은 들고 있어도 뭔 생각을 하는지 수업시간에 집중력도 엉망이고 쩍하면 아프다고 휴가를 낸다나? 그러면서 부모 등골이나 녹이는 빌어처먹을 놈이라고 담임선생님은 격분해서 욕설을 감추지 않았다.
>
> ― 〈아파트〉(2009)

부모로부터 정서적 배려는 받지 못한 채 오로지 경제적 지원만을 받는 아이들은 겉으로는 부족함 없이 보이지만 속은 텅 빈 공허함에 휩싸여있다. 그들의 이러한 외로움은 인스턴트 식품으로 대표되는 소비적인 하루하루의 생활과 미래에 대한 희망을 전혀 보여주지 못하며 무력한 일상을 반복하는 모습을 통해 간접적으로 그려진다. <아파트>의 작가는 이 아이들의 생각을 직접적으로 표출시키는 방식을 택하지는 않고 단지 외양만을 그려내면서도 오히려 설득력 있게 그들의 외로움과 무력함을 독자들에게 전달한다.

무력하면서 소비적인 생활을 하는 것이 꼭 <아파트>에서와 같이 부모와 친척 모두의 직접적 배려로부터 벗어나 있는 아이들만의 일은 아니다. 부모 중 어느 한쪽만이 외국에 나가 있는 경우에도 부모들은 같이 있어주지 못하는 미안함을 돈을 보내주는 것으로써 대신하고자 하기 때문에 중국에 남아 있는 조선족 가족 구성원들에게 전반적으로 무력감과 소비지향성이 나타나는 경향이 보인다. 박옥남은 <목욕탕에 온 여자들>(2008)에서 역시 이러한 풍조를 풍자적 수법으로 그려냈는데, 여기서도 청소년기의 학생들의 모습은 비슷한 양상으로 묘사된다.

> 증기막안으로 들어갔던 녀자가 물방울이 송골송골 돋힌 몸을 해갖고 나왔다. 무의식중 그녀와 눈길이 부딪히는 순간 어색한 공기가 흘렀다. 작년까지 내가 맡았던 학급의 학생이였다. --- 이럴땐 년장자답게 먼저 눈인사래도 해야 하나 말아야 하나 머뭇거리는 사이 녀자애는 부끄러운 기색 한점없이 가슴을 딱 펼치고 눈길 한 번 돌리지 않은채 왁새처럼 내앞을 활보해 지나갔다. 알은체를 한다 해도 벗은 몸으로 그 인사를 받는 것이란 그리 즐거운 일이 아닐테지만 정작 안하무인이 된 제자의 무례한 거동에 불시에 내가 하고있는 일의 가치여부에 잠시 회의까지 드는건 나로서도 어쩔수 없었다. 하긴 수업시간이 되였는데도 건방지게 입안에 껌을 넣고 짝짝 소리나게 씹어대서 눈알이 휘딱 뒤집히도록 욕사발을 퍼먹인 적이 있었던 학생이고보면 그쯤의 불쾌감을 만들어주고도 남을법한 녀석임을 짐작하지 못한것도 아닌데 말이다. 차림새도, 하고다니는 짓거리도 학생다운데가 보이질 않아 개별담화도 많이 해주었건만 그때마다 웬 상

관이냐는 눈길로 곱다라니 받아들이는 눈치는 전혀 아니였던 문제아이였
었으니 말이다.

(…중략…)

탈의실을 나왔을 때 핑크색 가운을 입은 호스테스가 알록달록한 머리
끈으로 금방 드라이어를 끝낸 녀학생의 머리를 묶어주고있었다. --- 우리
가 옷을 다 입자 머리도 다 묶어졌다. 녀학생은 1원짜리 두장을 테블우에
던져놓고 탈의실을 나갔다.

"여기서는 머리도 빗겨주는가요?"

"안요, 옆집 미장원에 사람이 차서 기다리기가 싫다고 이렇게 여기서
묶는 애들이 많아요. 대신 돈을 받죠."

"한번에 2원씩이나?"

"요즘애들 돈 2원을 돈 같이 보는줄 아세요? 금방 나간 그 학생은 머리
를 한번도 제절로 묶지 않아요. 번번이 미장원에 들어가 묶지 않으면 이
렇게 여기서 묶고 가죠. 아버지가 외국에서 하루에 300원벌이를 하기에
그 2원이 뭐 대수냐, 그러면서 그냥 묶어달래요. 나야 좋죠, 돈을 버니까."

이 동네 상가값이 왜 그리 비싼지 알것 같기도 했다. 저마다 하나같이
돈버는 재미에 지쳐 무척이나 즐거워하고 있었다.

―〈목욕탕에 온 여자들〉(2008)

미래의 희망을 잃고 소비 지향적 풍조에 빠져 무력하게 지내는 아
이들의 실상을 작품을 통해 확인하면서 한국을 비롯한 외국, 혹은 대도
시로 나가 돈을 버는 부모들의 삶의 목표가 무엇인지 다시금 돌이켜보
게 된다. 갑작스런 경제 체제의 변화로 자본주의의 폐해를 심각하게 인
식하지 못한 상태에서 그 달콤함만을 향해 달려가는 것이 조선족 기성
사회의 모습이라면, 그 영향에 직접적으로 노출되면서 부모의 애정과
배려 대신 경제적 지원 만에 기대어 자본주의의 그늘 속에 살아가는 것
이 조선족 자녀들의 현실이라고 생각된다. 결국 자녀들의 문제를 해결
할 수 있는 열쇠는 그들의 부모가 중심이 된 조선족 공동체 전체가 가지

고 있다고 볼 수 있다.

(3) 민족어의 단절

가족 해체로 인한 자녀 교육의 문제에서 짚고 넘어가야 할 또 다른 중요한 문제는 바로 민족어, 즉 한국어의 단절이다. 아직까지 이 문제는 매우 우려되는 상황까지 이르지는 않았지만 부모의 부재 하에 자연스럽게 한국어 사용 환경이 줄어들고 있는 것이 사실이다. 많은 조선족 인구의 외국 혹은 대도시로의 이주로 인해 연변을 중심으로 한 동북지역의 조선족 공동체가 해체되는 양상을 보이면서, 이 지역 내 농촌 학교 가운데에는 학령 인구의 저하로 인해 폐교에 이르게 된 학교들이 생겨나고, 그 학교에 다니던 조선족 학생들은 주변 큰 도시의 한족 학교로 전학을 가야 하는 경우가 늘어나는 것이다. 박옥남의 <둥지>(2007)는 이러한 현실을 어린 소년의 시선에서 그려냈다. 1954년에 학교가 설립된 후 학생 수가 190명이나 되었던 시절도 있었지만 지금은 부모들이 대부분 외국으로 돈 벌러 떠나면서 아이들이 여러 친척집으로 흩어져 외지 학교로 가버리고 또 부모들을 따라 큰 도시로 전학해간 학생도 있어 벽성소학교에는 전체 재학생이 일곱 명 밖에 남지 않았다. 다음 주부터 이 일곱 명은 이웃 큰 도시의 한족 소학교로 편입되어 멀리 학교를 다녀야 하는 것이다. 담임선생님은 이 상황에 대해 매우 슬퍼하며 학생들에게 다음과 같이 말한다.

> 래일부터 이곳은 더는 학교가 아니고 저 운동장도 더는 우리들이 뽈을 찰 수 있는 운동장이 아니예요. 래일부터 이곳은 이웃 한족동네의 양들이 잠을 자는 양우리가 될 것이고 저 운동장엔 양들이 먹을 사료용 풀이 무

성하게 자라날 것입니다. 이 방학이 지나고 새학기가 시작되면 동무네는 경기툰과 쌍하촌에서 올라오는 학생들과 함께 한 교실에서 수업을 받게 된답니다.

— 〈둥지〉(2007)

학교터가 한족에게 팔려 양우리가 된다는 것인데, 이렇듯 조선족이 이주하면서 그 소유였던 토지들이 한족에게 넘어가는 경우가 연변 지역 농촌에서는 다반사로 일어난다. 〈둥지〉의 주인공 소년 진수의 아버지는 한국에 돈 벌러 갔는데 그 이후 이웃마을 한족인 왕가가 진수의 집 논밭을 양도받아갔고, 학교가 폐교되던 날 진수의 어머니는 어차피 다음 학기에는 한족 학교로 등교해야 한다며 남아 있던 집마저 왕가에게 팔아 넘긴다. 이러한 상황이 앞으로도 지속된다면 한국어로 수업을 하는 조선족 학교는 점차로 사라져가고, 조선족 아이들 가운데 한국어를 사용할 줄 아는 자녀의 비율도 줄어들 수밖에 없을 것이다.

조룡기의 〈강씨네 샹하이탄〉(2009)에서는 한국어를 전혀 모르고 중국어만을 할 줄 아는 조선족 3세 아이를 등장시켜 이러한 미래상을 암시한다. 강씨의 막내아들 성철은 연변자치주를 떠나 대도시인 상해로 이주해 사는데, 성철의 아내가 한국으로 떠난 뒤 성철과 강씨는 상해를 왕래하는 한국인을 주로 상대하는 민박집을 운영하면서 생활하고 손자인 강이를 돌보는 일 역시 강씨의 몫이다. 그런데 대도시인 상해에서 유치원을 다니는 손자 강이는 할머니와 아버지가 우리말을 사용함에도 불구하고 한국어를 전혀 모른다.

"조우쌍호우?(早上好?)"
찰랑찰랑 기분좋은 강이의 아침인사다. 그 뒤로 귀신 같이 러러(樂樂)[4]

---

4) 강이가 키우는 애완견의 이름이다.

의 맹꽁이얼굴이 나타난다. 만개되던 강씨의 얼굴은 이내 소태 씹은 표정
으로 바뀐다.

"얼렁 안아라. 집 들어가서 맘대로 뛰여다니지 못하게."

강이더러 러러를 품에 안도록 강요하고서야 집으로 데리고 들어온다.

"손줌다"

땀을 뻘뻘 흘리며 사골탕을 먹고있는 도자기남자에게 소개한다.

"꼬마 안녕!"

김치를 입에 넣다말고 도자기남자는 손저었다. 눈길은 러러에게 쏠리
면서.

"얘 조선말 못해요. 되놈으 됐습다."

강씨는 묻지도 않는 말을 한다.

— 〈강씨네 상하이탄〉(2009)

처음에 한족 여성과 결혼하고자 했던 성철이의 뜻을 강제로 꺾고 연
변에서 찾아 맺어준 조선족 여성이 강이 엄마였다. 그런 며느리가 한국
으로 가버리자 강씨는 안 그래도 중국말밖에 못하는 강이를 생각해서라
도 성철이가 다시 한족 여성을 만나기 전에 빨리 조선족 여성과 재혼을
시키고자 안달을 낸다. 외국과 대도시로의 이주로 인한 연변자치주의
쇠퇴로 인해 민족어가 단절될 위기에 봉착하게 되는 것과 더불어 〈강씨
네 상하이탄〉에서와 같이 대도시로 진출한 가족의 경우 한족 학교만이
존재하는 도시 여건상 아이가 한국어를 잊게 될 가능성이 높아진다. 또
한 연변자치주에서 조선족이 떠난 빈자리를 〈둥지〉에서와 같이 한족이
채워 나가고, 〈강씨네 상하이탄〉에서 보이듯 대도시로 진출한 조선족 2
세들의 경우는 한족과의 통혼에 대해 1세들과는 달리 전혀 거부감을 갖
지 않고 있기 때문에 조선족과 한족 간의 통혼이 늘어나면서 엄마가 한
족인 경우 아이가 우리말을 못하게 될 가능성이 높아지게 되는 것이다.

물론 이러한 민족어의 단절 문제는 앞에서 살펴본 (1) (2)절의 경우처

럼 가족해체로 인해 자녀교육에 부정적인 문제가 초래된 예로 보기보다는 중국의 사회 경제적 변화와 맞물려 조선족 사회에 불어닥친 어쩔 수 없는 변화의 한 양상으로 파악할 수도 있다. 그러나 반드시 민족어 사용의 전통을 이어나가야 한다는 민족주의적인 사고를 벗어나 생각해보더라도 중국어와 한국어를 둘 다 사용하는 이중언어 사용자로서 조선족이 갖는 여러 가지 면에서의 장점을 생각해볼 때 민족어가 단절되어가는 추세는 결코 바람직하지 않다고 생각한다.

3. 작가들의 상대적 시각에 대한 분석

(1) 한국에 대한 부정적 이미지 표출과 공동체 해체에 대한 우려 표명

작품들을 통해 살펴본 내용을 종합할 때 조선족 소설에서 묘사되고 있는 가족 해체로 인한 자녀 교육 문제의 기저에는 사회주의 체제에 자본주의가 접목되는 과정에서 나타나는 자본주의에 대한 올바른 인식에의 부족이 큰 원인으로 자리 잡고 있다고 판단된다. 행복한 미래를 위한 일시적 고통이라고 생각한 가족 간의 이별이 결국엔 가정 해체로 이어질 수 있다는 점에 대한 심각한 인식 부족이 드러나며. 이를 깨달았을 때는 이미 손쓸 수 없을 정도의 나락으로 가족 전체가 추락해버린 상황이 되는 것이다. 어리석다고 비판해버리기에는 사회주의 체제 하에서 그들이 겪었던 경제적 소외가 심각했을 수 있으며, 자본주의의 속성에 대한 이해 없이 돈 버는 것만이 행복의 길이라고 믿었던 데 대해서는 오히려 그들의 소박함을 느낄 수 있어 안쓰럽기까지 하다.

자본주의의 폐해에 대한 구체적 인식이 부족했다는 면을 다시 짚어보면 정신적 가치를 대체해버린 경제적, 물질적 가치의 부정적 영향에 대한 각성이 심각할 정도로 없었다는 점을 지적하지 않을 수 없다. 실제로 한국을 비롯한 외국행과 대도시로의 진출에의 동인이 된 자본주의에의 지향은 경제적 부를 가져다 줄 가능성의 폭을 넓힐 수 있다는 점에서는 큰 매력이지만, 그 체제에 익숙하지 않을 경우 사기를 당하거나 소비지향적인 삶을 지향하게 만들며 가족 중심의 가치보다는 개인 중심의 가치를 중시하게 만들 가능성이 크다는 점 등에서는 부정적 측면도 만만치 않다.

90년대 이후 작품에서 한국과 한국인을 바라보는 시각을 고찰한 결과들은 이러한 논점에 대한 견해를 정리하는데 도움을 준다. 초기 한중수교가 이루어진 직후 가족 방문을 계기로 시작된 조선족의 한국 방문이 곧 경제적 이윤 추구의 목적으로 전환되면서 실제적으로 돈을 번 사람도 꽤 있지만, 오히려 한국인에게 사기를 당하거나 능욕을 당한 경우도 적지 않다. 필자는 이전 논문에서 한국에 간 조선족 노동자들이 한국에 대해 느끼는 감정을 '감상적 민족개념으로의 접근 → 한국에 대한 실망과 환멸 → 객관적이고 합리적인 시각 회복'의 순으로 정리할 수 있다고 보았다.[5] 이 과정 가운데 한국에 대한 실망과 환멸의 감정을 숨김 없이 담아낸 작품군들을 조선족 작가의 작품에서 쉽게 찾아볼 수 있다. 한국인을 부정적으로 그린 작품 가운데 대표적인 것을 들어보면 허련슌의 <바람꽃>(1996), 정형섭의 <가마우지 와이프>(2008)와 <기러기 문신>(2006), 강호원의 <인천부두>(2002), 리휘의 <울부짖는 성>(2007) 등을 들 수 있다.[6] 그런데 문제는 이러한 작품에서 한국과 한국인을 묘사

---

5) 박경주, 앞 논문, 2010, 55면.
6) 참고로 김호웅, 「재중동포문학의 '한국형상'과 그 문화학적 의미」, 『제 24회 한중인문학회 국제학술대회 발표논문』, 2009.11.13에서는 조선족 소설에 나타난 한국인의 형상에 대해 단계적으로 분석을 시도하고 있다.

하는 관점이 단순히 조선족을 욕보이고 사기 치는 악인의 형상으로 그려내는 수준에 머물 뿐 자본주의 체제에 대한 근본적인 구조적 천착이 이루어지지 않는다는 점이다. 그렇지만 이렇듯 한국행에 대해 부정적 시각을 드러낸 작가들은 과도한 외부로의 이주로 인해 연변을 비롯한 동북지역 내의 가족이 해체되고 나아가 민족공동체가 흔들리는 지경에 이르게 된 현실을 신랄하게 고발하는 관점으로 의식이 쉽게 전이될 수 있다.

2장에서 작품이 소개된 박옥남의 경우가 바로 그러한 예의 작가로 볼 수 있다. <내 이름은 개똥네>(2008)와 같은 작품에서 박옥남은 한국에 불법 취업해 고단한 삶을 사는 연변 동포들의 삶을 사실감 있게 묘사하면서 조선족의 뿌리는 한국과 같다 하더라도 국민적 정체성은 분명 중국에 있음을 명시했는데, 그와 같은 맥락에서 과도한 한국행으로 인해 연변의 가족 공동체가 와해되고 자녀 교육에 문제가 드러나는 실상을 <아파트>나 <둥지> <목욕탕에 온 여자들> 등을 비롯한 다수의 작품에서 꾸준히 주제화하고 있는 것이다.

(2) 이주를 통한 개척정신에 대한 긍정과 미래에 대한 희망적 시각 고취

한국행이 지닌 부정적 측면에 대해 조명한 작품은 앞 절에서 살펴본 것처럼 다수 존재하지만 이들 작품 가운데 현실 상황에 대한 비판을 넘어서 그 원인이 자본주의에 대한 인식 부족임을 깨닫고 이에 대한 인식의 전환을 촉구하는 데까지 이른 경우는 별로 없다. 이는 연변공동체의 와해를 계속 소재로 하고 있는 박옥남의 경우에도 크게 다르지 않다. 그러다 보니 한국행이 조선족 사회에 끼치는 부정적 측면은 표면적으로만 작품에 제시될 뿐, 한국이나 대도시를 기회의 땅으로 보는 관점은 한국행에 대해 다른 시각을 지닌 작가들의 여러 작품에서 여전히 유지된다.

박초란의 <하늘 천 따 지 하다>(2009)에서는 위장이혼으로 한국에 갔다가 잠시 돌아온 아내의 시점을 통해 한국에서 법적 혼인 관계를 유지하고 있는 한국인 남편을 긍정적으로 형상화하고 나아가 아들까지 한국에 유학시켜 성공시키고자 하는 아내의 강렬한 희망과 의지를 드러내 보여준다.

> 일을 해야 한다. 그리고 한국국적도 가져야 했다. 아들 류학을 시켜주고 한국국적으로 올려 주겠다고 그 사람이 그랬다. 법률상으로 나는 엄연히 그사람의 안해이므로, 아들을 위해서라도 나는 강해지고 싶다. 강한 부모를 갖지못한 내 생이 뻔한것처럼 그런 뻔한 생을 내 아들 앞에 내주어서는 안 되겠지.
>
> —<하늘 천 따 지 하다>(2009)

강호원의 <방문>(2009)에서도 작가인 주인공 김철원은 한국에 간 아내의 이혼 제의에 불쾌해 하면서도 아들의 교육을 위해 자신이 직접 한국에 나가 돈을 벌어야겠다는 다짐을 한다. 이 두 작품을 살펴보면 아내의 한국행을 시작으로 가정이 해체된다는 상황을 그려내면서도 이를 세상의 가치관이 변해가는 어쩔 수 없는 선택으로 받아들이면서 한국을 경제적 가치를 지닌 희망의 공간으로 강조하고 있다는 점이 주목된다. 이러한 인식은 한국이나 한국인을 부정적으로만 보려던 시각에서 벗어났다는 점에서는 객관적이라고 볼 수 있지만, 가족 해체의 부정적 측면을 고려하지 않고 경제적 가치를 자녀 교육의 성공 여부와 직결시키고 있다는 점에서 자본주의의 폐해를 여전히 인식하지 못하는 면을 드러낸다.

박초란의 <인간의 향기>(2005)에서는 한국을 기회의 공간으로 보는 시각이 더욱 강조되어 나타난다. 이 작품의 화자인 일곱 살 어린 소년 희현이는 엄마가 위장이혼을 통해 한국에 나간 이후 전에 살던 도시로부터 할머니댁이 있는 농촌으로 와서 생활한다. 연극배우인 아빠가 젊은 아가씨와 연애를 하기 시작하면서 위장이혼이 진짜 이혼이 되어버렸지만 희현이 친할머니는 아들보다는 한국에 간 며느리 입장을 더 이해한다.

희현이 엄마는 비록 한국에서 법적인 남편과 함께 살지만 중국의 가족을 잊지 않고 희현이 큰아버지 부부를 초청해 한국에서 돈 벌 기회를 마련해주고 마지막엔 한국에서 교육시킬 목적으로 희현이를 데리러 중국 할머니댁에 온다. 막내고모 역시 한국 남자를 소개받아 진짜 결혼을 전제로 한국에 가려고 계획되어 있다. 삼촌이 일본 유학중이라는 사실까지 추가해 생각해보면 희현이 집은 온통 해외 진출을 통해 미래를 도모하는 데 집중되어 있다는 것을 짐작할 수 있다. 작품 전체에서 한국은 기회의 공간으로 자리 잡고 있으며, 그 의미는 희현이 아빠와 엄마의 이혼과 같은 한국과의 교류를 통해 얻어진 부정적 체험을 충분히 극복하고도 남음이 있을 정도이다.

연해도시를 배경으로 한국인과의 관계를 그린 경우에도 이렇듯 부정적 체험을 극복하고 희망을 찾아가는 예를 볼 수 있다. 장학규의 중편소설 <노크하는 탈피>(2009)를 살펴보자. 성실하게 농사를 지어 경제적으로 상당히 유복한 가정을 꾸리던 복자의 가정에 남편이 헛된 한국행의 꿈을 꾸기 시작하면서 어두운 그림자가 드리웠지만, 결국 그 그림자를 거둬내고 밝은 희망의 빛을 볼 수 있었던 계기를 작가는 한국과 한국인과의 관계에서 찾고 있다. 남편이 한국 노무 송출 사기단에 걸려 피해를 입기도 하고 도박까지 하여 집안이 빚에 쪼들리게 되자 복자는 자식들의 교육을 위해 청도로 간다. 그곳에서 한국인 기업의 식당에서 일하게 되지만 한국말을 잘 알아듣지 못해 적응하지 못하다가 한국인의 현지처로 살게 된다. 딸 지영이 역시 경제적 문제로 학업을 마치지 못하고 엄마를 찾아 청도에 왔다가 한국인 심사장이 경영하는 잡지사에 취직을 하게 되고 심사장과 육 년 가까운 동거 기간을 거치면서 잡지사를 물려받게 된다. 겉으로만 보면 복자와 지영이 각각 청도에서 한국인과 교류한 양상은 성을 매개로 한국인이 조선족 여인을 착취하는 형상으로 비쳐질 수도 있지만, 작품의 맥락을 잘 따라가 보면 결코 그렇게 볼 수 없는 복자와 지영의 삶의 의지를 확인하게 된다. 즉 두 여인이 한국인과 함께 살게 된 과정은 각각 약간의 차이를 보이지만 본질적으로는 한국인의 강요가 아닌 본인 스스로의 선택으로 그 길을 택했고, 그 과정을 통해 자식을 교육시키고 동생을 가르치며 본인의 성장을 도모하고 있음을 작가가 강조한다는 사실을 알 수 있다. 한국을 희망의 공간으로 설정하는 작가의 의도는 남편이 한국행에 성공해 돈을 벌면서 성실한 가장의 모습으로 돌아와 아내와 화해를 시도하는 차원에서 복자를 한국으로 초청하며 그녀가 그 제의를 받아들이는 마지막 부분에서 확실하게 드러난다. 이 작품에서 작가는 가정을 흔들었던 원인이라고 볼 수도 있는 한국행, 성적 착취를 당했다고 보이기도 하는 한국인과의 만남 등에 대해 부정적 시각으로 바라보기보다는, 오히려 그 과정을 통해 가족 개개인이 성장하고 다시 화합을 다져가는 모습을 보여주면서 한국행이나 한국인과의 만남을 긍정적 시각에서 바라보고 있다.

위에서 살펴본 네 편의 작품에서는 한국이나 연해도시로의 진출이 기존의 가족을 해체시키는 부작용을 보여주기는 했지만, 이를 통해 경제적으로 나은 삶을 누릴 수 있고 자녀의 교육적 미래가 밝아지리라는 희망을 가지며 가족 해체로 인한 고통과 상실감을 애써 부정하는 의식을 드러낸다. 주인공들이 보여주는 이러한 인식은 곧 작품의 작가가 지니

는 의식을 대변한다. 이러한 작품들을 쓴 박초란이나 장학규 등의 작가
들은 연변이 아니라 연해도시에 진출해 거주하면서 활동하는 작가들이
다. 앞서 연변을 중심으로 한 민족공동체의 와해와 그로 인한 문제에 지
속적 관심을 보인 박옥남과 같은 작가는 연변을 주 공간으로 활동하는
작가이다. 작가들이 처한 공간에 따라 서로 다른 작가의식이 작품에 반
영되는 것이다.

조선족은 처음부터 한반도에서 만주로 이주해 가면서 공동체를 형성
했다. 그들의 피 속에는 이주를 통해 새롭고 더 나은 삶을 추구해가는
개척정신이 흐르고 있다. 개혁 개방과 한중수교 이후 한국을 비롯한 외
국과 중국 내 연해도시로 진출해 가는 조선족의 정신에는 이러한 전통
이 숨어 있다고 볼 수 있다. 연해도시를 중심으로 활동하는 작가군들이
한국행이 지닌 부정적 측면에도 불구하고 이를 발전적으로 바라보고
있는 사실도 이러한 조선족의 정신에 기반을 두고 있다고 볼 수 있을
것이다.

4. 문학을 포함한 사회 전반적 차원에서의 대안 모색

3장에서 살펴본 것처럼 조선족 공동체 내에서 벌어지고 있는 가족 해
체로 인한 공동체 와해에 대해서도 또 그로 인한 자녀 교육 문제에 있어
서도 조선족 사회는 두 가지 상대적 잣대로 바라보고 있고, 작가들의 작
품 속에서 이러한 상대적 시각은 충돌하면서 노출되고 있다. 조선족의
가족 해체로 인한 자녀 교육 문제의 해결 방법은 바로 이러한 두 가지
상대적 시각을 절충시키는 방향에서 찾아져야 하며, 그 절충의 핵심은

바로 조선족의 해외나 대도시로의 진출이 조선족 공동체의 와해가 아닌 발전에 기여할 수 있는 방향으로 진행될 때 가능하게 될 것이다.

그렇다면 조선족의 해외나 대도시로의 진출이 조선족 공동체의 진정한 발전에 기여할 수 있는 방안을 문학을 포함해 사회 전반적 차원에서 고민해보도록 하자.7) 먼저 조선족이 한국행이나 중국 내 대도시행이 갖는 장, 단점에 대한 철저한 인식을 가질 수 있도록 자체적인 내부 교육이 이루어져야 한다고 생각한다. 한국행이나 대도시행 그 자체보다는 조선족 중 대다수가 이러한 타 지역으로의 진출이 갖는 부작용을 제대로 파악하지 못한 채 돈을 벌 수 있다는 기대만을 가지고 일을 진행하는 것에 문제의 핵심이 있다고 할 수 있다. <연변일보>를 비롯한 조선족 신문과 방송매체는 이러한 부분에서 중요한 역할을 해야 할 기관들이다. 작가들을 비롯한 조선족 지식인들은 인터넷 사이트 '조선족글로벌네트워크(일명 조글로)'를 통해 자신의 입장을 자주 표명하는 논설을 올리는데, 이러한 인터넷 매체 역시 일반적 수준의 조선족들에게 한국 및 대도시로의 진출이 지니는 장, 단점을 정확하게 전달할 수 있는 중요한 통로이다.8) 작가 리혜선이 한국에 나온 조선족을 대상으로 한 취재를 바탕

---

7) 여기서 문학을 포함해 사회 전반적 차원에서 대안을 모색하는 이유는 아직은 문학 작품 내에서는 대안의 모색에 한계가 드러나기 때문이다. 3장에서 작가들의 상대적 시각이 충돌하는 면을 살펴보았는데, 이를 절충시켜 발전적으로 나아갈 방향성이 작품 내에서는 아직 제대로 찾아지지 않는다. 이는 사회 현상과 문학 작품의 관계에서 볼 때 사회 전반적 차원에서의 노력이 우선된 후 그 결과가 작품에 반영되는 것이 일반적이기 때문으로 판단된다.

8) 이런 관점에서 볼 때 작가이자 언론인인 리동렬이 최근 한국의 좋지 않은 경제 상황과 관련하여 한국에서 일하는 조선족 노동자에게 업무 조건의 요구 수준을 낮추기를 주문한 신문 논설은 시사하는 바가 크다고 생각한다. 이 글에서는 한국을 더 이상 고국이라는 관점에서 바라보지 말고 조선족의 노동력을 제공받는 고용주의 입장에서 바라보면서 고용주와 노동자 서로 간에 합리적인 고용조건을 제시해 더 나은 고용 상황을 창출해가기를 요구하고 있는데, 이를 통해 논설의 필자가 자본주의 경제 논리를 분명히 인식하고 이를 조선족 노동자에게 숙지시키고자 노력하고 있음을 보여준다. 리동렬, 「재한 조선족도 경제 위기 속에 자성해야 : 재한 조선족들의 인식 전환 시급, '노임 적다' 배부른 타령 이

으로 해서 쓴 다큐보고서『코리안 드림, 그 방황과 희망의 보고서』9)도 객관적 입장에서 충실하게 한국행의 장점과 단점, 그리고 준비해야 할 사항들을 정리한 글이라고 생각된다. 위에 제시한 여러 가지 경로를 통해서 지식인들이 조선족 일반을 대상으로 한 이 방면에의 교육을 지속적으로 진행해야 하리라고 본다.

다음으로 경제적 이윤 추구를 위한 목적으로 진행되는 조선족의 외부로의 진출을 민족 정서에 호소하는 차원에서 막기는 어렵다고 판단되기 때문에, 해외 진출의 추세와는 별도로 조선족 공동체 재건에 대한 의지를 같이하는 지식인층이 함께 모여 실제적인 노력을 해나가야 할 필요가 있다고 생각된다. 그러한 노력의 하나로 논의되고 있는 것이 대도시 및 연해지구 각 도시에 흩어져 있는 조선족의 소규모 집거지를 조선족 공동체로 키워내는 방법이다. 이러한 집거지마다 조선족들이 모여 생활하면서 특히 조선족 소학교를 개교해 후손들에게 민족정체성 교육을 지속적으로 해나갈 수 있는 기반을 마련해야 한다고 본다. 또한 중국 대도시에 거주하는 한국인의 인구가 점차 늘고 있는 상황에서 조선족과 한국인이 함께 생활하는 민족공동체가 중국에서 형성되고 그 자녀들을 위한 교육기관을 확보해 나가는 것 역시 예측 가능한 전망이다.10)

공동체 재건을 위한 또 하나의 대책으로 자주 논의되는 것이 네트워크 재구성의 문제이다. 연변이 민족공동체의 중심지 구실을 할 수 있었

젠 그만」,『동북아신문』 2009년 10월 19일자 논설. 리동렬은 동북아신문 편집국장이자 소설 <백정 미스터리>(1994)의 작가이기도 하다.

9) 이 책은 2001년 당시 중국 요녕출판사에서『코리안 드림』이라는 제목으로 출간되었는데, 그 이후 한국 체류 조선족 가운데 지식인층과 유학생들에 대한 추가 취재 내용을 보강하여 한국에서 위의 제목으로 새롭게 출간되었다. 리혜선,『코리안 드림, 그 방황과 희망의 보고서』, 아이필드, 2003.

10) 이러한 논의에 대해서는 정신철,「중국 조선족 문화와 교육 발전의 현황 및 대책」, 정상화 외,『중국조선족의 중간집단적 성격과 한중관계』, 백산자료원, 2007을 참고할 수 있다.

던 것은 조선족만으로 운영되는 신문이나 잡지, 방송 등의 매체를 확보했기 때문이다. 이제 연변 중심의 공동체가 약화되면서 그 보완책이 필요한 시점이다. 조선족 관련 포털 사이트를 오픈하고 한 사이트에서 조선족 관련 모든 자료를 검색하고 공유, 소통할 수 있게 되면 연변의 민족공동체를 대신할 대안으로서 충분한 역할을 할 수 있으리라 기대된다.[11] 중국 내에 조선족 공동체가 연변에 재건되는 형태로든 또 다른 연해 지역 도시에 구축되는 형태로든 다시 마련될 수 있다면, 중국 내 조선족 거주 기반이 현재보다는 확고해질 것이고 한국을 비롯한 해외 진출에의 욕구 또한 상대적으로 감소하는 효과를 노릴 수 있을 것이다.

다음으로 한국에 유학 온 조선족 학생들이나 중국 내 대도시 진출에 성공한 청년들의 사례를 논설이나 문학작품을 통해 자주 소재로 삼음으로써 조선족의 자부심을 부각시키는 노력이 필요하다고 판단된다. 일반적으로 한국이나 대도시로 나간 조선족들은 스스로 경제적으로 낙후된 민족이라는 생각으로 인해 과잉되게 위축되거나 제 목소리를 내지 못하는 경향이 있다. 그들의 추락한 자존심을 회복시켜주는 차원에서 지식층 가운데 한국과 중국의 가교 역할을 자부하는 유학생들의 모습을 자주 조명하고[12] 조선족이 한국인에 비해 경제적 가치보다는 정신적 가치를 소중히 하는 면모를 부각시키며,[13] 더불어 상해나 청도 등의 연해도시에 진출해 한국인들을 상대로 영업을 하면서 성공을 맛보는 가운데

---

11) 네트워크 관련 논의는 장춘식, 「조선족사회 네트워크 재구성의 필요성」, http://www.zoglo.net, 2010.2.8에서 참고한 바 크다.

12) 앞서 언급한 리혜선의 책에서 한국에 유학 온 조선족 대학생들에 대한 취재를 통해 그들이 지닌 자부심을 확인하게 된다.

13) 박초란(<하늘 천 따 지 하다> <인간의 향기> 등을 쓴 작가와는 동명이인으로 다른 작가임)의 <겨울눈>(2009)에는 조선족 여성 '유리'가 자신을 괴롭히던 한국인 여사장 '리은경'을 넓은 마음으로 이해하고 오히려 포용하는 모습을 그려냄으로써, 한국인이 이루어낸 경제적 성장보다 조선족이 보여주는 인간 사이의 정을 더 중요한 가치로 부각시키는 방식으로 조선족의 우월함을 은근히 드러낸다.

한국인들보다 조선족이 우위에 있다는 의식을 표출하는 조선족 청년 기업인들의 사례 역시 계속적으로 찾아내고 작품화 할 필요가 있다고 본다.14) 이러한 노력을 통해 해외 혹은 대도시에서의 조선족의 긍정적인 활약상이 중국 내 조선족 사회에 알려지고 조선족이 외부로 진출할 때의 모범 사례(role model)의 역할을 할 수 있으리라고 본다.

마지막으로 제시하고자 하는 방법은 조선족이 아닌 한국 사회에서 노력해야 할 부분이다. 많이 나아지고는 있지만 계속적으로 중국 동포들이 한국에서 좀 더 마음 놓고 일할 수 있는 여건을 마련하는 쪽으로 정책 마련을 도모해 나갔으면 한다. 이를 통해 불법체류로 인한 불안감이 해소되고 급여에서의 부당한 대우조건 등이 개선되면 조선족 노동자들이 중국에 두고 온 가족들과 더 자주 만날 수 있고 한국 체류 기간을 더 단축시킬 수 있을 것이다. 이를 위해서는 조선족 노동자를 한국인 노동자와 다르게 바라보는 한국인의 의식이 전환되어야 할 필요가 있다. 한국의 작가들이 조선족 노동자를 소재로 한 의미 있는 작품들을 발표하는 노력 역시 이러한 의식의 전환에 큰 기여를 하리라고 본다. 이러한 부분은 조선족뿐만 아니라 필리핀이나 태국 등 주변 동남아시아 국가에서 오는 외국노동자들에게도 적용되는 문제이다.15) 제도적 개선과 의식

---

14) 항주를 배경으로 창작된 조롱기의 <포장마차 달린다>(2009)에서는 포장마차 주인인 조선족 청년의 시각에서 알바를 하는 한국 여자 유학생의 형상을 그리면서, 조선족 남성이 한국인 여성을 이해하는 우위적 자세를 유지한다. 이러한 시각은 한국 여자 유학생의 친구로 나오는 한국 남자 유학생이 부정적 형상으로 묘사되고 있는 측면에서 더욱 강조된다고 볼 수 있다.

15) 천운영의 <잘 가라 서커스>(2005), 공선옥의 <유랑가족>(2005)에는 좀 더 나은 소득을 위해 한국으로 온 조선족이 등장한다. 결혼이나 노동 취업의 형태로 온 중국의 조선족들은 한국인의 보이지 않는 차별과 냉대 속에 소외된다. 이밖에도 김재영의 창작집 <코끼리>(2005), 박범신의 장편 <나마스테>(2005), 손홍규의 <이무기 사냥꾼>(2005), 김중미의 장편 <거대한 뿌리>(2006) 등은 제3세계 노동자 문제를 중심적으로 형상화한다는 점에서 조선족을 다룬 작품들과 큰 틀에서 궤를 같이한다고 볼 수 있을 것이다. 조선족을 비롯한 외국 이주노동자들을 다룬 한국인 작가의 작품들에 대한 총괄적 논의는 최강민,

의 전환, 이 두 가지는 한국 사회가 조선족 사회를 동등하게 인정하기 위해 반드시 밟아가야 할 필요조건일 것이다.

5. 조선족 사회의 방향성

이 논문에서는 1990년대 이후에 발표된 조선족 작가의 소설을 대상으로 가족 해체로 인한 자녀 교육 문제의 서술 양상을 살펴보고, 작품을 서술해나가는 작가의식을 통해 그 해결책을 모색해보고자 했다. 중국의 개혁개방 정책과 한중수교 이후 한국을 비롯한 외국 및 중국 내에서도 대도시로의 대규모 이주로 인한 조선족 사회의 와해 분위기는 심각한 사회 문제로 대두되었다. 특히 부모와 자녀 사이의 기본적인 가족 단위의 분리로 인해 자녀의 정서와 교육에 상당한 손실이 나타났다. 이 논문에서는 이러한 양상을 정서 불안으로 인한 문제 행동, 정신적 무력화와 소비지향성의 강화, 민족어의 단절이라는 세 가지 측면에서 작품 별로 고찰하고, 이를 바라보는 작가들의 상대적 시각이 충돌하는 면모와 이를 절충, 발전시키는 방향에서 그 대안을 모색해보고자 했다.

그 결과 이러한 이주 현상을 조선족 사회에 전통적으로 내려오는 발전된 미래를 향한 개척정신의 발로로 보아 약간의 희생을 감수하면서도 계속 추구해 나갈 방향으로 볼 것인가, 아니면 민족공동체의 와해를 조선족 사회의 미래를 어둡게 하는 부정적인 양상으로 판단해 그에 대한 대안을 세워나갈 것인가 하는 상반된 시각이 작품을 서술한 조선족 작가들의 내면에 존재한다는 사실을 파악해냈다. 그리고 이 두 가지 시각

「초국가 자본주의 시대의 다양한 탈국가적 상상력」, 『작가와 비평』 6호, 2006년 하반기를 참고할 수 있다.

이 자연스럽게 절충될 때 조선족 사회의 방향성은 제 자리를 잡을 수 있으며, 이는 조선족의 해외나 대도시로의 진출이 조선족 공동체의 와해가 아닌 새로운 형태로 조선족 공동체를 재창출하는 방향으로 나아갈 때 가능해질 것이라 판단되었다.

____『문학치료연구』 22집, 한국문학치료학회, 2012년 1월.

제2부
생활이 반영된 국문학

1. 사대부 남성의 생활 문학, 경기체가

2부 전체가 사람이 살아 숨 쉬며 생활하는 삶의 반영으로서 문학의 성격을 조명하는 면에 방향이 맞춰져 있지만, 그 중에서 1장과 2장은 각각 사대부 계층의 남성과 여성의 문학 장르를 다루고 있다는 점에서 비교하면서 볼 만하다. 1장은 경기체가 장르를 2장은 규방가사 장르를 대상으로 하는데 두 장르의 향유 시기가 겹친다고 보기는 어렵다. 그러나 1장에서 다룬 경기체가 작가나 작품들이 15세기 말에서 16세기 초에 걸쳐 있기 때문에, 조선 초기에 악장으로 지어진 경기체가 작품들과는 달리 향촌에서 생활하면서 관직자로서의 삶을 그리워하는 당시 향촌사대부의 삶의 모습과 지향점을 잘 보여준다.

1장의 첫 번째 논문에서는 15세기 작가인 정극인의 작품에 나타난 생활상을 경기체가인 <불우헌곡>만이 아니라 <상춘곡>과 <불우헌가> 같은 다른 시가 장르까지 아울러 살펴보았다. 두 번째 논문에서는 최근에 발견된 까닭에 논문이 발표되었는데도 아직까지 대부분의 시가론 책의 경기체가 목록에서 빠져 있는 16세기 향촌사대부 이복로의 경기체가 두 편을 다루었다. 마지막 논문에서는 정극인과 이복로를 포함해 15세기 말에서 16세기 초 경기체가 작품들에 나타난 사대부들의 정서 변화를 고찰함으로써, 경기체가 향유 시기 가운데 쇠퇴, 소멸기에 해당하는 이 즈음에 고려시대 <한림별곡>부터 내려오던 경기체가의 고유한 정서가 향촌사대부에 이르러 어떻게 생활문학의 성격을 지니는 면으로 전환되어 가는지를 밝히고자 했다.

규방가사의 본격적인 향유 시기는 18세기부터 시작되지만 그 향유 집단이라 할 수 있는 향촌사대부 계층의 형성은 임진왜란, 병자호란과 같은 전란 이후 가속화된 양반 계층의 분화와 가문의식의 강화에 기반을 두고 있다. 그런데 그 이전에도 중앙 관직에 뜻을 두고는 있지만 꿈을 이루지 못하고 고향에서 말단 직급에 만족하거나 그나마도 얻지 못해 평생 관직에 나가지 못하고 향촌의 생활인으로서 살아가는 사대부들은 존재했다. 이러한 그룹에 속하는 인물들을 넓은 범주에서 향촌사대부라 부르는 것은 충분히 가능하리라 생각한다. 중앙 관직자로서의 의기양양함을 드러내는 경기체가의 본질이 이렇듯 야인처럼 생활하는 향촌사대부들에게서 변화되면서 장르 자체가 소멸되어 가는 양상을 여기서 다룬 작가들 외에 권호문과 같은 사대부의 작품에서도 확인할 수 있다.

18세기 이후 본격적인 향촌사대부 남성들은 교훈가사나 오륜가사 등을 활용해 가문을 단속하면서 자신들이 얻지 못한 입신양명의 희망을 가문 내 젊은 청년들에게서 이루어내고자 했지만, 결과는 40대 이후 대부분의 남성들이 자영농으로 전환되거나 늙도록 과거 공부에만 매달리는 허망한 인생살이를 확인하게 될 뿐이었다. 여기 1장에서 다루는 15세기말에서 16세기를 향촌에서 살아간 사대부들의 삶과 문학 속에서 18세기 이후 전형적인 향촌사대부 남성들의 삶의 모습의 전사(前史)를 찾아볼 수 있을 것이다. 그 온도의 차이를 느껴가면서 1장과 2장을 비교해 읽어보면 남성과 여성의 문학을 막론하고 향촌사대부 계층의 생활 문학에 더욱 가깝게 다가갈 수 있으리라 생각한다.

정극인의 시가 작품이 지닌
15세기 사대부문학으로서의 위상

1. 정극인의 시가문학 개관

일반적으로 조선전기 사대부 시가문학을 검토할 때 '강호가도(江湖歌道)'로 불리는 흐름이 감지되는 시기는 16세기부터라고 할 수 있다. 15세기는 아직 본격적으로 향촌 혹은 강호자연을 배경으로 한 사대부 작가군이 형성되기에는 이른 시기로 궁중과 관료세계를 배경으로 한 문학이 중심을 이루었던 시기라고 볼 수 있다. 정극인은 이렇듯 관료적 문학이 아직 힘을 가졌다고 여겨지는 15세기에 향촌에 은거하면서 작품을 썼다는 점 때문에 관심을 끄는 작가이다. 본문 내용을 통해 구체적으로 고찰되겠지만 정극인은 15세기 관료적 세계관이 반영된 작품들과 더불어 향촌을 배경으로 처사적 지향을 드러내는 작품들, 그리고 이 두 가치가 병존하는 작품들을 한시와 국문시가 형태로 창작함으로써 16세기 이후 강호가도의 흐름을 이끄는 선구자적 자취를 보여준다.

이 논문에서 쓰고 있는 '관료문학' '처사문학', 그리고 '강호가도'의 개념은 국문학계에서 일반적으로 사용하는 통상적인 것을 말한다. '관료문학'과 '처사문학'은 '관인문학'과 '사림문학'이라는 말로 바꿔 쓸 수 있으며 본래 한문학 연구사에서 비롯되었다고 할 수 있으나, 사대부들의 정치 진출이 본격화되는 조선 전기 상황에서 한문학뿐만 아니라 사대부들의 시가문학을 살펴보는 데도 유용한 분류 체계이다. 또한 '강호가도'는 처사문학 혹은 사림파문학의 주된 이념을 드러내고자 일반적으로 국문시가 연구에서 사용되는 개념이다.1) 본 논문에서는 15세기가 '관료문학' '처사문학' '강호가도'와 같이 사대부 문학을 살피는 데 있어 핵심적인 개념들이 마련되어 간 시기라고 생각하며, 그 양상의 하나로 문인 정극인을 주목하고자 하는 것이다.2)

다양한 장르로 한시와 시가 작품을 남긴 그의 저작 활동에 비추어 볼 때 지금까지 정극인은 과도하게 <상춘곡(賞春曲)>이라는 가사 작품의 작자로서의 위치에만 중심이 맞춰져 연구되었다. 상대적으로 그가 남긴 다른 시가들과 다수의 한시 작품들은 별로 조명되지 못했다. 그런데 <상춘곡>의 작자가 정극인이 아닐 수도 있다는 가능성이 제기된 이후로는 '최초의 사대부가사 작품의 작자'라는 명예조차 분명히 가질 수 없어 정극인 문학에 대한 연구는 침체 상태에 접어들었다고 해도 과언이 아니다. 이에 본 연구에서는 <상춘곡>에만 맞춰져 있던 관심의 초점을 다양화시킬 필요가 있음을 절감하면서, 그의 한시와 시가 전반을 연구 대

---

1) '관료문학'과 '처사문학'에 대한 개념 논의에 대해서는 조동일, 「관인문학과 왕조사업의 표리」, 『한국문학통사』 2권(4판), 지식산업사, 2005, 357-361면; 임형택, 「한문학」, 『한국사』 11, 국사편찬위원회, 1974; 이우성, 「이조사대부의 기본 성격」, 『민족문화연구의 방향』, 영남대출판부, 1979 등을 참고할 수 있다. '강호가도'에 대해서는 많은 연구논문 가운데 조동일, 「영남가단과 강호가도」, 『한국문학통사』 2권(4판), 지식산업사, 2005, 334-345면; 최진원, 『국문학과 자연』, 성균관대출판부, 1977; 이민홍, 『조선중기 시가의 이념과 미의식』, 성균관대출판부, 1993 등에서 기본적인 개념 논의를 참고할 수 있다.

2) 본 논문에서는 특히 '관료문학'의 개념을 정의함에 있어 '관료 생활을 하면서 창작된 공적인 문학'만을 가리키는 협의로 사용하지 않는다. '현재 관료 생활을 하지는 않더라도 임금에 대한 송축이나 백성의 안위를 걱정하는 마음을 드러내는 등 관료로서의 의식을 보여준다면 이를 관료적 지향성이라 표현함으로써 광의의 관료문학으로 보는 입장을 취한다.

상으로 하여 15세기 사대부문인으로서 정극인이 지향했던 바를 파악하고 그 의미를 부각시키고자 한다.

그의 한시문학에 대해서는 연구자들의 관심이 거의 없는 가운데 소수의 논문만이 확인된다.[3] 그의 한시문학은 그 자체로만 별도로 떼어내어 연구되기보다는 시가 작품들과 함께 연구되는 것이 정극인 시문학의 본질을 파악할 수 있어 효율적이라고 생각한다. 그만큼 그가 남긴 시가 작품의 수는 적지만, 다수의 한시 작품들을 작가의 지향점에 따라 분류하고 논하는데 견인차 역할을 할 수 있다고 생각한다. 앞서 정극인의 문학에 관료문학과 처사문학으로의 양가적 가치 지향성이 나타난다고 언급했는데, 이러한 그의 문학의 특징을 시가는 물론 한시 작품들의 분류와 분석을 통해 고찰할 수 있다.

또한 정극인이 『불우헌집』 '가곡'편에 남긴 시가 작품은 비록 세 편에 불과하지만, 각각 서로 다른 장르 형식을 취하면서 그 지향점도 비교되어 주목된다. <불우헌가(不憂軒歌)> <불우헌곡(不憂軒曲)> <상춘곡>의 세 작품 가운데 <불우헌곡>은 경기체가이며 <상춘곡>은 가사이고 <불우헌가>는 악장인지 사설시조인지 확실하게 규명되지 않은 작품이다. 이 세 작품을 통해 15세기 당시 사대부 시가문학의 장르 선택의 문제까지 조명해볼 수 있을 것이다. 물론 이를 위해서는 아직 논쟁이 끝나지 않은 <상춘곡>의 작자 문제에 대한 의견 제시와 <불우헌가>에 대한 장르 확정의 작업이 선행되어야 한다. 이 두 가지 사안은 우리 시가 연구에 있어 중요한 쟁점과 미해결 과제를 논제로 하는 것이기에 그 해결을 시도하는 것 또한 의미 있는 작업이라고 생각한다.

정극인에 대한 시가문학 면의 연구 동향을 살펴보면 초기에는 <상춘

---

3) 유육례, 「정극인의 증시(贈詩) 연구」, 『고시가연구』 14, 한국고시가문학회, 2004, 179-202면.
유육례, 「정극인 한시의 미학」, 『고시가연구』 22, 한국고시가문학회, 2008, 211-230면.

곡>의 작자 문제가 확정되지 않은 가운데서도 정극인이 송순(宋純)이나 정철(鄭澈)에게 영향을 끼치면서 호남가단이라 칭할 수 있는 호남의 강호가도의 흐름을 선도했다는 점이 강조되었다.4) 그러나 아무래도 작자 논쟁 문제가 걸려서인지 점차로 정극인과 <상춘곡>을 연결시키는 논의가 조심스러워지기 시작했다. 그 결과 최근에는 정극인 관련 논문이 지역적 기반을 가진 특정 연구자 두세 명에 의해 몇 편 정도만 발표될 정도로 시가연구자들에게 소외되었다.5)

그런데 필자의 견해로 보면 이것은 정극인의 시가 작품 가운데 경기체가인 <불우헌곡>의 가치를 인식하지 못한 데 그 이유가 있다고 생각한다. <불우헌곡>이 지닌 관료문학과 처사문학으로의 양가적 지향성의 실체가 엄밀히 분석되면, 16세기 영남 사림파 문학 계보에서 창작된 이후의 경기체가 작품들과의 비교를 통해 그 영향 관계가 밝혀질 수 있다. 전북 태인(현재의 정읍)을 근거지로 했다는 사실 때문에 호남의 시가문학과의 연계 속에서만 정극인을 파악해서는 곤란하다. 본 연구는 <불우헌곡>을 비롯한 정극인의 시가 작품에 나타난 지향점과 16세기 초기부터 말기까지 영남지역 사대부를 중심으로 논의된 처사적 흐름의 관계를 조명해 정극인의 시가가 영남 지역 문학에 끼친 영향에 대해서도 살펴보고자 한다.

---

4) 대표적 논의로 정익섭, 『개고 호남가단연구』, (주)민문고, 1989와 박준규, 『호남시단의 연구』, 전남대출판부, 1998을 들 수 있다.

5) 유육례, 「정극인의 불우헌곡 연구」, 『고시가연구』 10, 한국고시가문학회, 2002, 181-207면. 김성기, 「정극인의 <불우헌가>에 나타난 시조성 연구」, 『시조학논총』 19, 2003, 155-177면. 유육례, 「정극인의 시가에 드러난 자연시연구」, 『고시가연구』 24, 한국고시가문학회, 2009, 1-21면.

2. 관료문학과 처사문학으로의 양가적 지향성

정극인(1401-1481)은 조선 초기 태종 원년에 태어나 성종 12년까지 살다간 문인으로, 태인의 자연과 벗하고 살면서 불우헌이라는 정자를 짓고 이를 호로 삼아 태인 사람으로 평생을 지냈다. 이 때문에 그의 시문학 작품에는 태인의 불우헌을 중심으로 한 자연환경이 배경으로 자주 묘사된다.

그런데 『불우헌집』에 실린 저작들을 살펴보면 이렇듯 향촌에서 생애 전반을 보낸 이력에도 불구하고 그의 또 다른 지향점을 보이는 작품들이 함께 전한다. 즉 유학의 사상적 기반 위에서 향리의 백성과 아전들을 훈계하거나 내, 외직의 관료들과 주고받은 시편들이 그것이다. 이러한 작품에서 정극인은 항상 나라와 백성, 그리고 임금을 걱정하는 관료로서의 의식을 일관되게 보여준다. 실제로 그는 관직 생활을 한 것은 얼마 되지 않는데도 경세치민에 주력한 현실주의자로서 끊임없이 나랏일에 대한 자신의 견해를 상소로 올리곤 했다. 그는 유교 이념에 입각하여 나라를 다스리고 고을을 운영해나가야 한다고 믿었고, 이를 위해 구체적인 세부 실천 강령까지 마련했다.

물러나서는 자연을 벗하고 관직에 나가서는 임무에 충실한 것이 사대부의 본분인데, 정극인은 짧게 관직 생활을 하고 대부분을 은거해 자연을 벗하며 지내면서도 나랏일을 걱정하고 유교 이념의 실천을 도모하는 지향점을 늘 함께 지녔던 인물임을 그의 전 생애를 통해서 확인할 수 있다.6)

---

6) 정극인은 1429년 생원시에 합격하여 성균관에 들어갔으나 이후 20년 남짓 대과에는 번번이 낙방했다. 1453년 가을에 한성시에 합격하고 전시에서 급제했는데 이때 이미 나이 53세였다. 1469년(예종1년)에는 태인현 훈도로 있었는데 특명으로 사간원 헌납에 임명된 후

이렇듯 관료문학과 처사문학에의 지향점을 동시에 보여주고 있는 그의 작품 세계는 15세기를 살다간 사대부 문인으로서 정극인이 지닌 중요성을 강하게 부각시킨다. 그가 생을 마친 성종조까지는 조선 건국의 정당성이나 유교 이념을 부각시키는 내용의 신제 악장들이 창작되고 있던 시점이며, 아직은 훈구파라고 불리는 세력이 정치나 문학의 주도권을 쥐고 있던 시대이다. 사림파가 등장하면서 훈구와 사림의 대결 구도 하에 벌어진 네 차례에 걸친 사화(士禍) 역시 아직 시작되지 않았다.

정극인이 <불우헌곡>과 <불우헌가>를 지은 말년의 시기는 성종조에 해당되는데, 일반적으로 건국과 더불어 활발하게 창작되던 신제악장들이 정비되어 새로운 악장 제작의 흐름이 저조해진 것도 성종조 이후부터이다. 경기체가 가운데 <불우헌곡> 이전 시기의 작품 가운데에는 악장으로 활용된 것들이 상당수 있는데[7], <불우헌곡>에 이르러 건국의 정당성과 임금에 대한 송축을 위주로 하는 악장 형태의 경기체가의 흐름이 남아있으면서도 자연을 배경으로 처사적 분위기를 함께 보여주는 작품이 등장했다고 볼 수 있다.

기본적으로 향촌에 물러난 후 지어진 작품이기에 <불우헌곡> 전 7장의 거의 모든 장에서 자연이 등장하기는 한다. 그런데 2장에서 6장까지

당시에 호남에서 유일하게 사간원 정언으로 옮겨졌다고 한다. 1471년(성종2년)에 구언의 하교가 있었는데, 조정 정사의 득실 4조목과 백성의 질고 4조목을 논해 좌리공신의 녹권을 받았다. 다음해인 1472년에는 조정에서 정극인을 천거하는 이가 있어, 임금이 유서를 내려 특별히 3품의 산관을 더한다는 명이 있었다. 이에 임금의 은혜가 망극함을 생각하여 고려의 <한림별곡> 음절에 따라 <불우헌곡>을 지었다고 한다. 1475년에는 마을에 향음주례를 마련하고 규약을 세웠고, 1478년 당시에는 나라에 재해가 있어 또 구언의 하교가 있었는데, 80세의 나이를 돌아보지 아니하고 서울에 가서 상소하고 겸하여 시정의 폐단 3조목을 논하였다.

7) <불우헌곡> 이전에 창작된 경기체가 가운데 고려시대 작품인 <한림별곡>을 포함하여 선초에 이르러서는 <상대별곡> <화산별곡> <가성덕> <축성수> <오륜가> <연형제곡> <배천곡> 등 다수의 작품이 궁중 악장으로 제작되어 불렸다.

는 관료적 자세를 유지하면서 임금에 대한 송축을 기조로 하여 배경적 차원에서 자연이 활용되는 측면이 강하다면, 작품을 시작하고 맺는 1장과 마지막 7장에서는 태인을 배경으로 하여 자연 속에 은거한 작가의 처사로서의 즐거움이 강하게 표출되고 있어 작품 전체를 처사적 미의식이 관류하는 듯한 느낌을 받게 한다. 1장에서 작가는 1-3행에 걸쳐 마치 카메라 렌즈가 넓은 곳을 비추다가 가운데 정점을 향해 좁혀가듯이 주변 경치를 먼저 그려낸 후 불우헌이라는 은거지를 비추고 다시 그 안에서 소일하고 있는 자신의 모습을 보여준다. 아름다운 경치 속의 시골집에서 거문고를 켜고 책을 읽으며 바둑과 장기를 두다가는 마음 내키는 대로 거니는 것, 즐거워서 모든 세상 걱정을 잊어버린 상태, 이것이 바로 처사로서의 일상일 것이다. 5-6행에서는 이렇듯 자연 속에서 거하는 생활이 성현의 도를 따르고자 하는 마음에서 비롯되었다는 표현을 하고 있어, 1장만 보면 작가는 벼슬에 대한 미련은 전혀 없이 오직 자연을 벗삼아 도를 닦고 심성을 기르고자 하는 듯 느껴진다. 그러나 2장에서 6장 사이에서는 관직에 나갔을 당시를 회상하거나 그에 대한 임금의 은덕을 칭송하는 등 관료적 자세가 여전히 나타나고 있다. 마지막 7장은 1장에서 6장까지 유지되던 정격의 형식에서 벗어나 작품 전체를 맺어주는 후렴의 기능을 하는 듯 짧게 이루어진 장이기는 하지만, "이 좋은 노래를 지어 세상 근심을 달랜다"는 어구를 통해 관료로서의 생활과 처사로서의 생활을 대비시키면서 처사적 일상에 더 큰 의미를 부여하는 효과를 거둔다.[8]

---

8) 이해를 돕기 위해 〈불우헌곡〉 1장, 3장과 7장을 인용한다.
山四回 水重抱 一畝儒宮　　산이 사면에 두르고 물이 거듭 감싼 곳 넓지 않은 선비의 집이
向陽明 開南牕 名不憂軒　　양지를 향하여 남창을 열었으니 불우헌이라 이름하네
左琴書 右博奕 隨意逍遙　　왼면엔 거문고와 책 오른면엔 바둑과 장기로 뜻에 따라 소요하네
偉 樂以忘憂景何叱多　　아, 즐거워하여 근심을 잊은 광경이 어떠한가
平生立志 師友聖賢 (再唱)　　평소에 뜻을 세움이 성현을 스승과 벗으로 삼기로 하니

이와 같이 문학 작품 내에서 관료적 의식을 여전히 갖고 있으면서도 처사로서의 현재 생활에 대해서도 강한 애정을 보여주는 태도를 '관료문학과 처사문학으로의 양가적 지향성'이라 부를 수 있으리라 생각된다. 조선조 사대부는 기본적으로 자신이 처한 상황에 따라 단어 뜻 그대로 '대부(大夫)'와 '사(士)', 즉 관료와 처사(선비)로서의 양 측면을 다 지닐 수 있다. 16세기 강호가도적 미의식을 보여주는 작품들에서는 이와 같은 두 측면 가운데 관료문학적 측면은 이면으로 숨고 처사문학적 측면만이 겉으로 드러나면서 세상과 자연을 철저히 분리시키는 사고가 확정적으로 나타나는데 반해, 15세기를 살아간 정극인에게서는 이 두 측면이 서로 대립되지 않으면서 양가적 지향성을 지닌 채 공존하는 양상이 확인되는 것이다. 이는 물론 관직에의 열망이 강했음에도 만년에 이르러 잠깐의 관직 경험을 했을 뿐 대부분의 생활을 향촌에서 보낸 정극인의 개인사에 연유한 면도 있겠지만, 그 기저에는 관료문학에서 처사문학으로 사대부문학의 주류가 바뀌어가는 흐름 속에 과도기적 위치를 차지하는 15세기 말엽이라는 시대적 흐름이 큰 영향을 끼쳤다고 생각한다.

　　〈불우헌곡〉을 통해 파악되는 이러한 경향성은 정극인의 한시 작품

偉 遵道而行景何叱多	아, 도를 따라 행하는 광경이 어떠한가
	―〈불우헌곡〉 제1장
再上疏 闢異端 依乎中庸	거듭 상소하여 이단을 물리치니 중용에 의지함일세
進以禮 退以義 守身爲大	예로써 나아가고 의로써 물러나니 몸을 지킴이 큰 일 일세
備員霜臺 具臣薇垣 引年致仕	사헌부의 자리에 들어가고 사간원의 직책을 맡았다가 나이가 많아 벼슬에서 물러났네
偉 如釋重負景何叱多	아, 무거운 짐을 벗은 듯한 광경이 어떠한가
一介孤臣 濫承天寵 (再唱)	하나의 외로운 신하가 분에 넘치게 임금의 은총을 받았네
偉 再參原從景何叱多	아, 원종공신에 다시 참여하게 된 광경이 어떠한가
	―〈불우헌곡〉 제3장
樂乎伊隱底 不憂軒伊亦	즐겁구나 불우헌이여
樂乎伊隱底 不憂軒伊亦	즐겁구나 불우헌이여
偉 作此好歌 消遣世慮景 何叱多	아, 이 좋은 노래지어 세상 근심 달래는 모습 어떠합니까
	―〈불우헌곡〉 제7장

및 산문에서도 비슷한 양상으로 나타난다.9) 경기체가인 <불우헌곡>과
더불어 정극인의 삶과 의식 세계를 잘 드러내는 한시 가운데 대표 작품
으로는 <치사음(致仕吟)> <불우헌음(不憂軒吟)> <영회(詠懷)> 등을 들 수 있
다. <불우헌음>은 7언절구 단편의 짧은 작품으로 상대적으로 자연에 은
거한 생활에 만족하는 모습을 강하게 부각시킨다.10) 작품은 간결하지만
이 시에 차운하여 은거생활의 풍취를 읊조리는 작품이 박건(朴楗), 김륜
(金崙), 박휘겸(朴撝謙) 등의 문인들로 이어지는 것으로 보아 <불우헌음>
이 정극인의 한시 세계에서 차지하는 비중은 적지 않다 하겠다.11) 이에
반해 <치사음>12)과 <영회>13)는 같은 7언의 행이 길게 이어지는 중, 장

---

9) <불우헌곡>이 경기체가이기는 하지만, 이 작품에 차운하여 지은 김영유(金永濡)의 <차불
　　우헌곡>과 같은 7언4구의 한시가 전하는 것으로 보아 당시 문인들은 <불우헌곡>을 한
　　시에 준하는 형식으로 생각해 장르를 넘나들며 함께 향유했을 가능성이 크며, 따라서 작
　　품의 정서나 주제가 공유되는 것은 지극히 당연하다고 볼 수 있겠다.

10) <불우헌음>

　　청산에 또 백운을 길이 차지하니　　　　　　　長占靑山又白雲
　　불우헌 위에서 하늘을 섬기네　　　　　　　　不憂軒上事天君
　　주리면 먹고 목마르면 마시는 한중의 재미　　飢餐渴飮閑中味
　　명월 청풍이 함께 하리라　　　　　　　　　　明月淸風可與云

11) <불우헌음>의 주제나 어휘사용의 측면은 <상춘곡>과 통하는 일면이 있으며, 이 작
　　품이 다수의 문인들에 의해 차운되면서 영향력을 가졌던 사실 역시 은거생활의 풍류
　　를 노래한 <상춘곡>의 작자로서 정극인을 상정하는 것에 대한 가능성을 높인다고 생
　　각된다.

12) <치사음>

　　벼슬에서 물러나 시 읊조리며 다다른 내 집 사립문　　致仕行吟到蓽門
　　갓 벗어 난간에 걸고, 다시 불우헌에 기대었다.　　　　掛冠還倚不憂軒
　　호남의 군현 수가 그 몇몇이던가,　　　　　　　　　湖南郡縣知多少
　　고을은 쉰셋이나 정인은 나 한 사람뿐.　　　　　　　五十三分一正言

　　고향에 돌아와도 충실한 신하의 도리 생각,　　歸去來思斷斷臣
　　시냇가 실버들 보며 먼저 눈길 고르네.　　　　澗邊絲柳眼初均
　　태산 기슭으론 필수가 넘실넘실　　　　　　　洋洋泌水泰山麓
　　봄날의 빈 골짜기 흰 빛 고운 저 갈매기들　　皎皎白駒空谷春

　　시골 사람들 만나 나누는 도란도란 옛이야기　　鄕曲古談當賤子
　　사간원 맑은 흥취야 높은 분들이나 하라시지　　諫坦淸興屬高人

임금님 화롯불 향기 아직 내 옷에 남았으나,　　　　御爐香惹衣冠在
내 몸엔 이제 사뭇 한 점 티끌도 없어라.　　　　　身上都無一點塵

태산의 긴 골짜기 이 신하 홀로 외로우나　　　　　泰山長谷獨孤臣
천일은 공평하여 우로 고루 내리네　　　　　　　天日無私雨露均
이웃집 늙은이 술항아리 끌어당기는 낯익은 얼굴　隣叟提壺開舊面
뜨락의 매화, 눈을 이기고 새봄을 맞누나　　　　庭梅傲雪迓新春

사특함 막고 착함 베풀어 군자를 기다리며,　　　閑邪陳善俟君子
늙음 알고 나이 늘려가니 야인에 마땅하네.　　　告老引年宜野人
몸과 마음이 아직 다 쇠하진 않으나　　　　　　只有身心衰未了
나이 줄여 다시금 홍진을 밟겠는가.　　　　　　縮年還欲踐紅塵,

13) <영회(詠懷-심회를 노래함)>
천 년 만에 처음 요순의 성군　　　　　　　　千載端逢堯舜君
오색실로 곤룡포 무늬를 잘 기웠네.　　　　　色絲能補袞衣紋
장차 이 공덕의 성가를 논한다면　　　　　　知將此德論聲價
어찌 그 가치 만근의 금에 그치리.　　　　　奚啻兼金重萬斤

한 통의 미격, 임금을 진노케 했으나　　　　一封薇檄賁丘園
세상의 영화, 이루 다 말할 수 없어라.　　　世上榮華可勝言
임금을 모시던 때, 입은 후한 은덕,　　　　得侍當年蒙厚慰
이승에선 그 큰 은혜 보답할 길 없어라.　　此生無計報鴻恩

아래론 어진 여러 신하들, 위엔 명철한 임금,　下有群賢上大明
요순 시대와 이름을 나란히 할 만하네.　　　唐虞三代可齊名
가련할 손 이 못난 사람, 깊은 궁벽에 살며,　自憐樗櫟生幽僻
우로의 깊은 은혜로 성정을 기르네.　　　　雨露恩深養性情

몇몇 어진 신하들은 일신을 다 바치고,　　多少良臣獻一身
유한하고 편한 이 선비, 온 봄을 즐기노라.　幽閑逸士賞三春
행장과 출처는 하늘이 주시는 것,　　　　行藏出處由天賦
공자 어찌 수고로이 먼 나루 물으셨나.　　大聖何勞遠問津

자그마한 선비의 집, 비록 궁벽 누추하나,　一畝儒宮雖僻陋
꽃 피는 아침 달 뜨는 저녁 홍취 형언키 어려워라.　花朝月夕興難言
시서와 바둑으로 한가로운 나날이여.　　　詩書碁奕閑消日
마음 가는 대로 앉고 눕는 불우헌이라오.　坐臥隨意不憂軒

위론 비가 새고 옆으론 바람 드는 몇 칸 집.　上雨傍風屋數間
옛날, 헛된 명예 따르던 한 선비,　　　　浮名虛譽一儒冠

편의 작품으로 향촌에 은거해서도 유가적 관료로서의 자세를 온전히 벗어던지지 못하는 정극인의 복잡한 심리 상태를 보여준다.

<치사음>엔 전체적으로 벼슬살이를 마치고 고향으로 돌아온 작가의 향촌의 생활을 기꺼이 즐기려는 자세가 나타나면서도, 관직에 나갔던 기억을 영광스럽게 돌이키며 시골로 물러났으나 신하로서의 면모를 잃지 않으려는 자세가 혼재되어 나타난다. 관직에 미련이 남은 모습은 특히 "고을은 쉰셋이나 정언은 나 한 사람뿐 五十三分一正言" "고향에 돌아와도 충실한 신하의 도리 생각 歸去來思斷斷臣" "태산의 긴 골짜기 이 신하 홀로 외로우나 泰山長谷獨孤臣"와 같은 구절에서 잘 드러난다. 그러나 그 부분을 제외하고는 전반적으로 치사 후 한가롭게 향촌생활을 즐기고자 하는 의지가 나타나고 있다. 이 두 가지 생각 가운데 정극인의 진짜 속마음이 무엇인지를 따지는 것은 중요하지 않다고 여겨진다. 이 두 가지 생각이 오가는 것이 바로 당시 정극인의 상태 그대로이며, 설령 관직에 미련이 남았다 하더라도 현재로서는 처사로서의 생활을 즐기고

가없는 성군 은택, 어떻게 다 보답할까,	洋洋聖澤將何報
충정을 쏟아내어 맑은 하늘에 축수하네.	祝壽露天瀉肺肝
벼슬길의 부침은 본디 그 근원이 같고	浮沈宦海本同源
영욕의 순환 또한 그 뿌리가 같은 것,	榮辱相乘互作根
그 누가 알리, 자미화 아래 놀던 그 나그네,	誰識紫薇花下客
한가함을 되찾아 불우헌 높이 누웠음을.	求閑大臥不憂軒
이 세상 어디 누가 가장 한가로운고,	世上阿誰最大閑
늙은 정언, 물러나 고향으로 돌아왔네.	老諫乞骸歸故山
거문고와 바둑, 술과 시로 긴 하루 보내나니,	琴碁觴詠消長日
천지간 기쁨만 있고 근심 아예 없어라.	有喜無憂俯仰間
백 년 생애, 어느덧 내 나이 팔순,	百歲光陰近八旬
앞서 보낸 젊은 사람 그 얼마나 많았던가.	幾多先送少年人
벽에 붙은 연금방 고개들어 바라보니,	仰觀壁上蓮金榜
수많은 명현들 모다 귀신 되고 말았어라.	濟濟名賢化作神

자 하는 마음에 비중을 더 두고 있다고 판단된다.

<영회>의 경우는 앞면에서 관직 생활이나 임금과 신하의 관계 등을 읊어 관료적 지향성을 내보이다가 중반 이후로 가면서 처사적 생활에 귀의하는 심경을 묘사해낸다. 7언절구 총 9수 가운데 1-3수는 관료적 지향성을 표방하고 있지만, 바로 이어지는 4수에서 "유한하고 편한 이 선비, 온 봄을 즐기노라 幽閑逸士賞三春"고 하면서 벼슬살이에 초탈한 은자(隱者)로서의 모습을 보이더니, 5수에서 마지막 수까지는 향촌생활의 실상을 상세히 그려내며 처사적 지향성을 강하게 드러낸다. 6수 3-4구에서 충정을 다해 임금의 은혜에 보답하기를 축수한다고 함으로써 향촌생활 속에서도 신하된 자세를 잃지 않는 모습을 잠시 드러내 처사적 지향성에 몰입하지 못하는 부분이 나타나기도 하지만, 전반적으로 4수 이후로는 마지막 수까지 처사적 지향성을 강하게 표출하는 것으로 볼 수 있다.

이러한 측면은 <불우헌기(不憂軒記)>와 같은 산문에서도 비슷하게 드러난다. 이 글에서 정극인은 서두에 "이 집의 이름을 불우헌이라고 지은 것은 내가 한가로이 지내고자 하는 뜻을 드러내 기록하기 위함이다. 예로부터 사람이 세상에서 한가롭게 살지 못하면 근심이 있고 한가롭게 살면 근심이 없게 되는 것이다."14) 라고 하여 처사로서 자연과 벗하는 한가로운 일상을 강조하는 듯하지만, 곧 이어지는 본문 부분에서는 자신이 이단을 물리치는 상소를 올렸다거나 공신의 직첩을 받은 사실 및 그간에 두루 역임한 관직들을 소개하는데 지면을 할애한다. 그러면서도 글의 마지막에 이르러서는 "벼슬길의 무상한 부침 소식을 듣지 아니하니 어찌 세도의 오르내림을 알 것인가. 하늘은 높고 땅은 낮은데 그 사

---

14) 軒以不憂名 志閒也 人之於世 無閒則有憂 有閒則無憂 <불우헌기>

이에서 한가로이 살아가는 한 사람이니 어찌 그 무엇을 근심할 것인가. 고인이 말하지 아니하였던가. 네 마리 말이 끄는 높은 수레를 타는 사람은 그 근심이 매우 크나니, 부귀하면서 사람을 두려워하는 것이 빈천하면서 뜻을 마음대로 하는 것만 못하다고. 이는 아마도 불우헌에서 살아가는 나 같은 사람을 이르는 것이 아니겠는가"[15]라고 하여 세상 명예에는 전혀 관심이 없다는 자세를 취한다. 정극인의 이러한 생각은 글 한 편에 실린 내용만 보고 언뜻 판단한다면 가치관이 확고하게 정립되지 못했다거나 혹은 이중성을 띤다고 여겨질 수도 있겠지만, 앞에서 <불우헌곡> 및 주요 한시 작품을 통해 파악해낸 그의 관료문학과 처사문학을 향한 양가적 지향성에 기초해볼 때 적어도 정극인에게 있어서는 상호공존이 가능한 가치관이며, 나아가서는 15세기 말이라는 시대성을 오히려 잘 드러내는 세계관의 발로로 여겨질 수도 있다.

그의 이러한 양가적 가치 지향성은 한시나 경기체가가 아닌 다른 시가 장르에서도 드러난다. 그의 시가 작품 가운데 <불우헌가>는 형식상으로는 악장체인지 사설시조인지 논란이 있지만, 내용상에 있어서는 관료로서의 의식을 가지고 임금에 대한 송축을 기원하는 악장으로 분류될 수 있다.[16] <상춘곡>의 경우는 주지하다시피 자연을 노래하는 처사문

---

15) 不聞宦海之浮沉 焉知世道之升降 天高地下間 一閒人也 夫何憂哉 古之人不云乎 駟馬高車 其憂甚大 富貴之畏人 不如貧賤之肆志焉 其不憂軒上人之謂乎 <불우헌기>
16) 참고로 <불우헌가> 전문을 소개한다.

浮雲似宦海上애	뜬구름 같은 벼슬살이에
事不如心호이	뜻대로 되지 않는 일이
하고만코호니이다	많고 많습니다
뵈고시라	보이고 싶어라
不憂軒翁뵈고시라	불우헌옹은 보이고 싶어라
時致惠養호신口之於味뵈고시라	때로 은혜롭게 보살피게 한 맛있는 음식 보이고 싶어라
뵈고뵈고시라	보이고 보이고 싶어라
三品儀章뵈고시라	삼품 벼슬의 의장을 보이고 싶어라
光被聖恩호신馬首腰間뵈고시라	영광스럽게 성은을 입은 마수요간을 보이고 싶어라

학적 정취를 드러내는 가사 작품이다. <불우헌가>와 <상춘곡>이 보이
는 이러한 정서적 차이는 <상춘곡>의 작가가 정극인이 아닐 수 있다는
가능성을 높이는데 일조를 했지만, 역으로 생각해보면 이러한 차이야말
로 관료문학과 처사문학의 두 가지 성향이 그의 시가문학에서 양가적
지향성을 띠고 나타난다는 데 대한 방증일 수 있을 것이다.

3. 15세기 시가문학에서 장르 선택의 문제

<불우헌곡>과 <불우헌가>가 지어진 배경에 대해 『불우헌집』의 기록
을 살펴보면 "매양 천은이 망극함을 생각하고 고려 한림별곡의 음절에
따라 불우헌곡을 지었는데, 먼저 단가로써 때때로 그 영광을 가영하고
이어서 주상의 천수를 축원하였다"[17]고 되어 있다. <불우헌곡>에 대해
서는 분명 <한림별곡>과 같은 경기체가임을 밝히고 있으나 <불우헌가>
에 대해서는 '단가'라고만 지칭하고 있어 그 확실한 장르를 파악하기 어
렵게 되어 있는 것이다. <불우헌가>에 대해서 김성기는 속요체 악장인
듯하지만 사설시조로 보는 것이 더 좋을 것 같다는 견해를 밝힌 바 있
다.[18] 또한 이 작품의 경우에는 황윤석의 「행장」에서 정극인의 작품으
로 기술하였고 작품 내용도 그의 평소의 의식과 맞물리는 점이 있어 작

嵩三呼華三呼룰   숭삼호 화삼호를
何日忘之ᄒ리잇고   어느 날엔들 잊으리이까

— <불우헌가>

  * 馬首腰間 : 자신이 타고다니는 말의 머리와 자신의 허리둘레에 찬 벼슬아치의 장식
                    * 嵩三呼華三呼 : 신하가 임금의 수복을 축원하는 말

17) "每念天恩罔極 倚高麗翰林別曲音節 作不憂軒曲 先以**短歌** 以時歌詠其榮 申祝上壽", 황윤석
    (黃胤錫), <불우헌정공행장(不憂軒丁公行狀)>
18) 김성기, 「정극인의 <불우헌가>에 나타난 시조성 연구」, 『시조학논총』 19집, 한국시조학
    회, 2003, 155-177면.

자 문제가 논란이 될 염려는 없다. 필자는 <불우헌가>를 사설시조보다는 악장의 형식으로 보는 게 좋지 않을까 생각하며, 정극인이 스스로를 과시하면서도 임금에 대한 찬양을 함께 드러낸 것으로 보고자 하는 입장에 서 있다.

김성기는 '단가'라는 명칭에 주로 의거해 <불우헌가>를 사설시조로 보는 관점을 견지했는데,[19] 이는 섣부른 단정이라고 생각된다. '단가'라는 말은 고려전기 향가인 <도이장가>를 두고서도 언급되었던 명칭이며,[20] 황윤석의 글의 문맥으로 보아서도 7장까지 이어지는 <한림별곡>에 비교하는 의미의 '짧은 노래'라는 의미로 '단가'라는 말을 썼으리라 생각되기 때문이다. 무엇보다도 현전하는 <불우헌가> 작품은 형식과 내용 모두에서 시조나 사설시조와 연결시키기보다는 조선초기 한시체나 현토체 악장의 형식과 유사하다는 느낌을 준다. 조선초기 악장 제작이 활발하던 시기에는 한시 작품에 우리말로 토를 달거나 의성어 등을 덧붙여 현토체 시가를 만들어 악장으로 활용한 작품들이 다수 있었다. <불우헌가>의 내용을 보면 전형적인 송축과 과시의 양상을 띠고 있어 악장과 유사하며, 형식상에 있어서는 선초 현토체 악장들의 여러 작품 가운데 완벽하게 일치하는 형식은 없지만, 한시구에 현토나 약간의 우리말 시어가 붙는다는 점에서 전형적인 14-15세기 현토체시가의 형식으로 보아도 무난하다고 생각한다.

그런데 정극인이 <불우헌가>를 창작한 사례 외에도 16세기 초에 경기체가 작품을 창작한 김구(金絿, 1488-1534)나 이복로(李福老, 1469-1533)와 같은 작가들 역시 경기체가 외에 다른 형식이나 장르를 통해 송축을 주

---

19) 김성기, 같은 글.
20) "上悄然感慨 問二功臣之後 (…중략…) 仍賜御製四韻一絶短歌二闋"『장절공유사(壯節公遺事)』

제로 한 악장 형태의 작품을 함께 짓고 있다는 사실은 이 시기 시가 장르 선택과 관련하여 시사점이 큰 부분이다. 경기체가와 더불어 선택된 장르나 형식은 <불우헌가>처럼 현토체시가 형식일 수도 있고, 김구처럼 초기시조 형식일 수도 있으며,21) 이복로의 경우처럼 한시체 악장의 형식이 될 수도 있지만,22) 특정 대상에 대한 송축을 지향하는 형식이라는 점에서는 동일하다. 또한 김구와 이복로가 지은 경기체가 작품들은 모두 <불우헌곡>처럼 향촌을 배경으로 창작되었으면서도 관료적 지향성이 함께 엿보인다는 점에서도 유사성을 지니고 있어 본격적인 강호가도 계열 시가문학이 시작되기 이전 사대부 시가의 공통적인 면모를 엿볼 수 있다고 생각한다.23) 이렇듯 15세기말 16세기 초에 경기체가를 향유

---

21) 김구의 시조는 총 5편이 전하는데 그 중 세 편을 인용한다.
나온댜 今日이야 즐거운댜 오놀이야
古往今來예 類업슨 今日이여
每日의 오눌 ᄀᆺᄐ면 므슴셩이 가시리

올히 댤은 다리 학긔다리 되도록애
거믄 가마괴 해오라기 되도록애
享福無彊ᄒ샤 億萬歲롤 누리쇼셔

泰山이 놉다ᄒ여도 하눌 아래 뫼히로다
河海깁다 ᄒ여도 짜우희 므리로다
아마도 놉고 기플슨 聖恩인가 ᄒ노라
                                        — 김구(金絿) 『자암집(自菴集)』
김구의 시조에 대한 내용은 길진숙, 「16세기 초반 시가사의 흐름-김구의 시가 작품을 중심으로」, 『한국시가연구』 10, 한국시가학회, 2001, 149-173면에서 시사받은 바 크다. 또한 16세기 초반 형성기 시조를 대상으로 주제의 몇 가지 양상을 살펴본 최재남, 「형성기 시조의 서정적 주제」, 『서정시가의 인식과 미학』, 보고사, 2003에서도 김구의 <나온댜-> 류의 시조에 대해 임금으로 지칭되는 님을 전제하고 있으면서 경기체가가 지닌 공락(共樂)의 정서를 개인적 감격으로 전환시킨 작품으로 보았다.

22) 이복로의 『구촌문고(龜村文稿)』에는 경기체가 2편과 함께 아악가사 형식의 한시체 형식으로 송축을 주제로 한 <초계향교가요(草溪鄕校歌謠)>라는 제목의 작품이 더불어 전한다.

23) 김구는 <화전별곡>을, 이복로는 <구령별곡>과 <화산별곡>이라는 제목의 2편의 경기체가를 남겼다. <화전별곡>은 잘 알려진 대로 김구가 남해로 유배 가 있는 상황에서 지어진 작품이며, 이복로의 작품은 근자에 발견된 것으로 박경주, 「구촌 이복로의 <화산

한 작가들의 장르 선택의 측면에서 볼 때도 <불우헌가>는 악장에 가까운 작품으로 보는 것이 바람직하다고 생각한다.

<상춘곡>의 경우에 작자문제나 창작시기 문제에서 해결되지 못한 부분들이 있는데, 이는 기본적으로 『불우헌집』의 편찬 연대가 「행장」을 쓴 황윤석(1729-1791)의 생년에서 확인되듯이 정극인 사후 3백여 년이 지난 시기라는 점 때문에 비롯된다. 그 외에도 <상춘곡>에 보이는 자연미의 완상이라는 주제의식이 『불우헌집』의 전반에 나타나는 경세치민에 주력한 현실주의적 인물로서의 정극인과 맞지 않는다는 측면이나 표기법이나 형식, 표현 등이 작가의 여타 작품이나 작가의 생존시기의 그것과 다른 부분이 많다는 지적이 나와 쟁점이 된 바 있다.24)

그러나 작품이 문집에 분명히 수록되어 있는 이상 명백한 증거 자료 없이 작가와 작품의 끈을 끊을 수는 없다. <상춘곡>이 보여주는 강호가도적 정취나 어휘 선택의 폭이 조선초기 최초의 가사 작품이라고 보기에는 너무나 원숙하고 정극인의 지향점과 꼭 일치하지는 않는다는 위의 견해에 대해서는, 현전하는 <상춘곡>에 비해 형식과 내용에서 좀 더 앞선 시기의 것으로 볼 수 있는 원전(原典)으로서의 <상춘곡>의 존재를 상정하여 원전에서 문집에 전하는 <상춘곡>으로의 변화 가능성을 생각해 볼 필요가 있을 듯하다. 정극인이 향촌에서 은거 생활을 하면서도 관료 지향적 성향을 가졌던 것은 분명하나, 이러한 특성이 <상춘곡>과 같은 작품을 창작했을 가능성을 무화시킬 정도였다고 볼 수는 없을 것이다.

별곡> <구령별곡>이 지닌 16세기 경기체가로서의 위상 탐구」, 『고전문학연구』 40, 한국고전문학회, 2011, 35-64면을 통해 자세한 작품 분석이 이루어졌다. 정극인의 시가를 다룬 본 논문에 연속해 이복로의 시가를 다룬 논문을 이 책에 수록했다.

24) 정극인이 <상춘곡>의 작자가 아닐 것이라는 견해는 강전섭, 「상춘곡의 작자를 둘러싼 문제」 『한국고전문학연구』, 대왕사, 1982와 최강현, 『가사문학론』, 새문사, 1986에서 주장했고, 정극인과 <상춘곡> 사이에 놓인 작가문제에 대한 논란에 대해서는 최웅, 「가사의 기원」, 장덕순 외, 『한국문학사의 쟁점』, 집문당, 1986에 잘 요약되어 있다.

오히려 <상춘곡>을 통해서 잠시나마 관료 세계에 대한 지향을 접고 자연에 심취하고자 했을 수도 있기 때문이다. 불우헌을 소재로 한 정극인의 주요 한시 작품에서 <상춘곡>의 정서와 일맥상통하는 구절들을 찾아볼 수 있는 것은 이러한 관점에서 매우 흥미로운 부분이다. <영회>의 4수과 5수를 먼저 살펴보도록 하자.

몇몇 어진 신하들은 일신을 다 바치고,	多少良臣獻一身
유한하고 편한 이 선비, 온 봄을 즐기노라.	幽閑逸士賞三春
행장과 출처는 하늘이 주시는 것,	行藏出處由天賦
공자 어찌 수고로이 먼 나루 물으셨나.	大聖何勞遠問津
자그마한 선비의 집, 비록 궁벽 누추하나,	一畝儒宮雖僻陋
꽃 피는 아침 달 뜨는 저녁 흥취 형언키 어려워라.	花朝月夕興難言
시서와 바둑으로 한가로운 나날이여.	詩書薄奕閑消日
마음 가는 대로 앉고 눕는 불우헌이라오.	坐臥隨意不憂軒

이 시 4수의 둘째 구는 "幽閑逸士**賞三春**"이라 하여 온 봄을 즐기는 선비의 모습을 관직에 나간 관료와 대비해 강조하며, 공자가 춘추시대 은자들인 장저와 걸닉에게 자로를 보내 나루터를 물어본 고사를 인용하면서[25] 세상을 바꾸기보다는 은거해 살겠다는 세계관을 표출한다. <영회>

---

25) 이와 관련한 고사는 『논어(論語)』 '미자편(微子篇)'에 실려 있다. 장저와 걸닉은 춘추시대 은자들인데 어느 날 두 사람이 함께 밭을 갈고 있었다. 마침 공자가 그곳을 지나가다가 큰 강을 만나 길이 막히자, 그들에게 자로를 보내어 나루터를 물어보도록 했다. 그러자 장저는 오히려 공자가 나루터를 알거라고 말했고, 걸닉은 자로가 공자의 제자임을 확인한 뒤 다음과 같이 말한다. "그대에게 한 마디만 하겠소. 홍수처럼 도도하게 흘러가는 이 어지러운 세상을 누가 바꿀 수 있겠소? 사람을 피하는 저 사람을 따르기보다는 세상을 피하는 사람을 따라 은자가 되는 것이 나을 거외다" 자로가 돌아와 공자에게 앞뒤 이야기를 전하자, 공자는 길게 탄식하며 "내 어찌 산림에 은거하여 새나 짐승과 더불어 살겠는가? 내 사람들과 살지 않고 누구와 함께 살겠는가? 제대로 된 세상이라면 내가 굳이 바꾸려 하지 않았을 것이다."라고 말했다고 한다. 정극인이 <영회>에서 이 고사를 인용

에서는 또 자신의 거처를 "위론 비가 새고 옆으론 바람 드는 몇 칸 집 上雨傍風屋數間"으로 묘사한다거나 자신의 일상을 "거문고와 바둑, 술과 시로 긴 하루 보내나니 琴碁觴詠消長日"과 같이 표현하고 있어, <상춘 곡>의 화자가 자신의 집 근처를 "數間茅屋"이라 일컫고 술을 즐기는 정 취를 보여주는 것과 통하는 면모가 나타난다.

정극인의 한시 <불우헌음>과 그에 차운하여 지은 다른 문인들의 한 시 작품에는 <상춘곡>에서와 비슷한 어휘와 발견되고, 또한 처사적 미 의식이 동시에 나타나고 있어 특히 흥미롭다. 앞서 2장에서 살펴본 바 있듯이 <불우헌음>은 처사적 일상을 절구 형식으로 간결하게 표현한 작 품이다. 이 가운데 '閑中味'나 '明月淸風'과 같은 어휘는 <상춘곡>에서 '閒中眞味'나 '淸風明月'과 일치하며, 3,4구의 "주리면 먹고 목마르면 마 시는 한중의 재미 飢餐渴飮閑中味/ 명월 청풍이 함께 하리라 明月淸風可 與云"는 구절은 <상춘곡>의 "閒中眞味를 알니업시 호재로다/ (…중략…) /淸風明月 외예 엇던벗이 잇亽올고"라는 표현과 상당히 유사한 느낌을 준 다. 또한 1,2구의 "청산에 또 백운을 길이 차지하니 長占靑山又白雲/ 불우 헌 위에서 하늘을 섬기네 不憂軒上事天君"라는 구절은 <상춘곡>의 "數間 茅屋을 碧溪水 앏픠두고/ (…중략…) / 峰頭에 급피올나 구름소긔 안자보 니 千村萬落이 곳곳이 버러잇뉘"라는 구절과 통하면서 정극인이 거처한 불우헌 주변의 경치를 비슷하게 묘사해낸다.26)

한 것은 이 작품을 지을 당시만큼은 공자보다는 장저와 걸닉의 세계관을 따르고자 한다 는 뜻으로 해석할 수 있을 것이다.

26) <상춘곡>에서는 작자의 거처를 "數間茅屋을 碧溪水 앏픠두고/ 松竹 鬱鬱裏예 風月主人 되여셔라"라고 묘사하고 있는데, 이는 정극인의 작품 외에도 특히 황윤석이 쓴 정극인의 행장에서 불우헌 주변을 묘사한 내용과 흡사하여 주목된다. 황윤석은 이 글에서 "공은 남면으로 돌아온 뒤엔 한결같이 마음에 유정한 뜻을 품고서, 즐거이 과거에 응시하지 아 니하고 **시냇가에 초가삼간을 짓고는 그 집을 불우헌, 그 시냇물을 필수라 이름하고, 송죽을 심고,** 농사짓는 사람, 나무하는 사람들과 더불어 지냈다. 이러한 가운데 정신을 기쁘게 하고 심성을 함양하면서, 평이하게 세상에 처하여 천명을 기다리며, 한가로이 자

　이외에도 <불우헌음>에 차운한 시들은 <불우헌음>의 처사적 미의식을 공유하며 이를 확대 재생산한 듯한 분위기를 보여준다. 김륜이 차운한 시에서는 "한중진미 있는 곳 그 어디던가 欲識閑中滋味處/ 집 이름 불우헌이라 이른 곳일세 須知軒號不憂云" "한 칸은 띠집, 반 칸은 구름 一間茅屋半間雲/ 한가함 지극하여 아내도 잊었네 閑極都忘有細君"이란 구절이 등장하는데, 이는 앞서 살핀 <불우헌음>의 공간적 배경과 유사하면서 <상춘곡>의 해당 구절과도 긴밀하게 상통한다.

　박휘겸이 차운한 시는 분량을 더욱 확대한 작품이라서 비슷한 구절이 더욱 많이 포착된다. "향기로운 비 개자 담담한 구름 香雨初晴淡淡雲/ 꽃 사이에 술을 놓고 봄신께 사례하네 花間置酒謝東君" "오솔길 소요하며 대나무를 보네 三逕逍遙對此君/ (…중략…) / 청풍을 속인과 함께 말하기 어렵다네 清風難與俗人云" "이웃 노인 술을 마련해 늘 그댈 부르네 隣翁辦酒每邀君/ 동편 울타리 국화 따고 깨었다 취했다 하니 東籬採菊醒還醉/ 벼슬살이 부침은 다시 말할 것 없어라 宦海浮沈不復云" "적적한 원림 한가한 구름에 잠겼는데 園林寂寂鎖閑雲 고기잡고 나무하는 사람만 그댈 찾아오네 惟有漁樵來訪君"과 같은 부분을 보면 앞서 <불우헌음>이나 김륜의 차운시를 <상춘곡>과 연결지어 살펴본 측면의 소재나 미의식이 드러나는 것은 물론이요, 추가적으로 <상춘곡>의 "綠楊芳草는 細雨중에 프르도다" "곳괴여 닉은술을 葛巾으로 밧타노코 곳나모 가지것거 수노코 먹으리라" "아촘에 採山ᄒ고 나조히 釣水하새"와 같은 구절에서 그려내는 비온 뒤의 자연경관의 변화나 자연과 벗하며 술에 취하는 정취, 그리고 나물 캐고 낚시하는 향촌의 일상까지도 상당히 비슷하게 표현하고

연과 더불어 노닐며 즐거워하고, 온갖 시름을 잊었다. 公旣南歸 壹意幽貞 不樂赴擧 築草舍三間 名其軒曰不憂 名其川曰泌水 植松竹 混耕樵 怡神養性 居易俟命 徘徊夷猶 樂而忘憂"라고 적었다.

있는 것으로 생각된다.

정극인 본인의 작품에서 발견되는 <상춘곡>과 유사한 어휘나 미의식은 물론이지만 차운시와의 비교를 통해 나타난 유사성 역시 정극인이 <상춘곡>을 지었을 가능성을 크게 높여준다고 생각한다. 정극인이 생전에 이러한 차운시를 전해 받았는지 정확히 알 수는 없지만, 차운시에서 드러나는 정서가 정극인의 <불우헌음>의 그것을 확대한 것으로 보이는 점에 비추어보면 차운시나 <상춘곡> 모두 <불우헌음>에서 보여주는 처사적 미의식을 확대 재생산한 작품으로 파악할 수 있을 듯하다. 단지 『불우헌집』에 전하는 <상춘곡>이 정극인이 창작할 당시의 바로 그 작품이었는지에 대해서는 자신할 수 없을 것으로 보인다. 15세기라는 시기가 지닌 시가사의 형식적 특징에 기초할 때 현전하는 <상춘곡>의 원숙한 표현이 완성되기에는 시기상조라는 지적은 일면 타당하다고 여겨진다. 15세기에 지어진 초기 가사로서의 면모를 지닌 <상춘곡>은 지금보다는 덜 세련된 형식이나 표현을 취했을 수도 있다. 추측을 해본다면 아마도 지금 전하는 작품보다는 순우리말 표현이 적고 한시구가 더 많은 비중을 차지하며 현토가 들어간 형태였을 가능성이 있지 않을까 한다. 이러한 형식의 작품이 뒷 시기 문인들에 의해 향유되면서 다듬어져 현재의 모습으로 18세기에 간행된 『불우헌집』에 실리게 되었으리라 조심스럽게 추정해본다.

4. 정극인의 문학이 16세기 시가에 미친 영향

정극인이 선택한 시가 장르는 16세기 초기에서 말기까지 영, 호남 지역 사대부 문인들이 선택한 시가 장르와 연계된다는 점에서 또한 의미가 있다. <상춘곡>이 호남 지역 후배 문인들에 의해 가사 장르로 연결되는 것은 이미 많이 논의되었지만, 영남지역 사대부 문인들과의 연계는 기존 연구사에서는 거의 조명되지 않았다. 경기체가는 정극인 이후 주로 영남 지역 사대부들에 의해 향유되는데, 그들 역시 처음에는 경기체가를 통해 정극인과 유사하게 관료적 지향과 처사적 지향을 함께 드러내다가 뒤로 갈수록 처사적 지향이 강해지면서 강호가도를 노래하는 영남가단의 기풍을 갖추어 나가는 모습을 확인할 수 있다. 또한 3장에서 살펴본 것처럼 정극인과 유사하게 경기체가와 더불어 악장형 시가를 함께 창작한 사실 또한 영남가단의 흐름에서 포착되는 의미 있는 지점이다. 16세기 초기에는 경기체가를 지으면서 동시에 '악장형태의 작품'이나 '시조의 형식에 악장적 정취를 담은 작품'들을 함께 지었다면, 16세기 말 본격적인 강호가도의 흐름이 형성되면서부터는 경기체가는 파격화 되면서 쇠퇴하고 연시조가 새롭게 등장하는 모습을 영남지역 문인들의 작품에서 확인할 수 있다.

16세기는 사림파가 등장하면서 퇴직이나 자진사퇴 혹은 유배나 과거 실패 등의 다양한 경로로 향촌에 근거지를 둔 사대부들이 늘어나는 가운데 영, 호남을 막론하고 향촌 사대부 문학이 정립되어간 시기이다. 16세기 초까지는 아직 영남가단이니, 호남가단이니 하는 명명을 할 수 있을 만큼 지역문학군이 형성되지는 못한 단계로 볼 수 있는데, 남해에 유배를 간 김구의 경우와 영남을 근거지로 한 이복로의 경우, 그리고 호남을 근거지로 한 송순의 경우 등이 지향점과 장르 선택 면에서 정극인의 영향을 받았다고 할 수 있다.

16세기 말로 접어들면 호남지역에서는 가사 작품들이 본격적으로 창작되면서 정극인에서 송순을 거쳐 정철로 이어지는 가사문학의 흐름이 정착 구도에 접어든다. 이에 대해서는 기존 연구자들 다수가 이미 논한

바 있다. 이와는 별도의 흐름으로 정극인의 경기체가에 나타났던 문학
세계는 영남 지역으로 이어지면서 처사적 성향이 강화되는 면으로 변형
된다. 16세기 중반을 넘어서면서 영남지역에서는 이황과 이현보를 중심
으로 본격적인 강호가도의 흐름이 형성되기 시작하는데, 이복로에 의해
16세기 초까지 정극인과 유사한 관료와 처사의 양가적 지향성을 보여주
는 경기체가 작품이 이어지다가, 처사적 지향성이 더욱 강화되면서 경
기체가 장르가 본래 지녔던 관료적 성향과 충돌하면서 경기체가 장르의
쇠퇴로 이어지게 된다.27)

　16세기 중반 이후 창작된 주세붕과 권호문의 경기체가 작품들은 파격
적인 형식을 취하며 내용에 있어서도 과시와 찬양과는 거리가 먼 쪽으
로 경기체가 장르의 말기적 형태를 보여주는데, 이를 통해서 15세기나
16세기 초기와는 달리 이미 이 시기에 이르면 사대부 향촌사회의 정서
가 과시와 찬양이라는 경기체가의 본질과는 거리가 멀어지면서 사림의
세계관을 보여주는 면으로 방향이 전환되고 있음을 알 수 있다. 주세붕
과 권호문은 모두 이현보의 귀향 이후 영남 사림파의 시가문학을 함께
한 일원으로, 개인마다 세부적인 차이는 있지만 이들이 은일지사의 관
점에서 강호자연을 바라보고 도학적 이념을 강조하는 처사적 문학을 공
유했다고 보는 것이 학계의 일반적 관점이다. 이러한 세계관에 입각할
때 경기체가의 효용성은 극히 제한될 수밖에 없으며, 사림파 문학은 그
들의 정서를 더 잘 드러낼 수 있는 새로운 향촌시가 장르를 향유하는 면
으로 전환되어 갔다고 판단된다. 그러한 과정 속에서 이현보에 의해 어

---

27) 이복로를 전후하여 영남지역 문인들 사이에서 나타난 경기체가의 성격 변화와 이와 관
　　련된 당시 시가문학의 흐름에 대해서는 박경주, 앞 논문, 2011에서 분석한 바를 참고하
　　기 바란다. 또한 경기체가와 악장형시가 창작을 통해 정극인과 16세기 영남 사림의 문학
　　을 연결시키는 내용의 경우는 본고에서 다룬 정도에서 나아가 좀 더 깊게 논의될 필요가
　　있기에 별도 논문을 통해 세밀한 논의를 진행할 계획이다.

부가가 재편되고, 이황과 이별, 주세붕, 권호문 등에 의해 연시조 작품들이 창작되기 시작한다고 볼 수 있다.

5. 정극인 시가의 문학사적 의미

이 글에서 대상으로 한 정극인의 국문시가와 한시, 산문들은 대부분 정극인 생애의 말년인 15세기 말, 작자가 짧은 관직생활이기는 하지만 벼슬살이를 마치고 태인에서 향촌생활을 할 때 지어진 작품들이다. 15세기는 본격적인 처사문학을 지향하는 강호가도의 흐름이 아직 형성되기 이전으로 관료생활을 지향하고 임금의 은혜를 송축하는 내용이 사대부 시가문학의 주류를 차지하던 시기이다. 정극인은 15세기를 마치며 16세기로 나아가는 시기에 작품 활동을 하면서 관료문학과 처사문학으로의 양가적 지향성을 드러내었다. 그의 문학 작품을 피상적으로 살펴보면 일관되지 못한 세계관 속에 혼란스러운 가치를 보여주는 듯 하지만 그 작품 세계를 꼼꼼히 검토하고 장르 선택의 양상을 당시 다른 사대부들의 경우와 비교해본 결과 이러한 미의식은 15세기 말, 16세기 초에 짧은 관직생활을 하고 생애 대부분을 향촌에서 살아간 문인들에게 일반적으로 나타날 수 있는 것임을 알 수 있었고, 오히려 이러한 양가적 지향성을 통해 15세기를 마감하며 16세기를 선도하는 역할을 했다고 정리할 수 있었다.28)

---

28) 이 논문의 학회 발표 과정에서 작품의 창작 시기를 정확히 밝혀 평전 형태로 정극인의 문학 세계를 조명하는 작업이 가능할지에 대한 제안을 받았다. 『불우헌집』이 작자 사후 3백여 년이 지난 시점에서 편찬되었다는 사실 외에도 정극인의 생애가 자세히 고증되지 않았다는 점 등으로 인해 그의 작품들의 창작 시기를 정확히 알아낸다는 것은 쉽지 않은 일이지만, 가능한 자료 등을 모두 정리해 추론해 보면 추후 정극인에 대한 작가론 형태

장르 선택이나 표기상의 문제와 관련해서 볼 때 15세기는 아직까지 한시체 위주에 우리말로 토를 달거나 우리말 부분을 채워넣은 형태의 시가가 일반적이었기에 경기체가나 한시체 중심 악장 등이 사대부 시가의 주류를 이루고, 시조의 경우에도 임금의 은혜를 칭송하는 내용이 드러난 작품들이 많이 보인다. 이러한 측면에서 볼 때 정극인의 <불우헌가>는 악장과 유사한 내용과 형식을 지닌 한시체 시가로 15세기를 마감하는 시가 형식이라 할 수 있을 것이다. 한편 <불우헌곡>은 전 시기 관료적 지향의 경기체가에서 뒷 시기 처사적 지향으로 넘어가는 경기체가의 변화를 선도하면서 영남지역 사림파의 경기체가에 영향을 준 만큼 15세기 이전과 이후를 사이에 두고 변화를 이끌어낸 작품으로 파악할 수 있겠다. <상춘곡>의 경우 현전하는 작품에 형식상 후대적 변화가 가미되었을 가능성을 인정한다 하더라도 정극인 만년에 지어진 한시와 시가 작품을 총체적으로 검토했을 때 처사문학으로의 지향성 역시 충분한 정도로 드러나고 있음을 알 수 있었기에 함부로 정극인의 작품이 아니라고 판단할 수는 없으리라고 생각한다. <상춘곡>의 내용과 정극인의 의식 사이의 관계항을 파악하는 것은 조심스러운 부분이 있고 또 이 글의 주된 논지가 <상춘곡>의 작자 문제에만 맞춰져 있지는 않기 때문에 적절한 선까지만 다루었는데, 분명한 것은 <상춘곡>에서 보여주는 주제의식이 정극인의 작품 세계의 전면은 아니지만 한 편에 분명하게 자리 잡고 있다는 사실일 것이다.

_____ 『고전문학과 교육』 29집, 한국고전문학교육학회, 2015년 2월.

의 연구가 가능하리라 생각한다. 이와 더불어 '처사문학'이 지닌 다면성에 초점을 맞추어 이를 세분화하는 작업이나 정극인의 문학사적 위상을 교육적 필요성 측면에서 조망하는 작업이 필요하다는 제언 또한 있었던 바, 추후 별도 논문을 통해 이러한 작업 역시 추진해보고자 한다.

구촌 이복로의 〈화산별곡〉 〈구령별곡〉이 지닌 16세기 경기체가로서의 위상

1. 이복로와 경기체가

이복로(李福老, 1469-1533)의 경기체가 작품이 세상에 알려지게 된 것은 한문학을 연구하는 김영진 교수가 계명대학교 동산도서관에 소장된 이복로의 문집『구촌문고(龜村文稿)』를 열람하던 중 〈화산별곡(花山別曲)〉과 〈구령별곡(龜嶺別曲)〉의 두 편을 발견하고 학계에 소개하면서부터이다.[1] 2008년 11월에 학술지를 통해 소개된 후 지금까지 김영진 교수의 글 이외에 이복로의 경기체가에 대한 후속 연구는 별로 이루어지지 않은 듯하다.[2] 처음 작품을 소개한 김영진 교수의 글은『구촌문고』를 통해 이

---

[1] 김영진, 「구촌 이복로의 경기체가-〈화산별곡〉과 〈구령별곡〉」,『한국시가연구』25, 한국시가학회, 2008.『구촌문고』(필사본 1책)에 실린 작품 원문은 인터넷 상에서 계명대학교 동산도서관에 접속해 읽어볼 수 있다.

[2]『계명대학교 동산도서관 소장 善本古書 해제집2』, 2009년 2월에『구촌문고』에 대한 김영진 교수의 해제가 실렸다고 하는데 읽어보지는 못했다. 단 김영진 교수 본인이 이 해제에 대해『한국시가연구』25집에 실린 내용과 크게 다르지 않음을 구두로 확인해주었다. 이 자리를 빌려 본 논문에 여러 모로 도움을 주신 김영진 교수께 감사의 말씀을 전한다. 이밖에 권순회, 「계명대학교 동산도서관 소장 국문시가 자료의 가치」,『한국학논집』37, 계명대, 2008에서 동산도서관에 소장된 국문시가 자료들을 함께 다루면서 이복로의 경기체가 2편에 대해서도 추가적인 의미를 부여하기는 했으나 본격적인 작품론의 성격을 띤다고

복로의 생애를 간단히 소개하고 <화산별곡>과 <구령별곡>의 전문을 학
계에 알리는 형태를 띠고 있어, 시가 연구자들 사이에서 이들 작품에 대
한 본격적인 후속 논의가 있어야 할 것으로 생각된다.

　김영진 교수는 이복로의 경기체가 두 편을 서둘러 학계에 알리는 데
대한 의미를 부여하면서 "현존 경기체가 총 작품이 25편 밖에 되지 않
고, 또 (이복로가 안동을 배경으로 경기체가를 창작한 사실을 중요하게 파악하여)
안축(安軸, 1287-1348 순흥 출신)으로부터 김구(金鍒, 1488-1534 예산 거주), 주세
붕(周世鵬, 1495-1554 풍기군수), 권호문(權好文, 1532-1587 안동 거주)에 이르기
까지 영남 일대에서 특히 작품이 계속 이어지고 있다는 점"을 들었다.3)
오랜 향유기간에 비추어보면 상당히 적은 작품이 전승되는 것이 경기체
가의 현실이므로 두 편의 작품이 새로 추가된다는 것은 중요한 의미를
갖는다. 또한 영남 출신 작가나 영남을 배경으로 한 작품이 추가된다는
사실은 영남 사대부, 구체적으로는 영남 사림에 의해 경기체가가 애호
된 측면이 있음을 말해주는 것이라 볼 수 있어 역시 중요하다.4) 그런데

　보기는 어렵다.

3) 김영진, 앞 논문, 348면. 그런데 이 가운데 김구의 출신 지역인 예산의 경우는 실제로는
　충청도로 영남 지역이 아니다. 김구는 서울에서 출생하기는 했지만, 가문은 충청도 예산
　을 기반으로 한 사족층으로 볼 수 있다. 아마도 김영진 교수가 이복로의 경기체가와 영남
　지역과의 관계에 주목하는 가운데 약간의 착오가 있었던 듯하다. 또한 김구의 경우 경기
　체가인 <화전별곡>이 경남 남해에 유배 갔을 당시에 창작되었기에, 그가 남해에 재지적
　기반을 가진 것도 아니고 스스로 선택한 향촌생활도 아니라는 점에서 다른 영남 사림의
　경우와는 차이를 보인다고 생각할 수 있다. 이러한 측면에서 이복로의 경기체가 2편은 본
　격적인 영남 사림파의 등장 이전인 16세기 초에 창작된 유일한 영남 지역 사대부의 작품
　이라는 점에서 더욱 의미가 있다고 판단된다. 더불어 김구가 영남 사족이 아니라는 사실
　이 김구의 <화전별곡>과 이복로의 경기체가를 비교하는데 있어 걸림돌이 되지는 않으리
　라 생각한다. 두 작가의 작품은 본격적인 영남 사림파의 등장 이전인 16세기 초에 향촌을
　배경으로 지어졌다는 특징을 공유하며, 오히려 이 사실 때문에 영남 사림파의 경기체가와
　는 또 다른 측면에서 두 작품만의 공통점을 찾아낼 수도 있으리라 판단된다.

4) 김영진 교수가 들고 있는 작가들 가운데 다른 경우는 모두 16세기 사림층인데 반해 안축
　의 경우는 고려후기 신흥사대부로서의 성격을 지닌다. 이 때문에 안축과 16세기 작가들을
　동일선 상에서 다루기는 어렵다. 그러나 주세붕이 『竹溪志』를 편찬하면서 안축의 작품을
　받아들이고 있어 16세기까지도 영남 지역 작가들에 의해 안축의 경기체가 작품이 전승된

필자는 이 사실에 더해 이복로가 작품을 창작한 시기가 16세기 초기라는 사실에 주목하여 16세기 경기체가 창작의 일반적 양상을 짚어보고 그 가운데에 이복로의 작품이 차지하는 위상에 대해 살펴보고자 한다.

경기체가 가운데 16세기에 창작된 작품으로는 지금까지 김구의 <화전별곡>, 주세붕의 <도동곡> <육현가> <엄연곡> <태평곡>, 그리고 권호문의 <독락팔곡>을 들 수 있었다. 이들 작품들은 각각 나름대로의 시각으로 경기체가의 형식을 빌려 16세기 사대부의 지향점과 성향을 드러냈는데, 이제 이복로의 경기체가 두 편이 추가로 발견됨으로써 당시에 경기체가가 향유된 방식을 더욱 다양하게 검토할 수 있게 되었다. 또한 16세기는 주세붕과 권호문의 작품에서 나타나듯 작품의 형식과 내용에 많은 변화가 일어나면서 경기체가 장르가 쇠퇴해가고 그와 동시에 시조의 초기 형태의 작품이나 연시조 등의 작품이 나오기 시작하는 시점이다. 이 시기의 경기체가와 시조 작가층이 향촌 지역을 중심으로 겹쳐지고 있음에 주목할 때, 16세기 사림의 향촌 시가문학 전반에서 이복로의 작품이 차지하는 위상에 대해서도 점검해볼 필요성을 느끼게 된다. 이상과 같은 문제의식에 입각하여 새롭게 발굴된 이복로의 경기체가 <화산별곡>과 <구령별곡>을 자세히 검토해보고자 한다.

2. 이복로의 생애와 <화산별곡> <구령별곡> 개관

김영진 교수는『구촌문고』에 실린 경기체가 두 작품을 학계에 알리면

사실을 확인할 수 있다. 또한 뒤에서 논의되겠지만 이복로의 <화산별곡>에서 안축의 <죽계별곡>이나 <관동별곡>과 유사한 미의식이 나타나는 사실 또한 주목할 만하다고 판단된다.

서 어득강(魚得江, 1470-1550)이 찬한「군수공묘갈(郡守公墓碣)」, 정리자를 알 수 없는『구촌연보(龜村年譜)』, 그리고『합천이씨강양군자손보』등을 참조하여 이복로의 생애를 함께 소개했다.5) 이 가운데 본 논문의 문제의식과 관련하여 참고할만한 사항들을 간단히 언급하고자 한다. 이복로의 집안은 합천에 선산이 있지만 증조부와 조부 양 대에 걸쳐 안동도호부사를 지내면서 안동에도 근거지를 마련한 것으로 보인다. 이복로는 부친 이택(李澤, 1425-1487)과 모친 풍산 심씨 사이의 4남 2녀 중 3남으로 한양에서 태어나 20대 초반까지는 부친의 임소 및 한양, 양주 등지에서 생활하였으나, 22세 때 고향 집이 있는 안동에 와서 의성현령 유호인(兪好仁)의 문하에서 학업을 익혔다. 23세 때 혼인 후 예안현감 김전(金詮)의 문하에서 학업을 하고 안동에서 계속 공부를 하던 중, 1495년 27세 때 생원과 진사 양시에 모두 합격하여 성균관에 올랐고 그 이후 6-7년간 성균관과 고향을 오가며 학업을 계속했다. 1513년 45세 때 문과에 합격한 후 3년가량을 서울의 인척 및 친구 집을 빌려 살면서 벼슬살이를 하다가 1517년 겨울 하동현감에 제수되었고 1523년 체직되었다. 1524년 경상도 도사, 1525년 봉상시 판관 등을 지내고 1527년 초계군수에서 파직되어 안동으로 돌아왔다. 1533년 향년 65세로 졸하여 안동 일직 향교동에 장사지냈다.

이복로의 생애를 돌이켜보면 먼저 안동, 예안 등을 중심으로 한 영남(특히 경북) 지역을 근거지로 하여 생활한 시기가 대부분이라는 사실이 주목된다. 이들 지역은 영남 사림파로 묶을 수 있는 일군의 작가들의 활동지와 겹쳐지며, 특히 안동은 <독락팔곡>을 지은 권호문이 은거했던 곳이고, 예안은 농암 이현보(李賢輔, 1467-1555)의 고향으로 치사 후 말년에

---

5) 김영진, 앞 논문, 349-350면.

이현보가 귀향한 후에는 <어부가>를 비롯한 국문시가의 산실이 된 곳이다. 권호문의 생년은 이복로보다 뒷 시기이지만 이현보의 경우 거의 동시대를 산 인물이며, 이현보의 귀향이 있었던 중종 37년(1542년)에 이미 이복로는 세상을 뜬 뒤이기는 하지만, 이현보와 이복로 사이에 교류가 있었던 것은 분명한 듯하다.6) 이현보의 귀향 후 교류 활동이 영남 사림파의 처사문학이나 향촌시가의 본격적인 창작과 맞물려 진행되는 점과 이복로의 생년을 감안할 때 이복로를 본격적인 영남 사림파 작가의 일원으로 파악하기에는 좀 무리가 있는 듯하다. 그러나 영남 사림파가 본격적인 시가 창작 활동을 하기 직전 시기에 영남 지역을 근거지로 하여 경기체가 작품을 창작했다는 점에서 이복로의 작품을 영남 사림파의 경기체가나 여타 시조 작품들과의 연계선 상에서 비교 분석하는 작업은 분명 필요한 것이라 생각된다.

이복로의 생애에서 포착되는 또 하나의 의미 있는 지점은 이복로가 늦은 나이에 문과에 합격한 후 중앙 정계의 주요 관직보다는 외직이나 지방직을 주로 역임했고, 그나마 오랜 동안 관직에 있었던 기간이 별로 없었다는 사실이다. 귀향에 처음부터 뜻을 두었던 인물들과는 다르지만 이복로는 결과적으로 고향 근방에서 관직을 수행한 적이 많았고, 말년에 관직에서 물러난 이후에는 고향인 안동에 돌아와 생활했다. 또한 <화산별곡>과 <구령별곡> 두 작품이 이복로의 생애 말년의 시기에 창작된 것으로 짐작되는 까닭에7) 다분히 이복로의 경기체가 두 작품은 향

---

6) 김영진 교수는 이복로의 생애를 소개한 후 별도로 그 내용에 거론되지 않은 師友의 명단을 정리했는데, 그 가운데 이복로의 묘갈명을 쓴 어득강의 이름과 더불어 이현보의 이름도 보인다.(김영진, 앞 논문, 350면 참조) 어득강은 영천군수 등의 외직을 역임하기는 했으나 이현보와 마찬가지로 고향인 固城으로 귀향하여 시문학에 전념한 인물이다. 최재남 교수는 어득강과 이현보 및 면앙정 가단을 이끈 宋純의 일족인 宋欽 세 사람의 귀향을 중종 시대 시가 향유라는 관점에서 논한 바 있다.(최재남, 「이현보 귀향의 시가사적 의의」, 『서정시가의 인식과 미학』, 보고사, 2003, 118-123면.)

촌에 거주하면서 시가를 창작한 영남 사림파의 특징을 공유한다고 볼 수 있다. 이복로의 생애에 대한 고찰에 이어 <화산별곡>과 <구령별곡>에 대한 작품 분석을 위해 먼저 두 작품의 전문을 번역과 함께 인용하고자 한다.[8]

<花山別曲>

① 草岾東 竹嶺南 安東勝地　　　초령의 동면, 죽령의 남면인 안동 승지

望湖樓 觀風樓 憑欄開懷　　　망호루 관풍루 난간에 기대 가슴을 여네

巫峽在左 星山控右 襟帶長江　　무협은 왼편, 성산은 오른편에 있는데 긴 강 띠처럼 둘렀네

偉 第一湖山景 何　　　　　아, 제일호산의 광경 어떠한가

大都護府 形勢之地 (再唱)　　대도호부 형세의 땅 (재창)

此外無(豆舍ㅅ)　　　　　이 외에는 없도다

② 民風厚 習俗美 忠義相勉　　　민풍은 도탑고 습속은 아름다워 충의로 권면하네

尙勤餘 務農桑 夫耕婦織　　　근검을 숭상하고 농상에 힘써 남자는 밭 갈고 여자는 옷감 짜네

背筐曲車 出作入事 敦本抑末　광주리 지고 굽은 수레 이용하여 나가서는 일하고 들어와선 섬기니 근본을 다지고 말단은 누르네

---

7) <구령별곡>의 경우는 내용에 비추어 볼 때 벼슬에서 물러나 歸田園한 후의 작품임이 분명하나 <화산별곡>의 경우는 확실하지 않다. 이에 대해 김영진 교수는 『구촌문고』가 작품을 연대순으로 배열하고 있으며, <화산별곡>과 <구령별곡>이 문집 말미에 순서대로 수록되어 있는 점을 감안해 <화산별곡> 역시 만년의 작품으로 추정했다. 반면 권순회 교수는 <화산별곡>이 상대적으로 경기체가 특유의 찬양과 과시의 성격이 두드러진다는 점에서 강호에서의 개인적 감흥을 주로 노래한 <구령별곡>에 비해 이른 시기에 창작되었을 것으로 판단했다. 그런데 <화산별곡>의 창작 시기를 언제로 보든 안동 지역의 풍광을 배경으로 한다는 점에서 이 작품이 향촌을 기반으로 하여 형성되었다는 점은 분명하다고 볼 수 있다. 김영진, 앞 논문, 2008; 권순회, 앞 논문, 2008.

8) 번역은 김영진 교수의 것을 가져오되 필자가 약간 가감한 부분이 있다.

偉 不事他技景 何   아, 다른 기예 일삼지 않는 광경 어떠한가.

儉而節用 唐魏遺風 (再唱)   검소하고 절약하는 당위의 유풍이어라 (재창)

偉 民生富庶景 何如   아, 민생을 부유하게 하는 광경 어떠한가

③ 長林畔 映湖樓 絶世樓臺   장림의 가 영호루 절세의 누대

軼雲烟 納灝氣 遊身天表   운연이 갈마들고 큰기운이 들어오니 하늘 밖에 몸을 노닐도다

江山風月 景槩千萬 暢叙陲鬱   강산풍월 경개천만 막힌 가슴 풀어주네

偉 登覽宴集景 何   아, 누에 올라 술자리하고 구경하는 광경 어떠한가

錦字紗籠 照耀水面 (再唱)   비단 초롱 수면을 비추네 (재창)

偉 他代無(豆舍ᄉ)   아, 다른 대신할 것 없도다

④ 淸涼山 文華山 烟霞洞府   청량산 문화산 연하동부

致遠臺 金生庵 神仙古跡   치원대 김생암 신선고적

墨池餘綠 聰明古井 雲鴎澗底   묵지에 남은 신록 총명 옛우물 운오의 시내

偉 遊覽物外景 何   아, 물외에 유람하는 광경 어떠한가

暫謝塵容 閑適林泉 (再唱)   세속의 모습 잠시 헤어지고 임천에 한적함 누리네 (재창)

偉 登山逍遙景 何   아, 산에 올라 소요하는 광경 어떠한가

⑤ 琴召川 蓼村灘 合流爲湖   금소천 요촌탄 합류하여 강이 되네

長波遠 水面濶 方之舟之   긴 물결 멀고 수면은 매끄러운데 배 띄우노라

江魚潑潑 半是銀唇 憫場吹火   물고기 팔딱이니 반은 은어, 심장에 불 켜져 있네[9]

偉 及時封進景 何   아, 때 맞춰 (은어) 진상하는 광경 어떠한가

---

9) 이 부분의 해석은 일단 김영진 교수의 것을 따랐지만, '吹火'를 등불이 켜져 있는 것으로 보는 데는 의문의 여지가 있다. 『악장가사』 <어부가>에 '呼兒吹火荻花間'(아이 불러 물억새꽃 사이에서 불을 지피네)이라는 표현이 등장하는데, <화산별곡>에서의 '吹火'도 이와 같이 불을 지핀다고 보는 편이 좋지 않을까 하는 생각이 든다.

瓦灘觀魚 湖上泛舟[10]   瓦釜灘에 고기 구경 호수 위에 배 띄우고
偉 川上行樂景 何   아, 물가에서 행락하는 광경 어떠한가

⑥ 佳麗地 好時節 使華風流   아름다운 곳, 좋은 시절 사또의 풍류
晧齒歌 細腰舞 利園弟子   하얀 치아로 노래하고 가는 허리로 춤추
                        는 이원의 제자
管絃聲裡 杯盤狼藉 賓主交歡   관현 소리에 잔과 소반 낭자하고 손과 주
                        인은 즐겁도다
偉 同樂大平景 何   아, 태평 시절 함께 즐기는 광경 어떠한가
厭厭夜飮 不醉無歸 (再唱)   물리도록 밤까지 마시니 취하지 않곤 못
                        돌아가네 (재창)
偉 秉燭夜遊景 何如   아, 촛불 잡고 밤 내내 노니는 광경 어떠
                        한가

<龜嶺別曲>

① 福州南 直城縣 雲水勝地   복주(안동)의 남면 직성현 운수의 승지
雲山驛 ＊＊＊＊ 亽入良   운산역 (원문 缺)
萬疊青山 一帶長湖 翠壁千尋   만첩 청산, 일대 장호, 푸른 절벽 천심
偉 卜居閑適景 其何如   아, 한적한 곳에 복거하는 광경 그 어떠한가
登山臨水 探弄烟霞 (再唱)   산에 오르고 강에 임하여 연하를 탐하네 (재창)
偉 從我者幾叱分   아, 날 따를 자 몇 분인가

② 大田山 黃浦水 雲烟相接   대전산 황포수 운연이 상접했네
對雙峯 構草堂 左右圖史   쌍봉 마주하고 초당을 지어 좌도우사 갖
                        추었네
前後琴棊 隨緣度日 樂天知命   앞에는 거문고 뒤에는 바둑판 그때그때
                        날을 보내니 천명을 받자와 즐기노라
偉 頤養精神景 其何如   아, 정신을 기르는 광경 그 어떠한가

---

10) '再唱'이란 말이 누락됨.

吟風咏月 暢敍幽懷 (再唱)　　음풍영월 그윽한 회포를 푸네 (재창)

偉 萬歲(乙世伊小西)　　아, 만세를 누리소서

③ 八龍里 南水庵 泉石村庄　　팔룡리 남수암 천석촌장

淵柳亭 蒲坪堤 十里長江　　연류정 포평제 십리장강

紅蓼花邊 白鷗群飛 乘舟縱棹　　붉은 여귀꽃가에 백구떼 날고 배 띄워 맘
대로 노젓누나

偉 泝流上下景 其何如　　아, 강물 따라 오르내리는 광경 그 어떠한가

一竿漁父 傲視三公 (再唱)　　낚싯대 맨 어부 삼공(삼정승)을 오만히 보
누나 (재창)

偉 知我者無(豆舍亽)　　아, 나를 알 자 없도다

④ 洪鈞轉 暖律回 天氣秋晴　　홍균이 바뀌고 따뜻함이 돌아와 날씨 추
청해졌네

杏花村 楊柳岸 三月三日　　살구꽃 마을 버들 강가 삼월삼짓날

春和景明 水邊陽坡 芳草如烟　　봄날의 화창함 강가의 따뜻한 언덕 예쁜
풀에 이내 낀 듯

偉 踏青浩歌景 其何如　　아, 답청하며 호탕한 노래 부르는 광경 그
어떠한가

春服既成 風乎舞雩 (再唱)　　봄 옷 갖춰 입고 무우에 바람 쐬니 (재창)

偉 曾點後我(叱分又多)　　아, 증점 이후로 나뿐이로다

⑤ 大火流 金風動 序屬三秋　　大火가 흐르고 金風이 불어 시절은 삼추라

山楓丹 巖菊黃 九月九日　　산의 단풍 붉고 바위의 국화 노란 중구절

扶携妻兒 佩茱萸實 擧菊花酒　　아내와 아이 데리고 산수유 열매 꽂고 국
화주를 드노라

偉 登高望遠景 其何如　　아, 높은데 올라 먼 데 바라보는 광경 그
어떠한가

酬酌佳節 消避災厄 (再唱)　　좋은 절기에 잔질하며 재액을 피하노라(재창)

偉 千歲(乙世伊小西)　　아, 천세를 누리소서

⑥ 宦海浮沈(豆) 我(口)知(又ㅅ)　벼슬길의 부침도 나는 아노라
　人間榮辱(豆) 我(口)知(又ㅅ)　세상의 영욕도 나는 아노라
　黃冠野服 忘形魚鳥　황관야복으로 몸을 잊고 어조와 어울리는
　江湖散人(伊沙) 我(叱分又多)　강호산인이야 나뿐이로다

　<화산별곡>과 <구령별곡>은 형식과 내용에서 비교적 경기체가의 전형적 틀을 잘 지키고 있는 작품들이다. 두 편 모두 총 6장으로 구성되었는데, 모든 장에서 <한림별곡> 이후 전범으로 내려오는 기본 형식을 고수하고 있다.11) 단 <구령별곡>의 6장에서 파격이 일어나고 있어 주목되기는 하지만, 사실 이는 동시대 작품인 <화전별곡>뿐만 아니라 15세기 작품인 <불우헌곡>과 나아가서는 14세기 작품인 <상대별곡>의 마지막 장에서 보여준 파격과 유사한 형태를 띠고 있기 때문에 이를 근거로 16세기 초에 경기체가가 쇠퇴하고 있다고 보기는 어려운 면이 있다.12) 따

---

11) <화산별곡>은 모든 장에서 '3,3,4/3,3,4/4,4,4/偉 ****景 何/4,4(再唱)/偉 ****景 何'의 구성을 기본으로 하는데, 단 1장과 3장의 마지막 행은 우리말 어구로, 2장과 6장의 마지막 행은 '偉 ****景 何'가 아닌 '偉 ****景 何如'의 형태로 되어 있다. 여기서 우리말 어구는 이두로 적혀 있는데, 마지막 행을 우리말 어구로 채우는 것은 이미 고려시대 경기체가에도 자주 보이는 형태이며 '景 何'나 '景 何如'의 차이는 어느 면으로 표기하든 우리말을 한문 투로 바꾸는 과정에서 나타난 미세한 차이로 보인다. <구령별곡>의 경우는 6장을 제외한 모든 장에서 한결같이 1-4행까지는 '3,3,4/3,3,4/4,4,4/偉 ****景 其何如'의 구성을 취하다가, 이어서 4,4언의 再唱 이후 偉로 시작되는 우리말 어구로 마감되는 모습을 보여준다. 이상의 고찰 결과를 토대로 할 때 이 두 작품은 <한림별곡>에서 보여주는 경기체가의 정격 형식에서 크게 벗어나지 않는 형태를 보여준다고 말할 수 있을 것이다.
12) 참고로 세 작품의 마지막 장을 인용한다.
　<화전별곡>
　京洛繁華 ㅣ야 너는 불오냐　서울의 번화함이야, 너는 부러우냐
　朱門酒肉이야 너는 됴흐냐　지체높은 벼슬아치의 붉은 대문, 술과 고기가 너는 좋으냐
　石田茅屋 時和歲豐　돌무더기 밭에 띠로 인 작은 집, 사시가 태평하고 풍년이 들고
　鄕村會集이야 나는 됴하ᄒ노라　향촌의 모임을 나는 좋아하노라
　　　　　　　　　　　　　　　　　　　　　　　　　—『自菴集』
　<불우헌곡>
　樂乎伊隱底 不憂軒伊亦　즐겁구나 불우헌이여

라서 마지막 장의 파격을 이유로 하여 <구령별곡>의 형식이 경기체가의 기본틀에서 벗어났다고 볼 수는 없으며, <상대별곡>부터 이어지는 마지막 장의 파격적 형식에 대해서는 경기체가의 사적 흐름과 관련한 별도의 논의가 있어야 하리라고 생각한다.13)

<화산별곡> <구령별곡> 두 작품은 모두 작자의 고향이자 가장 오랜 기간을 살았던 안동 지역을 배경으로 창작된 노래들이다. <화산별곡>은 주로 안동의 풍광과 민풍을 소개하고 안동 지역 내에서의 유람과 풍류의 광경을 그려냈으며, <구령별곡>은 고향 집이 있는 안동 일직 부근 구령에서의 소박한 강호 생활의 흥취를 노래했다. 같은 향촌 지역을 배경으로 하면서도 <화산별곡>과 <구령별곡>에 나타난 정서에는 약간의 차이가 드러난다.

<화산별곡>을 보면 안동 지역의 승지와 민풍을 찬양하는 1-2장에서는 관직자의 시선에서 바라보는 고향 안동 지역에 대한 자부심이 강하게 드러나는데, 이는 고려시대 안축이 지은 <죽계별곡>에서부터 시작된 경기체가의 일련의 흐름을 잇는 것이라고 볼 수 있다. <죽계별곡>은 안축이 고향인 순흥에 충목왕의 태(胎)가 안치된 것에 감복하여 지은 작품으로, 자신이 속한 가문이나 지역사회를 과시, 칭송하고자 하는 일련의

樂乎伊隱底 不憂軒伊亦　　　즐겁구나 불우헌이여
偉 作此好歌 消遣世慮景 何叱多　아, 이 좋은 노래지어 세상 근심 달래는 모습 어떠합니까
　　　　　　　　　　　　　　　　　　　　　　　　　　—『不憂軒集』
<상대별곡>
楚澤醒吟이아 너는 됴ᄒᆞ녀　　초택에서 離騷를 읊던 굴원이 너는 좋은가
鹿門長往이아 너는 됴ᄒᆞ녀　　녹문산에 숨어 사는 逸士들이 너는 좋은가
明良相遇 河淸盛代예　　　　　明君 良臣 만나는 태평성대에
駟馬會集이아 난 됴ᄒᆞ이다　　총마로 모여드는 것이 나는 좋더라
　　　　　　　　　　　　　　　　　　　　　　　　　　—『樂章歌詞』

13) 김창원 교수는 이들 마지막 장의 변형을 초기 시조의 형식과 관련하여 해석하기도 했는데, 이를 전면적으로 받아들이기에는 무리가 있다고 보이지만 하나의 가능성으로 열어두는 시각도 필요하다는 입장이다. 김창원, 「조선전기 시조사의 시각과 경기체가」, 『한국시가연구』 9, 한국시가학회, 2001.

후대 경기체가(<구월산별곡> <금성별곡> 등)의 선구적 작품이라고 할 수 있다.14) 그리고 안동의 승지를 유람하면서 풍류를 즐기는 3-6장의 부분에서는 얼핏 처사적 강호자연의 취향이 나타나는 듯도 하지만15) 주되게는 관직자 혹은 상층 계급이 자연을 활용하여 풍류를 즐기는 모습이 드러나는 것으로 파악된다. 5장과 6장의 경우는 고려시대 안축이 지은 <관동별곡>의 정서와 유사하다는 느낌을 많이 받게 된다.16) 특히 5장의 선유락(船遊樂) 부분은 『악장가사』 <어부가>나 맹사성의 <강호사시가>에서 낚시한 물고기를 안주 삼아 취락을 즐기는 부분과도 비슷하다.17)

---

14) <죽계별곡> 1장을 참고로 인용한다.

竹嶺南 永嘉北 小白山前　　　　죽령 남면, 영가 북면, 소백산 앞의
千載興亡 一樣風流 順政城裏　　　천 년의 흥망 속에도 풍류가 한결같은 순흥성 안에
他代無隱 翠華峯 天子藏胎　　　　다른 곳 아닌 취화봉에 임금의 태를 묻었네.
爲 醸作中興 景幾何如　　　　　　아, 이 고을 중흥시킨 모습은 그 어떠합니까
淸風杜閣 兩國頭御　　　　　　　청렴한 정사를 베풀어 두 나라의 관직을 맡았네.
爲 山水淸高 景幾何如　　　　　　아, 소백산 높고 죽계수 맑은 풍경 그 어떠합니까
　　　　　　　　　　　　　　　　　　　　　　　　　　—『謹齋集』

15) 4장에서 사림파의 처사적 취향의 정서가 엿보이는 듯한 인상을 받게 된다.

16) 참고로 <관동별곡> 5장과 6장을 인용한다.

仙游潭 永郎湖 神淸洞裏　　　　　선유담, 영랑호, 신청동 안으로
綠荷洲 靑瑤嶂 風烟十里　　　　　푸른 연잎 자라는 모래톱, 푸르게 빛나는 묏부리, 십 리
　　　　　　　　　　　　　　　에 서린 안개
香冉冉 翠霏霏 琉璃水面　　　　　바람 향내는 향긋, 눈부시게 파란 유리 물결에
爲 泛舟 景幾何如　　　　　　　　아, 배 띄우는 모습 그 어떠합니까
蓴羹鱸膾 銀絲雪縷　　　　　　　순채국과 농어회, 은실처럼 가늘고 눈같이 희게 써네.
爲 羊酪 豈勿參爲里古　　　　　　아, 양락이 맛있다고 한들 이보다 더하리오.　<5장>

雪嶽東 洛山西 襄陽風景　　　　　설악 동면, 낙산 서면, 양양의 풍경
降仙亭 祥雲亭 南北相望　　　　　강선정, 상운정, 남북으로 마주 섰고
騎紫鳳 駕紅鸞 佳麗神仙　　　　　자색 봉황 타고, 붉은 난새 탄, 아름다운 신선같은 사람
　　　　　　　　　　　　　　　들이
爲 爭弄朱絃景 幾何如　　　　　　아, 다투어 주현을 켜는 모습 그 어떠합니까
高陽酒徒 習家池館　　　　　　　풍류로운 술꾼들, 習郁의 池館같은 좋은 경치 속에서
爲 四節 遊伊沙伊多　　　　　　　아, 사철 놀아보세그려　　　　　　　<6장>
　　　　　　　　　　　　　　　　　　　　　　　　　　—『謹齋集』

17) 『악장가사』 <어부가>의 제 6연과 맹사성의 <강호사시가> 제 1연을 참고해본다.

一尺鱸魚를 新釣得ᄒ야　　　　　한 자 되는 농어를 새로 낚아서

이에 비해 <구령별곡>의 경우는 사림파의 처사적 자연관이 분명하게 드러난 작품으로 볼 수 있다. 표현 방식이나 세계상에 있어 일반적인 어부가 계열의 작품들과 유사한 측면이 많고, 6개의 장 모두에서 "卜居와 吟風咏月, 漁父의 삶, 踏靑浩歌, 黃冠野服, 江湖散人" 등과 같은 어휘 등을 통해 은일지사의 풍모를 드러냈다. 특히 3장에서는 "一竿漁父 傲視三公" 이라는 표현을 통해 강호자연을 벗하는 어부의 삶이 높은 관직자의 삶보다 훨씬 낫다고 하면서 처사로서의 자부심을 강하게 보여준다. 작품의 내용을 고려할 때 <구령별곡>의 창작 시기는 이복로가 초계군수에서 파직되어 전원으로 돌아온 직후로 보인다. 연보에 따르면 그는 1530년 초계군수에서 파직된 뒤 안동으로 돌아와 1532년 도연명의 <귀거래사> <귀전부> <한거부> 등에 화작을 지었다고 하는데, 이러한 심경을 경기체가 형식에 담아낸 것이 <구령별곡>으로 생각된다.

그러면서도 <구령별곡>에는 아직 15세기까지 사대부 시가의 주된 흐름이었던 악장적 세계관의 흔적이 남아 있다. 이 작품의 2장과 5장의 마지막 행을 보면 "偉 萬歲(乙世伊小西) 아, 만세를 누리소서" "偉 千歲(乙世伊小西) 아, 천세를 누리소서"와 같이 앞 행들의 내용과는 어울리지 않는 악장적 문구가 등장한다. 이러한 구절은 15세기 시조 작품인 맹사성의 <강호사시가>의 모든 연의 마지막 구절이 "亦君恩이샷다"로 끝나는 것과 비슷한 형태로 16세기 초까지도 남아 있는 악장적 미의식의 발현이

呼兒吹火荻花間호라   아이 불러 물억새 꽃 사이에 불을 지피네.
빈 셔여라 빈 셔여라   배 세워라 배 세워라
夜泊秦淮ᄒ야 近酒家호라   밤에 진회에 정박하니 술집이 가깝구나
지곡총 지곡총 어ᄉ와 어ᄉ와 지국총 지국총 어사와 어사와
一瓢애 長醉ᄒ야 任家貧호라   한 표주박 술에 길이 취하니 가난함도 모를레라.

江湖에 봄이 드니 미친 興이 절로 난다
濁醪溪邊에 金鱗魚ㅣ 안주로다
이몸이 閒暇히옴도 亦君恩이샷다.

라고 볼 수 있다. 그러나 맹사성의 <강호사시가>에서 자연 속 사계절을 배경으로 어부의 삶을 표상하면서도 그 기저에 임금의 은혜를 노래하는 15세기 당시 사대부의 전형적 세계관을 드러내었다면, 이복로의 <구령별곡>은 향촌을 배경으로 한 전반적 작품 세계와는 걸맞지 않는 형식적 관용어의 형태로 이러한 악장적 표현이 잔재하고 있는 것으로 볼 수 있어 그 차이는 분명하다고 여겨진다.

<화산별곡>과 <구령별곡>에서 그려낸 자연의 모습과 그 기반이 되는 작자의 세계관이 위에서 살펴본 것처럼 차이를 드러내는 데 대해서는 포괄적인 해석이 가능할 듯하다. 일단 작품의 창작 시기에 있어 <화산별곡>이 <구령별곡>보다 앞서는 것은 분명하며, 특히 <화산별곡>은 작자가 관직에 나갔을 때이거나 관직과 관련한 포부를 아직은 버리지 않고 있었던 시기에 지어진 작품이라는 추정을 할 수 있다. 이러한 해석은 다분히 이복로라는 작가의 개인적 삶을 중심축에 놓고 작품을 분석한 것인데, 이와 더불어 좀 더 넓은 안목에서 작품을 바라본다면 15세기 말에서 16세기 초 사이의 사대부층의 세계관과 연결지어 해석할 가능성도 있다. 즉 이복로가 두 작품을 창작한 시기는 영남사림파의 처사적 시가 문학이 본격적으로 흐름을 형성하기 직전이었다는 점을 감안할 때, 이복로의 의식 세계 속에 관직자로서 바라보는 자연과 처사로서 바라보는 자연이 분화되지 않은 채 뒤섞여 있었을 가능성이 있지 않을까 하는 생각이다.

고려말 안축의 경기체가인 <관동별곡>과 <죽계별곡>에서는 향촌출신인 신흥사대부가 발흥하는 시기라는 특성상 관직자와 처사로서의 세계관이 분리되지 않고 자연이나 향촌을 배경으로 합일된 형태로 나타나는 것을 볼 수 있다. 이후 조선 건국에 대한 참여 여부를 기준으로 신흥사대부층이 훈구와 사림으로 분화되었고, 15세기까지는 훈구파의 득세

로 관직자적 자세가 시가에서도 보편적인 세계관으로 나타나는 것을 맹사성의 <강호사시가>나 김구의 시조, 경기체가에서 확인할 수 있다.18) 16세기에 이르러 본격적인 사림파 문학의 형성으로 처사적 자연을 노래한 시가가 다수 나타났는데, 이복로의 경기체가 2편은 15세기 관직자적 세계관에서 16세기 처사적 세계관으로 사대부의 보편적 세계관이 분화, 혹은 변화해가는 모습을 보여주는 과도기적 성격을 띠는 작품들로 볼 수 있을 것이다.

이러한 해석은 이복로의 작품만을 살펴보는 방식으로는 논리화하기 어려운 것으로 이복로를 전후한 시기의 경기체가 작가나 작품들, 필요하다면 경기체가를 넘어서 이 시기 국문시가 전반의 흐름을 함께 살펴보아야만 제대로 된 판단을 내릴 수 있으리라 생각된다. 이에 대한 구체적 논의를 3장과 4장에서 폭넓게 진행하고자 한다.

3. 16세기 경기체가의 양상과 이복로 작품의 위치

앞서 언급한 바 있지만 경기체가 가운데 16세기에 창작된 작품으로는 지금까지 김구의 <화전별곡>, 주세붕의 경기체가 네 편, 그리고 권호문의 <독락팔곡>을 들 수 있었다. 이 가운데 작가의 생년과 작품의 창작 시기를 고려할 때 이복로의 작품과 가장 근접한 시기의 것은 김구의 <화전별곡>이다. 특히 2장 말미에서 논한 바에 따라 이복로의 작품 분석의 핵심이 관직자로서의 향촌 생활과 처사로서의 향촌 생활의 길항 관계에 놓여 있다고 판단할 때 김구의 <화전별곡>과의 비교는 필수적이

---

18) 김구의 시조와 경기체가(<화전별곡>)에 대해서는 3, 4장에서 본격적으로 논의하고자 한다.

다. 주세붕의 경기체가는 작가가 풍기군수였을 때 창작되기는 했지만, 작품 내용이 유교적 이념 전달에 치우쳐 향촌 생활과 직결되지는 못하기 때문에 이복로의 작품과 관련해서 비교할 바가 많지는 않다. 권호문의 <독락팔곡>의 경우는 이복로의 작품에서 나타난 향촌의 세계관이 다음 대에 어떻게 지속 혹은 변형되고 있는가를 살필 수 있다는 점에서 역시 중요한 비교 대상이 된다.

경기체가의 사적 변화라는 관점에서 바라볼 때 16세기는 경기체가 형식이 급격하게 파괴되며 내용상에 있어서도 '상승하는 계층의 자기과시와 찬양'을 노래하는 경기체가 장르의 본질적 특성이 약화되면서 장르가 쇠퇴해가는 시기로 파악된다. 이러한 특징을 가장 잘 보여주는 작품이 권호문의 <독락팔곡>이며, 주세붕의 작품 역시 형식적 측면에서 경기체가 장르의 변형된 모습을 보여준다. 그 직전의 작품이 지금까지는 김구의 <화전별곡>이었는데, 그와 동시대 작품으로 이제 이복로의 경기체가 두 편이 추가된 것이다. 이러한 측면에서 이복로의 작품이 김구의 <화전별곡>과 어떻게 다른 양상을 보이면서 뒷 시기 경기체가 장르의 쇠퇴와 연결되는지를 파악하는 것이 경기체가의 사적 흐름 내에서 이복로 작품의 위상을 규명해내는 핵심이 되어야 한다고 보인다.

주지하다시피 <화전별곡>은 김구가 기묘사화로 인해 남해로 유배되었을 당시에 창작된 작품이다. 그렇기 때문에 향촌에 생활 기반을 두고 창작된 이복로나 권호문의 작품과는 향촌을 바라보는 시각에 기본적인 차이가 있으리라 짐작된다. 그러나 <화전별곡>에서 실제 드러내 보여주는 삶의 모습은 유배된 사대부의 생활보다는 벼슬살이의 연장선에서 유흥을 즐기는 향촌의 생활이다. <화전별곡>에는 유배지 남해의 자연경관과 풍류주색을 즐기는 사대부의 생활이 술과 시, 기녀, 노래 등의 소재와 어울려 자랑스럽게 드러난다. 마지막 장에서 "京洛繁華, 朱門酒肉보다

石田茅屋, 時和歲風의 鄕村會集을 좋아한다"고 말하고는 있지만,[19] 사실 작품에 드러난 풍류는 진정한 향촌의 흥취는 될 수 없으며 유배지에서의 쓸쓸함을 화려한 풍류 속에 가려둔 채 관직 생활을 했던 서울의 풍류를 향촌에서 벌이며 어울리지 않는 유흥현장을 그려내고 있다고 생각된다. 자기과시와 찬양을 본질로 하는 경기체가 장르를 택해 작품을 창작한 것 역시 배경은 향촌이지만 진정한 향촌의 흥취가 아닌 관직자의 풍류를 향촌 속에서 그려내고자 한 데 원인이 있다고 볼 수 있다. 아직 김구는 관직 생활을 그리워했고, 유배지인 남해는 그에게 고향 혹은 근거지로서의 향촌의 역할을 해 줄 수는 없었을 것이다.

김구와 동시대이기는 하지만 이복로는 향촌에 재지적 기반을 갖고 청년 시절의 대부분을 고향인 안동에서 보냈다는 점에서 차이를 보이며, 또한 중앙의 주요 관직을 역임한 김구와는 달리 이복로는 지방직과 외직을 돌았기 때문에 화려한 관직 생활에 대한 경험이 적다는 차이 역시 존재한다. 그의 <화산별곡>에서 나타나는 정서는 비록 한직이지만 관직 생활을 경험한 입장에서 바라보는 향촌생활과 고향인 안동에 대한 자부심이 어우러져 형성된 것으로 생각되며, <구령별곡>에서 강호자연의 흥취를 처사적 입장에서 표현해낼 수 있었던 것은 만년의 은퇴 경험이 기반이 되었으리라 추정된다. 김구와 이복로의 경기체가를 비교한다면 김구는 처사적 기반이 형성되지 못한 상태에서 관직자적 자세로 유배지인 향촌에서 관직자의 풍류를 그렸다면, 이복로는 관직자로서의 경험이 미흡한 상태에서 퇴직하여 고향에 은거한 경험이 기반이 되어 관직자로서의 자세와 처사로서의 자세가 함께 어우러져 향촌을 바라보는 시각이 유동적인 특성을 나타낸다고 할 수 있겠다.

---

19) 주석 12번에 인용된 작품 중 <화전별곡>의 마지막 장을 참고하기 바람.

김구와 이복로의 작품을 비교한 결과를 정리하면 구체적인 양상에서는 차이가 있지만 작품에 향촌을 바라보는 처사적 자세가 분명하게 드러나지 못한다는 점을 공통적으로 지적할 수 있다. 이는 다시 말해 '상승하는 계층의 과시와 찬양'을 노래하는 경기체가의 본질이 아직은 유효했다는 말이 된다. 형식에 있어서 김구의 <화전별곡>에 약간의 글자 수 추가가 나타나는 것을 제외하고는 전반적으로 세 작품 모두가 경기체가의 기본 형식을 비교적 잘 지키고 있는 사실 또한 16세기 초기까지는 사대부층 내에서 경기체가의 장르적 본질이 유지되고 있음을 아울러 드러낸다.

그런데 경기체가의 장르적 본질을 잘 지켜낸 <화산별곡>의 경우와는 달리 <구령별곡>은 처사적 미의식을 악장적 표현이나 자기 과시적 문구와 연결함으로써 부조화를 일으키는 느낌을 준다. 이복로는 이러한 부조화를 감수하면서도 <구령별곡>을 통해 경기체가 장르로도 처사적 미의식을 표현해낼 수 있음을 보여주고자 시도했다는 생각이 든다. 그러나 관직자로서의 과시와 찬양을 드러내는 것을 본질로 하는 경기체가 장르에 처사적 미의식을 담아내려는 시도는 오히려 장르의 본질과 미의식의 괴리를 낳으면서 권호문의 <독락팔곡>과 같은 파격적 작품으로 이어지고 결국에는 장르 자체의 쇠퇴로 이어졌다고 판단된다.

이러한 결과에는 앞서 말한 두 작가의 개인사와 관련한 특징이 원인이 되기도 했지만 두 사람이 작품을 창작한 16세기 초기가 향촌을 배경으로 한 사림파 시가문학이 본격적으로 형성되기 직전이었다는 역사적 흐름과도 관련이 있다고 볼 수 있을 것이다. 김구와 이복로의 작품에 뒤이어 16세기 중반을 넘어서 창작된 주세붕과 권호문의 경기체가 작품들은 파격적인 형식을 취하며 내용에 있어서도 과시와 찬양과는 거리가 먼 면으로 경기체가 장르의 말기적 형태를 보여주는데, 이를 통해서 16

세기 초기와는 달리 이미 이 시기에 이르면 사대부의 향촌사회의 정서가 과시와 찬양이라는 경기체가의 본질과는 거리가 멀어지면서 사림의 처사적 세계관을 보여주는 면으로 방향이 전환되고 있음을 알 수 있다. 주세붕과 권호문은 모두 이현보의 귀향 이후 영남 사림파의 시가문학을 함께 한 일원으로,[20] 개인마다 세부적인 차이는 있지만[21] 이들이 은일 지사의 관점에서 강호자연을 바라보고 도학적 이념을 강조하는 처사적 문학을 공유했다고 보는 것이 학계의 일반적 관점이다. 이러한 세계관에 입각할 때 경기체가의 효용성은 극히 제한될 수밖에 없으며, 사림파 문학은 그들의 정서를 더 잘 드러낼 수 있는 새로운 향촌시가 장르를 향유하는 면으로 전환되어 갔다고 판단된다.

---

[20] 주세붕은 풍기군수를 역임했던 시절(1541-1545)에 이현보와 더불어 함께 어울렸다. 권호문은 이황의 제자인데, 이황이 이현보의 귀향 이후 자주 분천에 내려와 연회에 참석할 만큼 적극적으로 농암과 어울렸다는 점에서 권호문 역시 영남 사림파 문학 계보의 일원으로 파악할 수 있다고 생각된다. 귀향 이후에 이현보를 중심으로 하여 국문시가를 적극적으로 창작 향유한 영남 사림파의 일원과 활동에 대해서는 최재남, 「분강가단 연구」, 『사림의 향촌생활과 시가문학』, 국학자료원, 1997에 자세히 설명되어 있다.

[21] 주세붕과 권호문의 경우를 비교한다면, 주세붕은 풍기군수라는 관직에 있으면서 도학적 이념 체계를 바로잡고자 하는 의도에서 경기체가를 창작한데 반해, 권호문은 관직에 나갈 뜻을 이루지 못하다가 천거에 의한 관직 출사를 거절하는 과정에서 <독락팔곡>을 창작했다는 점에서 차이가 난다. 사림파 계층 자체가 관직출사와 은둔에의 지향을 함께 지닌 층이기는 하지만 이들 가운데 대개가 관직출사 중에도 귀향에의 의지를 강하게 표출한 경우가 많았다는 점에서 향촌생활을 배경으로 국문시가를 창작한 사림파 작가들의 세계관은 처사적 삶에 지향을 두었다고 파악할 수 있다. 그러한 가운데 강호자연 속에서 도를 노래하고 이념을 실천하고자 하는 의지도 강해 이황의 <도산십이곡> 같은 작품도 창작될 수 있었다고 보인다. 이렇게 볼 때 주세붕의 경기체가는 향촌을 지역적 기반으로 하면서도 사림파의 이념적 지향이 강하게 표출된 작품이라면, 권호문의 <독락팔곡>은 관직출사에의 뜻을 완전히 버리고 온전히 처사적 삶을 지향한 작가의 의지가 표출된 작품으로 분석될 수 있겠다.

4. 16세기 시가사의 흐름과 이복로의 경기체가

16세기 중반 이후 강호가도로 지칭되는 사림파의 국문시가 작품들이 일군의 흐름으로 자리 잡기 시작하기 직전인 16세기 초기에 사대부의 시가 향유 양상을 파악할 수 있는 자료는 그다지 많지 않다. 16세기 시가사에서 주목을 받아온 작가들이 이별, 이현보, 이황, 이이, 정철, 송순, 권호문 등이라는 사실을 고려해보면 상대적으로 16세기 초 시가문학 자료가 빈약함을 알 수 있게 한다. 김구라는 작가의 존재는 이러한 측면에서 매우 중요하다. 김구는 경기체가인 <화전별곡> 이외에도 여러 편의 시조 작품을 남겼는데, <화전별곡>에서와 마찬가지로 이 시조들에서도 16세기 중반 이후 사림파 작가들의 시조 작품과는 다른 미의식이 발견된다. 김구의 시조는 대개 중종 대에 관직에 나갔을 당시에 지어진 것으로 임금에 대한 송축적 표현이 다수 발견되는 등 일반적 관점에서 볼 때 시조보다는 악장적 미의식과 통하는 양상을 보여준다.22) 유배지에서조차 관직자의 입장에서 누릴 수 있는 화려한 풍류를 그려낸 <화전별곡>의 미의식과 비교해보면 일련의 시조 작품에서 김구가 군왕을 칭송하는

---

22) 김구의 시조는 총 5편이 전하는데 그 중 세 편을 인용한다.
　　나온댜 수日이야 즐거운댜 오늘이야
　　古往今來예 類업슨 수日이여
　　每日의 오늘 ㄱᴛ면 므슴셩이 가시리

　　올히 댤은 다리 학긔다리 되도록애
　　거믄 가마괴 해오라기 되도록애
　　享福無彊ᄒᆞ샤 億萬歲롤 누리쇼셔

　　泰山이 놉다ᄒᆞ여도 하늘 아래 뫼히로다
　　河海깁다 ᄒᆞ여도 짜우희 므리로다
　　아마도 놉고 기픈슨 聖恩인가 ᄒᆞ노라
　　　　　　　　　　　　　　　　　　　　　　　—『자암집』

악장적 미의식을 드러낸 것은 일맥상통하는 면이 있다. 15세기 성종조 이후 신제 악장의 제작이 점차로 중단되면서 궁중악장이 지닌 문학사적 의미는 사라져갔지만, 16세기 초까지도 이러한 악장적 미의식은 형성기의 장르인 시조를 통해 발현되고 있었던 것이다.23)

악장적 미의식은 15세기까지는 선초의 시가를 관류하는 공동의 미적 정서였다고 보아도 좋을 것이다. 본래 궁중악장으로 제작된 작품은 당연하다 하겠지만 그 외에 경기체가 가운데 정극인의 <불우헌곡>24)이나 시조 가운데 맹사성의 <강호사시가> 등에서도 15세기를 규정짓는 악장적 미의식을 확인하게 된다. 맹사성의 <강호사시가>는 『악장가사』에 실린 <어부가>와 더불어 선초 어부가 계열에 나타난 관인문학적 성격을 잘 보여주는데,25) 이러한 15세기 어부가의 미의식은 16세기 후반에 이

---

23) 이 부분의 내용은 길진숙, 「16세기 초반 시가사의 흐름-김구의 시가 작품을 중심으로」, 『한국시가연구』 10, 한국시가학회, 2001에서 시사받은 바 크다. 또한 16세기 초반 형성기 시조를 대상으로 주제의 몇 가지 양상을 살펴본 최재남, 「형성기 시조의 서정적 주제」, 『서정시가의 인식과 미학』, 보고사, 2003에서도 김구의 <나온다 ->류의 시조에 대해 임금으로 지칭되는 님을 전제하고 있으면서 경기체가가 지닌 공락(共樂)의 정서를 개인적 감격으로 전환시킨 작품으로 보았다.

24) <불우헌곡> 가운데 제 3장을 인용해본다.

再上疏 闢異端 依乎中庸	재차 상소를 올려 이단을 물리친 것은 중용에 바탕을 둔 것이며
進以禮 退以義 守身爲大	나갈 때는 예로써 하고 물러날 때는 의로써 하여 수신을 가장 크게 여겼네
備員霜臺 具臣薇垣 引年致仕	사헌부의 직속을 거쳐 중서성에 자리 잡고는 쓸모없이 자리만 차지하다가 늙어 관직을 물러나니
偉 如釋重負 景何叱多	아, 무거운 짐을 벗은 광경이 어떻습니까
一介孤臣 濫承天寵 一介孤臣 濫承天寵	일개 외로운 신하가 임금의 은혜를 넘치게 받았으니
偉 再參原從 景何叱多	아, 본래 따르던 길에 다시 참여하는 광경이 어떻습니까

―『불우헌집』

25) 이는 두 작품에 나타난 악장적 표현에서 잘 드러나는데, 맹사성의 <강호사시가>에 나타난 악장적 표현은 주석 17)번을 참고할 수 있다. 『악장가사』어부가 가운데 악장적 표현이 잘 드러난 예로 그 1연을 인용한다.

雪鬢漁翁이 住浦間ᄒ야셔	귀밑머리 하얀 늙은이 강가에 살면서

현보에 의해 개작된 <어부단가>와 <어부장가>에서 처사적 미의식으로 전환되는 양상을 보인다.26) 김구의 시조가 16세기 초까지 앞서와 같은 악장적 미의식을 유지한 것은 이러한 전 시기 미의식의 연장선에서 16세기 후반 사림파의 강호가도의 미학으로 시가의 시대 의식이 바뀌어 나가는 과도기적 양상을 보여준다고 할 수 있겠다. 이복로의 경기체가 <화산별곡>과 <구령별곡>을 살펴보면 15세기와 같은 수준의 악장적 미의식은 드러나지 않는다. 다만 "偉 及時封進景 何"(<화산별곡>)나 "偉 萬歲 (乙世伊小西)" "偉 千歲(乙世伊小西)"(<구령별곡>) 등과 같은 관용어구에서 그 흔적이 얼핏 발견되는 듯 보이기는 한다. 또한 <화산별곡>에서는 관인문학적 분위기가 <구령별곡>에서는 처사문학적 분위기가 다분히 짙게 풍기지만, 두 작품 모두 경기체가의 본질인 '과시와 찬양'에 충실한 양상을 보이는 까닭에 <화산별곡>에서는 물론이고 <구령별곡>에서도 강호자연은 인간과 조화를 이루며 긍정적인 차원에서 그려진다. 특히 <구령별곡>은 16세기 후반의 어부가들과 연결시킬 수 있는 처사적 미학을 보여주면서도 정치현실과 강호자연 사이에서 내부적으로 갈등하였던 사림파 어부가의 정서는 전혀 확인되지 않고, 강호자연 속에 귀일하여 조화로운 일상을 보내는 화자의 심정이 그려질 뿐이다. 이러한 점에서 이복로의 경기체가는 15세기 악장적 미의식에서 16세기 후반 사림파의 강호가도의 미의식으로 넘어가는 과도기의 사대부시가의 양상을 경기체가의 형식을 통해 잘 드러낸다고 판단된다.

自言居水ㅣ 勝居山이라 ᄒᆞᄂᆞ다   물가의 어부의 삶이 산중보다 낫다고 하네
빈떠라 빈떠라   배 떠라 배 떠라
早潮ㅣ 纔落거를 晚潮ㅣ 來ᄒᆞᄂᆞ다   썰물이 나가자 늦물이 밀려온다
지곡총 지곡총 어ᄉ와 어ᄉ와   지국총 지국총 어사와 어사와
一竿明月이 亦君恩이샷다   달빛 아래의 낚시질 또한 임금의 은혜로다

26) 이에 대해서는 이형대, 『한국 고전시가와 인물형상의 동아시아적 변전』, 소명출판, 2002의 3장과 4장에 잘 설명되어 있다.

16세기 초에는 앞서 김구의 작품과 같은 단형의 시조가 향유되는 가운데 사대부들 사이에서 여전히 경기체가가 자주 향유된 것으로 보인다. 고려시대 작품인 <한림별곡>과 선초의 <상대별곡> 등이 이 시기 관직자들의 연회에서 불린 기록들이 다수 발견된다.27) 김구의 <화전별곡>과 이복로의 경기체가 작품이 경기체가의 형식을 비교적 잘 지켜내고 있는 것은 16세기 초까지는 경기체가가 사대부들의 연회에서 주된 레퍼토리를 차지했기 때문으로 볼 수 있을 것이다. 또한 이황(1501-1570)이 「도산십이곡 발(陶山十二曲 跋)」에서 <한림별곡>에 대한 부정적 견해를 드러낸 것이나 주세붕이 『죽계지』에서 황준량(黃俊良, 1517-1563)과 경기체가 장르에 대한 찬반을 주제로 하여 논쟁을 벌인 사실에 근거를 둘 때 16세기 중반까지도 경기체가 장르는 지속적으로 사대부 사회에서 향유되고 있었음이 확인된다.

이복로가 <화산별곡>에서와는 달리 <구령별곡>에서는 경기체가 장르를 택해 사림파의 처사적 미의식에 경도된 정서를 발현하고 있는 것을 볼 때, <한림별곡> 식의 긍호방탕(矜豪放蕩)하고 설만희압(藝慢戲狎)한 풍류에서 벗어날 수 있다면 별도의 시가 장르가 아닌 경기체가 형식을 활용해 사림파의 세계관을 드러내보려는 시도가 16세기 초 즈음에 영남 사림파 작가군 내에서 이루어졌을 가능성이 있지 않았을까 하는 추정을 해보게 된다. 이복로는 2장에서 살펴보았듯이 본격적인 영남 사림파의 일원으로 보기는 어려운 인물이나, 재지적 기반이나 주변의 교류 관계에 주목할 때 영남 사림파와 닿아있는 인물임은 확실하다. <구령별곡>에서 그려낸 세계가 이현보 이후 사림파 시가의 미의식을 온전히 보여주지는 못하지만 처사로서의 향촌 생활의 발현인 것은 분명하기에, 경

---

27) 이러한 자료들은 박경주, 『경기체가 연구』, 이회문화사, 1997을 참고하기 바란다.

기체가를 통해 사림파의 미적 정서를 드러내고자 한 시도가 전적으로 실패했다고 보기는 어려울 듯하다. 단 이복로의 존재가 사림파 내에서 차지하는 위상이 크지 않고 <한림별곡>에서부터 형성된 경기체가의 본질적 정서가 사림파의 처사적 세계관과 기본적으로 어긋나는 부분이 있는 까닭에 이복로 이후 유사한 작품이 나오지 못한 것이 아닐까 추측해본다. 어쨌든 이복로의 작품 이후 경기체가는 사림파 작가들에 의해 형식과 주제 면에서 파격적 실험 대상이 되다가 소멸되기에 이르며, 사림파의 미의식은 16세기 초까지 향유되던 단형시조와는 다른 차원에서 형성된 새로운 장르인 연시조를 통해 본격적으로 표출된다고 볼 수 있겠다.

5. 추가된 경기체가 2편의 의미

이상의 내용을 통해 최근에 추가로 발견된 이복로의 경기체가 2편 <화산별곡>과 <구령별곡>이 지닌 의미를 16세기 초기라는 시기에 주목하여 살펴보았다. <화산별곡>에는 안동 지역의 승지와 민풍을 찬양하면서 작자의 고향인 안동 지역에 대한 자부심이 강하게 드러났고, 처사적 강호자연의 취향이 나타나는 듯하면서도 주되게는 관직자가 자연을 활용하여 풍류를 즐기는 모습이 드러났다. 이에 비해 <구령별곡>은 표현방식이나 세계상에 있어 일반적인 어부가 계열의 작품들과 유사한 측면이 많아 사림파의 처사적 자연관이 <화산별곡>에 비해서는 비교적 잘 드러난 작품으로 볼 수 있었다.

비슷한 시기에 경기체가인 <화전별곡>과 초기 시조를 지은 김구의 작품들과 이복로의 경기체가 2편을 비교해보면, 개인사적인 측면으로 인해 구체적인 양상에서는 차이가 있지만 작품에 악장적 미의식이 잔존하고 향촌을 바라보는 처사적 자세가 분명하게 드러나지 못한다는 점을 공통적으로 지적할 수 있었다. <화산별곡>에서는 관인문학적 분위기가 <구령별곡>에서는 처사문학적 분위기가 다분히 짙게 풍기지만, 두 작품 모두 경기체가의 본질인 '과시와 찬양'에 충실한 양상을 보이는 까닭에 <화산별곡>에서는 물론이고 <구령별곡>에서도 강호자연은 인간과 조화를 이루며 긍정적인 차원에서 그려진다. 특히 <구령별곡>은 처사적 미학을 보여주면서도 정치현실과 강호자연 사이에서 내부적으로 갈등하였던 사림파 어부가의 정서는 확인되지 않고, 강호자연 속에 귀일하여 조화로운 일상을 보내는 화자의 심정이 그려질 뿐이다. 이러한 점에서 이복로의 경기체가는 15세기 악장적 미의식에서 16세기 후반 사림파의 강호가도로 넘어가는 16세기 초기 사대부시가의 양상을 경기체가의 형식을 통해 잘 드러낸다고 판단되었다.

　본고는 이복로의 경기체가 작품을 주 대상으로 한 것이라 16세기 초기 시가의 양상에 대해서도 이복로의 작품과 관련된 부분에만 주목해서 논의가 이루어졌다. 이를 넘어서 경기체가 작품과 초기 시조를 비롯하여 16세기 초기에 지어진 시가 작품을 총망라하여 살펴봄으로써 시가사의 흐름 속에 이 시기가 지닌 독자적인 특징을 파악해보는 작업을 추후 과제로 남기며 본고를 마치고자 한다.

＿＿『고전문학연구』 40집, 한국고전문학회, 2011년 12월.

15세기 말에서 16세기 초
경기체가 장르의 정서 변화

1. 경기체가의 정서

경기체가 장르를 정서1)라는 관점에서 고찰할 때 가장 먼저 떠오르는 단어는 '과시와 찬양'인 듯하다. 당대의 지식층이 자신들의 포부나 능력을 자랑하거나 혹은 계층을 대표하는 이념이나 특정 대상을 찬양조의 언술을 통해 노래로 펼쳐 보인 것이 바로 경기체가 장르의 본질적 요체이다. <한림별곡>에서는 고려중기 문인들의 과시욕이 드러나며, <상대별곡>을 비롯한 조선 전기 경기체가에서는 조선 왕조의 건국을 칭송하

---

1) 여기서 말하는 '정서'란 작품의 가사를 주 재료로 하면서 그 연행 방식과 작품에 드러난 세계관을 총합해 드러나는 분위기나 느낌을 가리키는 개념이며, 그 주체는 작가를 중심으로 하면서도 작품이 향유되던 시기의 향유층 전반을 포함한다. 이런 측면에서 현대의 수용자나 독자까지 고려하여 정서교육적 측면에서 바라보는 정서의 개념과는 달리 작품이 노래로서 향유되던 시기의 당대적 개념이라고 할 수 있다. '정서' 개념에 대한 기본적인 천착은 김경희, 『정서란 무엇인가』, 민음사, 1995; 김대행, 『고려시가의 정서』, 개문사, 1995; 서유경, 「<사씨남정기>의 정서 읽기 교육 연구」, 『고전문학과 교육』 20, 한국고전문학교육학회, 2010을 참고했다. 더불어 이 논문은 한국고전문학교육학회의 기획주제 하에 학회지에 발표된 논문으로, 학회에서는 이 기획주제로 발표된 논문들을 한 권의 책으로 모아 출간했으며, 여기에는 필자가 발표한 논문도 함께 수록되었다. 한국고전문학교육학회 편, 『고전문학과 정서교육』, 월인, 2014. 이 글은 그 논문의 내용을 수정, 보강한 것이다.

는 찬양조의 언술과 새 나라 건국에 동참한 선초 문인들의 과시욕이 함께 드러난다. 현전하는 대다수의 경기체가 작품들이 이러한 '찬양과 과시의 정서 표출'2)에 주력하는 모습을 보여준다.

그런데 조선중기 이후로 넘어가면서 경기체가의 이러한 흐름에 변화가 포착된다. 찬양과 과시의 정서가 여전히 주를 이루기는 하면서도 <한림별곡>이나 <상대별곡>과 같은 악장 형식의 경기체가와는 다른 정서적 측면이 드러나는 작품들이 나타나기 시작한다. 이러한 변화의 흐름이 본격화된 작품이 주세붕의 <도동곡>류의 작품과 권호문의 <독락팔곡>이라고 할 수 있는데, 이들 작품이 경기체가 장르의 향유 기간 중 거의 마지막 시기에 창작되었다는 점에 주목할 때, '찬양과 과시의 정서'에서 완전히 벗어나면서 경기체가 장르로서의 본질을 잃어버리게 되자 더 이상의 작품 창작이 어려워졌다고 볼 수 있다.

본고에서 주목하는 부분은 바로 이렇게 경기체가를 소멸에 이르게까지 한 정서적 변화의 정체와 양상을 짚어나가는 것이다. 이러한 변화는 주세붕과 권호문에 앞서 이미 15세기 말에서 16세기 초부터 조짐이 보이기 시작하는데, 현전하는 작품 중에서 살펴보면 정극인의 <불우헌곡>과 김구의 <화전별곡>, 그리고 새롭게 발견되어 최근 작품론이 나온 이복로의 <화산별곡>과 <구령별곡>3)등에서 변화의 단서가 포착된다. 이

---

2) 다른 연구자들 역시 표현은 약간 다르지만 경기체가의 정서적 본질을 '찬양과 과시의 표출'에 두는 것에 대부분 동의한다고 생각한다. 대표적으로 최재남은 '환로(宦路)와 공락(共樂)의 문학'이라는 표현을 썼고, 염은열은 <한림별곡>을 주 대상으로 하여 '자랑의 문학'이라는 표현을 한 바 있다. 최재남, 「경기체가 장르론의 현실적 과제」, 『서정시가의 인식과 미학』, 보고사, 2003, 13-34면; 염은열, 「국어활동으로 <한림별곡> 읽기」, 『고전문학의 교육적 발견』, 도서출판 역락, 2007, 163-182면.

3) 이복로의 작품은 김영진에 의해 학계에 처음 소개되었고, 그 뒤 자료로서의 가치가 한 차례 검증되었는데, 최근 이에 대한 본격적인 작품론 성격의 논문이 발표되었다. 김영진, 「구촌 이복로의 경기체가-<화산별곡>과 <구령별곡>」, 『한국시가연구』 25, 한국시가학회, 2008, 347-360면; 권순회, 「계명대학교 동산도서관 소장 국문시가 자료의 가치」, 『한국학논집』 37, 계명대, 2008, 145-172면; 박경주, 「구촌 이복로의 <화산별곡> <구령별

러한 경기체가의 변화는 성종 조 이후 신제악장의 제작이 점차 중단되는 과정과 맞물려 진행되었다고 생각하며, 사림파의 등장과도 관계가 있다고 볼 수 있다. 그러나 이미 고려조 작품 가운데 안축의 <관동별곡>을 통해 15세기 말에서 16세기 초 작품에서 보이는 변화의 선구적 자취를 발견해낼 수 있어 성리학의 도입 이후 등장한 신흥사대부의 세계관과 정서가 조선 중기 사림파에게 계승되는 차원에서의 고찰을 가능하게 한다.

 이러한 문제의식에 의거하여 본고에서는 먼저 경기체가 장르의 정서를 고찰하기 위한 전제로 삼을만한 조건들을 노래의 연행 방식과 작가의 계층적 위치 및 세계관이라는 관점 하에 살펴보고자 한다. 연행 방식의 관점을 강조하는 것은 시가작품에서 표출되거나 느껴지는 정서가 가사의 내용을 통해서만 형성되는 것은 아니며, 노래 가사의 내용적 측면에 그 형식이나 악곡까지 동반된 총체적 연행상황에 의거하여 형성된다는 전제에 입각한 것이다. 또한 작가의 계층적 위치 및 세계관이 중요한 기준이 되는 것은 경기체가가 '찬양과 과시'를 기본으로 하는 장르인 만큼 작가의 욕망이 현실에서 충족되는가의 여부가 작품에 드러나는 정서와 긴밀한 연관 관계를 갖고 있기 때문이다. 작가의 욕망이 현실에서 충족되거나 또는 작가가 본인의 욕망을 위해 자신을 드러내고자 하는 의지가 강할 때 '찬양과 과시'의 정서가 강하게 발현되며, 욕망과 현실 사이에 충돌이 생기거나 다른 요소가 개입할 때 '찬양과 과시의 정서'는 다른 모습의 정서로 변화되어 나타난다고 볼 수 있다.

 이 과정에서 경기체가 장르의 대표격인 <한림별곡>과 15세기 말에서 16세기 초 작품들의 선구 역할을 했던 안축의 <관동별곡>의 정서를 전

___

곡>이 지닌 16세기 경기체가로서의 위상 탐구」, 『고전문학연구』 40, 한국고전문학회, 2011, 35-64면. 이 중 필자의 논문은 본 저서에도 수록되었다.

범격의 사례로 먼저 살펴보고자 한다. 다음으로는 본격적으로 정극인, 김구, 이복로의 작품에서 공통적으로 나타나는 정서 변화의 조짐을 정리해내고자 한다.4) 여기서 경기체가와 향유층 및 형성시기가 비슷한 어부가 계열 작품들의 정서적 측면이 비교적 차원에서 언급될 수 있다.5) 이러한 일련의 과정을 통해 15세기 말에서 16세기 초에 나타난 경기체가 정서 변화의 본질을 짚어내고, 시가사에서 그 의미를 파악해내는 데까지 이르고자 하는 것이 본고의 목표이다.

---

4) 최재남, 「경기체가 수용과 서정의 범주」, 『서정시가의 인식과 미학』, 보고사, 2003, 37-72 면에서는 서정과 교술장르 사이에서 경기체가의 장르적 범주를 논했던 그간의 시각을 비판하고, '사대부의 서정'이라는 이름하에 포괄하고자 했다. 그런데 <한림별곡> <상대별곡>과 <화전별곡>을 관직자의 집단적 서정 쪽에서 다루고, <불우헌곡>과 <독락팔곡>을 묶어 재지사족의 개인적 서정 쪽에서 다루고 있어 <불우헌곡>에 대한 이해가 필자와는 다른 측면에 서 있다. 그러나 뒤에서 논의되겠지만 <불우헌곡>은 향촌을 배경으로 하고는 있으나 향촌적 정서보다는 작가의 관직자로서의 의지와 정서를 강하게 드러내고 있어, <독락팔곡>과 같은 성격의 작품으로 보기는 어렵다고 생각한다. 이밖에 본고에서는 안축의 <관동별곡>이 지닌 의미를 중시하면서 최근 발견된 이복로의 작품을 추가하여 경기체가 정서 변화에 대한 다면적 고찰을 시도하고자 한다.

5) 경기체가 정서의 층위를 세 가지로 나눌 때, '한림별곡의 정서'는 관인문학적 성격을 지니며 찬양과 과시가 그 핵심 키워드라고 하겠다. '어부가적 정서'는 처사문학적 성격을 지니며 강호가도가 그 핵심 키워드라고 할 수 있다. '관동별곡의 정서'는 관직자의 위치에서 자연친화적 양상을 드러내었다는 점에서 이 둘의 중간적 성격을 지닌다. 특히 어부가 계열은 고려중기 형성 단계에 신흥사대부층에 의해 경기체가 장르와 함께 향유되었으며, 한시체에 우리말이 섞였다는 점에서 형식적인 측면에서도 경기체가와 유사성이 있다. 특히 16세기 사림파가 어부가적 정서(강호가도)를 지향하여 경기체가 안에서 그 정서를 드러내보고자 하였으나, 경기체가 장르의 본질적 성격과 충돌한 관계로 결국은 장르 소멸에까지 이른 것으로 파악된다는 점에서, 경기체가의 정서를 살피면서 어부가적 정서를 함께 논하는 것이 효율적이라 생각했다.

2. 경기체가의 정서 고찰을 위한 전제

(1) 연행 방식과 관련한 정서

필자는 일찍이 경기체가를 연행 방식을 기준으로 살펴보면서 그 작품들을 악장 계열과 비악장 계열로 나누어 구분했었다. "위 ** 경 긔 엇더ᄒ니잇고"라는 공식구로 대표되는 찬양과 과시의 정서는 궁중 악장으로 경기체가를 활용하는데 적극적인 역할을 했다. <한림별곡>과 <상대별곡>의 연행 상황을 전하는 자료들은 악장으로서 향유된 경기체가 작품에서 나타나는 집단적 흥취의 정서를 잘 보여준다. 반면 악장과는 거리가 먼 안축의 <관동별곡>이 연행되는 상황의 자료들은 이와는 다른 느낌의 정서를 드러내준다.6) 앞의 두 가지 정서를 편의상 ❶번과 ❷번의 정서로 분류해 지칭하면서 그 관련 자료를 살펴보고자 한다.

❶ <한림별곡> <상대별곡>에 나타난 정서

예문관이 더욱 심하다. 신참자가 처음 벼슬에 임명되면 잔치를 열어야 한다. --- 새벽이 되면 상관장이 술자리에서 일어선다. 여러 사람들이 다 손뼉을 치고 춤을 추면서 <한림별곡>을 부른다. 이에 맑은 노래와 매미 울음소리같은 그 틈에 개구리 들끓는 소리가 섞인다. 날이 새야 비로소 흩어진다.7)

감찰은 옛날의 전중시어사의 벼슬이다. --- 새로운 사람을 신귀라고 부

---

6) <한림별곡>과 <관동별곡>은 각각 악장 계열의 경기체가와 비악장 계열의 경기체가를 대표하는 작품이라고 볼 수 있다. <상대별곡>의 경우는 <한림별곡>과 유사하면서도 선초악장의 대표격으로서의 의미를 가지며 연행상황 관련 자료가 몇 가지 전하고 있어 <한림별곡>과 함께 살펴보고자 한다. 박경주, 『경기체가 연구』, 이회문화사, 1996, 57-121면.

7) "藝文館尤甚 新來初拜職設宴 --- 至曉 上官長乃起於酒 衆人皆拍手搖舞 唱翰林別曲 乃於淸歌 蟬咽之間 雜以蛙沸之聲 天明乃散成倪", 『慵齋叢話』 권4.

르면서 온갖 방법으로 모욕을 준다. 신귀는 --- 술자리를 마련해야 한다. 그러면 선배들은 한 사람마다 계집 한 명씩을 끼고 앉는다. 이것을 안침 이라고 한다. 술이 취하면 <상대별곡>을 부른다.8)

❷ 〈관동별곡〉에 나타난 정서

근재 선생(안축)이 존무사로 나갔을 때 이 호수에 놀러왔다가 시 일절 을 지어 이르기를 --- 또한 <관동별곡>을 지었는데 지금 그 노래를 듣고 그 시를 읊으니 처연하여 느낌이 있는 까닭에 이 시를 짓노라.9)

판관 김처는 그의 아버지가 타국에서 죽은 것을 상심하고 슬퍼하여 미 친 병에 걸렸다. --- 판관은 낮에는 취해 있어 깨어 있는 경우가 드물었는 데, 문득 술이 깨면 <관동별곡>을 부르면서 소매를 떨쳐 춤을 추었고 춤 이 끝나면 큰 소리로 울곤 했다.10)

이렇듯 악장과 비악장 계열에서 드러나는 연행의 정서는 분명 차이를 보인다. 이와 더불어 경기체가 장르와 더불어 비슷한 시기에 형성되면 서 한문과 국문이 섞인 지식층의 노래로 향유된 어부가 계열 작품에 대 한 고려말의 연행 자료를 잠깐 살펴보면 위에서 살핀 경기체가의 악장 계열과 비악장 계열과는 또 다른 새로운 느낌의 정서를 확인하게 된다. 향유층이 비슷한 까닭에 어부가의 정서는 조선시대로 넘어오면서 경기 체가 장르에도 영향을 끼치는데 이를 파악하기 위해 여말선초 어부가 연행상황에서 드러나는 정서를 파악할 필요가 있다.11) 이를 ❸번의 정

---

8) "監察者 是古殿中侍御史之職 --- 新入者呼爲新鬼 侵虐萬狀 --- 鬼 --- 設酌堂中 先生各挾 一女而坐 謂之安枕 酒酣唱霜臺別曲成倪", 『慵齋叢話』 권1.

9) "謹齋先生 存撫之日 遊此湖 作一絶云 --- 又作關東別曲 令聞其歌 誦其詩 悽然有感故云", 李 穀, 「永郎湖次安謹齋詩韻跋」, 『稼亭集』 권19.

10) "金判官處以其父死於異國 傷痛得狂疾 --- 判官晝則多睡少醒 醒則自唱關東別曲 拂袖而舞歌 舞畢則大聲而哭", 成俔, 『慵齋叢話』 권3.

11) 경기체가와 어부가는 고려중기 지식층문화에 대한 대안문학으로서의 성격을 띠고 등장

서로 지칭하면서 자료를 살펴보자.

❸ 여말선초 〈어부가〉 작품 계열에 나타난 정서

이따금 흥이 나서 어부사를 노래하면 그 소리가 맑고 깨끗하여 천지에
가득 차는데 마치 증삼이 상송을 노래하는 것을 듣는 듯하였다.[12]

공은 마음에만 즐기는 것이 아니라 또 성음에 나타내어 술잔을 들 적마
다 어부사를 노래하니, 궁상도 아니요 율려도 아니지만 높고 낮은 것이
서로 응하고 절주가 화협하니 이는 아마도 자연히 나오는 것이리라.[13]

이상에서 경기체가 작품의 정서적 측면을 고찰하기 위한 전제로 세
가지 작품군의 정서적 특징을 주로 연행상황이나 노래가 주는 느낌의
측면에서 살펴보았다. 이러한 정서는 가사를 통해 담아내는 정서를 주
된 재료로 하면서도 그 악곡과 향유공간, 향유층의 분위기를 포괄하는
차원에서의 느낌을 표현해낸 것으로 시가문학에서는 더욱 의미 있는 정
서 개념이라고 생각한다. 이러한 노래에서 느껴지는 정서는 대개는 가
사 내용에서 드러나는 정서와 일맥상통하게 마련이지만, 때로는 <상대
별곡>에서처럼 약간의 차이를 보이는 경우도 있다. <상대별곡>에서 잔
치 분위기는 4장에서 잠깐 느껴지기는 하지만 대부분의 장에서는 근엄
한 사헌부의 위용을 자랑하는 가사가 주를 이룬다. 그러나 연행상황에
서 볼 때 <상대별곡>은 관직자들의 신참례 등 <한림별곡>과 다름없이

하면서 그 형식과 향유층 면에서 공통적 특성을 지닌 부분이 있다고 생각된다. 이에
대해서는 박경주, 「고려중기 지식층문화에 대한 대안문학으로서 경기체가, 어부가의
성격」, 『한국 시가의 흐름』, 월인, 2009, 218-237면을 참고하기 바란다.
12) "往往興酣 歌漁父詞 其聲淸亮 能滿天地 髣髴聞曾參之歌商頌", 권근, 「漁村記」, 『양촌집』
권11.
13) "伯共 不惟樂之於心 而又發之於聲 每酒酌 歌漁父詞 非宮非商 非律呂 而高下相應 節奏諧協
皆出於自然者也", 정도전, 「題漁村記後」, 『동문선』권103.

술과 여자, 음악이 가득한 잔치에서 불리면서 관직자적 풍류를 만끽하는 흐드러진 정서를 느끼게 한다. 그러나 대체로는 가사의 내용과 연행 상황을 포함한 전체적 분위기가 유사성을 지니는 것이 대부분이기에 다른 자료가 미비할 경우 가사의 내용을 우선시하여 그 노래의 정서를 포착한다 해도 크게 문제될 것은 없으리라 생각한다.

앞에서 논의한 세 가지 작품군의 유형 중 경기체가 작품들에서 가장 많이 느껴지는 것은 ❶의 정서이다. 작품 내용에서 송축과 찬양의 비중이 높아지는 것은 악장 계열의 특성상 당연한 것인데, 이러한 내용의 가사는 대개 흥겨운 잔치 분위기에서 불리기 때문이다. 단지 현전하는 악장 계열의 경기체가 가운데 악장에는 올려졌지만 그 연행이 자주 이루어지지는 않은 듯한 작품의 경우에는 연행 상황의 특성이 약하게 반영되는 경우도 있었으리라 생각한다.

본고에서 본격적으로 다룰 정극인, 김구, 이복로 세 작가의 작품에도 ❶의 정서는 두드러지게 나타난다. 앞에서도 언급했지만 이것이 경기체가 장르의 본질적 정서이므로 이는 당연한 현상이다. ❷의 정서를 드러낸 <관동별곡>의 경우도 ❶의 정서를 기본으로 하면서 추가적으로 ❷의 정서가 나타난다고 볼 수 있을 것이다. ❸의 정서는 ❷의 정서가 나타나는 작품과 관련되면서 어부가 특유의 강호가도적 언술들을 작품에 툭툭 던지는 듯한 방식으로 드러나는데 ❷와 ❸의 정서가 ❶의 정서와 맞물리면서 어떻게 이들 세 작가의 작품에 나타나는지 파악해내는 것이 연행 방식 쪽에서 살펴본 정서 개념의 핵심 과제가 될 것이다.

(2) 작가의 계층적 위치 및 세계관과 관련한 정서

앞에서 연행 방식과 관련한 경기체가 작품들의 정서를 분류해보았는데, 작가의 계층적 위치 및 세계관과 관련한 정서의 양상 역시 이와 맞물려 나타난다고 볼 수 있다. 그러나 기준이 달라짐으로써 분석 내용에 있어서 미묘한 차이가 발생할 수 있으리라 생각한다. 작가의 계층적 위치 및 세계관과 관련해서 중요하게 파악해야 할 사실은 관직을 향한 작가의 욕망 추구의 정도와 현실에서 그것이 어느 정도 충족되었는가 하는 점, 그리고 충족되지 못했다면 이를 충족시키기 위한 의지를 작가가 현재 얼마나 가지고 있는가 하는 점 등이다.

연행 방식과 관련한 분류를 참고해서 논의해보면 ❶의 <한림별곡>과 <상대별곡>과 같은 악장 계열의 작품을 창작한 작자들은 자신들의 관직자로서의 욕망을 달성했거나 혹은 아직 미진하기는 하지만 달성할 가능성이 있다는 희망을 강하게 지니고 있는 층이다. 그러기에 그들은 자신들 혹은 자신들이 추구하는 이념을 과시하기도 하면서 또한 자신들의 관직자적 욕망을 이루어줄 수 있다고 믿는 권력층을 향해 계속적인 찬양과 송축을 보내는 것이다.

계층적 위치 및 세계관과 관련할 때 ❷의 <관동별곡>의 정서는 상당 부분 ❶의 계층의 정서와 유사하게 보인다. 안축은 지방관찰사로 내려오면서 그 지역을 잘 다스리고자 하는 관직자적 포부와 욕망을 작품에 드러냈으며 이는 자기 계층에 대한 과시와도 연결되어 나타난다. 그런데도 연행 방식을 드러낸 자료에서 확인된 것처럼 <관동별곡>에서 느껴지는 정서는 분명 <한림별곡>의 그것과는 다른 면모를 보인다. '처연하고 구슬픈' 정서는 과연 어디에서 온 것일까. 필자는 이를 자연과의 친화적 양상에서 찾고자 한다. <관동별곡>에는 분명 관직자로서의 과시가 들어있지만, 찬양의 대상은 ❶ 작품 계열에서 보여주는 더 높은 권력층이 아니라 자연으로 바뀌었다. 안축은 신흥사대부의 선구적 위치에 있는 사람으로 신흥사대부가 고려중기 문인층과는 달리 사물, 나아가 자연에 대한 관심이 많았던 계층인 것은 문학사에서 이미 밝혀진 사실이다. 안축이 남긴 몇 편의 글을 통해서도 이러한 부분은 증명된다.[14) 자연과의 친화적 모습이 드러난 장에서는 또한 약하지만 『악장가사』 어부가의 분위기와 가까운 정서가 느껴지기도 한다.

3장에서 다룰 세 작가의 작품들이 모두 악장이 아닌 비악장 계열로 궁중이 아닌 자연을 배경으로 창작된 사실은 <관동별곡>의 정서가 이들 작품에 이어질 가능성을 높게 해준다. 단 안축의 경우는 신흥사대부로서의 포부가 실현되어 욕망과 현실이 충돌하지 않는 상황이지만, 정극인과 김구, 이복로와 같은 작가들의 경우 관직자적 욕망과 현실 사이의 관계, 그리고 그 욕망을 추구해 나가는 의지의 정도가 안축과는 다르게 전개되는 면이 있어 드러나는 정서적 측면도 세밀하게 분석할 필요가 있을 것이다.

❸의 어부가 계열의 정서는 '맑고 깨끗하면서도 화협이 잘 이루어지며 억지가 아닌 자연스럽게 나오는 것'이라 묘사된 데에서 알 수 있듯이 성리학을 추구하는 신흥사대부가 높이 평가하는 자연과 도의 합일적 정서를 드러내 보여준다고 생각한다. 이러한 정서가 <관동별곡>에서 그려진 자연의 모습에서도 약간은 곁들여 나타나기도 하지만, 본격적으로 발현되지는 못한다. 선초 『악장가사』에 실린 <어부가>는 ❸에서 살핀 자료에서 대상이 된 어부가 작품과 동일한 것인지는 알 수 없지만, 악장으로 편입된 이상 약간의 악곡상, 내용상의 변화는 겪었을 가능성이 크다고 보인다.[15) 또한 16세기 중기 본격적인 사림파문학의 등장 이후 이

---

14) 안축이 『근재집』에 남긴 「강릉부경포대기(江陵府鏡浦臺記)」와 「임영공관묵죽병기(臨瀛公館墨竹屛記)」 등의 글을 보면 "천하의 사물에 형상이 있는 것은 모두 理가 있는데 --- 천하에 遊歷하는 자가 이 物을 보고 興을 붙이고 이로 인하여 즐거움을 삼는다(夫天下之物 凡有形者皆有理 --- 人之遊者覽是物而寓興 因以爲樂焉)"는 류의 내용이 보인다.

15) 『악장가사』 <어부가> 1장의 마지막 행에서 보이는 "一竿明月이 亦君恩이샷다"와 같은 표현은 나중에 사림파 문인인 이현보의 어부가에서 다른 행은 똑같이 유지되면서 "倚船

현보 등에 의해 어부가 작품들이 사림파 작가들의 취향에 맞게 재편된 것을 볼 때 어부가는 여말 선초, 그리고 사림파 등장 전후 시기에 걸쳐 사대부층에 의해 향유된 가요문학에서 지속적으로 관심의 대상이 된 장르이다. 따라서 <관동별곡> 및 15세기 말에서 16세기 초 경기체가 작품에 어부가적 정서가 어떤 방식으로 흡입되고 있는지를 살펴보는 것은 매우 중요한 과제일 것이다.

3. 15세기 말에서 16세기 초 경기체가 작품에 나타난 정서

(1) 정극인의 〈불우헌곡〉

정극인(1401-1481)은 조선 초기 태종 원년에 태어나 성종 12년까지 살다간 문인으로, 태인(현 전라북도 정읍)의 구고 임씨(九皐 林氏)와 결혼하면서 인연을 맺은 후 이곳의 자연과 벗하고 살면서 불우헌이라는 정자를 짓고 이를 호로 삼아 태인 사람으로 평생을 지냈다. 그런데 2장에서 살펴본 작가의 계층적 위치 및 세계관이라는 기준에서 보면 정극인은 태인에서 생애의 대부분을 보냈음에도 불구하고 항상 나라와 임금을 걱정하는 일관된 의식을 보여준 인물이다. 실제 관직 생활을 한 것은 얼마 되지 않는데도 경세치민에 주력한 현실주의자로서 끊임없이 나랏일에 대한 자신의 견해를 상소로 올리곤 했다.[16] 그는 유교 이념에 입각하여

漁父이 一肩이 高로다"로 바뀌는데, 작품의 기본적 정서와 다르게 임금의 은혜를 노래하는 이와 같은 행이 여말 선초 사대부 사이에서 불린 <어부가>가 궁중 악장으로 편입되면서 달라진 부분의 한 예로 보아도 좋을 것이다.

16) 정극인은 1429년 생원시에 합격하여 성균관에 들어갔으나 이후 20년 남짓 대과에는 번번이 낙방했다. 1453년 가을에 한성시에 합격하고 전시에서 급제했는데 이때 이미 나이 53세였다. 1469년(예종1년)에는 태인현 훈도로 있었는데 특명으로 사간원 헌납에 임명된

나라를 다스리고 고을을 운영해나가야 한다고 믿었고, 이를 위해 구체적인 세부 실천 강령까지 마련했다. 물러나서는 자연을 벗하고 관직에 나가서는 임무에 충실한 것이 사대부의 본분인데, 정극인은 짧게 관직 생활을 하고 대부분을 은거해 자연을 벗하며 지내면서도 항상 나랏일을 걱정하고 유교 이념의 실천을 도모했던 인물임을 그의 전 생애를 통해서 확인할 수 있다.

이러한 그가 기본적으로 찬양과 과시의 정서를 드러내는 경기체가를 택해 작품을 지은 것은 너무나 당연하다. 비록 중앙관직에 오래 있지 못하고 지방 한직에 머물렀지만 나랏일을 자기 일처럼 생각하는 자신의 세계관에 대한 믿음이 있었으므로 작은 벼슬에도 그는 임금의 은혜를 찬양할 수 있었다. 50이 넘은 나이에 대과에 급제해 큰 벼슬에 대한 꿈을 가지기는 힘들었지만, 80이 넘은 나이에도 서울에 가서 상소를 할 정도로 관직에의 열정이나 자기 세계관에 대한 확신이 분명했다.

그러나 그럼에도 불구하고 중앙 관직자에 의해 궁중 내에서 지어진 악장 계열과 비교하면 <불우헌곡>에서는 분명 다른 정서가 느껴진다. 전체 7장으로 되어 있는 작품 중 2장에서 6장에서는 관직자적 자세로 찬양과 과시의 정서에 충실한 모습을 볼 수 있지만, 1장과 마지막 7장은 태인을 배경으로 하여 자연 속에 은거한 처사적 모습을 느끼게 한다.

山四回 水重抱 一畝儒宮   산이 사면에 두르고 물이 거듭 감싼

후 당시에 호남에서 유일하게 사간원 정언으로 옮겨졌다고 한다. 1471년(성종2년)에 구언(求言)의 하교가 있었는데, 조정 정사의 득실 4조목과 백성의 질고(疾苦) 4조목을 논해 좌리공신(佐理功臣)의 녹권(錄券)을 받았다. 다음해인 1472년에는 조정에서 정극인을 천거하는 이가 있어, 임금이 유서(諭書)를 내려 특별히 3품의 산관(散官)을 더한다는 명이 있었다. 이에 임금의 은혜가 망극함을 생각하여 고려의 <한림별곡> 음절에 따라 <불우헌곡>을 지었다고 한다. 1475년에는 마을에 향음주례를 마련하고 규약을 세웠고, 1478년 당시에는 나라에 재해가 있어 또 구언의 하교가 있었는데, 80세의 나이를 돌아보지 아니하고 서울에 가서 상소하고 겸하여 시정의 폐단 3조목을 논하였다.

곳 넓지 않은 선비의 집이

向陽明 開南牕 名不憂軒   양지를 향하여 남창을 열었으니 불우

헌이라 이름하네

左琴書 右博奕 隨意逍遙   왼쪽엔 거문고와 책 오른쪽엔 바둑과

장기로 뜻에 따라 소요하네

偉 樂以忘憂景何叱多   아, 즐거워하여 근심을 잊은 광경이

어떠한가

平生立志 師友聖賢 (再唱)   평소에 뜻을 세움이 성현을 스승과

벗으로 삼기로 하니

偉 遵道而行景何叱多   아, 도를 따라 행하는 광경이 어떠한가

─〈불우헌곡〉 제1장

    1행과 2행은 작자가 살고 있는 곳의 경치를 말한다. 산과 물이 겹겹이 감도는 곳에 남쪽의 밝은 쪽을 바라보고 서 있는 불우헌이라는 은거지, 조용하고 아름다운 시골의 모습이 펼쳐진다. 3행과 4행 역시 1, 2행의 발전이다. 거문고를 켜고 책을 읽으며 바둑과 장기를 두다가는 마음 내키는 대로 거니는 것, 즐거워서 모든 걱정을 잊어버린 상태는 바로 처사의 생활 자체이다. 5행과 6행에서는 자연을 대하는 그의 태도가 도를 따르고자 하는 마음에서 비롯되었음을 밝히고 있다. 이렇게 보면 1장에서 나타나는 작자 의식은 16세기 사림파 문인과 거의 유사한 듯하다. 벼슬에 대한 미련도 없이 오직 자연을 벗 삼아 심성을 기르고자 할 뿐이다.

    정극인의 이러한 태도는 안축의 <관동별곡>에서의 자연이 관직자의 입장에서 바라본 치세의 대상이거나 유람의 대상으로서의 자연이었던 데 비하면 상당히 심화된 자연 인식이라 할 수 있다. 그런데 이러한 인식의 차이는 안축과 정극인의 관직자로서의 위치의 차이에 기인한 것이라 볼 수 있다. 안축의 경우는 관찰사로서 관동지방을 순찰하면서 <관

동별곡>을 쓴 데서 알 수 있듯이 신흥사대부로서 자신의 포부를 실현했다고 볼 수 있지만, 정극인의 경우는 관직에의 욕망과 향촌에서 생활하는 현실 사이에 충돌하는 부분이 있을 수밖에 없는 것이다. 어찌 보면 정극인은 그 이루어지기 어려운 욕망을 자연과의 친화를 통해 다스렸다고 볼 수 있을 것이다. 그가 1장과 7장[17])에서 자연 혹은 향촌에서의 생활을 찬양과 과시의 정서를 주로 드러내는 경기체가 악곡에 얹어 노래할 때, 역설적으로 그의 삶에서 이루어지지 못한 꿈의 세계를 드러내는 듯한 비감의 정서가 느껴지는 것은 그가 가진 이와 같은 욕망과 현실의 차이에서 기인하는 것이리라 생각한다.

(2) 김구의 〈화전별곡〉

김구(1488-1534)는 충청도 예산 지방의 사족으로, 20세 되던 1507년 사마시에 합격하고 26세인 중종 8년 별시에 차석으로 올라 승문원부정자에 배수되었다. 그 뒤 주로 홍문관의 벼슬을 두루 역임하다가 32세인 중종 14년(1519년) 기묘사화로 인해 경상도 개녕을 거쳐 남해로 귀양가서 44세인 중종 26년(1531년) 남해에서 임피로 옮겨졌다가 46세인 중종 28년(1533년) 풀려났지만, 예산의 부모 산소에 성묘하러 갔다가 부상을 입고 이듬해인 1534년 예산에서 죽었다. 결국 김구는 26세에서 32세까지 짧은 기간 벼슬살이를 했을 뿐 그 뒤 약 13여 년의 세월을 남해에서 향촌 생활을 하는 것으로 생애 대부분을 보낸 것이다.

〈화전별곡〉은 남해에서의 유배 생활에서 창작된 작품으로, 현지 관리

---

17) 지면 관계상 7장은 별도의 분석 없이 작품만 인용한다.
　　樂乎伊隱底 不憂軒伊亦　　　즐겁구나 불우헌이여
　　樂乎伊隱底 不憂軒伊亦　　　즐겁구나 불우헌이여
　　偉 作此好歌 消遣世慮景 何叱多　아, 이 좋은 노래지어 세상 근심 달래는 모습 어떠합니까

들과 어울리는 잔치 분위기를 그려내면서 향촌에서의 삶에 만족하고 이를 과시하는 듯한 모습을 보여주기 위해 경기체가 장르를 택해 창작되었지만, 작품을 자세히 살펴보면 서울의 관직 생활로 돌아가고 싶은 욕구를 화려한 잔치를 열어 가장함으로써 억누르는 작가의 숨은 노력이 포착된다.18) 즉 관직생활에의 욕망과 향촌에서의 현실이 충돌하면서 <한림별곡>에서와 같은 흐드러진 잔치 분위기의 정서를 겉으로는 드러내지만, 내면적으로는 <불우헌곡>에서와 마찬가지로 비탄의 정서를 숨기고 있다고 볼 수 있다.

그러나 <불우헌곡>이 자연친화적 양상을 일부 드러내면서 <관동별곡>과 통하는 정서를 보여주었다면, <화전별곡>은 <한림별곡>의 정서만이 전면에 드러날 뿐 향촌에서 창작되었어도 자연친화적 양상은 별로 드러나지 않는다.19) 정극인이나 김구나 관직 생활에 강한 욕망을 지니고 있는 것은 같지만, 정극인은 50넘은 나이에 대과 급제를 했고 그 뒤

---

18) 최재남은 <불우헌곡>의 경우는 <독락팔곡>과 같은 차원에서 바라보아 필자와 해석을 달리했지만, <화전별곡>에 대해서는 본고의 해석과 비슷한 입장을 취한다. 최재남, 「김구의 남해생활과 <화전별곡>」, 『사림의 향촌생활과 시가문학』, 국학자료원, 1997, 135~169면.

19) <화전별곡> 전 6장 중에 향촌의 분위기를 조금이나마 느끼게 하는 것은 1장과 마지막 6장이다. 그 나머지 장에서는 전체적으로 흐드러진 <한림별곡>의 연행 방식 쪽의 정서가 두드러진다. 그런데 1장의 경우도 자연을 노래하는 듯하다가 풍류 주색을 즐기는 인걸에 초점을 맞추는 방식으로 정서를 집약시켜 앞에서 서술한 자연은 큰 의미를 갖지 못하게 된다. <화전별곡>에서 두드러지는 흐드러지는 잔치의 분위기를 보여주기 위해 5장을 인용한다.

綠波酒 小麴酒 麥酒濁酒	녹파주와 소국주에 맥주, 탁주까지
黃金鶴 白文魚 柚子盞 貼匙臺예	황금빛 닭과 흰 문어요 유자잔과 첩시대에
偉 ᄀ득 브어 勸觴景 긔 엇더ᄒᆞ닝잇고	아, 잔 가득 부어 술잔을 권하는 모습, 그것이 어떠합니까.
鄭希哲氏 過麥田大醉 (再唱)	정희철씨는 밀밭만 지나가도 크게 취한다네.(재창)
偉 어늬제 슬플 저기 이실고	아, 어느 때 슬플 적이 있으리오

　　　　　　　　　　　　　　　　　　　　—〈화전별곡〉 5장

5장은 술을 거나하게 마시며 즐기는 내용임에도 불구하고 마지막 행의 "偉 어늬제 슬플 저기 이실고"에서 느껴지는 정서는 오히려 더 슬픔을 자극한다는 생각이 든다.

짧지만 관직 생활을 통해 어느 정도의 욕망을 실현했다. 또한 80이 넘도록 꾸준히 상소를 하면서 욕망을 추구해 나가는 의지를 보였다. 대과 급제가 늦었다는 것은 개인적으로는 불운이지만 어쨌든 그 원인은 본인에게 있다고 볼 수 있기 때문에 억울함이나 분노의 감정이 있다 하더라도 억제하기가 그다지 어렵지는 않았으리라 볼 수 있다. 반면 김구는 젊은 나이에 중앙 관직에 진출해 임금의 사랑을 받다가 사화에 휘말려 본인의 의지와는 전혀 상관없이 타지에서 유배 생활을 하게 된 처지인 만큼 향촌의 관리들과 아무리 화려한 잔치를 열어 <한림별곡>의 정서를 흉내 낸다고 해도 그것은 어디까지나 시늉에 불과할 뿐 진정한 '과시와 찬양'이 될 수는 없는 것이다.

화려함 속에 가려진 억울함과 분노가 가장 잘 드러나는 것은 마지막 장인 6장이다. 서울의 번화함이 부럽지 않고 향촌의 모임이 좋다고 말하고 있으면서도 앞 장에서 내내 그려낸 모임은 역설적이게도 향촌의 소박한 술자리가 아니라 번화한 관직자들의 잔치였기 때문이다.

京洛繁華ㅣ야 너는 불오냐	서울의 번화함이야, 너는 부러우냐
朱門酒肉이야 너는 됴ᄒ냐	지체높은 벼슬아치의 붉은 대문, 술과 고기가 너는 좋으냐
石田茅屋 時和歲豊	돌무더기 밭에 띠로 인 작은 집, 사시가 태평하고 풍년이 드는
鄕村會集이야 나는 됴하ᄒ노라	향촌의 모임을 나는 좋아하노라

— 〈화전별곡〉 제6장

(3) 이복로의 〈화산별곡〉 〈구령별곡〉

이복로(1469-1533)의 집안은 합천에 선산이 있지만 증조부와 조부 양대에 걸쳐 안동도호부사를 지내면서 안동에도 근거지를 마련한 것으로 보인다. 한양에서 태어나 20대 초반까지는 부친의 임소 및 한양, 양주 등지에서 생활하였으나, 22세 때 향저가 있는 안동 일직에 와서 의성현령 유호인(兪好仁)의 문하에서 학업을 익혔다. 23세 때 혼인 후 예안현감 김전(金詮)의 문하에서 학업을 하고 안동에서 계속 공부를 하던 중, 1495년 27세 때 생원과 진사 양시에 모두 합격하여 성균관에 올랐고 그 이후 6-7년간 성균관과 고향을 오가며 학업을 계속했다. 1513년 45세 때 식년 문과에 합격한 후 3년가량을 서울의 인척 및 친구 집을 빌려 우거하면서 박사, 양현고직장, 전적 등을 지내다가 1517년 겨울 하동현감에 제수되었고 1523년 체직되었다. 1524년 경상도 도사, 1525년 봉상시 판관 등을 지내고 1527년 초계군수에서 파직되어 안동으로 돌아왔다. 1533년 향년 65세로 졸하여 안동 일직 향교동에 장사지냈다.

이복로의 생애를 돌이켜보면 먼저 안동, 예안 등을 중심으로 한 영남 (특히 경북) 지역을 근거지로 하여 생활한 시기가 대부분이라는 사실이 주목된다. 이들 지역은 영남 사림파로 묶을 수 있는 일군의 작가들의 활동지와 겹쳐지며, 특히 안동은 <독락팔곡>을 지은 권호문이 은거했던 곳이고, 예안은 농암 이현보(1467-1555)의 고향으로 치사 후 말년에 이현보가 귀향한 후에는 <어부가>를 비롯한 국문시가의 산실이 된 곳이다. 권호문의 생년은 이복로보다 뒷 시기이지만 이현보의 경우 거의 동시대를 산 인물이며, 이현보의 귀향이 있었던 중종 37년(1542년)에 이미 이복로는 세상을 뜬 뒤이기는 하지만, 이현보와 이복로 사이에 교류가 있었던 것은 분명한 듯하다.[20]

이복로의 생애에서 포착되는 또 하나의 의미 있는 지점은 이복로가

---

20) 이상 이복로의 생애 및 영남 사림파와의 관계에 대한 자세한 내용은 박경주, 앞 논문, 2010을 참조하기 바란다.

45세라는 늦은 나이에 문과에 합격한 후 중앙 정계의 주요 관직보다는 외직이나 지방직을 주로 역임했고, 그나마 오랜 동안 관직에 있었던 기간이 별로 없었다는 사실이다. 귀향에 처음부터 뜻을 두었던 인물들과는 다르지만 이복로는 결과적으로 고향 근방에서 관직을 수행한 적이 많았고, 말년에 관직에서 물러난 이후에는 고향인 안동에 돌아와 생활했다.

앞서 살펴본 정극인이나 김구와 비교할 때 관직 생활을 오래 하지 않았다는 점이 유사하며, 특히 정극인과는 늦은 나이에 대과에 급제하여 외직을 돌았고 지방직의 경우에 자신이 근거지로 삼고 있는 지역에서 벼슬살이를 한 경험이 많다는 사실이 비슷하다. 젊은 시절 중앙 관직에 올랐지만 일찍 유배 생활을 하다가 생을 마친 김구와는 이런 면에서 짧은 관직 생활을 했고 향촌 생활을 오래했다는 공통점 외에는 차이점이 많이 보인다고 하겠다. 이러한 차이로 인해 경기체가 작품에서 나타나는 서로 다른 욕망과 현실의 관계 양상에 대해서는 이미 앞 절에서 살핀바 있다.

그러나 정극인과 이복로의 경우에도 중요한 부분에서 차이점이 존재한다. 먼저 욕망의 정도나 그 욕망을 이루어내기 위한 의지에 있어서의 차이가 크게 보인다. 정극인은 향촌에서 생활하면서도 관직에 있을 때나 아닐 때나 변함없이 관직자적 자세를 유지하며 임금을 향한 송축을 작품에 드러낸다. 반면 이복로는 <화산별곡>과 <구령별곡>에서 안동이라는 자신의 근거지, 즉 향촌 생활에 대한 자부심을 과시하며 향촌 생활의 즐거움을 찬양한다. <화산별곡>에는 자부심 쪽이 좀 더 나타나고 <구령별곡>에는 즐거움 쪽이 좀 더 드러나지만, 두 작품 모두에서 찬양과 과시의 대상은 향촌 생활 자체로 바뀌어졌다. 이러한 면모는 중앙에서 부임한 지방 관료로서의 자부심을 과시하고 자신이 다스릴 지방의 자연경관을 찬양한 고려말 안축의 태도와 겉으로 볼 때는 유사하게 보이지만 그 속내는 사뭇 다른 것이다.

　이런 가운데 이복로의 작품은 영남 사림파의 근거지를 배경으로 하여 그 직전 시기에 창작되었다는 특성 때문인지 정극인이나 김구의 작품에 비해 어부가적 정서를 상당 부분 드러낸다. 이러한 측면은 본격적인 사림파의 강호가도적 정서에는 미치지 못하지만 관직에 뜻을 버리고 자연을 완상하며 도를 추구하는 면모를 보여준다는 점에서 흥미로운 지점이다. <화산별곡>에 어부가적 정서가 던져지듯이 일부 그려졌다면,21) 상대적으로 <구령별곡>에는 사림파의 처사적 자연관에 가까운 정도로 어부가적 정서가 그려진다고 생각한다. 표현 방식이나 세계상에 있어 일

---

21) <화산별곡> 5장은 『악장가사』 <어부가> 6장과 상당히 유사한 느낌을 주며, 이는 <관동별곡> 5장의 느낌과도 통하는 정서라고 볼 수 있다.

琴召川 蓼村灘 合流爲湖	금소천 요촌탄 합류하여 강이 되네
長波遠 水面濶 方之舟之	긴 물결 멀고 수면은 매끄러운데 배 띄우노라
江魚潑潑 半是銀唇 (竹+尋)場吹火	물고기 팔딱이니 반은 은어, 심장에 불 켜져 있네
偉 及時封進景 何	아, 때 맞춰 (은어) 진상하는 광경 어떠한가
瓦灘觀魚 湖上泛舟	瓦釜灘에 고기 구경 호수 위에 배 띄우고
偉 川上行樂景 何	아, 물가에서 행락하는 광경 어떠한가

　　　　　　　　　　　　　　　　　—<화산별곡> 5장

仙游潭 永郎湖 神淸洞裏	선유담, 영랑호, 신청동 안으로
綠荷洲 靑瑤嶂 風烟十里	푸른 연잎 자라는 모래톱, 푸르게 빛나는 묏부리, 십 리에 서린 안개
香冉冉 翠霏霏 琉璃水面	바람 향내는 향긋, 눈부시게 파란 유리 물결에
爲 泛舟 景幾何如	아, 배 띄우는 모습 그 어떠합니까
蓴羹鱸膾 銀絲雪縷	순채국과 농어회, 은실처럼 가늘고 눈같이 희게 써네.
爲 羊酪 豈勿參爲里古	아, 양락이 맛있다고 한들 이보다 더하리오.

　　　　　　　　　　　　　　　　　—<관동별곡> 5장

一尺鱸魚를 新釣得ᄒ야	한 자 되는 농어를 새로 낚아서
呼兒吹火荻花間호라	아이 불러 물억새 꽃 사이에 불을 지피네.
비 셔여라 비 셔여라	배 세워라 배 세워라
夜泊秦淮ᄒ야 近酒家호라	밤에 진회에 정박하니 술집이 가깝구나
지곡총 지곡총 어ᄉ와 어ᄉ와	지국총 지국총 어사와 어사와
一瓢애 長醉ᄒ야 任家貧호라	한 표주박 술에 길이 취하니 가난함도 모를레라.

　　　　　　　　　　　　　　　　　—『악장가사』 <어부가> 6장

반적인 어부가 계열의 작품들과 유사한 측면이 많고, 6개의 장 모두에서
복거와 음풍영월, 어부의 삶, 답청호가, 황관야복, 강호산인 등과 같은
어휘 등을 통해 은일지사의 풍모를 드러냈다.22) 특히 3장에서는 '일간
어부 오시삼공(一竿漁父 傲視三公)'이라는 표현을 통해 강호자연을 벗하는
어부의 삶이 높은 관직자의 삶보다 훨씬 낫다고 하면서 처사로서의 자
부심을 강하게 보여준다.23) 작품의 내용을 고려할 때 <구령별곡>의 창
작 시기는 이복로가 초계군수에서 파직되어 귀전원한 직후로 보인다.
연보에 따르면 그는 1530년 초계군수에서 파직된 뒤 안동으로 돌아와
1532년 도연명의 <귀거래사> <귀전부(歸田賦)> <한거부(閑居賦)> 등에 화
작을 지었다고 하는데, 이러한 심경을 경기체가 형식에 담아낸 것이
<구령별곡>으로 생각된다.

그럼에도 불구하고 이복로의 작품에는 경기체가라는 장르를 택한 이
상 <한림별곡>과 같은 악장 계열의 작품에서 나타나는 관직자적 풍류가
일부 드러난다. <화산별곡>의 마지막 장에서 이러한 모습이 확인되
며,24) <구령별곡>에서는 "偉 萬歲(乙世伊小西)"(2장) "偉 千歲(乙世伊小西)"(5

22) 이 가운데 <구령별곡>의 마지막 장인 6장을 소개한다.
　　宦海浮沈(豆) 我(ㄲ)知(又ㅅ)　　　벼슬길의 부침도 나는 아노라
　　人間榮辱(豆) 我(ㄲ)知(又ㅅ)　　　세상의 영욕도 나는 아노라
　　黃冠野服 忘形魚鳥　　　　　　　황관야복으로 몸을 잊고 어조와 어울리는
　　江湖散人(伊沙) 我(叱分又多)　　　강호산인이야 나뿐이로다

23) 八龍里 南水庵 泉石村庄　　　　　팔룡리 남수암 천석촌장
　　淵柳亭 蒲坪堤 十里長江　　　　　연류정 포평제 십리장강
　　紅蓼花邊 白鷗群飛 乘舟縱棹　　　붉은 여귀꽃가에 백구떼 날고 배 띄워 맘대로 노젓누나
　　偉 泝流上下景 其何如　　　　　　아, 강물 따라 오르내리는 광경 그 어떠한가
　　一竿漁父 傲視三公 (再唱)　　　　낚싯대 맨 어부 삼공(삼정승)을 오만히 보누나(재창)
　　偉 知我者無(豆舍ㅅ)　　　　　　아, 나를 알 자 없도다
　　　　　　　　　　　　　　　　　　　　　　　　　　— <구령별곡> 3장

24) 佳麗地 好時節 使華風流　　　　　아름다운 곳, 좋은 시절 사또의 풍류
　　晧齒歌 細腰舞 利園弟子　　　　　하얀 치아로 노래하고 가는 허리로 춤추는 이원의 제자
　　管絃聲裡 杯盤狼藉 賓主交歡　　　관현 소리에 잔과 소반 낭자하고 손과 주인은 즐겁도다
　　偉 同樂大平景 何　　　　　　　　아, 태평 시절 함께 즐기는 광경 어떠한가

장)과 같이 악장에서 잘 쓰이는 공식구의 잔재를 통해 미미하게 드러난다. 아직은 <한림별곡>이나 <상대별곡>류의 정서를 지니고 있는 것인데, 필자는 이러한 모습을 통해 영남의 사림파 문인들이 그 초창기에 강호가도를 노래하는 자신들의 정서를 드러내는 통로로 사대부문학으로서 전통이 이미 오래된 경기체가 장르를 활용해보고자 하는 욕구를 지녔던 것은 아닐까 조심스럽게 추정해본다.

4. 경기체가의 정서 변화가 갖는 의미-사림파 문학과 관련하여

<관동별곡>의 정서가 이미 오래 전 전통이 마련되어 있었고 그 전통이 본고의 3장에서 살펴본 것처럼 15세기 말 이후 향촌생활을 하게 된 정극인, 김구, 이복로와 같은 사대부들의 경기체가 작품을 통해 각각의 양상으로 전개되는 가운데, 16세기 중엽 이후 사림파 작가들이 자신들의 정서를 경기체가 장르에 담아보려는 노력을 해보았을 가능성은 충분하다고 여겨진다. 주세붕이나 권호문이 비록 파격적인 형식이기는 하지만 경기체가 작품을 창작하여 성리학적 이념 추구와 강호자연으로의 귀거래의 극단적 양상을 드러낸 것은 이러한 노력의 일단이라고 볼 수 있다.

<관동별곡>에 사림파 문인의 강호가도와는 다르지만 그 이선 시기 궁중 악장의 성격과는 현격한 차이를 보이는 향촌의 자연이 등장했고, 그것이 여말 신흥사대부의 물관(物觀)에 기인한다는 점은 앞서 언급했다.

厭厭夜飮 不醉無歸 (再唱)　　물리도록 밤까지 마시니 취하지 않곤 못 돌아가네 (재창)
偉 秉燭夜遊景 何如　　아, 촛불 잡고 밤 내내 노니는 광경 어떠한가
　　　　　　　　　　　　　　　　　　　　　　　— 〈화산별곡〉 6장

사실 성종조 이후 네 차례에 걸친 사화를 겪으며 중앙 관계에 진출한 사림파 문인들의 뿌리가 여말 신흥사대부 가운데 조선 건국에 반대하여 은거한 비참여파인 이색과 길재의 문하에 닿아 있음은 주지의 사실이다. 조선 건국과 관련된 분쟁이 있기 이전 충목왕 당시에 권문세족을 몰아내며 신흥사대부로서의 개혁정책에 참여했던 안축은 여말 신흥사대부의 초창기적 인물이다. 본격적인 성리학자는 아니지만 그가 유력(遊歷)을 통해 본 사물에 흥을 붙여 즐거움을 얻는다는 기본적인 자연관을 지녔음은 앞에서 확인했는데, 그는 이에서 더 나아가 그 흥취와 즐거움을 올바른 것과 그른 것으로 구분해 정도를 행하는 것이 사대부의 도리임을 강조했다.25) 이는 깊이 들어가지는 못했지만 16세기 사림파의 가곡관과 크게 어긋나지 않는 선구적 자취를 보이는 언술이라고 생각한다.

사림파 가운데 경기체가에 대해 구체적 언술을 보이는 대표격의 인물은 이황과 주세붕이다. 이황은 <한림별곡>을 두고 "문인의 입에서 나왔으나, 교만하고 호화스럽고 기탄없이 멋대로 굴고 아울러 외설스럽고 업신여기고 함부로 해서 더욱 군자가 숭상할 바가 아니다"26)라고 천명

---

25) 안축, 「江陵府鏡浦臺記」, 『謹齋集』
   "대개 형상의 기이한 것은 현저한 데 있어서 눈으로 구경할 수 있는 것이요, 理의 묘한 것은 은미한 데 있어서 마음으로만 얻을 수 있는 것이다. 눈으로 기이한 형상을 구경하는 것은 어리석은 사람과 지혜 있는 사람이 모두 같아 그 한쪽만 보고, 마음으로 묘한 理를 얻는 것은 군자만이 그러한데 그 專一한 것을 즐거워하는 것이다.(夫形之奇者 在乎顯而目所玩 理之妙者 隱乎微而心所得 目玩奇形 愚知皆同而見其偏 心得妙理 君子爲然 而樂其專)"
   안축, 「臨瀛公館墨竹屛記」, 『謹齋集』
   "무릇 物이 나에게 접촉되는 것으로는 올바르게 나를 격동시키는 것도 있고 바르지 못하여 나를 요동시키는 것도 있다. 오직 성인은 物에 응하는데 도가 있어서 그 바른 것을 잃지 않으나 일반 사람들은 物로 인한 변화가 있어서 향하는 길이 달라진다.(凡物之交於我者 有正而激我者 有不正而撓我者 惟聖人 應物有道而不失其正 衆人則因物有遷 而趨向異途)"
26) 이황, 「도산십이곡발」, 『퇴계집』 권43.
   "如翰林別曲之類 出於文人之口 而矜豪放蕩 兼以褻慢戲狎 尤非君子所宜尙"

해 부정적 입장을 분명히 했다. 반면 주세붕은 한때 관직자들의 송별 주연에서 불렀던 <한림별곡>의 감흥을 반추하기도 하고,[27] 『죽계지』에 안축의 <죽계별곡>을 실었을 뿐 아니라 자신이 직접 <도동곡>류의 경기체가를 지으면서 "자신의 작품이 모두 스스로 지은 것이 아니라 성현의 축약된 요지에서 나온 만큼 몸을 닦고 풍속을 교화시키는데 도움이 될 것"이라는 나름대로의 변을 내세우기까지 했다.[28]

　이러한 정황을 살펴볼 때 사림파 문인들은 그에 대한 긍정, 부정적 입장을 떠나 고려시대 경기체가 작품에 대해 당시까지 자세히 논할 정도로 관심을 가졌음을 알 수 있고, 경기체가가 지닌 파급 효과에 대해서도 잘 인식하고 있었다고 볼 수 있다. 이황은 '온유돈후'를 강조하며 <한림별곡>을 멀리했지만, <한림별곡>의 정서와는 다른 <관동별곡>의 정서와 그 향유층인 신흥사대부의 세계관을 몰랐을 리 없다. 더구나 주세붕은 경기체가가 지닌 장점을 적극 살려 성리학적 이념과 도를 강조하는 쪽으로 새롭게 장르를 바꾸어 나가려는 노력을 시도했다고 보아도 좋을 것이다.[29]

---

27) 주세붕, 「奉送鄭公仁甫出按嶺南」, 105-109구, 『무릉잡고』 원집 권1.
　　"예림에서 모시는 자리를 함께 하고/ 시원에서는 외람되게 농지거리를 했지/ 원순문을 소리 높여 노래부르고/ 노자작에 함께 취했지(藝林及侍席 試院叨善謔 高唱元淳文 共醉鸕鶿酌)"

28) 주세붕, 「답황학정중거」, 『무릉잡고』 원집 권5.
　　"如僕之歌 皆述而不作 雖若涉於自爲 而實出乎聖賢至善至約之要旨 則其於修己化俗之方 未爲無補"

29) <독락필곡>이나 <도동곡>과 같이 파격에 흐른 사림파의 경기체가 작품 이전에 <구령별곡>이나 <화산별곡>과 같이 형식에 큰 변화 없이 찬양과 과시라는 경기체가의 본질적 성격을 지키면서도 강호가도적 정서를 드러내는 작품이 창작되었다는 사실에 의거할 때, 사림파가 연시조를 통해 강호가도적 정서를 드러내기 이전에 고려 중기부터 향유되어 온 경기체가 장르를 활용해 강호가도적 정서를 드러내보고자 하는 시도를 하지 않았나 하는 추정을 해본 것이다. 그런데 찬양과 과시라는 장르의 본질이 강호가도의 정서와 충돌하면서 이러한 시도는 파격화된 작품 몇 편을 남기면서 좌절되고 경기체가 장르는 소멸의 길로 접어들었다고 생각한다. 이러한 추론이 조선 중기에 경기체가가 장르적 소명을 다하고 소멸해간 사실을 부정하는 것은 아니며, 중요한 점은 사림파 문

그러나 이복로의 <화산별곡>과 <구령별곡>에 이르기까지는 기본 율격에서 크게 벗어나지 않던 경기체가의 형식이 주세붕과 권호문의 작품에서는 파격으로 치닫고 그 정서도 <한림별곡>의 정서에서 완전히 벗어난 데서 알 수 있듯이, 사림파의 이러한 시도 혹은 노력은 경기체가 장르의 본질, 즉 <한림별곡>류의 정서와 사림파문학의 강호가도적 정서의 합일점을 찾지 못한 채 실패로 끝나게 되었다고 볼 수 있겠다. 합일점에까지 이르지는 못했지만 그 절충적 지점을 가장 잘 보여준 작품이 이복로의 <화산별곡>과 <구령별곡>, 그 가운데서도 특히 <구령별곡>이 아닌가 생각한다.

이현보는 스스로 재편할 때 원곡이 되었던 16세기까지 향유된 어부가30)에 대해 "흥취와 맛이 더욱 참되어 부지런히 싫증을 잊었다"31)라고 했고, 주세붕의 경기체가 옹호론에 반대의 기치를 들었던 황준량(黃俊良)은 "진세를 벗어나 날개가 돋는 흥이 나고 바라보면 신선의 세계에 있는 것 같다"32)라고 하여 도가의 경지에까지 이르는 감흥을 느낀다고 했다. <독락팔곡>을 지은 권호문은 경기체가를 창작했음에도 불구하고 <한림별곡>의 정서와는 전혀 무관하게 강호가도적 정서만을 추구했다.33) 이렇듯 여말선초에 향유된 어부가의 정서는 16세기 사림파에 이

인들이 새로운 장르의 개척 이전에 기존 장르를 활용하고자 시도했던 자취를 찾는데 있다고 할 것이다.
30) 연구자들은 보통 이 작품을 <原漁父歌>로 지칭한다.
31) 이현보, 「어부가병서」, 『농암집』 권3. "興味尤眞 矗矗忘倦"
32) 황준량 찬, 「농암묘지명」, 『농암집』. "迢然有超塵羽化之興 望之若神仙中人"
33) 권호문, 「獨樂八曲幷序」, 『송암집』 속집 권6.
"세상에 붙어살면서 물외에 마음을 두어 황묵의 여가에 좋은 날의 흥취와 읊을만한 일을 만나면 드러내서 노래로 삼고 가락을 붙여 곡으로 삼았다. --- 비록 노래 소리가 절조가 없어도 듣고 살피면 노랫말 가운데 뜻이 있고 뜻 가운데 가리키는 것이 있어 듣는 사람으로 하여금 느낌이 일어 흥취와 탄식을 하게 한다 --- 주문공이 말하기를 뜻한 바를 노래하고 읊어 성정을 기른다 하였으니 지당한 말이다. 마음에 불평이 있어 이 노래가 나온 것이니, 이 노래를 부름으로 뜻을 펴고 성정을 기른다(寓形世間 宅心物外 黃墨之暇

르러 더욱 심도 깊은 경지로까지 나아갔기에 <한림별곡>의 정서와 어떤 방식으로든 맞물려지는 것이 어려웠으리라 판단된다.[34]

정극인과 김구, 이복로의 경기체가는 궁중 악장을 벗어난 경기체가 장르가 작자의 처지와 세계관에 따라 어떠한 정서를 드러낼 수 있는가를 보여주는 각각 다른 사례였다. 그들 작품의 정서를 이해하기 위해서는 <한림별곡> 외에 <관동별곡> 및 어부가의 연행 방식에서 느껴지는 정서를 알아야만 했다. 이들 작품에서 보여주는 다양한 정서 표출의 양상은 향촌 생활을 통해 강호가도를 추구했던 16세기 사림파 문인들이 경기체가를 활용해보고자 하는 생각을 할 수 있게끔 한 전례가 되었을 수 있다.

일반적으로 16세기 사림파 문인들에 의해 경기체가 장르는 소멸되고 그들의 강호가도의 흥취는 이현보의 어부가를 비롯한 연시조 작품들로 이어져 간 것으로 설명된다. 이 명제는 물론 틀린 것이 아니지만, 하나의 문장만으로 그 과정을 단언하기에는 너무나 복잡하고도 다양한 정서의 얽힘이 그 과정 속에 존재했다는 것을 본고를 통해 확인할 수 있었으면 한다.

5. 사대부 세계관의 표상으로서의 경기체가

이상의 내용을 통해 15세기 말에서 16세기 초 경기체가 장르에 나타

曾有嘉辰之興 可詠之事 發以爲歌 調以爲曲 --- 雖嗚嗚無節 聽以察之 則詞中有意 意中有指 可使聞者感發而興嘆야 --- 朱文公曰 詠歌其所志 以養性情 至哉斯言 心之不平而有是歌 歌之暢志而養其性"

34) 여말 선초 및 16세기 어부가 계열 작품에 대한 개괄적인 고찰은 이형대, 『한국 고전시가와 인물형상의 동아시아적 변전』, 소명출판, 2002, 44-133면을 참고할 수 있다.

난 정서 변화의 과정을 정극인, 김구, 이복로의 작품을 중심으로 살펴보았다. 찬양과 과시에 주력하는 <한림별곡>의 정서가 경기체가 장르를 관통하는 주류의 정서였고, 관직자의 포부와 자연과의 친화가 결합된 <관동별곡>의 정서와 강호가도로 표상되는 <어부가>의 정서는 경기체가 말기의 작품들을 분석하는데 기준이 되는 또 다른 정서들이었다. <불우헌곡>과 <화전별곡>에는 <한림별곡>의 정서가 여전히 중심이 되어 나타나면서도 원하는 관직까지 오르지 못했거나 유배 생활에 위축된 작자의 개인적 경험이 추가되어 <관동별곡>이나 어부가의 정서가 함께 나타났다. <화산별곡>과 <구령별곡>은 관직에의 지향보다 향촌에서의 삶을 지향하는 작가의 욕구가 반영되어 <관동별곡>이나 어부가적 정서가 확연하게 두드러졌다. 이들 작품을 통해 주세붕과 권호문 이전에도 사림파 작가들이 경기체가를 활용해 자신들의 세계관을 드러내는 시도를 했으리라 추정할 수 있었다.

이 논문의 연장선에서 차후에 다루고자 하는 주제를 소개하는 것으로 결론을 마무리하고자 한다. 연시조 장르의 형식적 기원과 관련하여 정극인, 김구, 이복로 이 세 작가가 경기체가와 함께 창작했던 다른 시가 작품의 장르를 살펴볼 필요가 있으리라는 생각을 해본다. 주세붕과 권호문은 각각 자신이 지은 경기체가 <도동곡>류와 <독락팔곡>의 정서를 그대로 반영한 듯한 연시조 <오륜가>와 <한거십팔곡>을 남겼다. 그런데 위의 세 작가 역시 시조 작품(김구)과 단가 <불우헌가>(정극인), 한문가요 형식의 노래(이복로)를 경기체가와 함께 창작하면서 유사한 정서적 흐름을 보여준다. 이들 장르들의 연관성 속에 연시조의 기원을 살펴보는 것도 흥미로울 듯하다.

＿＿『고전문학과 교육』 24집, 한국고전문학교육학회, 2012년 8월.

2. 사대부 여성의 생활 문학, 규방가사

근대 이전 문학사에서 여성의 일상적 삶의 모습을 여성 스스로의 목소리로 드러낸 문학 장르로 규방가사만한 것이 있을까 싶다. 서사민요에도 여성의 목소리가 잘 드러나 두 장르가 비교 대상이 되기도 한다. 그런데 서사민요는 민중 여성들에 의해 향유되면서 비극적 결말을 보이는 작품이 많고 희극적 서사민요의 경우는 일상적 모습보다는 고단한 삶에서 웃음을 찾아보고자 하는 해학이 그려진다. 이러한 점에서 실제적 삶의 모습을 그리는 데 있어서는 규방가사만한 장르가 없는 듯하다. 사대부 여성이라고는 하나 18세기 이후 향촌으로 밀려난 가문을 중심으로 향유되었기에 규방가사 속에 그려진 여성의 경제적 위치와 생활상은 일반 평민 여성들과 크게 다르지 않다. 경제적으로 몰락해가는 상황이지만 여전히 관직출사에의 희망을 저버릴 수 없는 남성들을 대신해 생계를 책임지며 일하느라 고단해 하면서도 놀이를 통해 피곤함을 잊고 서로를 격려해 나가는 지혜를 규방가사를 통해 확인하게 된다.

첫 번째 논문은 이러한 향촌사대부 여성들의 일상생활을 노동과 놀이의 두 측면에서 살펴본 논문으로, 규방가사가 지닌 일상성의 특징을 일과 휴식이라는 인간의 삶에 있어 주된 두 영역을 통해 포착하고자 했다. 일과 휴식의 길항 관계는 현대 인간 사회에서 더욱 중요한 화두가 되었으며, 특히 가정주부든 직업을 가진 여성이든 일상에서 일과 휴식의 비중을 어떻게 두고 있는가 하는 문제는 여성의 삶의 질과 직결되며 나아가 결혼이나 출산율과 연결되면서 그 사회의 미래를 진단할 수 있는 기준이 되고 있다. 이러한 관점을 가지고 이 글을 읽는다면 인간 삶의 기본적 전제가 무엇인지를 고민하면서 바람직한 미래 사회에 대한 전망을 찾고자 노력하게 될 것이다.

　두 번째 논문은 앞서 살핀 노동과 놀이의 두 측면 가운데 놀이에 집중하면서 그 가운데서도 놀이와 휴식의 정점이라 할 수 있는 여행 체험을 대상으로 당시 여성의 삶을 조명해본 글이다. 여행이 쉽지 않았던 당시 여성들이기에 화전가와 기행가사 작품에 남아 있는 그들의 여행 체험은 그만큼 소중하다. 여행은 예전이나 지금이나 인간의 일상에 새로운 기운을 불어넣는 촉매 역할을 한다. 당시 여성들이 여행을 통해 어떻게 일상의 고단함과 느슨함을 극복해 나가는지 살펴보는 것은 남성, 여성을 막론하고 바쁜 일상을 보내는 현대인의 삶에 윤기를 더해 주리라 생각한다.

　마지막 논문은 『규방가사의 양성성』이라는 제목으로 출간되었던 나의 전작에서 제시한 문제의식의 연장선에서 집필된 논문이다. 남성들에 의해 규방가사 형식으로 창작된 작품들이 규방 공간에서 향유되면서 남성과 여성의 소통과 화합의 문학으로서 자리매김 했던 사실에 주목하는 내용을 담고 있는데, 요즘과 같이 남성과 여성의 대결 구도가 첨예하게 맞서는 시점에 바람직한 대안을 모색한다는 측면에서 읽어보면 도움이 될 듯하다.

　사대부 여성의 생활 문학이라 할 수 있는 규방가사는 일상적 삶의 모습을 잘 드러내고 있다는 점에서 현대 사회에서 국문학의 가치를 더욱 잘 발현시킬 수 있는 장르라고 믿는다. 2부 1장의 경기체가를 다룬 글들을 통해 일과 명예에 대한 남성들의 욕구와 그것이 쉽게 이루어지지 않을 때 견디어내는 지혜를 찾을 수 있다면, 2장의 규방가사를 다룬 글들을 통해서는 일과 휴식을 조율하면서 남성들과의 소통을 추구해나간 여성들의 슬기를 배울 수 있을 것이다.

규방가사가 지닌 일상성의 양상과 의미

1. 일상성의 두 측면, 노동과 놀이

일상에 대한 다양한 접근 방식에도 불구하고 일상의 개념을 기본적으로 비공식적이고 사적인 영역에서의 삶의 양상으로 규정짓는 데는 학계가 전반적으로 동의한다고 생각한다.[1] 이러한 측면에서 볼 때 주류의 역사에서 소외되었던 여성의 일상을 생활사나 미시사의 관점에서 살펴보는 작업은 상당한 중요성을 가지기에 그간 학계에서도 이러한 주제

[1] 기본적으로는 그러하지만 기존 연구 가운데에는 공식적이고 공적인 영역의 삶의 영역도 꾸준한 지속성과 반복성을 띤다는 점에서 역시 일상으로 볼 수 있다는 관점도 존재한다. 임주탁은 시조 장르를 대상으로 일상성을 논하는 글에서 "일상성에 대한 조선시대 시조 작가의 인식 내용을 파악하는 방법으로 시조문학과 일상성의 관계를 논의한다"는 입장을 제시했다. 이는 구체적이고 사적인 영역이 '일상성'의 핵심적 영역임을 인정하면서도, 관념적이고 공적인 영역을 '규범화되고 이상화된 일상'으로 표현하면서 '일상성'이란 용어를 통해 다룰 수 있다는 견해를 드러낸 것이다. 또한 양태순은 처음부터 일상성의 범주를 관념적인 쪽과 구체적인 쪽으로 나누어 공평하게 다루는 입장을 택해 관념적이고 공적인 영역도 일상의 범주로 주목받아야 한다는 견해를 제시했다. 그런데 임주탁의 견해는 시조 장르를 대상으로 일상성을 논하다보니 불가피하게 택한 방법론으로 생각되는 측면이 있고, 양태순의 견해는 일상성에 대해 학계에서 갖는 문제의식을 희석시키면서 모든 인간의 삶 전체를 일상성이란 측면으로 논할 수 있게 한다는 점에서, 전반적 인간의 삶과 문학을 연구하는 시각으로 보는 것이 좋을 듯하다. 임주탁, 「조선시대 사족층의 시조와 일상성 담론」, 『한국시가연구』 29, 한국시가학회, 2010, 37-63면; 양태순, 「통시적 관점에서 본 고전시가와 일상성의 문제」, 『우리어문연구』 39, 우리어문학회, 2011, 53-88면.

하에 꾸준한 연구가 이루어져 왔다.2) 문학도 예외는 아니어서 여성들의 문학과 관련한 자료들이 제법 축적되기 시작한 조선후기 이후를 대상으로 하여 일상이라는 코드로 작품을 바라보는 연구들이 지속적으로 나왔다.3)

이 글에서는 이러한 연구의 축적을 바탕으로 하여 규방가사에 나타난 일상의 모습을 그 주된 향유층인 조선후기 사족 여성들의 의식과 관련하여 추적하고, 그 의미를 정리해보려 한다. 이를 위해 규방가사 향유층의 일상을 대표하는 두 축이라고 생각되는 노동과 놀이의 영역을 중심으로 작품 세계를 살펴보고자 한다. 노동은 일의 영역이고 놀이는 휴식의 영역이라고 할 때 이 두 가지는 비단 조선 후기 사족층 여성만이 아

---

2) 여성의 삶을 일상성과 관련해 논의하는 흐름 못지않게 남성들이 사적이고 비공식적인 영역에 관심을 갖고 문학으로 형상화하는 데 대해서도 연구자들의 관심은 상당히 높다. 실제로 조선후기에 이러한 변화가 나타난 사대부 문학을 일상성의 측면에서 고찰한 논의들도 상당 수 존재한다. 본고에서는 주제의 집중화를 위해 일단 여성의 삶에 주목하여 규방가사에 나타난 일상성을 논하지만, 남성들의 일상에 대한 관심이 발현된 측면에 대해서도 추후 함께 고찰해야만 '규방가사가 지닌 일상성'에 대해 온전하게 파악할 수 있다고 생각한다. 이러한 논제와 관련해 도로테 비얼링이 여성사와 일상사의 밀접한 관련을 전제로 하면서도 일상사는 단지 여성사뿐만 아니라 남성사 그리고 그 둘 사이의 관계까지도 포함하는 양성사 쪽으로 가야 한다고 논한 바를 참고할 수 있다. 도로테 비얼링, 「일상사와 양성관계사」, 『일상사란 무엇인가』, 알프 뤼트게 외 저, 이동기 외 역, 청년사, 2002, 227-255면.

3) 한국고전여성문학회에서는 여성들의 문학이 지닌 일상적 측면에 대해 꾸준히 다루어왔다. '일상성'은 학회의 기획주제로 인기가 높은 편으로 국문학회에서도 다뤄진 적이 있는데, 필자는 그때 "18-19세기 사대부가사에 나타난 일상성의 양상-구강, 홍원장, 위백규의 작품에 나타난 노년, 여성, 가족의 코드를 중심으로"라는 제목의 글을 발표했었다. 이 외에도 이때 이지영, 「조선후기 대하소설에 나타난 일상」, 김동준, 「한시에 나타난 일상의 의의와 역할」, 임주탁, 「조선조 시가문학에 나타난 가족의 일상」, 한길연, 「대하소설의 '일상 서사'의 미학-일상과 탈일상의 줄타기」 등의 발표가 있었는데, 이때 발표된 논문은 모두 『국문학연구』 13-14호, 국문학회, 2005-2006에 수록되었고, 필자의 논문은 박경주, 『규방가사의 양성성』, 월인, 2007, 251-273면에 재수록 되었다. 또한 한국시가학회에서 2010년에 '고전시가와 일상성의 문제'라는 기획 주제로 발표가 이루어졌는데 이때 양태순, 「공시적 관점에서 본 고전시가와 일상성의 문제」, 『한국시가연구』 29, 한국시가학회, 2010, 7-31면; 임주탁, 앞 논문, 2010, 37-63면; 백순철, 「규방가사에 나타난 가사노동의 의미와 '일상성'의 문제」, 같은 책, 67-92면 등 세 편의 논문이 발표되었다. 그 뒤 양태순, 앞 논문, 2011, 53-88면이 후속 논문으로 이어졌다.

니라 모든 인간의 일상을 차지하는 중요한 두 축이라고 볼 수 있다.4) 따라서 계층과 성별을 막론하고 누구나 자신들의 일과 휴식의 양상을 문학에 담아낼 수 있는데, 조선후기 사족층 여성의 경우 17세기 이후로 가속화된 사족층의 분화 현상과 맞물리면서 노동의 영역이 일상에서 강조되며 그 의미가 강화되는 것을 볼 수 있다.

노동이 강조될수록 그로 인해 고된 일상을 살아가야 하기에 그 안에서 힘든 노동을 이겨낼 수 있는 또 다른 가치를 찾아내기 위해 노력하는 여성들의 모습을 찾아볼 수 있다. 또한 이와 더불어 고된 노동을 견디기 위해 놀이를 통한 정기적인 휴식을 갖는 사회적 장치를 가동하게 되는데, 이러한 놀이가 여성들의 삶에서 갖는 의미는 그만큼 대단했다고 여겨진다. 이와 더불어 규방에서 가사를 창작하고 향유하는 행위, 그 자체가 노동의 공간에서 함께할 수 있는 놀이로서의 성격을 갖는다는 점도 주목할 필요가 있다.

이러한 전제 아래 이 글에서는 규방가사의 향유와 창작, 그리고 작품세계가 지닌 일상성의 의미를 노동과 놀이라는 관점을 통해 자세히 살펴보고, 그 결과를 조선후기 사족층 여성들의 의식 세계와 관련지어 분석해봄으로써, 규방가사가 지닌 일상성의 양상과 의미를 심도 깊게 논의해보고자 한다.

---

4) 인간의 본질을 규정하는 명제 가운데 '노동하는 인간(호모 파베르)'와 '놀이하는 인간(호모 루덴스)'에 대한 접근은 이 두 가지가 가진 일상성과의 직결성을 드러내준다. 임주탁은 지배이데올로기를 일상생활에서 실천적으로 수용하는 문제를 논하면서 "인간은 노동, 고통, 번민, 슬픔, 구속 등으로 가득한 일상보다는 게으름, 편안함, 즐거움, 흥겨움, 자유로움 등으로 가득한 일상을 꿈꾼다. 하지만 현실에서는 전자 없이 후자를 꿈꿀 수 없"기 때문에 "둘 사이의 절충이 필요하고, 그 과정에서 일상생활을 어떻게 영위할 것인가에 대한 담론이 생성된다"고 언급했는데, 바로 일상이 지닌 노동과 놀이의 양면성을 가리킨 것으로 이해된다. 임주탁, 앞 논문, 2010, 37-63면.

2. 노동을 통해 바라본 규방가사의 일상성과 그 의미

(1) 규방가사에 나타나는 여성 노동의 일반적 실상

이 장에서는 먼저 규방가사에서 보여주는 여성 노동의 실상에 대해 그간의 연구를 통해 정리한 후 본격적인 논의에 들어가고자 한다.

권영철과 김동규는 규방가사에 나타난 여성 노동의 양상을 가내(家內) 노동 중심으로 살펴보았는데,5) 이에 따르면 방적(紡績)과 침선(針線), 공궤(供饋-부엌일), 육아, 봉제사(奉祭祀), 접빈객(接賓客), 병구완 등이 많은 빈도수를 차지하는 노동이었다. 탄식가와 계녀가 계열 작품을 중심으로 이러한 노동의 양상이 잘 드러났는데, 여성들은 그로 인한 고통을 토로하면서도 이를 여성의 할 일로 당연히 인식하면서 견뎌나가는 모습을 보여준다고 논했다.

또한 백순철은 규방가사 중 탄식가에 나타난 가사노동의 의미를 재생산 노동과 관계적 노동으로 나누어 살펴보면서, 재생산 노동의 경우는 무한반복 되면서 여성들의 감정이 소외되는 부정적 일상으로 그려진 반면, 관계적 노동의 경우는 힘들지만 가족을 위해 기꺼이 노동하는 가운데 여성의 자율성이 확보되고 가족 간의 친밀감이 형성되는 긍정적 일상으로 그려진다고 논의한 바 있다.6)

계녀가의 경우 여성의 노동이 의무처럼 나열되는 데 반해 탄식가에서

---

5) 권영철·김동규의 글에서는 여성 노동을 가내노동과 가외(家外)노동으로 나누었는데, 목화(木花)농사, 논밭농사, 빨래 등이 속하는 가외노동의 경우 규방가사보다는 주로 민요적 성격의 노래에서 나타나고 그마저도 해당되는 작품 수가 적어, 두 명의 논문 필자 역시 그 의미를 크게 부여하지 않았다. 이렇게 볼 때 이 논문에서는 가내노동을 중심으로 여성 노동을 살펴보았다고 할 수 있는데, 이는 당시 여성의 노동 공간이 주로 집안 내부였음을 방증한다고 볼 수 있다. 권영철·김동규, 「규방가사에 나타난 조선시대 여성의 노동제상(勞動諸相)」, 『여성문제연구』 19, 대구가톨릭대학교 사회과학연구소, 1991, 169-184면.
6) 백순철, 앞 논문, 2010, 67-92면.

는 탄식의 대상으로서 노동이 언급되다보니 기본적으로 여성들이 노동에 대해 느끼는 부정적 심리가 노출되는 측면이 있다.[7] 권영철, 김동규의 글에서 탄식가와 계녀가를 함께 다루며 항목 별로 여성 노동의 양상을 소개했다면, 백순철의 글에서는 탄식가를 주 대상으로 하여 모두 다 힘든 노동이지만 그 세부적 성격에 따라 심리적 기제가 달라지는 면을 도출해내는데 이른 것이다.[8]

한편 김경미는 여성 노동을 일반적으로 여공(女工)이라 일컬어지는 가사노동에 국한하지 않고 이를 통해 집안의 살림을 일구는 치산(治産)의 부분까지 확대하여 논의함으로써 폭넓은 시각을 확보했다. 그는 가사를 포함하여 서사문학 및 행장과 묘지명, 제문, 전(傳), 일기, 고문서 등 한문으로 된 산문 자료까지 포괄하여 조선시대 여성 노동의 실상을 재조명하는 글에서, 조선시대 여성들을 대상으로 한 교훈서에 여성의 부지런함과 치산이 강조되고 있음을 지적했다. 특히 가사 가운데에서는 <홍규권장가>에 베짜기와 농사일, 장사를 통해 부자가 되는 여성의 분투가 잘 나타나 있음에 주목했다. 이러한 논의를 통해 조선시대 여성이 생계 부양자이며 국가 경제의 근간을 떠받치는 노동 주체이면서도 그 경제활동이 평가절하된 데 대한 문제의식을 드러냈다.[9]

---

7) 대부분의 탄식가에서는 기본적으로 노동의 고단함 속에 과거의 일상, 즉 친정에서의 삶이 긍정적으로 부각되고 시집에서 지내는 현재의 일상은 부정적 인식을 담아 그려진다. 이는 시집이 노동의 공간으로 규정되고 친정은 휴식의 공간으로 기억되면서 친정에 가고 싶지만 길 수 없는 현실에 대한 한탄으로 표현된다.

8) 권영철·김동규의 글에서도 위 본문에서 열거한 가내노동 가운데 '육아'의 경우에 있어서는 자식의 입장에서 어머니의 자식 키우는 정을 노래한 작품을 예로 들면서 훗날 보상이 있는 노동이라고 보아 다른 노동과는 구별하는 면이 엿보인다. 그러나 이러한 인식이 단편적으로 언급되는 데 그쳤고 어머니 입장에서의 여성들이 육아를 어떻게 다른 노동과 차별화시켜 노래하고 있는가 하는 부분에 대한 논의까지 나아가지는 못했다. 권영철·김동규, 앞 논문, 1991, 169~184면.

9) 김경미, 「숨은 일꾼. 조선 여성들의 노동 현장」, 『조선 여성의 일생』, 규장각한국학연구원 엮음, 글항아리, 2010, 108~139면.

교훈서나 행장과 묘비명, 제문, 전과 같은 글의 작자가 대부분 사족 남성들이라는 점에 주목할 때, 이러한 글들에서 여성의 노동을 바라보는 시각은 다분히 남성의 시각이 덧입혀졌을 가능성이 크다. 교훈서에서 여성의 의무로 강조되던 덕목들이 실제 노동 현장에서 여성들에게는 고통을 주는 것들이었지만 여성들은 유교 이념 아래 가르침 받은 대로 이를 감수했다. 또한 행장과 묘비명, 제문, 전 등의 글은 여성의 일생에서 유교 덕목을 기준으로 하여 칭송할만한 것들을 서술한다는 글의 특성상 열심히 일해서 가문을 빛낸 여성들을 골라 지어졌을 것이다. 이러한 교훈서나 한문산문들에서 남성들에 의해 강조되던 여성 노동의 덕목들이 여성들이 직접 노래한 탄식가에서는 고되고 힘든 대상으로 서술되면서 숨겨진 여성의 내면이 드러나게 된다.[10] 대부분의 탄식가에서 여성들은 노동의 강도가 견디기 힘들 정도로 높다는 사실에 불만을 토로하지만, 달라질 수 없는 현실로 인해 여성으로서의 삶 자체에 절망한다.

(2) 가족애와 가문의식에 기초한 '고된 일상'의 '소중한 일상'으로의 전환

규방가사에 나타나는 여성의 노동 양상은 유교적 가부장제 하에서 기본적으로 시집살이와 동반되면서 부정적으로 그려질 가능성이 높다. 이렇게 볼 때 여성 스스로 힘든 노동을 기꺼이 하면서 이를 통해 일정한 결실을 맺고 그로 인한 자아성취감을 드러내는 가사 작품들은 특별한 의미를 띤다고 할 수 있다. 이는 사대부들에 의해 덧입혀지고 미화된 여성이 아니라 스스로 자신의 노동 가치를 인정하고 자부심을 느끼는 경

---

10) 여성들이 창작한 규방가사이면서도 계녀가 계열의 작품은 그 성격상 교훈서의 서술 태도를 유지하고 있다고 볼 수 있다. 따라서 전형적인 계녀가에서 노동에 대한 여성 자신의 내면심리가 직설적으로 드러나기를 기대하기는 어렵다. 반면 탄식가 만큼은 아니지만 화전가에도 구구절절한 여탄(女歎)의 사설이 자주 등장해 참고가 된다.

우이기 때문이다. 일단 가족 관계 유대가 확보된 상태에서의 노동은 여성에게도 고통만은 아니라 긍정적 요소로 작용하게 되어 힘든 노동을 극복하는 원동력이 된다고 하겠다. 이렇듯 자발성이 동반되면서 긍정적인 입장에서 이루어지는 노동을 주체적 노동이라 부를 수 있을 텐데, 이러한 모습은 가문을 빛낸 후손을 길러내는 과정에서 겪은 힘든 과거의 일상을 회고조로 그려낸 가사에서 찾아볼 수 있다. 이러한 작품에는 가사 노동이 힘들기는 했지만 가족애를 통해 이를 이겨내고 자식의 입신양명의 밑거름이 되어 가문을 빛내는 데 기여했다는 여성 스스로의 자부심이 확연하게 표출된다.

연안이씨(1737-1815)가 지은 <쌍벽가>는 작가가 알려진 몇 편 안되는 규방가사 작품 중의 하나로 큰아들과 종질이 연이어 과거에 급제하자 그 기쁜 심정을 노래한 경축가 계열의 작품이다.[11] 여기서 작자는 시집온 후 그때까지 40여 년간에 걸친 자신의 고생스러웠던 삶을 자세히 펼쳐내기는 하지만, 이는 회한의 어조로 나타나지 않고 현재의 기쁨을 가져오게 한 인내의 과정으로 그려진다.[12] 가문의 영광을 가져오게 한 노

---

11) <쌍벽가>는 권영철에 의해 처음 소개되었는데 제시된 자료가 원본이 아니라 모두 6종의 이본을 교합하여 복원한 것이라고 한다. 권영철, 「<쌍벽가> 연구」, 『상산 이재수박사 환력기념논문집』, 형설출판사, 1972. <쌍벽가>에 대한 작품론은 김수경, 「창작과 전승 양상으로 살펴본 <쌍벽가>」, 『규방가사의 작품 세계와 미학』, 역락, 2002, 75~96면을 참고할 수 있다.
12) <쌍벽가>에는 고반 옛 벗님과 삼각산 괴석간의 대화가 등장하는데, 여기서 삼각산 괴석은 부인을 대변하는 존재로 설정된다. 둘의 대화에서 고반 옛 벗님의 말은 주로 작자인 연안이씨가 지난 40년 간 얼마나 고생을 많이 했으며 얼마나 훌륭한 인물인가를 설명하는 내용이고, 삼각산 괴석(부인)의 말은 시댁이 있는 이 곳(안동)이 본디 지세와 풍경이 뛰어나 인걸이 많이 나올 수 있다며 우회적으로 시댁의 가문을 높이는 내용으로 되어 있다. 삼각산 괴석이 부인을 대변하는 존재로 설정된 데 대해 김수경은 지체 높은 양반댁 부인이라는 신분으로 볼 때, 또한 가문 내에서의 유통이라는 가사의 향유방식으로 볼 때, 지난날의 힘든 삶에 대한 탄식이나 스스로에 대한 자부심을 자신의 입으로 직접 이야기할 수는 없었을 것이기 때문으로 추정했다. 김수경, 위 논문, 2002, 87면. 이러한 내용이 잘 드러나는 곳을 부분적으로 인용한다.

　　삼각산(三角山) 져 괴석(怪石)아 네 언제 노려왔노

력의 과정이었기에 고통은 사라지고 주변의 인정과 스스로에 대한 자부심 속에 과거의 지루했던 일상은 소중한 일상으로 인식될 수 있게 된다.

탄식가의 하나인 <리씨회심곡>에서 또한 젊은 시절에 고생했던 기억 및 친정부모를 모시지 못하는 데 대한 안타까움과 그리움에 대한 언급이 작품 대부분을 차지하면서도, 자손들의 효도를 받으며 기쁨을 누리는 안정된 노년기가 그 결과로 얻어졌음에 대해 기뻐함으로써 여성의 노동 가치를 가족과 후손에게서 찾고 있다.13)

> 넌 션세(先世) 혜여보니 뫼마다 공셩(功成)이고
> 네심人(心思) 두고보니 덩금(精金)이오 미옥(美玉)일다
> 팔(腕)분(粉)쓰던 고은손의 치봉치미(採葑採薇) 흐려니와
> 뉵십사괘(六十四卦) 노외시며 방 한 간이 아롱곳가
> 홍댱호걸(紅粧豪傑) 져 부인아 칠신위亽(漆身爲癩) 7이업다
> 눈섭그린 져 장부야 탐탄위아(呑炭爲啞) 무삼일고 (…중략…)
> 강호 亽십년이 어제런듯 그제런듯
> 긔왕(旣往)을 샹샹(想像)ㅎ니 형극노황(荊棘路荒) 그지업다
> 삼슌구식(三旬九食)은 너롤 이른 말숨이요 (…중략…)
> 어우와 오늘이야 긔산(岐山)의 봉(鳳)이 우늬
> 고반(古班)의 옛번님아 괴석(怪石)이라 우롱(愚弄)마소
> 유붕(有朋)이 원방래(遠方來)를 자니 어이 모른는고 (…중략…)
> 정정ㅎ신 져 부인을 괴석(怪石)으로 드럿더니
> 공슌ㅎ고 졍슉ㅎ니 셕즁옥(石中玉) 아니신가
> 쳔품이 졍더하니 사직지신(社稷之臣) 괴우시고
> 긔도(氣道)가 엄즁(嚴重)ㅎ니 직亽(直士)를 나으신가
> 셩경현젼(聖經賢傳) 비(腹)에 있고 졔亽빅가(諸子百家) 입의 잇늬
> 평싱이 궁박터니 의연홈도 의연하다

— 〈쌍벽가〉

13) 권영철 편, 『규방가사-신변탄식류』, 효성여대출판부, 1985, 95~102면에 수록된 <리씨회심곡>의 일부를 인용한다.
다亽하던 내일신이 한가함도 그지업다/ 년죽을 벗을삼아 고대광실 널은방의/ 구무직힌 비옵갓치 싀우줌을 뿐을바다/ 누어시락 안즈시락 고금역亽 생생ㅎ니/ 젼셩인가 차셩인가 꿈이라도 흉몽일싀/ (…중략…)
따뜻ㅎ신 즈모엽을 실은다시 물러서서/ 싀댁사리 흐여보니 셩덕구고 싀댁이나/ 조심이야 업실손가 동동촉촉 공경이요/ 혼졍신셩 때를맛쳐 오난줌을 어이즈며/ 활발우슴 다우슬가 봉졔亽 접빈킥에/ 소임이 다亽하니 사랑은 깁흐시나/ 일신이 약약ㅎ고 셔의하기 그지업다/ 인물도 낫치셜고 방언도 귀가셜고/ 산쳔도 내가아나 아난사람 뉘이스랴/ (…중략…)
아모려느 마음붓쳐 효즈현부 지극봉양/ 너금녀옥 그아닌가 즈고싶면 나난사랑/

자식을 훌륭히 키워낼 때 젊은 시절 여성의 노동에 대한 결실이 이루어지는 것이므로, 가사 노동 가운데서도 육아와 관련된 노동의 경우에는 다른 경우보다 고통을 호소하는 정도가 약하다고 볼 수 있다.[14] 이러한 배경에는 향촌사족가문이 처한 기반이 크게 작용하고 있다. 가문을 다시 일으키려면 어떻게 해서든 그 일족 중에 과거 급제자가 나와야하기에 자식을 잘 키우고 가르치는 일이 여성들에게는 지상 과제와도 같았다고 볼 수 있다.

여성들의 경우 과중한 가사노동이 고된 일상의 핵심이지만 특히 젊은 여성층에게 있어 그 부담이 과중했다. 중년이 넘은 여성층의 작품에서는 앞서 살핀 <쌍벽가>나 <리씨회심곡>에서처럼 개인에 따라 가사노동이 과거의 일상으로 다뤄지면서 현재의 소중한 일상을 만든 인내의 과정으로 추억될 수 있지만, 시집온 지 얼마 안 되어 모든 것이 낯선 젊은 여성층의 작품에서는 가사노동이 인내라는 이름만으로 버티기에는 힘든 일상으로 그려진다. 하지만 가족 간의 친밀감을 도모할 수 있고 자녀 양육과 관련되는 노동일 경우 여성의 자존감과 연결되면서 소중한 일상

금싱여슈 네가낫나 옥츌공강 네로구나/ 슈복부귀 오복겸젼 어허둥둥 사랑이야/
흑운에 줌긴심신 네우삼의 다풀인다/ 나도나도 일일망졍 아주에 졍직군주/
현부는 영오민첩 효심은 왕상이요/ 풍신은 두목지라 동동촉촉 너희내외/
슈복부귀 겸지후여 문호창대 원녁하면/ 억울한 여모지심 슈류온공 후여셔나/

— 〈리씨회심곡〉

14) <회인별곡>(권영철 편, 『규방가사-신변탄식류』, 효성여대출판부, 1985, 332-341면)을 보면 아들을 키우는 과정에서 겪는 어려운 삶을 고되게 느끼지 않고 살아내는 여성의 모습이 잘 나타난다.
사난디로 술고보주 어엿쑤다 닉여아들/ 쳔간이야 지츌이야 익지즁지 닉친실아/
강보유치 너길울적이 업고안고 주나끼나/ 너하나을 길울격이 일심졍역 다고다셔/
진주리는 닉가눕고 마른즈리 너을누여/ 한셔을 가려가며 조흔음식 너을쥬어/
안친거슨 닉가먹고 조흔옷은 너입히고/ 안친오슨 닉가입고 이러타시 너길울찌/
허다호 겁기풍숭 닉혼주 다격거서/ 셰월이 신속하여 어나스이 너이방연/
이구십팔 되엿고나

— 〈회인별곡〉

으로 전환될 여지가 크다는 점은 주목할 부분이다. 개인적 욕구가 억눌리더라도 자신이 사랑하는 가족의 행복에 기여할 수 있고, 그에 대한 인정을 받을 때 가문의식이라는 이념 틀의 규제 때문이 아니라 여성 스스로 고된 일상을 소중한 일상으로 전환시키게 되는 것이다.

그러나 이러한 전환이 누구에게나 또는 어느 경우에나 가능한 것은 아니다. 고된 일상은 어쨌든 물리적으로 힘든 것이고 이를 인내해 소중한 일상으로 바꾸는 것은 정신력으로 가능한 것이기에 결코 외부적인 힘이나 이념 틀의 규제 하에 이루어질 수는 없다. 자발적이고 주체적인 의지로만 고된 일상은 소중한 일상으로 전환될 수 있다. 이러한 측면에서 교훈가사나 계녀가에서 요구되는 방식과 같이 이념의 강력한 세례를 받는다고 해서 이런 전환이 가능할 수는 없음을 분명히 할 필요가 있다. 이러한 방식은 오히려 교훈가사나 계녀가 작품에서 객체로 등장하는 '이념보다는 욕망에 충실한 인물형15)'이 늘어나는 역효과만 낳을 뿐이다.

(3) 노동과 적극적 경제 활동을 통한 여성의 자아 성취

주체적 노동의 또 다른 형태로 향촌사족사회의 경제가 어려워지면서 여성 노동의 의미가 가부장제 유지나 재산 관리(소극적 치산)를 넘어서 재산 축적(적극적 치산)으로까지 확대되는 양상에 주목할 필요가 있다. <복선화음가> 계열 이본들에서는 이렇듯 변화되는 실상과 가치관이 잘

---

15) <복선화음가> 이본들에 등장하는 '괴똥어미'나 <초당문답가> 이본들에서 제시된 '용부'와 같은 여성 인물형을 가리킨다. 그런데 이는 교훈가사나 계녀가의 주체를 통해 객체로서 그려진 형상이므로, 그 인물이 주체화되었을 때의 형상이 진정 이와 같은 수준의 것일지 함부로 판단하기는 어렵다. 그러나 이를 감안한다 하더라도 교훈가사나 규방가사에 주체로 등장하는 다른 인물형에 비해 상대적으로 이념보다는 욕망을 지향하는 인물형이었다고 추정할 수는 있을 것이다.

드러난다. 전형적 계녀가에는 여성의 노동이 의무사항처럼 나열되는데 반해, 변형계녀가에 속하는 <복선화음가> 계열 작품에서는 노동의 나열이 대폭 줄어들고 개인의 성공사례를 통해 여공과 치산이 권장되고 있기 때문이다. 구체적으로 <홍규권장가>에는 길쌈이나 농사 및 장사를 해서 번 돈으로 논밭을 삼으로써 여성 노동의 결과가 토지 자본으로 전환되면서 부자가 되는 과정이 잘 나타난다.16)

　전형적인 계녀가 작품과 달리 남편의 가문인 시댁의 권위가 강조되지 않고 여성화자의 노고와 그로 인한 가문의 성장을 주 내용으로 하고 있기 때문에, 여성의 노동 가치로 가문을 일으켰다는 자부심이 작품 전면에 흐른다. 더불어 그 가운데 여성의 치산 과정을 통한 부의 축적이 긍정되면서 '소가족 이기주의'라는 이름하에 교훈가사에서 비판의 대상이 되었던 가치관이 여성에 의해 은근히 옹호된다는 점도 주목할 만하다.17) 이를 통해 표면적으로는 유교적 여성관을 보여주면서도 심층에서

---

16) 뽕을 따 누에치며 田畓 얻어 농사하기/ 때를 좇아 힘써 하니 家産이 稍成이라/
　　고은 衣服 던져두고 몽당치마 둘러 입고/ 가지 외 굵게 길러 東市에 팔라 하며/
　　닭을 치며 개를 쳐서 市場에 팔아 오며/ 저녁에 불을 써서 새벽밥을 이워 하고/
　　알알이 하여 먹고 푼푼이 모아 내니/ 兩이 모여 관이 되며 관이 모여 백이 된다/
　　앞들에 논을 사고 뒷들에 밭을 사고/ 울을 헐고 담을 싸며 띠를 걷고 기와이고/
　　가마솥이 죽죽이요 廚廳하님 雙雙이라/ --- 시집온 지 십 년 만에 가산이 십만이라/
　　　　　　　　　　　　　　　　　　　　　　　　　　　　　　　　　— <紅閨勸奬歌>

17) 소가족 이기주의에 빠지면 자기 가족만을 생각해 형제, 부모를 멀리하게 되고, 나아가 가문 전체에 해가 되는 행위를 하게 되기 때문에 당시 향촌사족들은 이를 경계했다. 무엇보다도 경제적인 행위, 즉 생산과 소비를 소가족 단위로 할 경우 생산 능력이 없는 소가족은 생존 자체를 위협받을 수 있기 때문에 가문적 차원에서 '소가족 이기주의'를 배척했다고 볼 수 있다. 그런데 이는 가문의 입장이고 가문을 이끌어가는 중년층의 입장이었다. 젊은 층은 자기 가족 위주로 생활하고 경제 단위를 구성하고자 하는 욕망을 강하게 가졌고, 이로 인해 위 세대와 갈등이 벌어지는 경우가 자주 있었다. 이러한 세대별 갈등 속에 가능성 없는 관직출사에의 꿈에 평생을 바치는 가장을 대신해 가족의 생계를 떠맡다시피 한 며느리들의 경제 논리가 위 세대 남성에게는 향촌사회에 대한 반발과 도전으로 인식되기도 했다. <자회가> <훈가이담> <훈남여가> <경몽가> 등의 교훈가사에는 이렇듯 소가족 이기주의를 비판하고 그 핵심에 놓인 젊은 여성에 대해 경계하는 내용이 자주 보인다. 이러한 분위기 속에 변형이라고는 해도 계녀가 유형의 작품인 <복

는 노동을 통한 여성의 자아 성취를 그려내, 여성의 노동이 더 이상 고통만을 주는 부정적 일상이 아니라 미래를 위한 노력의 의미를 가지면서 소중한 일상으로 바뀌는 가치의 변화를 잘 보여준다. 생존이란 절대적 가치 앞에 유교 이념의 준수는 그 의미가 퇴색되면서 여성의 경제 활동을 부정하던 사족들도 점차적으로 그 중요성을 인정하는 쪽으로 방향을 선회하게 된다.[18]

노동을 통해 바라본 규방가사의 일상성을 정리하자면 가부장제 하에 수동적으로 하던 가사 노동은 부정적 일상으로 그려지지만, 가족 화합과 가문 보전에 기여하는 주체적 입장에서의 가사 노동과 경제 활동은 긍정적이고 소중한 일상으로 그려지며, 나아가 여성의 노동이 경제적 부를 이루는 실질적 가치를 가지면서 자식이나 가족과의 관계보다 노동 가치를 실현한 여성 스스로의 자부심을 더 부각시킨 작품도 등장하게 되었다고 하겠다.

선화음가>에 소가족 이기주의가 본격적으로 나타날 수는 없다. 따라서 작자는 이러한 가치관을 우회적인 방법으로 은근히 드러낸다. "감지이 부모봉양 무엇으로 하잔말고/ 진황시 서방님은 아닌거시 글뿐이요/ 시정모른 늙은구고 다만망영 뿐이로다"와 같이 남편과 시부모가 경제적으로 무력한 사실을 노골적으로 드러낸다든가, "지악이 복이되고 지성이면 감천이라/ 시집온지 십여만이 가산이 이러하오/ 아달형제 고명딸은 형용도 기이흐다/ 닉외간이 화락하니 걱정인들 잇슬소냐"에서처럼 가산이 축적되어 화목하게 된 가정을 묘사하면서 아들과 딸 및 자기 자신과 남편 등 소가족(핵가족)만을 언급하는 면모 등에서 이러한 가치관이 엿보인다.

18) 이러한 현상에 대해서는 김석회, 「조선후기 향촌사족층 여성의 삶과 시집살이 서사」, 『조선후기 시가 연구』, 월인, 2003, 313-339면; 강혜선, 「조선후기 사족 여성의 경제활동과 문학적 형상화 양상」, 『한국고전여성문학연구』 24, 한국고전여성문학회, 2011, 189-219면을 참고할 수 있다.

3. 놀이를 통해 바라본 규방가사의 일상성과 그 의미

(1) 규방가사 향유가 지닌 놀이 문화로서의 성격

규방가사가 여성의 일상과 밀착된 문학이라는 점은 일의 영역인 노동뿐만 아니라 휴식의 영역인 놀이까지 작품에 담아내고 있다는 사실에서 잘 알 수 있다. 그러나 그에 앞서 규방가사를 지어 부르는 그 자체가 당시 여성들에게는 놀이였다는 사실에 주목할 필요가 있다. 조선시대 여성들의 놀이 문화는 노동의 경우와 마찬가지로 여성들이 주로 생활하는 집 안의 공간, 즉 규방 안에서 이루어졌다. 여성들을 대상으로 한 교훈서에서 부지런함이나 근검절약 등을 중요한 덕목으로 강조했기에 여성들의 놀이 문화가 본격적으로 발전하기는 어려웠다고 생각할 수 있지만, 노동의 영역이 강조될수록 이를 견뎌내기 위한 수단의 차원에서라도 놀이에 대한 욕구가 커지는 법이다. 당시 양반가 여성들의 놀이 문화로는 시회(詩會)에서 이루어지는 벌주(罰酒) 내기나 투호 놀이, 가단(歌壇)을 불러 가곡창 감상하기, 윷놀이 비슷한 놀이판을 사용한 놀이 등을 들 수 있는데, 이 외에도 소설을 읽거나 가사를 지어 부르는 것 역시 여가를 보내는 중요한 놀이의 기능을 했다. 소설 읽기가 지닌 놀이로서의 의미에 대해서는 조혜란의 연구에서 자세히 살핀 바 있는데,[19] 가사를 향유하는 것 역시 규방 문화에서 중요한 놀이의 기능을 했다.

80년대 초 경북 북부지역 여성 독자들을 대상으로 한 조사를 보면 가장 좋아하는 가사로 손꼽은 작품에 대해 그 작품을 좋아하는 이유로, '흥미가 있어서' '가르쳐주는 내용이기 때문에'가 다수를 차지했고, 그

---

19) 조혜란, 「여성의 눈으로 읽는 여성들의 놀이」, 『조선 여성의 일생』, 규장각한국학연구원 엮음, 글항아리, 2010, 361~386면.

밖에 '사실을 알기 위해' '문장이 수려하여' 등의 이유가 주로 언급되었다고 한다.[20] '흥미가 있어서'는 다시 말해 오락적 요소를 지니거나 남녀의 애정담 같은 여성들이 좋아할만한 스토리 전개를 지닌 경우가 해당될 것이며, '가르쳐주는 내용이기 때문에'라는 것은 유교적인 교훈을 주거나 인문 교양으로서의 의의가 있는 경우가 해당될 것이다. 노동으로 점철된 여성으로서의 일상이 힘겨울 때 가사를 지어 이를 토로하고 또 위로를 받기도 했지만, 가사의 기능이 여기서 그친 것은 아니라는 사실을 기억할 필요가 있다. 보다 적극적으로 여성들은 재미가 있는 내용의 가사들을 영송(詠誦)의 방법으로 함께 노래 부르며 그 행위 자체를 놀이로서 즐겼던 것이다.[21]

이들이 특별히 좋아한 가사에는 <북천가>와 같이 사대부와 기녀의 애정담을 그려낸 작품이나 <사미인곡> <속미인곡>처럼 실상은 연군가사이나 표면적으로는 여성화자가 정인(情人)을 그리워하는 내용으로 읽히는 작품들이 자주 보인다. 이는 평민여성들이 애정을 주제로 한 민요를 즐겨 부르는 것과 동일한 양상이라고 생각할 수 있다. 여성들이 직접 지은 가사에는 이러한 사랑 노래가 거의 없는데, 이는 사대부가 지은 사랑 노래를 부르는 것은 가능하나 양반가의 여성들이 직접 나서서 이러한 주제로 작품을 창작하기에는 어려움이 있었기 때문이라고 생각된다.

---

20) 이원주, 「가사의 독자-경북 북부지역을 중심으로」, 『조선후기의 언어와 문학』, 형설출판사, 1980, 133-166면.

21) 본고에서는 사대부가 지은 가사가 규방에서 즐겨 향유된 경우, 이를 규방 문학 향유의 한 측면으로 보아 '넓은 의미의 규방가사'로서 함께 논하고자 한다. 여기서 다루는 사대부 작품들과는 다른 맥락이지만 이미 규방가사에는 기존의 계녀가나 탄식가, 화전가와 같은 유형으로 창작된 사대부 남성의 작품도 상당 수 포함되어 있기에, 남성의 작품이라 하여 규방가사로서 논하지 못할 이유는 없다. 기존 연구에서도 규방에서 향유된 사대부들의 작품을 규방가사 영역에 함께 넣어 연구해야 한다는 시각이 존재하는데, 그 대표적인 것으로 조동일, 「규방가사의 변모와 각성」, 『한국문학통사』 4, 4판, 지식산업사, 2005, 116-117면; 신경숙, 「궁중 연향가요와 규방가사-규방가사를 읽는 방식과 관련하여」, 『고시가연구』 26, 한국고시가문학회, 2010, 243-271면 등을 들 수 있다.

(2) 기행가 및 화전가 계열 작품에 나타난 놀이의 기능

직접적으로 놀이를 배경으로 여성들에 의해 창작된 작품은 기행 체험을 담은 가사와 화전가 계열에서 찾아볼 수 있다. 기행 체험을 담은 가사의 경우 여성의 여행이 쉽지 않았던 시기에는 소수의 작품만 창작되었지만, 지금까지도 규방가사를 창작하고 즐겨 부르는 향유자들을 대상으로 한 조사를 보건대 근대 이후 지어진 규방가사에는 기행가사의 비중이 상당히 높게 나타나는 것으로 확인된다.22) 여행은 여성들에게 있어 규방을 떠나 다른 세상을 볼 수 있는 경험이 되기에 최상의 만족을 주는 놀이였다고 볼 수 있다. 여성의 여행이 가능해지고 또 늘어나면서 이를 대상으로 한 작품이 늘어나는 것은 규방가사의 창작과 향유가 지닌 놀이로서의 기능을 여실히 보여주는 증거이다.23)

화전가 계열 작품들은 여행이 쉽지 않은 시기에 조선시대 여성들이 잠시나마 규방을 벗어나 다른 공간에서 시간을 보낸 경험을 담았다는 면에서 여행 체험을 담은 가사와 같은 기능을 한 것으로 볼 수 있다. 또한 화전가 계열이라고 통틀어 말하지만 이 가운데에는 화전놀이를 배경

---

22) 규방가사 가운데 본격적인 기행가사의 모습을 보이는 작품으로는 <부여노정기> <이부인기행가사> <금행일기> 등 작자가 알려진 작품들을 들 수 있는데, 이러한 작품들은 규방가사의 중심부에 든다기보다는 오히려 주변부에 위치하며, 대부분 규방가사와 일반 사대부가사의 중간부에 놓이는 특수한 위상의 자료라는 평가를 받는다. 이러한 사실에 의거할 때 본격 기행가사로도 볼 수 있는 규방가사들은 오히려 당시 여성들의 삶과는 거리가 있는 비일상적 체험을 담았다고 볼 수 있으며, 오히려 기행가사로서의 성격은 좀 부족하더라도 가까운 근교에 놀러가거나 집안 내에서 벌어지는 잔치를 배경으로 한 놀이를 담아낸 작품이 더 일상성을 띠는 규방가사로 볼 수 있다. 그러던 것이 근대 이후 규방가사에는 여성들이 본격적 여행을 할 기회가 많아지면서 규방가사 내에 기행가사 비율이 높아지는 것을 볼 수 있게 되는 것이다. 성기옥, 「규방가사의 형성과 여성작가」, 『고전여성작가연구』, 태학사, 1999, 141면.

23) 현대 규방가사는 전통적 규방가사에 비해 한탄의 정서가 줄어들고 교양인들이 즐기는 일상성의 문학으로서의 의미가 커졌으며 역사가사와 기행가사의 비중이 늘어났다고 한다. 김정화, 「현대 규방가사의 문학적 특징과 시사적 의미-광복 이후의 작품을 중심으로」, 『고전문학연구』 32, 한국고전문학회, 2007, 139~184면.

으로 한 작품만 들어가는 것이 아니고, 화수회에서 지어진 화수가 작품들이나 친정에 근친 가서 친정 식구나 옛 동무들과 놀면서 지은 작품들, 윷놀이와 뱃놀이나 단순한 꽃놀이 등의 다양한 여성들의 놀이에서 창작된 노래들이 포함된다.[24]

권순회는 화전가 계열을 대상으로 생활문화론적 관점에서 규방가사의 창작과 소통의 메커니즘을 밝히고자 했는데, 이 논문에서는 화전놀이가 일회성 행사로 그친 것이 아니라 놀이를 통해 일상의 생활문화로 자리 잡으면서 문중 구성원 간의 화합과 결속을 도모할 수 있는 기회를 제공했다고 보았다.[25] 실제로 화전놀이는 다반사로 일어나는 일상적 행위는 아니지만 기본적으로 일 년에 한 번 봄철에 정기적으로 이루어지는 행사였으므로, 주기적으로 반복된다는 측면에서 역시 일상성을 지닌다고 할 수 있다.

화전놀이 및 화전가의 창작과 향유를 통해 향촌 사족 여성들은 힘든 가사 노동에 지친 일상을 견딜 수 있는 활력을 얻었는데, 이러한 화전가의 역할은 화전가 작품에 자주 등장하는 신변탄식 사설을 통해 잘 드러난다. 화전놀이를 가고자 하는 데 대한 명분을 얻기 위해서인지 화전가의 작자는 평소 가사노동과 같은 여성의 책무에 충실하다가 모처럼 화창한 봄날을 맞아 화전놀이를 가게 되었음을 작품 곳곳에서 강조하

---

24) 규방가사를 넓게 계녀가, 탄식가, 화전가 계열로 분류하는 틀이 주창된 이후로 이 분류가 가지는 효율성 때문에 많은 논문에서 이를 따른다. 이동연, 「고전여성시가작가의 문학세계-가사」, 『고전여성작가연구』, 태학사, 1999. 본고에서도 이 분류에 의거했기 때문에, 여기서 사용되는 '화전가 계열'이란 개념은 놀이를 통해 풍류를 즐기는 작품들을 넓게 지칭하는 의미로 사용된다. 따라서 이 가운데에는 화전놀이가 아닌 다른 놀이 형태를 배경으로 지은 규방가사나 근교에 놀러가는 소규모 여행 체험을 담은 작품들도 포함된다. 이러한 작품들로 <상연가> <강호별곡> <춘유가> <청양산가라> <시절가> <긔슈곡> <순행가> 등을 들 수 있다.

25) 권순회, 「화전가류 가사의 창작 및 소통 맥락에 대한 재검토」, 『어문논집』 53, 민족어문학회, 2006, 24-26면.

고, 놀이를 통해 평소에 쌓였던 회한을 일시적으로나마 풀어냈다고 고백한다.

화전놀이가 여성들의 삶에 기여하는 바는 여기에서 그치지 않고, 화전놀이를 통해 여성 간의 소통과 연대가 이루어지는 모습으로 작품에서 구현된다. 규방가사를 통해 서로의 삶의 고충에 대해 토로하고 조언하며 위로를 전하는 모습을 발견하게 되는데, 이러한 과정을 유지해 나가면서 여성들 간에 굳건한 연대 의식을 형성해갔다고 볼 수 있다. 화전가 가운데 공동작 형태를 띤 경우는 대부분 이에 해당하는데 이러한 모습이 가장 잘 드러난 작품으로 20세기 들어와 창작된 <된동어미화전가>를 들 수 있다.

이 작품에서는 특히 화전놀이의 구성원이 가문 단위에서 향촌 단위로 달라지고, 그와 더불어 사족 가문의 여성만이 아니라 된동어미와 같이 중하층에 속하는 여성까지 화전놀이에 참여할 수 있게 된 변화상을 엿볼 수 있다.26) 규방가사를 통해 여성들 사이에서는 계층간, 빈부간의 벽

---

26) <된동어미화전가>는 『小白山大觀錄』에 실려 있다고 하는데, 이 자료를 김문기, 『서민가사연구』, 형설출판사, 1983의 '자료편(310-339면)'에서 찾아볼 수 있다. 원문을 보면 화자가 화전놀이에 참여한 여성들을 대부분 'OO부인'이라고 지칭하며, '삼월이, 상단이, 취단이, 향난이'라는 이름을 가진 여종들을 화전놀이에 데리고 가 잔일을 시키는 장면도 등장한다. 해당 원문을 잠깐 인용해본다.

옷던부인은 참지름넉고 옷던부인은 들지름넉고/ 옷던부인은 만너넉고 옷던부인은 즉게너니/
그렁져렁 쥬어모니 기름잔동의 실흐고나/ 놋소릭가 두셋치라 짐군읍셔 어니홀고/
싱단아닐낭 기름여라 삼월이불너 가로여라/ 취단일난 가로이고 향난이는 놋소릭여라
                    (…중략…)
건넌집의 된동어미 엿호고리 이고가셔/ 가지가지 가고말고 닌들웃지 안가릿가/
늘근부여 졀문부여 늘근과부 졀문과부/ 압셔거니 뒤셔거니 일자힁차 장관이라

원문에 의거할 때 이 화전놀이는 사대부가의 여성들이 주축을 이룬 것으로 추정된다. 이에 반해 '된동어미'라는 호칭은 그저 '된동이(불에 덴 아이라는 뜻)의 어미'라는 뜻을 담고 있으며, 실제로 된동어미는 작품에 소개된 인생 역정을 통해 나타나듯이 본래 중인 집안의 여성이었다가 시댁의 몰락 이후 하층으로 신분이 하락했고, 현재는 엿을 고아서

까지도 허물어지는 모습을 이 작품을 통해 확인할 수 있다. <된동어미
화전가> 마지막 부분에서 된동어미의 인생담을 듣고 난 청춘과부가 깨
달음을 얻으면서 모든 여인네들이 적극적으로 화전놀이에 참여해 더욱
신명나게 놀게 되는데, 이 장면은 그야말로 신명나는 놀이판의 모습을
보여준다.27)

(3) 논쟁을 주제로 한 화답형 연작가사가 지닌 놀이로서의 특성

화전가 계열 작품에는 놀이를 배경으로 여성들 사이에서 세대 간에
벌어지는 갈등이나 시집 식구와의 갈등을 직, 간접적으로 드러낸 것들
이 보이는데, 이러한 작품들을 통해서는 여성의 삶 속에서 벌어질 수 있
는 주요 갈등 관계를 규방가사를 통해 슬기롭게 해결해 화합해 나가는
모습을 확인할 수 있다. 세대 간의 갈등을 드러낸 작품으로는 위 세대
여성들이 아래 세대 여성들에게 지어 보낸 <화전답가>가 전하고, <팔부
가>와 <팔부답가>와 같이 고부간의 갈등이 생기기 전에 화합을 다지는
작품도 보인다. 직접적으로 시집 식구와의 갈등을 노래한 작품으로는
'합천화양동규방가사'라는 이름으로 전하는 9편의 연작 가사28)와 <화슈

생계을 유지하는 늙은 아낙네에 불과하다. 이렇게 볼 때 이 화전놀이에 참여한 여성들의
신분이 상층 중심이기는 하지만, 중하층 여성들도 배척하지 않고 함께 어울리는 성격을
지녔음을 알 수 있다.

27) 못천결노 피는거요 식난여사 우는거요/ 달은매양 발근거요 바람은일상 부는거라
마음만여사 티평ᄒ면 여사로보고 여사로듯지/ 보고듯고 여사하면 고성될일 별노읍소
안자우던 청춘과부 황연티각 씨달나서/ 덴동어미 말드르니 말슴마다 기기오리
이닉슈심 풀러닉여 이리져리 부쳐보서 (…중략…)
된동어미 ------- ------- ------- ------- 노리ᄒ니 우리마암 더욱조의
화젼노름 이좌석의 못노리가 조흘시고/ 못노리도 ᄒ?ᄒ니 우리다시 홀길읍니
구진맘이 읍셔지고 착ᄒ맘이 도라오고/ 걱정근심 읍셔지고 흥체잇게 노라시니
신션노름 뉘가반나 신션노름 흔듯ᄒ니/ 신션노름 다를손가 신션노름 이와갓지
— <된동어미화전가>

28) <합천화양동규방가사>는 이신성, 「<陜川華陽洞坡平尹氏家 규방가사> 해제」, 『어문학교

가> 연작을 들 수 있다.29)

갈등 집단 간의 논쟁을 다룬 화답형 연작가사에는 여성 간에 오간 작품 외에도 남성과 여성이 주고받는 형태로 지어진 것도 다수 보인다.30) 여성이나 남성 중 어느 쪽이든 작품을 먼저 지어 보낼 수 있으며, 내용은 여성 집단 간의 경우와 마찬가지로 조롱을 동반한 논쟁으로 이루어진다. 조롱의 소재는 화전놀이 준비 과정이나 현장 상황, 인물의 모습 등 놀이와 직결되는 부분일 수도 있고, 시집살이나 가정살림(여), 학문수

육』11, 한국어문교육학회, 1989에서 처음 소개되었고, 자료 소개 이후 류해춘, 「19세기 화답형 규방가사의 창작과정과 그 의의」, 『문학과 언어』21, 문학과 언어학회, 1999, 111-132면에서 본격적인 논의가 이루어졌다. 이 작품이 지닌 토론 담론으로서의 성격에 대해서는 류해춘, 「19세기 <기수가>에 나타난 담론의 양상과 그 기능」, 『한민족어문학』 44, 한민족어문학회, 2004, 49-76면에서 자세히 논했고, 필자도 박경주, 「합천 화양동 규방가사의 토론문학적 성격」, 앞 책, 2007에서 이 작품을 다룬 적이 있다. 참고로 화양동 규방가사의 창작과정을 정리하면 다음과 같다.

<淇水歌> 출가부인 하당댁 지음 → <答淇水歌> 들어오신 부인 서흥김씨 지음 → <諧嘲歌> <慰喩歌> 출가부인 지음 → <反淇水歌> <自笑歌> 들어오신 부인 사촌댁(청주한씨) 지음 → <譏笑歌> 출가부인 지음 → <警戒詞(戒省于歸女)> <勸孝歌> 모친 선산김씨 지음

29) <화전답가>는 그 이전에 아래 세대 여성들이 위 세대 여성들에게 먼저 조롱하는 화전가를 지어 보내자 그에 대한 답으로 지어진 작품인데, 먼저 지어진 작품은 전하지 않고 답가만 전하고 있다. <팔부가>와 <팔부답가>를 좀 더 소개하면 한 문중의 시어머니들이 각각 갓 시집온 자기 며느리를 칭찬하는 내용으로 가사를 짓자 며느리들이 그에 대한 화답으로 고생스럽더라도 시집살이를 잘 하면서 효도를 다할 것을 다짐하는 내용의 가사를 시어머니들에게 보낸 작품이다. <화슈가> 연작은 시집간 딸네들이 <화슈가>를 짓자 며느리들이 <화슈답가>를 지었고 그에 뒤이어 집안의 남성들이 <화슈답가>라는 이름으로 연이어 가사를 지어 <화슈답가> 넷째까지 이어진 연작 형태의 가사로, 이 가운데 <화슈가>와 <화슈답가>의 일부분에서 시누이와 올케 집단의 갈등 상황이 펼쳐진다. 이 작품들에 대한 자세한 소개와 출처는 박경주, 「화전가의 의사소통 방식에 나타난 문학치료적 의미」, 앞 책, 2007, 209 230면을 참고하기 바란다.

30) 이러한 작품으로 대표적인 것이 <조화전가>와 <반조화전가>이며, 그 외에 <상원화수가> <상원화수회답가>, <기망회> <기망회답가>, <해조사> <답해조사>, <성회가> <성회답가>, <적벽가> <답적벽가> 등 여러 편의 작품이 더 전한다. 이 가운데 <적벽가> <답적벽가>의 경우는 김석회, 「주제적 관심을 통해 본 규방가사의 세계」, 『고시가연구』23, 한국고시가학회, 2009, 83-113면에 자세한 출처가 소개되어 있고, 나머지 작품에 대한 원문과 출처 및 자세한 내용은 박경주, 「남성 작가의 화전가에 관한 일고찰-여성과의 의사소통 욕구에 주목하여」, 『한국언어문학』47, 한국언어문학회, 2001, 69-86면을 참고할 수 있다.

양과 입신양명(남) 등 전반적인 삶의 양상이 될 수도 있다.

여성 집단 간이든 여성 대 남성 집단 간이든 성별에 상관없이 이러한 작품에서 각각의 논쟁 집단은 기본적으로 상대 집단의 위치나 상황에 대해 인정하면서 가문 내에서 허용하는 정도로만 상대 집단을 공격한다. 그 결과 논쟁은 정도가 격해지거나 극단으로 치달을 염려가 없이 화해로 마무리된다는 공통점을 지닌다. 이러한 작품들은 가문 내에서 벌어지는 화전놀이나 윷놀이, 뱃놀이 또는 친정으로 근친 가서 벌어진 놀이 등의 흥겨운 잔치를 배경으로 하여 화답형 연작가사의 형태로 창작되는 경우가 일반적이다.31) 놀이를 하면서 숨겨왔던 갈등이 드러나거

---

31) 논쟁 방식으로 창작된 화답형 연작가사 중 〈합천화양동규방가사〉와 〈조화전가〉 〈반조화전가〉를 대상으로 집단 간에 조롱 섞인 공격이 가해지는 부분을 인용한다.

　여보제종 시매들아 우리말씀 자세듯소/ 여자몸이 되엿거든 여자직분 할지어다/
　어른을 공경하고 자손을 훈계하며/ 치산도 하려니와 방적을 힘을쓰오/
　유순한 행동거지 유순한 심성으로/ 규중의 설시?? 종용이 할거시되/
　무례한 자네들은 호남자의 본을 바다/ 공청의 회소정고 소바닌지 좁혀노코/
　궁힝궁힝 떼를지어 식글덤벙 거리면서/ 이로 가고 저로 가고 우리 마음 모라고셔/
　두번세번 간청하되 참예할뜻 없건마는/ 그럴망정 시매들이 무례히 너길넌가/
　십분마음 강작죽여 조혼다시 따나가니/ (…중략…)
　우리들 분망중의 이가스 기록기니/ 미거한 쇠민들을 힝스를 가라치니/
　시시로 펴어보면 유익홈이 업술소냐/ 이후에 바라기는 괄목샹더 원이로싀

　　　　　　　　　　　　　　　　　　　　　　　　　—〈답기수가〉

　파평이라 우리윤씨 교남사부 이아니며/ 국닉디반 그아닌가 이런시딕 만나시니/
　군지씨니 복이로쇠 (…중략…) / 지아즈 조흘시고 잇더다시 노라보싀/
　유식훈 이니말슴 무식훈 군지닉가/ 훈말이나 아올넌가 문필조흔 남편닉게/
　즈즈이 히득ㅎ여 긔과쳔션 할지이다/ 허물이 잇다히도 곤침이 귀타더라

　　　　　　　　　　　　　　　　　　　　　　　　　—〈기소가〉

　산녕도 썽을내고 하빅도 괴롱ㅎ니/ 년화동텬이 무단히 욕을보니/
　고현 당구소의 져거시 무스일고/ 쳥강의 여흘소리 격분ㅎ여 슬피울고/
　당져의 나눈풀이 실식ㅎ여 푸릇거든/ 무움놀난 산됴들이 디디기 고이ㅎ랴/
　동디예 벽도화는 피다가 반만웃고/ 덩젼의 양뉘다는 보내고 춤을추니/
　그힝츠 블긘훈쥴 초목도 져러커든/ 유식군진야 비웃기 고이ㅎ랴

　　　　　　　　　　　　　　　　　　　　　　　　　—〈조화전가〉

　웃는가 모르는가 이보소 남즈들아/ 츈시 호광음의 녀즈조롱 뿐이로쇠/
　너모들 됴롱마오 남즈슈치 쏘잇느니/ 얇히는 수셔삼경 걋히는 졔즈빅가/
　위인도 경졔슐이 다쥬어 버럿거눌/ 보고넑고 못힝ㅎ니 단쳥구경 아닐소냐/

나, 그 반대로 지속되어온 갈등이 해결될 실마리가 찾아지는 경험을 우리는 종종 하게 된다. 놀이는 그만큼 사람을 흥분시키기도 하고 너그럽게 만들기도 하는 신비한 힘을 가진 것이다. 이러한 놀이 상황에서는 아무리 어려운 상대에게 조롱조의 노래를 건넨다 하더라도 너그럽게 용인해주는 관례가 형성되어 있었던 것으로 생각된다.[32]

화답형 연작을 통한 이러한 논쟁은 갈등 집단 간에 평소 하고 싶었던 말을 쏟아내며 스트레스를 해소하는 기능을 함과 동시에, 그들이 속한 가문의 화합에도 기여함으로써 여러 측면에서 긍정적 역할을 했던 것으로 생각된다. 한껏 속에 있는 말을 토해내고 나면 시원해지는 것처럼 일종의 배설의 기능을 이러한 작품들이 수행했고, 가문에서 암묵적으로 허락된 규방가사를 통한 놀이 형태의 조롱 이후에는 서로 간에 더욱 돈독한 관계를 유지할 수 있었다고 보인다.

조롱이 놀이와 연결되는 측면은 화답형 작품들이 지니는 웃음과 풍자적 요소에서 확인할 수 있다. 일단 상대 집단에 대해 조롱을 하고 공격의 자세를 취한다는 것 자체가 기본적으로 희극적인 양상을 전제로 한다고 볼 수 있다. 또한 상대 집단을 얕잡아보면서, 자기 자신을 두고는 자부심을 과잉되게 드러내는 표현들에서 웃음이 유발된다. 특히 세세한

인니예 너른집을 굿흐여 마다ᄒ고/ 산경 좁은길노 군속히 츳자가니/
산금야쉬가 벗ᄒ려 ᄒ눈고야

— 〈반조화전가〉

32) 논쟁을 주제로 한 화답형 연작가사들이 놀이로서의 성격을 지니는 점에 대하여 <조화전가>와 <반조화전가>의 창작 상황에 비추어 고찰해볼 필요가 있다. 이 두 작품이 창작된 18세기 중반은 규방가사 향유 기간 중에서는 비교적 초창기로, 아마도 이 두 편이 오고 간 상황은 놀이로서의 성격보다는 실제적인 논쟁이었을 가능성이 높다고 보인다. 그런데 뒷 시기로 가면서 화전놀이 등을 배경으로 이렇듯 가문 내 집단 간의 공방을 다룬 작품이 자주 오가면서 어느덧 관례화되고, 가문에서 이를 화합을 위한 놀이의 성격을 부여해 묵인하면서 놀이로서의 성격이 강해진 것이 아닌가 한다. 이 두 작품에 대한 보다 더 자세한 분석은 박경주, 「반/조 화전가 계열 가사에 대한 고찰-남녀의 성역할에 대한 차별적 인식에 주목하여」, 『국문학연구』 3, 국문학회, 1999, 253~277면을 참고할 수 있다.

상황묘사를 통한 웃음이 자주 유발되는데 세밀한 묘사의 기법을 동원하여 독자로 하여금 그 장면이 눈에 선하게 떠오르면서 입가에 미소를 짓게 하는 효과를 가져온다.

화답형 연작가사를 살펴보면 작품의 문면으로 볼 때 일단은 해학보다는 풍자적 표현이 우세하다고 볼 수 있을 듯하다. 작품에서 모두 논쟁 집단들은 웃음 그 자체가 목적이라기보다는 상대방을 공격해서 교정시키고자 하는 목적의 비판적 웃음을 유발시키고 있으며, 부정하는 대상 집단과 자기 집단을 분리시켜 상대 집단을 공격, 조소, 비하하고 있기 때문이다. 그러나 논쟁이 항상 화해로 매듭지어지며 그러한 결말을 가능하게 한 작가층의 이중적이라 할 수 있는 의식 세계의 단면이 나타난다는 사실에 의지해보면 연작가사에 풍자적 표현이 우세하다고 단정 짓기는 좀 망설여진다. 겉으로는 서로를 공격하고 웃음거리로 삼지만 그 바탕에 상대 집단에 대한 기본적인 신뢰가 있고 서로의 처지에 대한 이해가 있으며 서로를 같은 집단으로 인식하는 공감대가 형성되어 있다면, 이러한 관계에서 발생하는 웃음은 해학에 가깝기 때문이다.[33]

---

33) <합천화양동규방가사>와 <조화전가> <반조화전가>에서 각각 상대 집단에 대한 이해를 드러내 논쟁 집단을 화해로 이끄는데 기여했다고 판단되는 부분을 인용한다. 먼저 <합천화양동규방가사>에서 논쟁 집단을 막론하고 공통적으로 등장해 여성 일반의 보편적 정서를 이끌어낸 한탄 사설 부분이다.
어와졔종 숙미들아 이닉말슘 드러보소/ 쳔지끼벽 흔온후의 소람이 숨겻도다/
그듕의 여즈일신 츌가외인 된단말가/ 우리도 각각친졍 번화코 흥셩하기/
남만이나 흔건마는 가소롭다 여즈몸이/ 남의게 마인고로 셩댱흔 졔종숙질/
몃몃히를 그녀고 유시로 싱각흐면/ 굿분심회 둘터업너 발근달 흔구람은/
부모형졔 싱각이오 쳔원기슈 흐른물은/ 고향순쳔 의히흐다
　　　　　　　　　　　　　　　　　　　　　　　　— 〈답기수가〉

건곤이 죠판후의 음양이 갈엿난데/ 소람이 싱겻나니 일남일녀 쑨일로다/
우리는 엇지타가 여즈몸이 되어나셔/ 부모동긔 멀니흐고 남의가문 츳즈드러/
규즁골몰 지닉느이 너른쳔지 옹쇽흐다/ 분분하다 잇세상이 예도이소 졔도이소/
울도 졔종숙질 기슈싱각 간졀흐여/ 싱면츠로 도라드니 아시의 보던순쳔/
다시보니 밧가오나
　　　　　　　　　　　　　　　　　　　　　　　　— 〈기수가〉

여기서 우리는 풍자와 해학이 분명하게 그 경계가 구분되는 것은 아니라는 사실을 기억해야 할 듯하다. 즉 해학과 풍자는 "다양한 형태의 희극적인 것들의 광범한 스펙트럼에서 단지 양 극단을 가리키고 있을 뿐이며, 그 사이에는 일련의 이행형태 및 혼합형태가 길게 가로놓여 있다"34)는 명제를 상기하면, 하나의 작품 속에서도 풍자와 해학이 공존할 가능성이 있으며 확연하게 풍자와 해학을 구별하기 모호한 경우도 있음을 알게 된다. 이에 의거할 때 화답형 연작가사에서 보여주는 풍자인 듯, 해학인 듯 모호한 조롱과 웃음의 양상도 이해가 가능하다. 풍자와 해학은 실제로 여러 작품에서 상호보완적인 역할을 하는데, 서로 공격하면서 기본적으로는 공동체 의식을 가진 논쟁 집단 쌍방의 미묘한 관계 속에서 형성된 조롱과 웃음의 양상이 풍자와 해학의 변주를 통해 잘 드러

---

* 다음으로 <조화전가>와 <반조화전가>에 나타나는 상대방에 대한 부러움 혹은 인정의 부분을 찾아보자. <조화전가>를 보면 "나계라 상하촌의 두세친구 모다안자/ 맛바회 됴흔경의 전화롤 ᄒ려ᄒ고/ 안ᄌ면 의논ᄒ고 만나면 언약ᄒ야/ 격슈공권 가져이셔 미일ᄲᆫ 말 뿐이로다/ 일승곡 못엇거든 빅분쳥유 긔뉘내리/ 풍경이야 됴타만은 뷘입가져 무엇ᄒ리/ 의논이 불일ᄒ여 쳔연지금 ᄒ엿더니/ 시졀이 말셰되니 고이ᄒ일 하고만타"라고 탄식하는 부분에서 남성들이 가진 무력감이 드러난다. 그런데 여자들은 전날 내린 비로 물이 불어 화전놀이를 못갈 지경에 이르게 되자 종놈을 시켜 다리까지 놓으라 명령하여 끝내 화전놀이를 성사시키니 남자들의 무력한 모습과는 상반되는 적극성을 갖춘 것이다. 이와 같이 여자들의 모습을 부러움을 담아 그려낸 것은 조롱의 어조로 표현했다고는 해도 작가가 모르는 사이에 가부장적 권위를 버리고 솔직한 자신의 내면풍경을 드러낸 것으로 생각된다.
  <반조화전가>의 작가는 "심규의 드러안자 옥미로 붕위되여/ 녀힝을 뭙게닷고 방젹을 힘쓰더니/ 동군이 유졍ᄒ여 삼스월을 모라오니/ --- ---/ 사창안 부녀홍을 제혼자 도도ᄂ더/ 도로혀 싱긱ᄒ니 인싱이 이만이라/ 녀즈의 젼화홉도 녜우터 이심으로/ 흔거름 두루혀셔 완풍경 ᄒ려ᄒ고"라 하여 평소 여자로서의 임무를 충실히 다하며 옛부터 여자의 화전놀이가 있었으므로 여성들의 화전놀이가 책망받을 것은 없다는 식의 변명조의 말을 하기도 하고, "어와 남ᄌ들아 녀자롤 긔롱마오/ 남ᄌ일 가쇠로다 우리보매 우슘ᄉ외/ 멋 둘을 경영ᄒ며 허송광음 ᄀ이업닉/ 젹으나 쾌남ᄌ면 긔아니 쉬울손가" "외외흔 대댱부는 더욱아니 타비ᄒ랴"와 같이 속 좁은 남자들에 대비되는 진정한 남성으로 '쾌남자'나 '대장부'를 들어 그들의 조롱 대상은 좀스러운 남성일 뿐 남성 집단의 권위 그 자체는 인정하는 면모를 보인다.

34) M.Kagan, 진중권 역, 『미학강의』, 새길, 2010.

났다고 할 수 있다.35)

풍자와 해학의 변주를 통해 형성된 조롱과 웃음은 논쟁집단에게 몇 가지 정신적인 만족을 주게 된다.36) 먼저 대상에 대한 주체의 우위를 입증하거나 대상과의 심리적인 거리를 유지하는 등의 효과를 지적할 수 있는데, 이는 해학과 풍자의 변주가 아닌 풍자적 표현만으로도 얻을 수 있는 만족이라는 면에서 논쟁을 주제로 한 화답형 연작가사의 경우에 어느 정도는 관련되겠지만 꼭 들어맞는 효과는 아닐 듯하다. 작품의 창작 과정을 통해 논쟁집단이 얻은 가장 큰 만족은 사회 구성원들 간에 심리적 유대감을 가지게 된 것이라 할 수 있다.

여러 연구자들은 웃음의 가장 큰 효과를 사회 결속력과 자기 해방의 효과를 통해 궁극적으로는 긍정적인 대 사회적 목적을 수행할 수 있게 하는 점이라고 보고 있는데, 이러한 효과가 풍자와 해학의 변주를 통해 화답형 연작가사에서 극대화 되었다고 볼 수 있다. 결말까지 지속된 논쟁 과정을 추적해볼 때 화답형 연작가사의 논쟁집단들은 논쟁 과정을 통해 상대 집단에 대한 자기 집단의 우월성을 과시하기도 하고 상대 집단과 거리를 두어 자존심을 내세우기도 하지만, 결국에 가서는 화해를 통해 공동 집단의 구성원이라는 사실을 확인하고 결속력을 지니게 되는 모습을 보여주었다. 이러한 일련의 과정을 볼 때 갈등 집단이 승패가 있는 놀이를 하듯이 서로간의 논쟁에 참여했으며, 화전가를 주고받는 놀이는 갈등 집단 간에 이루어진 매우 적극적인 소통의 형태이며 동시에

---

35) 풍자와 해학을 통해 '논쟁을 주제로 한 화답형 연작가사'가 지닌 놀이로서의 특성을 분석하는 내용은 필자가 이전에 <합천화양동규방가사> 및 <조화전가> <반조화전가>를 대상으로 시도했던 분석틀을 재차 활용해 놀이와 연결시킨 것이다. 박경주, 「<반조화전가> <기수가> 연작에 나타난 해학과 풍자의 변주」, 『한국문학이론과 비평』 25, 한국문학이론과 비평학회, 2005, 205-229면.

36) 웃음을 통한 풍자와 해학의 효과에 대한 논의는 유병관, 「풍자의 개념에 대한 몇 가지 문제」, 『반교어문연구』 6, 1995, 339-359면을 참고했다.

가문 화합의 한 방식이었다고 할 수 있는 것이다.37)

4. 규방가사가 지닌 일상성의 의의와 한계

규방가사에 나타난 조선후기 향촌사족 여성들의 일상을 고찰한 결과, 이들이 힘든 노동 속에서도 가족애와 가문의식에 기대어 이를 견디면서 소중한 삶을 찾았고, 노동의 고단함을 규방가사의 창작과 향유를 통해 이겨내고 화전놀이와 같은 문화를 통해 풀어내면서 노동과 놀이의 균형을 잃지 않고 일상을 지켜나갔던 사실을 알 수 있었다. 또한 유교적 가부장제 이념이 지배하는 당대 사회의 흐름에도 불구하고 보다 적극적인 경제 활동을 통해 스스로 자존감을 갖게 된 여성들의 존재도 확인하게 되었다.

그러나 이러한 긍정적 의미에도 불구하고 규방가사를 통해 제시된 여성들의 일상은 기본적으로 가부장제 이데올로기 하의 목표의식(가족애와 가문의식)에 기초한 노동과 놀이문화로 포괄된다는 사실로 인해 근대적 의미로까지 나아가지는 못한다는 한계를 가진다. 이 시기에 가문의식의 테두리를 벗어나 좀 더 개인적인 차원의 일상을 구현해내고자 했던 여성들의 모습은 <복선화음가>나 <초당문답가>에서 보이는 '부정적 여성 인물형'을 통해 짐작할 수 있을 뿐이다.

지루하고 고된 일상에서 소중한 일상을 발견하는 일은 다른 누가 결

---

37) 호이징가는 "사회적 놀이란 하나의 집단 또는 두 개의 대립하고 있는 집단의 질서 있는 활동 속에 존재한다."고 하여 놀이의 사회 통합적 기능을 강조했는데, 연작가사의 창작 과정을 통해 두 개의 대립하고 있는 집단이 서로의 갈등을 드러내고 해소해가는 효과를 얻어냈다면 이 역시 하나의 놀이의 기능을 했다고 볼 수 있을 것이다. Johan Huizinga, 김윤수 역, 『호모 루덴스』, 까치, 1999, 76면.

정할 수 있는 것이 아니다. 오직 자기 스스로 주체가 되어 고된 일상의 가치를 발견할 때 가능해진다. 소중한 일상의 발견은 시대의식이나 환경의 영향을 받기는 하지만 철저히 개인에 따라 다른 양상을 보인다. 단지 확실한 것은 이념의 견제를 통해 소중한 일상을 발견할 수는 없다는 사실이다.

그런데 과연 이렇듯 가족애와 가문의식이라는 명분 아래 자신의 노동 가치의 의미를 부여하면서 열심히 가사 노동과 경제 활동에 주력하는 여성 형상이 조선후기 향촌사회에만 존재하는지에 대해서는 돌이켜 볼 필요가 있다. 정도의 차이는 있지만 현재 우리가 살고 있는 이 시점에도 이러한 가치관을 가지고 생활하는 여성들이 많다는 생각이 들기 때문이다. 현재에도 여성의 가사 노동의 가치는 경제적 단위로 환산되기 힘들며, 자신의 성취보다는 가족의 안녕과 자식의 미래를 위해 헌신하는 여성들이 많다. 이러한 여성의식에 대한 현재적 상황에서의 가치 판단은 일단 유보하기로 하면서, 그러하기에 지금도 여성의 일상에서 이른바 아줌마들의 놀이 문화가 갖는 중요성이 여전하다는 점은 밝혀 두고자 한다.

_____ 『한국고전여성문학연구』 25집, 한국고전여성문학회, 2012년 12월.

화전가와 여성기행가사의
놀이와 여행 체험에 나타난 여성의식 비교

1. 사대부 여성의 놀이 문학

　매일을 다람쥐 쳇바퀴처럼 돌아가는 삶의 일상 속에서 잠시나마 벗어
나 새로운 체험을 할 수 있다는 점에서 여행은 생활에 활력을 불어넣어
주는 역할을 한다. 현대인에게도 그러하거늘 조선후기 이후로 옛 시기
여성들에게 서서히 드러나는 여행의 기회란 참으로 귀하고 특별한 경험
이었을 것이다. 항상 살아가는 공간이 아닌 새로운 공간, 새로운 길을
지나가는 여정 속에서 그 시기 여성들이 어떠한 체험을 했고, 무슨 생각
을 했으며, 이를 통해 어떤 의식의 변화와 발전을 겪었는지 살펴보는 것
은, 이러한 의미에서 여성문학 내에서도 중요한 연구 분야이다. 조선후
기 문학에는 산문이나 시가 양식 전반에서 이러한 여성의 여행 체험들
이 중요한 자산으로 나타나고 있는데, 이 글에서는 그 가운데서도 시가
분야에서 그러한 양상이 잘 드러난다고 생각되는 가사 장르를 택해 그
존재 양상과 의미를 파악해보고자 한다.
　이 글에서 다룰 주 대상은 규방가사 안에서 화전가 작품들과 여성들

이 쓴 기행가사 작품들이다. 규방가사 내에서 화전가 작품들은 계녀가
와 탄식가 못지않게 양적으로도 큰 비중을 차지하며, 매년 봄철에 한 번
가문이나 마을 단위로 부녀자들이 마을 주변의 동산이나 경치 좋은 곳
으로 놀이를 가서 창작하는 까닭에 짧은 여정이기는 하지만 다분히 여
행 체험의 일부를 공유하고 있으며, 특히 놀이와 유희를 다양하게 체험
할 수 있어 여행 체험에서 빠질 수 없는 영역이다. 또한 여성의 기행가
사 작품은 19세기에는 소수의 작품이 남아 있으나, 20세기 들어와서는
일제강점기로 작품이 이어지고 1960-70년대까지도 다수의 작품이 창작
되었다. 이러한 양상에 비추어 볼 때 화전가와 여성이 쓴 기행가사를
'길 위의 여인들'이라는 이번 학회 주제와 관련하여 함께 살펴볼 필요는
충분하다 하겠다.[1]

　여성이 쓴 기행가사 작품들은 당연히 규방가사 안에 들어가지만, 일
반적으로 규방가사가 다수 창작된 19세기에는 작품 수가 적어 주로 작
품 단위로 연구되는 경향이 있었고, 해방을 분기점으로 해서는 그 이전
과 이후를 나누어 작품군의 성격을 파악하는 연구들이 진행되었다. 여
성들의 본격적인 여행 체험이 20세기 이후에 시작된다 할 수 있으므로
19세기에 창작된 몇 작품의 경우는 당시 규방가사의 흐름 속에서는 경
축가나 절명가 등과 함께 소수 계열의 예외적인 작품으로 파악된다. 반
면 화전가의 경우는 특별한 작품 몇 개를 제외하고는 대부분이 각 작품
별 연구보다는 작품군을 묶어 그 특성을 파악하는 연구들이 진행되었으
며, 작품의 양으로 볼 때 계녀가나 탄식가와 더불어 규방가사 내에서 중
심을 차지하는 까닭에 조선후기 규방가사의 기본적 성격을 파악할 수
있는 영역으로 규정되었다.

---

[1] 이 논문은 2017년 2월 한국고전여성문학회 52차 학술대회에서 '길 위의 여인들'이란 기획
　주제 아래 발표한 원고를 수정, 보완한 것이다.

19세기에 창작된 여성의 기행가사 작품의 경우는 이 시기 작품이 <부여노정기> <이부인기행가사> <금행일기> 등과 같이 몇 편 안되다 보니, 사대부작 기행가사가 지닌 특징과 비교하여 이들 작품을 살피는 방식으로 초창기 연구는 이루어지다가, 2000년대 이후에 이르러 여성작 기행가사로서의 특징을 독자적으로 파악해내고자 하는 연구의 방향이 자리 잡아 나갔다.2) 화전가와 여성의 기행가사 작품을 함께 다루어 논의해야 한다는 관점이 백순철 등에 의해 제기된 적이 있으나3) 구체적 영역이 다르다보니 추후 성과가 제대로 이루어지지는 않은 것으로 생각된다.

최근 들어 김주경이 18세기 이후 20세기까지의 화전가 및 여성 기행가사 전반을 대상으로 한 연구를 진행하여 이 시기의 여행 체험을 소재로 한 여성의 작품을 두루 다루는 의미 있는 작업을 수행했다.4) 그런데 이 논문에서는 화전가와 19세기 여성 기행가사의 특징을 살피고 이를

---

2) 김수경, 「<부여노정기>-최초의 기행소재 규방가사」, 『규방가사의 작품세계와 미학』, 역락, 2002, 97-116면; 유정선, 「<금행일기>에 나타난 기행체험의 의미」, 『규방가사의 작품세계와 미학』, 역락, 2002, 195-220면; 김수경·유정선, 「<이부인기행가사>에 나타난 19세기 여성의 여행체험과 그 의미」, 『한국고전여성문학연구』 4, 한국고전여성문학회, 2002, 313-340면; 백순철, 「<금행일기>와 여성의 여행체험」, 『한성어문학』 22, 한성대학교 한국어문학부, 2003, 59-79면. 이후 세 편의 가사를 묶어 19세기 여성기행가사의 특징을 파악한 논문으로는 권정은, 「여성기행가사의 관유체험」, 김병국 외, 『조선후기 시가와 여성』, 월인, 2005, 297-323면과 김수경, 「여행에 대한 여성적 글쓰기 방식의 탐색-여성기행가사의 형상화 방식과 그 의미」, 『한국고전여성문학연구』 17, 한국고전여성문학회, 2008, 47-87면을 들 수 있다.

3) 백순철, 「조선후기 여성기행가사의 여행 형태와 현실인식」, 『고전과 해석』 5, 고전문학한문학연구학회, 2008, 124-125면에서는 19세기 여성기행가사 세 편에 대한 기왕의 연구가 그 특징적 요소들을 젠더적 관점에서 해석하고 강소하는 데에 집중한 까닭에 그 정체성을 남성 일반의 기행가사와도 다르고, 규방가사의 일반적 특징과도 다른 모호한 유형으로 귀속시키게 되었다고 하면서, 이 가사 작품들이 모두 가문 내의 후원 아래 진행된 공식적 여행의 성격을 지니며 지역 민속 문화에 대한 관심과 사친지정(思親之情)과 근원 회복을 지향하는 특성을 지녔다고 보았다. 이러한 논의 끝에 이제 남은 문제는 "20세기 여성기행가사나 화전가류와의 비교를 통해 그 유사점과 차이점들을 살펴보는 일이며, 이를 통해 여성문학에서 여행 체험이 가지는 의미와 특징들을 좀 더 포괄적으로 살펴볼 수 있기를 기대한다"고 언급한 바 있다.

4) 김주경, 「여성 기행가사의 유형과 작품 세계」, 숙명여자대학교 석사학위논문, 2015년 6월.

20세기 여성 기행가사와 연결짓는 방식이 아니라, 작품을 방문가계 기행가사와 산수유람가계 기행가사로 일단 범박하게 나눈 후, 방문가계 기행가사는 다시 문중 방문과 친정 방문으로 산수유람가계 기행가사는 봄놀이 여행과 명승탐방으로 나누어 논하는 방식을 택해, 일반적인 분류체계로 본다면 무리는 없으나 18-20세기 여성들의 기행 체험을 역사적 장르 흐름을 통해 논하는 부분이 예각화 되어야 할 필요성을 남겼다.

필자의 견해로 보면 본격적으로 여성이 지은 기행가사가 다수 양산되는 20세기 이후 작품들을 이해하기 위해서는 분명히 화전가와의 연관성에 입각해 여성기행가사를 논의할 필요가 있다. 19세기 화전가 작품들이 지닌 여성문학으로서의 제반 특성들이 20세기 여성작 기행가사로 계승된 측면이 농후하게 나타나기 때문이다. 그럼에도 불구하고 화전가와 20세기 여성기행가사에는 확연한 차이점도 존재하므로 이러한 특성이 19세기 여성기행가사와의 관계 속에서 규명되어야 할 것으로 생각한다. 결국 화전가와 여성기행가사를 비교해 살피는 작업은 규방가사 내에서 기행의 중요한 요소인 놀이와 여정을 통한 여행 체험을 갖고 있는 작품군을 기행문학의 관점에서 살펴본다는 점에서 일차 중요성을 가지며, 궁극적으로는 20세기 이후에 계층을 막론하고 다수 창작된 여성의 기행가사를 여성문학적 관점에서 고찰하는 지점까지 나아갈 수 있다는 점에서 꼭 필요한 작업이라고 할 수 있다.

2. 화전가와 여성기행가사의 연계성

화전가의 경우 20세기 초기작도 있긴 하지만, 대부분 19세기를 중심으로 창작된 작품들이고, 여성기행가사의 경우는 20세기 작품에 대해 4장에서 19세기 작품의 계승 문제를 다루면서 본격적으로 논의할 예정이므로, 이 장에서는 주로 화전가와 19세기에 창작된 여성기행가사 세 작품을 대상으로 논의를 전개하고자 한다. 작품 양이나 논의상의 전개 문제를 떠나서라도 19세기가 규방가사의 중심이 되는 시기이므로 이때 창작된 작품을 통해 해당 장르의 기본적 특성을 규명하는 것이 올바른 방법이리라 생각되기 때문이다.

일단 화전가와 19세기 여성작 기행가사의 가장 큰 공통점은 안방을 지키며 매일 똑같이 반복되는 여성의 삶을 살아나가는 여성들에게 '일상에서의 일탈'을 경험하게 해준다는 사실이다. 일상에서의 일탈은 시간과 공간 모두에서 일어날 때 본격적인 여행으로서의 의미를 가지며 그 효과가 배가된다. 예를 들어 평상시엔 가사노동의 공간이던 집안 내에서의 상황이 명절이나 또는 다른 일로 경축할 일이 있을 때 놀이의 공간으로 그 기능이 잠깐 전환될 수는 있다. 또한 집을 떠나 다른 공간, 예를 들어 문중의 종갓집이나 가문의 일가가 되는 집으로 공간을 옮겨갈 경우에도 여성들의 규칙적인 일상에 잠시 변화가 일어날 수는 있다. 그러나 이 둘의 경우는 시간과 공간 두 가지 가운데 어느 한 쪽만 달라진 까닭에 일상에서의 일탈의 느낌이 오래 지속되기가 어렵다. 실제로 명절이나 제사 등 가문 내 정기적 행사가 있을 때도 여성은 기본적으로 놀이보다는 가사노동에 종사하는 경우가 더 많으며, 종갓집이나 일가가 되는 친척집을 방문한다 해도 역시 가는 여정에 잠시 풍경을 즐길 기회를 가질 뿐 다른 공간에 가서도 역시 놀이보다는 집안일을 하는 경우가 대부분이기 때문이다. 이러한 측면에서 볼 때 명절이나 정기적인 가문의 행사가 아닌 상황에서 집을 떠나 다른 곳으로 이동하는 경험은 여성들에게 진정한 의미에서 일상에서의 일탈을 경험하게 해준다는 큰 의미가 있다.

19세기 기행가사의 주된 작품으로 꼽는 세 작품, 즉 <부여노정기> <금행일기> <이부인기행가사>의 경우 이렇듯 시간과 공간의 두 조건 모두에서 여행으로서의 상황에 부합되며 일정한 여정에 따라 움직이는 작자의 동선이 그려지면서 그 과정에서 보고 느끼는 작자의 여행 체험 이 잘 나타난다. <부여노정기>와 <금행일기>의 경우는 상시적이지 않 은 매우 특별한 가문의 경사 혹은 행사와 관련하여 여행의 기회가 왔 고[5] 내용 속에서도 가문과 관련한 서술이 많다는 점에서 작자의 의식 속에 가문이라는 테두리가 강하게 작용하면서 여행 체험이 이루어진 것 은 분명하지만, 그렇다고 해서 시간과 공간적 측면에서 일상에서의 일 탈이 약화되거나 하지는 않는다. <이부인기행가사>의 경우는 다른 두 작품에 비해 가문에 대한 언급은 별로 없고 개인적인 여행담이 주가 된 다는 점에서 일상에서의 일탈이 보다 더 진전된 양상으로 전개된다고 할 수 있다.[6]

화전가의 경우 기행가사에서처럼 본격적으로 여정에 따른 여행 체험 이 드러나지는 않기 때문에 기행가사의 범주에 넣어볼 수는 없다. 그러

---

5) <부여노정기>의 작자인 연안이씨(1737-1815)는 부여현감으로 부임하는 아들 유태좌의 부임 행차에 동행한 경험을 66세경 가사로 창작했고, <금행일기>는 작자인 은진송씨 (1803-1860)가 1845년에 시숙이 금영(지금의 공주)의 관리로 부임한 것을 계기로 공주의 관아에 다녀와서 지은 작품으로 알려졌다. 이에 의거할 때 이들의 여행은 모두 가문의 특 별한 경사를 축하하기 위한 차원에서 이루어진 것임을 알 수 있다.

6) <이부인기행가사>는 작품에 여행 동기가 확실하게 드러나지 않은 까닭에 가문행사와 관 련해 여행 체험이 이루어졌을 가능성에 대해서는 정확히 알 수 없다. 또한 다른 두 작품에 비해 상대적으로 개인의 여행체험에 대한 정서 표출이 많아 여행 그 자체를 목적으로 한 여행가사라고도 볼 수 있을 것이다. 이러한 측면에서 일상에서의 일탈이 다른 두 작품에 비해 더 진전된 양상으로 전개된다고 한 것이다. 그러나 그렇다고는 해도 이 작품의 여행 역시 다른 두 작품과 비교해 그 규모가 단출하지 않아 여행에 말과 가마가 동원되고 있고, 구종(驅從)들도 여럿 따르고 있으며 숙박도 역(驛), 원(院), 참(站)과 같은 공식적 숙소에 주 로 묵는 것을 볼 때, 어느 정도의 규모를 갖춘 여행이었다는 점에서 가문의 후원 아래 이 루어졌을 가능성은 충분할 수 있다.

나 여행이라고 표현하기에는 어색해도 소풍이라고 표현할 수는 있을 정
도의 공간 이동은 분명 존재하며, 시간적 조건상에서는 가사 노동에서
벗어나 가문의 어른들의 공식적 허락을 받은 상태에서 1년에 한 번 봄
철에 연례행사처럼 이루어진다는 면에서 기행가사에 비해 오히려 더 일
상에서 벗어날 수 있는 훌륭한 조건을 갖추었다고 할 수 있다. 화전가가
봄철에 친정나들이 할 때 또는 문중 단위나 마을 단위로 여성들의 자발
적 조직에 의해 정해진 날짜에 이루어지는 화전놀이나 화수회 행사 때
에 창작되고 불린다는 것은, 그만큼 여성 주도하에 일상에서 벗어날 수
있는 행사로서 진행된다는 것을 의미한다. 계녀가의 전형적 형식에서
맨 앞자리를 '사구고(事舅姑)'가 차지할 정도로 당시 가문의 수장인 시부
모님에 대한 의례는 존중되고 있는 것이 일상적 상황인데,[7] 화전가의
전형적 형식에서는 '구고승낙(舅姑承落)'이 화전놀이 날짜가 정해지고 이
미 통문까지 돌린 이후에 들어간다는 점으로 볼 때[8] 시부모님께 화전놀
이에 대해 승낙을 받는 것은 매우 관례적인 절차이며 대부분의 과정을
놀이를 가는 여성들 당사자가 정한다는 점을 알 수 있다. 즉 화전가의
경우 기행가사에 비해 공간적 이동은 크지 않지만, 시간적 의미에서 화
전놀이 행사 자체가 여성들의 연례행사로서 놀이의 기능을 상당히 가진
다는 점에서 일상에서의 일탈 정도는 더욱 큰 의미로 다가온다고 볼 수
있다.

---

7) 참고로 전형계녀가의 서술순차는 다음과 같다. '서사(序詞)-사구고(事舅姑)-사군자(事君子)-목친척(睦親戚)-봉제사(奉祭祀)-접빈객(接賓客)-태교(胎教)-육아(育兒)-어노비(御奴婢)-치산(治産)-출입(出入)-항심(恒心)-결사(結詞)' 권영철, 『규방가사 연구』, 이우출판사, 1980, 177-181면.

8) 참고로 전형화전가 서술순차는 다음과 같다. '서사(序詞)-신변탄식-봄의 찬미-놀이의 공론(公論)-택일(擇日)-통문(通文)돌리기-구고(舅姑) 승낙얻기-준비-치장(治粧)-승지(勝地)찬미-화전굽기-회식(會食)-유흥소영(遊興嘯詠)-파연감회(罷宴感懷)-이별과 재회기약-귀가(歸家)-발문(跋文)' 이혜순 외, 『한국고전여성작가연구』, 태학사, 1999, 346면.

　　일상에서의 일탈이라고는 하지만 그것이 가문 위주로 진행되고 시부
모님의 관례적 승낙이 있는 상태에서 이루어진다는 점에서 다시 규정한
다면, '일상에서의 허락된 일탈'이라 부를 수 있을 것이다. 이는 답답한
일상에 갇혀 있던 여성들에게 여행 체험을 가능하게 해주었다는 면에서
는 다행스런 일이지만, 여행 체험이 가문이라는 테두리 안에서만 이루
어져 한계가 있다는 점 역시 간과해서는 안 될 것이다. 20세기 초 화전
가 작품에는 가문이 아닌 마을 단위로 모임이 조직되어 화전놀이를 가
서 지어진 작품도 보이고,9) 기행가사에서는 19세기에 이미 <이부인기
행가사>와 같이 가문의 행사와는 거리를 둔 개인적 체험 위주의 작품이
보이며, 특히 20세기 이후에 창작되는 기행가사의 경우는 더 이상 가문
을 의식하지 않고 마을 단위로 단체 여행이 이루어지는 양상이 나타난
다. 따라서 가문 위주의 여행 체험은 가문 의식이 시대적 이념으로 강하
게 작용했던 19세기 작품에서 나타나는 특징이라 볼 수 있겠지만, 화전
가나 기행가사를 포함하여 규방가사 장르 자체가 가문의식의 강화라는
시대성과 무관하지 않게 발생했을 가능성이 크다는 점에서 이는 어쩔
수 없는 부분이었다고 판단할 수 있다.10)

---

9) <된동어미화전가>로 더 잘 알려진 『소백산대관록』 소재 <화전가>의 경우, 된동어미의
　신분이 양반이 아니라 중인에서 천인으로 전락한 이후 엿을 고아 파는 일을 하면서 생계
　를 유지하는 상황에서 마을 부녀자들과 화전놀이를 가는 것으로 그려진다. 된동어미와 함
　께 화전놀이에 참여하는 청춘과부 및 다른 여성들의 신분이 작품에 확연히 드러나지는 않
　지만, 개가를 권유하지 않는 점이나 된동어미를 하대하는 정황에 비추어 볼 때, 양반이나
　중인 등의 신분을 가진 여성들이 화전놀이를 주도한 것으로 보인다. 기존 연구에 의거할
　때 <된동어미화전가>는 1900년대 이후에 창작된 20세기 초 작품이므로(김종철,「운명의
　얼굴과 신명-<된동어미화전가>」,『한국고전시가작품론』 2, 백영정병욱선생 10주기추모
　논문집, 1992, 763-774면.) 시기적으로도 갑오개혁 이후 신분제도가 공식적으로 무의미하
　게 된 이후 작품이기는 하지만, 실제로 화전놀이 역시 기존의 신분을 고려하지 않고 가문
　과는 상관없이 마을 단위로 가고 있는 것을 확인시켜주는 자료라 할 수 있다. 박경주,
　「<된동어미화전가>에 나타난 여성의식의 변화 양상」,『규방가사의 양성성』, 월인, 2007,
　167-186면.
10) 규방가사의 형성 배경에 대해서 정확하게 알 수는 없지만, 18세기 이후 양반층이 다수

화전가와 19세기 여성작 기행가사가 지니는 또 다른 공통점으로는 여행체험에 필히 동반되는 것으로 '새로운 경물에 대한 관심과 묘사'를 들 수 있다. 세 작품 가운데 이 부분이 가장 강화된 것은 앞서 언급한 것처럼 <이부인기행가사>이며 다른 두 작품에는 경물 묘사의 비중은 상대적으로 적게 나타난다. <부여노정기>에는 아들이 부여 현감이 되었다는 소식을 듣고 부여로 가서 남편의 회갑연을 성대히 여는 경험적 서사의 나열이 중심이 되고, 본격적인 기행, 즉 노정을 다룬 부분에서는 지명을 나열하는 데에 그치고 있을 뿐, 경물을 보고 느낀 감회가 절실하게 드러나고 있지는 않다.[11]

<금행일기> 역시 여정에서 보고들은 견문보다는 가족과 가문에 대한 관심이 더 중심이 되고는 있지만, <부여노정기>에 비해서는 놀이적 성격이나 구경에 대한 욕구 역시 강조되는 측면이 있다. 일련의 선유와 풍류 놀음은 놀이적 성격과 경물 체험을 드러내면서도 가족 간의 정서적 교감이나 지방의 수령이 누리는 물질적 풍요와 위세를 드러내는데 좀 더 핵심이 맞춰져 있기는 하다. 이 작품에서 경물에 대한 관심과 묘사가 가장 잘 드러나는 지점은 지방 관아의 모습을 그려내는 부분이라고 할 수 있다. 관아에서 공식적인 장소인 동헌, 경치의 묘사뿐만 아니라 사적인 성격을 띤 구석진 곳과 기생 점고의 장면이나 그 외모를 자세히 그려냄으로써 새로운 경물에 대한 구체적 관심을 표출한다.[12] 공북루에서의

늘어나면서 중앙정권 내 세력을 계속 유지해 나간 경화사족과 그로부터 밀려나 고향인 향촌으로 은거한 향촌사족으로 사족층이 분화되면서, 향촌사족이 중앙 정계로의 복귀를 위해 가문을 중심으로 이념 교육을 강화시키는 과정에서 교훈가사와 더불어 본격적으로 창작되었을 가능성이 크다고 여겨진다. 가문의식의 강화는 임진왜란 이후 전쟁으로 다수 사대부 남성들의 수가 줄어든 현상과 더불어 가부장제의 강화와 함께 사족층의 이념적 기반이 되지만, 본격적으로는 18세기 이후부터 강화되는 것으로 보인다. 이세영, 「18-19세기 양반 토호(土豪)의 지주 경영(地主經營)」, 『한국문화』 6, 서울대학교 한국문화 연구소, 1985, 75-119면.

11) 김수경, 앞 논문, 2002, 105-106면.

연희를 그려내는 부분 역시 산수 유람에 대한 욕구를 드러낸 것으로 볼 수 있다.

<이부인기행가사>는 청주 덕천을 거쳐 충청도 공주와 은진, 전라도 여산과 장성을 지나 나주 시랑면 회진촌에 도착하기까지의 긴 여정을 그려내는데, 그 과정 속에서 작자가 관심 있게 보았던 경물만을 골라 자세하게 표현하는 방식을 택하고 있어 기본적으로 위의 두 작품과 성격을 달리한다. 김수경과 유정선은 앞의 두 작품을 각각 고찰한 결과에 비추어 <이부인기행가사>를 공동으로 연구하면서, 노정의 재구성과 정서적 체험의 사실적 형상화 및 경물에 대한 주체적 인식과 문학적 욕구의 표출을 작품의 핵심적 요소로 꼽았다.13) 다른 두 작품과 유사하게 사대부 기행가사와 규방가사의 중간 지점에 서 있는 특성을 보이는 가운데, 자신이 쌓은 독서 체험이 경물 묘사에 직, 간접적으로 반영되는 것은 <금행일기>와 비슷하면서도, 역사적 사실에 대한 환기나 지식의 나열보다는 실제적이고 정서적인 감흥에 더 주목하고 있다는 점에서, 세 작품 가운데 상대적으로 사대부 기행가사의 영향을 가장 덜 받은 작품으로 볼 수 있지 않을까 여겨진다.

화전가에도 새로운 경물에 대한 지극한 관심과 세세한 묘사는 잘 드러난다. 특히 이러한 묘사를 하면서 작자인 여성들이 이러한 묘사 능력을 자신들의 문학 창작 능력과 결부시켜 자부심을 표출하는 쪽으로 연결시키는 경우가 많다는 점을 주시해볼 필요가 있다. 여성작 기행가사에서 본 경물은 그야말로 다른 지역으로의 확실한 공간 이동에 따라 처음 보는 경치나 신문물에 대한 묘사로 흘러갈 가능성이 많다. 이와 달리 화전가는 공간 이동 자체는 크지 않아 어쩌면 매년 비슷한 마을 근처 동

---

12) 유정선, 앞 논문, 2002, 203-209면.
13) 김수경·유정선, 앞 논문, 2002, 313-314면.

산으로 화전놀이를 가는 경우도 많을 것이다. 같은 계절인 봄철 비슷한 시기에 똑같은 동산으로 놀러가는 화전놀이에서 새로운 경치를 본다거나 신문물에 대한 찬탄이 나올 수는 없을 것이다. 그럼에도 불구하고 화전가 작품들을 보면 작자들은 매년 보는 같은 경치를 처음 보는 새로운 경치인 것처럼 거창하고 새롭게 세세한 필치로 묘사해낸다. 이는 화전놀이를 간 기쁨에 실제로 매년 새로운 경치를 보는 듯한 느낌이 든다고 할 수도 있겠지만, 그에서 나아가 이러한 묘사를 통해 자신들의 필력을 과시하고자 하는 욕구가 나타난 것으로 생각할 수 있을 듯하며, 때로 이러한 과시는 남성들에게 학문에 열중하라는 권유로 발전하기도 한다.14)

위에서 살펴본 것처럼 화전가와 기행가사는 여행체험이라는 일상에서의 허락된 일탈에 대한 기쁨을 드러내면서 그 과정을 통해 경험한 새로운 경물에 대한 관심과 묘사를 세세하게 그려낸다는 점에서 상당한

---

14) 그러한 예로 〈태평화전가〉와 〈반조화전가〉에서 해당 부분을 찾아 인용한다.
"우리비록 여즈오나 문장지화 볼작시면/ 만고문장 굴원인들 우리에서 나흘손가/ 이티백 두자미도 문장으로 천명호나/ 우리도 천명호니 우리에서 나흘손가/ 앗깝고도 앗깝고야 우리즈화 앗깝고야/ 아모리 문장인들 무엇시 쓰잔말고/ 헛부도다 헛부도다 여자신이 헛부도다/ 공명을 못호거든 산슈나 구경할가/ 쳥송빅화 장츈각과 벽구 단순이요/ 주눈분이 업셔 못보와도/ 녹음방초 승화시을 무단이 허송할가/ 금강손 뉴졈수는 길이머러 못가려니 (…중략…) 그령져령 올나가셔 남봉짱 다다르니/ 인간은 졀연이오 쳔상은 지쳑이라/ 상산수호 노던즈리 긔국판니 완연호다/ 셔남으로 굽어보니 십이장수 멀고먼디 (…중략…) 어와 남즈들아 너희소위 남즈로셔/ 지각이 그럴손가 학업은 간디업고/ 공명도 의수업셔 춘흥눈 낫잠즈고/ 추동은 골픽투전 어룬의 입박기로/ 엇지타가 웅울웅울 왈약계고 데요훈디/ 원령이 졍흔소리 귀까지 못듯겟다" 〈틱평 화전가〉
"동풍 어졔비예 봄졍이 새로왓니/ 디샹의 벽도화는 날위호여 우어잇고/ 강두의 양뉴디는 의연흔 춤이로다/ 오쇠운 깁흔골의 쳑촉이 만발호니/ 무릉도원인들 이예셔 더호오며/ 젼계예 묽은딩담 한가도 한가홀샤/ 쳥송별계롤 다시보와 무엇호리 (…중략…) 뎡젼의 푸른 풀은 일반의수 쯰여잇다/ 듀염계 어든무움 내 쏘흔 찌드릇니/ 형형식식을 조화옹이 비저내니/ 모호면 일니되도 홋트면 만슑로다 (…중략…) 으눈가 모르눈가 이보소 남즈들아/ 츈시 호광음의 녀즈죠롱 쑨이로쇠/ 너모들 됴롱마오 남즈슈치 쏘잇느니/ 앏희난 스셔삼경 겻히눈 졔즈빅가/ 위인도 경졔술이 다쥬어 버럿거늘/ 보고닑고 못힝호니 단쳥 구경 아닐소냐/ 인니예 너른집을 굿흐여 마다호고/ 산경 좁은길노 군속히 추자가니/ 산금야쉬가 벗흐려 흐눈고야" 〈반조화전가〉

공통점을 갖고 있다. 이러한 점에서 이 두 장르는 20세기에 창작되는 여성들의 기행가사에 동시에 영향을 끼쳤으며, 이 두 장르가 지닌 형식과 내용상에 있어서의 장점들이 여성의식과 관련하여 긍정적으로 융합될 때 근대적 여성의식이 구현된 20세기 문학으로서 규방가사 안의 여성기행가사의 발전 가능성도 모색해볼 수 있을 것이다.

3. 놀이를 통한 여성간의 소통과 화합 Vs 가문에 대한 과시와 여정중심 경물소개

2장에서 화전가와 19세기 여성작 기행가사가 갖는 연계성에 주목하여 논의를 전개했는데, 이번에는 이 두 장르가 가지는 주된 강조점을 비교하면서, 그것과 여성의식의 관련성에 대해 논해보고자 한다. 이러한 강조점이 20세기 여성작 기행가사에 어떠한 형태로 계승되어 갔는지를 함께 살필 때 두 장르의 근대문학으로의 연계 가능성의 전모가 드러날 것이기 때문이다.

앞 장에서 논의한대로 두 장르는 여행 체험을 담아낸 문학으로서 공통분모를 지니면서도, 19세기 여성작 기행가사는 사대부 가문 지식층 여성의 작품으로 기행 과정(여정) 속에서 보고 듣고 체험한 신문물에 대한 찬탄과 묘사를 통해 여성의식의 확장에 기여하는 동시에 여행의 계기가 된 가문의 행사나 경사 등에 대한 과시에 집중하여 작품이 기술되는데 반해, 화전가 작품들은 여행의 준비과정에서부터 돌아올 때까지의 과정을 찬찬히 서술하면서도 경물 체험보다는 놀이를 통해 여행에 참석한 여성들 간의 소통과 화합을 모색함으로써 여성의 연대의식을 확보하

는데 중심이 맞춰져 있다는 점에서 주요한 차이를 보인다.[15]

　기행가사라고 하기에는 <부여노정기>나 <금행일기>의 주된 의도는 가문의식의 확인 쪽에 더 기울여져 있으며, 이로 인해 여행 도중의 체험이나 경치에 대한 서술은 간략하게 처리되어있다는 것은 이미 알려진 사실이다. 또한 작품의 서두를 비롯하여 부분 부분에 사대부 기행가사를 의식해 모방한 흔적 등이 엿보이는 점 또한 선행 연구에서 지적되었다. 그러나 본고에서는 이러한 특성에도 불구하고 이 시기에 여러 지역을 다니면서 경물에 대한 소개와 감회를 적었다는 점에서 이들 작품이 당시 여성의 활동 반경을 넘어서 그 의식 세계를 확장시킨 측면에 의미를 부여하고 싶다.

> 예천짜 오천내를 발 아래 구버보니/ 용궁읍을 얼는 지내 우두원 슉소ᄒ고
> 삼산을 잠간드러 옛벗님 차차보고/ 수향을 승션ᄒᄅ 제 어옹이 즐기ᄂ 듯
> 창송은 울울ᄒ고 록죽은 의의흔디/ 삼츈은 거의 가고 연죽은 완완흔디
> 차졍에 채운이요 마졔에 향풍이라/ 층암 벽계를 몃곳이나 지나거니
> 쥬렴을 잠간 들고 원근을 쳠망ᄒ니/ 산쳔도 수려ᄒ고 지세도 활연ᄒ다
> 사십년 막힌 흉금 이제야 틔이거다/ 함창짜 태봉슐막 음식도 정결ᄒ다
> 상쥬는 대관이라 인물도 번화ᄒ다/ 보은은 협중이라 속리산 내 맥이로다
> 옥쳔을 다시보니 반석이 더욱 조해/ 삼십년 쩌난 동생 옥성와 만나보니
> 도로예 고쵸ᄒ여 청수흔 그 얼굴이/ 반백이 다 되엿네 손잡고 체루ᄒ니
> 회포도 엄억ᄒ다 압길이 탄탄ᄒ니/ 옛말삼 다 할손가 창연지심 그지 업다
> ― 〈부여노정기〉

---

15) 화전가의 이러한 특성에 대해서는 서영숙, 「여성가사에 투영된 작가와 독자의 관계-화전가를 중심으로」, 『고전문학연구』 6, 한국고전문학회, 1991, 464-498면; 박경주, 「남성 작가의 화전가-여성과의 의사소통 욕구에 주목하여」, 『규방가사의 양성성』, 월인, 2007, 58-77면; 박경주, 「화전가의 의사소통 방식에 나타난 문학치료적 의미」, 『규방가사의 양성성』, 월인, 2007, 209-230면을 참고할 수 있다.

이 부분은 <부여노정기> 가운데서 여정에 따른 경물 소개가 상대적으로 잘 드러난 곳이라고 생각된다. 선행 연구에서는 이 부분에 대해 예천 - 삼산 - 함창 - 상주 - 보은 - 옥천 등지로 이어지는 지명을 나열하는 데에 그칠 뿐, 경물을 보고 느낀 감회가 절실하게 드러나고 있지는 않다고 평가하였는데,[16) 이 부분을 자세히 살펴보면 단순히 그렇게만 평가할 일은 아니라는 생각이 든다. 가는 지역마다 한두 행에 걸쳐 그 경물의 특징을 꼬집어 설명했고, 삼산에서 함창을 지나는 과정에서는 상당히 자세하게 경물을 묘사하고 자신의 느낌을 드러내면서 "사십년 막힌 흉금이 이제야 트이는 것 같다"고 했다. 또한 경물 예찬과 더불어 삼산에서 옛 벗을 만나고 옥성에서 혼인 뒤에 헤어졌던 동생을 30년 만에 만나는 기쁨을 짧게나마 드러내는 등 가문의식에서 벗어나 경물에 심취하고 여성의 삶을 의식하는 대목도 나타난다.

<금행일기>에서 경물 소개가 가장 잘 드러나는 곳은 금강 선유와 공북루에서의 놀음 부분과 관아의 내부 공간을 구경하는 대목이라 생각한다. 이에 대해서는 선행 연구에서 잘 논의한 바 있으므로 별도로 작품 예를 들지는 않으려 하는데, 경물 예찬의 개념이 경치만을 대상으로 한 것이 아니라, 본인이 본 새로운 풍물이나 민속, 건물 등등 모든 대상을 포괄한다는 점에 비추어본다면 <금행일기>의 경물 예찬은 <부여노정기>보다도 한 걸음 진전되었다 볼 수 있을 듯하다. 특별히 주목할 부분은 "쌍계수 지적이요 총벽암 금벽청니/ 십니안밧 된다ᄒ나 쇰인가 의심

---

16) 김수경, 앞 논문, 2002, 105-106면. 그런데 여기서 원문 인용에 좀 이상한 부분이 보인다. 김수경의 논문에서는 "삼산을 잠간드러 옛벗님 차차보고" 다음에 별도의 중략 표시 없이 "함창ᄯᅳ 툿봉 듀졈 음식도 경결ᄒ고/ 상주노 듀관이라 인물이 번화ᄒ다"로 건너뛰어 예문을 끝낸 후, 고작 다섯 행을 두고 예천에서 노성현 은진미륵까지 모든 여정에서 경물 예찬이 없는 지명 나열에 그치고 있다고 평가했다. 예문의 뒷 부분은 지면 관계상 생략했다 하더라도 삼산에서 함창까지 그 사이에 생략된 여덟 개의 행은 이 노정에서 경물 예찬이 가장 잘 드러난 부분이라, 편집상 실수인지 이해가 가지 않는다.

ᄒᆞ니/ 여편늬 이 구경도 꿈인가 의심ᄒᆞ니/ 이 밧슬 더 ᄇᆞ랄가"와 같은 표현이나 "만일의 남아(男兒)런들 팔도강산 두로 노라 ~ 문필이 강하갓고 츌장입상 죠달ᄒᆞ여/ 이현부모 ᄒᆞ올거살 젼싱의 죄 즁ᄒᆞ여/ 규합의 믹인 몸이 사사의 원 밧기라" 등과 같은 표현에서 보이듯이, 기행 체험을 여성의 삶과 연결지어 기술하는 부분이다. 본인이 하는 체험이 당시 여성으로서는 다시 없는 기회를 잡은 것임을 충분히 알고 만끽하면서도, 그러한 기쁨 역시 잠깐이요 여성으로서 태어난 데 대한 한탄으로 그 중심이 넘어가는 대목에서 19세기 여성가사에서 역시 미약한 차원이기는 하지만 여성의 삶에 대한 문제의식이 도출되고 있음을 알 수 있다.

<이부인기행가사>의 경우 19세기 여성가사 세 편 가운데 가장 사실적이고 개성적인 경물 예찬이 나타나있고, 오히려 가문에 대한 과시와 같은 전형적인 여성기행가사로서의 표현이 잘 드러나지 않아 예외적인 작품으로 언급되기도 했다.[17] 그러나 앞서 언급한 바 있듯이 작품에서 드러나지는 않는다 하더라도 19세기 당시에 그러한 기행 체험이 가능하기 위해서는 가문의 뒷받침이 없이는 어려운 것임을 짐작할 수 있으며, 세 편 모두에서 정도의 차이는 있지만 사대부의 기행가사 작품을 모방한 듯한 흔적이 나타나는데 비추어 이들 작품에 양반가 부인으로서 쌓은 평소의 독서 체험이 경물 예찬에 함께 표현되고 있음은 분명한 사실이다.

이러한 특성은 일단 여성작 기행가사의 경우 작자가 밝혀진 개인작이 대부분이고, 여행 과정이 길기에 그 여정 속에서 새롭게 보고 들은 내용이 많으며 평소 사대부 여성으로서 쌓은 지식이 많기에 이러한 독서 체험이 경물 묘사에 자연적으로 반영되며, 여행 자체가 가문의 행사와 관

---

17) 이혜순 외, 앞 책, 1999, 145-146면.

련하여 이루어졌다는 특성에 의해 나타나는 당연한 결과이다. 이에 반해 화전가의 경우는 화전놀이 자체가 단체 행사로서 이루어지기에 겉으로는 개인작을 표방한다고 해도 그 내면에는 여러 명의 작자가 참여하는 형식을 취해 실제로는 공동작의 형태를 띠는 작품이 많다는 점에 기본적인 차이가 존재한다. 화전놀이 준비에서부터 귀가까지의 과정은 자세히 기술되기는 해도 매년 똑같이 반복되는 절차이므로 다분히 공식적인 기술로서의 의미를 지니기에 개성이 엿보이는 경우는 흔하지 않다. 화전가의 백미는 공동작에서 여러 명의 화자가 번갈아 등장하며 개인사를 노래하고 그에 대해 서로 위로하고 격려함으로써 여성간의 소통과 화합을 확보해나가는 부분일 것이다.18) 또한 화전가 가운데 화답식으로 전개되거나 연작 형태로 이어지는 작품들의 경우는 겉으로는 조롱과 논쟁을 하는 듯하지만, 결국에 가서는 이러한 토론 과정을 통해 두 집단 간에 소통이 이루어지고 화해가 성립되는 과정을 보여주어 더욱 의미가 있는데, 이 경우에는 여성 집단뿐만 아니라 남성 집단과 여성 집단이 서로 주고받는 형태의 화답작도 존재해 그 의미는 더욱 크다.19)

　‘여정중심 경물소개와 가문에 대한 과시’를 중심으로 한 19세기 여성작 기행가사와 ‘놀이를 통한 여성간의 소통과 화합’을 강조한 화전가 작품들 모두 19세기 상황에서는 여성 의식의 발전에 크게 기여할 수 있는 요소들이다. 화전놀이의 경우도 종중의 행사로 가문 단위로 가는 경우가 많았고, <조화전가>나 <반조화전가>의 화답식 논쟁이나 <합천화양동규방가사>와 같은 연작 내에서의 논쟁 역시 같은 가문이라는 기본적

---

18) 공동작으로 지어진 화전가 가운데 이러한 특성이 가장 잘 나타난 작품으로 <된동어미화전가>를 들 수 있을 것이다. 박경주, 앞 논문, 2007, 167-186면.

19) 박경주, 「반/조 화전가 계열 가사-남녀의 성역할에 대한 차별적 인식에 주목하여」, 『규방가사의 양성성』, 월인, 2007, 13-36면; 박경주, 「<합천 화양동 규방가사>의 토론문학적 성격-화전가류 규방가사 전반의 토론문학적 특성과 관련하여」, 같은 책, 187-206면.

토대를 공유하기에 가능한 것이었으며, 어느 정도는 다분히 가문내의 갈등 요소를 해소하고 가문의 화합을 모색하기 위한 기능을 했다고도 볼 수 있다. 19세기 여성작 기행가사에 나타나는 가문에 대한 과시 역시 이러한 맥락에서 여행의 계기를 마련해준 자신의 가문에 대한 자부심을 작품을 통해 드러내는 것은 당연한 것으로 여겨진다. 즉 사족층의 확대 속에 향촌사족은 물론 경화사족의 경우 역시 가문의식이 강조되고 이를 통해 가문의 일원들을 규합해 나가고자 한 것이 19세기 양반층의 기본적 이념 틀이었다는 사실을 고려해본다면, 가문의식의 확보는 여성작 기행가사나 화전가 작품들 모두에 있어 중요한 의미를 차지하는 요소라고 볼 수 있다.

경물 소개의 경우는 여행문학에서 빠질 수 없는 필수 요소로 여성기행가사와 화전가 모두에서 중요한 역할을 한다고 할 수 있다. 특히 19세기 상황에서는 여행 체험이 여성들에게 일반적으로 허락되지는 않았기에 여행지에서 새롭게 바라보는 신문물이나 자연 경치에 대한 감흥은 특별할 수밖에 없다. 경물 소개는 그 자체로도 여행문학에서 의미가 있지만 이를 통해 은근히 자신의 가문을 자랑하기도 하고 여성들 스스로가 지닌 문학적 능력을 뽐내면서 가문 내 남성들에게 질투나 자극을 유발하기도 하는 등 작품 속에서 부가적인 역할을 수행하기도 한다.

이렇듯 19세기 여성작 기행가사의 핵심 코드라고 할 수 있는 '여정중심 경물소개와 가문에 대한 과시'는, 물론 개인작인 여성기행가사에서 두드러지게 나타나지만 앞에서 그 가운데 특히 경물 소개의 경우는 화전가에서도 저변에 깔려 있는 요소로 19세기 여성의 여행 문학 전반이 공유하는 특징이라고도 볼 수 있겠다.[20] 그런데 이에 반해 화전가의 핵

---

20) 이승희, 「조선후기 기행양식에 나타난 여성 자아의 존재 양상」, 『여성문학연구』 16, 여성문학학회, 2006, 243-271면에서는 '조선후기 기행양식'이라는 이름하에 본고에서 19

심 코드라고 할 수 있는 '놀이를 통한 여성간의 소통과 화합'의 기능은 다른 여성들의 여행문학에서는 찾을 수 없는 화전가 작품들만이 지닌 독특한 요소로 여성의식의 발전과 관련하여 그 의미가 특별하다 할 수 있다. 화전가가 지닌 이러한 특성은 다른 규방가사 작품들에서 더 나아가 치료적 의미까지 지닌 것으로[21] 근대적 의미의 여성의식으로 발전된다면 참으로 바람직할만한 요소라고 할 수 있다.

4. 20세기 여성기행가사로의 계승 문제

20세기 들어와서 여성이 여행할 수 있는 기회는 19세기에 비해 훨씬 늘어났고, 신문명의 도입으로 여행을 통해 체험할 수 있는 볼거리도 상당히 많아졌다. 이 시기 여성의 기행가사는 시기상으로는 해방을 분기점으로 하여 일제강점기 가사와 1960-70년대 가사로 나누어볼 수 있고, 내용상으로는 지식층의 기행가사와 대중적 기행가사로 나누어볼 수 있을 듯하다.[22] 여성지식층의 기행가사는 여행 체험 자체가 단체가 아닌

세기 여성기행가사로 다룬 <부여노정기> <금행일기> <이부인기행가사> 외에 의령남씨의 <의유당일기>와 김금원의 <호동서낙기> 같은 기행문까지 함께 다루고 있는데, 그 특징을 '비일상적 자아의 발견'과 '규범적 여성 자아의 재확인'으로 나누어 <부여노정기>를 제외한 대부분의 다른 작품에서 여행 체험을 개성적으로 드러내고자 하는 '비일상적 자아의 발견'이 나타난다고 보았다. 반면 '규범적 여성 자아의 재확인'은 <부여노정기>와 <금행일기>의 일부에서 드러난다고 보아 '비일상적 자아의 발견'에 비해서는 상대적으로 의미를 덜 부여했다. 본고의 내용과 이를 연결지어보면 '여정 중심 경물 소개'는 '비일상적 자아의 발견' 쪽에, '가문에 대한 과시'는 '규범적 여성 자아의 재확인' 쪽에 가까운 개념으로 볼 수 있겠다.

21) 박경주, 「규방가사 창작에 담긴 문학치료적 기능-여성작가와 남성 작가의 경우를 포괄하여」, 『한국 시가문학의 흐름』, 월인, 2009, 337-367면에서 화전가뿐만 아니라 규방가사 전반에 걸쳐 그 문학치료적 의미를 다루었다.

22) 장정수, 「1960-70년대 기행규방가사에 나타난 여행문화와 작품 세계」, 『어문논집』, 70, 민족어문학회, 2014, 6-34면에서는 해방 이후 여성들이 창작한 기행가사의 이러한 두

개인 혹은 가족 단위로 이루어지는 경우가 많고 신문물에 대한 찬탄의 경우도 단순한 예찬에서 그치기보다는 역사의식을 제고하는 양상을 보이면서 19세기 사대부 기행가사의 맥을 잇는 듯한 양상을 보인다. 이러한 작품들에는 학문적이며 지적인 여성들의 관심이 투영되어 있는 반면, 대체로 여행의 동기나 여정 및 감회 등의 기행가사로서의 주된 부분이 잘 드러나지 않고 단지 여행지와 관련한 역사적 사실에 대한 기록이 큰 비중을 차지한다. 반면 대중적 기행가사의 경우는 지적 호기심보다는 여정과 감흥, 놀이에 비중을 두어 19세기 여성기행가사와 화전가를 합쳐놓은 듯한 인상을 받게 된다.

20세기에 창작된 여성 지식층의 기행가사로는 최송설당(1855~1939)의 <한양성중유람>과 은촌 조애영(1911~2000)의 <금강산기행가>, 그리고 소고당 고단(1922~2009)여사의 <제주도기행> <대만기행가> <내몽고여행기> 등의 작품과 소정 이휘(1931~)여사의 <한산도가> <여일가> <중국여행록> <서행록> <남정기> <남행록> <라마견문록> 등을 들 수 있는데, 전반적으로 견문과 역사적 기록에 의미를 강하게 두다보니 기행가사로서의 의미는 오히려 퇴색된 느낌이 있는 듯하다.23) 근본적으로 20세기

가지 특성을 파악하고는 있으나 특별히 명칭을 붙이지는 않았고, 특히 이 가운데 지식층 여성의 기행가사는 기행가사로서의 성격이 약하다고 파악해 대상에서 배제하고 유흥적 성격을 띠는 대중적 기행가사만을 대상으로 논의를 전개했다.

23) 이상 네 명의 작가의 작품은 최송설당기념사업회편, 『송설당집』 1-2, 도서출판 명상, 2005; 은촌문집간행위원회 편, 『은촌내방가사집』, 금강출판사, 1971; 『소고당가사집』 상·하, 삼성사, 1991; 『소고당가사속집』, 삼성인쇄사, 1999; 『소고당가사제3집전(全)』, 전일출판사, 2010; 조춘호 편, 『소정가사』 1-3, 대구한의대학교 경산문화연구소, 2010을 통해 찾아볼 수 있다. 논문으로는 최송설당의 <한양성중유람>에 대해서 정인숙, 「19세기~20세기 초 시가를 통해 본 서울의 인식과 근대도시의 의미지향」, 『문학치료연구』 20, 한국문학치료학회, 2011, 165-193면에서 다룬 바 있고, 은촌 조애영의 가사에 대해서는 허철회, 「은촌 조애영의 규방가사 고찰-작품의 내용 소개를 중심으로」, 『동국어문학』 7, 동국어문학회, 1995, 223-257면과 우영실, 「은촌 조애영의 시가 연구」, 대구대학교 석사학위논문, 2013 등에서 자세한 고찰을 했다. 또한 소정의 기행가사에 대해서는 유정선, 「소정가사에 나타난 기행체험과 그 의미」, 『경산문화연구』 11, 경산문화연구소,

이후는 신분제가 사라지고 여성들의 여행 체험이 자유로워진 시대이지만, 신식 교육을 받았건 가문 내에서 교육을 받았건 교육의 세례를 받은 지식층 여성의 기행가사는 여행 체험이 지닌 놀이적 속성은 배제한 채 본인들의 독서 체험에 기반을 두고 사대부 기행가사를 의식하는 19세기 여성 기행가사의 흐름을 이어가는 특성을 보인다.24)

이와 관련하여 20세기 지식층 여성 가사 작가의 작품에서 기행가사와는 별도로 화전가 작품이 발견되는 사실에 관심을 가져볼 필요가 있다. 최송설당과 조애영의 경우 기행가사 작품 수가 적은데 비해 소고당 여사와 이휘 여사는 상대적으로 더 뒷 시기를 살면서 국내는 물론 해외여행 체험까지 하면서 다수의 기행가사를 창작했는데, 이 두 작가는 다수의 기행가사와는 별도로 19세기에 향유된 전형적 형태로 화전가 작품을 한 편씩 남기고 있다.25) 이는 이 두 작가가 화전가를 전 시대부터 내려

2007과 신송, 「소정 이휘의 기행가사연구」, 『감성연구』 10, 전남대 호남학연구원, 2015, 123-146면에서 자세히 다룬 바 있다.

24) 최송설당의 <한양성중유람>과 은촌 조애영의 <금강산기행가>를 인용한다.
    "한양성중 살펴보니 반도강산 슈션더라/ 웅장호고 번화홀손 금셩탕디 이아니냐/ 빅악산이 쥬진되고 한강슈가 명당이라/ 인왕산 목멱산은 룡반호거 분명호고/ 경복궁 창덕궁에 오운이 어리엿다/ 이층삼층 션건가옥 고디광실 질비호니/ 여염이 박디호여 종명정식 이아닌가/ 슈호문창 류리셰계 이목이 현황호다/ 지리호 질풍폭우 신혼이 아득타가/ 운권청텬 시로보고 흥희가 활연호여/ 류디힝션 져던챠로 동물원을 드러가니/ 날즘싱 길즘싱이 낫낫치 다모엿네/ 산중호걸 희상령물 영특호고 긔이하다/ 빅슈진공 져소예며 초군비예 져호표눈/ 틸창안에 왓다갓다 벽력갓치 고함호고 (…후략…)   — <한양성中류람>

    "(…전략…) 낙랑공주 사랑하던 마의태자 숨어산곳/ 물소리도 잠잠하고 추성만이 소슬하다/ 산개울에 흩인칼돌 옛창검의 모습인데/ 붉은이끼 피묻은 듯 옛사연을 아뢰는 듯/ 나라뺏긴 설움이야 예나지금 다를소냐/ 임자없는 이강산에 태어나온 이신세도/ 무언중에 낙루하며 만폭동에 들어가니/ 헤일수도 없는폭포 층계마다 폭포로다/ 양어께에 물든단풍 수병풍을 두른듯고/ 산곡간에 청석비탈 걸어가니 길이랄까/ 간곳마다 물소리는 무슨일로 느껴우노/ 이나라에 뼈저린 것 네가보아 왔거니와 (…하략…)"
                                                                              — <금강산기행가>

25) 두 작가의 화전가 작품 일부를 각각 간단히 인용한다.
    "경인년 만월만춘 백화작작 망일이라/ 청청세류 봄바람에 화만발 춘색이요/ 춘화추월 사절중에 화풍삼월 제일이니/ 양신가절 좋거니와 일년재봉 어려워라/ 현현달사 많은시선 방화유수 영가하고/ 설중매에 춘원도리 선비들의 풍영시니/ 우리비록 여자이나 춘흥을

온 규방가사 중 하나의 유형으로 인식하면서 기행가사와는 완전히 다른 형식으로 인식하고 있음을 보여준다. 앞서 2장에서 살펴보았던 것처럼 화전가와 여성의 기행가사는 그 유형의 차이에도 불구하고 여행 체험 내에서 놀이적 속성을 드러낸다는 점에서 연계성을 지닌다. 또한 19세기 여성 기행가사 작품들에서도 가문에 대한 과시와 여정 중심의 경물 소개가 중심이 되면서도 부분적으로 놀이적 속성이 드러나고 있음을 확인한 바 있다. 이러한 특징으로 인해 20세기에 들어와 창작된 대중적 여성기행가사에는 화전가의 특성이 강하게 혼입되어 놀이를 통해 여성들이 소통하고 화합하는 면모가 부분적으로 드러나고 있다.

즉 20세기에 창작된 여성기행가사 가운데 지식층의 작품과 대중적 작품의 중요한 차이는 화전가에서 유입된 놀이적 속성이 작품에 반영되었는가의 여부에 있다는 것이다. 서론에서부터 밝혔지만 화전가와 여성기행가사를 연계해 19세기에서 20세기로 이어지는 여성의 여행 체험의 양상을 파악하는데 초점을 맞추고 있는 본고의 입장에서 볼 때, 20세기 작품 가운데서 놀이적 속성이 배제된 지식층의 기행가사에 비해 놀이를 여행 체험에 녹여낸 대중적 기행가사에 더욱 관심이 가는 것은 당연하다.

일제강점기와 1960-70년대에 창작된 대중적 가사의 경우는 배경이 되는 시기의 차이로 인해 묘사되는 신문물이 다르다는 것이 드러날 뿐, 다

모를손가/ 추산택일 좋은날에 화전놀이 하야보세/ 춘일재양 편시춘에 삼촌광경 구경할가/ 백백홍홍 피는꽃에 쌍을지은 삼삼오오/ 손에손을 마주잡고 동구밖을 나설적에/ 흐느러진 꽃가지에 북산서당 들어서니 (…하략…)"   — 〈화전가〉『소정가사』

"어화우리 벗님내야 화전노름 놀러가세/ 앞집식퇴 뒷집식퇴 모도갓치 놀러가세/ 백년금고 시집사리 빠져나기 어렵기로/ 양춘가절 화개춘에 하로소풍 못할소냐/ 깁히깁히 접어너흔 농옷차자 터러입고/ 압서거니 뒤서거니 장사진을 이루면서/ 반석조코 물조흔곳 차즈보니 매방산빗/ 월록서당 놉흔난간 올라서니 선경이요/ 날을 듯이 놉흔충허 아담하게 지은정자/ 우리조상 대대손손 문인제사 배양할식 (…하략…)"
                                             — 〈화전가〉『소고당가사속집』

분히 관 주도하에 버스나 기차로 마을 단위로 이루어지는 단체 관광의 양상을 띠며 20세기 이후 달라지는 신문명의 산물들을 바라보면서 찬탄을 금치 못하고 여성의 여행 기회가 늘어난 사실을 통해 여성의 지위 상승에 대해 기쁨을 노래하는 비슷한 모양새를 취한다. 굳이 나누자면 일제강점기에 비해 1960-70년대 가사들의 경우가 시기적으로 후대인만큼 이러한 양상이 더 두드러지게 나타나는 것으로 보인다.

20세기 들어와 기차와 자동차 등 근대적 교통수단이 도입되고 신문물이 유입되면서, 전기, 철도, 서양식 건축 등을 쉽게 볼 수 있는 경성 등 신도시가 새로운 여행지로 각광을 받았고, 상업 자본의 도입과 여관, 식당, 상점 등 여행 관련 사업의 발달로 바야흐로 소비적이고 향락적인 여행 문화가 시작되었다고 볼 수 있다. 그러다보니 여성들의 가사뿐만 아니라 기행가사 전반에서 목적지까지의 노정이 생략되거나 간단하게 처리되고 여정 중의 풍경이나 사건들에 대한 서술이 대폭 생략되어 버리는 경향이 나타난다. 단체 여행 이다보니 개인별 관심 지역이나 풍광을 자세하게 묘사하기 어렵게 되어버린 것이다.

1960-70년대의 주요 여행지는 경주, 설악산, 한려수도 등 당시 새롭게 국립공원 등으로 선정된 곳들이며, 산업현장 및 근대화를 과시하기 위해 새롭게 만들어진 전통문화를 시찰하는 성격을 보여주었다. 그런 이유로 문화재, 고속도로, 산업시설 등에 대한 찬탄에 작품 전체가 집중하는 경향성이 나타난다. 장정수 역시 본고에서와 마찬가지로 20세기 들어와 창작된 대중적 여성들의 기행가사에 대해 논하면서 이들 작품이 기행가사와 화전가의 성격을 공유하고 있다는 점에 주목했다. 전체적으로 출발 - 여정 - 귀가로 이어지는 기행가사의 성격을 취하고는 있으나, 서사와 결사, 집단적인 유흥장면, 동참 인물에 대한 묘사 등에서는 화전가와 유사한 양상을 띤다는 것이다. 이러한 복합성이 나타난 이유로는

화전놀이 담당층이 화전놀이의 기회를 단체 관광으로 대체하면서 화전가의 창작 관습에 견인되었기 때문으로 보인다고 파악했다.26) 그러나 그 복합적 성격이나 계승의 자세한 측면에 대해서는 다루지 않았다.

본고에서 살펴본 바에 따르자면 대중적 여성기행가사의 경우 19세기 여성기행가사가 보여주는 신문물 체험과 묘사에서 배경이 되는 소재가 달라졌을 뿐 그 방식에 있어서는 유사한 양상을 보여준다. 또한 화전놀이에서와 같이 집단에 의한 행사로 여행 체험이 이루어지기 때문에 화전가가 지녔던 공동작 형태의 놀이적 속성을 계승한 흔적이 엿보인다. 그러나 화전가에서 가장 중요한 요소였던 여성들 간의 소통과 화합을 모색하는 형식이나 내용은 별로 보이지 않아 여성의식의 발전을 도모하는 통로로서의 기능에서는 오히려 퇴보한 듯한 인상을 주고 있다. 논의의 편의를 위해 20세기 이후 여성 기행가사 가운데 상대적으로 여행 체험이 잘 드러나 있어 기존 연구자들도 관심을 많이 보였던 <계묘년 여행기> <유람기록가> <여행기> <금오산 치미정 유람가> <청양산 유람가> <유람가> 등을 대상으로 이러한 양상에 대해 살펴보도록 한다.27)

20세기에 들어와 창작된 대중적 여성기행가사들이 19세기 여성기행가사에 비해 화전가 쪽에 견인되어 있는 것은 분명하다. 그러나 화전가와 달리 여정을 분명히 밝혀 서술하고 있으며, 단체 관광이고 시간에 쫓겨 황급히 둘러보는 것을 아쉬워하면서도 지나가는 여행지 하나 하나에 대한 간단한 서술을 놓치지 않으려고 애쓰는 흔적은 곳곳에 보여 여성들이 화전놀이를 가는 때와는 달리 여행 체험을 한다는데 대한 자부심과 열정이 대단했다는 사실은 주목할 만하다.

---

26) 장정수, 「20세기 기행가사의 창작 배경과 작품 세계-1945년 이전 작품을 중심으로」, 『어문논집』 47, 민족어문학회, 2003, 415-447면; 장정수, 앞 논문, 2014, 6-34면.

27) 이 작품들은 모두 20세기 이후 창작된 여성들의 대중적 기행가사로, 권영철, 『규방가사 1』, 한국정신문화연구원, 1979의 '8.노정기행류'에 소개된 것들이다.

<계묘년 여행기>는 1963년에 예천군 용문면의 부녀자 53명이 합천 가야산에 있는 '해인사'를 구경하고 지은 기행가사이다. 이른 새벽에 출발해 '점촌 - 상주 - 김천 - 성주 - 해인사 - 직지사'에 이르는 노정과 그곳에서 접한 경물들을 노래하고 있다. <유람기록가>의 경우는 1964년 <계묘년 여행기> 당시에 함께 했던 부녀자들이 1년이 지나 다시 3일간 양산의 통도사와 경주 등을 여행한 기행가사이다. 여행의 주된 노정은 '칠곡 - 팔달교 - 대구 - 동촌 - 통도사 - 경주 - 보경사 - 영덕 - 안동' 등에 해당한다. 이렇듯 여정을 상세하게 파악할 수 있게 작품이 기술되고 있을 만큼 당시 여성들의 작품에는 기행 체험 자체를 중시하는 의식이 엿보인다.[28] 유적이나 경물에 대한 관심에 있어서도 지식층 여성의 기행가사에는 미치지 못하지만 능력이 되는대로 기록하고자 하는 의지는 분명하게 드러난다.[29]

이미 20세기에 들어선 때이므로 시대 변화를 의식하면서도 여성으로서 여행을 하는 즐거움과 더불어 역설적으로 평상시 여성의 삶에 대해 안타까움을 표하는 방식으로 여성의식을 드러내는 표현도 자주 발견된다. "세상사람 웃지마소 지금은 옛과 달라/ 남존여비 구별없서 규

---

28) <계묘년 여행기>를 보면 "화살갓치 빠른차은 하마발서 점촌지나/ 상주읍을 잠간보고 그곳을 출발하야/ 금천읍을 다달아서 조반을 마친후에/ 행열을 정돈하고 여장을 다시곤처/ 또다시 차에올라 성주땅 다달으니/ 해인사가 어디든고 가야산이 여기로다"와 같이, 비록 짧게나마 지나치는 여행지를 하나 하나 언급하면서 노정을 소개하는 데 신경을 쓰고 있다. 권영철, 『규방가사 1』, 8. 노정기행류, <계묘년여행기>, 한국정신문화연구원, 1999, 519면.

29) <계묘년 여행기>에서 해인사를 묘사하는 부분에서 이러한 특성이 잘 드러난다. 간단히 소개해본다. "외나무 다리우로 조심조심 건너가서/ 극락전 구경하고 원앙암에 올라가니/ 고적들이 만히잇네 십삼층의 높은탑은/ 신라의 석조미술 경주고적 부럽잔네/ 금선암을 엇짓보고 삼선암에 올라가니/ 비구승들 독경소리 처량하게 들려온다/ 히랑대로 차자가니 히랑대사 수도처가 이곳시 분명코나/ 바위틈에 늘건노승 대사의 수식이라/ 지금까지 전해온이 천여년을 자랑하고/ 속세를 비웃는 듯 또다시 발을옴겨/ 백년암에 다다르니 수목은 울밀하나/ 사찰이 태패하다"

중에 여자몸도/ 자유를 부르짖저 이십세계 우리들도/ 객지소풍 여사라
래/ (…중략…) / 한자리에 식사하고 한방에 잠을자니/ 일생에 드문일을
오날에 하엿스니/ 우리또한 인연잇서 전생가약 아니련가" <계묘년 여행
기> "우리만일 남자연들 외국에 유학하여/ 박식인격 가추어서 정치자립
경제자립/ 애국중흥 남자되여 남북통일 벌서할걸/ 국운이 비색하여 우
리여자 되엿겠지" <여행기> "영웅열스 눈물잇고 제왕문장 이갓거든/ 하
물며 우리갓튼 연약한 여주로셔/ 부유갓튼 청춘시절 먼지갓치 지닉가면/
빅두산 져빅설이 귀밋히 올나온다/ (…중략…) / 어와우리 벗임닉야 산
천구경 놀노가쉬/ 여주유힝 엇더한고 마음딕로 못히가닉" <금오산 치미
졍 유람가> "가진행장 수습하야 약수터 하직하고/ 잘잇거라 양물탕아
멀리잇는 너을엇지 쉽게그리 찾을손가/ 그나마 남자아닌 여자에 몸으로
서/ 한곡절에 말한마디 남겨놓고 떠라오니/ 넨들어이 무상하리" <청양
산 유람가> 이러한 표현들은 일련의 의도하에 조직적으로 작품에 드러
나지는 않지만, 군데 군데 묻어나는 식으로 나타나 당시 여성들의 잠재
의식을 짐작하게 한다.

또한 <여행기>와 같은 작품을 보면 "울진군을 둘러보니 요직에는 황
씨차지/ 면면이 찬조하며 각자부담 천원이라/ 대해종부 거동보소 유람
청첩 반겨듯고/ 오는백발 이기려고 수댁기 즛만잡고 호기있게 썩나서네/
해월종부 거동보소 검은머리 백발토록/ 누대고가 중한문서 인수인게 못
하신지/ 이번노름 불참일새" 등과 같은 표현에서 알 수 있듯이 같은 문
중의 여인들이 백암온천에 간 여행을 그려내고 있어, 20세기 넘어서도
여전히 가문 단위로 여행을 가면서 은근히 가문의 위세를 자랑하는 경
우도 있음을 알 수 있게 한다.

더불어 이 <여행기>란 작품은 1970년 경술년 3월에 다녀온 여행을 소
재로 한 가사로 보이는데, 작품 후기에 이 시기 여성들이 기행가사를 지

으면서 화전가와의 구별을 별로 의식하지 않았던 것으로 짐작하게 하는 구절이 들어 있어 관심을 끈다. 이 작품의 끝머리에는 "경술 삼월 초오일 정명리 황씨댁에 머물고 있는 도곡집은 입문후 놀이에 처음 참석함을 기렴삼아 명색 화전가와 더불어 멧자 기록하오니 봄바람에 심신 살란되지말고 기록하였아오니 보시는 분은 많은 이해와 오자를 지도해주시면 감사하겠습니다."라는 기록이 덧붙어 있어, 작가가 이 작품을 화전가로 생각하고 지었음을 보여준다. 이런 의식 아래 창작되었기에 이 시기 여성기행가사에는 19세기 화전가 작품들에서 발견되는 특징 역시 자주 보이는데, 이에 대해서는 기존 연구자들 역시 서사와 결사 부분의 서술 순차에 의거하여 관심을 표한 바 있다.[30] 또한 계절을 찬미한 후 평상시에 여성이 해야 할 일에 충실했다는 말을 하면서 놀이에 대한 명분을 만들고, 이를 통해 시부모의 승낙을 얻어내는 표현들도 여전히 보인다.[31] 그런데 이들 작품을 보면 서술 순차에서 더 나아가 화전가가 보여주는 여성들의 조직적 능력이나 서로간의 동류의식과 친화감 역시 잘 드러내고 있어 이에 대해서는 추가로 논의할 만하다.

승지명구 찾아가서 가양산 해인사로/ 구경주선 누구햇나 참으로 즐거워라

---

30) <유람기록가>를 보면 동네마다 연락을 해서 희망자를 모으고, 1년간 경비를 적립하고, 목적지와 날짜를 정해 시부모님께 허락을 받아 여행을 떠나기까지의 과정이 상세하게 그려져 있다. 이러한 여행 준비 과정은 화전가에서 일반적으로 발견되는 화전놀이 준비 과정과 크게 다르지 않다. 작품의 결사 부분도 화전가와 유사한 정조를 띠는 경우가 많다. 결사 부분은 대체로 '무사귀환 축하–함께한 동류들과의 아쉬운 이별–내년의 놀이 기약–발문'으로 구성되는데, 이 또한 '파연(罷宴) 감회–이별과 재회기약–귀가–발문'으로 이루어진 화전가의 결사와 비슷한 양상을 지닌다. 장정수, 앞 논문, 2014, 6-34면.

31) "중구난방 휴일 업셔 모든 사정 다 버리고/ 이 십 일날 정일 후에 농촌 생활 하다 보니/ 가소로운 여자몸이 삼 일간 작정하니/ 농번기에 맹낭하나 한평생이 멀다 해도/ 우고질병 다 제하면 반백년이 못 대나니/ 악가울사 우리 청춘 삽사 십이 댄다 해도/ 시드러진 꽃송이요 이 청춘을 허송하면/ 빅발이 차자오니 아니 놀면 무엇 하리/ 만사를 전패하고 구고님게 말슴 사려/ 바쁜 여가 이용흐여 벽상에 가는 시계/ 그다지도 빠르든가 갈 날자 전비속이라"<유람기록가>

흔칠밧고 무던한이 단양댁에 주선인가/ 수고을 말하자니 한말이 끝이없네

(…중략…)

풍정만은 하금댁과 노래잘한 도전댁과/ 팔자조흔 용계댁과 넉달조흔 단양댁이
참새갓은 사촌댁은 풍정조흔 순흥댁과/ 춘흥을 못이기여 가면노래 오면노래
자미있게 노는양은 무엇에 비하리오/ 당명왕에 양귀빈들 이에서 비할손가

(…중략…)

섬섬옥수 서로잡고 삼삼오오 짝을지어/ 혼안백발 중늘근이 언제그리 배왓난지
노래춤이 장단맞자 보기좃게 노난구나/ 어와우리 동유들아 이내말삼 들어보소
저노인 거동보아 절문내들 노름보고/ 늙은풍정 만이잇어 춤과 노래 잘도한다

― 〈계묘년 여행기〉

위의 작품을 보면 이번 여행을 주선한 사람을 추켜세우고 여행에 참
여한 여성들의 장점을 하나하나 나열하며 노소간에 서로 어울려 즐겁게
노는 모양을 특별한 관심을 가지고 표현해낸다. 여성이 지닌 조직 능력
을 인정하고, 각자의 장점을 인정해주며, 함께 하나가 되어 어울리는 것
을 묘사하는 이러한 표현들은 규방가사 가운데서도 화전가가 여성의식
발전에 특별히 더 기여할 수 있게 하는 중요한 특징들이다.[32) 그런데 아
쉽게도 화전가가 여성의식과 관련해 지닌 더 큰 의미의 특징들, 즉 서로
의 삶을 토로하고 그에 대한 위로와 격려를 보내는 부분이라든가, 화답
식으로 작품을 창작해 서로의 의견을 주장하는 과정을 통해 합리적인
결론을 이끌어내는 부분들은 이 시기 작품에서는 전혀 발견되지 않는

---

32) 이런 표현은 다른 작품에도 자주 보인나. "녓멋 분이 안을 새와 계묘년 윤사월에/ 각 동
리로 열락하여 희망자를 뽀밧든가/ 하금댁이 계장 대고 약방댁과 서암댁이/ 장장한 일
년간에 그 수고가 얼마인고/ 세월이 여류하여 갑진 삼월 도라왓니/ 때 좃타 삼춘가절 유
람갈 날 정하자고/ 계장댁에 모여 안자 일석담화 줄기다가/ 목적지를 정해 노코 떠날 때
를 정하자니 (…중략…) 화령댁 맵시보소 일색미인 분명하니/ 못노는가 염치보소 먹을거
도 다먹고서 취면업시 서서인니/ 점잔을사 용산댁은 여중군수 분명하다/ 만고문장 이아
닌가 상식도 높흘시라"〈유람기록가〉 "점잔할사 차주양반 또한곡조 들어오내/ 털팽이
조수든가 무럭끝발 춤얼추니/ 행어나 조심이라 자살구즌 권선생댁/ 수십명 다웃기니 여
중호걸 이아닌가/ 우리평생 가는길에 이날갓치 희소하면 늘글이 만무하내"〈유람가〉

다. 19세기 여성기행가사가 지녔던 일반적 특징인 '여정에 따른 경물 소개와 가문에 대한 과시'는 여전히 유지되었고, 화전가가 지녔던 기본적인 특징들이 이와 어울려 이 시기의 여성의식을 드러내기는 했지만, 화전가가 주요하게 보여주는 '놀이를 통한 여성간의 소통과 화합'에 있어서는 표면적인 놀이에 집중되는 양상을 띠면서 소통과 화합의 세밀함은 놓쳐버린 안타까운 면모를 드러낸다 하겠다.

이상에서 살펴본 바에 의거할 때 20세기 여성의 기행가사 가운데 대중적 작품들은 19세기 여성기행가사와 화전가의 기본적 특징을 조합하면서 그 맥을 이어갔지만, 지식층의 작품은 19세기 여성기행가사를 계승하는 정도에 머물렀다고 볼 수 있겠다. 전반적으로 20세기에 들어와 창작된 여성들의 기행가사는 20세기의 변화된 세계상을 여행 체험에 담아 전통적인 기행가사를 유지하는 의미는 있다 하겠으나, 화전가가 지녔던 놀이를 통한 소통과 화합의 긍정적 기능을 적극적으로 이어가지는 못해, 여성연대를 강조하는 측면에서 여성의식의 발전은 기대하기 어려웠다고 판단된다.

5. 놀이와 여행을 통한 여성간의 소통과 화합

이 글의 목표는 규방가사 중에 여성의 여행체험이 주로 나타난 기행가사와 화전가 계열 작품들을 대상으로 작품에 나타난 여행 체험과 놀이의 특성을 비교 검토하고, 나아가 20세기 이후에 여성에 의해 창작된 기행가사 작품들에 19세기 작품들의 특성이 어떠한 방식으로 계승되었는가를 파악해보는 것이었다. 화전가와 19세기 여성작 기행가사는 여행이 자유롭지 않던 조선시대 말 사족층 여성들을 중심으로 주로 향유되면서, 제한적이지만 그들이 체험했던 여행의 노정과 견문, 개인적 감상 및 놀이 체험 등을 드러내는 통로로 활용되면서 여성의식의 발현에 기여했다. 특히 화전가는 놀이를 통한 여성간의 소통과 화합에 기여했다면 기행가사 쪽은 가문에 대한 과시와 여정을 중심으로 한 경물 소개에 더 핵심이 맞춰져 있다는 점에서 상대적 비교도 가능했다. 20세기 이후 1970년대까지 이르면서 여성들의 기행가사는 계속 창작되었는데, 지식층의 작품은 19세기 기행가사의 전통을 이으면서도 놀이적 성격은 배제하고 경물 묘사와 역사의식 제고 중심으로 나아간데 반해, 대중적 작품은 19세기 여성작 기행가사와 화전가가 지녔던 특징들을 아우르면서 놀이와 여행 체험을 동시에 시대 배경 속에 담아내는 특징을 보여주었다. 화전가가 놀이를 통해 여성간의 소통과 화합에 크게 기여했던 점이 20세기 작품에서는 상대적으로 약화된 측면이 있어 아쉬운 면모를 드러냈다.

물론 이는 본고의 대상이 된 작품에서만 나타난 특징이라고 보기보다는 고전문학 장르가 근, 현대라는 시대 변화를 담아내기에는 장르가 가진 여러 가지 특징들에 한계가 있다는 더 큰 관점에서 바라보아야 할 문제일 수는 있다. 하지만 여행 자체의 특성이 변화하면서 그에 따라 여행 체험을 담아낸 문학 장르 역시 변화할 수밖에 없다는 점을 감안한다 하더라도 화전가가 지녔던 토론문학적 특성이나 문학치료적 특성이 퇴색되어 간 것은 참으로 애석한 일이며, 이를 근, 현대문학 내에서 여성의식이 발현될 수 있는 다른 장르 쪽에서라도 창조적 변형을 통해 긍정적으로 계승해 나갈 수 있는 방법이 모색되었으면 하는 바람을 가져본다.

_____『한국고전여성문학연구』 34집, 한국고전여성문학회, 2017년 6월.

규방가사가 지닌
소통과 화합의 문학으로서의 특성

1. 페미니즘적 시각에서 벗어난 규방가사

지금까지 규방가사에 대한 연구는 다분히 페미니즘적 관점에서 진행되어 왔다. 이러한 연구들은 규방가사를 통해 당시 여성들의 삶의 모습과 의식 세계를 살펴보고, 여성문학으로서 혹은 여성적 글쓰기로서 규방가사에 대한 의미를 부여하는 방식으로 기술되는 것이 일반적이다. 그런데 이러한 방식의 연구가 여전히 주를 이루는 가운데에서도 최근 규방가사를 조금은 다른 시각에서 바라보는 연구들이 나오고 있어 주목을 끈다. 이러한 연구들은 기존의 페미니즘적인 논의가 규방가사를 이해하는데 도움을 주었다고 생각하면서도, 규방가사를 폭넓게 이해하는 측면에서는 좀 더 발전된 논의가 필요함을 주장한다. 이러한 연구들이 모두 같은 맥락에서 진행되지는 않지만 규방가사를 여성만이 창작하고 향유한 장르로 보지 않는다는 점에는 의견을 같이한다고 생각한다.1)

---

1) 몇 년 전 필자는 한 학회의 발표를 통해 규방가사에 대한 여성주의적 시각이 생각 외로 뿌리 깊다는 느낌을 받았다. 남성작가에 의해 창작된 규방가사 작품을 여성작가의 작품과 함께 기술한 필자의 논지를 인정하지 않는 것은 아니었지만, 그 학회에서 규방가사 연구

본고 역시 규방가사를 여성에게만 국한된 장르로 생각하는 관점을 넘어서 규방가사에 대한 새로운 시각을 확보하고자 기술되었다. 본고에서 작품을 바라보는 중요한 코드는 '소통과 화합'이다. 문학 작품을 창작하는 행위는 기본적으로 자신의 내면을 내가 아닌 타자, 넓게 보면 사회 전반에 내보이는 시도라고 할 수 있기 때문에, 문학 작품은 그 자체로서 소통에의 의지를 담고 있다고 필자는 생각한다. 그러나 이러한 기본적 시각이 아니라 좀 더 적극적인 측면에서 갈등을 해결하고 서로간의 소통과 화합을 모색할 때에도 규방가사는 상당한 의미를 갖는 장르이다. 이러한 필자의 견해는 규방가사를 바라보는 최근의 새로운 시각들과도 통하는 것이며, '소통과 화합'은 우리가 살고 있는 현 시점에서 규방가사의 의미를 이어가는 중요한 코드가 되리라고 확신한다.

이에 따라 본고에서는 먼저 규방가사를 바라보는 최근의 새로운 시각들을 정리하고 그와 관련해서 필자의 입장이 서 있는 지점을 밝히고자 한다. 이에 이어 규방가사에 나타난 소통과 화합의 양상을 여성이 지은 작품과 남성이 지은 작품 계열로 나누어 살펴보고자 한다.2) 남성 작가의 작품들이 규방가사에 합류되면서 규방가사가 지닌 소통적 기능이 확대된 측면이 강하기 때문에 작가의 성별을 기준으로 한 이와 같은 분류가 본고의 목표를 달성하는데 효율적이리라 생각한다.

를 통해 얻고 싶은 것은 여성들의 삶과 의식에 맞춰져 있어 필자의 발표는 그들이 원하는 바와 상당한 차이를 가진다는 인상을 지울 수 없었다.

2) 남성 작가가 지은 작품 가운데에는 여성 작가의 작품과 화답으로 지어진 작품 계열도 있는데, 이 과정에서 나타나는 소통 양상은 편의상 남성작 규방가사의 소통 양상에서 다루고자 한다. 또한 규방가사의 소통 양상을 살펴보는 과정에서 꼭 필요한 경우에는 작품 원문을 넣지만, 원문 인용 없이도 이해에 어려움이 없는 경우는 지면 관계상 원문은 생략하고 그 작품의 원문을 소개하면서 연구를 진행한 기존 연구의 서지사항을 밝히는 것으로 대신한다.

2. 규방가사의 범주와 그에 대한 연구 관점 검토

규방가사의 범주를 논할 때 기본적인 차원에서 기준이 될 수 있는 것은 작자와 향유자, 향유 작품의 주제라고 할 수 있다.3) 여기서는 이 두 가지 기준을 연결해 살피면서 규방가사의 범주를 설정해 나가보려고 한다. 먼저 이들 기준에 대한 현재까지의 연구 동향을 간단히 검토해보도록 하자.

먼저 작자와 향유자 문제이다. 규방가사와 여성을 밀착시키는 그간의 연구 탓에 주목을 받지는 못했지만, 규방가사 안에 남성 작가의 작품이 섞여 있다는 사실은 규방가사 연구 초창기부터 알려진 사실이다. 그러다가 최근에 이르러 남성 작가의 작품을 본격적으로 드러내 의미를 부여하기 시작하면서부터 규방가사의 작가를 여성에 국한시켜서는 안 되며, 의미 있는 작가 군으로 남성 작가의 존재를 인정해야 한다는 주장이 나오고 있다. 또한 남성 작가의 작품이 의미를 갖게 될 경우 작자 문제만큼 민감하지는 않지만 향유자 면에서도 규방가사의 향유자로서 남성의 역할 역시 당연히 인정되어야 한다는 주장이 이어지게 된다.

다음으로 향유 작품의 주제 문제인데, 이 사안은 남성 작가의 문제와 상당 부분 얽혀 있다. 즉 규방가사 안에 남성 작가의 작품이 포함되어 있다고 할 때, '남성 작가의 작품'이 지칭하는 대상이 연구자에 따라 차이가 있을 수 있다는 사실이다. 일단 일차적으로 규방가사의 작가로서 인정되는 남성 작가군은 여성이 지은 일반적인 규방가사 작품의 주제와

---

3) 구체적으로 말하자면 규방 공간에서 향유된 작품을 대상으로 '작자의 성별'과 '향유 작품의 주제'를 기준으로 하여 각 연구자들이 규정한 각자의 규방가사 범주를 비교 검토할 수 있다는 뜻이다. 여기서 '향유 공간'의 문제는 '규방'으로 이미 전제되어 있는 것이기 때문에 특별히 논할 필요가 없을 것이다.

틀을 함께 공유하는 작품을 지은 경우로 볼 수 있다. 규방가사의 일반적인 유형에 해당하는 계녀가, 탄식가, 화전가의 분류 체계를 지켜내면서 남성이 지어 규방에서 향유된 작품의 경우는 규방가사로 인정하는데 무리가 없을 것이다.

그런데 기존 여성의 규방가사와는 주제와 틀을 달리하는 남성 작가의 작품 가운데서도 인문교양적 차원에서 규방에서 향유된 작품이 존재한다는 사실로 인해 다른 차원의 문제가 발생하게 된다. 규방에서 여성들에 의해 즐겨 향유된 가사 작품 전체를 대상으로 하여 살펴보면, <도산별곡> <북천가> <도덕가> <대명복수가> <한양가>4) 등과 같이 남성이 지었거나 남성이 지었을 것이 거의 확실한 작품들이 다수 보인다.5) 이들 중에는 주지하다시피 주제를 기준으로 분류된 가사 체계를 우선시하여 교훈가사, 유배가사, 역사가사 등으로 주로 분류, 인식되는 작품들이 들어 있다. 남성 작가의 존재를 인정하는 시각을 받아들인다면 규방가사집에 실려 있거나 규방에서 향유되었다는 구술 자료 등에 의거하여 이러한 작품들까지 규방가사 범주에 넣어서 보아야 하는가 하는 문제가 대두된다.

---

4) <도산별곡>은 조성신(趙星臣, 1765-1835), <북천가>는 김진형(金鎭衡, 1801-1865), <대명복수가>는 조우각(趙友慤, 1765-1839)의 작품으로 알려져 있다. <한양가>는 사공수(司空橬, 1846-1925)가 일제강점기인 1913년에 지었는데 작자가 잊혀진 채 전승되었고, 새롭게 개작한 김호직(金浩直, 1874-1953)의 개작본도 있다. 한산거사(漢山居士)라고 한 작자가 1844년에 지은 세태가사인 <한양가>와는 다른 작품이다. <도덕가>는 이황의 작품이라고 전하지만 믿기 어려우며 남성이 지은 것은 분명하다고 여겨진다. 그런데 이런 작품들은 대개 작자를 모르는 채 전승되었기 때문에 규방 여성들이 분명히 남성의 작품으로 확신했는지는 알 수 없다.

5) 이원주, 「가사의 독자-경북 북부지역을 중심으로」, 『조선후기의 언어와 문학』, 형설출판사, 1980. 이렇듯 남성 작가의 작품 외에 <추풍감별곡>이나 <적벽부> 등 본래 가사가 아닌 다른 장르의 작품들이 규방에서 가사로 인식되어 즐겨 향유된 사실도 이 논문을 통해 더불어 확인되는데, 이 역시 규방가사가 지닌 장르적 포용성의 한 단면을 보여준다 할 것이다.

규방가사의 범주를 향유 작품의 주제와 관련하여 논할 때 고려할 또 다른 사항이 있다. 남성 작가가 아닌 여성 작가의 작품 가운데서도 일반적인 규방가사의 주제와 틀에서 벗어난 작품이 다수 규방에서 불렸기 때문에 이러한 경우는 어떻게 처리할 것인가 하는 문제이다.

사대부가 여성의 여행 체험을 담아낸 작품은 물론이요, 윤희순(尹熙順, 1860-1935)의 의병가들을 비롯해 개화기에 지어진 규방가사 작품들6)에서 이러한 양상이 잘 드러난다. 지금까지의 연구에서는 이러한 작품들의 경우 작자를 우선적인 기준으로 판단했다. 즉 여성이 지었다는 사실에 근거하여 규방을 벗어난 공간을 배경으로 주제를 확장해 창작된 작품들도 규방가사에 넣어 함께 연구했다. 남성 작가 작품의 경우는 주제나 유형이 일반적인 규방가사의 범주에서 벗어난 경우 향유자와 향유 공간을 중요한 기준으로 생각하는 견해와 충돌함으로써 이를 규방가사에 포함시켜야 하는지의 여부가 논란이 될 수 있지만, 여성 작가 작품의 경우는 주제나 유형의 문제를 따지지 않고 향유자와 향유 공간을 우선으로 하여 당연히 규방가사로 연구되어 왔다.7)

지금까지 작자와 향유자, 그리고 향유 작품의 주제를 기준으로 규방가사의 범주를 설정하는데 있어 논란의 여지가 있을 수 있는 사안들을 정리해보았다. 여성주의적 시각을 넘어 새롭게 제기된 최근 논의에서 연구자들은 위의 사항들을 고려하면서 각자 나름의 논리를 가지고 규방

---

6) 강연임이 『개화기 가사자료집』(신지연·최혜진·강연임 편, 보고사, 2011)의 '여성'편에 실린 작품들을 대상으로 한 주제 분류에 의거할 때, '근대 계몽'을 주제로 한 22편 정도가 이에 해당한다고 볼 수 있을 것이다. 강연임, 「개화기 여성가사의 분포 양상과 텍스트언어학적 특성」, 『인문학연구』 83, 충남대 인문과학연구소, 2011, 5-32면.

7) 이를 '향유 공간과 창작 공간'을 기준으로 하여 다시 논한다면, 여성의 작품은 창작 공간이 어디이든지 간에 규방을 향유 공간으로 하면 규방가사로 연구되어왔지만, 남성의 작품은 창작 공간이 다른 경우 향유 공간이 규방이라 할지라도 규방가사로 보아야 하는지의 여부가 논란이 되어 왔다는 말이 된다.

가사의 범주를 같게 혹은 다르게 설정해왔다. 이제 이러한 연구자들의 논의 가운데 주된 몇 가지를 택해 규방가사의 범주 문제뿐만 아니라 이와 관련하여 규방가사라는 장르를 바라보는 시각까지 아울러 살펴보고자 한다. 이들의 연구에서 공통으로 제기된 사항들을 정리하면 기존의 여성주의적 연구를 넘어서면서도 의미 있는 규방가사의 범주와 정체성이 규정될 수 있으리라 기대한다. 이러한 논의 과정의 결과물은 본고의 궁극적 목표인 소통과 화합의 문학으로서 규방가사의 특성을 살펴보는 데 있어 큰 기여를 할 수 있을 것이다.

필자는 일찍이 규방에서 향유된 작품 가운데 남성 작가의 작품에 주목했는데, 주제와 틀에 있어 여성의 규방가사 작품을 따른 것들을 대상으로 했다. 일반적으로 규방가사를 분류할 때 작품 양에 의거하여 계녀가, 탄식가, 화전가의 세 유형이 기본이 되는데,8) 이 세 유형별로 규방가사로 향유된 남성 작가의 작품을 목록화 하고 이러한 작품들이 나오게 된 배경을 규방가사의 주된 향유층으로 볼 수 있는 18-19세기 향촌사족층의 의식과 연관 지어 살펴보았다.9) 이러한 연구를 통해 규방가사의 작자로서 남성 작가의 존재 의미를 확실히 규정하고 규방가사를 통해 남성과 여성의 양성이 각각의 내면세계를 드러내면서 서로 조화를 이루어 나갔음을 부각시키고자 했다.10)

신경숙은 탄식가 계열로 알려져 왔던 <화조가(花鳥歌)>를 치밀하게 분석하여 이 작품이 일반적인 규방가사의 틀을 벗어난 작품임을 입증하면서 규방가사 범주에 대한 새로운 견해를 내놓았다,11) 그에 따르면 <화

---

8) 이혜순 외, 『한국고전여성작가연구』, 태학사, 1999.

9) 박경주, 「남성화자 규방가사 연구」, 『한국시가연구』 12, 한국시가학회, 2002; 박경주, 「남성의 규방가사 창작에 담긴 문학치료적 기능」, 『규방가사의 양성성』, 월인, 2007.

10) 박경주, 「양성공유문학으로서 규방가사의 특성」, 『한국시가문학의 흐름』, 월인, 2009.

11) 신경숙, 「궁중 연향가요와 규방가사-규방가사를 읽는 방식과 관련하여」, 『고시가연구』

조가>는 '늙음을 탄식하는 노래'가 아니라 궁중 연향가요로 불린 정치적 가요이며, 궁녀가 창작한 가사에 순조의 아들인 효명세자가 앞의 2행을 덧붙여 완성한 노래이다. <화조가> 전승의 예에서 찾아낸 문제의식을 바탕으로 하여 신경숙은 규방가사를 작자의 성별 중심으로 규정하기보다 '규방이라는 생활문화 공간'을 주요 기준으로 삼아야 한다고 주장한다. 또한 이에 의거하여 여성의 규방가사 작품의 일반적인 주제와 틀을 따르지 않은 남성의 작품이라도 규방에서 노래로 불렸다면 규방가사로 보아야 한다는 견해를 제시했다. 이 견해에 따르면 <도덕가>나 <북천가> <대명복수가> 등 여성의 인문교양적 차원에서 규방에서 불린 남성들의 작품이 모두 규방가사 범주에 들어오게 된다.

다음으로 나정순의 견해를 살펴보기로 하자. 그는 여성문학적 관점에 주로 의지한 그간의 규방가사 연구와 본인의 시각은 다르다는 점을 분명히 언급하고, 규방가사 장르에 대한 창작 시기, 분포, 작자층, 시대성의 문제를 검토하면서 규방가사의 정체성에 대한 새로운 입장을 제시했다.[12] 이는 규방가사의 관습적 자질로 논의되어야 할 문제가 여성과 가부장제라는 문화가 아니라 여성과 남성, 혹은 가족 사회의 관계성, 혹은 소통성이라는 주장으로 요약된다. 이 논문에 의거하여 규방가사의 범주에 대한 나정순의 입장을 정리하면, 일단 남성 작가 작품의 경우는 계녀가, 탄식가, 화전가와 같은 규방가사의 기본 유형에 중심을 둔 상태에서 포괄하고 있음을 알 수 있다. 그러나 여성 작품의 경우는 이러한 기본 유형을 넘어서 여성이 지어 규방에서 향유되었다면 시대[13]나 지역을 초

26, 한국고시가문학회, 2010, 243-271면.

12) 나정순, 「규방가사의 본질과 경계」, 『한국고전여성문학연구』 16, 한국고전여성문학회, 2008.

13) 창작시기를 기준으로 볼 때 규방가사는 지금까지도 창작되는 현재형의 문학이다. 나정순은 이러한 작품들까지도 규방가사 전통 하에 연구되어야 한다고 보는데, 필자도 이에 동의하지만 본고에서는 현대 규방가사(광복 이후에 창작된 규방가사를 가리킴)를 대상으로

월하여 모든 작품을 규방가사에 넣어서 보는 입장을 견지한다. 무엇보다도 규방가사가 우리 문화 속에서 드러나는 '다정다감'과 같은 정서적 관계성의 가치를 우위에 두었던 관습적 문화 속에서 파생했다고 보는 점이 나정순의 기본 입장이다.

마지막으로 규방가사 가운데 화전가 계열 작품을 대상으로 진행된 권순회의 견해를 살펴보기로 한다.14) 주되게는 화전가 계열을 대상으로 했지만 이 논문이 생활문화론적 관점에서 규방가사의 창작과 소통의 메커니즘을 밝히고자 의도했고, 또한 이러한 문화적 공간에서 화전가류뿐만 아니라 신변탄식류 가사 역시 산출되었다고 언급한 대목15) 등에 비추어볼 때, 이 논문을 통해 규방가사 장르에 대한 저자의 핵심적 견해가 제시되었다고 보아도 좋을 것이다.

이 논문에서는 먼저 그간의 연구에서 규방가사의 창작과 소통의 메커니즘이 명료하게 밝혀지지 못했던 이유가 여성문학의 관점에서 중세시대 성적 소수자인 여성들의 고난과 자의식의 해명에 주력했기 때문이라고 하면서 여성문학적 관점과 본인의 견해의 입각점이 다름을 분명히했다. 화전가류에 주목하면서 저자는 화전가류 가사가 화전놀이의 현장에서 창작된 것이 아니라 놀이가 끝난 이후에 창작되고 문중에서 소통되면서 많은 답가를 낳게 되었다고 주장했다. 또한 화전놀이는 일회성

한 논의는 본격적으로 진행하지는 않으려 한다. 이는 현대 규방가사가 소통적 맥락에서 우리가 살고 있는 당대에 큰 의미를 갖는다고 보기는 어렵기 때문이다. 단 현대 규방가사가 전통적 규방가사에 비해 한탄의 정서가 줄어들고 교양인들이 즐기는 일상성의 문학으로서의 의미가 커졌으며 역사가사와 기행가사의 비중이 늘어났다는 분석은, 본고에서 다루는 규방가사의 소통 기능이 현대사회에서 어떻게 변화되었는지 보여준다는 면에서 중요하게 언급하고자 한다. 김정화, 「현대 규방가사의 문학적 특징과 시사적 의미-광복 이후의 작품을 중심으로」, 『고전문학연구』 32, 한국고전문학회, 2007, 139-184면.

14) 권순회, 「화전가류 가사의 창작 및 소통 맥락에 대한 재검토」, 『어문논집』 53, 민족어문학회, 2006.

15) 권순회, 같은 글, 24-26면.

행사로 그친 것이 아니라 조롱 형태의 놀이를 통해 일상의 생활문화로 자리 잡으면서 문중 구성원 간의 화합과 결속을 도모할 수 있는 기회를 제공했다고 보았다.

규방가사의 범주와 관련할 때 권순회의 논문에서는 계녀가, 탄식가, 화전가와 같이 일정한 주제와 틀을 지킨 남성 작가의 작품을 규방가사로 함께 연구하는 입장을 드러내며, 특히 가문 혹은 문중이라는 집단 내에서 남성과 여성이 화전가 계열 작품을 주고받으며 가문의식을 고취하는 문화를 지녀왔다는 점을 강조했다. 또한 화전놀이와 화전가 창작 시점을 분리하여 작품의 창작이 뒤에 규방 중심의 문화적 공간에서 이루어졌다고 보았는데, 이러한 견해에 의거할 때 규방의 삶을 다루지 않은 여성 작가의 작품들 경우에도 체험은 다른 공간에서 이루어졌어도 후에 규방에 돌아와 작품 창작을 한 것으로 파악하여 규방가사로 인정하는 입장을 취한다고 볼 수 있다. 그의 견해에서 무엇보다 강조될 점은 규방가사의 배경에 가문의식이 작용하고 있다고 본 사실이다. 일제강점기나 18세기 이전의 작품들을 제외하고 규방가사가 활발히 창작되던 18-19세기 중심으로 규방가사 장르에 대한 규정을 했다는 점에서, 그의 견해는 일견 협소해보이기도 하지만, 그 덕분에 오히려 규방가사의 핵심적 영역에 대한 정체성 해명에 기여할 수 있다고 생각한다.

이상에서 네 명의 연구자의 논의를 통해 규방가사의 범주와 정체성에 대한 견해를 정리해보았다. 먼저 공통적 사항에 대해 말한다면 비교적 최근에 발표된 이들 논문에서 연구자들은 규방가사를 여성문학적 관점이 아닌 새로운 시각에서 바라보아야 한다는 점을 강조했다. 그 새로운 시각은 연구자마다 약간의 차이는 존재하지만, 일단 남성 작가의 작품 가운데 여성의 규방가사의 주제와 틀을 지키면서 창작된 작품들을 규방가사에 넣어 함께 연구해야 한다는 사실에는 모두가 동의하고 있음을 알 수 있다. 또한 규방가사의 외연이 확장될 필요가 있으며 규방가사의 정체성을 집단 간의 소통과 화합에서 찾고자 한다는 점도 각 연구에서 비슷하게 강조되고 있음을 암묵적으로 혹은 노골적으로 느낄 수 있었다.

이상 논의의 결과를 종합하면서 규방가사의 범주를 논하는 데 있어 협의의 규방가사와 광의의 규방가사라는 개념을 생각해보고자 한다. 먼저 협의의 규방가사는 모든 연구자가 규방가사로 인정하는 규방가사의 핵심 영역을 말하는 개념이다. 반면 광의의 규방가사는 연구자 간에 논란의 여지를 안고 있는 작품 군들까지 포함하여 설정한 규방가사 개념이다.16) 협의의 규방가사 영역은 의견이 서로 다른 연구자 간에 내세우는 규방가사 범주를 각각 설정했을 때, 그 영역 간에 겹쳐져 나타나는 교집합의 영역이라고 볼 수 있으며, 광의의 규방가사 영역은 연구자들이 주장하는 모든 영역의 합집합이라고 생각할 수 있다. 지금까지와 같이 주로 여성주의적 관점에서 규방가사를 다룰 때에는 협의의 규방가사 개념이 의미를 지닐 수 있었다. 그러나 이제 여성주의적 관점을 벗어나 규방가사의 의미를 소통과 화합이라는 코드에서 바라보고자 한다면 광의의 규방가사 개념을 도입해야 하리라고 생각한다. 규방가사의 외연이 확대될 때 그것이 내포하는 함의도 커질 수 있을 것이다.

---

16) 조동일은 남성이 지은 가사라도 부녀자들이 베끼고 돌려 읽으면 규방가사라고 할 수 있다고 하면서 부녀자들이 작자인 작품을 '좁은 의미의 규방가사'라고 별도로 지칭해 본고의 맥락과 유사한 견해를 제시했다. 본고에서는 조동일의 견해에서 나아가 '넓은 의미의 규방가사'라는 광의의 개념을 따로 설정해 남성이 지은 규방가사 가운데 '여성이 지은 규방가사의 기본 유형을 따라 지은 계녀가, 탄식가, 화전가 작품 계열'과 '본래 사대부가 사인 것들 중에 여성들에 의해 규방가사로 향유된 작품 계열'을 별도로 고찰할 것이다. 조동일의 견해는 이 가운데 전자에 대해서는 언급이 별로 없고, 후자 면에 비중을 두어 규방가사 개념을 설정했다. 조동일, '규방가사의 변모와 각성', 『한국문학통사』 4, 4판, 지식산업사, 2005, 116-117면.

3. 규방가사 장르에 나타난 소통과 화합의 양상

(1) 여성작 규방가사와 소통 양상

❶ 여성과 세상의 소통

앞서 서론에서 필자는 모든 문학 작품은 자신의 내면을 타자에게 내보이는 시도라고 할 수 있기 때문에 그 자체로서 이미 기본적인 소통에의 의지를 담고 있다고 언급했었다. 특정의 청자를 대상으로 하지 않더라도 일단 창작된 작품이 규방에 유통되는 그 자체로 작가가 지닌 소통에의 의지는 드러나며, 이는 작가가 알려지지 않은 대부분의 규방가사에서 항상 그렇다고 할 수 있다. 자신의 생각과 느낌을 가슴 속에 숨겨두지 않고 작품에 그려내면서 작가들은 규방 공간의 향유자들과 함께 호흡하게 된다. 여성에 의해 창작된 대부분의 규방가사 작품은 규방 공간을 배경으로 한 일상적인 여성의 삶을 노래하는 경우가 많다. 이러한 삶에서 겪는 기쁨과 고통을 고스란히 작품에 담아내어 바깥 세상에 여성의 삶의 모습을 드러내었다.

그런데 당연히 여성들이 지은 규방가사가 모두 규방 공간을 배경으로 창작된 것은 아니다. 연안이씨(延安李氏, 1737-1815)가 지은 <부여노정기>나 은진송씨(恩津宋氏, 1803-1860)의 <금행일기> 및 <호남기행가> <유람기록가> 등의 작품을 보면 당시로서는 일반적이지 않은 여성의 기행 체험을 노래하고 있어, 규방 공간의 화자가 바깥 세계와 소통하는 모습을 보여준다. 규방 공간을 벗어나 창작된 규방가사는 이 외에도 궁중 연악으로 창작된 <화조가>나 20세기 들어와 창작된 시국을 노래하는 가사 및 의병가사 등의 작품군을 들 수 있다. 이러한 작품들을 통해 시대를 앞서가는 여성들은 변해가는 세상에 대한 자신의 경험과 의견을 풀어냈고,

평생을 규방 안에서 살아야 하는 일반적인 사족 여성들은 다른 여성의 경험에 대한 대리만족을 통해 바깥 세상을 바라볼 수 있었다. 이러한 측면에서 규방가사는 바깥 세계와 규방 안의 여성을 이어주는 소통의 창구 역할을 했다고 볼 수 있다.

❷ 여성간의 소통과 화합

규방가사 작품에는 또한 여성들 사이에서 세대 간에 벌어지는 갈등이나 시집 식구와의 갈등을 직, 간접적으로 드러낸 것들이 보이는데, 이러한 작품들을 통해서는 여성의 삶 속에서 벌어질 수 있는 주요 갈등 관계를 가사 작품을 통해 슬기롭게 해결해 화합해 나가는 모습을 확인할 수 있다. 이러한 작품들은 화전놀이와 같은 가문 내의 흥겨운 잔치와 놀이를 배경으로 하여 화답형으로 창작되는 경우가 일반적이며, 상대방 집단의 단점을 들어 조롱하는 행위를 놀이의 하나로 인식하는 태도를 보여준다. 이때는 평소 아무리 어려운 상대에게 조롱조의 작품을 건넨다 하더라도 너그럽게 용인해주는 관례가 형성되어 있었던 것으로 생각된다.

세대 간의 갈등을 드러낸 작품으로는 위 세대 여성들이 아래 세대 여성들에게 지어 보낸 <화전답가>가 전하고, <팔부가>와 <팔부답가>와 같이 고부간의 갈등이 생기기 전에 화합을 다지는 작품도 보인다. 직접적으로 시집 식구와의 갈등을 노래한 작품으로는 '합천화양동규방가사' 라는 이름으로 전하는 9편의 연작 가사와 <화슈가> 연작을 들 수 있다.17) 이 가운데 소통과 화합의 과정을 잘 보여주는 작품으로 '합천화양

---

17) <화전답가>는 그 이전에 아래 세대 여성들이 위 세대 여성들에게 먼저 조롱하는 화전가를 지어 보내자 그에 대한 답으로 지어진 작품인데, 먼저 지어진 작품은 전하지 않고 답가만 전하고 있다. <팔부가>와 <팔부답가>를 좀 더 소개하면 한 문중의 시어머니들이 각각 갓 시집온 자기 며느리를 칭찬하는 내용으로 가사를 짓자 며느리들이 그에 대한

동규방가사'를 꼽을 수 있다. 이 작품은 파평윤씨 가문의 고택에서 벌어진 이 가문 여성들의 놀이를 배경으로 지어졌는데, 윤씨 가문에서 다른 가문으로 출가한 딸네들과 다른 가문에서 윤씨 가문으로 들어온 며느리들 사이에서 주고받은 가사 7편과 그보다 항렬이 높은 모친의 입장에서 지은 가사 2편으로 되어 있다. 윤씨 가문에서 출가한 부인들이 친정으로 돌아와 연회를 가진 후 그 소회를 담아 <기수가>를 지었는데, 그 내용 가운데 며느리들의 가문에 대한 평판과 인물평을 통해 조롱하는 대목이 있자 올케(며느리) 입장에서 <답기수가>가 창작되었고, 이 작품에 올케들의 친정 가문에 대한 과시의 언사와 시누이(딸)들이 친정에 돌아와 무절제하게 노는 모습을 경계하는 내용이 들어가 있자 다시 반박하는 가사가 딸네들 면에서 나오는 식으로 논쟁적 연작 형태의 작품이 창작된 것이다. 이렇듯 딸네들과 며느리들의 가사를 통한 논쟁이 계속되자 그 위 세대 여성인 선산김씨(善山金氏)가 딸네들에게는 <계성우귀녀(戒省于歸女)>를, 며느리들에게는 <권효가(勸孝歌)>를 지어줌으로써 작품은 끝을 맺게 된다.[18]

화답으로 고생스럽더라도 시집살이를 잘 하면서 효도를 다할 것을 다짐하는 내용의 가사를 시어머니들에게 보낸 작품이다. <화슈가> 연작은 시집간 딸네들이 <화슈가>를 짓자 며느리들이 <화슈답가>를 지었고 그에 뒤이어 집안의 남성들이 <화슈답가>라는 이름으로 연이어 가사를 지어 <화슈답가> 넷째까지 이어진 연작 형태의 가사로, 이 가운데 <화슈가>와 <화슈답가>의 일부분에서 시누이와 올케 집단의 갈등 상황이 펼쳐진다. 이 작품들에 대한 자세한 소개와 출처는 박경주, 「화전가의 의사소통 방식에 나타난 문학치료적 의미」, 앞 책, 2007을 참고하기 바란다.

18) 이 작품은 이신성, 「<陜川華陽洞坡平尹氏家 규방가사> 해제」, 『어문학교육』 11, 한국어문교육학회, 1989에서 처음 소개되었고, 자료 소개 이후 류해춘, 「19세기 화답형 규방가사의 창작과정과 그 의의」, 『문학과 언어』 21집, 문학과 언어학회, 1999에서 본격적인 논의가 이루어졌다. 이 작품이 지닌 토론담론으로서의 성격에 대해서는 류해춘, 「19세기 『기수가』에 나타난 담론의 양상과 그 기능」, 『한민족어문학』 44, 한민족어문학회, 2004, 49~76면에서 자세히 논했고, 필자도 박경주, 「합천 화양동 규방가사의 토론문학적 성격」, 앞 책, 2007에서 이 작품을 다룬 적이 있다. 참고로 화양동 규방가사의 창작과정을 정리하면 다음과 같다.
<淇水歌> 출가부인 하당댁 지음 → <答淇水歌> 들어오신 부인 서흥김씨 지음 → <諧嘲

시누이와 올케들은 작품을 주고받는 가운데 평소 서로에게 불만이었던 부분들까지 들먹이며 갈등을 겪지만, 작품마다 누차 언급되는 일반적인 여성의 삶에 대한 공동의 한탄 사설들을 통해, 결국은 서로가 모두 각자의 시집살이를 치러야 하는 여성이라는 점에서 공감대를 형성해나간다. 그 과정에서 이미 화해는 준비되어 있었다고 할 수 있는데, 결정적으로는 선산김씨의 암묵적인 조정 과정을 거쳐 화합으로 나아갔다고 하겠다.19) 이와 같이 <합천화양동규방가사>를 통해 가문 내 여성 간에

歌> <慰喩歌> 출가부인 지음 → <反淇水歌> <自笑歌> 들어오신 부인 사촌댁(청주한씨) 지음 → <譏笑歌> 출가부인 지음 → <警戒詞(戒省于歸女)> <勸孝歌> 모친 선산김씨 지음

19) 시누이와 올케 집단 간에 오간 조롱조의 언술을 먼저 인용해본다.

여보제종 시매들아 우리말씀 자세듯소/ 여자몸이 되엿거든 여자직분 할지어다/
어른을 공경하고 자손을 훈계하며/ 치산도 하려니와 방적을 힘을쓰오/
유순한 행동거지 유순한 심성으로/ 규중의 설시? ? 종용이 할거시되/
무례한 자네들은 호남자의 본을 바다/ 공청의 회소정고 소바너지 좁혀노코/
궁힝궁힝 떼를지어 식글덤벙 거리면서/ 이로 가고 저로 가고 우리 마음 모라고서/
두번세번 간청하되 참예할듯 없건마는/ 그럴망정 시매들이 무례히 너길넌가/
십분마음 강작죽여 조흔다시 따나가니/ (…중략…)
우리들 분망중의 이가소 기록기는/ 미거한 쇠미들을 힝스를 가라치니/
시시로 펴어보면 유익홈이 업술소냐/ 이후에 바라기는 괄목상더 원이로싀
                                              — <답기수가>
파평이라 우리윤씨 교남사부 이아니며/ 국닉디반 그아닌가 이런시딕 만나시니/
군지씨닉 복이로쇠 (…중략…) / 지아즈 조흘시고 잇디다시 노라보싀/
유식훈 이닉말슴 무식훈 군지닉가/ 훈말이나 아올넌가 문필조흔 남편닉게/
즈즈이 힉득ᄒᆞ여 기과쳔션 할지다/ 허물이 잇다히도 곤침이 귀타더라
                                              — <기소가>

다음으로 양면 작품 가운데 공통으로 나타나는 여성 일반의 삶에 대한 한탄 사설을 인용한다.

어와제종 쇠미들아 이닉말슴 드러보소/ 천지기벽 ᄒᆞ온후의 스람이 숨겻도다/
그듕의 여즈일신 츌가외인 된단말가/ 우리도 각각친졍 번화코 홍셩하기/
남만이나 ᄒᆞ건마는 가소롭다 여즈몸이/ 남의게 마인고로 셩댱훈 졔종슉질/
몃몃히를 그녀는고 유시로 싱각ᄒᆞ면/ 굿분심회 둘디업니 빌근달 힌구람은/
부모형제 싱각이오 쳔원기뉴 흐른물은/ 고향순쳔 의히ᄒᆞ다
                                              — <답기수가>

건곤이 죠판후의 음양이 갈엿난데/ 스람이 싱겻나니 일남일녀 쑌일로다/

갈등이 있을 때 가사를 서로 주고받으며 이를 토해내고 그 과정을 통해 쌓인 불만을 해소해내면서 화해가 이루어지는 과정을 자세히 살펴볼 수 있다.

여성 집단 내에서 이루어지는 소통의 양상을 보면 위와 같이 갈등의 대상 사이에서 화합을 이루어내는 방식이 아니라, 규방가사를 통해 서로의 삶의 고충에 대해 토로하고 조언하며 위로를 전하는 방식 또한 발견하게 되는데, 이러한 과정을 유지해 나가면서 여성들 간에 굳건한 연대 의식을 형성해갔다고 볼 수 있다. 화전가 가운데 공동작 형태를 띤 작품들의 경우는 대부분 이에 해당하는데 이러한 모습이 가장 잘 드러난 작품으로는 20세기 들어와 창작된 <된동어미화전가>를 들 수 있다.[20] 이 작품에서는 특히 화전놀이의 구성원이 가문 단위에서 향촌 단위로 달라지고, 그와 더불어 사족 가문의 여성만이 아니라 된동어미와 같이 중하층에 속하는 여성까지 화전놀이에 참여할 수 있게 된 변화상을 엿볼 수 있다.[21] 규방가사를 통해 여성들 사이에서는 계층 간의 벽까

> 우리는 엇지타여 여ㅈ몸이 되어나셔/ 부모동긔 멀니ㅎ고 남의가문 ㅊㅈㄷ러/
> 규즁골몰 지닉ㄴ이 너른쳔지 옹식ㅎ다/ 분분하다 잇셰상이 예도이ㅅ 졔도이ㅅ/
> 울도 제종슉질 기슈싱각 간졀ㅎ여/ 셩면ㅊ로 도라드니 아시의 보던손쳔/
> 다시보니 밧가오나
>
> ― 〈기수가〉

20) 이 가사에서 된동어미는 30대의 나이로 병술년에 둘째 남편을 괴질로 잃게 되는데, 실제로 병술ㄴ년(1886년) 6월에 전국에 콜레라가 만연했다고 한다. 이에 기초한다면 된동어미가 60대가 된 이후에 지어진 이 <된동어미화전가>는 20세기 초엽에 창작되었다고 볼 수 있다. 류해춘, 「화전가(경북대본)의 구조와 의미」, 『어문학』 51, 1991.

21) <된동어미화전가>는 『소백산대관록(小白山大觀錄)』에 실려 있다고 하는데, 이 자료를 김문기, 『서민가사연구』, 형설출판사, 1983의 '자료편(310~339면)'에서 찾아볼 수 있다. 원문을 보면 화자가 화전놀이에 참여한 여성들을 대부분 '○○부인'이라고 지칭하며, '삼월이, 상단이, 취단이, 향난이'라는 이름을 가진 여종들을 화전놀이에 데리고 가 잔일을 시키는 장면도 등장한다. 해당 원문을 잠깐 인용해본다.

> 읏던부인은 참지름너고 읏던부인은 들지름너고/ 읏던부인은 만너고 읏던부인은 즉게너니/
> 그령져령 쥬어모니 기름잔동의 실ㅎ고나/ 눗소리가 두셋치라 짐군읍서 어니ㅎ고/

지도 허물어지는 모습을 이 작품을 통해 확인할 수 있다.[22]

(2) 남성작 규방가사와 소통 양상

❶ 사족 가문 내 남성과 여성의 소통과 화합
: 계녀가, 탄식가, 화전가 계열로 지은 남성 작품

남성 작가가 지은 작품에 주목해본다면 규방가사는 사족 가문의 남성과 여성을 소통시켜주는 중요한 기능을 했다고 할 수 있다. 18-19세기에 사족 계층이 경화사족과 향촌사족으로 분화되는 가운데 가문 단위로 결집되어야 하는 시대적 필요성이 생겼고, 가사를 통해 가문의식을 확보하고 계승시키려는 노력이 이루어졌음은 이미 학계에서 널리 알려진 사실이다.[23] 규방가사 가운데에는 이러한 흐름과 맞물려 창작되면서 비록

상단아널낭 기름여라 삼월이불너 가로여라/ 취단일난 가로이고 향난이는 놋소리여라/
(…중략…)
건넌집의 된동어미 엿호고리 이고가셔/ 가지가지 가고말고 넌들웃지 안가릿가/
늘근부여 절문부여 늘근과부 절문과부/ 압셔거니 뒤셔거니 일자힝차 장관이라/
　　　　　　　　　　　　　　　　　　　　　　　　　　　　　— 〈된동어미화전가〉

이에 비추어 볼 때 이 화전놀이는 사대부가의 여성들이 주축을 이룬 것으로 추정된다. 이에 반해 '된동어미'라는 호칭은 그저 '된동이(불에 덴 아이라는 뜻)의 어미'라는 뜻을 담고 있으며, 작품에 소개된 인생 역정을 통해 나타나듯이 된동어미는 본래 중인 집안의 여성이었다가 시댁의 몰락 이후 하층으로 신분이 하락했고 현재는 엿을 고아서 생계를 유지하는 늙은 아낙네에 불과하다. 이렇게 볼 때 이 화전놀이에 참여한 여성들의 신분이 상층 중심이기는 하지만, 중하층 여성들도 배척하지 않고 함께 어울리는 성격을 지녔음을 알 수 있다.

22) 이 작품이 20세기 초엽에 지어진 것을 감안할 때 이 시기에는 이미 공식적으로는 신분제가 무너졌으므로 그 영향을 받아 화전놀이 향유자층이 변화되었다고도 볼 수 있다. 그러나 공식적 법제와 실상은 꼭 일치하지는 않아 의식상으로는 나라 전체에 여전히 신분의식이 남아 있었다. 더군다나 〈된동어미화전가〉가 창작된 지역이 경상북도 순흥이며 된동어미가 인생 역정 속에서 거쳐간 지역들이 '순흥-예천-상주-경주-순흥' 등 여전히 반상의 법도가 엄연히 지켜졌던 경북 지역이라는 점을 감안할 때, 무너진 신분제의 영향 못지않게 화전놀이 자체적 흐름 속에서 계층을 넘어서는 여성간의 소통이 이루어지면서 향유자 계층의 폭이 넓어졌다고 보는 것이 좋을 듯하다.

23) 김창원, 「18-19세기 향촌사족의 가문결속과 가사의 소통」, 『19세기 시가문학의 탐구』,

가문 내에서이기는 하지만 사족층 남성과 여성이 서로 소통하는 모습을 보여주는 작품이 다수 존재한다.

　필자는 이전 연구에서 규방가사를 창작한 남성 작가들의 존재 의미를 부각시켜 규방이 여성과 남성의 소통 공간으로서의 역할을 하면서 양성 공유문학으로서 규방가사가 향유되었다는 견해를 제시했었다. 이 논문에서는 특히 18-19세기에 향촌사족가문을 배경으로 교훈가사와 규방가사가 유통되는 과정을 살펴보고, 두 장르가 모두 가문내의 남성과 여성 사이에서 향유되었지만 소통 과정에서 교훈가사가 남성 주체에 의해 일방적으로 전달되는 방식이라면 규방가사는 남성과 여성이 모두 작품의 주체와 대상이 될 수 있다는 점에 주목했다.24) 교훈가사를 통한 양성간의 교류가 일방적이고 폐쇄적이었다면 규방가사를 통한 교류는 상호적이고 개방적이었다고 볼 수 있는 것이다.25) 규방가사를 통해 남성과 여성이 소통하면서 여성은 가부장제 내에서 유지되는 여성의 권위를 확보했고, 남성을 포용하면서 남성과 여성이 서로 조화를 이루는 장르로 규방가사의 자리가 확립될 수 있었다.

　규방가사의 중심 계열인 계녀가, 탄식가, 화전가를 대상으로 이와 같이 남성과 여성이 소통하는 양상을 간단히 정리해볼 수 있다.26) 주된 특

집문당, 1995.
24) 박경주, 앞 논문, 2009.
25) 단 규방가사 가운데 여성에 의해 창작된 계녀가의 경우는 여성이 여성에게 지어주면서도 일방적이고 폐쇄적인 방식으로 소통되었다는 점에서 다른 규방가사 계열과는 달리 교훈가사와 유사한 특성을 보인다.
26) 남성과 여성이 주고 받는 형태로 창작된 작품 가운데 이 세 가지 주된 계열에 넣기 애매한 작품이 있기는 하다. 가사문학관 소재 『규방가사1』에 실린 작품 가운데 김석회에 의해 소개된 <송회가>와 <적벽가> <답적벽가> 같은 경우가 그러하다. <송회가>는 한 작품 안에서 근친 후 시댁으로 돌아가기를 꺼리는 누이와 이를 훈계하는 오라비가 서로 의견을 주고받은 작품이고, <적벽가>와 <답적벽가>는 하회마을 류씨 가문에서 선유놀이를 배경으로 남녀가 조롱조의 화답을 주고받은 작품이다. 그런데 이 경우에도 <적벽가>와 <답적벽가>의 경우는 선유놀이를 배경으로 한다는 점에서 넓게는 화전가 계열

징을 먼저 짚어본다면 화전가의 경우는 화답식의 작품이 많이 보여 직접적인 남녀 간의 소통을 확인할 수 있다는 점을 들 수 있고, 계녀가와 탄식가 계열 작품을 통해서는 사대부 문학에서는 직접적으로 드러내기 어려운 개인적이고 내면적인 남성의 언술들을 살펴보게 된다는 점을 들 수 있을 것이다.

남성이 지은 계녀가로는 <권실보아라> <여야슬퍼라> <계여가> 등을 대표적인 작품으로 들 수 있는데, 모든 작품에서 여성이 지은 계녀가와는 달리 개인적 체험을 담아 시집보내는 딸에게 향하는 사랑과 애착을 표현한다. 이는 사대부 남성이 규방가사를 통해 가족애를 드러낸 것으로 탄식가에서도 유사한 정서가 감지된다.27) 가족 가운데 아내나 딸, 어머니와 같이 여성 일원에게 하고 싶은 말이 있을 때 그 상황에 맞게 규방가사를 택해 이를 표출한 것으로, 결국 규방가사가 한 가족 혹은 가문 내에서 남성과 여성을 이어주는 고리 역할을 했다고 할 수 있겠다. 이렇게 볼 때 이러한 작품을 규방가사 계열을 활용해 창작한 남성은 규방가사의 소통적 특성을 잘 파악하고 이를 의도적으로 적절히 활용했으며, 여성들은 그 작품을 여성 중심 공간인 규방에서 유통, 전승시키며 창작한 남성의 의도를 적극적으로 반영했다고 볼 수 있을 것이다.

남성이 지은 화전가 작품은 단독으로 지어진 것도 있지만, 대부분 여

에 넣어볼 수 있을 듯하고, <송회가>의 경우는 계녀가 정서를 보이는 남성의 목소리와 탄식가 정서를 보이는 여성의 목소리가 한 작품에서 대립하며 함께 나타난 것으로 해석할 수 있을 듯하여 해결책을 마련해볼 수는 있다. 어쨌든 이러한 작품들의 존재 역시 규방가사를 통해 사대부 가문 내의 남녀가 소통한 것을 증명해준다 할 것이다. 김석회, 「주제적 관심을 통해 본 규방가사의 세계」, 『고시가연구』 23, 한국고시가문학회, 2009, 83-113면.

27) 남성들이 지은 탄식가에는 생이별한 가족에 대한 그리움(<망월스친가> <사향곡> <스녀가>)이나, 죽은 아내에 대한 그리움(<북국가> <상스곡> <망실이스>) 등 가족애를 나타낸 작품이 다수를 차지하며, 그 외로는 늙음을 탄식한 노탄가 유형 작품의 빈도수가 높다. 남성들의 계녀가와 탄식가 작품에 대한 보다 자세한 내용은 박경주, 앞 논문, 2002를 참고할 수 있다.

성과 화답하는 형태로 창작되었다.[28) 여성이나 남성 중 어느 면이든 작품을 먼저 지어 보낼 수 있으며, 내용은 주로 조롱을 동반한 논쟁으로 이루어진다. 조롱의 소재는 화전놀이 준비 과정이나 현장 상황, 인물의 모습 등 화전놀이와 직결되는 부분일 수도 있고, 시집살이나 가정살림 (여), 학문수양과 입신양명(남) 등 전반적인 삶의 양상이 될 수도 있다. 그 구체적인 모습을 <조화전가>와 <반조화전가>가 창작, 전승된 과정을 통해 살펴보도록 하자.

<조화전가>와 <반조화전가>는 1746(영조 22)년에 경북 봉화군에서 지어졌는데, <조화전가>의 작자인 홍원장[29)과 <반조화전가>의 작자인 안동권씨(安東權氏 1718-1789)는 6촌 사이로 한 가문의 일원이다. 어느 날 안동권씨를 비롯한 가문의 젊은 여성들이 화전놀이를 다녀온 후 홍원장을 위시한 가문의 젊은 남성들이 이를 비아냥대는 <조화전가>를 지어놓은 것을 알게 되었다. 다른 여성들이 아무 항변도 하지 못하는 가운데 안동권씨가 <조화전가>를 반박하는 작품을 썼는데 이것이 <반조화전가>이다.[30)

창작 과정에서 주목할 점은 이 두 작품을 서로 지어 보내며 펼쳐진 여성들의 화전놀이에 대한 논쟁이 어떻게 마무리되는가 하는 부분이다. 창작 과정의 마지막 부분을 살펴보면 <반조화전가>가 지어진 후 남성들이 감탄을 금치 못하고 이 작품을 세상에 전파했다고 하며, 또한 남성들

---

28) 이러한 작품으로 대표적인 것이 <조화전가>와 <반조화전가>이며, 그 외에 <상원화수가> <상원화수회답가>, <기망회> <기망회답가> 등 여러 편의 작품이 더 전한다. 화전가라는 명칭이 없더라도 '화수가'란 말이 들어간 작품들은 화전가 계열로 볼 수 있으며, 그 외에 가문의 큰 행사 때 지어 부른 잔치노래 형태의 화답가 작품들 역시 넓은 의미에서 화전가 계열로 포함시켜 논할 수 있다. 이러한 작품에 대한 원문과 출처, 그리고 자세한 내용은 박경주, 「남성 작가의 화전가에 관한 일고찰-여성과의 의사소통 욕구에 주목하여」, 『한국언어문학』 47, 한국언어문학회, 2001을 참고할 수 있다.

29) 원문에는 '홍원댱'으로 되어 있으나 현대어 표기로 바꾸어 '홍원장'으로 쓰도록 한다.

30) 이원주, 「『잡록』과 <반조화전가>에 대하여」, 『한국학논집』 7, 계명대 한국학연구소, 1980에서 처음 <조화전가>와 <반조화전가>를 소개했는데, 이에 따르면 이 두 작품은 안동권씨가 필사한 『잡록(雜錄)』이라는 개인 문집에 실려 있다.

이 후에 <조화전가>를 원래보다 완곡하게 고쳤기에 안동권씨도 <반조화전가>를 약간 수정했음을 알 수 있다.[31] 그렇다면 분명 두 작품을 통한 조롱조의 화답 뒤에 남성과 여성 사이에서는 화해가 이루어졌고, 다분히 여성 측의 논거가 타당함을 남성 측이 인정한 것으로 판단된다. 이렇듯 조화롭게 논쟁이 마무리될 수 있었던 것은 두 작품이 겉으로는 상대방을 공격하는 어조로 되어 있으나 그와는 별도로 또 다른 층위에서 상대방을 용인하는 자세를 내비쳤기 때문이라고 생각할 수 있다.

<조화전가>에서는 여성들에게 집안을 돌보지 않고 화전놀이를 다녀온 것에 대해 비난하면서도 은근한 부러움을 담아 과거 공부에만 골몰해야 하는 자신들의 처지를 위로받고 싶은 심정을 드러낸다. <반조화전가>에서 역시 표면적으로는 학문의 정도를 걷지 않고 여성들 험담만 늘어놓는다며 남성을 향해 매몰찬 공격을 퍼붓지만, 작품 곳곳에서 가부장제에 기초한 당시 규범을 존중하는 태도를 드러내면서 자기들이 나무라는 것은 남성 전반이 아니라 좀스러운 남성들임을 강조한다.[32] 이렇듯 기본적

---

31) 이 두 작품의 창작 과정에 대해서는 안동권씨의 시가인 『진보이씨 세보(眞寶李氏 世譜)』 '언서족보'와 안동권씨가 『잡록』에 직접 쓴 작품 후지(後識)에 기록이 남겨져 있다. 창작 과정에 대한 기록을 통해 가문 내 남성과 여성이 화전가 작품을 통해 소통한 내용을 살펴볼 수 있기 때문에 이 두 기록에서 해당되는 부분을 아래 인용한다.

"쇼부인이실 적의 동즁 부녀들로 맛초아 동산의 젼화ᄒᆞ실시 년쇼ᄒᆞᆫ 문시 모혀 됴롱ᄒᆞᄂᆞᆫ 화젼가롤 지어 한스의 부녀의 몰골을 가지가지 흉쩌러 깃친디 좌즁 졔부인이 모다 ᄒᆞᆫ 말솜을 디답지 못ᄒᆞᄂᆞᆫ지라 부인이 일피휘지ᄒᆞ야 답화젼ᄀᆞ롤 지어 디답ᄒᆞ신디 문시 차탄불이하고 셰상의 젼파ᄒᆞ니라 ᄯᅩ 가스지어 부녀의 이완ᄒᆞᆷ이 만터라."
—『진보이씨 세보』

"병인 츈의 쇼라 졉소의 가 홍시졔우로 더브러 샹논ᄒᆞ여 과히 놀고 도라오니 수쳐 졉의셔 녀ᄌᆞ됴롱을 이ᄀᆞᆺ치 ᄒᆞ야시매 하 졀통 반됴가롤 내 디엇더니 그후 그집의 가보니 됴화젼가롤 고쳐시매 나도 곳쳐시나 몬져디은 것 곳곳이 퍼져 보니 만홀 거시니 두 번 보ᄂᆞ니 고이히 넉이리로다."
—『잡록』

32) 두 작품에서 강한 어조로 상대방에 대한 공격을 가하는 부분을 먼저 인용한다.

산녕도 쎵을내고 하빅도 긔롱ᄒᆞ니/ 년화동텬이 무단히 욕을보니/
고현 댱구소의 져거시 무스일고/ 쳥강의 여흘소리 격분ᄒᆞ여 슬퍼울고/

으로 당대 유교 이념 하에 형성된 남녀의 위치에 대해 인정하면서 가문 내에서 허용하는 정도로만 상대 집단을 공격하기 때문에 논쟁이 격해지거나 극단으로 치달을 염려가 없이 화해로 마무리되는 것이다.33)

> 당져의 나는풀이 실식ᄒ여 푸르거든/ ᄆᆞᆸ놀난 산됴들이 디디기 고이ᄒᆞ랴/
> 동디예 벽도화는 피다가 반만웃고/ 뎡젼의 양뉴디는 보내고 춤을추니/
> 그힝ᄎ 블긘흔줄 초목도 져리커든/ 유식군지야 비웃기 고이ᄒᆞ랴
>
> ― 〈조화전가〉

> ᄋ는가 모르는가 이보소 남ᄌᆞ들아/ 춘시 호광음의 녀ᄌᆞ죠롱 ᄲᆞᆫ이로쇠/
> 너모들 됴롱마오 남ᄌᆞ슈치 ᄯᅩ잇느니/ 앏희는 ᄉᆞ서삼경 겻희는 제ᄌᆞ빅가/
> 위인도 경졔슐이 다주어 버릿거늘/ 보고넙고 못힝ᄒᆞ니 단쳥구경 아닐소냐/
> 인니예 너른집을 굿ᄒᆞ여 마다ᄒᆞ고/ 산경 좁은길노 군속히 ᄎᆞ자가니/
> 산금야쉼가 벗ᄒᆞ려 ᄒᆞ는고야
>
> ― 〈반조화전가〉

이와는 달리 두 작품에서 나타나는 상대방에 대한 부러움 혹은 인정의 부분을 찾아보자. 〈조화전가〉를 보면 "나계라 샹하촌의 두세친구 모다안자/ 맛바회 됴흔경의 젼화롤 ᄒᆞ려ᄒᆞ고/ 안ᄌᆞ면 의논ᄒᆞ고 만나면 언약ᄒᆞ야/ 젹슈공권 가져이서 미일뷘말 ᄲᆞᆫ이로다/ 일승곡 못엇거든 빅분쳥유 긔뉘내리/ 풍경이야 됴타만은 뷘입가져 무엇ᄒᆞ리/ 의논이 불일ᄒᆞ여 쳔연지금 ᄒᆞ엿더니/ 시졀이 말셰되니 고이흔일 하고만타"라고 탄식하는 부분에서 남성들이 가진 무력감이 드러나는데, 누구 하나 화전의 재료가 될 백분(白粉)과 청유(淸油)를 내지 않고 적수공권(赤手空拳)으로 매일 빈 말만 하니 결국에는 의논이 일치되지 않아 그토록 오랫동안 굳게 약속한 화전놀이를 못 가게 된 사정을 보면 이러한 무력감은 당연한 것이다. 그런데 여자들은 "녜업던 빅분쳥유 긔어드러 삼겨난고"라고 말할 정도로 쉽게 백분청유를 구한 데다가 전날 내린 비로 물이 불어 화전놀이를 못갈 지경에 이르게 되자 종놈을 시켜 다리까지 놓으라 명령하여 끝내 화전놀이를 성사시키니 남자들의 무력한 모습과는 상반되는 적극성을 갖춘 것이다. 이와 같이 화전놀이를 준비하는 극성스런 여자들의 모습을 부러움을 담아 그려낸 것은 겉으로는 조롱의 어조로 표현했다고는 해도 작가가 모르는 사이에 가부장적 권위를 버리고 솔직한 자신의 내면풍경을 드러낸 것으로 생각된다.

또한 〈반조화전가〉의 작가는 "심규의 드러안자 옥미로 붕위되여/ 녀힝을 묽게닷고 방젹을 힘쓰더니/ 동군이 유졍ᄒᆞ여 삼수월을 모라오니/ --- ---/ 사창안 부녀홍을 제혼자 도도는디/ 도로혀 싱각ᄒᆞ니 인싱이 이만라/ 녀ᄌᆞ의 젼화홈도 녜부터 이심으로/ 흔거름 두루혀셔 완풍경 ᄒᆞ려ᄒᆞ고"라 하여 평소 여자로서의 임무를 충실히 다하며 옛부터 여자의 화전놀이가 있었으므로 여성들의 화전놀이가 책망 받을 것은 없다는 식의 변명조의 말을 하기도 하고, "어와 남ᄌᆞ들아 녀자롤 긔롱마오/ 남ᄌᆞ일 가쇼로다 우리보매 우읍ᄉᆞ외/ 몃돌을 경영ᄒᆞ며 허송광음 ᄀᆞ이업니/ 젹으나 쾌남ᄌᆞ면 긔아니 쉬울손가" "외외흔 대댱부는 더욱아니 타비ᄒᆞ랴"와 같이 속 좁은 남자들에 대비되는 진정한 남성으로 '쾌남자'나 '대장부'를 들어 그들의 조롱 대상은 좀스러운 남성일 뿐 남성집단의 권위 그 자체는 인정하는 면모를 보인다.

33) 이 두 작품에 대한 보다 더 자세한 분석은 박경주, 「반/조 화전가 계열 가사에 대한 고찰

화전가 계열을 통한 이러한 논쟁은 남성과 여성 모두에게 다른 성 집단에게 평소 하고 싶었던 말을 쏟아내며 스트레스를 해소하는 기능을 함과 동시에 남성과 여성이 함께 속해 있는 가문의 화합에도 기여함으로써 여러 측면에서 긍정적 역할을 했던 것으로 생각된다. 한껏 속에 있는 말을 토해내고 나면 시원해지는 것처럼 일종의 배설의 기능을 화전가 작품들이 수행했고, 가문에서 암묵적으로 허락된 화전가를 통한 놀이 형태의 조롱 이후에는 서로 간에 더욱 돈독한 관계를 유지할 수 있었다고 보인다. 다시 말해 화전가를 주고받는 놀이는 여성과 남성 간에 이루어진 매우 적극적인 소통의 형태이며 동시에 가문 화합의 한 방식이었다고 할 수 있는 것이다.

❷ 남성과의 간접적 소통, 그리고 이를 통한 세상과의 소통
  : 사대부가사 중에 여성들에 의해 규방가사로 향유된 작품

이상에서 남성 작가가 기존의 규방가사의 주제와 틀을 토대로 창작한 작품을 대상으로 사족 가문의 남성과 여성이 소통하는 모습을 살펴보았는데, 앞서 2장에서 논의한 결과에 기초하여 규방가사의 범주를 창작을 넘어서 향유의 측면으로 확대해보면 규방가사를 통해 남성과 여성이 간접적으로 소통하는 양상을 살펴볼 수 있다. 즉 사대부가 지은 일반 가사 작품을 여성들이 규방 공간에서 애호하며 즐겨 부른 사례들이 이에 해당한다.

80년대 초 경북 북부지역 여성 독자들을 대상으로 한 조사를 보면 가장 좋아하는 가사로 손꼽은 작품에 대해 그 작품을 좋아하는 이유로, '흥미가 있어서' '가르쳐주는 내용이기 때문에'가 다수를 차지했고, 그

─남녀의 성역할에 대한 차별적 인식에 주목하여」, 『국문학연구』 3, 국문학회, 1999를 참고할 수 있다.

밖에 '사실을 알기 위해' '문장이 수려하여' 등의 이유가 주로 언급되었다고 한다.34) '흥미가 있어서'는 다시 말해 오락적 요소를 지니거나 남녀의 애정담 같은 여성들이 좋아할만한 스토리 전개를 지닌 경우가 해당될 것이며, '가르쳐주는 내용이기 때문에'라는 것은 유교적인 교훈을 주거나 인문 교양으로서의 의의가 있는 경우가 해당될 것이다. 나머지 두 가지 이유도 역시 지식을 전달하는 인문 교양물로서 가사의 역할을 언급하는 내용이라고 볼 수 있다.

<북천가>와 함께 인기를 끌었던 <도산별곡>이나 <한양가> 같은 작품들의 성격을 보건대 '재미와 교훈'에 중심을 두고 인문 교양으로서의 의미가 있다는 기준을 들어 규방 여성들은 사대부 작품 가운데 마음에 드는 것들을 평가, 선택했다고 하겠다.35) 여성들이 사대부 작가의 일반 가사 작품들을 규방에서 부르며 전승시키는 가운데 재미있는 내용을 통해서는 즐거움을 느끼고, 교훈적 내용을 통해서는 유교적 이념을 다시금 가다듬으며 인문 교양적 지식을 넓히는 경험을 남녀가 함께 했다고 볼 수 있겠다.36)

규방에서 불린 가사를 통해 남성과 여성이 간접적으로 소통하는 모습을 잘 보여주는 또 하나의 사례가 바로 구강(具康, 1757-1832)의 작품들이

---

34) 이원주, 앞 논문, 1980.

35) <북천가>는 규방에서는 여성들에게 애호되는 작품이었지만, 작품이 창작, 유포되던 당시 안동의 사대부들로부터는 신랄한 비판을 받았다고 한다.(김시입, 「북천가 연구-북천록과의 비교 고찰을 통하여」, 성균관대 석사논문, 1975) 이는 내용에 군산월이라는 기녀와의 사랑과 이별 이야기가 담겨진 데 대한 남성과 여성의 생각의 차이 때문이라고 여겨진다. 이렇듯 같은 작품에 대해 남녀 간의 취향이 엇갈리는 사실 역시 작품 선택을 통한 의견제시라는 측면에서 소통 양상의 하나로 볼 수 있을 듯하다.

36) 규방에서 사대부작 가사가 교양물이나 흥미의 대상으로 향유된 사실에 대해서는 여러 연구자들이 논의한 바 있다. 대표적으로 백순철, 「규방 공간에서의 문학 창작과 향유」, 『여성문학연구』 14, 한국여성문학회, 2005; 윤민수, 「필사문화권에서 실현된 가창가사의 담론 특성-규방에서의 향유를 중심으로」, 『반교어문연구』 16, 반교어문학회, 2004 등을 들 수 있다.

다. 구강이 남긴 가사 작품들은『북새곡(北塞曲)』이란 제목이 붙은 개인 가사집에 수록되어 구씨 문중에서 전승되어왔는데, 흥미로운 것은 구씨 문중에서는 이 가사집을 구강의 첫 부인인 심씨(沈氏)부인의 작품으로 알고 전승시켰다는 점이다. 뒤에 연구자들에 의해 심씨가 아닌 구강이 실제 작가임이 밝혀졌는데,37) 이러한 사실을 통해 사대부 작가의 작품 을 여성 작가의 작품으로 오해하여 전승시킨 또 하나의 간접적 소통 양 상을 확인하게 된다.

『북새곡』에 실린 구강의 가사 작품들에는 실제로 사대부 가사이면서 도 규방가사와 비슷한 정서를 보이는 것들이 상당 수 포함되어 있다. 총 14편의 가사 중에는 <북새곡(北塞曲)>이나 <교주별곡(交州別曲)> 등 관직 자로서의 위치에서 창작해 사대부가사의 전형적인 특성을 보이는 작품 도 들어있지만, <희주가(喜酒歌)> <진회곡(鎭懷曲)> <기수가(嗜叟歌)> <아기 탄(嘆)> <격적가(擊寂歌)>라는 제목을 가진 다섯 편의 작품은 노년에 대한 탄식이나 부부간의 다정함, 가족에 대한 사랑을 주제로 하고 있어 규방 가사와 비슷한 느낌을 받게 된다.38) 이렇게 볼 때 구강의 가사 작품들은

---

37) 강전섭, 「남호 구강의 <북새곡>에 대하여」,『한국학보』 69, 일지사, 1992; 박요순,『한 국고전문학 신자료 연구』, 한남대출판부, 1992.

38) 간단하게 이 다섯 작품의 내용을 요약한다. <희주가>는 22세 때의 작품이다. 공부에만 전념하지 못하고 음주에 빠져 있는 남편과 그를 질책하는 아내라는 이색적인 이야기를 소재로, 가사 전체가 대화체로 전개된다는 점과 일상어 내지 비속어들까지도 대담하게 구사하면서 두 부부간의 미묘한 갈등을 잘 묘사해내고 있다는 점을 특징으로 들 수 있 다. <기수가>는 구강이 별세하기 바로 전 해에 지은 마지막 작품으로, 무관(無冠)으로 산 방문객과 오랜 기간 관료 생활을 한 구강의 자전적 생애를 대신하는 주인의 모습이 전문의 대화체를 통해 확연하게 비교되면서 인생을 마무리하는 시기의 작가가 지닌 삶 에 대한 인식이 잘 드러나는 작품이다. <격적가>에는 분주했던 관료로서의 행로를 마치 고 사가(私家)에서 혼자만의 시간을 보내게 되면서 느끼는 노년의 쓸쓸함과 고독함, 그리 고 이를 극복해보려는 마음이 절실하게 나타난다. <진회곡>은 죽음이라는 가상적인 상 황을 설정하여 죽음의 허무함을 서술하고 남은 생을 부인과 가정, 이웃들과 화락하며 살 고자 노래하는 작품이다. 특히 후반부에서 일생동안 아내의 헌신적인 봉사에 대해 감사 하는 작가의 솔직한 심정과 세세한 가정사들이 묘사되고 있어 흥미롭다. 마지막으로 <아기탄>은 둘째 부인 신씨가 아기를 가지지 못하는 아쉬움을 드러낸 총 92구의 상대

규방가사의 전형적 계열인 계녀가나 탄식가, 화전가 계열로서 창작되지는 않았으면서도, 앞서 살핀 <북천가>나 <도산별곡> <대명복수가> <한양가>류 등의 향유와는 또 다른 측면에서 규방 여성들에게 다가간 작품이라 할 수 있다.

4. 세상과의 소통, 규방가사

소통과 화합이란 예전이나 지금이나 사회 발전을 위해 매우 의미 있는 개념이다. 이 발표에서는 규방가사에서 드러나는 소통과 화합의 양상을 살피기 위해 규방가사의 범주를 폭넓게 규정하고, 여성의 작품과 남성의 작품을 나누어 그 소통 양상을 파악해보았다. 먼저 규방가사의 범주를 작자와 향유자 및 작품의 주제를 중심으로 광의의 범위로 설정해 그 소통과 화합의 양상을 다양한 차원에서 살펴볼 수 있었다. 그 결과 여성 작 규방가사에서는 여성들이 세상과 소통하는 모습과 여성 간에 서로 소통하고 화합하는 모습을 확인할 수 있었고, 남성 작 규방가사를 통해서는 사족 가문 내에서 남성과 여성이 서로 소통하고 화합하는 모습과, 여성과 남성의 간접적 소통 및 그를 통해 여성이 세상과 소통하는 모습을 고찰할 수 있었다.

규방가사의 주된 향유자였던 18-19세기 사족층 여성들은 규방가사를 통해 세상을 들여다보고 세상을 바라보는 나름대로의 안목을 키웠으며,

---

적으로 짧은 작품으로, 아기에 대한 다양한 형상들이 나열되다가 마지막에 이르러서는 옛 성현을 닮은 아기를 바라면서 종결되는 단순한 형식의 작품이다.
이상 구강의 작품에 대한 원문과 자세한 분석은 박경주, 「18-19세기 사대부 가사에 나타난 일상성의 양상-구강·홍원장·위백규의 작품에 나타난 노년·여성·가족의 코드를 중심으로」, 『규방가사의 양성성』, 월인, 2007을 참고하기 바란다.

또 세상에 자신들의 생각을 풀어놓았다. 20세기의 도래를 즈음하여 사족층 여성들은 사적인 규방 공간을 벗어나 정치 문제에 동참하고 하층민의 죽음에 공식적으로 애도를 표현하기도 했다. 1906년 9월부터 시작되어 25회에 걸쳐 일 년 정도 지속된 토론회에서는 여성 문제를 주제로 하여 열띤 부인들의 토론이 이어졌다고 한다.39) 사족 여성들에게 세상에 대한 이와 같은 열정과 토론에의 의지가 있었다는 사실은 얼핏 놀라운 일로 여겨질 수도 있다. 그러나 본고에서 살펴본 것처럼 18-19세기 및 개화기 당시에까지 향유되어 온 규방가사를 통해 세상을 알아가고 의견제시나 논쟁 등을 훈련했던 사족층 여성들의 실상을 고려한다면 이는 준비된 결과였음을 확인하게 된다.40)

---

39) 1898년 9월 1일 서울 북촌에 거주하는 부인들을 중심으로 <여권통문>이 발표되고 이 사건의 지지자인 찬양회 회원을 중심으로 근대적인 여권운동이 일어났는데, 그 중심 세력은 양반 여성이었지만 일반 서민층 부인과 기생들도 함께 참여했다고 한다. 이들은 독립협회 해산에 대해 반대하는 투쟁에 참여하고, 하층민인 김덕구가 보수파의 만민공동회 기습으로 사망하자 그 장례에 참석해 노제를 지내기도 했다. 1906년 이후 지속된 토론회는 여성들이 주도적 역할을 하는 가운데 남녀 방청인이 수 백여 명이나 참석해 성황을 이루었다고 한다. 김경미, 「미칠 수 있는 에너지를 지닌 여인 윤희순」, 『조선의 여성들, 부자유한 시대에 너무나 비범했던』, 돌베개, 2004, 341-345면 참조.

40) 규방가사의 다수가 경북 지역 사족층에서 향유된 것인데 반해 20세기 초를 즈음하여 일어난 여성 운동의 핵심 세력은 서울 중심의 사족층 여성들이다. 이러한 지역의 차이로 인해 이 둘의 관계를 직결시키는 것은 바람직하지 못하다고 생각한다. 그러나 비록 사족 가문 내에서이기는 하지만 남성들과 대등하게 논쟁하고 여성 간의 토론 문화를 정착시켜 나간 화답형 작품들의 존재와 개화기 이후 규방가사 작품에 등장하는 시국에 대한 의견제시나 여성 문제에 대한 언급을 보면, 근대적 여성의식의 성장에 규방가사가 기여한 측면은 분명히 있다고 볼 수 있다. 여기서는 이러한 측면에서 전반적인 사족층 여성들의 의식의 성장에 규방가사가 내용적, 방법적 측면에서 기여한 바가 컸음을 강조하고자 한 것이다. 규방가사와 근대와의 관계에 대한 본격적 논의는 백순철, 「규방가사와 근대성의 문제」, 『한국고전연구』 9, 한국고전연구학회, 2003, 39-68면을 참고할 수 있다.

참고문헌

● 학습자 주도적인 '비교' 활동을 통한 고전문학교육의 새로운 길 찾기

강진옥, 「여성 서사민요에 나타난 관계양상과 향유층 의식」, 『한국고전여성작가연구』, 태학사, 1999.

김대행, 「문학은 즐거운 놀이다」, 『문학이란 무엇인가』, 문학사상사, 1992.

김성룡, 「고전 문학의 재미와 고전 문학 교육의 의미」, 『고전문학과 교육』 28, 한국고전문학교육학회, 2014.

김현정, 「흥미 변인을 고려한 <도산십이곡(陶山十二曲)> 교육의 방향」, 『고전문학과 교육』 27, 한국고전문학교육학회, 2014.

김흥규, 「고전문학 교육과 역사적 이해의 원근법」, 『한국 고전문학과 비평의 성찰』, 고려대학교 출판부, 2002.

_____, 『한국문학의 이해』, 고려대학교 출판부, 2002.

류수열, 「고전시가 독서의 재미 요소 탐구-시조를 중심으로」, 『고전문학과 교육』 26, 한국고전문학교육학회, 2013.

박경주, 「화전가의 의사소통 방식에 나타난 문학치료적 의미」, 『규방가사의 양성성』, 월인, 2007.

서유경, 「<심청전>의 근대적 변용에 나타난 고전의 의미 찾기」, 『고전문학과 교육』, 30, 한국고전문학교육학회, 2015.

서인석, 「연극적 놀이 텍스트로 읽는 <배비장전>」, 『고전문학과 교육』 27, 한국고전문학교육학회, 2014.

신재홍, 「고전 소설의 재미 찾기」, 『고전문학과 교육』 26, 한국고전문학교육학회, 2013.

심우장, 「구비서사의 놀이적 특성과 문화적 창조력」, 『고전문학과 교육』 26, 한국고전문학교육학회, 2013.

염은열, 「고전문학 '학습'의 경험과 '재미'의 문제에 대한 논의」, 『고전문학과 교육』 28, 한국고전문학교육학회, 2014.

조광국, 「고전소설교육에서 새롭게 읽는 재미 : 홍계월의 양성성 형성의 양상과 의미-<홍계월전> '한중연 45장본'을 중심으로」, 『고전문학과 교육』 28, 한국고전문학교육학회, 2014.

조동일, 「한국문학의 숭고와 서양문학의 비장」, 『한국문학과 세계문학』, 지식산업사, 1995.

조희정, 「고전시가 비평 교육 연구-탈연대기적 관점의 상호텍스트성을 활용하여」, 『국 어교육』 143, 한국어교육학회, 2013.

_____, 「고전시가 감상 국면의 재미 흥미 의미-<백설이 즈자진 골에>의 감정이입과 공감 체험을 중심으로」, 『고전문학과 교육』 29, 한국고전문학교육학회, 2015.

최홍원, 「<만언사>의 재미, 흥미와 소통의 의미」, 『고전문학과 교육』 30, 한국고전문학 교육학회, 2015.

하정일·박경주·최경봉·조현일 외, 『글쓰기 이론과 실제』, 원광대 교재편찬위원회, 도서출판 경진, 2012.

황혜진, 「재미의 관점에서 본 <큰누님 박씨 묘지명(伯姊孺人朴氏墓誌銘)>」, 『고전문학 과 교육』 29, 한국고전문학교육학회, 2015.

● 고전시가 교육에 있어 향유 방식의 중요성과 그 방법론적 탐색

[교과서 및 부교재]
권오성 외 3인, 『고전시가의 모든 것』, 꿈을 담는 틀, 2007.
김대행·김중신·김동환 저, 『고등학교 문학(하)』, 교학사, 2009.
김윤식 외 4인, 『고등학교 문학』, 천재교육, 2014.
우한용 외 7인, 『고등학교 문학』, 비상교과서, 2013.
윤여탁 외 8인, 『고등학교 문학』, 미래엔, 2014.
윤정한·고은정·이민희, 『단권화-국어영역 고전문학 작품단권화』, 디딤돌, 2015.
임환모, 『고등학교 문학개론』, 전남교육청, 2015.
정재찬 외 5인, 『고등학교 문학』, 천재교과서, 2014.
한철우 외 7인, 『고등학교 문학』, 비상교육, 2013.

[연구 저서 및 논문]
고정희, 「고전문학의 시공간적 거리감과 문학사적 교육-고전시가와 대중가요의 연계성 문제를 중심으로」, 『고전문학과 교육』 14, 2007.

김명준, 「고등학교 문학교실에서 고려속요의 교육 내용과 교육 방향 모색」, 『한국시가 연구』 38, 한국시가학회, 2015.

김대행, 「노래와 시 그리고 민주주의」, 『노래와 시의 세계』, 역락, 1999.

김수연, 「대중가요의 문학교육 활용 방안 연구」, 전남대 석사논문, 2013.

김수경, 『노랫말의 힘 : 추억과 상투성의 변주』, 책세상, 2005.

김용기, 「2009개정 문학 교과서의 시조 수록 실태와 문학교육」, 『시조학논총』 37, 한국

시조학회, 2012.

김창원, 「국어교육과 대중가요-대중가요 국어교육론의 필요성과 가능성」, 『국어교육』 104, 한국어교육학회, 2001.

박경주, 「고려시대 한문가요 연구」, 서울대 국문과 박사논문, 1994.

_____, 『한국 시가문학의 흐름』, 월인출판사, 2009.

박애경, 『가요, 어떻게 읽을 것인가』, 책세상, 2000.

박현수, 『시론』, 예옥, 2011.

조동일, 『한국문학통사』 1, 제4판, 지식산업사, 2005.

조희정, 「2009 개정 교육과정 시기 국어, 문학 교과서 고전문학 제재 수록 양상 연구」, 『고전문학과 교육』 32, 한국고전문학교육학회, 2016.

최재남, 「노래와 시의 만남」, 『노래와 시의 울림과 그 내면』, 보고사, 2015.

하윤섭, 「국어교육, 어떤 텍스트로 가르칠 것인가 : 고전문학교육과 텍스트 해석의 문제 -2009 개정 문학 교과서 소재 사설시조 작품들을 대상으로」, 『한국어문교육』 19, 고려대 한국어문교육연구소, 2016.

🌀 경기체가의 형식미와 창작 원리에 대한 문학교육적 활용

『高麗史』 '樂志'

『謹齋集』

『樂章歌詞』

강명혜, 「시조교육의 현황과 학습자 활동 중심의 교수·학습모형」, 『시조학논총』 20, 한국시조학회, 2004.

고영화, 「장르의 매체적 성격과 장르 선택 원리에 대하여-오륜가 계열 경기체가와 시조를 중심으로」, 『문학교육학』 5, 한국문학교육학회, 2000.

김선희, 「초등학교 시조교육 활성화 방안」, 『청람어문학』 27, 청람어문교육학회, 2003.

김창혜, 「중학생의 시조창작 교육방안」, 『국어교육연구』 34, 국어교육학회, 2002.

박경주, 『경기체가 연구』, 이회문화사, 1996.

_____, 「전승방식과 음악성을 통해 본 고려시대 시가장르의 흐름」, 『한국시가문학의 흐름』, 월인, 2009.

염은열, 「국어활동으로 <한림별곡> 읽기」, 『고전문학의 교육적 발견』, 역락, 2007.

염창권, 「시조텍스트의 수용과 창작지도 방법」, 『문학교육학』 14, 한국문학교육학회, 2004.

이영미, 「문학 교육과 시가 문학으로서의 대중가요」, 『국어교육학연구』 17, 국어교육학회, 2003.

임기중 외, 『경기체가 연구』, 태학사, 1997.

임용기, 「21세기의 문자 정책」, 『21세기의 국어 정책』 1, 국립국어연구원, 2000.

조동일, 「경기체가의 장르적 성격」, 『학술원논문집 인문사회과학편』 15, 1976.

최재남, 「경기체가 장르론의 현실적 과제」, 김학성·권두환 편, 『신편 고전시가론』, 새문사, 2002.

한창훈, 「경기체가의 형성과 변모를 파악하는 하나의 시각」, 『백록어문』, 제주대, 1998.

황위주, 「국어교육과 한문교육-국·한문의 전통과 현실적 교육 상황」, 『한문교육연구』 22, 한국한문교육학회, 2004.

문학치료 수업 모델 연구를 위한 사례 분석

정영자, 「문학치료학의 현황과 그 전망」, 『문예운동』 93, 문예운동사, 2007년 봄호.

정운채, 「인간관계의 발달 과정에 따른 기초서사의 네 영역과 <구운몽> 분석 시론」, 『문학치료의 이론적 기초』, 문학과 치료, 2006.

삼각관계에 놓인 아내에 대한 문학치료적 조건 탐구

강진옥, 「서사민요에 나타나는 여성인물의 현실대응양상과 그 의미 : 시집살이, 애정갈등노래류의 '여성적 말하기' 방식을 중심으로」, 『구비문학연구』 9, 한국고전여성문학회, 1999.

길태숙, 「민요에 나타난 첩의 위상」, 『여성문학연구』 13, 한국여성문학학회, 2005.

김용찬, 「사설시조 속의 가족과 그 주변인들-고부, 처첩 관계를 중심으로」, 『한국고전여성문학연구』 11, 한국고전여성문학회, 2005.

김재웅, 「영남지역 필사본 고소설에 나타난 여성향유층의 욕망」, 『한국고전여성문학연구』 16, 한국고전여성문학회, 2008.

박경주, 『규방가사의 양성성』, 월인, 2007.

박순임, 「고전소설에 나타난 처첩갈등의 네 양상」, 『정신문화연구』 9, 겨울호, 1986.

박재인, 「한중일 조왕서사를 통해 본 가정 내 책임과 욕망의 조정 원리와 그 문학치료학적 의미」, 건국대 박사학위논문, 2015.

서영숙, 『한국서사민요의 날실과 씨실 : 우리 어머니들의 노래』, 역락, 2009.

앨런 S 밀러, 『처음 읽는 진화심리학』, 박완신 옮김, 웅진지식하우스, 2009.

이혜순 외, 『한국고전여성작가연구』, 태학사, 1999.

임철호, 「민요에 설정된 처첩간의 갈등과 반응」, 『국어문학』 39, 2004.

정지영, 「조선후기 첩과 가족질서 : 가부장제와 여성의 위계」, 『사회와 역사』 65, 한국사회사학회, 2004.

『한국구비문학대계』 전 85책, 한국정신문화연구원, 1980~1992.

● 조선족 소설에 나타난 가족 해체로 인한 자녀 교육 문제의 서술 양상과 그 해결의 모색

[작품]

강호원, <인천부두>, 『윤동주문학상수상작품집(1998-2001)』, 연변인민출판사, 2002.

_____, <방문>, 『연변문학』, 2009년 5월.2009.

김 혁, <장백산 사라지다>, 『개혁개방 30년 중국조선족 우수단편소설선집』, 연변인민
        출판사, 2009.

리혜선, <터지는 꽃보라>, 『장백산』, 2008년 1월.

리 휘, <울부짖는 성>, 『연변문학』, 2007년 12월.

박성군, <빵구난 그물>, http://www.zoglo.net, 2009.8.28. 『요동문학』, 2005.

박옥남, <둥지>, http://www.zoglo.net, 2007.4.20.

_____, <내 이름은 개똥네>, 『연변문학』, 2008년 3호.

_____, <목욕탕에 온 여자들>, http://www.zoglo.net, 2008.5.10.

_____, <아파트>, http://www.zoglo.net, 2009.7.27.

박초란a, <인간의 향기>, 『도라지』, 2005년 2월.

_____, <하늘 천 따 지 하다>, 『도라지』, 2009년 1월.

박초란b, <겨울눈>, http://www.zoglo.net, 2009.3.4.

장학규, <노크하는 탈피>, http://www.zoglo.net, 2009.12.11.

정형섭, <기러기문신>, 『연변문학』, 2006년 2월.

_____, <가마우지 와이프>, http://www.zoglo.net, 2008.12.4.

조룡기, <포장마차 달린다>, 『연변문학』, 2009년 7월.

_____, <강씨네 상하이탄>, 『도라지』, 2009년 2호.

최홍철, <동년이 없는 아이>, 『20세기 중국조선족문학선집 1(소설문학선집) 하』, 연변
        인민출판사, 1999.

허련순, 『바람꽃』, 범우사, 1996.

_____, <하수구에 돌을 던져라>, 『개혁개방30년 중국조선족 우수단편소설선집』, 연변
        인민출판사, 2009, 『연변문학』, 2006.

[논문 및 단행본]

권태환 편저, 『중국 조선족 사회의 변화-1990년 이후를 중심으로』, 서울대학교출판부,
        2005.

리혜선, 『코리안 드림, 그 방황과 희망의 보고서』, 아이필드, 2003.

김형규, 「중국 조선족 소설 연구의 현황과 현재적 의의」, 『현대소설연구』 29, 한국현대
        소설학회, 2006.

김호웅, 「재중동포문학의 한국형상과 그 문화학적 의미」, 『제24회 한중인문학회 국제학

술대회발표논문집』, 2009년 11월 13일.

리동렬, 「재한 조선족도 경제 위기 속에 자성해야 : 재한 조선족들의 인식 전환 시급, '노임 적다' 배부른 타령 이젠 그만」, 『동북아신문』 2009년 10월19일자 논설.

박경주·송창주, 「1990년대 이후 조선족 소설에 반영된 민족정체성 연구-조선족 이주에 의한 민족공동체 변화와 한족 및 한국인과의 관계에 주목하여」, 『한중인문학 연구』 31, 한중인문학회, 2010.

박경주, 「1990년대 이후 조선족 문학에 나타난 이중정체성의 갈등 탐구-한국사회와의 교류를 주제로 한 작품에 주목하여」, 『문학치료연구』 18, 한국문학치료학회, 2011.

오상순, 「이중정체성의 갈등과 문학적 형상화-조선족 문학의 어제와 오늘과 내일」, 『현대문학의 연구』 29, 2006.

장춘식, 「조선족 사회 네트워크 재구성의 필요성」, http://www.zoglo.net, 2010.2.8.

_____, 「2010년 한국어교육 국제학술회의 : 다문화시대의 문학과 대중문화 : 원주민에 대한 이민자의 문화적 대응-조선족 소설의 다문화적 측면」, 『국어교육연구』 26, 서울대 국어교육연구소, 2010.

정상화, 「중국 조선족의 정체성 형성 및 구조」, 『중국 조선족의 중간 집단적 성격과 한중관계』, 백산자료원, 2007.

정신철, 「중국 조선족 문화와 교육 발전의 현황 및 대책」, 정상화 외, 『중국조선족의 중간 집단적 성격과 한중 관계』, 백산자료원, 2007.

정지인, 「조선족문학, 그 변두리 문학으로서의 특성과 정체성 찾기」, 『중국학연구』 34, 2005.

최강민, 「초국가 자본주의 시대의 다양한 탈국가적 상상력」, 『작가와 비평』 6호, 2006년 하반기.

최병우, 「조선족소설에 나타난 민족의 문제」, 『현대소설연구』 42, 2009년 12월.

● 정극인의 시가 작품이 지닌 15세기 사대부문학으로서의 위상
__발표 연도 순으로 정리함.

[자료]

정극인 저, 김홍영 역, 『국역 불우헌집』, 민족문화추진회, 1998.

정극인 저, 정판성 편, 『불우헌집』, 압해정씨불우헌공파운포문중, 2008.

정극인 저, 김익두·허정주 역, 『국역불우헌집』, 문예원, 2013.

[연구논저]

정재호, 「불우헌고」, 『어문논집』 4, 민족어문학회, 1960.

하성래, 「상춘곡의 문체소고-그 구조적 분석을 중심으로」, 『한국언어문학』 12, 1974.

임형택, 「한문학」, 『한국사』 11, 국사편찬위원회, 1974.

최진원, 『국문학과 자연』, 성균관대출판부, 1977.

이우성, 「이조사대부의 기본 성격」, 『민족문화연구의 방향』, 영남대출판부, 1979.

이종건, 『면앙정 송순 연구』, 개문사, 1982.

강전섭, 「상춘곡의 작자를 둘러싼 문제-<일민가>와 <상춘곡>의 화동성」, 『동방학지』 23, 24, 연세대 국학연구원, 1980.

홍정표, 「상춘곡 연구」, 성균관대 석사논문, 1984.

최강현, 『가사문학론』, 새문사, 1986.

최 웅, 「가사의 기원」, 장덕순 외, 『한국문학사의 쟁점』, 집문당, 1986.

김민화, 「정극인(丁克仁)의 "상춘곡" 연구(硏究)-그 지도 방법을 중심으로」, 『한국어문교육』 2, 고려대학교 한국어문교육연구소, 1987.

정익섭, 『개고 호남가단연구』, (주)민문고, 1989.

최정락, 「영·호남 문학의 특성 고찰-양 지역 조선조 문학의 대비를 통한」, 『어문학』 50, 한국어문학회, 1989.

최강현, 「상춘곡의 지은이에 관하여 다시 논함」, 『학산 조종업 박사 회갑기념논총』, 1990.

박병완, 「상춘곡의 분석적 연구」, 『한국고전시가작품론』, 집문당, 1992.

신영명, 「사대부 시가의 사적 전개-경기체가와 강호시조를 중심으로」, 『우리어문연구』 6, 7, 우리어문학회, 1993.

이민홍, 『조선중기 시가의 이념과 미의식』, 성균관대출판부, 1993.

박경주, 『경기체가 연구』, 이회문화사, 1996.

최재남, 『사림의 향촌생활과 시가문학』, 국학자료원, 1997.

김창원, 「16세기 사림의 강호시가 연구」, 고려대 박사논문, 1997.

박준규, 『호남시단의 연구』, 전남대출판부, 1998.

김흥규, 「강호가도와 정치현실」, 『욕망과 형식의 시학』, 태학사, 1999.

김창원, 「조선전기시조사의 시각과 경기체가」, 『한국시가연구』 9, 한국시가학회, 2001.

길진숙, 「16세기 초반 시가사의 흐름-김구의 시가 작품을 중심으로」, 『한국시가연구』 10, 한국시가학회, 2001.

권두환, 「영남지역 가단의 형성과 전개과정」, 『농암이현보의 문학과 영남사림』, 안동대 안동문화연구소, 2001.

임형택, 「16세기 광라(光羅)지역의 사림층과 송순」, 『민족문학사의 논리와 체계』, 창작과 비평사, 2002.

유육례, 「정극인의 불우헌곡 연구」, 『고시가연구』 10, 한국고시가문학회, 2002.

이형대, 『한국 고전시가와 인물형상의 동아시아적 변전』, 소명출판, 2002.

김성기, 「정극인의 <불우헌가>에 나타난 시조성 연구」, 『시조학논총』 19, 2003.

최재남, 『서정시가의 인식과 미학』, 보고사, 2003.

유육례, 「정극인의 증시(贈詩) 연구」, 『고시가연구』 14, 한국고시가문학회, 2004.

조동일, 『한국문학통사』 2권(4판), 지식산업사, 2005.

김영진, 「구촌 이복로의 경기체가-<화산별곡>과 <구령별곡>」, 『한국시가연구』 25, 한국시가학회, 2008.

유육례, 「정극인 한시의 미학」, 『고시가연구』 22, 한국고시가문학회, 2008.

유육례, 「정극인의 시가에 드러난 자연시연구」, 『고시가연구』 24, 한국고시가문학회, 2009.

박경주, 「구촌 이복로의 <화산별곡> <구령별곡>이 지닌 16세기 경기체가로서의 위상 탐구」, 『고전문학연구』 40, 한국고전문학회, 2011.

오경택, 「15-16세기 전반 전주권 사족사회의 형성과 활동」, 『한국학논총』 36, 국민대 한국학연구소, 2011.

박경주, 「15세기 말에서 16세기 초 경기체가 장르의 정서 변화에 대한 고찰」, 『고전문학과 교육』 24, 한국고전문학교육학회, 2012.

양희찬, 「<상춘곡>의 작자에 대한 고찰」, 『어문논집』 65, 민족어문학회, 2012.

박명희, 「한국한자학의 미학적 접근(3) : 불우헌 정극인 한시의 강호한정 미의식」, 『동방한문학』 50, 동방한문학회, 2012.

● 구촌 이복로의 〈화산별곡〉〈구령별곡〉이 지닌 16세기 경기체가로서의 위상

김 구, 『自菴集』

『樂章歌詞』

안 축, 『謹齋集』

이복로, 『龜村文稿』, 필사본 1책, 계명대 동산도서관 소장.

정극인, 『不憂軒集』

권순회, 「계명대학교 동산도서관 소장 국문시가 자료의 가치」, 『한국학논집』 37, 계명대, 2008.

길진숙, 「16세기 초반 시가사의 흐름-김구의 시가 작품을 중심으로」, 『한국시가연구』 10, 한국시가학회, 2001.

김영진, 「구촌 이복로의 경기체가-<화산별곡>과 <구령별곡>」, 『한국시가연구』 25, 한국시가학회, 2008.

김영진, 『계명대학교 동산도서관 소장 善本古書 해제집2』, 2009년 2월.

김창원, 「조선전기 시조사의 시각과 경기체가」, 『한국시가연구』 9, 한국시가학회, 2001.

박경주, 『경기체가 연구』, 이회문화사, 1997.

이형대,『한국 고전시가와 인물형상의 동아시아적 변전』, 소명출판, 2002.

임기중 외,『경기체가 연구』, 태학사, 1997.

최재남,「분강가단 연구」,『사림의 향촌생활과 시가문학』, 국학자료원, 1997.

_____,「형성기 시조의 서정적 주제」,『서정시가의 인식과 미학』, 보고사, 2003.

_____,「이현보 귀향의 시가사적 의의」,『서정시가의 인식과 미학』, 보고사, 2003.

🔄 15세기 말에서 16세기 초 경기체가 장르의 정서 변화

[자료]

權近,『陽村集』

權好文,『松巖集』

金銶,『自菴集』

『東文選』

成俔,『慵齋叢話』

『樂章歌詞』

安軸,『謹齋集』

李穀,『稼亭集』

李福老,『龜村文稿』

李滉,『退溪集』

李賢輔,『聾巖集』

周世鵬,『武陵雜稿』

丁克仁,『不憂軒集』

[논저]

권순회,「계명대학교 동산도서관 소장 국문시가 자료의 가치」,『한국학논집』37, 계명
    대, 2008.

김경희,『정서란 무엇인가』, 민음사, 1995.

김대행,『고려시가의 정서』, 개문사, 1995.

김영진,「구촌 이복로의 경기체가 <화산별곡>과 <구령별곡>」,『한국시가연구』25, 한
    국시가학회, 2008.

박경주,『경기체가 연구』, 이회문화사, 1996.

_____,「고려중기 지식층문화에 대한 대안문학으로서 경기체가, 어부가의 성격」,『한
    국시가문학의 흐름』, 월인, 2009.

_____,「구촌 이복로의 <화산별곡> <구령별곡>이 지닌 16세기 경기체가로서의 위상
    탐구」,『고전문학연구』40, 한국고전문학회, 2011.

서유경, 「<사씨남정기>의 정서 읽기 교육 연구」, 『고전문학과 교육』 20, 한국고전문학
　　　교육학회, 2010.
염은열, 『고전문학의 교육적 발견』, 역락, 2007.
이형대, 『한국 고전시가와 인물형상의 동아시아적 변전』, 소명출판, 2002.
최재남, 『사림의 향촌생활과 시가문학』, 국학자료원, 1997.
＿＿＿, 『서정시가의 인식과 미학』, 보고사, 2003.

🔴 규방가사가 지닌 일상성의 양상과 의미

강혜선, 「조선후기 사족 여성의 경제활동과 문학적 형상화 양상」, 『한국고전여성문학연
　　　구』 24, 한국고전여성문학회, 2011.
권순회, 「화전가류 가사의 창작 및 소통 맥락에 대한 재검토」, 『어문논집』 53, 민족어
　　　문학회, 2006.
권영철, 「<쌍벽가> 연구」, 『상산 이재수박사 환력기념논문집』, 형설출판사, 1972.
권영철·김동규, 「규방가사에 나타난 조선시대 여성의 노동제상(勞動諸相)」, 『여성문제
　　　연구』 19, 대구가톨릭대학교 사회과학연구소, 1991.
김경미, 「숨은 일꾼. 조선 여성들의 노동 현장」, 『조선 여성의 일생』, 규장각한국학연구
　　　원 엮음, 글항아리, 2010.
김동준, 「한시에 나타난 일상의 의의와 역할」, 『국문학연구』 13, 국문학회, 2005.
김석회, 「조선후기 향촌사족층 여성의 삶과 시집살이 서사」, 『한국고전여성문학연구』
　　　6, 한국고전여성문학회, 2003.
김석회, 「주제적 관심을 통해본 규방가사의 세계」, 『고시가연구』 23, 한국고시가학회,
　　　2009.
김수경, 「창작과 전승 양상으로 살펴본 <쌍벽가>」, 『규방가사의 작품 세계와 미학』,
　　　역락, 2002.
김정화, 「현대 규방가사의 문학적 특징과 시사적 의미-광복 이후의 작품을 중심으로」,
　　　『고전문학연구』 32, 한국고전문학회, 2007.
김종철, 「운명의 얼굴과 신명-<된동어미화전가>」, 『한국고전시가작품론』 2, 『백영정병
　　　욱선생 10주기추모논문집』, 1992.
류해춘, 「화전가(경북대본)의 구조와 의미」, 『어문학』 51, 1990.
＿＿＿, 「19세기 화답형 규방가사의 창작과정과 그 의의」, 『문학과 언어』 21, 문학과
　　　언어학회, 1999.
＿＿＿, 「19세기 <기수가>에 나타난 담론의 양상과 그 기능」, 『한민족어문학』 44, 한
　　　민족어문학회, 2004.
백순철, 「규방가사에 나타난 가사노동의 의미와 '일상성'의 문제」, 『한국시가연구』 29,

한국시가학회, 2010.

신경숙, 「궁중 연향가요와 규방가사-규방가사를 읽는 방식과 관련하여」, 『고시가연구』 26, 한국고시가문학회, 2010.

양태순, 「공시적 관점에서 본 고전시가와 일상성의 문제」, 『한국시가연구』 29, 한국시가학회, 2010.

_____, 「통시적 관점에서 본 고전시가와 일상성의 문제」, 『우리어문연구』 39, 우리어문학회, 2011.

유병관, 「풍자의 개념에 대한 몇 가지 문제」, 『반교어문연구』 6, 1995.

이신성, 「<陜川華陽洞坡平尹氏家 규방가사> 해제」, 『어문학교육』 11, 한국어문교육학회, 1989.

이원주, 「가사의 독자-경북 북부지역을 중심으로」, 『조선후기의 언어와 문학』, 형설출판사, 1980.

_____, 「『잡록』과 <반조화전가>에 대하여」, 『한국학논집』 7, 계명대 한국학연구소, 1980.

이지영, 「조선후기 대하소설에 나타난 일상」, 『국문학연구』 13, 국문학회, 2005.

임주탁, 「조선조 시가문학에 나타난 가족의 일상」, 『국문학연구』 13, 국문학회, 2005.

_____, 「조선시대 사족층의 시조와 일상성 담론」, 『한국시가연구』 29, 한국시가학회, 2010.

조동일, 「규방가사의 변모와 각성」, 『한국문학통사』 4, 4판, 지식산업사, 2005.

조혜란, 「여성의 눈으로 읽는 여성들의 놀이」, 『조선 여성의 일생』, 규장각한국학연구원 엮음, 글항아리, 2010.

한길연, 「대하소설의 '일상 서사'의 미학-일상과 탈일상의 줄타기」, 『국문학연구』 14, 국문학회, 2006.

권영철 편, 『규방가사-신변탄식류』, 효성여대출판부, 1985.

김문기, 『서민가사연구』 자료편, 형설출판사, 1983.

박경주, 『규방가사의 양성성』, 월인, 2007.

이혜순 외, 『고전여성작가연구』, 태학사, 1999.

Dorothee Wierling, 이동기 외 역, 「일상사와 양성관계사」, 『일상사란 무엇인가』, 청년사, 2002.

Johan Huizinga, 김윤수 역, 『호모 루덴스』, 까치, 1999.

M.S Kagan, 진중권 역, 『미학강의』, 새길, 2010.

● 화전가와 여성기행가사의 놀이와 여행 체험에 나타난 여성의식 비교

[자료]

고　단,『소고당가사집』상·하, 삼성사, 1991.

_____,『소고당가사속집』, 삼성인쇄사, 1999.

_____,『소고당가사제3집전(全)』, 전일출판사, 2010.

권영철,『규방가사 1』, 한국정신문화연구원, 1979.

은촌문집간행위원회편,『은촌내방가사집』, 금강출판사, 1971.

조춘호 편,『소정가사』1-3, 대구한의대학교 경산문화연구소, 2010.

최송설당기념사업회편,『송설당집』1-2, 도서출판 명상, 2005.

[연구논저]

권영철,『규방가사 연구』, 이우출판사, 1980.

권정은,「여성기행가사의 관유체험」, 김병국 외,『조선후기 시가와 여성』, 월인, 2005.

김수경,「<부여노정기>-최초의 기행소재 규방가사」,『규방가사의 작품세계와 미학』, 역락, 2002.

_____,「여행에 대한 여성적 글쓰기 방식의 탐색-여성기행가사의 형상화 방식과 그 의미」,『한국고전여성문학연구』17, 한국고전여성문학회, 2008.

김수경·유정선,「<이부인기행가사>에 나타난 19세기 여성의 여행체험과 그 의미」,『한국고전여성문학연구』4, 한국고전여성문학회, 2002.

김종철,「운명의 얼굴과 신명-<된동어미화전가>」,『한국고전시가작품론』2, 백영정병욱선생 10주기추모논문집, 1992.

김주경,「여성 기행가사의 유형과 작품 세계」, 숙명여자대학교 석사학위논문, 2015년 6월.

박경주,『규방가사의 양성성』, 월인, 2007.

_____,「규방가사 창작에 담긴 문학치료적 기능-여성작가와 남성 작가의 경우를 포괄하여」,『한국 시가문학의 흐름』, 월인, 2009.

백순철,「<금행일기>와 여성의 여행체험」,『한성어문학』22, 한성대 한국어문학부, 2003.

_____,「조선후기 여성기행가사의 여행 형태와 현실인식」,『고전과 해석』5, 고전문학한문학연구학회, 2008.

서영숙,「여성가사에 투영된 작가와 독자의 관계-화전가를 중심으로」,『고전문학연구』6, 한국고전문학회, 1991.

신　송,「소정 이휘의 기행가사연구」,『감성연구』10, 전남대 호남학연구원, 2015.

우영실,「은촌 조애영의 시가 연구」, 대구대학교 석사학위논문, 2013.

유정선, 「<금행일기>에 나타난 기행체험의 의미」, 『규방가사의 작품세계와 미학』, 역
　　락, 2002.

＿＿＿, 「소정가사에 나타난 기행체험과 그 의미」, 『경산문화연구』 11, 경산문화연구
　　소, 2007.

이세영, 「18-19세기 양반토호(土豪)의 지주경영(地主經營)」, 『한국문화』 6, 서울대 한국
　　문화연구소, 1985.

이승희, 「조선후기 기행양식에 나타난 여성 자아의 존재 양상」, 『여성문학연구』 16, 여
　　성문학학회, 2006.

이혜순 외, 『한국고전여성작가연구』, 태학사, 1999.

장정수, 「20세기 기행가사의 창작 배경과 작품 세계-1945년 이전 작품을 중심으로」, 『어
　　문논집』 47, 민족어문학회, 2003.

＿＿＿, 「1960-70년대 기행규방가사에 나타난 여행문화와 작품 세계」, 『어문논집』 70,
　　민족어문학회, 2014.

정인숙, 「19세기~20세기 초 시가를 통해 본 서울의 인식과 근대도시의 의미지향」, 『문
　　학치료연구』 20, 한국문학치료학회, 2011.

허철회, 「은촌 조애영의 규방가사 고찰」, 『동국어문학』 7, 동국어문학회, 1995.

● 규방가사가 지닌 소통과 화합의 문학으로서의 특성

강연임, 「개화기 여성가사의 분포 양상과 텍스트언어학적 특성」, 『인문학연구』 83, 충
　　남대 인문과학연구소, 2011.

강전섭, 「남호 구강의 <북새곡>에 대하여」, 『한국학보』 69, 일지사, 1992.

권순회, 「화전가류 가사의 창작 및 소통 맥락에 대한 재검토」, 『어문논집』 53, 민족어
　　문학회, 2006.

김경미, 「미칠 수 있는 에너지를 지닌 여인 윤희순」, 『조선의 여성들, 부자유한 시대에
　　너무나 비범했던』, 돌베개, 2004.

김문기, 『서민가사연구』, 형설출판사, 1983.

김석회, 「주제적 관심을 통해 본 규방가사의 세계」, 『고시가연구』 23, 한국고시가문학
　　회, 2009.

김시업, 「북천가 연구-북천록과의 비교 고찰을 통하여」, 성균관대 석사논문, 1975.

김정화, 「현대 규방가사의 문학적 특징과 시사적 의미-광복 이후의 작품을 중심으로」,
　　『고전문학연구』 32, 한국고전문학회, 2007.

김창원, 「18-19세기 향촌사족의 가문결속과 가사의 소통」, 『19세기 시가문학의 탐구』,
　　집문당, 1995.

나정순, 「규방가사의 본질과 경계」, 『한국고전여성문학연구』 16, 한국고전여성문학회,

2008.

류해춘, 「화전가(경북대본)의 구조와 의미」, 『어문학』 51, 1991.

_____, 「19세기 화답형 규방가사의 창작과정과 그 의의」, 『문학과 언어』 21, 문학과 언어학회, 1999.

_____, 「19세기 『기수가』에 나타난 담론의 양상과 그 기능」, 『한민족어문학』 44, 한민족어문학회, 2004.

박경주, 『규방가사의 양성성』, 월인, 2007.

_____, 「양성공유문학으로서 규방가사의 특성」, 『한국시가문학의 흐름』, 월인, 2009.

박요순, 『한국고전문학 신자료 연구』, 한남대출판부, 1992.

백순철, 「규방가사와 근대성의 문제」, 『한국고전연구』 9, 한국고전연구학회, 2003.

백순철, 「규방 공간에서의 문학 창작과 향유」, 『여성문학연구』 14, 한국여성문학회, 2005.

신경숙, 「궁중 연향가요와 규방가사-규방가사를 읽는 방식과 관련하여」, 『고시가연구』 26, 한국고시가문학회, 2010.

신지연·최혜진·강연임 편, 『개화기 가사자료집』, 보고사, 2011.

윤민수, 「필사문화권에서 실현된 가창가사의 담론 특성-규방에서의 향유를 중심으로」, 『반교어문연구』 16, 반교어문학회, 2004.

이신성, 「<陝川華陽洞坡平尹氏家 규방가사> 해제」, 『어문학교육』 11, 한국어문교육학회, 1989.

이원주, 「가사의 독자-경북 북부지역을 중심으로」, 『조선후기의 언어와 문학』, 형설출판사, 1980.

이원주, 「『잡록』과 <반조화전가>에 대하여」, 『한국학논집』 7, 계명대 한국학연구소, 1980.

이혜순 외, 『한국고전여성작가연구』, 태학사, 1999.

조동일, 「규방가사의 변모와 각성」, 『한국문학통사』 4, 4판, 지식산업사, 2005.